U0502431

闽南师范大学学术著作出版专项经费资助

清代乾嘉时期朴学与文学的诗学关系考论

梁结玲 著

中国社会科学出版社

图书在版编目(CIP)数据

清代乾嘉时期朴学与文学的诗学关系考论/梁结玲著. —北京：中国社会科学出版社，2023.4

ISBN 978-7-5227-1571-1

Ⅰ. ①清… Ⅱ. ①梁… Ⅲ. ①考据学—影响—中国文学—古典文学研究—清代 Ⅳ. ①K092.49②I206.49

中国国家版本馆 CIP 数据核字(2023)第 040956 号

出 版 人　赵剑英
责任编辑　杨　康
责任校对　李　莉
责任印制　戴　宽

出　　版　中国社会科学出版社
社　　址　北京鼓楼西大街甲 158 号
邮　　编　100720
网　　址　http://www.csspw.cn
发 行 部　010-84083685
门 市 部　010-84029450
经　　销　新华书店及其他书店

印　　刷　北京明恒达印务有限公司
装　　订　廊坊市广阳区广增装订厂
版　　次　2023 年 4 月第 1 版
印　　次　2023 年 4 月第 1 次印刷

开　　本　710×1000　1/16
印　　张　25.5
插　　页　2
字　　数　421 千字
定　　价　138.00 元

凡购买中国社会科学出版社图书，如有质量问题请与本社营销中心联系调换
电话：010-84083683

目　录

绪　论

经学在中国古代具有独尊的地位，诗文往往被视为经学的附庸。《文心雕龙》认为经不仅有“象天地，效鬼神，参物序，制人纪”的作用，而且是诗文的典范。“洞性灵之奥区，极文章之骨髓者也。……义既埏乎性情，辞亦匠于文理；故能开学养正，昭明有融。然而道心惟微，圣谟卓绝；墙宇重峻，而吐纳自深。譬万钧之洪钟，无铮铮之细响矣。”① 六经是圣人之制作，其经典地位毋庸置疑，它是诗文之源，也是后代诗文之典范。六经义理深邃，富有文学的审美性。经与文有时也难分彼此，《诗经》为五经之首，而又何尝不是文？《春秋》的文法与古文的文法并无二致。姚际恒说道：“《仪礼》之文，自成一家，为前古后今之所无。排缵周密，毫忽不漏，字句最简，时以一字、二字赅括多义，几于惜墨如金，而工妙正露于此。章法贯穿，前后变化，成竹在胸，线索在手，或此有彼无，或彼详此略，义取互见，不独一篇中，即十七篇亦只如一篇。此等文章之法，后人鲜知，故其法不传。”② 从《诗经》《易经》《左传》等经典中总结诗文之法，这也一直是中国文学的传统。袁枚甚至认为：“不知六经以道传，实以文传。《易》称‘修词’，《诗》称词辑，《论语》称‘为命’至于‘讨论’、‘修饰’而犹未已，是岂圣人之溺于词章哉？……若言之不工，使人听而思卧，则文不足以明道，而适足以蔽道。故文人而不说经可也，说经而不能为文不可也。”③ 六经不仅是思想的武库，也是文学的土

① （南朝梁）刘勰著，戚良德辑校：《文心雕龙》，上海古籍出版社 2015 年版，第 13 页。

② （清）姚际恒：《仪礼通论》，中国社会科学出版社 1998 年版，第 11 页。

③ （清）袁枚：《小仓山房文集》，《袁枚全集新编》第 5 册，浙江古籍出版社 2015 年版，第 209 页。

壤，它对中国文学的影响是深远的。

两汉以后，经学是儒学的基础，对儒经阐释的方法、角度决定了儒学的存在形态，如魏晋时期的玄学便是儒、道糅合的结果，两宋儒、释、道融合形成了理学。一时代有一时代之学术思潮，在每一时代的学术思潮中，经学都参与了时代学术思想的重构。梁启超评述中国学术思潮的发展："凡文化发展之国，其国民于一时期中，因环境之变迁与夫心理之感召，不期而思想之进路同趋于一方向，于是相与呼应汹涌如潮然。始焉其势甚微，几莫知觉；浸假而涨——涨——涨，而达于满度；过时焉则落，以渐至于衰熄。凡'思'非皆能成'潮'，能成'潮'者，则其'思'必有相当之价值，而又适合于其时代之要求者也。凡'时代'非皆有'思潮'，有思潮之时代，必文化昂进之时代也。其在我国，自秦以来确能成为时代思潮者，即汉之经学、隋唐之佛学、宋及明之理学、清之考证学四者而已。"[①] 一时代学术思潮的产生与特定时期的社会物质生产条件和社会文化紧密相关，它是社会"合力"的结果，而思潮在形成后又反过来对社会各个方面产生影响。作为文化系统的组成部分，文学与时代学术思潮紧密相关，经学的发展状态深刻地影响到了文学。先秦时期，百家争鸣，儒学的经典地位没有确立，这一时期的文学亦百家争胜。"观春秋之辞命，列国大夫聘问诸侯，出使专对，盖欲文其言以达旨而已。至战国而抵掌揣摩，腾说以取富贵，其辞敷张而扬厉，变其本而加恢奇焉，不可谓非行人辞命之极也。"[②] 到了两汉，儒家经典得以确立，《诗经》《楚辞》等文学经典被赋予儒经之要义。赋体虽然铺排始终，极求辞藻之华美，但也"劝百而讽一""曲终而奏雅"。谶纬思潮在文学的发生、体用、修辞等方面影响了人们对文学的认识。魏晋六朝，儒学衰落，玄学兴起，在玄学的影响下，文学的审美性得到了体认。隋唐佛学兴起，儒学的正统地位遭到挑战，佛学影响了正在走向兴盛的诗歌创作。韩愈以道统自任，倡导古文运动，这一运动兼有思想史和文学史的意义，与唐代学术思潮也是紧密相

① 梁启超：《清代学术概论》，《梁启超全集》第10册，中国人民大学出版社2018年版，第216页。

② （清）章学诚著，仓修良编注：《文史通义新编新注》，浙江古籍出版社2005年校点版，第45页。

关。两宋理学兴起，理学家以“道学”自命，视文学为刍狗，理学诗、性理诗泛滥。宋诗的形成、宋代的古文运动均与理学密不可分。明代心性之辨在相当程度上突破了“天理”对人性的束缚，明代文学对个性的强调与心学的学理之辨互为表里。

时代学术思潮体现了一个时代的人们对世界、社会的认识，它直接影响一个时代的人文风貌。梁启超说：“学术思想之在一国，犹人之有精神也；而政事、法律、风俗及历史上种种之现象，则其形质也。故欲觇其国文野、强弱之程度如何，必于学术思想焉求之。”[①] 中国古代文人的精神世界无不是从经学开始。经学是文人们精神的来源，也是他们的精神支柱。各时代学术思想虽然有差异，但经学对个体、时代的影响最为深远。钱穆说道：“就我一生读书为学的心得，我认为根据中国历史传统实际发展的过程看，自古以来学术思想是居于人生一切主导地位的。上之政治领导，下之社会教养，全赖学术思想为主导。我更认为不仅中国过去如此，将来的中国，亦必然应该要依照传统重振学术才有正当的进程。一个国家，一个民族，各有他自己的一套传统文化。看重学术思想之领导，是我们传统文化精神之精华之所在，这是不能扬弃的。”[②] 学术思想是一个时代灵魂之所在，经学在不同的时期有不同的发展形态，不深入时代的学术思潮，就很难把握文学思潮的变化。

与社会物质生产条件相比，文学与学术思潮的关系更为紧密，学术思潮更容易波及文学。学术思想固然是文人们思想的来源，但学术思想与文学还是有区别的。学术思想是理性的思维，而文学倾向于感性；学术思想在概念、推理中把握世界，文学则是在审美中感悟人生。学术思想对文学的影响有直接的，也有间接的。总的来看，学术思想对文学的渗透更多的是“暗度陈仓”，即文学用自己独特的方式完成与学术思潮的“共谋”，以无声胜有声的方式参与时代文化的构建。文学虽然受到学术思想的影响，但文学也未必完全顺从学术思想，文学对学术思想的抵制、对抗在文学中也屡见不鲜。乾嘉时期，文学与理学、考据学的关系非同寻常。性灵诗派

---

① 梁启超：《论中国学术思想变迁之大势》，《梁启超全集》第 3 册，第 15 页。

② 钱穆：《八十忆双亲 · 师友杂忆合刊》，《钱宾四先生全集》第 51 册，台湾联经出版事业股份有限公司 1998 年版，第 473 页。

与肌理诗派、桐城文派与骈体一派，无不是在与时代学术的依违中完成其流派传承和理论建构。乾嘉考据学是这一时期主流的学术，而这一时期的文学不仅是清代文学创作的高峰期，而且是中国文学集成色彩非常鲜明的时期。数千年的文学在这里积淀，经学的新形态也在此时确立，乾嘉考据学与文学颇有“风水之相遭乎大泽之陂”之境。

新文化运动以后，传统学术思想受到打压，以纯文学眼光分析中国文学成了常态。纯文学视角的研究遮蔽了中国文学的丰富性和形态的多样性，这种研究与中国文史哲不分的学术传统有相当的距离，用它来研究中国文学存在诸多问题，这已为学界所共识。自 20 世纪 90 年代开始，构建具有民族特色的文学史成为学界热议的话题，传统学术思想与文学之间的关系引起了学界的关注，成为学术研究的热点和前沿。张岱年主编的“中华学术与中国文学研究丛书”被列入“九五”国家重点图书出版规划，这将时代学术与文学关联研究推向了一个新的高度。乾嘉时期是考据学的鼎盛时期，也是清代文学的又一高峰。清代四大诗学流派中三大流派就产生于其间，其中清代影响最大的古文流派桐城派就是在此期间形成的。乾嘉学术与乾嘉文学关系紧密，对两者关系的研究是文学研究绕不过去的问题。当前关于两者关系的研究主要集中在三个方面。一是乾嘉学人的文学思想和文学创作研究。乾嘉学人多兼长朴学和文学，多数学人经历了由文学到经史考证的转变，钱大昕、王鸣盛、王昶等“吴中七子”可为代表。乾嘉学人的这一特征引起了研究者的关注，顺此探讨这一群体或个别学人的文学思想、文学创作也成为一个有意思的话题。赵阳《清代中期扬州学派文学思想研究》、余莉《扬州学派散文思想研究》、韩国学者朴英姬《清代中期经学家的文论》、刘奕《乾嘉经学家文学思想研究》等从群体的角度探讨了乾嘉学人的文学思想。田汉云《论汪中的骈文与散文》、刘伟《论焦循的〈诗〉学思想》等论文则分析了乾嘉学人的文学创作和文学思想。乾嘉学人的文学研究以文学创作、文学思想、文学现象为研究重点，填补了文学史、文学批评史研究的空白，为勾勒乾嘉文学生态起到了帮助的作用，这些研究成绩是不小的。同时，我们也要看到，这些研究基本上是以纯文学的眼光进行裁断，朴学大多是被作为背景。真正将经学与文学结合起来进行研究的并不多，平面的梳理比较多，深入发现问题的少。二是乾嘉学术对文学的影响。这方面的研究以论文为主，主要论文有陈水云《乾嘉学派与清代词学》、伏涛《考据与诗歌关系在乾嘉诗坛之“三水分流”——兼论常州诗派的过渡性》、胡贤林《论乾嘉汉学与文学的同构》、温世亮《乾嘉视域中的姚鼐诗学观点及诗歌创作论》、隋丽娟《〈诗经〉乾嘉学派的文学阐释》、吕双伟《乾嘉骈文理论中的复古思想论》、张蕊青《清代朴学与才学小说的学术化》等。这些论文注意到了乾嘉学术对文学的影响，能深入剖析乾嘉朴学对文学的影响，可惜这样的论文比较少，无法让我们窥视两者互动的全貌。三是从清代学术史的流变中探索清代学术与文学之间的关系。这方面的研究基本上是专著。陈居渊《清代朴学与中国文学》以朴学在清代的发展为线索，考察了清代各个时期朴学对文学的影响。在乾嘉时期，作者分析主要的诗文流派与学术的关系。具体来说，主要是考察了格调说的经学内涵与文化意蕴、肌理说的考据特色与美学追求、性灵派与考据的对抗及其审美情趣、汉宋对峙下的桐城派、乾嘉骈文的复兴与骈散合一的演进。著作从整体上勾勒了朴学与文学的关系，从一个角度揭示了乾嘉文学的特点，对我们了解乾嘉文学生态是有帮助的。不足的是，该著作没有考察乾嘉学术对通俗文学的影响，不少问题的探索还不够深入。杨旭辉先生的《清代经学与文学——以常州文人群体为典范的研究》，则以清代常州府城和武进、阳湖两县的学者、文人为个案，分析了学术与文学的多个侧面。马积高《清代学术思想的变迁与文学》一书围绕清代学术思想的变迁考察了清代各个时期的文学风貌。作者在论及清代学术思想时并不局限于朴学，而是从朴学和理学的此消彼长中把握清代学术，视野相当开阔。在论及清代中叶的乾嘉时期，作者从汉宋之争的角度考察了主要的诗文流派、重要作家学人的文学思想和文学创作，但没有深入剖析学术思想与文学的相互影响。难得的是，作者注意到了学术与文学在学科性质上的差异，比较客观地分析了学术思想对文学的正面和负面影响，认为考据学对文学的影响消极面要更多一些。王达敏《姚鼐与乾嘉学派》一书结合乾嘉时期学术风气的变化阐述了姚鼐在汉宋之争中建立桐城派的艰难历程，分析了政治因素、学术因素在桐城派建立过程中的作用，是探索乾嘉学术与文学之间关系的力作。可惜的是，作者对两者之间关系的研究仅局限于古文，而对其他文学体裁没有进行深入的剖析。整体上看，乾嘉学术与文学之间的关系已经引起了学人们的注意，相关问题的探讨也已经展开，部分问题也得到了比较深入的探讨。其中不足的地方主要有三点：第一，研究还处于比较零散的状态。乾嘉两朝共85年，约占了清代三分之一的时长，期间创作成就巨大，文学流派不断更迭，但当前没有就乾嘉学术与文学两者关系作专题研究的专著；第二，乾嘉学术与文学之间关系的研究虽然已取得了不少成就，但多数研究将学术思潮当作文学发生的背景，真正从两者内在机制、学理上进行研究的比较少，两者复杂的关系没有得到充分的揭示；第三，用当代纯文学的眼光裁衡古人，以今律古，以西律中，没有从"大文学"的角度看待中国文学，缺乏"了解之同情"的历史关怀。

乾嘉时期是清代文学的又一高峰，文学依违于学术之间，两者的关系错综复杂。王达敏《姚鼐与乾嘉学派》及部分论文从学理的角度探索了乾嘉学术与文学之间复杂的关系，这样的研究在乾嘉文学研究中还是比较少见的。乾嘉时期的学人、诗文家往往出入诗文，兼通经史，学术与文学之间关系复杂。要想深入把握经学与文学的关系，必须进入文学史的"过程"，深入虎穴，在理论与创作的动态中把握其复杂关系，避免出现油水分而论之的局面。笔者不揣固陋，将乾嘉学术与文学视为两个不同的主体，努力辩证地打通两者的关系，从整体上考察两者复杂的"间性"，在"间性"上做文章，力图全景式地把握乾嘉学术与文学之间复杂的关系。这些研究的成败、得失，有待于各位学人的意见，也期待各位学人的批评。

这里有必要厘清几个术语。考据学亦有朴学、汉学之称，这三个称谓所指的内容并无区别，都是指清代或者乾嘉的主流学术，其差异主要体现在态度或价值取向上。"汉学"与"宋学""理学"相对，指汉儒训诂治经的治学方法。乾嘉学人治经虽然崇尚汉儒，但与汉儒还是有区别的，汉学不足以概尽乾嘉学人的治学方法。"汉学"针对"宋学"，这概念本身就隐含了价值观念的判断，作为学术研究的术语，具有明显价值倾向的语词是不恰当的。"考据学"是从学术研究的内容而言，亦有"考核""考证""考订"之称，是一个中性词。乾嘉学人重考证，但并不完全废义理的探求，"考据学"一词亦未能尽乾嘉主流学术之全。"朴学"是就学风而言，实事求是，质朴无文。考据学、汉学、朴学虽然概念都存在问题，但其所指是固定的。这三个概念在论述中都不断地出现，这主要是根据行文的需要，其所指是不变的。论及文学时多用“朴学”一词，两者风格迥异，以“朴学”对应文学，两者的特征更能清晰呈现；论及汉宋之争时，“汉学”一词用得更多；侧重于学术方法时，多用“考据学”，这也是基于论述的需要。

第一章　经学研究“范式”的转变与文学学科意识的萌芽

第一节　经学研究“范式”的转变与乾嘉时期的文学创作

考据学虽说是清代代表性的学术，但理学一直占据官方哲学的地位，清代学术思想正是在两者的此消彼长中前行。考据学与理学同属儒学，表面上看，两者之间的争论只是儒学内部的学术之争；实际上，两者争论引发的问题却不局限于两者孰优孰劣，而是儒学正统地位之争。乾嘉考据学是对宋明理学的反动，它的兴起影响的不仅仅是儒学之义理，天文、历算、舆地、文字训诂、文学等传统学科门类都被波及。我们将之视为一场学术革命并不为过。托马斯·库恩在《科学革命的结构》一书中提出了“范式”这一概念。“范式”是科学研究的理念或模式。库恩认为科学研究是“范式”转变的过程，新旧“范式”的转变是“革命”的，而非循序渐进的。“从一个处于危机的范式，转变到一个常规科学的新传统能从其中产生出来的新范式，远不是一个累积过程，即远不是一个可以经由对旧范式的修改或扩展所能达到的过程。宁可说，它是一个在新的基础上重建该研究领域的过程，这种重建改变了研究领域中某些最基本的理论概括，也改变了该研究领域中许多范式的方法和应用。”① 库恩认为，当旧的科学

---

① ［美］托马斯·库恩：《科学革命的结构》，金吾伦、胡新和译，北京大学出版社 2003 年版，第 78 页。

研究的“范式”无法解决新出现的问题，新的“范式”取代旧的“范式”就成为必然；如果新范式被确立起来，而且被该学科的共同体所接受，那么这个学科就正式被确立起来。“其中的每一次革命都迫使科学共同体抛弃一种盛极一时的科学理论，而赞成另一种与之不相容的理论。每一次革命都将产生科学所探讨的问题的转移，专家用以确定什么是可接受的问题或可算作是合理的问题解决的标准也相应地产生了转移。而且每一次革命也改变了科学的思维方式，以至于我们最终将需要做这样的描述，即在其中进行科学研究的世界也发生了转变。这些改变，连同几乎总是伴随这些改变而产生的争论一起，都是科学革命的决定性特征。”① 科学共同体共通的认知理念和价值观念是“范式”形成的基础。库恩认为，“范式”的形成不仅仅来自科学研究，也源于社会心理和社会价值。新的“范式”形成后，对整个科学研究起到新的规范作用。库恩的“范式”理论是对西方科学研究历程的一次理论探索，这一理论虽然颇多值得商榷之处，但它对我们深入把握学术研究的发展变化是有借鉴意义的。乾嘉考据学与理学针锋相对，是理学的反动，也是儒学的一次革命。经惠栋、戴震、汪中等人的倡导，考据学形成了自己的学术规范，这一新的“范式”也得到了学界的普遍认可。新的学术研究“范式”的形成、巩固，提出了新的理念和价值观，这无形之中又增强了学科的意识。

考据学的兴起颠覆了传统的理学，辨析性理、设坛论道在乾嘉都失去了市场，经史考证成为时代主导性的学术。既然考据学如此之兴盛，那么考据学的学科性质是什么？它是学术研究的方法，还是学术研究的门类？在这个问题上，乾嘉学人在态度上出现了微妙的转变，他们由方法进而推为学术门类，认为由考据学建立起来的义理之学才是儒学的正宗，考据兼具考证和义理之义。焦循后来在总结乾嘉前期的学术时说道：“近来为学之士，忽设一‘考据’之名目。”② 较早用“考据”一词来概括当时学术的是袁枚，袁枚是当时诗坛领袖，他反复辩驳考据与诗文的关系，他对当时学术门径的命名引起了广泛的反响。“考据”这一称谓也逐渐被固定下

① ［美］托马斯·库恩：《科学革命的结构》，金吾伦、胡新和译，北京大学出版社 2003 年版，第 5—6 页。

② （清）焦循：《焦循诗文集》，广陵书社 2009 年版，第 248 页。

来。从根本上说，考据学成为一个学科门类，是汉学家有意学术门类化的结果，而袁枚的命名不过是陈述这一现象罢了。值得我们注意的是，当袁枚以考据学称谓时代主流学术的时候，学坛领袖式的人物如纪昀、钱大昕、王鸣盛、王昶等人并没有站出来提出异议，不仅如此，他们还与袁枚频频交往甚至相互探讨经史考证。袁枚将考据与著述视为冰火不相融的两种学科门类，他贬低考据提高著述，认为诗文优于考据。表面上看，袁枚的言论对考据不利，但如果深入分析其言论，我们不难发现，袁枚所谓的著述其实是诗文而已。

重经轻文是中国文化固有的传统。对汉学家而言，袁枚关于考据与著述的抑扬无关痛痒，不值一辩；袁枚将考据视为一学科门类，反倒是提高了考据学的地位，正中了他们的下怀。在汉学家看来，汉学与宋学之争并不仅仅是学术研究方法这么简单。如果将两者视为儒学中互相补充的学术门径，那么汉宋之争就没有必要了。汉学与宋学之争是儒学学术正统之争，其中，汉学家强调尊经复古，他们提倡由文字训诂以通经，维护原始儒学的纯正性，反对异端因素的杂入。汉学与宋学之争具有学科构建的意义，考据学学术规范的构建不仅为自身的合法性找到了依据，而且为学科的发展做了铺垫。考据学与诗文异趣，考据学的学科意识、学科规范在一定程度上促进了文学学科意识的强化，文学创作的繁荣在一定程度上加强了文学学科的独立意识。

经学在中国具有独尊的地位。文学的话语系统源于经学，文学对经学具有严重的依附性。经学研究“范式”的变动必然会引起文学话语方式的变化。乾嘉时期，考据学成为主流的学术，包括诗文在内的各类文体的写作在这一时期进入了新的高峰，作家、作品的总量也达到了历史的峰值。考据学不偏重于义理的追求，其治学质朴，与文学本风马牛不相及，而在乾嘉时期，两者的关系却非同寻常。汉学家有意收编诗文，而偏好诗文的文人却不认可这种收编。文学创作的繁荣使得诗文独立的意识得到了强化。库恩认为，当范式发生变化的时候，文学艺术受“范式”的影响较科学要复杂得多。“因为一个艺术传统的成功并不能使另一传统变成不正确或谬误，艺术远比科学易于容许好几个互不相容的传统或流派同时存在。根据同样的理由，当传统已经改变，有关的争论通常在科学中远较艺术中更快得到解决。”① 汉学家对文学的收编其实是传统经学独尊的观念使然，而文学创作的兴盛使得文人对挑战这一观念有了底气。乾嘉考据与文学的关系可谓错综复杂。

一　朴学的兴起与学科意识的萌芽

经史的考证一直伴随着学术的发展，而在相当长的时期里，考证只是作为一种治学方法依附于经史。孔子说道：“夏礼，吾能言之，杞不足征也；殷礼，吾能言之，宋不足征也。文献不足故也，足，则吾能征之矣。”② 在“礼崩乐坏”的时代，孔子希冀通过文献考证恢复礼，由礼以实现仁教。秦火之后，收集、整理、恢复典籍原貌成为时代的迫切问题，刘向父子、郑玄、张衡等人做了不少经史考证的工作。即使是在魏晋、宋明等空谈玄理的时代，经史考据仍然不绝如缕。清初，易代的阵痛促使学人对空谈性理产生了厌恶，讲求实学成为时代的主潮。实学的思潮要求人们尊德性，讲“行己有耻”，同时，也对空疏不学的学风进行了批判，推崇道问学的求实学风。在实学思潮之下，经史考证的学风在清初已肇启端倪，至清代中叶的乾嘉，经史考证蔚然成风，考据从治学方法变成一门独立的学问，考据学也由此成为清代的代表性学术。

作为一门独立的学问，它需要社会对这一研究领域的认可，同时还需要有这一领域比较成熟的学术规范、学术成果和相当数量的研究学者。乾嘉时期的考据之学经历了一个由冷趋热的过程。章学诚在回忆自身经历时说道：“自雍正初年至乾隆十许年，学士又以四书文义相为矜尚。仆年十五六时，犹闻老生宿儒自尊所业，至目通经服古谓之杂学，诗古文辞谓之杂作，士不工四书文不得为通，又成不可药之蛊矣。今天子右文稽古，三通四库诸馆以次而开，词臣多由编纂超迁，而寒士挟策依人，亦以精于校雠辄得优馆，甚且资以进身，其真能者，固若力农之逢年矣。而风气所开，进取之士，耻言举业；熊、刘变调，亦讽《说文》、《玉篇》；王、宋

---

① ［美］托马斯·库恩：《必要的张力》，范岱年、纪树立等译，北京大学出版社2004年版，第340页。

② 杨伯峻译注：《论语译注》，中华书局2006年版，第28页。

别裁，皆考熔金篆石，风气所趋，何所不至哉！”[①] 在乾隆初年，惠栋、戴震、江永等朴学大师身处乡野，考据学的影响局限于民间，理学仍然是官方的主导学术。这一时期，乾隆自己称：“朕自幼读书，研究义理，至今朱子全书未尝释手。”[②] 乾隆称赞理学名臣方苞：“学士方苞于四书文义法，夙尝究心，著司选文之事，务将入选之文发挥题义清切之处，逐一批抉，俾学者了然心目间，用为模楷。”[③] 乾隆十九年，戴震避难至京师，钱大昕、纪昀、朱筠、王鸣盛、王昶等人纷纷为他的学问所折服，并与之订交，“于是海内皆知有戴先生矣”[④]。乾隆十九年后，京城的考据之风才开始趋热。四库馆开馆，汉学家的大本营才形成了规模。洪亮吉说道：“乾隆之初，海宇乂平，已百余年，鸿伟傀特之儒接踵而见，惠征君栋、戴编修震，其学识始足方驾古人。及四库馆之开，君与戴君又首膺其选，由徒步入翰林，于是海内之士知向学者，于惠君则读其书，于君与戴君则亲闻绪论，向之空谈性命及从事帖括者，始骎骎然趋实学矣。夫伏而在下，则虽以惠君之学识，不过门徒数十人止矣。及达而在上，其单词只义，即足以歆动一世之士。则今之经学昌明，上之自圣天子启之，下之即谓出于君与戴君讲明切究之力，无不可也。”[⑤] 四库馆开馆，天下士子以考据为尚，考据学成为显学。章学诚在《周书昌别传》中说道：“二君者（邵晋涵、周永年）方以宿望被荐，与休宁戴震等特征修四库书，授官翰林，一时学者称荣遇。而戴以训诂治经，绍明绝学，世士疑信者半。二君者皆以博洽贯通，为时推许。于是四方才略之士，挟策来京师者，莫不斐然有天禄、石渠，句《坟》抉《索》之思；而投卷于公卿间者，多易其诗赋举子艺业，而为名物考订，与夫声音文字之标，盖骎骎乎移风俗矣。”[⑥] 四库馆开馆使得考据学由民间学术上升为官方学术，并取

---

① （清）章学诚著，仓修良编注：《文史通义新编新注》，第713—714页。

② 《清实录·高宗纯皇帝实录》，中华书局1985年版，第1095页。

③ （清）方苞著，王同舟、李澜校注：《钦定四书文校注》，武汉大学出版社2009年版，第1044页。

④ （清）钱大昕：《潜研堂文集》，《嘉定钱大昕全集》第9册，江苏古籍出版社1997年版，第673页。

⑤ （清）洪亮吉：《洪亮吉集》，中华书局2001年版，第192页。

⑥ （清）章学诚：《章氏遗书》，《清代诗文集汇编》第393册，上海古籍出版社2010年版，第610页。

代理学成为学术的正宗。清初，顾炎武就对理学有所不满，认为理学误入了歧途。“理学之名，自宋人始有之。古之所谓理学，经学也，非数十年不能通也。……今之所谓理学，禅学也。不取之五经而但资之语录，校诸帖括之文而尤易也。”① 顾炎武认为只有回归到经学的语境，才能把握到真正的儒学。到了乾嘉时期，考据学以经学正宗地位自居，借助于四库馆的官方地位和大批学界领袖的声望，考据学的学科属性得到了不断的强化。考据学与理学同属儒学，两者同室操戈，其各自的属性如何，两者有何区别，这引起了学人们的反思。纪昀在《四库全书总目·经部总叙》中对儒学的流变进行了归结：“自汉京以后垂二千年，儒者沿波，学凡六变……要其归宿，则不过汉学、宋学两家互为胜负。夫汉学具有根柢，讲学者以浅陋轻之，不足服汉儒也。宋学具有精微，读书者以空疏薄之，亦不足服宋儒也。”② 纪昀将儒学学术史的发展归结为汉学与宋学的演变，这是符合中国学术史发展的内在规律的。站在汉学的立场，纪昀的这一划分有崇汉抑宋的味道。考据学需要文字、音韵、训诂等基础学力，同时还需要广博的学识。与侧重于辩论心性的理学相比，考据学的学识性、学术性更强。在戴震、钱大昕、纪昀等人的不断强调下，考据学建立起了学术的规范。纪昀敢于崇汉抑宋，这与当时汉学“无征不信”的学术规范，以及“由字以通其词，由词以通其道”、以子史证经等治学方法已建立起来有关。章太炎在谈及乾嘉考据学时说道：“近世经师，皆取是为法。审名实，一也；重左证，二也；戒妄牵，三也；守凡例，四也；断情感，五也；汰华辞，六也。六者不具，而能成经师者，天下无有。学者往往崇尊其师。而江、戴之徒，义有未安，弹射纠发，虽师亦无所避。”③ 章氏所说的六者正是考据学的学术规范。在与理学的比照中，考据学的学科属性趋于明朗，学科的“范式”也建立起来了，“一个科学理论，一旦达到范式的地位，要宣布它无效，就必须有另一个合适的候选者取代它的地位才行”。④ 新“范式”的

---

① （清）顾炎武：《顾亭林诗文集》，中华书局1983年版，第59页。

② （清）永瑢、纪昀等：《四库全书总目》，中华书局1965年版，第1页。

③ 章太炎：《太炎文录初编》，《章太炎全集》第4册，上海人民出版社1985年版，第119页。

④ ［美］托马斯·库恩：《科学革命的结构》，金吾伦、胡新和译，北京大学出版社2003年版，第71页。

形成使得学科的自律性得到增强。

考据学学科意识的形成与社会的认可紧密相关，乾嘉学人领袖大多身居要职，如毕沅、纪昀、阮元等均为朝廷重臣。在他们的推动下，汉学队伍不断壮大，学术成果不断涌现，汉学由此压倒了宋学。余廷灿在《朱侍读筠传》中记载朱筠："旋奉命视学安徽。君言：'吾于是役，将使是邦人士为注疏之学，而无不穷经；为《说文》之学而无不识字。'甫下车，即拜奠婺源故士江永之木主，崇祀乡贤以劝学。江永者，故安徽朴学能究穷十三经注疏而有得于已者也。又刻旧本许氏《说文解字》，标楬四端，曰部分，曰字体，曰音声，曰训诂。为学六书之学者大启沟浍。又言，稽古莫如金石，文字可证经史之讹……其后又视学福建，提挈经义六书，一如安徽。"① 朱筠广刻《说文解字》以训导士子，在典试安徽、山东、福建等省时，他还以考据的功力来考察应试士子的学问，并根据经史考证的优劣取士。姚鼐记载有："乾隆五十一年，大兴朱石君侍郎典试江南，以《过位章》命题，士达于江氏（江永）说者，乃褒录焉。"② 在京师，他的邸府成为文人们的常聚之所。江藩记载："先生（朱筠）提唱风雅，振拔单寒，虽后生小子一善行及诗文之可喜者，为人称道不绝口，饥者食之，寒者衣之，有广厦千间之概。是以天下才人学士从之者如归市。所居之室名曰'椒花吟舫'，乱草不除，杂花满径，聚书数万卷，碑版文字千卷，终年吟啸其中。足不诣权贵，惟与好友及门弟子考古讲学，醒酒尽醉而已。"③ 除了朱筠，当时的学界领袖如纪昀、钱大昕、毕沅等人也纷纷以得考据人才为荣。钱大昕在《赠邵冶南序》中说道："始予典试浙江，得余姚邵子与桐，知其经学湛深，能以古文为时文。今春天下贡士集礼部，主司思拔汲古不为俗学者，以救墨卷浮滥剿袭之失，而与桐褎然为举首。榜出，海内有识者咸曰：'数十科来，无此才矣'。"④ 学界领袖有意识地网罗人才与四库馆的开馆，为考据学的鼎盛奠定了基础，学术风气由此一变。通过学人领袖的倡导，考据学的学术规范得到了

① （清）余廷灿：《存吾文稿》，《清代诗文集汇编》第365册，第398页。
② （清）姚鼐：《惜抱轩诗文集》，上海古籍出版社1992年版，第57—58页。
③ （清）江藩：《国朝汉学师承记》，中华书局1983年版，第68页。
④ （清）钱大昕：《潜研堂文集》，《嘉定钱大昕全集》第9册，第360页。

宣传和巩固。

乾嘉考据学是有激于宋学而发，可以说是对宋学的反动。乾嘉主流学者在从事经史考证的同时，对宋儒的批评也是不遗余力，对宋儒、宋学的批评其实是为考据学的合法性寻找依据。余英时说道：

> 当时北京提倡考据运动最有影响力的领袖是朱筠和纪昀（1724—1805）。朱笥河在经学上反对宋儒的“蹈虚”和“杂以释氏”，我们在前面已经指出来了。纪晓岚则比朱笥河更为激烈，他可以说是乾、嘉时代反程、朱的第一员猛将。晓岚是四库全书馆的首席总纂官。通过这一组织，他广泛而深入地把反宋思潮推向整个学术界。后来全书纂成，《总目提要》二百卷的编刻和颁行曾由晓岚一手修改，所以其中充满了反宋的观点。诚如余嘉锡所指出的，晓岚“自名汉学，深恶性理，遂峻词丑诋，攻击宋儒，而不肯细读其书”。晓岚排程、朱，在《提要》中是用明枪，在《阅微草堂笔记》中则专施暗箭。《笔记》中许多讥笑骂“讲学家”的故事都是他挖空心思编造出来的。东原入都之次年（1755）即馆晓岚家，其《考工记图》也是晓岚为他刻行的，而东原晚年入四库馆，晓岚亦与有力焉。故东原与晓岚交谊似较其他人更为密切。如果说东原对程、朱态度的转变与晓岚的影响有关，当非过甚之词。①

程朱理学虽然仍然占据主流意识形态，但在学术界，理学的真理性遭到了普遍的怀疑。加之乾隆对程朱理学诸多论调感到不满，这就加剧了理学的衰落，批评程朱理学成为一时风尚。凌廷堪记载汪中：“君最恶宋之儒者，闻人举其名，则骂不休。”② 理学地位的衰落引起了理学拥护者的不满，姚鼐愤怒地指出，“近世所重只考证、词章之事，无有精求义理者，言尚远之，而况行乎？吾在此劝诸生看朱子，或问《语类》，而坊间书贾

① 余英时：《论戴震与章学诚——清代中期学术思想史研究》，生活·读书·新知三联书店2000年版，第120—121页。

② （清）凌廷堪：《校礼堂文集》，中华书局1998年版，第319页。

至无此书”。① 连朱子的书都少有人读了，理学的状况也可想而知。乾嘉考据学对理学的批评并不止于学术规范，理学的价值观念也是考据学批评的对象。汉学的兴起与理学的衰落，引发了整个学术生态的变化，在这一变化之中，构建学术规范是具有首重的意义。乾嘉时期的汉学家如戴震、纪昀、钱大昕、段玉裁等人不断强调考据学治学方法的重要性。治学方法的强调使得考据成为一个突出的学术问题。治学不由考据出发便不是真学问，考据学的意义被无限放大，受此影响，学术治学的方法、规范也得到了构建。考据学学术规范的构建是学术文化生态的再构，是新的学术“范式”的构建，它在很大程度上也影响到了当时整个文化生态。新“范式”的建立影响到了当时的文学，新的学术研究“范式”如何影响文学，这个问题目前并没有得到全面、细致的考量，这不能不说是一个遗憾。

二　乾嘉时期各体文学创作的繁荣及文学理论的总结、集成

清人并没有创造出自己的“一代之文学”，但清人在文学创作的数量上却超过以往任何一代。清代作家、作品的数量我们难以确切地统计，在柯愈春《清人诗文集总目提要》中，清人作家就有近 2 万人，别集 4 万多种，而这还是不完全的统计。除了诗文，清代的通俗文学在数量上也是远轶前代的。清代的通俗文学不仅数量大，而且成就高，《红楼梦》《儒林外史》《桃花扇》《长生殿》等优秀作品可与前代同类题材的作品相媲美。乾嘉两朝是清代文学创作最为兴盛的时期。在柯愈春的统计中，乾嘉诗文家有 5500 多人，诗文集 6000 多种，乾嘉两朝的文学创作总量超过历史上任何一个朝代。清代文学是中国文学的集成时期，这种集成性在乾嘉两朝尤为明显。

清代中叶的乾嘉时期，社会相对稳定，物质经济条件也较清初和晚清要优越。乾隆二十二年科举考试增加了诗歌一目，这些因素对促进诗歌乃至整个文学创作的发展起了推动的作用。我们且不妨看看清代一官员的记

① （清）姚鼐：《惜抱先生尺牍》，《丛书集成续编》第 130 册，上海书店 1994 年版，第 968 页。

录。“余以雍正乙卯登贤书，乾隆丙辰成进士。其时春秋试俱专用制艺校士，故余习举子业日丹黄盈案，率皆贴括家法程固，无暇旁及于诗。迨授任小铨，又鞅掌于簿书，期会间更不敢妄谈清雅，有旷厥官。以是诗之为道余实未尝梦窥一斑，何庸饰语以欺人哉。独是廿余年来，历官吏部、御史台及比部，所遇之同曹巨卿硕彦极一时之盛，珠玉謦咳，以荒陋如余厕身其间，亦渐为刘安鸡犬，不自觉其顿忘尘埃也。长安退食，取家渔洋司寇《带经堂》诸集讽诵，不忍释手，花朝月夕，焚香煮茶。偶一效颦，仅取自适而已，初不萌就正有道想。乃一二朋侪有微知余之为诗者，苦欲索观，谬蒙借誉，遂自兹不获藏拙而覆瓿纸费矣。”① 此官员为王显绪，他的诗歌写作乃是出于环境影响，从这一侧面，我们不难看出乾嘉文人诗歌写作之兴盛。如果仔细考察乾嘉时期的文人，我们可以看到，不管是官员、学人还是普通文人，写诗其实已经成为文人的常态，像王显绪那样以诗歌附庸风雅也是时代常见的现象。

清初和晚清社会动荡，作为时代呼声的诗文大多具有浓重的家国情怀，而在承平的乾嘉时期，娱乐性、交际性的作品更多，各种诗会不断。李斗记载扬州的诗文雅集：

> 扬州诗文之会。以马氏小玲珑山馆、程氏筱园及郑氏休园为最盛。至会期。于园中各设一案。上置笔二。墨一。端砚一。水注一。笺纸四。诗韵一。茶壶一。碗一。果盒茶食盒各一。诗成即发刻。三日内尚可改易重刻。出日遍送城中矣。每会酒殽俱极珍美。一日共诗成矣。请听曲。邀至一厅甚旧。有绿琉璃四。又选老乐工四人至。均没齿秃发，约八九十岁矣。各奏一曲而退。倏忽间令启屏门。门启则后二进皆楼。红灯千盏。男女乐各一部，俱十五六岁妙年也。②

在乾嘉，这样的诗会在江南和京城非常频繁，不少诗会规模还不小。乾隆二十二年，扬州盐运使卢见曾修禊虹桥，完工后举办诗会。“丁丑修

---

① （清）王显绪：《王布政集》，《清代诗文集汇编》第341册，第617页。
② （清）李斗：《扬州画舫录》，中华书局1960年版，第180—181页。

禊虹桥。作七言律诗四首云……其时和修禊韵者七千余人。编次得三百余卷。”① 几千人的诗会，其规模可想而知。诗文雅集培养了大批的诗人，对文学流派的形成和文学创作的多元化起了促进作用。乾嘉时期的诗文作者涵盖了社会的各个阶层，诗文创作的大众化是乾嘉诗坛的一大特色。姚鼐在袁枚的墓志铭中评价袁枚的诗“上自朝廷公卿，下至市井负贩，皆知贵重之”②。袁枚的诗，流传广大，“市井负贩”皆有知之者。除了普通的士子和下层民众，宗潢一派也是文人辈出，诗作频频。乾隆一人的诗作就有近5万首，这与《全唐诗》相埒。麟魁说道：“洎乎灵台偃伯，文教覃敷，贤才蔚兴，而宗潢人文尤迈往古。自红兰贝子首倡风雅，问亭将军、紫幢居士、晓亭侍郎、月山上公后先继起，提唱宗风，代有闻人。”③ 在时代文风的感染下，宗潢诗人继起，这也不足为奇。除了宗潢，连一向以作战闻名的满人也风雅大起。袁枚说道：“近日满洲风雅，远胜汉人，虽司军旅，无不能诗。福建将军魁叙斋伦，以指画墨菊，题云：‘淡中滋味意偏长，每爱秋英引巨觞。兴到指头涂抹际，墨香还道是花香。’”④ 可见，乾嘉的诗歌创作活跃于各个阶层，乾嘉社会可以是说一个诗的国度。

乾嘉诗坛长期以来一直没有得到文学史的重视，这与强调健实内容的文学史观有关。如果仔细考察乾嘉时期诗人的创作，我们会发现，这一时期诗人们的诗作大多具有纪游的特征。薛起凤评价袁枚《小仓山房诗集》的诗：“第按其所编，始弱冠，终花甲，四十年之行藏交际，具在于斯，可当康成《年表》读矣。”⑤ 这样的现象在乾嘉时期很普遍，应该说是时代使然。

承平时期的通俗文学也较其他时期更为发达，小说、戏曲的创作在乾嘉也达到了高峰。焦循在《花部农潭》中记载：“郭外各村，于二、八月间，递相演唱，农叟、渔父，聚以为欢，由来久矣。自西蜀魏三儿倡为淫哇鄙谑之词，市井中如樊八、郝天秀之辈，转相效法，染及乡隅。”⑥ 不管

---

① （清）李斗：《扬州画舫录》，第228—229页。

② （清）姚鼐：《惜抱轩诗文集》，第202页。

③ （清）永瑆：《诒晋斋集》，《清代诗文集汇编》第432册，第2页。

④ （清）袁枚：《随园诗话》，《袁枚全集新编》第10册，第805页。

⑤ （清）袁枚：《小仓山房诗集》，《袁枚全集新编》第1册，第1页。

⑥ （清）焦循：《花部农谭》，《中国古典戏曲论著集成》第8册，中国戏剧出版社1959年版，第225页。

是城市还是农村，戏曲表演都已呈现出大众化的趋势。乾嘉时期的小说达到了历史的高峰，《红楼梦》《儒林外史》等作品就产生于这一时期，小说不仅作者数量众多，而且群众基础广泛。钱大昕惊呼：“古有儒、释、道三教，自明以来，又多一教曰小说。小说演义之书，未尝自以为教也，而士大夫农工商贾无不习闻之，以至儿童妇女不识字者，亦皆闻而如见之，是其教较之儒、释、道而更广也。”① 小说的读者几乎涵盖了社会各个阶层，其影响也可想而知了。此外，沉寂数百年的骈文在乾嘉时期出现了中兴的局面，这一时期出现了袁枚、汪中、吴锡麒、洪亮吉、刘星炜、孔广森、邵齐焘、曾燠、孙星衍等骈文名家，这些作家也是清代代表性的骈文作家。这一时期的骈文题材更加广泛，表现手法更加丰富。清代最大的古文流派桐城派也崛起于乾嘉时期，桐城派的形成有力地推动了古文创作的发展。乾嘉时期，各种体裁的文学都进入了创作的繁荣时期，出现了中国古代文学少见的兴盛的局面。

中国古代的文学理论具有强烈的实践性。文学创作的兴盛推动了文学理论的发展，清代四大诗学流派中，三大诗学流派产生在乾嘉时期。乾嘉时期的文学理论虽然在价值取向上有很大的差异，但都具有总结、集成、推进的特点，是中国传统诗学的结穴。沈德潜的格调说是传统儒家诗论的总结。格调说既注重诗歌的教化功用，又注重诗歌的审美特性，以唐为宗，不废宋调，有宏大的文化气象。中国传统诗学大致可分为“言志”和“缘情”两派。如果说沈德潜的格调说是“言志”诗论的总结，那么袁枚的性灵派可以说是“缘情”诗论的总结和发展。袁枚的性灵派推崇人的自然情感，论诗重情、重真、重才性。同时，性灵派也非常注重诗歌的审美性，我们可以从袁枚的《续诗品》看出这一点。郭绍虞评价袁枚的诗学：“公安、竟陵之诗论，犹易为人所诟病，而随园之诗论，虽建筑在性灵上面，却是千门万户，无所不备。假使仅就诗论而言，随园的主张却是无可非难的。”② 此一性灵非彼之性灵，袁枚的性灵说以情为主导，兼顾诗学的各个方面，是“缘情”诗论的总结和推进。翁方纲的肌理说宗宋调，重学

① （清）钱大昕：《潜研堂文集》，《嘉定钱大昕全集》第 9 册，第 272 页。

② 郭绍虞：《照隅室古典文学论集》，上海古籍出版社 1983 年版，第 470 页。

问，是传统学问诗论的总结。翁方纲虽然在创作上有严重的学问化倾向，但他的诗论却也是相当圆通。他将“神韵”“格调”整合在肌理之中，诗论也相当宏阔。姚鼐的古文理论既重理学之道，又重古文的审美性，突破了传统的载道论。姚鼐之后的桐城后学更是主张骈散合一，古文理论不断走向成熟。乾嘉文学创作的繁荣及理论的总结、集成、推进在一定程度上促进了文学学科意识的产生，这一时期某些文学观念已具有近代的性质。

三　乾嘉时期文学、义理与考据学的紧张关系

中国古代文人往往兼通经史和诗文。学术研究新“范式”的确立不仅形成了学术研究的共同体，而且产生了新的学术理念。考据学的学科化使得士子们面临着从学门径的选择。章学诚在谈及自身经历时说道：“往仆以读书当得大意，又年少气锐，专务涉猎，四部九流，泛览不见涯涘，好立议论，高而不切，攻排训诂，驰骛空虚，盖未尝不惆然自喜，以为得之。独怪休宁戴东原振臂而呼曰：‘今之学者，毋论学问文章，先坐不曾识字。’仆骇其说，就而问之。则曰：‘予弗能究先天后天，河、洛精蕴，即不敢读元亨利贞；弗能知星躔岁差，天象地表，即不敢读钦若敬授；弗能辨声音律吕，古今韵法，即不敢读关关雎鸠；弗能考三统正朔，《周官》典礼，即不敢读春王正月。’仆重愧其言！因忆向日曾语足下所谓‘学者只患读书太易，作文太工，义理太贯’之说，指虽有异，理实无殊。充类至尽，我辈于四书一经，正乃未尝开卷卒业，可为惭惕，可为寒心！”① 年轻的章学诚自视甚高，好高论而不务专精，戴震“不曾识字”一说让他感到震惊、惭惕、寒心，自以为已得四书经义，其实乃是“未尝开卷”。章学诚的心理落差是很大的。长期以来以心性之辨见长的宋学遭到了质疑，学术“范式”的转变使得文人们在职志上必须做出选择。

对宋学批评较早的是惠栋，惠栋的社会交往不大，地位也不高，在江南影响并不是很大。他说道：“余弱冠即知遵尚古学。年大来兼涉猎于艺术，反复研求于古与今之际，颇有省悟。积成卷帙，而求一殚见洽闻同志

① （清）章学诚著，仓修良编注：《文史通义新编新注》，第800页。

相赏者，四十年未睹一人。”[①] 真正让考据学产生重要影响的是戴震。钱大昕在戴震的传记中记录戴震入京后的情况：“一日，携其所著书过予斋，谈论竟日。既去，予目送之，叹曰：‘天下奇才也’。时金匮秦文恭公蕙田兼理算学，求精于推步者，予辄举先生名。秦公大喜，即日命驾访之，延主其邸，与讲观象授时之旨，以为闻所未闻。秦公撰《五礼通考》，往往采其说焉。高邮王文肃公安国亦延致先生家塾，令其子念孙师之。一时馆阁通人，河间纪太史昀、嘉定王编修鸣盛、青浦王舍人昶、大兴朱太史筠，先后与先生定交，于是海内皆知有戴先生矣。”[②] 乾隆十九年，戴震避仇入京，时人将其视为“狂生”。而这一年考取进士的纪昀、王昶、朱筠、王鸣盛、钱大昕等所谓“馆阁通人”都折服于戴震。戴震声名传开，京师学风也为之变化。

如果仔细考究乾嘉时期重要的学人，我们不难发现，纪昀、钱大昕、王鸣盛、朱筠、王昶等人早年都是诗文的爱好者。钱大昕、王鸣盛、王昶等“吴中七子”的诗歌盛传一时，甚至传至海外。戴震批判时人“尚未识字”之说在学人中产生了影响。他们抛弃了空辩义理的治学方法，将精力转入了训诂考证一途，考据学由此呈现出专门化的发展趋势。赵怀玉在《春融堂集序》中说道：“今海内操觚之士，其趋不出二端：曰训古之学，曰词章之学。通训故者，以词章为空疏而不屑为；工词章者又以训故为饾饤而不愿为。胶执己见，隐然若树敌焉。夫董生、扬子奥于文，于经未尝不深；匡鼎、刘向邃于经，于文未尝不茂。彼好为异同，交相訾议，必其中有所歉浅之乎？窥古人而意犹未尽融也。若去二者之弊，又克兼二者之长，则世颇难其人，而人且宜以为法。”[③] 可见当时考据与辞章已判然两路，诗文一派与考据一派的分途已经成为时代的必然，两者的“隐然若树敌”给文人的职志选择造成了困难。作为强势话语，考据学对文学造成了很大的压力。《清稗类钞》记载有：“汪容甫为诸生时，肄业扬州安定书院。山长沈编修祖志好为诗，往往诧示座客。一日宴会，酒酣，出诗示客，客誉之不绝口。次至容甫，容甫掷不观，大言曰：‘公为人师，不以

① （清）惠栋：《松厓文钞》，《清代诗文集汇编》第284册，第58页。

② （清）钱大昕：《潜研堂文集》，《嘉定钱大昕全集》第9册，第672—673页。

③ （清）王昶：《春融堂集》，《清代诗文集汇编》第358册，第2页。

经世之学诏后进，而徒沾沾言诗。诗即工，何益于生民？况不必工耶？'沈夙负时名，闻言，愠曰：'仆虽不贤，犹若师也。师可狎乎？'容甫复摘《三百篇》疑义叩之，沈面赤，不能答。容甫抚掌曰：'诗人固如是乎？'拂衣大笑出。一座惊怍，不知所为。"① 主流学人在诗文与考据上的态度由此可见一斑。在典籍繁富的历史语境下，考据必须专精才可能有所成就，"专引载籍，非博不详，非杂不备"②，文人们或事经史考据或事诗文，他们必须在两者中作出选择。与诗文相比，考据属于经学范畴，重经轻文一直是中国文化的传统。在学人领袖的推动下，不少文士纷纷转向考据。洪亮吉早年沉迷于诗歌，入幕朱筠后，"始从事诸经正义及《说文》《玉篇》，每夕至三鼓方就寝"③。袁枚早年赞叹孙星衍为诗坛"奇才"，而孙星衍不愿以诗鸣，转入了考据一途。他在自述中说道："余少与里中士洪稚存、黄仲则、杨西河、赵亿生为诗歌，弱冠时持谒袁简斋太史，颇蒙赏叹，已而潜心经史，涉猎百家。"④ 邓廷桢在序程晋芳的文集时说道："夫自词章、考据分为二家，别产分门，固其识歧之，抑亦其才之有所不逮耳。而近时注疏学行又争与宋儒树旗鼓，徒使沾沾帖括之士望洋自阻，似此而欲闯古人之藩篱，难矣。"⑤ 从学界领袖到普通士子，普遍面临着考据与诗文之间的选择。考据学以学术正统的地位自居，汉学家不仅排击理学，而且对文学也表现出鄙视之意，这引起了袁枚、姚鼐等人的不满。辨析考据与诗文之关系，抵制考据学对诗文的不良影响，这成了他们不得不作出的回应。

（一）袁枚与考据学的论难

乾嘉考据学以经学典籍为研究对象，考据学者以经学家的身份自居，他们对诗文大多持轻视的态度。考据学者对诗文的轻视引起了部分诗人的不满，作为乾嘉诗坛的领袖，袁枚对考据的批驳最坚决，考据与文学的争论最早也是在袁枚和惠栋之间展开的。惠栋于乾隆二十三年去世，袁枚与惠栋之间的争论应该是早于乾隆二十三年。从袁枚留下的两封书信上看，

---

① （清）徐珂：《清稗类钞》，中华书局 1986 年版，第 1567 页。

② （清）袁枚：《小仓山房文集》，《袁枚全集新编》第 7 册，第 593 页。

③ （清）洪亮吉：《洪亮吉集》，中华书局 2001 年版，第 2330 页。

④ （清）孙星衍：《孙渊如诗文集》，《四部丛刊初编》第 383 册，商务印书馆 1922 年版，第 200 页。

⑤ （清）程晋芳：《勉行堂文集》，《清代诗文集汇编》第 343 册，第 435 页。

惠栋是积极劝诫袁枚从事考据的，他认为袁枚从事诗文是“舍本而逐末”。袁枚早年颇有经史根底，曾被推荐参加乾隆元年的博学鸿词考试。但他不长于考据，退隐后一直期盼以诗文名世。惠栋对诗文的轻视让他感到不满，惠栋的劝诫让他对当时正在兴起的考据学有了驳击的机会。袁枚认为考据学以琐屑为功，其狡黠之处在于挟经自高。“震其名而张之，如托足权门者，以为不居至高之地，不足以躏轹他人之门户。此近日穷经者之病，蒙窃耻之。”① 惠栋恳恳以劝，袁枚却不领情，倒是反唇相讥。惠栋的文集没有收录写给袁枚的信，可能与袁枚的激越态度有关。袁枚对惠栋排击宋儒感到不满，认为宋儒有问题，以考据为主要鹄的之汉学也有问题。他对考据的琐屑颇为不满，认为考据只是罗列材料，并无实际意义。“古之文人，孰非根柢六经者？要在明其大义，而不以琐屑为功。即如说《关雎》，鄙意以为主孔子哀乐之旨足矣。而说经者必争为后妃作，宫人作，毕公作，刺康王所作。说‘明堂’，鄙意以为主孟子王者之堂足矣。而说经者必争为即清庙，即灵台，必九室，必四空，必清阳而玉叶。问其由来，谁是秉《关雎》之笔而执明堂之斤者乎？其他说经，大率类此。最甚者，秦近君说‘尧典’二字至三万余言，徐遵明误康成八寸策为八十宗，曲说不已。一哄之市，是非麻起。烦称博引，自贤自信，而卒之古人终不复生。于彼乎，于此乎，如寻鬼神搏虚而已。仆方怪天生此迂缪之才，后先噂喈，扰扰何休，敢再拾其沈而以吾附益之乎？”② 袁枚认为儒经明了其大义即可，不必深究名物象数之是非。而在回复惠栋的第二封信里，袁枚借助王充、刘勰、柳冕的话批评考据为儒学之末。从袁枚与惠栋的书信上看，袁枚对考据学的了解还是比较肤浅的，而这也是乾嘉后学猛烈批判袁枚的原因之一。袁枚与惠栋的交锋应该说是考据学进入高峰前的一次争论。随着考据学的深入发展和袁枚诗坛领袖地位的确立，袁枚与汉学家的争论更趋深入。

袁枚交游甚广，乐于奖掖后进。乾隆三十年后，性灵派取代沈德潜的格调诗派，成为乾嘉诗坛的主流。“随园弟子半天下，提笔人人讲性情。”③

---

① （清）袁枚：《小仓山房文集》，《袁枚全集新编》第6册，第345页。

② （清）袁枚：《小仓山房文集》，《袁枚全集新编》第6册，第345页。

③ （清）袁枚：《随园诗话》，《袁枚全集新编》第10册，第853页。

当时不少士子为考据所吸引，纷纷弃诗文从事考据，袁枚对士子中的这种倾向感到不满。他在《再答黄生》中说道："近日海内考据之学，如云而起。足下弃平日之诗文，而从事于此，其果中心所好之耶？抑亦为习气所移，震于博雅之名，而急急焉欲冒居之也？足下之意，以为己之诗文，业已是矣；词章之学不过尔尔，无可用力，故舍而之他。不知'天下无难事，只怕有心人''天下无易事，只怕粗心人'。诗文，非易事也，一字之未协，一句之未工，往往才子文人，穷老尽气，而不能释然于怀，亦惟深造者方能知其瘢结。子之诗文，未造古人境界，而半途弃之，岂不可惜？且考据之功，非书不可。子贫士也，势不能购尽天下之书，偶有所得，必为辽东之豕，纵有一瓻之借，所谓贩鼠卖蛙，难以成家者也。"① 黄生其实就是黄仲则，黄仲则自小就有诗歌的天赋，为袁枚所推重，袁枚对黄仲则弃诗文的心理分析可谓一语中的。与黄仲则交好的洪亮吉、孙星衍等人由诗文转入考据，黄仲则不免为之心动，"震于博雅之名"和重经轻文是其转变的重要原因。袁枚以黄仲则才性不宜考据及诗文未尽工为由，劝黄仲则做好、做精诗文。应该说，袁枚的劝阻是有道理的。

虽然袁枚对青年学子恳切相劝，但不少人并不认可。袁枚与孙星衍的争辩将问题进一步推向深入，并传遍了艺林。袁枚最初写给孙星衍论辩考据与诗文的信现在不见存于袁枚的文集中，但我们可以从孙星衍的两封回信看出袁枚的主要观点。孙星衍首先驳斥了袁枚的道器之说。袁枚认为诗文是著述，先有著述后有考据，所以考据为优。"天下先有著作，而后有书，有书而后有考据。著述始于三代六经，考据始于汉、唐注疏。考其先后，知所优劣矣。著作如水，自为江海；考据如火，必附柴薪。'作者之谓圣'，词章是也；'述者之谓明'，考据是也。"② 袁枚重诗文轻考据的倾向是很明显的。孙星衍针对他的论调进行了全面的反驳。孙星衍首先反驳了袁枚对"道"和"器"的错误认识，认为袁枚所论的形而上之道并不是典籍中的"道"，形而下之"器"也不是典籍中的"器"。袁枚认为先有著述后有考据，古人重著述不重考据，孙星衍以史实对这一观点进行了反

① （清）袁枚：《小仓山房尺牍》，《袁枚全集新编》第15册，第89—90页。

② （清）袁枚：《随园诗话》，《袁枚全集新编》第8册，第202页。

驳。"古今论著作之才，阁下必称老、庄、班、马，然老则述黄帝之言，庄则多解老之说，班书取之史迁，迁书取之《古文尚书》、《楚汉春秋》、《世本》、石氏《星经》、颛顼夏殷周鲁历，是四子不欲自命为著作。又如《管子》之存《弟子职》，《吕览》之存后稷、伊尹书，董仲舒之存神农求雨书，贾谊之存青史氏记，大、小戴之存《夏小正》、《月令》、《孔子三朝记》。而《月令》一篇，吕不韦、淮南王、小戴争传之；《哀公问》一篇，荀卿、大戴争传之；《文王官人》一篇，《周书》、大戴争传之。他如《礼论》、《乐书》、《劝学》、《保傅》诸篇，互见于诸子，不以为复出。是古人之著作即其考据，奈何阁下欲分而二之?"[①] 著述其实也源于考据，孙星衍用大量的例子证明了两者的关系。这确实是回击袁枚的有力证据。孙星衍对袁枚的批驳有理有据，学界大为称快。焦循在给孙星衍的信中说道："循读新刻大作《问字堂集》，精言卓识，茅塞顿开。尤善者，《复袁太史》一书，力锄谬说，用彰圣学，功不在孟子下，反复久之，拜服拜服。"[②] 章学诚对袁枚素有偏见，看到此文后更是拍手称快。袁枚去世后，世人多认为袁枚不长考据，但据笔者所掌握的资料，此说又未必尽然。袁枚的《随园随笔》是一部考据文集，二十八卷，内容涵盖了经、史、金石、历代官制、科第、术数等方面，可以说是无所不包。他自己也说道："然入山三十年，无一日去书不观，性又健忘，不得不随时摘录。或识大于经史，或识小于稗官，或贪述导闻，或微抒已见。疑信并传，回冗不计。岁月既久，卷页遂多，皆有资于博览，付之焚如，未免可惜。"[③] 袁枚与钱大昕、姚鼐等有不少讨论经史考证的书信，钱、姚二人对袁枚的考据也颇为许可。可见，袁枚虽不长于考据，但并非对考据没有体会。归田后的袁枚也不免做些考证，在排击宋儒上，他甚至比多数汉学家走得更远。他对考据的批评源于考据学对诗文造成的压力，而非考据学自身的缺陷。袁枚对考据学的批评洋溢着对诗文的赞叹，我们由此可以看出两者在当时的对峙之势。

---

① （清）孙星衍：《问字堂集　岱南阁集》，中华书局1996年版，第91页。

② （清）焦循：《焦循诗文集》，第245页。

③ （清）袁枚：《小仓山房文集》，《袁枚全集新编》第6册，第563页。

（二）桐城派与汉学家的论难

袁枚对考据的批评虽然用词严厉，但真实的态度还是比较温和的。桐城古文一派恪守程朱理学，他们与汉学势如水火、难以相容，争论相当激烈。章太炎在考察乾嘉学术时有一段话值得我们关注：

> 初，太湖之滨，苏、常、松江、太仓诸邑，其民佚丽。自晚明以来，喜为文辞比兴，饮食会同，以博依相问难，故好浏览而无纪纲，其流风遍江之南北。惠栋兴，犹尚该洽百氏，乐文采者相与依违之。及戴震起休宁，休宁于江南为高原，其民勤苦善治生，故求学深邃，言直核而无温藉，不便文士。震始入四库馆，诸儒皆震竦之，愿敛衽为弟子。天下视文士渐轻。文士与经儒始交恶。而江淮间治文辞者，故有方苞、姚范、刘大櫆，皆产桐城，以效法曾巩、归有光相高，亦愿尸程朱为后世，谓之桐城义法。震为《孟子字义疏证》，以明材性，学者自是薄程朱。桐城诸家，本未得程朱要领，徒援引肤末，大言自壮（案：方苞出自寒素，虽未识程朱深旨，其孝友严整躬行足多矣。诸姚生于纨绔绮襦之间，特稍恬淡自持，席富厚者自易为之，其他躬行，未有闻者。既非诚求宋学，委蛇宁靖，亦不足称实践，斯愈庳也），故尤被轻蔑。范从子姚鼐，欲从震学；震谢之，犹亟以微言匡饬。鼐不平，数持论诋朴学残碎。其后方东树为《汉学商兑》，徽章益分。阳湖恽敬、陆继辂，亦阴自桐城受义法。其余为俪辞者众，或阳奉戴氏，实不与其学相容（俪辞诸家，独汪中称颂戴氏，学已不类。其他率多辞人，或略近惠氏，戴则绝远）。夫经说尚朴质，而文辞贵优衍；其分涂自然也。①

惠栋兼长考据与诗文，继承苏湖地方遗风，能够“该洽百氏”，文人“相与依违之”，汉学与宋学的矛盾并没有出现。考据学兴起之后，信守程朱理学的桐城派与汉学家矛盾日深，冲突在所难免。桐城派古文恪守程朱理学，考据学一派深恶理学的凿空，两者在价值观念上是截然对立的。

---

① 章太炎：《訄书》，《章太炎全集》第3册，上海人民出版社1984年版，第157—158页。

桐城派重古文义法、文章体式，而考据学者大多尚质朴的文风，轻视文法。“夫经说尚朴质，而文辞贵优衍”，考据学者对桐城古文汲汲于文感到不满。双方在道与文上都是处于对峙的状态，这一对峙甚至波及了人际关系。

方苞是雍乾的理学大臣，他以“学行继程、朱之后，文章介韩、欧之间”自勉。方苞于乾隆十四年去世，当时考据学在京师并没有成为主流，迨考据学成为主流，汉学家在文道上屡屡发难于方苞。方苞主程朱理学，对背离理学的学派都持否定态度，他对清初的考据学就有不满之意。他在《再与刘拙修书》中说道：“然后知生乎五子之前者，其穷理之学未有如五子者也；生乎五子之后者，推其绪而广之，乃稍有得焉。其背而驰者，皆妄凿墙垣而殖蓬蒿，乃学之蠹也。夫学废之久矣，而自明之衰，则尤甚焉。某不足言也，浙之东，则黄君梨洲坏之；燕、赵间，则颜君习斋坏之。……而二君以高名耆旧为之倡，立程、朱为鹄的，同心于破之，浮夸之士皆醉心焉。夫儒者之学，所以深摈异端者，非贵其说之同也。学不明，则性命之理不顺。汉代儒者所得于经甚浅，而行身皆有法度，遭变抵节，百折而其志必伸。魏、晋以后，工文章垂声于世者众矣；然叩其私行不若臧获之庸谨者，少遇变故，背君父而弃名节，若唾溺然。由是观之，不出于圣人之经，皆非学也。……如二君者，幸而其身枯槁以死，使其学果用，则为害于斯世斯民，岂浅小哉！”① 方苞不仅打击黄宗羲，而且直接否定汉学，这就难怪乾嘉汉学家对他大加鞭挞。

方苞以理学和古文自命，他的古文在雍乾时期被视为“一代正宗”。乾嘉汉学家有激于方苞的言论，认为他经术本不深。汉学家只是将他视为“文士”，并屡屡数难他的古文。钱大昕在《与友人书》中对方苞进行了严厉批评。“前晤吾兄，极称近日古文家以桐城方氏为最。予常日课诵经史，于近时作者之文，无暇涉猎。因吾兄言，取方氏文读之，其波澜意度，颇有韩、欧阳、王之规橅，视世俗冗蔓獶杂之作，固不可同日语。惜乎其未喻古文之义法尔。……以此论文，其与孙鑛、林云铭、金人瑞之徒何异！……王若霖言：‘灵皋以古文为时文，却以时文为古文。’方终身

① （清）方苞：《方苞集》，上海古籍出版社 1983 年版，第 175 页。

病之，若霖可谓洞中垣一方症结者矣。”① 方苞的人物传记波澜起伏，有法有则，这确实是受了传奇、小说的影响。钱大昕的分析也很有见地。钱大昕以“史笔”的角度对方苞的古文进行批评，在文史界限不是很清晰的时代，这样的批评有其合理性，而从文学史的发展来看，这样的批评就有其历史局限性了。钱大昕对方苞古文的繁简、义法不以为然，他心目中的古文是质朴的“史笔”。何为“史笔”？梁启超关于史学家“书法”的解释或许有助于我们了解钱大昕的古文观。“吾壹不解夫中国之史家，何以以书法为独一无二之天职也；吾壹不解夫中国之史家，何以以书法为独一无二之能事也；吾壹不解夫中国之史家，果据何主义以衡量天下古今事物，而敢嚣嚣然以书法自鸣也。史家之言曰：书法者，本《春秋》之义，所以明邪正，别善恶，操斧钺权，褒贬百代者也。书法善则为良史，反是则为秽史……《春秋》，经也，非史也；明义也，非记事也。使《春秋》而史也，而记事也，则天下不完全、无条理之史，孰有过于《春秋》者乎？后人初不解《春秋》之为何物，胸中曾无一主义，摭拾一二断烂朝报，而规规然学《春秋》。天下之不自量，孰此甚也？吾敢断言曰：有《春秋》之志者可以言书法，无《春秋》之志者不可以言书法。”② 史学家的“书法”注重褒贬百代，重叙事的微言大义，讲究质朴的文法，反对过度藻饰，也反对用小说、传奇的手法进行叙事。章学诚对当时古文一派偏重于文法的做法也感到不满。“今归、唐之所谓疏宕顿挫，其中无物，遂不免于浮滑，而开后人以描摩浅陋之习。故疑归、唐诸子得力于《史记》者，特其皮毛，而于古人深际，未之有见。今观诸君所传五色订本，然后知归氏之所以不能至古人者，正坐此也。”③ 章学诚认为，古文的关键是要有健实的内容，仅仅在文法、风格上求胜，已失去为文的本义。

钱大昕甚至由文法出发，进而否定了方苞的学问。他在《跋方望溪文》中说道：“望溪以古文自命，意不可一世，惟临川李巨来轻之。望溪尝携所作《曾祖墓志铭》示李，才阅一行，即还之。望溪恚曰：‘某文竟不足一寓目乎！’曰：‘然’。望溪益恚，请其说。李曰：‘今县以桐名者

① （清）钱大昕：《钱大昕文集》，《嘉定钱大昕全集》第9册，第575—577页。

② 梁启超：《新史学》，《梁启超全集》第2册，第517—518页。

③ （清）章学诚著，仓修良编注：《文史通义新编新注》，第139—140页。

五：桐乡、桐庐、桐柏、桐梓，不独桐城也。省桐城而曰桐，后世谁知为桐城者？此之不讲，何以言文！’望溪默然者久之，然卒不肯改。其护前如此。金坛王若霖尝言：‘灵皋以古文为时文，以时文为古文。’论者以为深中望溪之病。偶读望溪文，因记所闻于前辈者。”①钱大昕的言下之意是，没有经史考证的基础，古文便无从谈起，这显然有些偏激。

章学诚也是从学识的角度对方苞进行批评。“盖论文贵乎天机自呈，不欲人事为穿凿耳。或问近世如方苞氏删改唐、宋大家，亦有补欤？夫方氏不过文人，所得本不甚深，况又加以私心胜气，非徒无补于文，而反开后生小子无忌惮之渐也。……然则私心胜气，求胜古人，此方氏之所以终不至古人也。……故学古而不敢曲泥乎古，乃服古而谨严之至，非轻古也。方氏不知古人之意而惟徇于文辞，且所得于文辞者本不甚深；其私智小慧又适足窥见古人之当然，而不知其有所不尽然，宜其奋笔改窜之易易也。”②这篇文章写于嘉庆元年。章学诚对钱大昕的人品和学问都非常推崇，他的这一见解与钱大昕是一致的，这是否是受到钱大昕的影响，这值得我们考究。

方苞于乾隆十四年去世，乾嘉汉学家对他的鞭挞是他身后的事了。当时身处汉学阵营中的姚鼐与方苞一样也是理学的信徒，他对汉学家排斥宋儒感到不满，却又无能为力。姚鼐早年曾想拜戴震为师，遭到了戴震的拒绝。在四库馆任职期间，姚鼐受到汉学家的排挤，最后离开京师。身处四库馆，姚鼐接触的都是一流的汉学家，汉学家对程朱理学的批判让他感到愤怒。他在《复蒋松如书》中说道：“然今世学者，乃思一切矫之，以专宗汉学为主，以攻驳程、朱为能，倡于一二专己好名之人，而相率而效者，因大为学术之害。夫汉人之为言，非无有善于宋而当从者也；然苟大小之不分，精粗之弗别，是则今之为学者之陋，且有胜于往者为时文之士，守一先生之说而失于隘者矣。博闻强识，以助宋君子之所遗则可也，以将跨越宋君子则不可也。鼐往昔在都中，与戴东原辈往复，尝论此事；作《送钱献之序》，发明此旨，非不自度其力小而孤，而义不可以默焉耳。先生胸中，似犹有汉学之意存焉，而未能豁然决去之者，故复为极论

① （清）钱大昕：《钱大昕文集》，《嘉定钱大昕全集》第9册，第536—537页。

② （清）章学诚著，仓修良编注：《文史通义新编新注》，第325—326页。

之。"[①] 戴震、纪昀等学者深于经学，他们对汉学、宋学的得失有深入的研究，姚鼐的学识难与这些学者匹敌，在四库馆"力小而孤"也是必然。钱载是程朱理学的信徒，他曾与戴震发生争执。"时竹君推戴东原经术，而萚石独有违言，论至学问可否得失处，萚石颧发赤，聚讼纷拏。及罢酒出门，断断不已，上车复下者数四。"[②] 钱载是乾嘉著名的诗人，他与姚鼐的信念、处境有相似之处，两人的遭遇说明了当时汉学与宋学的严重对峙。翁方纲是钱、姚二人的好友。他在《送姚姬川郎中归桐城序》中说道："窃见姬川之归，不难在读书，而难在取友；不难在善述，而难在往复辨证；不难在江海英异之士造门请益，而难在得失毫厘，悉如姬川意中所欲言。姬川自此将日闻甘言，不复闻药言，更将渐习之久。而其于人也，亦自不发药言矣，此势所必至者也。夫所谓药者，必有其方，如方纲者，待药于君者也，安能为君作药言乎？吾友有钱子者，其人仁义人也，其于学行文章，深得人意中所欲言，愿姬川之闻其药言也。君之门有孔生者，其人英异人也，其于学行文章，乐受人之言，愿姬川之发其药言也。"[③] 姚鼐在四库馆的熟人基本上都是汉学家，这是其"取友"之难。而姚鼐与汉学家的论辩都是处于下风，他的门生孔广森最后还是加入了汉学阵营，这是姚鼐的"二难"。翁方纲恪守程朱理学，他对考据有深入的认识，在考据学上也是成绩斐然。翁方纲虽然对戴震排击宋儒感到不满，但对于钱载与戴震的争辩，他还是站在戴震一边。"今日钱、戴二君之争辩，虽词皆过激，究必以东原说为正也……故吾劝同志者深以考订为务，而考订必以义理为主。"[④] 理学一派信念坚定，而汉学一派也因深厚的学识而自负，两者势如水火。在考据学如日中天的情形下，理学一派很难与汉学抗衡，他们滑入诗文也是必然。

四　古文审美特性的体认

考据学的兴起使得人们对汉学、宋学的治学门径进行了深入的辨析。

① （清）姚鼐：《惜抱轩诗文集》，第95—96页。
② （清）王昶：《蒲褐山房诗话新编》，齐鲁书社1988年版，第56页。
③ （清）翁方纲：《复初斋文集》，《清代诗文集汇编》第382册，第124页。
④ （清）翁方纲：《复初斋文集》，《清代诗文集汇编》第382册，第81—82页。

在辨析之中，学科的特点、规范得到了体认，考据学、理学、辞章，三者的分类已逐渐被学坛接受，这就打破了过去经史文不分的格局。杭世骏认为古文与考据、理学不同，古文自有其特性，这一特性就是“虚实”。他在《文选课虚序》中说道：“文章之用，虚实二者而已。饾饤典故，襞积旧闻，犹袭公家之言。虚则一心所独运也，屈宋暴兴，马扬代嬗，相如作《凡将》篇，子云撰《苍颉训纂》，谐声会意，细入毫发，故能巧构形似之言，深探窈冥之域，沉博绝丽，横绝百代。六朝而后惟杜子美能抉其精。逮至场屋以律赋程材，颓波莫挽，而斯道亡矣。”① 杭世骏并不否认经学的主导地位，但他认为，辞章与理学、考据不一样，辞章虚实相生，虚之中自有其审美性。杭世骏反对将辞章与道混为一谈。“文以明道，以贯道，而实以载道，匪明何以贯？匪贯何以载？说虽殊，其为深探元本则一也。或者嗤为小技，薄为余事，是直析文与道而二之，岂知文哉，又岂为知道哉？”② 他在序袁枚的文集时说道：“文莫古于经，而经之注疏家非古文也，不闻郑笺、孔疏与崔、蔡并称。文莫古于史，而史之考据家非古文也，不闻如淳、师古与韩、柳并称。其他藻语、俚语、理障语皆非古文，则本朝望溪先生言之也详。鹿门八家之说袭真西山《读书记》中语，虽非定论，要为不失文章正宗。后世遵之者弱，悖之者妄。惟吾友子才太史扫群弊而空之，记叙用敛笔，论辨用纵笔，叙事或敛或纵，相题为之，而大概超超空行，总不落一凡字，此其志也。千载而下，当有定论。”③ 杭世骏区别了古文与经史，“经之注疏家非古文”，“史之考据家非古文”，古文也与“其他藻语、俚语、理障语”有别，他赞叹袁枚的古文“或敛或纵，相题为之”，不拘于经史而能别出心裁。杭世骏不从经学、史学的角度来看待古文，他将古文与考据区别开来，将古文视为具有审美意蕴的学科门类，这一观点比理学家要通达得多。阮元认为：“经也，子也，史也，皆不可专名之为文也，故昭明《文选序》后三假特明其不选之故。”④ 阮元认为文与

① （清）杭世骏：《道古堂文集》，《清代诗文集汇编》第282册，第70页。

② （清）杭世骏：《道古堂文集》，《清代诗文集汇编》第282册，第80页。

③ （清）袁枚：《小仓山房文集》，《袁枚全集新编》第5册，“序”第5页。

④ （清）阮元：《研经室集》，《续修四库全书》第1479册，上海古籍出版社2002年版，第197—198页。

经史无涉，名为文就必须讲求辞采，“专名为文，必沉思翰藻而后可也”。凌廷堪、汪中等汉学家在文章的观点上与阮元很相近，都注意将文与经史区别开来。义理、考据、辞章这一学术畛域的划分被重新提及，这与汉学家的学术活动、学术总结是分不开的。

宋明以来，古文一直以载道自命，古文自身的审美性被忽视了。清代理学已停滞不前，但古文创作的风气却日趋兴盛，秦瀛说道：“本朝称古文辞者必曰桐城，自方侍郎望溪先生以来，刘学博海峰其尤也。今则为姚吏部姬传，而吏部之门则有胡征士烙君。望溪工古文而不工于诗，学博与吏部皆兼能之，而烙君亦但治古文。”① 方苞以理学自命，而秦瀛却从古文一脉来审视方苞，并构建了乾嘉古文的统绪。理学停滞不前，传道的古文成为理学的重要表征。其实，秦瀛的古文谱系是清晰的。他在《吴鲁也文集序》中说道：“有明三百年，治古文之学者称归熙甫先生。熙甫学庐陵者也，庐陵又学史迁者也。清庙之瑟，一唱三叹，熙甫有焉。当时若晋江之王遵岩，武进之唐荆川，犹或逊之。若夫曼衍洸洋以为奇，稗贩剽窃以为富，僻涩幽险以为奥，枯槁寂寞以为洁，尚考据者广摭金石，尊注疏者博征传注，虽所诣之深浅不同，要皆非古人之所以为文者也。”② 秦瀛以归有光为古文之正宗，其着眼点正是文而非经或考据，并将不具审美性的文排除在古文范畴之外。秦瀛也是一名理学的信奉者，他与乾嘉学人均有交往，他对古文的辨析突破了传统载道的古文观念，这与时代学术的影响是有关系的。程晋芳是四库馆臣，却坚守理学的价值观念，他对古文的态度与秦瀛有相似之处。他说道：“夫古文镕液经史，探事理之极以立言，非徒数典使气以夸人，俾人望而却走也。读古文者如良医切脉，三部之间尤贵沉按，昌黎之遏抑掩蔽不使自露者，沉脉盛也……余故论有明古文沿八家正脉耐人寻讽者，终莫如震川，而桐城方望溪犹讥其有序而无物。望溪自许其文为北宋以来第一，而余第取以配食震川，盖震川情文兼美，间失之平。望溪熟于周人之书，特风骨太露耳。衡而量之，分适均焉。既有以敌震川则本朝之文亦不弱于前明矣。”③ 论古文讲情文兼美，注重其内蕴，

① （清）秦瀛：《小岘山人诗文集》，《清代诗文集汇编》第407册，第516页。
② （清）秦瀛：《小岘山人诗文集》，《清代诗文集汇编》第407册，第523页。
③ （清）沈大成：《学福斋集》，《清代诗文集汇编》第292册，第3页。

这与我们今天的散文相去无几。程晋芳与姚鼐交好，他们对古文审美性的认识对推动古文的发展有帮助作用。

乾嘉不少汉学家将学识视为古文的基础，认为无学识即无古文。袁枚与考据纠缠最深，他对汉学家的这种观点提出了批评。“其弊一误于南宋之理学，再误于前明之时文，再误于本朝之考据。三者之中，吾以考据为长。然以混古文，则大下可。”① 不少理学家无视古文的审美性，以道律文，将古文视为纯粹的载道工具，袁枚首先批评理学对古文的错误引导。乾嘉考据学取代理学成为学术主流，古文又被附庸于考据学之下，袁枚对此也提出了批评。袁枚认为古文是一种严格的文体，它与考据、理学并无关系。“奈数十年来，传诗者多，传文者少，传散行文者尤少。所以然者，因此体最严：一切绮语、骈语、理学语、二氏语、尺牍词赋语、注疏考据语，俱不可以相侵。以故北宋后，逐至希微而寥寂焉。”② 袁枚将古文视为具有审美性的文体，这种审美性与理学、考据无涉，他反对理学、考据、俗语进入古文，认为这种做法会破坏古文的雅洁、纯美。袁枚认为，对于古文的美的追求，圣人也在所难免。“不知六经以道传，实以文传。《易》称‘修词’，《诗》称词辑，《论语》称‘为命’至于‘讨论’‘修饰’而犹未已，是岂圣人之溺于词章哉？盖以为无形者道也，形于言谓之文。既已谓之文章矣，必使天下人矜尚悦绎，而道始大明。若言之不工，使人听而思卧，则文不足以明道，而适足以蔽道。故文人而不说经可也，说经而不能为文不可也。”③ 在经与文的关系上，袁枚彻底撇清了两者的关系，将古文视为独立一物，从审美的角度来考察古文，这样的古文观在当时很难得。

姚鼐是乾嘉古文的旗手，他论文虽然不排斥载道，但这只是借口而已，辞章才是他醉心之处。他告诫学文者，“鼐又闻之：‘言之无文，行而不远。’出辞气不能远鄙，则曾子戒之。况于说圣经以教学者、遗后世而杂以鄙言乎？当唐之世，僧徒不通于文，乃书其师语以俚俗，谓之语录。宋世儒者弟子，盖过而效之。然以弟子记先师，惧失其真，

① （清）袁枚：《小仓山房文集》，《袁枚全集新编》第7册，第593页。
② （清）袁枚：《小仓山房文集》，《袁枚全集新编》第7册，第725页。
③ （清）袁枚：《小仓山房文集》，《袁枚全集新编》第5册，第209页。

犹有取尔也。明世自著书者，乃亦效其辞，此何取哉？愿先生凡辞之近如语录者，尽易之使成文则善矣”。[①] 姚鼐常以阴阳刚柔论古文之风格。“鼐闻天地之道，阴阳刚柔而已。文者，天地之精英，而阴阳刚柔之发也。”[②] 论文至于风格，至矣，我们也由此可以看出姚鼐构建文派的旨趣。

在经、史、文三者的关系上，章学诚更具深见。他从文史义例的角度嗅到了文学的审美价值，认为文并不等同于史，文学自有其价值。在此基础上，他提出构建文学史的设想。“滥觞流为江河，事始简而终巨也。东京以还，文胜篇富，史臣不能概见于纪传，则汇次为《文苑》之篇。文人行业无多，但著官阶贯系，略如《文选》人名之注，试榜履历之书，本为丽藻篇名，转觉风华消索，则知一代文章之盛，史文不可得而尽也。萧统《文选》以还，为之者众。今之尤表表者，姚氏之《唐文粹》，吕氏之《宋文鉴》，苏氏之《元文类》，并欲包括全代，与史相辅，此则转有似乎言事分书，其实诸选乃是春华，正史其秋实尔。史与《文选》，各有言与事，故仅可分华与实，不可分言与事。”[③] 文学由细流汇为江海，作家、作品日趋繁富，总集、选本纷纷迭出，这一客观存在的事实并没有得到人们的充分重视。文苑传、艺文志、文章志等史学撰述“但著官阶贯系”，只是历史的账本，文学的审美性并没有得到体现，章学诚认为意有未尽。他由此感慨：“本为丽藻篇名，转觉风华消索，则知一代文章之盛，史文不可得而尽也。”[④] 与账本式记录的史撰相比，总集更专注于诗文的审美性。总集通过具体的作家作品描述文学的演进，具有文学史表述的意义，章学诚将它们视为“春华”，而正史则为“秋实”，两者相辅相成。章学诚从史撰的角度看待文学的总集、选本，认为文学总集、选本具有自身的历史，与历史的发展同步，是正史撰写不可忽视的史料。“凡欲经纪一方之文献，必立三家之学，而始可以通古人之遗意也。仿纪传正史之体而作志，仿律令典例之体而作掌故，仿《文选》、《文苑》之体而作文征。三书相辅而行，

---

① （清）姚鼐：《惜抱轩诗文集》，第 88 页。

② （清）姚鼐：《惜抱轩诗文集》，第 93 页。

③ （清）章学诚著，仓修良编注：《文史通义新编新注》，第 28 页。

④ （清）章学诚著，仓修良编注：《文史通义新编新注》，第 28 页。

阙一不可；合而为一，尤不可也。"[1] 在章学诚的眼中，文学与时代紧密关联，"文征"的编纂其实也正是区域文学史的描述。章学诚认为"文征"的编纂继承的是《诗经》的传统。"文征诸选，风《诗》之流别也。"[2] 在谈及编纂体例时，章学诚特别是强调昭明《文选》的典范性。章学诚从正史编纂和文学审美两个角度来审视"文征"，视野相当开阔。将文学总集单列成书，这是文学独立意识的表现；将文学总集放在历史中进行考察，这就使得文学史成为可能。章学诚这一设想与当代文学史的构建有一致之处。

第二节　学科分途：义理、考据、辞章

学科门类的划分是学科发展的必然。它有助于我们认识各学科的规律和特点，把握不同学科的性质。学科的建立与时代知识发展的状况和认识水平有紧密的联系。如果某一领域的知识在特定的时期迅猛发展，它就很容易获得大家的共识而成为一门学科。托马斯·库恩认为新"范式"的形成巩固了某一专业领域的知识。"对某一时期某一专业做仔细的历史研究，就能发现一组反复出现而类标准式的实例，体现各种理论在其概念的、观察的和仪器的应用中。这些实例就是共同体的范式，它们存在于教科书、课堂演讲和实验室的实验中。研究它们并用它们去实践，相应的共同体成员就能学会他们的专业。"[3] 中国古代文化具有明显的宗经色彩，学科的划分大多以经学为依归，学科分类意识并不是很强烈，当某一学科呈现繁荣时，学科构建才被提上议程。魏晋南北朝时期，文学发展进入了"自觉时代"，诗文创作兴盛一时。面对丰富的创作实践，人们迫切需要从理论上对它进行把握。这一时期关于文笔、文体、文学创作、文学风格等的探讨也热闹起来，《文心雕龙》《诗品》《文章流别论》等理论著作都试图在理

---

① （清）章学诚著，仓修良编注：《文史通义新编新注》，第827页。

② （清）章学诚著，仓修良编注：《文史通义新编新注》，第827页。

③ ［美］托马斯·库恩：《科学革命的结构》，金吾伦、胡新和译，北京大学出版社2003年版，第40页。

论上把握住文学，“文”“笔”的划分体现了人们分类的努力。梁元帝萧绎在《金楼子·立言》中说道：“古人之学者有二，今人之学者有四。夫子门徒，转相师受，通圣人之经者，谓之儒；屈原、宋玉、枚乘、长卿之徒，止于辞赋，则谓之文。今之儒，博穷子史，但能识其事，不能通其理者，谓之学。至如不便为诗如阎纂，善为章奏如伯松，若此之流，泛谓之笔。吟咏风谣，流连哀思者，谓之文。……笔退则非谓成篇，进则不云取义，神其巧惠，笔端而已。至如文者，惟须绮縠纷披，宫徵靡曼，唇吻遒会，情灵摇荡。而古之文笔，今之文笔，其源又异。”① 魏晋六朝文学绚烂，“文”与“笔”分，重经学而不废文学，实是时代使然。萧绎的“儒”是指能够“通圣人之经”，这其实是义理之学；而“学”则是“博穷子史，但能识其事，不能通其理者”，这与考据就比较接近了。萧绎“儒”“学”“文”“笔”的划分与后世义理、考据、辞章的划分大体接近。两宋理学兴盛，讲学、辩论心性成风，义理之学被过度放大。程颐说道：“古之学者一，今之学者三，异端不与焉。一曰文章之学，二曰训诂之学，三曰儒者之学。欲趋道，舍儒者之学不可。今之学者有三弊：一溺于文章，二牵于训诂，三惑于异端。苟无此三者，则将何归？必趋于道矣。”②理学家高举义理，轻视文学和考据。“不求诸己而求诸外，以博闻强记巧文丽辞为工，荣华其言，鲜有至于道者。则今之学，与颜子所好异矣。”③考据、文学都是求诸外，内省心性、辨析义理才是学问的正途。正是高举义理，宋儒别出心裁地提出了“道学”。理学家高举理学，轻视文学和考据，极端的理学家甚至认为“作文害道”。

> 问：“作文害道否？”曰：“害也。凡为文，不专意则不工，若专意则志局于此，又安能与天地同其大也？《书》曰：‘玩物丧志’，为文亦玩物也。吕与叔有诗云：‘学如元凯方成癖，文似相如始类俳；独立孔门无一事，只输颜氏得心斋。’此诗甚好。古之学者，惟务养

① （南朝梁）萧绎：《金楼子》，《丛书集成新编》第21册，台北新文丰出版公司1986年版，第47页。

② （宋）程颢、程颐：《二程集》，中华书局1981年版，第187页。

③ （宋）程颢、程颐：《二程集》，第578页。

情性，其他则不学。今为文者，专务章句，悦人耳目。既务悦人，非俳优而何？”①

主流学术为维护其合法性和正统性，对其他学术门径往往持排斥的态度。两宋理学成为学术的主流，诗文和考据学都处于边缘性的位置。可见，学术门径的划分与时代的学术风气有着紧密的联系。到了清代的乾嘉，考据学打破了理学对学术的垄断，理学消退，考据独占学术主流。义理、考据、辞章三者的地位再度发生了变化，三者的争辩也由此而产生。

一　学术重心的转移

经学以经义为重，文人以思辨儒经义理称善，不以考据经文见长。在经学内部，考据学长期处于辅助性的位置，正因如此，考据学的地位也一直不是很高。考据学的兴起使得学人们不得不重新审视三者的关系。戴震在《与方晞原书》中重新构建了这一学术畛域：“古今学问之途，其大致有三：或事于义理，或事于制数，或事于文章。事于文章者，等而末者也。然自子长、孟坚、退之、子厚诸君子为之，曰：‘是道也，非艺也。’以云道，道同有存焉者矣。如诸君子之文，亦恶睹其非艺欤？夫以艺为末，以道为本，诸君子不愿据其末，毕力以求据其本，本既得矣，然后曰：‘是道也，非艺也。’”② 从表面上看，戴震在构建这一学术畛域的时候是重义理、轻考据和文章，实则不然。戴震晚年虽然以追求义理为归宿，但在学科的重要性上，他坚持把考据放在首位。他在《题惠定宇先生授经图》中说道：“夫所谓理义，苟可以舍经而空凭胸臆，将人人凿空得之，奚有于经学之云乎哉？惟空凭胸臆之卒无当于贤人圣人之理义，然后求之古经；求之古经而遗文垂绝，今古悬隔也，然后求之故训。故训明则古经明，古经明则贤人圣人之理义明，而我心之所同然者，乃因之而明。贤人圣人之理义非它，存乎典章制度者是也。松崖先生之为经也，欲学者事于汉经师之故训，以博稽三古典章制度，由是推求理义，确有据依。彼歧故

① （宋）程颢、程颐：《二程集》，第239页。

② （清）戴震：《戴震全集》第5册，清华大学出版社1991年版，第2589页。

训、理义二之，是故训非以明理义，而故训胡为？理义不存乎典章制度，势必流入异学曲说而不自知，其亦远乎先生之教矣。”① 戴震固然没有否认义理的重要性，但义理何来？这才是他思考问题的重心所在。没有文字训诂的基础、没有名物象数的考证，义理便无从谈起，空谈义理很容易滑入异端而不自知。宋儒不深求文字训诂、不重名物象数之辨，在理论的构建中杂入佛释而不自知，戴震此论乃是针对宋儒而发。他认为真正的儒学必须建立在可靠的基础之上，而这可靠的基础便是考据。在与惠栋会面后，戴震毅然走上了反宋学的道路。他接受了惠栋尊汉学的思想，将考据学视为学术的根基，认为义理必由考据而出。洪榜在《戴先生行状》中评述戴震一生的学术路径：“制数之不明，于古人之文章，多有不省矣。文辞之不达，则所谓义理，固一己之义理，而非六经圣贤之义理。君子之道，不可诬也。盖先生之为学，自其早岁稽古综核，博闻强识，而尤长于论述。晚益窥于性与天道之传，于老、庄、释氏之说，入人心最深者，辞而辟之，使与六经、孔孟之书，截然不可以相乱。盖其学之本末次第，大略如此。”② 戴震由考据入义理，他强调考据学是义理的基础，没有这个基础，学术各流派无法窥见其真貌，容易重蹈宋儒以释、道入儒的弊病。“后之论汉儒者，辄曰故训之学云尔，未与于理精而义明。则试诘以求理义于古经之外乎？若犹存古经中也，则凿空者得乎？呜呼！经之至者道也，所以明道者其词也；所以成词者，未有能外小学文字者也。由文字以通乎语言，由语言以通乎古圣贤之心志，譬之适堂坛之必循其阶级，而不可以躐等。”③ “经之至者道也，所以明道者词也，所以明词者字也。由字以通其词，由词以通其道，必有渐。”④ 经义源于文字，了解经义必须从文字训诂开始，戴震关于义理和考据的反思是辩证的。宋儒在义理的探求上已经达到了新的高度。乾嘉学人与前人相抗衡，唯有通过考据一途。

戴震是乾嘉时期的学界领袖。乾嘉汉学家在审视义理、考据、辞章三

① （清）戴震：《戴震全集》第5册，第2614—2615页。

② （清）洪榜：《初堂遗稿》，《清代诗文集汇编》第410册，第94页。

③ （清）戴震：《戴震全集》第5册，第2630—2631页。

④ （清）戴震：《戴震全集》第5册，第2587页。

者时继承了他的观点，都突出地强调了考据的重要性。段玉裁在《戴东原集序》中说道：“玉裁窃以谓义理、文章，未有不由考核而得者。”① 在此，考据被放在首要位置。钱大昕说道：“自宋、元以经义取士，守一先生之说，敷衍傅会，并为一谈，而空疏不学者，皆得自名经师；间有读汉、唐注疏者，不以为俗，即以为异，其弊至明而极矣。……尝谓六经者，圣人之言，因其言以求其义，则必自训诂始；谓训诂之外别有义理，如桑门以不立文字为最上乘者，非吾儒之学也。训诂必依汉儒，以其去古未远，家法相承，七十子之大义犹有存者，异于后人之不知而作也。三代以前，文字、声音与训诂相通，汉儒犹能识之。”② 义理必须建立在文字训诂基础之上，不以训诂为基础就不是真正的儒学。钱大昕将文字训诂视为“吾儒”必须具备的基本能力，在治学上坚持以汉儒的训诂为依归。考据学的基础性、重要性在这里得到了强化，其学术方法、规范也建立起来了。王鸣盛在《十七史商榷·序》也说：“经以明道，而求道者不必空执义理以求也，但当正文字，辨音读，释训诂，通传注，则义理自见，而道在其中矣。”③ 王鸣盛治学由史入经，后来又由经返史，他认为读经治史的方法是接近的。“尝谓好著书不如多读书，欲读书必先精校书。校之未精而遽读，恐读亦多误矣；读之不勤而轻著，恐著且多妄矣。二纪以来，恒独处一室，覃思史事，既校始读，亦随读随校，购借善本，再三雠勘，又搜罗偏霸杂史、稗官野乘、山经地志、谱牒簿录，以暨诸子百家、小说笔记、诗文别集、释老异教，旁及于钟鼎尊彝之款识，山林冢墓、祠庙伽蓝、碑碣断阙之文，尽取以供佐证，参伍错综，比物连类，以互相检照，所谓考其典制事迹之实也。”④ 不管是经还是史，重心不是在义理、褒贬，而是在于对知识可靠性的把握上，考据由此成为一切学问的关键，突破了这一层，学术的其他问题就迎刃而解了。

---

① （清）戴震：《戴震全集》第6册，第3458页。

② （清）钱大昕：《潜研堂文集》，《嘉定钱大昕全集》第9册，第375页。

③ （清）王鸣盛：《十七史商榷》，《嘉定王鸣盛全集》第4册，中华书局2010年版，“序”第2页。

④ （清）王鸣盛：《十七史商榷》，《嘉定王鸣盛全集》第4册，“序”第2—3页。

二　学术门径的分途与治学之专精

18世纪西方在自然科学上取得长足的发展，学科分类趋于细化。恩格斯说道："18世纪以前根本没有科学；对自然的认识具有自己的科学形式，只是在18世纪才有，某些部门或者早几年。牛顿由于发现了万有引力定律而创立了科学的天文学，由于进行了光的分解而创立了科学的光学，由于创立了二项式定理和无限理论而创立了科学的数学，由于认识了力的本性而创立了科学的力学。物理学也正是在18世纪获得了科学性质；化学刚刚由布莱克、拉瓦锡和普利斯特列创立起来；由于地球形状的确定和人们进行的许多次只有在今天才对科学服务有益的旅行，地理学被提高到科学水平；同样，自然史也被布丰和林耐提高到科学水平；甚至地质学也开始逐渐地从它所陷入的荒诞假说的旋涡中挣脱出来。"① 西方在自然科学的基础上建立起日趋完善的学科体系。而在18世纪的东方，经史之学借助于理性也使学科分类进一步明确，治学的专精进一步加深。东西方在相近的历史时期都强化了学科分类，这是一个有趣的现象。考据学是一门重训诂基础、重积累的学问。为了考证的正确性，学者们往往要遍考群经，正如袁枚所说的"专引载籍，非博不详，非杂不备"②。章学诚也谈到学术文章之困难。"夫学者如牛毛，成者如麟角，俗师言登第之难也。夫于牛毛之中得称麟角，岂不荣甚！但以登第视未成名，登第为麟角矣；以学问文章知名传世之业较之，则登第又如牛毛，而知名传世为麟角矣。"③ 学问文章较前代更难成家数，因此，专精是治学的必然。专精提高了学术研究的门槛，也提高了学术研究的地位。学术专精就必然有抉择，考据学的专精化发展给文学和理学都造成了危机。章学诚说道："近日学者多以考订为功，考订诚学问之要务，然于义理不甚求精，文辞置而不讲，天质有优有劣，所成不能无偏可也，纷趋风气，相与贬义理而薄文辞，是知徇一时之名，而不知三者皆分于道，环生迭

---

① 《马克思恩格斯文集》第1卷，人民出版社2009年版，第88页。

② （清）袁枚：《小仓山房文集》，《袁枚全集新编》第7册，第593页。

③ （清）章学诚著，仓修良编注：《文史通义新编新注》，第825页。

运，衰盛相倾，未见卓然能自立也。”① 经史考证独霸学坛，在其打压之下，义理、文辞都面临着突破困境的难题。也正因如此，不管是理学还是文学，都必须作出调整，否则无法面对强势的学术话语。袁枚在《与友人某论文书》中说道：“要知为诗人，为文人，谈何容易？入文苑，入儒林，足下亦宜早自择。宁从一而深造，毋泛涉而两失也。嗟乎！士君子意见不宜落第二义。足下好著书，仆好诗文，此岂第一义哉？古之人，其传也，非能为传也，乃不能为不传也。何也？使人谋传我则易，而我自谋其传则难也。仆与足下生盛世，不能为国家立万里功，活百姓；又不能伏丹墀，侃侃论天下事；并不能为游徼啬夫，使乡里敬之信之。而乃欲争名于蠹简中，狭矣！”② 这个友人其实就是程晋芳。程晋芳既好诗文，又倾心于考据，袁枚对其劝告也是有针对性的。在考据学深入发展的语境下，选择文苑还是儒林，这是文人们必须作出的选择。如果不“从一而深造”，就很有可能会“泛涉而两失”。考据学的深入发展使得各学术门径都面临着专精的问题。学术门径的分化加剧，学术门径之间的界限也越来越明显。

人的才性不一，并不是每个人都适合考据学，个人的道路如何选择，这是摆在许多文人面前的一道难题。乾嘉考据学受汉儒影响很大，在具体研究之中，乾嘉学者也注重专精。王昶告诫友人：“为学之途，犹建章宫阙，千门万户，求所以入之而已矣。入之，必专于一家。颇怪今世文士辄曰：‘我能经，我能史，我能诗与古文。’叩其所业，率皆浮光掠影，未有深造而自得者。夫学者必不能尽通诸经也，尽通诸经乃适以明一经之旨。而一经之中分茅设蕝，若汉人之《易》，既异乎宋元矣，汉人中若京孟，若荀虞又各不同。不守一师之说，深探力穷之，于彼于此掠取一二说焉，必至泛滥而无实，穷大而失居，推之他经皆然，推之史与诗与古文亦无不然。故愿足下专于一家，求所以入之也。”③ 专治一经、重师承是汉儒治经的特点，乾嘉学者在治学时也注意到了这一方法。卢文弨也说道：“人之为学也，其径途各有所从入，为理学者宗程朱，为经学者师贾孔，为博综

① （清）章学诚著，仓修良编注：《文史通义新编新注》，第770页。
② （清）袁枚：《小仓山房文集》，《袁枚全集新编》第6册，第360页。
③ （清）王昶：《春融堂集》，《清代诗文集汇编》第358册，第346页。

之学者希踪贵与伯厚，为词章之学者方轨子云、相如，为钞撮之学者则渔猎乎《初学记》、《艺文类聚》诸编，为校勘之学者则规橅乎刊误考异诸作。人之力固有所不能兼，抑亦关乎性情，审其近而从事焉。将终身以之而后可以发名成业，其能有所兼者尤足贵也。”① 学贵专精，不专则不精。“尝慨聪明有志之士，世故不乏，或为外物所牵，又无明师良友为之助，往往中道废，不克自振以可为之时，掷之无用之地。其后虽欲勉自收摄，求为炳烛之明，而精力已销亡，耳目已败坏，不能复有所为矣。”② 考据专门化，而诗古文辞也不易为，尤其是古文，这就促使各门类学问走向了专门化。袁枚是乾嘉诗坛的领袖，在他的周围，曾经有不少人年少时热衷于诗文，后来改道考据，袁枚力辨各门类的联系和区别，这正是时代学术发展使然。章学诚说道：“后儒途径所由寄，则或于义理，或于制数，或于文辞，三者其大较矣。三者致其一，不能不缓其二，理势然也。知其所致为道之一端，而不以所缓之二为可忽，则于斯道不远矣。徇于一偏，而谓天下莫能尚，则出奴入主，交相胜负，所谓物而不化者也。”③ 章学诚早年自视甚高，戴震“不曾识字”之训让他心寒，心境曾一度陷入低谷。章学诚不擅长经史考据，他对自己的不足有清醒的认识。他从事的文史校雠之业只有少数几个知己了解，但他一直没有放弃，相信自己的学术发现“天造地设之不可动摇”。他劝告自己的弟子：“学问之事，正如医家良剂，不特志古之道不宜中辍，亦正以其心力营于世法，不胜其疲，不可不有所藉，以为斯须活泼地也。如云今困于世，姑且止之，俟他日偿其夙愿，则夙愿将有不可得偿者矣。仆困于世久矣！坎坷潦倒之中，几无生人之趣。然退而求其所好，则觉饥之可以为食，寒之可以为衣，其甚者直眇而可以能视，跛而可以能履，已乎！已乎！旦暮得此，所由以生，不啻鱼之于水，虎豹之于幽也。于此不得藏息，则不如徇世俗之所求，犹为不失所业。”④ 作为一个过来人，章学诚的劝告可谓甘苦之言。在写给家人的书信中，章学诚屡屡劝告后人必须专注于某一学问，否则白首无成。“夫学贵

① （清）卢文弨：《抱经堂文集》，《清代诗文集汇编》第342册，第423页。

② （清）卢文弨：《抱经堂文集》，《清代诗文集汇编》第342册，第465页。

③ （清）章学诚著，仓修良编注：《文史通义新编新注》，第119—120页。

④ （清）章学诚著，仓修良编注：《文史通义新编新注》，第691页。

专门，识须坚定，皆是卓然自立，不可稍有游移者也；至功力所施，须与精神意趣相为浃洽，所谓乐则能生，不乐则不生也。”① 在学术门径分类明确的情况下，从事某一学术门径必须有所坚持，苦中寻乐，否则难以成家。章学诚生前寂寞，与“乾隆第一学者”的戴震无法相提并论，而在近代却与戴震一起被视为“乾嘉最高两大师”。章学诚的治学理念至今仍然值得我们借鉴。

三 诗文的专精倾向

中国历代重道轻文，许多文学家往往以道自任而不是以文自期。在学术研究专精化发展的时代语境下，要想在诗文上有所建树，专精也势所难免。而专注于诗文，需要打破传统重道轻文的观念，提高诗文的地位。真正敢于打破这一观念的是袁枚，在谈及考据与诗文的关系时，袁枚时时抬高诗文贬低考据，认为诗文优于考据。对于身边的文学青年，他常常以诗文相激励。我们且看袁枚的《赠黄生序》：

> 唐以词赋取士，而昌黎“下笔大惭”。夫词赋犹惭，其不如词赋者可知也。然昌黎卒以成进士，其视夫薄是科而不为者，异矣。今之人有薄是科而不为者，黄生也。……予喜生年甚少，意甚锐，不徇于今，其于古可仰而冀也。又虞其家之贫，有以累其能也。为羞其晨昏，而以书库托焉，成生志也。既又告之曰：天下有不为，而贤于其为之者；有为之，而不如其不为者。无他，成与不成而已。不为而不成，其可为者自在也；为之而不成，人将疑其本不可为，而为者绝矣。今天下不为古文，子为之，安知其不为者之不含笑以待也。“苟为不熟，不如荑稗”。生自揣不能一雪此言，且不宜为古文。吾望于生者厚，故反吾言以勖之。②

黄生其实就是黄仲则。黄仲则富有文才，早年颇有诗名，后游幕于沈

① （清）章学诚著，仓修良编注：《文史通义新编新注》，第821页。

② （清）袁枚：《小仓山房文集》，《袁枚全集新编》第5册，第210—211页。

业富、朱筠等达官，受考据学影响很大，有转道的倾向。袁枚此文的用意很明显，古文不可轻易薄之。古文与道最近，得道与否，必须视其古文如何，而古文要想成家却是不易；在世人不为之际，在此道上用功，未必不能鸣世。袁枚认为文商于道。在《再答陶观察书》中，袁枚将文章视为“报国”之一途：“尝谓功业报国，文章亦报国，而文章之著作为尤难。掖之进，知己；劝其退，亦知己。而劝退之成全为尤大。公疑仆禄有余赢，故欲退居以自怡，似又非知仆者。仆进有事在，退有事在，未必退闲于进。且所谓文章报国者，非必如《贞符》《典引》刻意颂谀而已。但使有鸿丽辨达之作，踔绝古今，使人称某朝文有某氏，则亦未必非邦家之光。仆官赤紧以来，每过书肆，如渴骥见泉，身未往而心已赴。得少休焉，重寻故物，或未干贤者之讥乎?”① 年仅33岁的袁枚仕宦7年便隐退，周围的人对此都很难理解。袁枚自知仕宦艰险，毅然选择“文章报国”，这一方面是自信，另一方面则是职志专精的时代风气使然。世人对袁枚此举多不能理解，但久历官场的赵翼对此看得比较真切。他在袁枚诗集的序中写道：“作宦不曾逾十载，及身早自定千秋。群儿漫撼蚍蜉树，此老能翻鹦鹉洲。相对不禁惭饭颗，杜陵诗句只牢愁。舒卷闲云在绎霄，平生出处亦超超。曾游阆苑轻三岛，爱住金陵为六朝。富贵岂如闲有味？聪明也要福能消。不须伯道愁无子，此集人间已不祧。”② 赵翼为生计长期奔波于官场，袁枚倒是能逍遥自在，以诗文“报国”，赵翼的欣羡之情溢于言表。在考据学占据主流学术话语的时代，袁枚认为各学问门类贵在于“精”。“然仆意以为专则精，精则传；兼则不精，不精则不传。与足下异矣。若谓诗文不如著书，仆更不谓然。周、秦以来，作诗文者无万数，诚如尊言矣。著书者亦无万数，足下独未知之乎？撷《艺文志》，未必文集俱亡，而著书独在也。仆疑足下于诗文之甘苦尚未深历，故觉与我争名者在在皆是，而独震于考订家琐屑斑驳，以为其传较可必耶？又疑诗文之格调气韵可一望而知，而著书之利病非搜辑万卷不能得其症结。故足下渺视乎其所已知者，而震惊乎其所未知者耶?”③ 无论是诗文还是考据都有传与不传，

① （清）袁枚：《小仓山房文集》，《袁枚全集新编》第6册，第305页。
② （清）袁枚：《小仓山房诗集》，《袁枚全集新编》第1册，“序”第3页。
③ （清）袁枚：《小仓山房文集》，《袁枚全集新编》第6册，第360页。

关键之处在是否能精，精则能传，不精则不能传，袁枚的这一观点可以说与汉学家同调。

姚鼐也持有相似的观点。“夫道有是非，而技有美恶。诗文皆技也，技之精者必近道，故诗文美者命意必善。文字者，犹人之言语也，有气以充之，则观其文也，虽百世而后，如立其人而与言于此；无气，则积字焉而已。意与气相御而为辞，然后有声音节奏高下抗坠之度，反复进退之态，采色之华。故声色之美，因乎意与气而时变者也，是安得有定法哉！自汉、魏、晋、宋、齐、梁、陈、隋、唐、赵宋、元、明及今日，能为诗者殆数千人，而最工者数十人。此数十人，其体制固不同，所同者，意与气足主乎辞而已。”① 姚鼐将诗文视为技艺，认为精于此技就得道。而要精通诗文之技并不容易，要把握好意、气、辞之间的关系，自汉至今，真正能把握好此技的也就数十人。姚鼐认为精于文则近道，如果不精或过之，其则偏于道矣。“今夫博闻强识而善言德行者，固文之贵也；寡闻而浅识者，固文之陋也。然而世有言义理之过者，其辞芜杂俚近，如语录而不文；为考证之过者，至繁碎缴绕，而语不可了当，以为文之至美，而反以为病者何哉？其故由于自喜之太过而智昧于所当择也。夫天之生才虽美，不能两偏，故以能兼长者为贵，而兼之中又有害焉。岂非能尽其天之所与之量而不以才自蔽者之难得与？”② 姚鼐从专精的角度来看待诗文和义理、考据，义理、考据，如果做得不精，那还不如诗文之精。姚鼐将三者视为同一起跑线，认为只要精于其中一门，那就接近道了。袁枚认为“苟为不熟，不如荑稗”，这与姚鼐一致。姚鼐在自己诗文集后面附年轻时几首词，在谈及词的创作时他说道：“词学以浙中为盛，余少时尝效焉。一日嘉定王凤喈语休宁戴东原曰：‘吾昔畏姬传，今不畏之矣。’东原曰：‘何耶？’凤喈曰：‘彼好多能，见人一长，辄思并之。夫专力则精，杂学则粗，故不足畏也。’东原以见告。余悚其言，多所舍弃，词其一也。”③ 姚鼐的诗文集仅有词 7 首，可见他舍弃之坚决。姚鼐日后以古文为职向，恐怕也与这种认识有联系。章学诚也说道：“大抵学问文章，须成家数，博以聚之，

---

① （清）姚鼐：《惜抱轩诗文集》，第 84 页。

② （清）姚鼐：《惜抱轩诗文集》，第 61 页。

③ （清）姚鼐：《惜抱轩诗文集》，第 646 页。

约以收之，载籍浩博难穷而吾力所能有限，非有专精致力之处，则如钱之散积于地，不可绳以贯也。”① 面对丰富的文化遗产，清人面临着前人“影响的焦虑”，无论是学问还是文章都必须专精才能“博以聚之，约以收之”，从而超越前人成“家数”。清人并没有自己的“一代之文学”，各种文体在前代都有高原、高峰，要想成“家数”确实是不易。章学诚此论确有深察之处。

义理、考据、辞章要分途而治，而诗文也面临着分途的命运。章学诚说道：“第专工文者不能不作韵语，碑铭传赞之类是也，其不能诗者，韵语率多简质古直，不失古人铭金勒石之意而已；专工诗者不能不作散语，题赠小序、景物注记之类是也，其不能文者，散语率多古拙疏朴，间或不免冗碎险涩而已。文人不能诗，而韵语不失体要，文能兼诗故也；诗人不能文，而散语或至芜累，诗不能兼文故也。然既为真诗人矣，才虽短于属文，心必通乎文理。故其散语佳者，淳雅不让古人，即其病而或至芜累，则宁朴无华，宁野无市，宁拙无俗，故辞虽不工，而自饶古趣。古之诗人不工文者，更仆难数，大要不出此也。”② 诗与文体性不一，人的才性也有区别，能兼长二者的不多，章学诚的分析不无道理。在乾嘉学术分工细化的语境下，这样的分析有现实针对性。值得注意的是，乾嘉时期人口迅速增长，诗文创作呈现出职业化的倾向。刘大櫆说道：“今世士大夫以诗为业，童而习之，白首而不迁。”③ 可见学诗已进一步专业化，非长期坚持无以成家。袁枚自己也称：“卖文润笔，竟有一篇墓志送至千金者。”④ 在盛世的背景下，文人队伍庞大，为了谋生，游幕成为文人的重要选择，而游幕需要精通各种文体的写作，这对诗文写作具有推动作用。另外，乾嘉时期，在社会经济的推动下，各种文事也相当活跃，墓志铭、寿序、传、碑文等各种应用文的需求也超越了历史上任何一个时代，专精于诗文成为文人谋生的一种手段。

---

① （清）章学诚著，仓修良编注：《文史通义新编新注》，第 741 页。

② （清）章学诚著，仓修良编注：《文史通义新编新注》，第 700 页。

③ （清）刘大櫆：《刘大櫆集》，上海古籍出版社 1990 年版，第 90 页。

④ （清）袁枚：《小仓山房文集》，《袁枚全集新编》第 5 册，“序”第 2 页。

四　义理、考据、辞章之辨

义理、考据、辞章是中国传统的学科分类。考据是知识准确性的前提，在乾嘉，这一学术门径被过度放大，义理、辞章之学倒是受到了打压。钱穆在谈及中国学术传统时说道：“我认为中国传统学术可分为两大纲：一是心性之学。一是治平之学。‘心性之学’亦可说是‘德性之学’，即正心、诚意之学。此属人生修养性情、陶冶人格方面的……‘治平之学’亦可称为‘史学’，这与心性之学同样是一种实践之学。但我们也可说心性学是属于修养的，史学与治平之学则是属于实践的。”① 心性之学与治平之学确是中国学术文化的两大宗，两者相辅相成，一直是中国文化传统的特点。而在乾嘉时期，理学的正宗地位被挑战，时代学术强调的是知识的可靠性。在此背景下，义理之学、辞章之学都很难回避考据，如何审视三者之间的关系，这是每一学术门径都必须面临的问题。袁枚虽然处处抨击考据学，但他自己也不免深陷其中，隐退后仍不废学问。在《随园随笔》中，他说道：“然入山三十年，无一日去书不观，性又健忘，不得不随时摘录。或识大于经史，或识小于稗官，或贪述导闻，或微抒己见。疑信并传，回冗不计。岁月既久，卷页遂多，皆有资于博览，付之焚如，未免可惜。”② 袁枚的《随园随笔》是一部考据文集，二十八卷，内容涵盖了经、史、金石、历代官制、科第、术数等方面，可以说是无所不包。袁枚本性并不喜欢琐碎的考证，他在考据上的努力是时代学术影响的结果。袁谷芳在《随园随笔》的序中称袁枚集三种学术之大成，这表面是恭维之词，其实不乏真见。“疑者曰：随园之辞章不必言，经济尚可于其吏治信之，若目以理学，毋乃阿所好而失于诬乎？予曰：不然。夫言必求肖于周、程、张、朱，而后为理学。噫，此世之所以多伪君子也！随园于同时之讲经而株守汉学（《与惠栋论学书》。）讲道而虚崇宋儒（《与是镜书》。）必为文以辟之，不遗余力，俾支离穿凿迂阔无用之学自呈其伪，以不使混吾学之真。故其见于文者，无一字及于经，而无非经之精华也；

① 钱穆：《中国历史研究法》，《钱宾四先生全集》第 31 册，第 87 页。

② （清）袁枚：《小仓山房文集》，《袁枚全集新编》第 6 册，第 563 页。

无一字及于道，而无非道之充实是也。诚诸中者形诸外，噫，夫岂可以袭而取与！故予因其文而审其为人，性情脱洒，和而不流，非即周茂叔之吟风弄月者乎！是年高隐，不慕荣进，而又笃于友谊；不以穷通生死易心，即尹和靖之奉母终身、蔡季通之为友远谪，何异焉？凡此皆见于诸论著中，读者试一一按而求之，当知随园之学与年俱进，而德亦与年俱劭者，固非昔日所闻'风流才子'之随园，而真为今日兼理学、经济、辞章而一之之随园也。然则予之言岂有阿乎？彼犹以为阿者，必前之徒知有先生制举之文者也，不知先生者也，不知文者也，并不知予非媚人之文以求知于人者也。然则予之言亦惟先生知之而已。"① 袁谷芳的这篇序深得袁枚学问之精髓，但一直没有被学界重视。在学术风气大变的形势之下，袁枚确实是在考据、义理、辞章上都下功夫，并努力将三者融合的学者。袁枚的考据之学虽然成绩平平，但下的功夫不小；他的义理之学震惊了那个时代，他的诗文也是乾嘉时期的典范。在乾嘉时期，义理、考据、辞章三者都面临重新评价的问题。

经学在中国古代具有独尊的地位，其他学科门类都被视为经学的附庸或被视为经学的流变，文学也不例外。"夫文章者，原出五经：诏命策檄，生于《书》者也；序述论议，生于《易》者也；歌咏赋颂，生于《诗》者也；祭祀哀诔，生于《礼》者也；书奏箴铭，生于《春秋》者也。"② 文学的各种文体是否源于经学，这已很难考证，但"宗经"的思想一直左右着古人对文学的认识。在乾嘉时期，考据学取得了独尊的地位，作为经学的附庸，文学面临着如何打通考据、义理的时代性问题。

在文学里，古文与经学最近，文统与道统紧密联系。文以载道，这是古文最基本的观点。两宋以后，理学成为正统的意识形态，理学与道被视为同一物。乾嘉考据学是对理学的反拨，空谈义理已不为时代所取。受时代学术的影响，不少信奉理学的学者如翁方纲、姚鼐、朱筠、章学诚等都染指考据学，都试图通过考据来弥补理学空疏的弊病。秦瀛说道："近数十年来，学者多尚考据，古文之学更衰。夫古文中未尝无考据，然考据自

① （清）袁枚：《小仓山房文集》，《袁枚全集新编》第5册，"序"第8页。

② （南北朝）颜之推：《颜氏家训集解》，中华书局1993年版，第237页。

考据，古文自古文，治古文而欲废考据非也，以考据为古文亦非也。且文以明道，沾沾于寻章摘句、饾饤训诂之学，而形而上者反遗焉。文以致用，敝精劳神于占毕之业，注疏笺释，纷纭轇轕，而所为适于用者不存焉。”① 乾嘉时期，古文的独立意识虽较前代都强，但仍然难以摆脱考据与义理的纠缠。如何回应时代学术，如何打通三者之间的关系，这都是必须要回答的问题。辨析三者最深者，莫过于姚鼐、章学诚、翁方纲和袁枚。

（一）姚鼐辨析义理、考据、辞章

萧绎根据研究内容将学术划分为儒、文、学、笔，程颐将学术门径划分为文章之学、训诂之学、儒者之学。程颐的划分有明显的倾向性，他把文章之学、训诂之学与儒学对立，认为文章之学、训诂之学无足轻重，甚至有碍道之嫌。戴震在接过前人学术畛域划分方法的同时又对其进行了改造，他一方面继承了道本艺末的观点，另一方面又突出了考据对义理的决定性作用。戴震并没有认为三者是对立矛盾的，他认为三者都统一在义理之中。可惜的是，乾嘉不少学者接过这一学术分类方法时过度地强调了考据的决定性作用，致使考据学被过度放大。正如章学诚所批评：“近日学者风气，征实太多，发挥太少，有如桑蚕食叶而不能抽丝。”② 在考据学风的这股热潮里，偏好辞章的姚鼐对汉学家的偏好有切身的体会。乾隆十九年，他礼试不售。这一年戴震避仇入京，一时达人为戴震的学问所折服，京师学风为之一变。受时代学风的影响，姚鼐也热衷于考据，虽然拜戴震为师不成，但并不影响他从事经史考据的热情。四库馆开馆，姚鼐也任职其中，他沉浸于经史考证之中。四库馆是汉学家的大本营，信奉程朱理学的姚鼐在京师知己甚少。他最终被迫离开京师，在钟山、梅花、紫阳、敬敷书院授徒，提倡理学和古文。面对学术的变化，姚鼐认识到，固守一端已不为时代所取，任何一个学术方向都应该兼长三者。他说道：“鼐尝谓天下学问之事，有义理、文章、考证三者之分，异趋而同为不可废。一涂之中，歧分而为众家，遂至于百十家。同一家矣，而人之才性偏胜，所取之径域，又有能有不能焉。凡执其所能为，而訾其所不为者，皆陋也，必兼收之

① （清）秦瀛：《小岘山人诗文集》，《清代诗文集汇编》第407册，第481页。
② （清）章学诚著，仓修良编注：《文史通义新编新注》，第693页。

乃足为善。”[①] 在义理、考据、辞章三者分化加剧的情形之下，姚鼐这一提法有其时代针对性和合理性。

乾嘉汉学家以考据为职向，对义理和辞章均有鄙薄之意。姚鼐虽然曾一度热衷于考据，但成绩平平，四库馆臣对程朱理学的批评让他耿耿于怀。融合义理、考据、辞章三者，做起来非常困难。人的才性不一，学术发展的趋势又趋于专精，姚鼐也认识到融合之困难。他说道：“人之才性偏胜，所取之径域，又有能有不能焉。”[②] “且夫文章、学问一道也，而人才不能无所偏擅，矜考据者每窒于文词，美才藻者或疏于稽古，士之病是久矣。”[③] “夫天之生才虽美，不能无偏，故以能兼长者为贵，而兼之中犹有害焉。岂非能尽其天之所与之量而不以才自蔽者之难得与?”[④] 兼长三者何其之难，姚鼐主张融合义理、考据、辞章，不是徇时代之风气，这有抗击汉学的深层意图。在《复蒋松如书》一文中，姚鼐愤慨地说道：“然今世学者，乃思一切矫之，以专宗汉学为至，以攻驳程、朱为能，倡于一二专己好名之人，而相率而效者，因大为学术之害。夫汉人之为言，非无有善于宋而当从者也；然苟大小之不分，精粗之弗别，是则今之为学者之陋，且有胜于往者为时文之士，守一先生之说，而失于隘者矣。博闻强识，以助宋君子之所遗则可也，以将跨越宋君子则不可也。鼐往昔在都中，与戴东原辈往复，尝论此事；作《送钱献之序》，发明此旨，非不自度其力小而孤，而义不可以默焉耳。先生胸中，似犹有汉学之意存焉，而未能豁然决去之者，故复为极论之。”[⑤] 姚鼐将理学视为精、大，考据为粗、小，认为君子当务其大，不必屑屑于琐碎的考据。既然理学已由宋儒构建起来，学者的任务便是实践、阐发理学，而不是借考据另立炉灶。理学已建立，如果辞章能够充分阐发其义理，那么文便能与道融合为一，文即为道。归山后的姚鼐对攻击宋儒的汉学家的批评更是激烈。“儒者生程、朱之后，得程、朱而明孔、孟之旨，程、朱犹吾父师也。然程、朱言或有

① （清）姚鼐：《惜抱轩诗文集》，第104—105页。
② （清）姚鼐：《惜抱轩诗文集》，第105页。
③ （清）姚鼐：《惜抱轩诗文集》，第55页。
④ （清）姚鼐：《惜抱轩诗文集》，第61页。
⑤ （清）姚鼐：《惜抱轩诗文集》，第95—96页。

失，吾岂必曲从之哉？程、朱亦岂不欲后人为论而正之哉？正之可也，正之而诋毁之，讪笑之，是诋讪父师也。且其人生平不能为程、朱之行，而其意乃欲与程、朱争名，安得不为天之所恶。故毛大可、李刚主、程绵庄、戴东原，率皆身灭嗣绝，此殆未可以为偶然也。”① 从激烈的措辞我们可以看出姚鼐的态度。

理学至清代已很难有创新，姚鼐虽然执着于程朱理学，但并没有多少创新，其思想仍然跳不出传统理学的窠臼。既然古文能与道体为一，那么弘文便是扬道，在汉宋对峙之际，转入自己喜好的诗文是姚鼐的必然的归途。他在与汪辉祖的信中说道：“鼐性鲁知暗，不识人情向背之变、时务进退之宜，与物乖忤，坐守穷约，独仰慕古人之谊，而窃好其文辞。夫古人之文，岂第文焉而已，明道义、维风俗以诏世者，君子之志；而辞足以尽其志者，君子之文也。达其辞则道以明，昧于文则志以晦。鼐之求此数十年矣，瞻于目，诵于口，而书于手，较其离合而量剂其轻重多寡，朝为而夕复，捐嗜舍欲，虽蒙流俗讪笑而不耻者，以为古人之志远矣，苟吾得之，若坐阶席而接其音貌，安得不乐而愿日与为徒也。”② 道能与文合一，文之精者即为道，在消解了对考据的盲目崇拜之后，姚鼐以道文自任，隐然与汉学树敌。汉学阵容强大，姚鼐也积极奖掖后进。他在《答鲁宾之书》中劝勉后学：“《易》曰：‘吉人之词寡’。夫内充而后发者，其言理得而情当，理得而情当，千万言不可厌，犹之其寡矣。气充而静者，其声闳而不荡。志章以检者，其色耀而不浮。邃以通者，义理也。杂以辨者，典章、名物凡天地之所有也。闵闵乎！聚之于锱铢，夷怿以善虚，志若婴儿之柔。若鸡伏卵，其专以一，内候其节，而时发焉。夫天地之间，莫非文也。故文之至者，通于造化之自然。然而骤以几乎，合之则愈离。今足下为学之要，在于涵养而已！声华荣利之事，曾不得以奸乎其中，而宽以期乎岁月之久，其必有以异乎今而达乎古也。以海内之大而学古文最少，独足下里中独盛，异日必有造其极者。然后以某言证所得，或非妄也。”③ 姚鼐认为理学之义理重在体悟而不是发现，他将理学的涵养与自然成文视

① （清）姚鼐：《惜抱轩诗文集》，第 102 页。

② （清）姚鼐：《惜抱轩诗文集》，第 89 页。

③ （清）姚鼐：《惜抱轩诗文集》，第 104 页。

为一体。姚鼐处处以文理劝诫后学，桐城派后来能够成为一个古文流派，与他的倡导和努力培养后进紧密相关。

姚鼐屡屡以理学自期，那他的思想是不是纯儒？这是一个值得追问的问题。方苞以理学自命，他对异端坚决排斥。“夫儒者之学，所以深摈异端，非贵其说之同也。学不明，则性命之理不顺。汉代儒者所得于经甚浅，而行身皆有法度，遭变抵节，百折而其志必伸。魏、晋以后，工文章垂声于世者众矣；然叩其私行不若臧获之庸谨者，少遇变故，背君父而弃名节，若唾溺然。由是观之，不出于圣人之经，皆非学也。”① 方苞坚守程朱理学，与程朱理学不合的学说一概受到排斥。他批评佛、道尤为严厉，对同时代黄宗羲、颜李学派也都有批评。姚鼐虽然也坚守程朱理学，但他对佛、道却并不反感。“若夫佛氏之学，诚与孔子异。然而吾谓其超然独觉于万物之表，豁然洞照于万事之中，要不失为己之意，此其所以足重，而远出乎俗学之上。儒者以形骸之见拒之，吾窃以谓不必，而况身尚未免溺于为人之中者乎？”② 戴震批评朱熹援佛入儒，破坏了儒学的纯正。汉学家对理学援佛入儒都深感不满，姚鼐敢于为佛学开脱，这在乾嘉实在是惊异之论。姚鼐壮年归田后，曾与王文治讲修佛禅。“先生好浮屠道，近所得日进，尝同宿使院，鼐又渡江宿其家食旧堂内，其语穷日夜，教以屏欲澄心，返求本性。其言绝善，鼐生平不常闻诸人也。”③ 对于佛学，姚鼐晚年仍笃好不已。“老年惟耽爱释氏之学，今悉戒肉食矣。”④ 姚鼐对道家也多有认可之处，在《老子章义序》一文中，他将儒道视为一源，认为孔子是老子思想的继承者。对道家思想的阐发在他的著述中也比比皆是。在《复钦君善书》中，姚鼐说道：“足下畸士也，其文亦畸文也。夫文技耳，非道也，然古人藉以达道。其后文至而渐与道远，虽韩退之、欧阳永叔，不免病此，况以下者乎。足下之文，不通于俗，而亦不尽合于古；不求工于技，而亦不尽当于道；自适己意，以得其性情所安，故曰畸文也。齐桓公见甕盎大瘿说之，‘而视全人，其脰肩肩’。足下谓不欲以人首加己身，

① （清）方苞：《方苞集》，第 175 页。

② （清）姚鼐：《惜抱轩诗文集》，第 126 页。

③ （清）姚鼐：《惜抱轩诗文集》，第 43 页。

④ （清）姚鼐：《惜抱先生尺牍》，《丛书集成续编》第 130 册，第 938 页。

其意善矣，而欲仆绳削其文。仆不能偶俗，略有类足下耳，岂能以区区文法为足下绳削？第如齐桓之视甕瓷者视之而已。”① 乾嘉考据学试图在追溯儒家原典中还原儒学的原义，学者们都痛批佛、道之非，受这一学术思潮的影响，这一时期佛学、道家思想都被打压。姚鼐不避佛、道，与乾嘉考据学的主流相去甚远，与清代以来的理学传统也不相吻合。由此可见，姚鼐真正倾心的不是考据和义理，而是古文。他辨析义理、考据、辞章，这其实是为他伸张古文作铺垫。他的学术思想与刘大櫆有相似之处，他将富于异端色彩的刘大櫆列入桐城派的文统，也只是基于文而不是道，义理、考据在姚鼐手中逐渐虚化。

乾嘉汉学家反对宋明理学对儒家先典的理论凿空，对理学所构建的“理”“天道”“性”等观念大多持怀疑、否定的态度，他们主张从人的基本情欲的角度来看待儒家先典。章学诚在《文史通义》的开篇就说道：“六经皆史也。古人不著书；古人未尝离事而言理，六经皆先王之政典也。”② 章学诚从史的角度消融了经典，认为经典都是在解决实际问题中产生的，不是悬空的理。戴震在《孟子字义疏证》中驳斥了宋儒的“天理”：“余少读《论语》端木氏之言曰：‘夫子之文章可得而闻也，夫子之言性与天道不可得而闻也’。……孔子既不得位，不能垂诸制度礼乐，是以为之正本溯源，使人于千百世治乱之故，制度礼乐因革之宜，如持权衡以御轻重，如规矩准绳之于方圆平直，言似高远而不得不言。自孔子言之，实言前圣所未言；微孔子，孰从而闻之！故曰‘不可得而闻’。是后私智穿凿者，亦警于乱世，或以其道全身而远祸，或以其道能诱人心有治无乱；而谬在大本，举一废百；意非不善，其言祇足以贼道，孟子于是不能已于与辩。”③ 孔子不言性与天道，后儒凿空言道，构建起所谓的理学，实是贼道。乾嘉考据学建立起了实学，重人事，不言天道，而姚鼐在论义理和诗文时却多用“天”，从“天”的角度来论理和文。他在《复鲁洁非书》中说道：“鼐闻天地之道，阴阳刚柔而已。文者，天地之精英，而阴阳刚柔之发也。惟圣人之言，统二气之会而弗偏，然而《易》、《诗》、《书》、

① （清）姚鼐：《惜抱轩诗文集》，第 291—292 页。

② （清）章学诚著，仓修良编注：《文史通义新编新注》，第 1 页。

③ （清）戴震：《戴震全集》第 1 册，第 149 页。

《论语》所载，亦间有可以刚柔分矣，值其时其人，告语之体，各有宜也。”① 从阴阳论天道，再由天道而论文之阴阳，姚鼐将古文与天道融合为一。“言而成节合乎天地自然之节，则言贵也。其贵也，有全乎天者焉，有因人而造乎天者也。今夫六经之文，圣贤述作之文也……夫文者，艺也。道与艺合，天与人一，则为文之至。世之文士，固不敢与文王、周公比，然所求以几乎文之至者，则有道矣。”② 道与艺合，古文获得了审美的神韵。姚鼐的古文理论融合了天、道、神韵，从思想根源上看，这是儒道释三者融合的结果。

戴震论义理、考据、辞章，重在由考据以求义理，姚鼐三者之辨却将重心引向了古文。同样的辩题，两人貌似而神异，这与各自的价值取向有关。姚鼐关于三者的辨析其实也是对义理、考据、辞章这一学术畛域的重新构建。这一辨析使得古文没有被考据学湮没，为桐城派古文的突破作了学理上的铺垫，这在文学史上功不可没。

清初，在帝王的有意倡导下，理学占据着学术的主流。受此影响，古文也多依附于理学之下。到了乾嘉，学业分工细化，古文渐渐被视为学问之一途。朱仕琇在谈及自身的求学经历时说道：“仕琇幼即治古文之学，刓精敝神，颇积日力，甲子岁出先生之门，越六载而获见于京师，因请质焉。”③ 朱仕琇与当时的理学家雷鋐、方苞等交往甚密，他师从夏之蓉，而夏之蓉也以古文为追求。方苞在序夏之蓉的文集时说道：“嗣予删定唐宋八大家文，醴谷间出议论，与予相辨难，往复至再三不厌。虽所见略殊，而指归不异。予益重之，知其蕴酿者深矣。”④ 夏之蓉与方苞往复辨难八家之文。夏之蓉在古文上“蕴酿者深矣”，这说明在理学一派，已分化出古文一途。夏之蓉致力于古文的开拓，试图复兴古文，这在当时并不容易。他在《答张解元世荦论古文书》中说道：“文章之道与时为升降者也，唐之视汉远矣，宋之视唐，明之视宋抑又远矣。要其思覃研精，各有所至，未可以形枝论也。……嗣官太史为余言足下肆力于古文，论议绰有根柢，

① （清）姚鼐：《惜抱轩诗文集》，第93页。
② （清）姚鼐：《惜抱轩诗文集》，第49页。
③ （清）夏之蓉：《半舫斋古文》，《清代诗文集汇编》第287册，第446页。
④ （清）夏之蓉：《半舫斋古文》，《清代诗文集汇编》第287册，第445页。

此尤仆所寤寐求之，而急欲一遇者。……仆之欲选本朝古文也，搜罗采览十数年于兹，始亦欲如《唐文粹》、《宋文鉴》、《元文类》诸书，裒积所闻，以传一代之盛，而家鲜藏书，惧多挂漏，仍仿荆川鹿门诸先辈体例，或八家或十家，传其最足传者。乃料拣至今，其为大家、名家讫无以定也。则且与足下一详论之。本朝古文以侯、魏、姜、汪称最，侯有奇气，魏善谈史事，纵横自恣。姜与汪粹然儒者，言皆有物，此四君子者称绝盛矣，其视韩苏诸公相去亦未知何如也。四家而外，或取径于幽曲，或过骋其粗豪之气，黄黎洲、万充宗诸公遂于经学，文采不足，朱竹垞笺疏之作极有可观，而无洋洋大篇。其余若王于一、傅平叔、孙宇台辈仅等诸自郐以下耳。……方望溪解经有足采者，鄙意欲以此接侯魏诸君子之后，孰去孰取，幸足下一折衷焉。……足下又云，近从周秦两汉选定八家，以庄子为首，次《国策》，次列子，次荀子、韩子、贾子、晁子、董子。夫文章与时消息，起衰救弊，但当挽其流极者而已。”① 这其实已开了振兴古文的先河。

其实不待桐城派，乾隆早期，理学内部已孕育着道文分离的思想。黄永年在《奉李穆堂先生书》中说道：“文章一道，儒者每每薄视，以其取青媲白、浮华无实云尔。西京以来，下沿元明，逮于国朝，千有余岁，作者郁郁相望，其言其道足与先圣六经相表里，其气与天地上下同流，用力深则收名远，其卓然能自存于后世者，岂可以猎取形似，朝袭而暮为哉！后之学者，患未能略窥见古人堂序，掇拾粗材，妄相矜诩，訾謷先民，非如是不足以自尊大，此习自前世有之。”② 黄永年并不否认道对文的主导性，他对薄视古文感到不满，认为两者皆可传世，这样的文学思想已经打破了理学家重道轻文的观念。不仅如此，黄永年还注重文统的传承。“古文之作本古六艺之遗，西京以来，千数百岁，作者异流同源，义法具在，取裁既定，截断众流，不可使杂家溃入，自坏其体制。吴中前明之文如唐应德、归熙甫实为一代巨擘。应德出于王道思，明文到道思始稍复见北宋人气息。应德高才早达，志存匡济，其撰述甚多，晚年论学，文字时阑入

① （清）夏之蓉：《半舫斋古文》，《清代诗文集汇编》第287册，第486页。

② （清）黄永年：《南庄类稿》，《清代诗文集汇编》第286册，第463页。

语录，不复修饰。熙甫于司马子长别有神解，其文洁雅，气韵最澹远，非细读之不能见，惜久处穷约，不遇大制作，无以发其文。”[①] 构建文统，另起炉灶，这已偏离了道统，黄永年的这一划分为文的独立性找到了出口。此外，他还细读文法，将古文视为一物，与经史有别。“熙甫先生于《史记》得之甚深，评林本内似采有其评论，今读本何以并无一语。但其蓝笔圈处，长子精神每跃跃出《封禅》《平准》等书，《刘项纪》着笔处精神能与太史公贯注，如画者之点睛，针灸家之中穴，其未加评语，度引而不发，或是全书工夫多，非岁月更番，未易卒业，遂姑置之也。望溪于《史记》可谓深知笃好，向尝粗与论及，其集内读史等篇得子长微指，其读本未尝见示。总之，子长之文到今二千余年，文章巨公取裁拟议，要如崇山大海，探之不尽，各自得之耳。天汉间生一子长，后再不能更得一司马，盖才之难也。”[②] 在这里，黄永年给我们透露了一个信息：方苞不仅以道自命，而且还笃好史文，在文上用功不浅。可见，在理学阵营里，已经孕育出了古文一途，只是在乾嘉汉学的打击下没有能够得到正常发展而已。

（二）章学诚辨义理、考据、辞章

乾嘉考据学鼎盛，“家家许郑，人人贾马”。章学诚不擅长经史考证，他对此有自知之明。“吾读古人文字，高明有余，沉潜不足，故于训诂考质，多所忽略，而神解精识，乃能窥及前人所未到处。初亦见祖父评点古人诗文，授读学徒，多辟村塾传本胶执训诂，不究古人立言宗旨，犹记二十岁时，购得吴注《庾开府集》，有‘春水望桃花’句，吴注引《月令章句》云：‘三月桃花水下’。祖父抹去其注而评于下曰：‘望桃花于春水之中，神思何其绵邈!’吾彼时便觉有会，回视吴注，意味索然矣。自后观书，遂能别出意见，不为训诂牢笼，虽时有卤莽之弊，而古人大体，乃实有所窥。尔辈于祖父评点诸书，曷细观之!”[③] “高明有余，沉潜不足”，这是章氏才性的特点。戴震“不曾识字”之训曾经让他感到心寒，经过谨慎反思，章学诚毅然走向了文史校雠之业。章学诚不徇时代风气，生前寂寞，他所从事的文史校雠少为人知，加上“人轻言微”，在乾嘉影响并不

① （清）黄永年：《南庄类稿》，《清代诗文集汇编》第286册，第497页。
② （清）黄永年：《南庄类稿》，《清代诗文集汇编》第286册，第500页。
③ （清）章学诚著，仓修良编注：《文史通义新编新注》，第819页。

大。清末以后，他的学术逐渐为学界推崇，章太炎、梁启超、胡适等学人将他与戴震并举，钱穆甚至将他与戴震视为“乾嘉最高两大师”。章学诚没有进入当时主流的考据学，但他对时代的学风有清醒的认识，认为考据学是一时风气所致，真正的学术不要徇时代的风气。“天下不能无风气，风气不能无循环，一阴一阳之道，见于气数者然也。所贵君子之学术，为能持世而救偏，一阴一阳之道，宜于调剂者然也。风气之开也，必有所以取，学问文辞与义理，所以不无偏重畸轻之故也；风气之成也，必有所以敝，人情趋时而好名，徇末而不知本也。是故开者虽不免于偏，必取其精者为新气之迎；敝者纵名为正，必袭其伪者为末流之托；此亦自然之势也。而世之言学者，不知持风气而惟知徇风气，且谓非是不足邀誉焉，则亦弗思而已矣。”① 在汉学、宋学对峙之际，章学诚对时代学术有比较深入的反思。对于戴震的学术，时人各执一端，章学诚认为：“凡戴君所学，深通训诂，究于名物制度，而得其所以然，将以明道也。时人方贵博雅考订，见其训诂名物有合时好，以谓戴之绝诣在此。及戴著《论性》、《原善》诸篇，于天人理气，实有发前人所未发者，时人则谓空说义理，可以无作，是固不知戴学者矣。”② 章学诚认为自己“知戴最深”，他对戴震的义理、考据之学有清晰的把握，这确实超出了时人。余英时在《论戴震与章学诚》一书中认为：“没有东原和实斋的理论文字作引导，乾嘉的考证学只表现为一大堆杂乱无章的材料，其中似乎看不出什么有意义的发展线索；更重要地，清代儒学和宋、明理学之间也将失去其思想史上的内在链锁。如果允许我们把清代的考证运动比作画龙，那么东原和实斋便正好是这条龙的两只眼睛。”③ 章学诚不仅对汉学与宋学之争有深入的见解，而且对辞章也有比较辩证的观点，他对义理、考据、辞章三者的关系也有清醒认识。

章学诚论义理、考据、辞章能够从史学的角度进行剖析，辨析也更透彻。“古者道寓于器，官师合一，学士所肄，非国家之典章，即有司之故

① （清）章学诚著，仓修良编注：《文史通义新编新注》，第112—113页。

② （清）章学诚著，仓修良编注：《文史通义新编新注》，第132页。

③ 余英时：《论戴震与章学诚——清代中期学术思想史研究》，生活·读书·新知三联书店2000年版，第5页。

事，耳目习而无事深求，故其得之易也；后儒即器求道，有师无官，事出传闻而非目见，文须训故而非质言，是以得之难也。”① 古者道器合一，官师合一，后代学术分途，各治一门径。章学诚对学术的分化持肯定的态度，但他反对各执一端而走向偏执。“后儒途径所由寄，则或于义理，或于制数，或于文辞，三者其大较矣。三者致其一，不能不缓其二，理势然也。知其所致为道之一端，而不以所缓之二为可忽，则于斯道不远矣。徇于一偏而谓天下莫能尚，则出奴入主，交相胜负，所谓物而不化者也。是以学必求其心得，业必贵于专精，类必要于扩充，道必抵于全量，性情喻于忧喜愤乐，理势达于穷变通久，博而不杂，约而不漏，庶几学术醇固，而于守先待后之道，如或将见之矣！”② 与笼统谈三者融合相比，章氏的见解要深刻得多。他认为后儒很难兼长三者，人必须有自知之明，认清自己的才性所在，不要徇时代的风气。他告诫后学：“由风尚之所成言之，则曰考订、词章、义理；由吾人之所具言之，则才、学、识也；由童蒙之初启言之，则记性、作性、悟性也。考订主于学，辞章主于才，义理主于识，人当自辨其所长矣；记性积而成学，作性扩而成才，悟性达而为识，虽童蒙可与入德，又知斯道之不远人矣。夫风气所趋，偏而不备，而天质之良，亦曲而不全，专其一则必缓其二，事相等也；然必欲求天质之良而深戒以趋风气者，固谓良知良能，其道易入，且亦趋风气者未有不相率而入于伪也，其所以入于伪者，毁誉重而名心亟也。”③ 章学诚认为应该从才性出发来选择学术道路，不要徇时代风气。在学术分工日趋细化的情形之下，这样的劝告有时代针对性。汉学家过度夸大考据的作用，重考据轻义理和辞章。章学诚对这样的言论感到不满，他认为三者都是为了达道，偏执一隅无疑是因噎废食。他在《原道》中说道：

训诂名物，将以求古圣之迹也，而侈记诵者如货殖之市矣；撰述文辞，欲以阐古圣之心也，而溺光采者如玩好之弄矣。异端曲学，道其所道而德其所德，固不足为斯道之得失也。记诵之学，文辞之才，

① （清）章学诚著，仓修良编注：《文史通义新编新注》，第 103 页。
② （清）章学诚著，仓修良编注：《文史通义新编新注》，第 119—120 页。
③ （清）章学诚著，仓修良编注：《文史通义新编新注》，第 713 页。

不能不以斯道为宗主，而市且弄者之纷纷忘所自也。宋儒起而争之，以谓是皆溺于器而不知道也。夫溺于器而不知道者，亦即器而示之以道斯可矣。而其弊也，则欲使人舍器而言道。夫子教人“博学于文”，而宋儒则曰：“玩物而丧志”；曾子教人“辞远鄙倍”，而宋儒则曰：“工文则害道。”夫宋儒之言，岂非末流良药石哉！然药石所以攻脏腑之疾耳，宋儒之意，似见疾在脏腑，遂欲并脏腑而去之。将求性天，乃薄记诵而厌辞章，何以异乎？然其析理之精，践履之笃，汉、唐之儒未之闻也。孟子曰：“义理之悦我心，犹刍豢之悦我口。”义理不可空言也，博学以实之，文章以达之，三者合于一，庶几哉周、孔之道虽远，不啻累译而通矣。顾经师互诋，文人相轻，而性理诸儒，又有朱、陆之同异，从朱从陆者之交攻，而言学问与文章者又逐风气而不悟，庄生所谓“百家往而不反，必不合矣”，悲夫！①

义理、考据、辞章统一于道，从道的角度来看，三者并不矛盾，三者交相为功，道才能得到充分的体现。章学诚反对只是偏重其中一种而忽视其他学术门径的观点。他对汉学鄙薄宋学感到不满，对宋儒鄙薄辞章也感到不满。章学诚注意到了义理和考据之间的区别，他对辞章的审美特性有比较客观的认识。

文固用以明理，或以记事，然有时理明事备而文势阙然，乃若有所未尽。此非辞意未至，辞气有所受病而不至也。求义理与征考订者皆薄文辞，以为文取事理明白而已矣，他又何求焉？而不知辞气受病，观者郁而不畅，将并所载之事与理而亦病矣。周子虚车之说，诚探本之言也。而抑知敝车挠轴之不可以行，则亦一偏之说尔。故曰：“持其志毋暴其气。”曾子曰“辞气远鄙倍”，夫子曰“辞达”。……今人误解辞达之旨者，以谓文取理明而事白，其他又何求焉？不知文情未至，即其理其事之情亦未至也。譬之为调笑者，同述一言而闻者索然，或同述一言而闻者笑不能止，得其情也；譬之诉悲苦者，同叙

① （清）章学诚著，仓修良编注：《文史通义新编新注》，第104—105页。

一事而闻者漠然，或同叙一事而闻者涕洟不能自休，得其情也。昔人谓文之至者，以为不知文生于情，情生于文。夫文生于情，而文又能生情，以谓文人多事乎？不知使人由情而恍然于其事其理，则辞之于事理，必如是而始可称为达尔。①

语言能否充分达意，这是中国古典诗学悬而未决的问题。章学诚对言与意之间的复杂关系有所体认，他用“文情”来阐释“辞达”，认为通过语言把事物的情态充分展示出来，这才是“辞达”。事实上，要想做到“辞达”也不是一件容易的事情。文生于情，而文又能生情，语言文字自有其奇妙之处。真正做到“辞达”，必须充分发挥语言文字的表现力，让语言文字与事、理、情、完全融合。正是基于对文学审美特性、文学语言特殊性的认识，章学诚关于义理、考据、辞章的看法比汉学家、理学家要辩证得多。

整体上看，章氏对三者的观点相当宏通。值得注意的是，章学诚之所以能够比较客观的考察三者的关系，特别是不废辞章，与他“六经皆史”的观点息息相关，我们甚至可以这样说，义理、考据、辞章都是史。“以为盈天地间，凡涉著作之林，皆是史学，六经特圣人取此六种之史以垂训者耳。子集诸家，其源皆出于史，末流忘所自出，自生分别，故于天地之间，别为一种不可收拾、不可部次之物，不得不分四种门户矣。”② 天地间的著作无非就是义理、考据、辞章之学，所有的学术、著述都是史，章学诚通过史消融了义理、考据、辞章。章学诚的“史”既有史料之意，又有史意之意。从史学的角度，无论何种学术都是为解决其时代问题而展开的，正是在这个意义上，章学诚甚至提出“六经皆器”：“《易》曰：‘形而上者谓之道，形而下者谓之器。’道不离器，犹影不离形。后世服夫子之教者自六经，以谓六经载道之书也，而不知六经皆器也。……三代以前，《诗》、《书》、六艺，未尝不以教人，非如后世尊奉六经，别为儒学一门而专称为载道之书者。盖以学者所习，不出官司典守、国家政教，而其

---

① （清）章学诚著，仓修良编注：《文史通义新编新注》，第354—355页。

② （清）章学诚著，仓修良编注：《文史通义新编新注》，第721页。

为用，亦不出于人伦日用之常，是以但见其为不得不然之事耳，未尝别见所载之道也。”① 无论是义理还是考据、辞章，都是以六经为源头。既然六经皆为史，那么义理、考据、辞章也都是历史的产物，其实也都是器。借助于“六经皆史”的宏大理论，章学诚跳出了义理、考据、辞章之间狭隘的争论，获得了对整个学术史的整体观照。钱穆在评价章学诚的学术时说道：“章实斋《文史通义》所最有价值的地方，正在他能从一个学术之整体方面来讲一切学术。他讲史学、文学，他的着眼点都能在整个学术的一体中讲起，这是他第一点长处。第二点，章实斋论学术，定要讲到学术之‘流变’。”② 这一评价相当有见地。

（三）翁方纲的义理、考据、辞章关系辨析

翁方纲兼长考据、金石、书法、诗文，他在这些领域的建树为时人所称道。翁方纲长于考据，但又与一般的汉学家有别。他信奉程朱理学，于世人不论天理之际，深入剖析宋儒之“理”的内涵，通过“理”打通了义理和诗文。翁方纲对汉学家批评宋儒感到不满，作有《理说驳戴震作》一文，痛斥戴震力诋宋儒之非。翁方纲的诗取径宋人，以学问、考据入诗，与当时的性灵派大异其趣，遭到了袁枚的冷嘲热讽。翁方纲对义理、考据、辞章都有直接研习的经历。他与当时的学人、诗人交往密切，也曾任职于四库馆，他对义理、考据、辞章的紧张关系有切身感受。关于汉宋之争，王昶记载有一事件：“箨石襟情萧旷，真率自如，乾隆甲戌初夏，从金桧门总宪一经斋与余订交，遂成雅契。性豪饮，常偕朱竹君学士、金辅之殿撰、陈伯恭、王念孙两编修过余。冬夜消寒，卷波浮白，必至街鼓三四下。时竹君推戴东原经术，而箨石独有违言。论至学问可否得失处，箨石颧发赤，聚讼纷挐。及罢酒出门，断断不已，上车复下者数四。月苦霜浓，风沙蓬勃，余客伫立以俟，无不掩口而笑者。”③ 钱载（箨石）坚守程朱理学，是翁方纲的好友，他对戴震攻击程朱理学感到不满，对戴震批评其乡贤朱彝尊的学问更是愤怒。钱载的行为是乾嘉汉宋之争的外在表现。翁方纲事后写信给程晋芳评议此事：“昨箨石与东原议论相诋，皆未免于

① （清）章学诚著，仓修良编注：《文史通义新编新注》，第100页。

② 钱穆：《中国史学名著》，《钱宾四先生全集》第33册，第390页。

③ （清）王昶：《湖海诗传》，《续修四库全书》第1625册，第680页。

过激。东原新入词馆，斥詈前辈，亦箨石有以激成之，皆空言无实据耳。箨石谓东原破碎大道，箨石盖不知考订之学，此不能折服东原也。诂训名物，岂可目为破碎？学者正宜细究考订诂训，然后能讲义理也。宋儒恃其义理明白，遂轻忽《尔雅》《说文》，不几渐流于空谈耶？况宋儒每有执后世文字习用之义，辄定为训诂者，是尤蔑古之弊，大不可也。今日钱、戴二君之争辨，虽词皆过激，究必以东原说为正也。然二君皆为时所称，我辈当出一言持其平，使学者无歧惑焉。"[①] 钱载是乾嘉诗文名家，对学术变化显然是知之不深。翁方纲的评议体现出他对义理和考据的态度。与理学家空谈义理不一样，翁方纲认为只有从考据出发才能真正地把握义理。"治经以义理为主，固不可以后世诗文例之，然未有不深究《三百篇》之理而能言诗者，亦未有不深究于诗教源流正变而能读《三百篇》者，此诗家最上第一义。"[②] 理学到了清代已没有大的发展，要想在经学上有所成就，整合义理和考据成为必然。在汉宋激烈争论之际，翁方纲能够从比较客观的角度来评议这场争议，这与他的学识有关。

在乾嘉学坛里，翁方纲是最能融合义理、考据、辞章三者的学者，他认为三者紧密相关，相互融通。"士生今日经学昌明之际，皆知以通经学古为本务，而考订诂训之事与词章之事未可判为二途。诚得人人家塾童而习之，以此为安诗安礼所从入，则其为艺圃之津逮，为词学之指南立诚，居业皆由是以广益焉，而俪语之工特其余事耳，又岂石梁王氏所疑，泛论者所能该悉也哉！"[③] 他将考据视为辞章之学的"津逮""指南"，考据与辞章几乎是同一途径。他认为应该将考据与诗文统一起来。"尝叹文家与义疏并行而不能相赅者。词章之士骋其妍秘而或未暇考订，及专一于考订而又不能概以文律绳也。"[④] 考据与诗文如何融通？翁方纲认为只有了解三者的真趣才能真正融通。"有义理之学，有考订之学，有词章之学，三者不可强而兼也，况举业文乎。然果以其人之真气贯彻而出之，则三者一原

---

① （清）翁方纲：《复初斋文集》，《清代诗文集汇编》第 382 册，第 81 页。

② （清）翁方纲：《复初斋文稿》，清代稿本百种汇刊本，第 67 册，文海出版社 1974 年影印本，第 8645 页。

③ （清）翁方纲：《复初斋文集》，《清代诗文集汇编》第 382 册，第 48 页。

④ （清）翁方纲：《复初斋文集》，《清代诗文集汇编》第 382 册，第 49 页。

耳。吾弱岁典试江西，辄于几研间会合性灵江山之真趣而得。”① 可见，翁方纲反对严格划分三者的界限，认为只有从学问、考据入手才能得到三者的“真趣”，从而使诗文不择地而出。“有学人之诗，有才人之诗，有专取兴象、专取性灵之诗。若以‘诗言志’论之，则性灵为主而兴象佐之。古人原以天籁为真诗也，然而世运与学问相乘而生焉。若必尽效祖咏《春高》四句意尽辄足，则渔洋所谓三昧者直若举古今学者皆归于空中之音，作禅房入定之兴象以为趣诣。渔洋固云‘举一而反三’也，吾则为拟一语云：举一而废百也。再若必尽推伫兴而就之灵妙，则又恐启陈白沙、庄定山之流弊矣。所以诗家竞言才矣，曰才思，曰才力，曰才藻。思与力皆自己出，藻则资学矣。因时因地，鉴古宜今，士生今日，百年以前尚沿明朝人貌袭古人之弊，惟我国朝考订之学博洽则追东汉，精研则兼南宋，际此通经稽古之会，则其为诗也必以学人之诗为职志，乃克有以自立耳。”② 考据学成了诗文的先决条件，在才与学的天秤上，翁方纲严重倾向于学。翁方纲是王渔洋的再传弟子，他最反对时人将王渔洋的“神韵说”视为严羽诗论的翻版，他著有《神韵论》上、中、下三篇，专辟此说之非：

> 吾既为渔洋之承李、何，而不得不析言之；乃今又为近人之误会者，更不得不析言之。……然近日之讥渔洋者，持论皆不得其平也。请申析之，诗自宋、金、元接唐人之脉而稍变其音。此后接宋元者全恃真才实学以济之。乃有明一代徒以貌袭格调为事，无一人具真才实学以副之者。至我国朝文治之光乃全归于经术，是则造物精微之秘衷诸实际，于斯时发泄之。然当其发泄之初，必有人焉先出而为之伐毛洗髓，使斯文元气复还于冲淡渊粹之本然，而后徐徐以经术实之也。③

王渔洋论诗凡三变，以“神韵”概括王渔洋的诗学，有以偏概全之弊。翁方纲重新审视渔洋的诗论，认为渔洋并不废学问，这是有深见的。但他将王渔洋的诗论推向学问诗论，这有“过度阐释”之嫌。翁方纲不仅

① （清）翁方纲：《复初斋文集》，《清代诗文集汇编》第382册，第49页。

② （清）翁方纲：《复初斋文稿》，《清代诗文集汇编》第381册，第87页。

③ （清）翁方纲：《复初斋文集》，《清代诗文集汇编》第382册，第86—87页。

仅用学问、考据改装了“神韵说”，还以此方法改装乾隆初期盛行一时的格调说。经过这么一改装，他的肌理诗论成为诗学的集成和真理。翁方纲的努力辩驳其实是构建肌理说的需要，从根本上说，这是他将学问、考据与诗视为一体的结果。

翁方纲的诗学理论有很强的哲理思辨，他能够将义理、考据、辞章三者打通，甚至将三者视为一体，这与他对“理”的认知有紧密联系。翁方纲在《理说驳戴震作》中说道：“夫理者，彻上彻下之谓。性道统挈之理即密察条析之理，无二义也。义理之理即文理、肌理、腠理之理，无二义也。其见于事，治玉治骨角之理，即理官理狱之理，无二义也，事理之理，即析理、整齐理之理，无二义也。”① 翁方纲的“理”与朱子的“理”并无二致，与朱子不一样的是，他将“文理”视为理之分殊。既然是分殊，那也是理，正是从这个角度，他把义理、文理统一了起来。在《言志集序》中，他说道：“理者，民之秉也，物之则也，事境之归也，声音律度之矩也。是故渊泉时出，察诸文理焉；金玉声振，集诸条理焉；畅于四支，发于事业，美诸通理焉。义理之理，即文理之理，即肌理之理也。”② 可见，翁方纲是站在哲理的高度看待三者，这就使得他的理论更富于思辨性和哲理性，比其他学者论述三者关系要深刻得多。

（四）袁枚和其他汉学家论义理、考据、辞章

中国古代的文人大多学识庞杂，经史子集广泛涉猎。到了乾嘉，考据学成为一门学问，此学问非专不精，非专不成，而要专必须先有博。如何处理好博与约的关系，这是时代学术必须作出的回答。章学诚对此有清醒的认识，他说：“博学强识，儒之所有事也。以谓自立之基，不在是矣。学贵博而能约，未有不博而能约者也。以言陋儒荒俚，学一先生之言以自封域，不得谓专家也。”③ 博是儒者必须具备的素养，而要想成家自立，还须能够“约”。博是前提，“约”是目标，没有不博而能“约”的。学问之事无非就是义理、考据、辞章，博是广泛涉猎三者，“约”是专精其一。戴震对义理、考据和辞章这一学术畛域的重新构建其实也是博和

① （清）翁方纲：《复初斋文集》，《清代诗文集汇编》第 382 册，第 81 页。

② （清）翁方纲：《复初斋文集》，《清代诗文集汇编》第 382 册，第 52—53 页。

③ （清）章学诚著，仓修良编注：《文史通义新编新注》，第 117 页。

约的辩证。事实上，乾嘉时期主流的学者都在审视义理、考据、辞章三者的关系。

在乾嘉学者中，袁枚是激烈批判考据和宋儒的学者。在早期与惠栋的辩驳中，他不仅批判考据烦琐、无助经解，而且对义理之学也有所不满。“足下谓说经贵心得，不以沿袭为工。此言是矣。然而一人之心，即众人之心也；一人之心所能得，即众人之心所能得。不足以为异也。文章家所以少沿袭者，各序其事，各值其景，如烟云草木，随化工为运转，故日出而不穷。若执一经而说之，如射旧鹄，虽后羿操弓，必中故所受穿之处；如走狭径，虽跦跦小步，必履人之旧迹也。”① 诗文能够各抒心性，有真我在其中，比义理之学各执一义更有意义。在义理、考据、辞章中，袁枚认为辞章才是最优的。“古文之道形而上，纯以神行，虽多读书，不得妄有摭拾。韩、柳所言功苦，尽之矣。考据之学形而下，专引载籍，非博不详，非杂不备，辞达而已，无所为文，更无所为古也。尝谓古文家似水，非翻空不能见长。果其有本矣，则源泉混混，放为波澜，自与江海争奇。考据家似火，非附丽于物，不能有所表见。极其所至，燎于原矣，焚大槐矣，卒其所自得者皆灰烬也。以考据为古文，犹之以火为水，两物之不相中也久矣。《记》曰：‘作者之谓圣，述者之谓明。’六经、《三传》，古文之祖也，皆作者也。《郑笺》、《孔疏》，考据之祖也，皆述者也。苟无经传，则郑、孔亦何所考据耶？《论语》曰：‘古之学者为己，今之学者为人。’著作家自抒所得，近乎为己；考据家代人辨析，近乎为人。此其先后优劣不待辨而明也。”② 袁枚这一论调与汉学家、理学家都大为迥异。不仅如此，袁枚还认为考据与诗文不能兼容。“近日有巨公教人作诗，必须穷经读注疏，然后落笔，诗乃可传。余闻之，笑曰：且勿论建安、大历，开府、参军，其经学何如，只问‘关关雎鸠’、‘采采卷耳’，是穷何经、何注疏，得此不朽之作？陶诗独绝千古，而‘读书不求甚解’，何不读此疏以解之？梁昭明太子《与湘东王书》云：‘夫六典、三礼，所施有地，所用有宜。未闻吟咏情性，反拟《内则》之篇；操笔写志，更摹《酒诰》

① （清）袁枚：《小仓山房文集》，《袁枚全集新编》第 6 册，第 347 页。
② （清）袁枚：《小仓山房文集》，《袁枚全集新编》第 7 册，第 593 页。

之作。‘迟迟春日’，翻学《归藏》；‘湛湛江水’，竟同《大诰》。’此数言振聋发聩。想当时必有迂儒曲士，以经学谈诗者，故为此语以晓之。”① 袁枚还批评汉学家在写作上不通文法，“近见海内所推博雅大儒，作为文章，非序事噂沓，即用笔平衍，于剪裁、提挈、烹炼、顿挫诸法，大都懵然。是何故哉？盖其平素神气沾滞于丛杂琐碎中，翻撷多而思功小。譬如人足不良，终日循墙扶杖以行，一旦失所依傍，便伥伥然卧地而蛇趋，亦势之不得不然者也。且胸多卷轴者，往往腹实而心不虚，藐视词章，以为不过尔尔，无能深探而细味之。刘贡父笑欧九不读书，其文具在，远逊庐陵，亦古今之通病也。”② 孙星衍早期诗文为时人称道，被袁枚誉为“奇才”，他后来折入考据。袁枚在给孙星衍的信中说道：“日前劝足下弃考据者，总为从前奉赠‘奇才’二字横据于胸中，近日见足下之诗之文，才竟不奇矣，不得不归咎于考据。”③ 袁枚将考据与诗文视为水火，虽然有过激之嫌，但对划清学术门径、认识不同学术门径的特性是有帮助的。

乾嘉时期的汉学家大多兼长诗文，不少人都有由辞章转入考据的经历。他们对义理、考据、辞章的甘苦是有所体会的，由考据以通义理、达文辞是他们多数人的观点。我们这里且看看钱大昕和杭世骏。

钱大昕是乾嘉学坛的领袖人物，长于史学、经学，他认为“经史无二学”，注重学术研究的社会意义。同样地，对于文学，他也反对徒事辞藻，主张有健实的内容。“尝慨秦、汉以下，经与道分，文又与经分，史家至区道学、儒林、文苑而三之。夫道之显者谓之文，六经子史皆至文也，后世传文苑，徒取工词翰者列之，而或不加察，辄嗤文章为小技，以为壮夫不为，是耻鞶帨之绣，而忘布帛之利天下；执糠秕之细，而訾菽粟之活万世也。公之学求道于经，以经为文，当世推之曰通儒，曰实学，不敢仅以文士目公，而其文亦遂卓然必传于后世，此之谓能立言者。昌黎不云乎：‘言，浮物也。’物之浮者罕能自立，而古人以立言为不朽之一，盖必有植乎根柢而为言之先者矣。草木之华，朝荣而夕萎；蒲苇之质，春生而秋

① （清）袁枚：《随园诗话》，《袁枚全集新编》第10册，第615页。
② （清）袁枚：《小仓山房文集》，《袁枚全集新编》第7册，第593—594页。
③ （清）孙星衍：《问字堂集　岱南阁集》，中华书局1996年版，第93页。

槁，恶识所谓立哉！”[①] 从经世济用的角度出发，钱大昕对强分学术门径感到不满，认为偏执于一端很容易偏离正轨，从而失去学术的意义。值得注意的是，钱大昕的“文”是广义上的文，他将经也视为文。正是在这个意义上，他对方苞大加批判。正是在广义上论文，在钱大昕眼中，文与经并非二物，而是一物，正如他所说的“道之显者谓之文，六经子史皆至文也”。而要讲经史，当以训诂、考据为先。“有文字而后有诂训，有诂训而后有义理，训诂者，义理之所由出，非别有义理出乎训诂之外者也。……汉儒说经，遵守家法，诂训传笺，不失先民之旨。自晋代尚空虚，宋贤喜顿悟，笑问学为支离，弃注疏为糟粕，谈经之家，师心自用，乃以俚俗之言诠说经典。若欧阳永叔解‘吉士诱之’为‘挑诱’，后儒遂有诋《召南》为淫奔而删之者。古训之不讲，其贻害于圣经甚矣！”[②] 由训诂、考证以求义理，义理、考据发之皆为文，而义理、考据、辞章都以致用为归。钱大昕与章学诚一样，都是从“六经皆史”的角度来看待三者，故持论宏大，远胜普通的作家和学者。

钱大昕论诗能深入诗的特征，富于辩证性。他在序赵翼的诗集时说道：“昔严沧浪之论诗，谓‘诗有别材，非关乎学；诗有别趣，非关乎理’。而秀水朱氏讥之云：‘诗篇虽小技，其原本经史。必也万卷储，始足供驱使。’二家之论，几乎枘凿不相入。予谓皆知其一而未知其二者。沧浪比诗于禅，沾沾于流派，较其异同，诗家门户之别，实启于此。究其所谓别材、别趣者，只是依墙傍壁，初非真性情所寓，而转蹈于空疏不学之习。一篇一联，时复斐然，及取其全集读之，则索然尽矣。秀水谓诗必原本经史，固合于子美读书万卷，下笔有神之旨，然使无真材逸趣以驱使之，则藻采虽繁，臭味不属，又何以解祭鱼、点鬼、疥骆驼、掉书袋之诮乎？夫唯有绝人之才，有过人之趣，有兼人之学，乃能奄有古人之长，而不袭古人之貌，然后可以卓然自成为一大家，今于耘松先生见之矣。”[③] 严羽论诗重趣，排斥儒理，朱彝尊论诗重学问。钱大昕认为诗人除了要兼有趣、学，还要能够自创一格，自成一家。与偏重于趣或学相比，钱大昕的

① （清）钱大昕：《潜研堂文集》，《嘉定钱大昕全集》第9册，第415页。
② （清）钱大昕：《潜研堂文集》，《嘉定钱大昕全集》第9册，第377页。
③ （清）钱大昕：《潜研堂文集》，《嘉定钱大昕全集》第9册，第418—419页。

诗论更有深见。

乾隆初年曾有“学人之诗”与“诗人之诗”的辩论，全祖望在《宝甈集序》中说道：“因念世之操论者，每言学人不入诗派，诗人不入学派，吾友杭堇浦亦力主之。余独以为是言也盖为宋人发也，而殊不然。张芸叟之学出于横渠，晁景迂之学出于涑水，汪青溪、谢无逸之学，出于荥阳吕待讲，而山谷之学出于孙莘老心折于范正献公醇夫，此以诗人而入学派者也。杨尹之门而有吕紫薇之诗，胡文定公之门而有曾茶山之诗，湍石之门而有尤遂初之诗，清节先生之门而有杨诚斋之诗，此以学人而入诗派者也。章泉、涧泉之师为清江，栗斋之师为东莱，西麓之师为慈湖，诗派之兼学派者也。放翁、千岩得之茶山，永嘉四灵得之叶忠公，水心学派之中，但分其诗派者也。安得以后世之诗歧而二之，遂使三百篇之遗教，自外于儒林乎？‘赋诗日工，去道日远’，昔人所以箴后山者，谓其溺于诗也。非遂谓诗之有害于道也。”① 全祖望认为学人与诗人并不相妨，两者可以相通。全祖望列举的学人不少是理学家，从这个角度看，不仅仅是学人与诗人不相妨，理学家也与诗人不相妨，义理、考据、辞章是可以融通的。全祖望说杭世骏（堇浦）力主“学人不入诗派，诗人不入学派”，其实杭世骏也未必这么绝对。杭世骏倾向于将诗文建立在学问基础之上，反对舍学问而论诗。

> 三百篇之中，有诗人之诗，有学人之诗。何谓学人？其在于商则正考父，其在于周则周公、召康公、尹吉甫，其在于鲁则史克、公子奚斯。之二圣四贤者，岂尝以诗自见哉？学裕于己，运逢其会，雍容揄扬，而雅、颂以作；经纬万端，和会邦国，如此其严且重也。后人渐昧斯义，勇于为诗，而惮于为学，思义单狭，辞语陈因，不得不出于稗贩剽窥之一途；前者方积，后随朽落，盖即其甫脱口而即寓不可终日之势，散为飘风鬼火者众矣。余特以学之一字立诗之干，而正天下言诗者之趋，而世莫宗也。或有诘余曰：鸿儒硕学，代不乏人，汉之服、郑，唐之贾、孔，未闻有名章秀句，流播儒林，度其初亦必执

① （清）全祖望：《全祖望集汇校集注》，上海古籍出版社2000年校点版，第607页。

管而为之，蹇拙不悦于口耳，遂辍而不为，则学适足为诗之累，诗人之不尽由学审矣。余应之曰：“固也。”自昌黎有于书无所不读专以为诗之讥，而卢殷在唐传者十一诗，则子之说伸矣。少陵下笔有神，而乃云：“读书破万卷。”则子之所云非笃论也。自沧浪有“诗有别才，不关学问”之说，江西之派盛于南渡而宋弱，永嘉四灵之派行于宋末而宋社遂屋。然则诗非一人一家之事，识微之士，善持其敝、担斯责者，固非空疏不悦学之徒所能任矣。①

杭世骏力破诗与学无关之说，认为真正的诗必须建立在学识基础之上，能兼众长才能建立起自己的风格。“吾未见不空百氏之所有而能谓之工者也，亦未见不兼百氏之所无而能空百氏之所有者也。”② 杭世骏认为学问决定诗文，学问强则诗文强。这样的观点在汉学家中很普遍。王宗炎说道：“有训诂之学，有义理之学，有辞章之学。训诂探其赜，义理察其隐，辞章宣其蕴，相资也。精训诂者讥义理为空疏，穷义理者诋训诂为糟魄，而言训诂、义理者又鄙辞章为浮薄，不切于用。不知学以明道，文实载之，训诂、义理非辞章无由见也。”③ 纪昀也说道：“夫为文不根柢古人，是偭规矩也；为文而刻画古人，是手执规矩不能自为方圆也。孟子有言：‘梓匠轮舆，能与人规矩，不能使人巧。’是虽非为论文设，而千古论文之奥，具是言矣。夫巧者，心所为；心所以能巧，则非心之自能为。学不正则杂，学不博则陋，学不精则肤，杂而兼以陋且肤，是恶能生巧；即恃聪明以为巧，亦巧其所巧，非古人之所谓巧也。惟根本六经，而旁参以史、子、集，使理之疑似，事之经权，了然于心，脱然于手，纵横伸缩，惟意所如，而自然不悖于道。其为巧也，不有不期然而然者乎？”④ 乾嘉是一个博学的时代，文人以博雅相激，从学问论诗文也是必然。从某种意义上说，这是重道轻文思想的延续。段玉裁接过戴震关于三者的论述，进一步提高考据的地位。他在《戴东原集序》中说道：“始，始玉裁闻先生之绪

① （清）杭世骏：《道古堂文集》，《清代诗文集汇编》第282册，第104页。
② （清）杭世骏：《道古堂文集》，《清代诗文集汇编》第282册，第115页。
③ （清）王宗炎：《晚闻居士遗集》，《清代诗文集汇编》第440册，第633页。
④ （清）纪昀：《纪晓岚文集》第1册，河北教育出版社1991年版，第193页。

论矣。其言曰：‘有义理之学，有文章之学，有考核之学。义理者，文章、考核之源也。孰乎义理，而后能考核，能文章。’玉裁窃以谓义理、文章，未有不由考核而得者。自古圣人制作之大，皆精审乎天地民物之理，得其情实，综其始终，举其纲以俟其目，举其利而防其弊，故能奠安万世，虽有奸暴，不能自外。……后之儒者，划分义理、考核、文章为三，区别不相通，其所为细已甚焉。夫圣人之道在六经，不于六经求之，则无以得。圣人所求之义理，以行于家国天下，而文词之不工，又其末也。……盖由考核以通乎性与天道，既通乎性与天道矣，而考核益精，文章益盛，用则施政利民，舍则垂世立教而无弊。”① 在义理、考据、辞章三者的天秤上，多数汉学家偏重的是考据，他们普遍将考据视为学术的关键点，认为考据精确，义理和辞章便会顺理成章，自然成文。汉学家形成这一观点，与他们的职志有关，也与他们重经轻文的思想有关。

第三节　文学学科意识的萌芽：文体的思辨

考据学以前代典籍为基础，在学术研究上具有浓郁的复古色彩。梁启超在《清代学术概论》中说：“‘清代思潮’果何物耶？简单言之，则对于宋明理学之一大反动，而以‘复古’为其职志者也。其动机及其内容，皆与欧洲之‘文艺复兴’绝相类；而欧洲当‘文艺复兴期’经过以后所发生之新影响，则我国今日正见端焉。”② 考据学的复古风气影响到了各个领域，绘画、书法领域，“唯古是尚”，古碑、古画不断地被挖掘、研究，收藏字画蔚然成风。文学创作也受到了这种风气的影响。陈寿祺说道：“自胡稚威始倡复古，乾隆、嘉庆间乃多追效《选》体，然吾乡犹局时趋，未能丕变。”③ 在复古思潮的影响下，部分学人甚至认为诗文创作“代降”：

诗除《三百篇》外，即《古诗十九首》亦时有化工之笔，即如

① （清）段玉裁：《经韵楼集》，上海古籍出版社2008年版，第370页。

② 梁启超：《清代学术概论》，《梁启超全集》第10册，第218页。

③ （清）陈寿祺：《左海文集》，《续修四库全书》第1496册，第183页。

“青青河畔草”及“四顾何茫茫，东风摇百草”，后人咏草诗有能及之者否？次则“池塘生春草”，春草碧色，尚有自然之致。又次则王胄之“春草无人随意绿”，可称佳句。至唐白傅之“草绿裙腰一道斜”，郑都官之“香轮莫碾青青草”，则纤巧而俗矣。孰谓诗不以时代降耶？①

认为诗文一代不如一代，这其实是“怀古癖”在作怪。这一时期诸多汉学家在诗文创作上都有怀古的倾向，程晋芳、胡天游、汪中的骈文以六朝、初唐为宗，程瑶田、洪亮吉等人的诗崇尚汉唐诗风。从更深的层次上看，诗文的复古是对古代文体的体认，创作是这种体认的表征。仔细考察乾嘉学人的文体思想，我们可以发现，他们在文体上的追求与他们的学术复古、创作复古有着一致性。古代文体的体认是学术研究影响的结果，而诗文创作是文体体认的表现。

有趣的是，当汉学家以古为好，以古为尚的时候，这一时期的诗文作家却厚今薄古，两者在古今问题上迥异其趣。袁枚在《仿元遗山论诗》中自注云：“遗山《论诗》古多今少，余古少今多，兼怀人故也。其所未见与虽见而胸中无所轩轾者俱付阙如。”② 舒位《乾嘉诗坛点将录》采用水泊梁山英雄排座次的方式，将有名的诗人排序列名，以游戏的笔调评价当代文坛，诙谐却不失公正。尚镕的《三家诗话》专论乾隆三大家袁枚、蒋士铨、赵翼的诗作，很具有现实针对性。王昶所著《湖海诗传》一书中只选自己交游所及诗人的作品，不选其他诗人的作品。“盖非欲以此尽海内之诗也。然百余年中，士大夫之风流儒雅，与国家诗教之盛，亦可以想见其崖略，或不无有补于艺林云。”③ 这一时期影响较大的诗话如《随园诗话》《北江诗话》《山静居诗话》《石溪舫诗话》《春草堂诗话》《履园谭诗》等，也多以本朝诗人的评论为主。赵翼的《瓯北诗话》以李白、杜甫、韩愈、白居易、苏轼、陆游、元好问、高启、吴伟业、查慎行等十大才人为线，构建了中国文学发展史。赵翼在写作十家诗话的过程中不顾洪亮吉的

① （清）洪亮吉：《洪亮吉集》，中华书局 2001 年版，第 2280 页。
② （清）袁枚：《小仓山房诗集》，《袁枚全集新编》第 3 册，第 644 页。
③ （清）王昶：《蒲褐山房诗话新编》，齐鲁书社 1988 年版，第 311—312 页。

反对，将清代吴伟业、查慎行选入诗话，将清代的两大诗人与古人并列，这体现了他厚古不薄今的诗学思想。在与洪亮吉争论中，赵翼写下了《稚存见拙著〈瓯北诗话〉次韵奉答》。“何限纷纷著作林，拣来只剩几铢金。论人且复先观我，爱古仍须不薄今。耳食争夸谈娓娓，鼻参谁候息深深。锦机恐负遗山老，枉度鸳鸯旧绣针。晚知甘苦择言驯，一代风骚自有真。耄学我悲垂尽岁，大名君已必传人。幸同禅窟参三昧，不笑玄关隔一尘。从此国门悬《吕览》，听他辩舌骋仪秦。”① 敢于将当代诗人与古人并称，厚古而不薄今，《瓯北诗话》的当代意识是很强的。

文体包括文体的种类和文体风格。古今之争其实是文体风格之争。同一文体，不同的作家有不同的风格，不同的时代有不同的风格。如果说文体种类的划分是文体的表层的话，那么文体风格的辨析则是文体的核心要素。文体风格的辨析是对文学自身的体认，这一体认是文学学科意识萌芽的表现。乾嘉时期的文学脱离了工具论的束缚，朝着审美的方向发展，文体风格之辨相当深入，可以说是中国古代文体思想的集成时期。中国古代有 270 多种文体，乾嘉时期各体文学创作兴盛创作实绩也不小，乾嘉时期的文体思想，既注意到文体种类的区分，又注重各类文体风格的辨析，这一时期文体思想是很成熟的，这些问题目前尚未得到深入探讨。

一　纪昀的文体观念

纪昀是《四库全书》的总编纂官，他对中国历代典籍、学术流变相当熟悉。纪昀在文化典籍整理上的贡献已为大家所熟知，而他在文体上的成就却没有得到应有的关注。纪昀对《文心雕龙》的评点影响广泛，目前也没有得到足够的重视。在经、史、子、集四部中，纪昀尤倾心于集部，对各种文体的特征及其演变见解精辟，即便是多为人诟病的应试诗也能金针度人。朱东润评价其：“晓岚论析诗文源流正伪，语极精，今见于四库全书提要，自古论者对于批评用力之勤，盖无过纪氏者。”② 从公私文翰到文艺性诗文、小说，纪昀的理论和实践都是文人的楷模。阮元评价其文：

① （清）赵翼：《瓯北集》，上海古籍出版社 1997 年版，第 1092 页。

② 朱东润：《中国文学批评史大纲》，武汉大学出版社 2009 年版，第 314 页。

“国家举大典礼，恭进颂册，恭和圣制、御制诸作，皆从心所发，雍容揄扬，有穆如之风。公受两朝知遇，有所疏奏，皆平彻闲雅，足为对扬轨仪……他所著撰，体物披文，不袭时俗。所为诗，直而不伉，婉而不佻，抒写性灵，酝酿深厚，未尝规模前人，罔不与古相合：盖公鉴于文家得失者深矣。”① 作为一代文宗，纪昀的文章深得朝野称颂，这与他对各类文体源变的认识分不开。阮元认为他“鉴于文家得失者深矣”，这是很有见地的。纪昀对中国历代文体见解精辟，他的文体思想既具有体系性又具有思辨性、总结性。可惜的是，纪昀的文体思想当前还没有得到深入的挖掘。

（一）回溯文体，维护文体的纯正，反对文体之间的互参

在中国古代文学中，文体相互渗透是一个常见的现象。在文体成熟的魏晋，刘勰就注意到了“参体”：“详观论体，条流多品：陈政则与议、说合契，释经则与传、注参体，辨史则与赞、评齐行，诠文则与叙、引共纪。”② 随着各文体创作的不断发展，“参体”现象越来越普遍。“在两宋文坛上，‘破体为文’的种种尝试，如以文为诗、以赋为诗、以古入律、以诗为词、以文为词、以赋为文、以文为赋、以文为四六等，令人目不暇接，其风气日益炽盛，越来越影响到宋代文学的面貌和发展趋向。”③ 文体的互用引发的“本色”与“破体”之争是文学史上的重要话题。从某种程度上说，文体的变化也是推动文学发展的一种动力。在文学鼎盛的乾嘉时期，文体互参也很明显。鲁迅称：“文人虽素与小说无缘者，亦每为异人侠客童奴以至虎狗虫蚁作传，置之集中。盖传奇风韵，明末实弥漫天下，至易代不改也。”④ 传奇手法影响了古文、传统小说的写法，拓展了文学的表现力，也促使了明清两代叙事文体的成熟。明清以后，一直以来被视为高雅的文体如诗、古文、寿序、墓志铭等都不断受到了低卑文体如传奇、戏曲的渗透。纪昀长于辨析各种文体，他也嗅到了卑体对雅体的渗透。他对文体的互参感到不满，反对文体的互用。他在《丙辰会试录序》中说道：“窃以为文章各有体裁，亦各有宗旨。区分畛域，不容假借于其

① （清）纪昀：《纪晓岚文集》第 3 册，第 727 页。
② （南朝梁）刘勰著，戚良德辑校：《文心雕龙》，第 116 页。
③ 王水照编：《宋代文学通论》，河南大学出版社 1997 年版，第 67 页。
④ 鲁迅：《中国小说史略》，《鲁迅全集》第 9 卷，人民文学出版社 2005 年版，第 215 页。

间。故词赋之兴，盛于楚汉，大抵以博丽为工。司马相如称‘合纂组以成文’，刘勰称‘金相玉式，艳溢锱毫’，是文章之一体也。经义昉于北宋，沿于元代，而大备于明。本以发明义理，观士子学术之醇疵，其初犹为论体，后乃代圣贤立言。其格主于纯粹精深，不主相矜以词藻。由明洪武以来，先正典型，一一具在，是又文章之一体也。”① 诗、词、骈文、八股文文体各异，宗旨也不一样。纪昀强调文体的界限，反对相互假借。纪昀对低卑文体向高雅文体的渗透更为不满：“诗古文，自明正嘉以来，前后七子倡言复古，而伪体于是大兴，然未敢以其说入经义，盖以诗古文皆自立言，而经义则代圣贤言；圣贤之言，不容以杂说乱也。其以选体入经义者，则崇祯中几社为职志，然选言犹慎，卧子、彝仲诸遗篇可覆按也。末学承流，失其本始，于是以选体为经义，而孔、曾、思、孟俱变为词赋家矣。操觚之士但抄得分类之书数册，即可以雄视一世。而先正遗稿，塾中束不复观，坊间亦置不复刻，后学欲求见典型，竟莫由焉。”② 儒家先典不少篇目富于文学意蕴，纪昀反对从文学的角度对它们进行裁决，认为如此一来孔子、孟子、曾子、子思都成为词赋家，经典的权威将不复存在。明清以后，受传奇的影响，笔记小说摆脱了传统质朴的叙述方式，不断融合传奇、戏曲等文体的表现手法，《聊斋志异》是这种文体融合的典型表现。蒲松龄借传奇法演绎鬼怪，使鬼怪染上了浓重的人性色彩。“《聊斋志异》独于详尽之外，示以平常，使花妖狐魅，多具人情，和易可亲，忘为异类，而又偶见鹘突，知复非人。”③ 写法的创新让《聊斋志异》在清代风行了上百年，出现了众多的模仿者。到了乾隆中后期，《聊斋》已俨然成为笔记小说的传统。面对《聊斋》的叙事新传统，纪昀表现出了不满。“《聊斋志异》盛行一时，然才子之笔，非著书者之笔也。虞初以下，干宝以上，古书多佚矣。其可见完帙者，刘敬叔《异苑》、陶潜《续搜神记》，小说类也；《飞燕外传》《会真记》，传记类也。《太平广记》事以类聚，故可并收。今一书而兼二体，所未解也。”④

---

① （清）纪昀：《纪晓岚文集》第1册，第149页。
② （清）纪昀：《纪晓岚文集》第1册，第210页。
③ 鲁迅：《中国小说史略》，《鲁迅全集》第9卷，第216页。
④ （清）纪昀：《纪晓岚文集》第2册，第492页。

纪昀对蒲松龄“一书兼二体”的写法表示不满，认为笔记体自有笔记体的文体规范，传奇多荒诞不经，不必将传奇的写作手法糅杂其中。他认为受传奇影响的笔记小说偏离了原来的轨道，污实失真、宣导人欲，格调不高：“今燕昵之词、蝶狎之态，细微曲折，摹绘如生。使出自言，似无此理；使出作者代言，则何从而闻见之？”① 在《姑妄听之》的序中，纪昀也说道：“缅昔作者，如王仲任，应仲远，引经据古，博辨宏通；陶渊明、刘敬叔、刘义庆，简淡数言，自然妙远。诚不敢妄拟前修，然大旨期不乖于风教。”② 纪昀将汉魏六朝的小说视为小说文体的典范，反对传奇对小说文体的渗透，捍卫小说文体的纯正。在评点《文心雕龙·诠赋》时，纪昀说道：“分别体裁，经纬秩然。虽义可并存，而体不相假。盖齐梁之际，小赋为多，故判其区畛，以明本末。”③ 诗赋虽然都可以表现同一主题，但文体各异，纪昀对刘勰区分畛域、“体不相假”的做法表示认可。值得注意的是，纪昀虽然反对文体互参，但他对文体自身发展是认可的：“宋承五代之后，其诗数变。一变而西昆，再变而元祐，三变而江西。江西一派，由北宋以逮南宋，其行最久……录之亦足备一格也。”④ 时代的变化使诗体自身发生了变化，从而产生了诗的流派，这是诗体自身的问题，纪昀对此持肯定的态度。

（二）变与复的辩证

文体类型的多样及其充分发展是文体研究的基础。到了清代，各种重要的文体已经经历了漫长的历史演变，这为文体的总结与研究提供了坚实的基础。乾嘉时期古学研究兴盛，考据学者注意对原典的追溯。这种追溯不是单纯的复古，而是有穷尽源变的历史视角。在乾嘉学术中，文体源流的考证成了学术研究的一部分，文体考证与学术研究相辅相成。章学诚重申“六经皆史”“凡涉著作之林，皆是史学”，认为各种文体无不源于史。这既看到了文体的历史性，又看到了史学对文体的制约。正是基于史学的认识，章学诚认为“文体备于战国”。

① （清）纪昀：《纪晓岚文集》第 2 册，第 492 页。

② （清）纪昀：《纪晓岚文集》第 2 册，第 375 页。

③ （南朝梁）刘勰著，戚良德辑校：《文心雕龙》，第 54 页。

④ （清）永瑢、纪昀等：《四库全书总目》，第 1410 页。

章学诚的文体观念源于经史，与今天倾向于纯文学的文体研究相比，他的文体观更切合中国杂文学的传统，他的总结和发现是相当精辟的。《四库全书》按经、史、子、集四部进行分类，其中集部与现代意义上的文学有相当的差距。长于集部的纪昀对历代文体考核精细，他的文体评论涉及体制、语体、体式、风格等方面，集部的评论与其说是作家作品评论，倒不如说是文体的评论。文体是话语的构建，不同时期、不同作者的在话语构建上各有特色。纪昀的文体分析既注意到作家个体、时代环境对文体的影响，又注意到文体发展的内在规律；既看到"变"的必然，又看到"复"在制衡"变"中表现出的积极意义，其文体观相当辩证。

文学代异，文体也代异。"一代有一代之文学"之说不仅仅是指每一时代都有其代表性的文学样式，而且还隐含了文体变化的含义。每一种文体都有其产生、发展、变异甚至消亡的历程，只有深入历史的进程才能准确把握其"常"与"变"。《四库全书》的编纂是一次文化的集成。纪昀对历代文体的变化了然于胸，他说："至于文章一道，则源流正变，其说甚长，必以晦庵一集律天下万世，而诗如李杜，文如韩欧，均斥之以衰且坏，此一家之私言，非千古之通论也。"① 程朱理学在清代被视为官方哲学，理学书籍是士子的必读书目，在"文以载道"口号之下，文体的个性很容易被抹杀。纪昀不迷信于理学，他从"变"的角度分析文体，否定一家独尊。纪昀认为各个时代各有其时代风格。"三代有三代之音，秦汉有秦汉之音，晋宋有晋宋之音，齐梁有齐梁之音。自唐以后有唐以后音。犹之籀变而篆，篆变而隶，隶变而行。因革损益，辗转渐移，不全异亦不全同，不能拘以一律。"② 文学是一种话语形式，一时代有一时代之话语形式，表现出来就是"音"。纪昀"一代有一代之音"其实是注意到了文体形式的代变，是"一代有一代之文学"的先声。纪昀认为"变"既有时代性因素又有个体性因素。"流别既分，则一派中自有一派之诣极，不相摄亦不相胜也。惟诗亦然。两汉之诗，缘事抒情而已；至魏而宴游之篇作；

---

① （清）永瑢、纪昀等：《四库全书总目》，第 1432 页。

② （清）永瑢、纪昀等：《四库全书总目》，第 1772 页。

至晋、宋而游览之什盛。故刘彦和谓‘庄老告退，山水方滋’也。然其时门户未分，但一时自为一风气，一人自出一机轴耳。”① 不同的时代风格和个体风格是一种文体成熟的表现。在《四库全书总目》中，纪昀结合时代、作家进行文体批评，尤有见地，于此不赘述。

纪昀认识到文体的代变，但他并不认为变一定越变越好，而是认为变也有可能误入歧途。他论赋：“建安以前，无咏物之诗；凡咏物者，多用赋。如《西京杂记》所载枚乘诸人赋，于都京大篇以外，别为一格。沿及魏、晋，作者益繁，词亦渐趋于排偶。陆机《文赋》称‘赋体物而浏亮’，盖就一时之体言之，不足以尽赋之长也。至唐调露中，始以赋试进士，而律体成焉。沿及宋、元，弥趋工巧，而得失亦遂互呈。至堆积故实、排砌奇字之赋，则明人作俑；知文章之体裁者，断不为矣。”② 赋体代变，至明代沦为纯粹的堆砌，这就破坏了赋体的本义。变是文体发展的表征，那么文体是如何在变中发展的呢？在《冶亭诗介序》中，纪昀回答了这个问题：

> 夫文章格律与世俱变者也。有一变，必有一弊；弊极而变，又生焉。互相激，互相救也。唐以前毋论矣。唐末，诗猥琐，宋、杨、刘变而典丽，其弊也靡；欧、梅再变而平畅，其弊也率；苏、黄三变而恣逸，其弊也肆；范、陆四变而工稳，其弊也袭；四灵五变，理贾岛、姚合之绪余，刻画纤微；至江湖末派流为鄙野，而弊极焉。元人变为幽艳，昌谷、飞卿遂为一代之圭臬，诗如词矣。铁崖矫枉过直，变为奇诡，无复中声。明林子羽辈倡唐音，高青丘辈讲古调，彬彬然始归于正。三杨以后，台阁体兴，沿及正嘉，善学者为李茶陵，不善学者遂千篇一律，尘饭土羹。北地、信阳挺然崛起，倡为复古之说，文必宗秦汉，诗必宗汉、魏、盛唐，踔厉纵横，铿锵震耀，风气为之一变，未始非一代文章之盛也。久而至于后七子，剽袭摹拟，渐成窠臼。其间横轶而出者，公安变以纤巧，竟陵变以冷峭，云间变以繁缛，如涂涂附，无以相胜也。③

① （清）纪昀：《纪晓岚文集》第1册，第201页。
② （清）纪昀：《纪晓岚文集》第1册，第203页。
③ （清）纪昀：《纪晓岚文集》第1册，第190页。

一变就会生一弊，而弊又是变的诱因，“互相激，互相救也”。变是文体发展的必然，变而生弊也是必然，要救弊，变是途径，复其实也是一种“变”，纪昀在对待文体的“变”上相当辩证。“然自汉、魏以至今日，其源流正变、胜负得失，虽相竞者非一日，而撮其大概，不过拟议、变化之两途。从拟议之说最著者无过青丘。仿汉魏似汉魏，仿六朝似六朝，仿唐似唐，仿宋似宋，而问青丘之体裁如何？则莫能举也。从变化之说最著者无过铁崖。怪怪奇奇，不能方物，而卒不能解文妖之目，其亦劳而鲜功乎？”[①] 面对前代文学的成就和不足，拟议与变化都是解决问题的途径。纪昀在总结文学史的基础上对文体演进的成因进行剖析，这是很有见地的。“拟议”“变化”一说最早源于《周易》：“圣人有以见天下之赜，而拟诸其形容，象其物宜……拟之而后言，议之而后动，拟议以成其变化。”[②] 后代在引用拟议和变化时一般是指传承和发展，先拟议后变化，变化是建立在传承的基础之上。这样一种渐进式的发展是切合中国文学实际的。

纪昀的文体发展正是建立在这样一种认识基础之上的。纪昀在《四百三十二峰草堂诗序》中说道：“余校定《四库》所见不下数千家，其体已无不备。故至‘嘉隆七子’变无可变，于是转而言复古。古体必汉、魏，近必盛唐，非如是，不得入宗派。然摹拟形似可以骇俗目，而不可以炫真识。……论者谓：王、李之派，有拟议而无变化，故尘饭土羹；三袁、钟、谭之派，有变化而无拟议，故偭规破矩。”[③] 明代诗文在“拟议”与“变化”上偏执一端，弊端丛生。纪昀对明代诗文的批评正是基于“拟议”与“变化”的辩证认识。《四库全书总目》批评李梦阳：“又倡言复古，使天下毋读唐以后书。持论甚高，足以竦当代之耳目。故学者翕然从之，文体一变。厥后摹拟剽贼，日就窠臼。论者追原本始，归狱梦阳，其受诟厉亦最深。考明自洪武以来，运当开国，多昌明博大之音。成化以后，安享太平，多台阁雍容之作。愈久愈弊，陈陈相因，遂至啴缓冗沓，千篇一律。梦阳振起痿痹，使天下复知有古书，不可谓之无功。而盛气矜心，矫枉过直。……平心而论，其诗才力富健，实足以笼罩一时。而古体必汉

① （清）纪昀：《纪晓岚文集》第 1 册，第 206 页。

② 周振甫：《周易译注》，中华书局 1991 年版，第 237—238 页。

③ （清）纪昀：《纪晓岚文集》第 1 册，第 207 页。

魏，近体必盛唐，句拟字摹，食古不化，亦往往有之。所谓武库之兵，利钝杂陈者也。”① 纪昀对明代唐宋派的复古表现了不满。他批评茅坤：“秦、汉文之有窠臼，自李梦阳始，唐宋文之亦有窠臼，则自坤始。”② 与复古派相比，纪昀对公安派的批评要严厉得多：“学七子者不过赝古，学三袁者乃至矜其小慧，破律而坏度。名为七子之弊，而弊又甚焉。”③ 复古派尚有根底，而公安派只是卖弄小慧，一味求变。纪昀认为这就出格了，出格就坏了规矩，这是纪昀不能容忍的。因此，在复变关系上，纪昀认为变必须要有复做基础，否则就失去了方向，如果要在两者之间进行选择，那纪昀宁可选择复而不是变。他评高启的诗：“其于诗，拟汉魏似汉魏，拟六朝似六朝，拟唐似唐，拟宋似宋，凡古人之所长，无不兼之。振元末纤秾缛丽之习，而返之于古，启实为有力。然行世太早，殒折太速，未能熔铸变化，自为一家。故备有古人之格，而反不能名启为何格。此则天实限之，非启过也。特其摹仿古调之中，自有精神意象存乎其间，譬之褚临禊帖，究非硬黄双钩者比。”④ 高启拟古能有古人的“精神意象”，得了古人的精神，纪昀对此尤为赞许。他只是惋惜高启去世太早，未能进一步融会变化。其实，如果仔细辨析他对明七子的态度，就会发现，纪昀对七子的复古持肯定态度，不满之处在于终身只是复而不求变。纪昀在评点《文心雕龙·通变》时说：“齐梁间风气绮靡，转相神圣，文士所作，如出一手，故彦和以‘通变’立论。然求新于俗尚之中，则小智师心，转成纤仄，明之竟陵、公安，是其明征，故挽其返而求之古。盖当代之新声，既无非滥调，则古人之旧式，转属新声，复古而名以‘通变’，盖以此尔。”⑤ 在时风竞尚低俗的情形下，复古也是新变，纪昀在复变关系上有不同凡响的见解。

（三）文质相宜的适体

文体种类多而概念模糊不清，这是中国古代文体的一大特点。不少文体生硬划分，造成了内容与形式的不和谐，号称“体大而虑周”的《文心

① （清）永瑢、纪昀等：《四库全书总目》，第 1497 页。
② （清）永瑢、纪昀等：《四库全书总目》，第 1592 页。
③ （清）永瑢、纪昀等：《四库全书总目》，第 1618 页。
④ （清）永瑢、纪昀等：《四库全书总目》，第 1471—1472 页。
⑤ （南朝梁）刘勰著，戚良德辑校：《文心雕龙》，第 187 页。

雕龙》也不免此病。纪昀在评点《文心雕龙》时就认为刘勰将“诸子”列为一种文体是不严谨的做法，认为刘勰“此亦泛述成篇，不见发明。盖子书之文，又各自一家，在此书原为谰入，故不能有所发挥”[①]。先秦诸子文风不一，各自成家，把不同风格的著作归结为一种文体确有诸多弊病。在各种文体充分发展之后，站在后人的肩膀上，纪昀的批评具有廓清之功，对认清各类文体很有帮助。刘勰认为：“圣哲彝训曰经，述经叙理曰论。”[②]由于过度强调对经的依附，刘勰将训诂列入了“论”体，“若夫注释为词，解散论体，杂文虽异，总会是同。若秦延君之注‘尧典’，十余万字；朱普之解《尚书》，三十万言：所以通人恶烦，羞学章句。若毛公之训《诗》，安国之传《书》，郑君之释《礼》，王弼之解《易》：要约明畅，可为式矣。”[③] 纪昀对此也提出批评，认为“训诂依文敷义，究与论不同科，此段可删”[④]。训诂虽然对经书有依附性，但其话语形式、风格与阐释义理的“论”毕竟不同科。乾嘉时期训诂风气兴盛，纪昀的文体观念有后出转精的优点。

纪昀论文体注重表现形式与内容之间的有机结合，反对偏执一端。两宋理学以“文以载道”为借口，重道轻文，无视文的价值和规律，纪昀对这样的观点就不认可。他说：“盖以讲学为诗家正脉，始于《文章正宗》。《白沙》、《定山》诸集又加甚焉。至廷秀等，而风雅扫地矣。此所谓言之有故，执之成理，而断断不可行于天下者也。故其人虽风裁岳岳，而论诗不可为训焉。”[⑤] 理学家以道自命不凡，把诗文视为道的奴婢，抹杀了各种文体的体式、风格。纪昀认为他们的观点“不可为训”，这对人们认清道与文的关系是有帮助的。在《司业诗集》提要中，纪昀也说道：“文以载道，理不可移。而宋儒诸语录，言言诚敬，字字性天，卒不能兴韩、柳、欧、苏，争文坛尺寸之地，则文质相宜，亦必有道矣。”[⑥] 宋儒语录高深奥妙，但不能争文坛之寸地，为文自有其道，其道其实就是“文质相宜”。

---

① （南朝梁）刘勰著，戚良德辑校：《文心雕龙》，第 114 页。
② （南朝梁）刘勰著，戚良德辑校：《文心雕龙》，第 114 页。
③ （南朝梁）刘勰著，戚良德辑校：《文心雕龙》，第 117 页。
④ （南朝梁）刘勰著，戚良德辑校：《文心雕龙》，第 122 页。
⑤ （清）永瑢、纪昀等：《四库全书总目》，第 1803 页。
⑥ （清）永瑢、纪昀等：《四库全书总目》，第 1676 页。

“文质相宜”要求内容与形式之间有机吻合、自然得体，过度的学理化或藻丽都有失这一标准。纪昀评齐梁和宋诗：“齐、梁以下，变而绮丽，遂多绮罗脂粉之篇，滥觞于《玉台新咏》，而弊极于《香奁集》。风流相尚，诗教之决裂久矣。有宋诸儒起而矫之，于是《文章正宗》作于前，《濂洛风雅》起于后，借咏歌以谈道学，故不失无邪之宗旨。然不言人事而言天性，与理固无所碍，而与‘兴观群怨’、‘发乎情，止乎礼义’者，则又大相径庭矣。”① 齐梁之后诗体走向了华丽浓艳的风格，决裂诗教既不雅也不正，偏离了诗的正轨。宋儒借诗歌论道，虽不失诗教之旨，但风雅扫地，也不是诗学之正途。齐梁的浮华与两宋的质野是两个极端，纪昀反对这种极端化的诗体风格。

刻意复古或刻意求新很容易造成内容与形式的分裂，由此造成的文体弊病也很明显。在《爱鼎堂遗集序》中，纪昀评明代诗歌的变化：“明二百余年，文体亦数变矣。其初，金华一派蔚为大宗。由三杨以逮茶陵，未失古格。然日久相沿，群以庸滥肤廓为台阁之体。于是乎北地、信阳出焉，太仓、历下又出焉，是皆一代之雄才也。及其弊也，以佶屈聱牙为高古，以抄撮饾饤为博奥。余波四溢，沧海横流，归太仆龂龂争之弗胜也。公安、竟陵乘间突起，么弦侧调，伪体日增，而泛滥不可收拾矣。”② 七子以复古为旗帜，为形式而形式，得其形而失其神，似雅实不雅，而公安、竟陵走入了低俗一路，抛弃了文体的规范。纪昀否定了他们的成就，将他们的诗视为“伪体”。在评论《文心雕龙·定势》时，纪昀说道：“自‘绘事图色’以下，言势无定格，各因其宜，当随其自然而取之。”③ 作为一种话语方式，文体与表现的内容互相兼容，如影随形，相辅相成。它们的关系是一种动态的关系，僵化的形式对内容起到破坏的作用，而恰当的形式能起到推动的作用，纪昀的文质观相当辩证。

科举考试历来为人们所诟病，乾隆年间曾经出现科举考试的存废之争。对于科举考试各科目，纪昀并不是简单的肯定或否定，而是从文质出发，论其体式和内容，看应试者在这两方面是否得古人的精髓。他在《甲

① （清）纪昀：《纪晓岚文集》第1册，第209—210页。
② （清）纪昀：《纪晓岚文集》第1册，第188—189页。
③ （南朝梁）刘勰著，戚良德辑校：《文心雕龙》，第191页。

辰会试录序》中说道："今之所录，大抵以明理为主。其逞辨才，骛杂学，流于伪体者不取；貌袭先正而空疏无物，割剥理学之字句，而饾饤剽窃，似正体而实伪体者，亦不取，期无戾于通经致用之本意而已。"① 八股文以代圣贤立言为其指向，程式固化，很容易流于"伪体"。"逞辨才，骛杂学"思想倾向不纯正，最终只能流为"伪体"；而"割剥理学之字句"，表面是高论实则无心得，亦为"伪体"。有根底的才学之士不生硬套用形式，能够做到文质相宜，化有法为无法，自然成体。要从文体之中嗅出应试者的根底，这对考官而言实为不易。乾隆年间科举考试增设律诗，当时各种试律诗选本不断涌现，而多数选本只是笺注故实，供初学者揣摩剽窃。诗歌本来是非功利的审美，试律诗却以应试为目的，强烈的功利性让人们感到其文体的卑下。纪昀说道："顾知诗体者皆薄视试律，不肯言；言试律者又往往不知诗体，众说瞀乱，职是故也。"② 试律诗以应试为目的，是一种实用性的诗体。知诗体者鄙视这种诗体，而应试者只追求程式而不求诗的本义，这使得诗失去了原来的轨道，造成了试律诗的体卑。从文质相宜出发，给试律诗体以合理的定位，提高其文体风格才是解决问题的所在。试律诗也是诗，纪昀认为试律试与诗是"同源别派"，要使试律诗文质相宜就必须先辨体。"为试律者，先辨体。题有题意，诗以发之。不但如应制诸诗，惟求华美，则襞积之病可免矣。次贵审题，批窾导会，务中理解，则涂饰之病可免矣。次命意、次布格、次琢句，而终之以炼气炼神。气不炼，则雕锼工丽仅为土偶之衣冠；神不炼，则意言并尽，兴象不远，虽不失尺寸，犹凡笔也。大抵始于有法，而终于以无法为法；始于用巧，而终于以不巧为巧。此当寝食古人，培养其根柢，陶熔其意境，而后得其神明变化自在流行之妙，不但求之试律间也。若夫入门之规矩，则此一册书略见大意矣。"③ 经过文体的处理，试律诗变成了需要"根柢"、技艺，又富有韵味的诗体，这就将体卑的试律诗变成了雅体。纪昀对此颇为得意，他自诩"试帖尚典赡。余始变为意格运题，馆阁诸公每呼此体为纪家

① （清）纪昀：《纪晓岚文集》第1册，第148页。
② （清）纪昀：《纪晓岚文集》第3册，第61页。
③ （清）纪昀：《纪晓岚文集》第3册，第11页。

诗”①。“纪家诗”其实是试律诗文体的变革。梁章钜认为：“河间纪文达师之《唐人试律说》批郤导窾，实足为金针度人。”② 这也是很中肯的。

纪昀在谈及《四库全书》收录原则时透露出了其中的原委。“文章流别，历代增新，古来有是一家，即应立是一类作者。有是一体，即应备是一格，斯协于全书之名。……宋人朱表青词亦概从删削。其倚声填调之作，如石孝友之《金谷遗音》，张可久之《小山小令》，臣等初以相传旧本，姑为录存，并蒙皇上指示，命从屏斥。仰见大圣人敦崇风教，厘正典籍之至意，是以编辑虽富，而谨持绳墨，去取不敢不严。”③ 纪昀在文体上的取向与乾嘉时期的文化政策是一致的。他倡导的是温柔敦厚的文体风格，对违反这一文体风格的作品，他都严厉批评。“夫欢愉之辞难工，愁苦之音易好，论诗家成习语矣。然以龃龉之胸，贮穷愁之气，上者不过寒瘦之词；下而至于琐屑寒乞，无所不至，其为好也亦仅。甚至激忿牢骚，怼及君父，裂名教之防者有矣。兴观群怨之旨，彼且乌识哉！是集以不可一世之才，困顿偃蹇，感激豪宕，而不乖乎温柔敦厚之正，可谓‘发乎情止乎礼义’者矣。穷而后工，斯其人哉！”④ 纪昀的文体观念既深源于历史，又与时代意识形态紧密相关，可以说是正统文体观的集成。

二　袁枚的古文文体辨析

清初理学复兴，传统载道的古文理论再度占据主流。雍正至乾隆初期，以“学行继程、朱之后，文章介韩、欧之间”自勉的方苞被视为一代古文之“正宗”。在方苞身后，考据学兴起，学风一变，理学的真理性遭到了质疑，方苞无论是在学术还是在古文上都遭到了考据学者的批判。“望溪之文，前辈杭堇浦，近今钱辛楣痛诋之，几乎程不识不值一钱矣！”⑤ 在考据学者的推动下，古文文风从唐宋转向了秦汉。李祖陶在《国朝文录》中说道：“（乾隆）中叶以后，学术多歧，文体亦因之猥杂。……盖谈

① （清）纪昀：《纪晓岚文集》第1册，第495页。
② （清）梁章钜：《制艺丛话　试律丛话》，上海书店出版社2001年版，第511页。
③ （清）永瑢、纪昀等：《四库全书总目》，“卷首”第18页。
④ （清）纪昀：《纪晓岚文集》第1册，第186页。
⑤ （清）袁枚：《小仓山房尺牍》，《袁枚全集新编》第15册，第230页。

经既菲薄程朱，论文亦藐视唐宋。"[①] 姚鼐在乾隆年间倍受考据学者的打压，嘉庆以后，国难加重，桐城派才占据古文的主潮。方苞身后近四十年，扛起古文大旗的是袁枚，法式善说道："近日制古文，家推袁简斋、朱梅崖。"[②] 程晋芳也认为袁枚成就最高的不是诗而是古文。袁枚是方苞后影响最大的古文大家，他对自己的古文也很自信。他自称："文章幼饶奇气，喜于论议，金石序事，徽徽可诵。古人吾不知，视本朝三家，非但不愧之而已。"[③] 袁枚的古文理论、创作和他的诗一样独树一帜，为时人所传诵。当前关于袁枚的研究集中在诗学，对其古文的研究并不多，且对古文研究也基本上是对其古文理论和创作的梳理。其实，袁枚的古文理论是建立在"辨体"基础之上的。文体辨析一直是他立论的基点，简单的理论铺叙并不得其要领。当前关于袁枚古文文体观念的研究并没有得到深入的挖掘，这是很可惜的。[④] 袁枚的古文文体之辨具有浓厚的时代学术色彩，与时代学术既有一致之处又有抵制之处。

（一）古文文体的厘清

古文在中国古代一直是一个含混的概念。经学之文、史学之文、审美性的著述皆可名为古文，古文甚至有指古文字的（如汉代古文经与今文经之争就是从文字上说的）。清代乾嘉时期考据学兴起，复古思潮弥漫一时。关于古文的观念也相当复杂，将注疏考证视为古文也被学界普遍接受，古文观念在这一时期存在着泛化的倾向。与时人不一样，袁枚对古文的文体持严肃的态度。他说道："杖尝核诗宽而核文严。何则？诗言志，劳人思妇，都可以言，《三百篇》不尽学者作也。后之人虽有句无篇，尚可采录。若夫始为古文者，圣人也。圣人之文而轻许人，是诬圣也。六经，文之始也，降而《三传》，而两汉，而六朝，而唐、宋，奇正骈散，体制相诡，要其归宿无他，曰顾名思义而已。名之为文，故不可俚也；名之为古，故不可时也。古，人惧焉。以昌黎之学之才，而犹自言其迎而距之之苦。未

① （清）李祖陶辑：《国朝文录》，《续修四库全书》第1669册，第299页。

② （清）王昶：《春融堂集》，《清代诗文集汇编》第358册，第2页。

③ （清）袁枚：《小仓山房文集》，《袁枚全集新编》第6册，第338页。

④ 陆德明《论袁枚"形而上"的古文观》（《古代文学理论研究》第二十七辑，2007年）一文论及袁枚的古文文体，认为袁枚古文文体的思想是："古文以'文'为根本属性，与道与学皆无关；以'古'为基本特征，不可混同骈文、时文。"这一分析并未全面把握袁枚的古文文体思想。

有绝学捐书，而可以操觚率尔者。”① 诗言志，劳人思妇即情吟唱便为真诗。而古文必须名副其实，一要“古”，古文必须古雅，不古即不为古文，不得以时调入古文；二要“文”，没有文采不会成为古文。袁枚从“古”和“文”两个角度界定古文，主张古文必须名副其实，这一论调与他注重当下体验的诗论形成了鲜明的对比。由于强调古文的纯洁性，袁枚严格将古文与其他学科门类、其他文体区别开来。

中国历代论文都有经文不分、以经为文的弊病。袁枚虽然也认为六经是古文之源，但他对两者分辨不清颇有异词。“文章始于六经，而范史以说经者入《儒林》，不入《文苑》，似强为区分。然后世史家俱仍之而不变，则亦有所不得已也。大抵文人恃其逸气，不喜说经。而其说经者，又曰：吾以明道云尔，文则吾何屑焉？自是而文与道离矣。不知六经以道传，实以文传。《易》称‘修词’，《诗》称辞辑，《论语》称‘为命’至于‘讨论’、‘修饰’而犹未已，是岂圣人之溺于词章哉？盖以为无形者道也，形于言谓之文。既已谓之文矣，必使天下人矜尚悦绎，而道始大明。若言之不工，使人听而思卧，则文不足以明道，而适足以蔽道。故文人而不说经可也，说经而不能为文不可也。”② 六经既以经传，又以文传，六经其实已孕育了文章的因素，后代文章与经学分离乃是大势所趋，袁枚对两者关系的考辨相当辩证。袁枚甚至大胆推断，六经之所以广为流传，离不开“文”的因素，没有“文”，六经将难以流传，这就有“六经皆文”的味道了。袁枚从道与文的角度分析经学，认为经与文分离乃是大势所趋。论古文不必以经律文，文自有其演变的历程，不必总是依附于经史。袁枚从文的角度分析六经，既承认六经的文章源头地位，又注意将经与文区别开来，这比道学家简单的重道轻文要深刻得多。其实，经学无非就是考据之学和义理之学，袁枚认为两者不仅无助于古文，而且还是古文之大敌。“仆于此事，因孤生懒，觉古人不作，知音甚稀。其弊一误于南宋之理学，再误于前明之时文，再误于本朝之考据。三者之中，吾以考据为长。然以混古文，则大下可。何也？古文之道形而上，纯以神行，虽多读书，不得

① （清）袁枚：《小仓山房文集》，《袁枚全集新编》第6册，第358页。
② （清）袁枚：《小仓山房文集》，《袁枚全集新编》第5册，第209页。

妄有摭拾。韩、柳所言功苦，尽之矣。考据之学形而下，专引载籍，非博不详，非杂不备，辞达而已，无所为文，更无所为古也。”① 通过区分考据学和理学，袁枚为古文确定了外延，避免了经文不分的弊病。

袁枚论文并非不重“道”，只是他所论的“道”与理学之道并不一致。“然文人学士，必有所挟持以占地步，故一则曰‘明道’，再则曰‘明道’，直是文章家习气如此。而推究作者之心，都是道其所道，未必果文王、周公、孔子之道也。夫道若大路然，亦非待文章而后明者也。仁义之人，其言蔼如，则又不求合而合者。若矜矜然认门面语为真谛，而时时作学究塾师之状，则持论必庸而下笔多滞，将终其身得人之得，而不自得其得矣。”② 挟道以论文，这是文人的习气。袁枚也承认文以传道，但他所论的道既不是孔孟之道，也不是理学之道，而是自然的人性。人各有其道，因而也各有其文，袁枚在泛化道的同时也泛化了文，打破了道对文的束缚，实现了文自身解放。

尺牍是较随意的书信，而书信也是古文里常见的一种文体。袁枚在整理文集时没有将尺牍放在文集中，可见袁枚对古文的要求是很严格的。洪锡豫记载有袁枚对此的态度：“随园先生尝谓尺牍者，古文之唾余。今之人或以尺牍为古文，误也。盖古文体最严洁，一切绮语、谐语、排偶语、词赋语、理学语、佛老语、考据、注疏、寒暄、酬应语，俱不可一字犯其笔端；若尺牍，则信手任心，谑浪笑傲，无所不可。故先生所为尺牍，随作随弃。今冬先生过扬州，豫从其弟子刘霞裳处抄得若干。读之意趣横生，殊胜苏、黄小品；且其中论政、论古、论文学极有关系，在他人必阑入正集矣，而先生弃若涕唾，未免太忍。”③ 尺牍是不规范的交往文体。袁枚的诸多尺牍虽然妙趣横生，但他却坚决将之排斥在古文之外，可见袁枚对古文文体有很严格的要求。

古文与应试的时文相对提出，明清两代，以古文为时文，以时文为古文并不少见。袁枚的时文选虽然影响很大，但他对此却不以为然，文集中仅有一篇时文的序。对于谋求出处的时文与立言的古文，袁枚的态度是明确

① （清）袁枚：《小仓山房文集》，《袁枚全集新编》第7册，第593页。
② （清）袁枚：《小仓山房文集》，《袁枚全集新编》第6册，第364页。
③ （清）袁枚：《小仓山房尺牍》，《袁枚全集新编》第15册，第1页。

的。“词曲之于诗，犹时文之与古文也。此处界限极严，断难儳越。时文八股，其流派实始于唐人应制之八韵应制诗，岂无佳音？而李、杜集中断然不存，即韩、柳诸公，亦未闻为人作应制诗序。可知功令之文，自古不重，况时文加以割裂搭截，侮圣人之言哉？曰：从古文章皆自言所得，未有为优孟衣冠，代人作语者。惟时文与戏曲，则皆以描摩口吻为工……此其体之所以卑也。”① 时文体卑，古文格高，古文写作虽然有助于时文，但两者旨趣、文风各异，袁枚严辨两种文体，反对将两者混为一谈。

袁枚把古文的地位抬得很高，他对古文有严格的界定，将容易与古文混淆的经学、时文、尺牍严格区别开来，维护了古文文体的纯洁性。袁枚对古文这一文体的界定比当代对散文的界定还要严格，这一严格的界定确定了古文的独立性，符合文学史发展的内在规律，为后代古文的发展提供了思路和借鉴。同时，我们也要看到，袁枚将古文封闭起来，断绝与其他文体、学科门类融通的做法其实是作茧自缚，阻碍了古文的开放发展。

（二）文风之古与秦汉文风的追求

袁枚认为古文必须名副其实，既然称“古”，那就不可杂入时流，名为“文”就要文雅，不可粗俗。袁枚追求的古文是纯正的古文，要达到这种境界，要绝俗、绝时，回归古文的原始文风。“仆以为欲奏雅者先绝俗，欲复古者先拒今。俗绝不至，今拒不儳，而古文之道思过半矣。”② 要回归古，就必须拒今，袁枚认为只有拒今才能回到古文原有的文风，他对各种不古的做法都持否定的态度。古文和时文都以载道为其要义，明代以来，以古文为时文的写法一直盛行，一代文章正宗之方苞也持此观点。他说道：“明人制义，体凡屡变：自洪、永至化、治，百余年中，皆恪遵传注，体会语气，谨守绳墨，尺寸不逾。至正、嘉作者，始能以古文为时文，融液经史，使题之义蕴，隐显曲畅，为明文之极盛。”③ 时文是对儒家经义的阐发，古文也是以六经为源头。从内容上看，两者并无冲突，故而在明清两代，不少人将古文与时文视为一体。袁枚在剖析古文和时文时也注意到了两者在内容上的一致性，但他更多的是从文体上区分两者。他认为既然

① （清）袁枚：《小仓山房尺牍》，《袁枚全集新编》第 15 册，第 55 页。

② （清）袁枚：《小仓山房文集》，《袁枚全集新编》第 7 册，第 726 页。

③ （清）方苞：《方苞集》，第 579—580 页。

是古文，则必须要有儒家先典的“古”气，骈偶的时文背离了古文的传统。“名之为文，故不可俚也；名之为古，故不可时也。古，人惧焉。以昌黎之学之才，而犹自言其迎而距之之苦。未有绝学捐书，而可以操觚率尔者。”① 时文是代言体散文，优孟衣冠，没有个人的性情和见地，文风不古，功利性强，与追求立言的古文相去甚远。袁枚对它评价很低，认为“惟时文与戏曲，则皆以描摩口吻为工……此其体之所以卑也”②。而要真正的绝俗、绝时，袁枚甚至反对多读书。他在《答友人论文第二书》中说道：

> 夫古文者，途之至狭者也。唐以前无“古文”之名，自韩、柳诸公出，惧文之不古而“古文”始名。是古文者，别今文而言之也。划今之界不严，则学古之词不类。韩则曰：“非三代、两汉之书不观。”柳则曰：“惧其昧没而杂也”，“廉之欲其节”。二公者，当汉、晋之后，其百家诸子未甚放纷，犹且惧染于时。今百家回冗，又复作时艺弋科名，如康昆仑弹琵琶，久染淫俗，非数十年不近乐器，不能得正声也。……就一古文之中，犹不肯合数家为一家，以累其朴茂之气、专精之神，此岂其才力有所不足，而岁月有所偏短哉？③

袁枚认为后世学术、文风庞杂，后世的书读多了会无意中浸染其中，写作的时候难免受其影响，而这就会影响到古文的纯正。袁枚认为要回归古调，必须屏绝后代各种因素的影响，纯然回归古代。

正是对古文之“古”的严格追求，袁枚对唐代以来的古文尤其是八大家多有批判。他在《书茅氏八家文选后》中说道：“凡类其人而名之者，一时之称也。如周有‘八士’、舜有‘五人’、汉有‘三杰’、唐有‘四子’是也。未有取千百世之人而强合之为一队者也。有之者，自鹿门‘八家’之目始。明代门户之习，始于国事，而终于诗文。故于诗则分唐、宋，分盛、中、晚，于古文又分为八，皆好事者之为也，不可以为定称

① （清）袁枚：《小仓山房文集》，《袁枚全集新编》第6册，第358页。
② （清）袁枚：《小仓山房尺牍》，《袁枚全集新编》第15册，第55页。
③ （清）袁枚：《小仓山房文集》，《袁枚全集新编》第6册，第361页。

也。夫文莫盛于唐，仅占其二；文亦莫盛于宋，苏占其三。鹿门当日，其果取两朝文而博观之乎，抑亦就所见所知者而撮合之乎？且所谓一家者，谓其蹊径之各异也。三苏之文，如出一手，固不得判而为三。曾文平钝，如大轩骈骨，连缀不得断，实开南宋理学一门，又安得与半山、六一较伯仲也！若鹿门所讲起伏之法，吾尤不以为然。”① 八大家在明代后期至清初形成了古文的传统。《四库全书总目》评论茅坤的《唐宋八大家文钞》：“一二百年以来，家弦户诵，固亦有由矣。”② 唐宋八大家的古文有较高的审美性，对古文的独立发展具有推动的作用。袁枚对八大家持有异议，认为他们不尽代表古文，尤其对沾染时代理学习气的曾巩表现出强烈不满。归有光在明清一直被视为八大家文统的继承者，袁枚对他也不以为然。“《震川集》久已披览，纡淡处自佳，然绝少大题目，而又多祝寿时艺之序，体制已颠。”③ 袁枚对八大家的批判其实是否定了以他们为代表的古文文统的存在。袁枚瓦解这一文统，其着眼点正是古文文体风格，他认为八大家不尽得古文文风之正宗，他们的古文并不是严格意义上的古文。

追求文风之古，否定八大家的文统，袁枚推崇的古文其实是秦汉古文。他说道：“我常恨记事始于《左传》，不过二百余年事，而文章之妙至此。若使夏四百年，商六百年，隐公以前五百年，其时天子列国之事，使丘明之徒为之记载，岂非绝大文章，千古快事？奈天地间笔墨不用之于此处，反用之于二氏侏离、儒家理学、小说杜撰，真可惜也！”④ 袁谷芳在袁枚文集的序中也说道：“时先生正以诗古文词树坛坫江南，欲收致四方才俊士，与之共商史汉文章之正统。”⑤ 可见，袁枚将秦汉古文视为正统，认为唐代以后能得古文精髓的很少。在八大家里，袁枚认为只有王安石能继承秦汉古文的传统。“鄙意王荆公学韩文，能经堂入奥，而又周其匽焉。吁，可畏也！”⑥ 王安石的古文见解独特，气势充沛，确有秦汉古文之风味，理学家的古文与之不可同日而语。从创作实践上看，袁枚的古文语言

① （清）袁枚：《小仓山房文集》，《袁枚全集新编》第7册，第605—606页。
② （清）永瑢、纪昀等：《四库全书总目》，第1719页。
③ （清）袁枚：《小仓山房尺牍》，《袁枚全集新编》第15册，第52页。
④ （清）袁枚：《牍外余言》，《袁枚全集新编》第15册，第5页。
⑤ （清）袁枚：《小仓山房文集》，《袁枚全集新编》第5册，第7页。
⑥ （清）袁枚：《小仓山房尺牍》，《袁枚全集新编》第15册，第52页。

简练，铺陈排比，气势压人，富于纵横家的风格，确实富有秦汉古文的文风。我们且看他的《原士》：

士少则天下治。何也？天下先有农工商，后有士。农登谷，工制器，商通有无。此三民者，皆养士者也。所谓士者，不能养三民，兼不能自养也。然则士何事？曰：尚志。志之所存，及物甚缓，而其果志仁义与否，又不比谷也、器也、货之有无也，可考而知也。

然则何以重士？曰：此三民者，非公卿大夫不治；公卿大夫，非士莫为。惟其将为公卿大夫以治此三民也，则一人可以治千万人。而士不可少，正不可多。舜有五臣，武王有乱臣十人，岂多乎哉？虽然，其所以教之者，则甚多矣。……士既少，故教之易成，禄之易厚，而用之亦易当也。后世不然，……才仅任农工商者，为士矣；或且不堪农工商者，亦为士矣。既为士，则皆四体不勤，五谷不分，而妄冀公卿大夫。冀而得，居之不疑；冀而不得，转生嫉妒，造诽谤，而怨上之不我知。上之人见其然也，又以为天下本无土，而视士愈轻，士乃益困。嗟乎！天下非无士也，似士非士者杂之，而有士如无士也。①

清代士子队伍膨大，尾大不掉，成为突出的社会问题。袁枚通过对士之由少而多、士与三民的对比、士自身的泛滥等因素的分析，认为必须提高士的门槛，减少士的数量，从而维护社会的稳定。袁枚的古文大多具有强烈的现实指向性，不作泛泛的陈述，一扫唐宋派纤弱的文风。杭世骏评论袁枚古文："记叙用敛笔，论辨用纵笔，叙事或敛或纵，相题为之，而大概超超空行，总不落一凡字，此其志也。"② 此评论确实是点出了袁枚古文的风格。

（三）运体的"严洁"论

为规范古文的写作，雍正提出"雅正清真"的主张，后来乾隆稍易其词，将"清真雅正"定为了国家的文化政策。纪昀对这一文化政策解释道："文之清真者，惟其理之是而已；文之古雅者，惟其词之是而已。依

① （清）袁枚：《小仓山房文集》，《袁枚全集新编》第5册，第10—11页。
② （清）袁枚：《小仓山房文集》，《袁枚全集新编》第5册，第5页。

于理以达其词者，则存乎气。气也者，各称其资材，而视所学之浅深以为充歉。欲理之明，必溯源六经，而切究乎宋、元诸儒之说；欲词之当，必贴合题义，而取材于三代、两汉之书；欲气之昌，必以义理洒濯其心，而沉潜反复于周、秦、汉、唐、宋家之文。兼是三者，而后能清真古雅，言皆有物也。”① “清真”是思想倾向的纯正性，“雅正”是文体修辞的规范性、生动性。这一文化政策对古文的道和文都提出了要求，与大一统帝国互为表里。“清真雅正”体现了大文学的文学观念。与国家文化政策相比，袁枚对古文文体的要求更具有文学性，他认为古文在行文上必须“严洁”。“严洁”论涵盖了古文的语体和表述方式，并不指向思想内涵，此论有浓厚的唯美主义倾向，可以说是“小文学”的文体样式。

“严”是指古文语体的纯洁性。袁枚认为后世各种用语、话语方式掺杂古文之中，破坏了古文语体的纯正。他说：“此体最严，一切绮语、骈语、理学语、二氏语、尺牍词赋语、注疏考据语，俱不可以相侵。以故北宋后，遂至希微而寥寂焉。”② 古文是形而上的运思，后世知识话语的构建破坏了古文语体的风貌，袁枚要求古文必须排斥后世的各种知识话语。“不知古文之道，不贵书多，所读之书不古，则所作之文亦不古。……若欲自炫所学，广搜百氏，旁摭佛老及说部书，儳入古文，便伤严洁。”③ 文章可以广泛展示各种知识，后世在构建知识话语的时候很容易将知识话语及其话语方式渗透到古文写作之中，这就破坏了古文语体的纯洁性。在后世的知识话语构建中，袁枚认为有“三误”影响到了古文：“其弊一误于南宋之理学，再误于前明之时文，再误于本朝之考据。”④ “三误”之中，袁枚严厉批评了理学对古文语体的破坏，他在《牍外余言》中引沈仲固和刘后村的话对理学进行了批评：“《癸辛杂志》：沈仲固先生云：‘道学之名，起于元祐，盛于淳熙，其所读不过《四书》、《近思录》几部，自道正心、修身、治国、平天下而足矣。有经济者，目为粗才；有能文者，詈为玩物丧志……’刘后村为吴恕斋作序曰：‘近世贵理学，而贱诗赋。间有

① （清）梁章钜：《制艺丛话　试律丛话》，上海书店出版社2001年版，第41—42页。
② （清）袁枚：《小仓山房文集》，《袁枚全集新编》第7册，第725页。
③ （清）袁枚：《小仓山房尺牍》，《袁枚全集新编》第15册，第126页。
④ （清）袁枚：《小仓山房文集》，《袁枚全集新编》第7册，第593页。

篇章，不过押韵之语录、讲章耳。'"[①] 理学家高扬道学，轻视文辞，他们的讲学、语录粗俗卑下，毫无文采，为古文之一厄。理学不仅在文辞上无建树，其所建立的"道"也是驳杂混乱，与古人之道出入甚多。"释氏之教，莫盛于晋唐，然其时儒自儒，释自释，未尝混而一之也。至宋而释与儒儳杂而不可分，则当时《道学传》中诸公不得辞其责。盖晋、唐之崇释氏，不过造塔庙，施功德，其迹粗，其事显，略有识者，俱能辨其非。宋则不然，大半贤人君子，皆先入释教中，明心见性，深造有得，然后变貌改形，遁而之儒，且以入虎穴得虎子自矜，而不知久居虎穴中，已作牛哀之化而不自知。"[②] 理学在文与道上都有破碎博杂之病，与六经之文、之道有不小的距离，袁枚将之视为一误，点中了理学的要害。

"洁"是指古文写作在行文上繁简得当、富于气势。袁枚反对没有裁剪、缺乏顿挫、叙述杂碎的写法。在文法上，袁枚反对固守死法，主张因题铺叙、自然成文的写作方法。他在评论杭世骏的古文时说道："《道古堂文集》则通行翻撷，其博引繁称处，自具气力。惜记序之文，失之容易；序事之文，过于冗杂，全无提挈剪裁。要知良史之才，不是醯酱油盐，照账誊录也。集中如梁少师、齐侍郎两墓志，是何等题目，乃铺述一鹿肉、一苹果，如市贾列单，令人齿冷！岂不知君恩所系，有赐必书。然果属卑官寒士，则尚方之一缕一蹄，自当详载；而三品以上大臣，则宜取其大者、远者而书之，琐碎事端，概从删节，此文章一定之体例也。不然，如韩、欧集中，所作诸名臣碑版，岂当时天子不赏赐一物乎？而何以绝不记载乎？近日考据家为古文，往往不晓此义，十人九病，堇浦、谢山，皆所不免。惟方望溪力能矫之，而又苦于才力太薄，读者索然。"[③] 古文叙事必须根据叙写的内容提挈剪裁，不可平铺直叙。袁枚对用历史和考据的方法进行古文写作感到不满，认为这种写法根本得不到古文的要领，他对杭世骏、全祖望等人的批评深中其病，这对防止古文的泛化、杂化有警示作用。

在影响古文发展的"三误"之中，袁枚认为考据误古文最深。"考据

① （清）袁枚：《牍外余言》，《袁枚全集新编》第15册，第15—16页。
② （清）袁枚：《小仓山房尺牍》，《袁枚全集新编》第15册，第95页。
③ （清）袁枚：《小仓山房尺牍》，《袁枚全集新编》第15册，第82页。

之学形而下，专引载籍，非博不详，非杂不备，辞达而已，无所为文，更无所为古文也。尝谓古文家似水，非翻空不能见长。果其有本矣，则源泉混混，放为波澜，自与江海争奇。考据家似火，非附丽于物，不能有所表见。极其所至，燎于原矣，焚大槐矣，卒其所自得者皆灰烬也。以考据为古文，犹之以火为水，两物之不相中也久矣。”① 古文是形而上的神思，注重情感、思想的超脱，而考据却是形而下的考证，广引典籍，不求文思、不重辞采，两者在话语表现方式上相去甚远。袁枚生活的时代正是考据学鼎盛时期，考据学者钻研于典籍，所作文章不讲文法，形式粗糙。袁枚批评：“近见海内所推博雅大儒，作为文章，非序事噂沓，即用笔平衍，于剪裁、提挈、烹炼、顿挫诸法，大都懵然。”② 这确实是点中了考据学者古文的弊病。袁枚分析其中缘由：“盖其平素神气沾滞于丛杂琐碎中，翻撷多而思功小。譬如人足不良，终日循墙扶杖以行，一旦失所依傍，便伥伥然卧地而蛇趋，亦势之不得不然者也。且胸多卷轴者，往往腹实而心不虚，藐视词章，以为下过尔尔，无能深深而细味之。刘贡父笑欧九不读书，其文具在，远逊庐陵，亦古今之通病也。”③ 进入一种知识话语，很容易受到其知识体系的影响，袁枚的分析不无道理。

洪锡豫在《小仓山房尺牍》中质疑袁枚：“今先生既以严且洁者示人，而不以不严不洁者示人，则学者又何由知古文与尺牍所由判别之故哉!”④ 可见袁枚在编辑文集时有所顾忌，这一顾忌正是他“严洁”的古文观使然。针对乾嘉时期古文创作的现状，袁枚曾提出“论文十弊”，对古文创作的不“严洁”提出批评。

> 去冬在杭州，见朱石君侍郎，蒙其推许，云：“古文有十弊，惟随园能扫而空之。”余问其目，曰：“谈心论性，颇似宋人语录，一弊也；俳词偶语，学六朝靡曼，二弊也；记、序不知体裁，传、志如写账簿，三弊也；优孟衣冠，摩秦仿汉，四弊也；谨守八家空套，不自

---

① （清）袁枚：《小仓山房文集》，《袁枚全集新编》第 7 册，第 593 页。
② （清）袁枚：《小仓山房文集》，《袁枚全集新编》第 7 册，第 593 页。
③ （清）袁枚：《小仓山房文集》，《袁枚全集新编》第 7 册，第 594 页。
④ （清）袁枚：《小仓山房尺牍》，《袁枚全集新编》第 15 册，第 1 页。

> 出心裁，五弊也；饾饤成语，死气满纸，六弊也；措词率易，颇类应酬尺牍，七弊也；窘于边幅，有文无章，如枯木寒鸦，淡而可厌，且受不住一个大题目，八弊也；平弱敷衍，袭时文调，九弊也；钩章棘句，以艰深文其浅陋，十弊也。"余笑答曰："此外尚有三弊。"侍郎惊问，余曰："征书数典，琐碎零星，误以注疏为古文，一弊也；驰骋杂乱，自夸气力，甘作粗才，二弊也；尚有一弊，某不敢言。"侍郎再三询，曰："写《说文》篆隶，教人难识，字古而文不古，又一弊也。"侍郎知有所指，不觉大笑。①

性理之辨、经史考证、八大家古文等一直被文人视为雅事，而袁枚认为这些因素一旦进入古文便很粗俗，无雅可谈。优孟衣冠的模拟、不求文法、缺乏气势也被袁枚视为苟且的写作，毫无古文的严洁可言。袁枚的"论文十弊"有很强的现实针对性，在乾嘉时期流传甚广，他的批评既深中古文的时弊，又是一剂醒药。方苞的古文理论有"雅洁"的内涵，他的"雅洁"包含了语言的简洁与内容的雅正，这一提法可以说是唐宋派古文的理论集成。方苞的"雅洁"与袁枚的"严洁"有较大的差别。袁枚排斥理学，对理学不以为然，对理学杂入古文更是不满。另外，袁枚的"严洁"要求古文气韵生动，富于气势，而方苞则强调古文的载道功能，重文体之雅正，两人古文文体的分歧应该说是源于价值观的差异。

三　刘大櫆关于古文、时文的文体观念

桐城派并不是自然形成的过程，而是姚鼐有意构建的结果。在姚鼐构建桐城文派之前，桐城籍的作家不仅擅长古文写作，而且多以八股文见称于世。戴名世"以精制举业发名。文稿脱手，贾人随刊布之，于是天下皆诵其时文"②。方苞自幼研习八股文，被称为"江东第一能文之士"。《清史稿》称："桐城方苞，以古文为时文，允称极则。"③ 方苞的八股文得到了最高统治者的认可。为规训八股文风，方苞奉敕选编了官方的八股文选

① （清）袁枚：《小仓山房尺牍》，《袁枚全集新编》第 15 册，第 73—74 页。

② （清）马其昶：《桐城耆旧传》，黄山书社 1990 年版，第 297 页。

③ 赵尔巽：《清史稿》，中华书局 1977 年版，第 3153 页。

本《钦定四书文》，这部选本影响了清代的八股文风。刘大櫆的八股文也为时人所重。方苞称：“刘生大櫆不但精于时文，即古文辞，眼中罕见其匹。”① 桐城诸老在青壮年时期都曾致力于八股文的写作，他们的八股文在当时都有广泛影响。正是古文和八股文的双重影响，时人才发出“天下文章，其出于桐城乎”的感慨。当前关于桐城派的研究偏重于古文，对八股文的研究较少。戴名世、方苞在经学、史学上颇有建树，并不以古文为职向。刘大櫆在经、史上的成就远不如戴、方，他长期在低层，以馆谷为生，这就让他更专注于八股文的写作。刘大櫆继承戴、方二人“以古文为时文”的思想，积极将八股文与古文融汇，在古文与八股文的融通上走得更远。不管是在理论上还是在写作实践上，他几乎是将两者无区别对待。长期以来，对刘大櫆的研究多是从纯古文或纯八股文的角度展开，对他打通两者的研究没有得到深入的剖析。事实上，刘大櫆将古文与八股文视为一体，纯粹的古文或八股文研究并不得刘大櫆文论的要领。八股文代圣贤立言，是一种很注重文体风格的文体。刘大櫆关于古文、八股文的分析紧紧围绕着文体风格，文体意识很强，这是“以古文为时文”的必然。由于八股时文具有明显的功利色彩，乾嘉时期汉学对时文颇为反感，时文多为学人所不屑。作为乾嘉时期汉学的对立面，我们不妨看看刘大櫆如何融通古文和时文，由此窥探乾嘉时期文体发展的另一侧面，以便全面把握乾嘉时期古文文体全貌。

（一）古文与八股文文体的同一性

八股文源于宋代的经义。刘熙载说道：“经义试士，自宋神宗始行之。神宗用王安石及中书门下之言定科举法，使士各专治《易》、《书》、《周礼》、《礼记》一经，兼《论语》、《孟子》，初试本经，次兼经大义，而经义遂为定制。其后元有《四书疑》，明有《四书义》，实则宋制已试《论》、《孟》、《礼记》，《礼记》已统《中庸》、《大学》矣。今之‘四书文’，学者或并称经义。《四书》出于圣贤，圣贤吐辞为经，以经尊之，名实未尝不称。为经义者，诚思圣贤之义，宜自我而明，不可自我而晦，则

① （清）刘大櫆：《刘大櫆集》，第627页。

为之自不容苟矣。”① 不管是宋代的经义还是明代程式化的八股文，都是以阐发儒家先典为要旨，所作之文紧紧围绕儒家经义。中国古代一直将儒家经典视为古文的源头，最早提出以古文抗击时文的是韩愈。他认为：“愈之为古文，岂独取其句读不类于今者邪？思古人而不得见，学古道则欲兼通其辞；通其辞者，本志乎古道者也。”② 韩愈的古文兼有文道之义。“若圣人之道不用文则已，用则必尚其能者；能者非他，能自树立，不因循者是也。有文字来，谁不为文，然其有于今者，必其能者也。”③ 原道，征圣，宗经，是中国历代论文的传统。即便是对儒家有微词的袁枚也承认：“若夫始为古文者，圣人也。圣人之文而轻许人，是诬圣也。六经，文之始也。”④ 八股文与古文都有相同的指向，两者有内在的一致性。刘大櫆认为八股文的出现有其时代必然性。他在《张荪圃时文序》中说道：“余尝谓古昔圣人之言，约而弥广，径而实深，即之若甚近，寻之则愈远。儒衣之子，幼而习之，或通其词训，而未究其指归。后之英主，更创为八比之文，使之专一于四子之书，庶得沿波以讨源，刮肤以穷髓，其号则可谓正矣。”⑤ 圣贤之文是至文，八股文代圣贤立言，文体虽然不同，但本质一样。刘大櫆认为八股文穷追圣贤的思想，文体并不低卑。在《方晞原时文序》中，他也说道：“盖孔、孟之微言，经前代诸儒之论辨，而大意已明矣。后代更创为八比之文，如诗之有律，用排偶之辞，以代圣贤之口语，不惟发舒其义，而且摹绘其神，所以使学者朝夕从事渐渍于其中而不觉也。故习其业者，必皆通乎六经之旨，出入于秦、汉、唐、宋之文，然后辞气深厚，可备文章之一体，而不至于龃龉于圣人。传习既久，日趋诡异，加之以患失之心、求得之念，而流弊至不可胜言。晞原志在近返古，独从余相为劘切。遵唐、归之遗轨，而不惑于世俗之趋尚。一时与晞原同学者，操速化之术，多窃巍科以去，方且笑晞原之拙，而晞原以为得之有命，终不易其守也。”⑥ 八股文是阐发孔孟之微言，除了有其质，还有其

① （清）刘熙载：《刘熙载集》，华东师范大学出版社 1993 年版，第 185 页。

② （唐）韩愈：《韩昌黎文集校注》，上海古籍出版社 1986 年校注版，第 304—305 页。

③ （唐）韩愈：《韩昌黎文集校注》，第 207 页。

④ （清）袁枚：《小仓山房文集》，《袁枚全集新编》第 6 册，第 358 页。

⑤ （清）刘大櫆：《刘大櫆集》，第 101 页。

⑥ （清）刘大櫆：《刘大櫆集》，第 97 页。

文。八股文是一门阐释儒家思想的艺术，刘大櫆把八股文当成一门艺术，认为它与古文并无太大的区别。“谈古文者，多蔑视时文，不知此亦可为古文中之一体。”① 把八股文视为古文中的一种文体，这就可以将八股文纳入古文的范畴。从内容上看，古文与经义、八股文并不矛盾，八股文遭到批评，主要是它的功利色彩和固定的写作程式。如果能够淡化其功利色彩、打破其僵化的写作模式，八股文也未尝不是好的古文。刘大櫆对八股文持严肃的态度，他批评八股文的功利色彩，认为功利的八股文是“世俗之文”，同时，他主张八股文要充分借鉴古文的行文方法，讲究文章的气势、神气。正是在两个基点上，刘大櫆认为，八股文是艺体之精华。

清初学者如顾炎武、黄宗羲等对明代盛行的八股文提出批评。“杨子常曰：‘……举天下而惟十八房之读，读之三年五年，而一幸登第，则无知之童子俨然与公卿相揖让，而文武之道弃如弁髦。’嗟乎！八股盛而六经微，十八房兴而《廿一史》废。”② 科举试八股文的积弊在清代日益显现。清代出现了三次废除科考的运动，这三次运动虽然都没有取得成功，但八股试士的弊病已逐渐被世人认识。刘大櫆长期以教授八股文为业，他并没有反对科举制度，而是反对八股文的功利色彩。他将八股文区别为“世俗之文”与“追步古文”之文。“明人以时文取士，其亦有追步古文，而不为世俗之文者矣，而其人不及二三人，其文不能数十首也。虽在于今，其亦有追步古人而不为世俗之文者矣，而其人不及二三人，其文不能数十首也。”③“世俗之文”以追求仕途为鹄的，“追步古文”则淡泊名利，以文自解，能领悟到这一层，多是遗世独立之人。“唐以诗取士，而杜、李二子无与于科名；明以八比之时文取士，而归氏熙甫晚乃得第。信乎高远杰出之文，非世俗之所能知，古今同然乎？”④ 刘大櫆的文集有 11 篇时文序，他在评论这些时文集时都严格区别“世俗之文”与“追步古人”之文。他论文先论人品、学问，从人格境界、学问高低判断时文之真伪，将“追步古人”之文视为时文之正宗，严厉批评速化的时文。在《郭昆甫时

① （清）刘大櫆：《刘大櫆制义》，光绪乙亥裔孙季重刊本，第 2 页。
② （清）顾炎武：《日知录集释》，上海古籍出版社 2006 年版，第 936 页。
③ （清）刘大櫆：《刘大櫆集》，第 94 页。
④ （清）刘大櫆：《刘大櫆集》，第 104 页。

文序》中，刘大櫆说道：“人必有一介不取之操，而后可以临大节而不夺。有临大节不夺之心，而后其见于言者，辉光洁白，而不受世俗尘垢之污。甚矣！文之不同，如其人也。一任其人之清浊美恶，而文皆肖像之。以卑庸龌龊之胸，而求其文之久长于世，不可得也。”[①] 他赞扬好友郭昆甫：“余观昆甫特立之志，方进取于古人，而未有止息。其动履必折中于道义，而穷达祸福不以易其心。使其立乎本朝，而古人之功业，不复见于今世，吾不信也。况其外之文乎？志也者，干也；文也者，其华滋也。且夫文章得天地之菁英，而光采迸发，不可蔽掩，彼其设心冒利，苟为干进之阶者，固宜其惊犹鬼神见之而却走哉?”[②] 将八股文分为“世俗之文”与“追步古文”两种，认为后者才是八股文的正宗，这就把功利八股文与追求文艺性的八股文区别开来了，既防止了对八股文的误解，也起到了提高八股文地位的作用。刘大櫆对八股文的观点相当辩证，长期以来，多数学人认为刘大櫆在八股文的态度上存在矛盾，这其实是没有看到他对八股文的划分，是不公允的。

科举应试的律赋、策论、经义在写法上不断地被程式化，文体日趋僵化。经义体时文在明代就确定了八股文法，清代的科举时文在文法程式上沿袭了明代。文体的程式化很容易使写作陷入技术化，让写作成为纯粹的程式，这就严重损害了文体的人文性、气势和意蕴。刘大櫆对僵硬的程式化写作多有不满，他认为八股文虽然遵循一定的程式，但在具体写作中重要的不是程式。八股文写作的要旨是：“故‘曲折如题’，而‘起灭由我’八字是要言。”[③] 八股文在不离题旨的情形下，可以“曲折”“起灭”，自有其波澜壮阔之处。既要坚持一定的写作程式，又要写得有波澜、气势，这需要很高的技艺。正是在这个意义上，刘大櫆认为“夫文章者，艺事之至精，而八比之时文，又精之精者也”[④]。如何才能够将写作程式与文章的气势结合？刘大櫆认为，八股文的写作除了要深入了解先儒的思想，还必须了解古文之神理。他认为“明人以时文取士，其亦有追步古文，而不为

---

① （清）刘大櫆：《刘大櫆集》，第95—96页。
② （清）刘大櫆：《刘大櫆集》，第96页。
③ （清）刘大櫆：《刘大櫆制义》，光绪乙亥裔孙季重刊本，第1页。
④ （清）刘大櫆：《刘大櫆集》，第93页。

世俗之文者矣，而其人不及二三人，其文不能数十首也”①。明代真正的八股文名家不过有二三人，那这二三人到底是谁？刘大櫆最推崇的是归有光、茅坤，这二三人其实正指向他们。“明代以八股时文取士，作者甚众，日久论定，莫盛于正、嘉。其时精于经，熟于理驰骤于古今文字之变，震川先生一人而已。荆川之神机天发鹿门之古调银饼，卓然自立差可肩随。……前人于明文只取归、唐二家，谓自余诸公不过时文而已，此日久论定之言，不可移易。唐、归、茅三家皆有得于《史记》之妙，荆川所得，多在叙置曲尽处；鹿门所得，多在歇脚处逸响铿然，震川所得，多在起头处，所谓来得勇猛也。”② 唐、归、茅三家以古文济八股文，他们的古文更多的是为八股文作准备，具有明显的古文与八股文融合的色彩。四库馆臣评论茅坤的《唐宋八大家文钞》：“今观是集，大抵亦为举业而设。其所评语，疏舛尤不可枚举。……集中评语虽所见未深，而亦足为初学之门径。一二百年以来，家弦户诵，固亦有由矣。”③ 归、茅融合古文与八股文，这正是刘大櫆醉心所在。他的弟子吴定有评述：“前明以经义试士，作者相望，然能以古文为时文者，惟归氏熙甫一人。先生生我朝文教累洽之时，独闭户得古文不传之学，其为时文也，神与圣通，求肖毫发不增一言，不漏一辞，臭味色声，动中乎古，远出国朝诸贤意象之外。”④ 吴定将“以古文为时文”视为“不传之学”，认为刘大櫆独得此传，所作八股文富于韵味，“臭味色声，动中乎古”，为国朝文章之最。如果从写作实践上考察，我们也不难发现刘大櫆的八股文写作并不完全按照程式进行写作，他的古文写作渗透着八股文，八股文写作也渗透着古文，两者相互融通。

刘大櫆将“世俗之文”排除在八股文之外，将八股文局限于非功利、富于艺术感染力的“追步古文”之文，这就在外延上给八股文划好了圈子，从而提高了八股文的地位。同时，他打破了八股文僵化的写作程式，以古文济时文，将两者打通，丰富了八股文的表现力。经过如此改装，八

① （清）刘大櫆：《刘大櫆集》，第94页。
② （清）刘大櫆：《刘大櫆制义》，光绪乙亥裔孙季重刊本，第2页。
③ （清）永瑢、纪昀等：《四库全书总目》，第1719页。
④ （清）吴定：《紫石泉山房诗文集》卷6，清光绪十三年刻本。

股文在内涵、境界、写法上与古文基本一致。这就难怪刘大櫆将两者视为一体，甚至认为八股文是古文之“精微”。

（二）文股文与时文文法的一致性

八股文有一定的程式，行文程式不难掌握，八股文的好坏与文法的掌握有紧密的联系。顾炎武说道：“经义之文，流俗谓之‘八股’，盖始于成化以后。股者，对偶之名也。……成化二十三年，会试‘乐天下者保天下’文，起讲先提三句，即讲‘乐天’四股，中间过接四句，复讲‘保天下’，四股，复收四句，再作大结。……每四股之中，一反一正，一虚一实，一浅一深。其两扇立格，则每扇之中各有四股，其次第文法亦复如之。故人相传，谓之‘八股’。若长题则不拘此。”① 八股文的程式固定之后，文人们专务文法，商衍鎏说道：“隆、万之文，则渐趋圆熟，专工机法。”② 清代充斥于坊间的八股文选本专注于文法的分析，具有明显的应试色彩，“五色标识，各为义例，不相混乱。若者为全篇结构，若者为逐段精彩，若者为意度波澜，若者为精神气魄，以例分类，便于拳服揣摩”③。与世俗论文法不一样，刘大櫆论八股文并不重在文法、句法，他认为八股文的写作重在“神”。“八比时文是代圣贤说话，追古人神理于千载之上……时文体裁原无一定，要在肖题而已，整散布置，随题结撰可也。如今人作文字，便不见圣贤神理，待摹神理时，又不见今人作文字的人。须是取自家行文神理，去合古圣贤神理，有古人有我，即我即古人，大非易事。古文只要自己精神胜，时文要己之精神，与圣贤精神相凑合。时文摹绘圣贤神理，而神尤重于理，作者以兼至为上。神重于理，则写神为主，而理自无不至。”④ 八股文之“神”从何而来？刘大櫆认为必须从学古中得来。他在多篇时文集的序中都表彰不徇时俗、以古人为归的作者。在《张荪圃时文序》中，他说道：“平定张君荪圃与四方之士同以进士举，而独不趋于时好，不骛于速成，抽曲尽之思，显难详之义，浸润乎六经之旨，敷扬乎两汉之辞，并之于云日而光明，赓之以管弦而和洽，洋洋乎，沨沨

① （清）顾炎武：《日知录集释》，上海古籍出版社 2006 年版，第 951 页。

② 商流鎏：《清代科举考试述录及有关著作》，百花文艺出版社 2004 年版，第 255 页。

③ （清）章学诚著，仓修良编注：《文史通义新编新注》，第 139 页。

④ （清）刘大櫆：《刘大櫆制义》，光绪乙亥裔孙季重刊本，第 1—2 页。

乎，斯可谓之文也。"[①] 为八股之文，不徇于时俗，以追求古人为归，刘大櫆赞扬张荪圃的八股文得圣人"吾与点也"之意，这也正是刘大櫆所追求的"神"。

与八股文相比，古文的形式要自由得多，虽则如此，古文文法仍然强调以"神"为主。袁枚说道："古文之道形而上，纯以神行，虽多读书，不得妄有摭拾。"[②] 在《论文偶记》中，刘大櫆也将"神"视为古文写作的关键所在。"行文之道，神为主，气辅之。曹子桓、苏子由论文，以气为主，是矣。然气随神转，神浑则气灏，神远则气逸，神伟则气高，神变则气奇，神深则气静，故神为气之主。至专以理为主者，则犹未尽其妙也。"[③] 将"神"视为古文的关键，这与八股文是一样的，古文要有"神"，也必须向古人学习。"学者求神气而得之于音节，求音节而得之于字句，则思过半矣。其要只在读古人文字时，便设以此身代古人说话，一吞一吐，皆由彼而不由我。烂熟后，我之神气即古人之神气，古人之音节都在我喉吻间，合我喉吻者便是与古人神气音节相似处，久之自然铿锵发金石声。"[④] 求古人之神而且要代古人说话，神气音节要与古人相似，古文岂不成了代言体？刘大櫆所论的文已不局限于古文或八股文，而是兼指两者。如果我们仔细辨析他的《论文偶记》，我们便会发现，这与其说是论古文，倒不如说是论八股文。其中所论之文法更适合于八股文，如"一句之中，或多一字，或少一字；一字之中，或用平声，或用仄声；同一平字仄字，或用阴平、阳平、上声、去声、入声，则音节迥异，故字句为音节之矩。积字成句，积句成章，积章成篇，合而读之，音节见矣，歌而咏之，神气出矣"[⑤]。这与普通八股文重炼字并无二致。"文贵简。凡文笔老则简，意真则简，辞切则简，理当则简，味淡则简，气蕴则简，品贵则简，神远而含藏不尽则简，故简为文章尽境。"[⑥] 八股文忌讳冗长，此论与八股文文

---

① （清）刘大櫆：《刘大櫆集》，第 101 页。

② （清）袁枚：《小仓山房文集》，《袁枚全集新编》第 7 册，第 593 页。

③ （清）刘大櫆等：《〈论文偶记〉〈初月楼古文绪论〉〈春觉斋论文〉》，人民文学出版社 1959 年版，第 3 页。

④ （清）刘大櫆等：《〈论文偶记〉〈初月楼古文绪论〉〈春觉斋论文〉》，第 12 页。

⑤ （清）刘大櫆等：《〈论文偶记〉〈初月楼古文绪论〉〈春觉斋论文〉》，第 6 页。

⑥ （清）刘大櫆等：《〈论文偶记〉〈初月楼古文绪论〉〈春觉斋论文〉》，第 8 页。

法一致。仔细思考《论文偶记》通篇，我们完全可以把它当作八股文写作方法来看待。从写作实践上看，刘大櫆的八股文写作也富于古人之“神”，古文之“气”。我们且看他的《尧曰咨尔》篇：

> 《论语》之终篇历叙前圣以及孔子也。夫历圣相承，无二道也。自尧舜以及孔子，虽出处不同，而其本于一心，以见于施设，岂有异哉！盖闻之道统之传有自来矣，昔在唐尧观刑，以卜历数之归，固惟是执中之旨相敕于吁俞之际，逎及虞舜，让德以定懋嘉之志，要不过精一之言，咨嗟于禅受之余。自是以还，三王迭兴，历变虽殊，而用中则一。汤放桀，而请命之辞、诰诫之意，有罪之人不赦，上帝之臣不蔽，而谓君罪非民，民罪皆君也。武王伐纣，而善人之赉，仁人之我，四方之政，以行天下之心以归，而且五教以明三事，以重也。自古帝王受命而治，节文数度，不必皆同，而要之以宽信敏公为出治之本。自尧舜以来至武王，未有或异焉者。武王既没，王者不作，周衰数百年而有孔子，其道无以异于二帝。三丑之道而不获施行，故功烈弗著，然其与门弟子相与商酌于闲居之日，何其切而详也。有五美焉，凡其本于恭平庄敬之意，所以成吾之政者，尊之而不敢忽。有四恶焉，凡其出于残刻私小之为，所以害吾之政者，屏之而不敢存，其告子张者如此。呜呼，吾夫子不见用于时，不得其道于天下，故辙环终老，未见卓卓著功业如古人可记者，而好事者遂以为迂远而阔于事情，不知夫子非迂阔之流也。使其得时为政，见之施行，其有异于尧舜风动之休耶？其有轶三代而上之者矣。①

起股、中股、后股、束股，每股骈对，这是八股文的程式。八股工巧与否是衡量文章成就的重要标准。刘大櫆此文基本上没有遵循八股的程式，从文法上看，倒更像是一篇古文。文章历数历代帝王之政，见解深刻，分析透彻，文法起伏开阖，气势磅礴，可以说是一篇优秀的古文。刘大櫆的八股文在文法上确实有不合时宜的一面，这一点他自己也直言不

---

① （清）刘大櫆：《刘大櫆制义》，光绪乙亥裔孙季重刊本，第83页。

讳。“仆赋资椎鲁，又生长穷乡，不识机宜，不知进退，惟知慕爱古人，务欲一心进取，而与世俗不相投合。”① 在《方晞原时文序》中，他说道：“方子晞原将刻其平生所为制义，而请序于余。余应之曰：‘子之文不合于时者也。而重以余言，其毋乃未获揄扬之益，而益滋之诟厉乎！’”② 不合于时，却又孜孜于此，不顾世俗的眼光，与同调者相与激励，刘大櫆在八股文文法上其实已经完全古文化了。

（三）时文与古文语体的一致性

清代八股文一般要求字数在 700 字以下，在这短小的篇幅里要完成破题、承题、起讲、入手、起股、中股、后股、束股等格式要求。因此，字词的运用必须非常讲究，八股文的写作必须注意炼字。刘熙载在《艺概·经义概》中说道：“文家皆知炼句炼字，然单炼字句则易，对篇章而炼字句则难。字句能与篇章映照，始为文中藏眼，不然，乃修养家所谓瞎炼也。多句之中必有一句为主，多字之中必有一字为主。炼字句者，尤须致意于此。”③ 炼字是作文的基础，八股文最忌冗长，雅洁是其行文的要求。八股文是代圣贤立言，其说话口吻要像圣贤，在语体风格上要酷似圣贤说话的语气。八股文在程式化的过程中，语体也日趋卑下，文人们只求形似，不求在内涵上得圣贤之原意。戴名世批评道：“辞有古今之分：古之辞，《左》、《国》、庄、屈、马、班以及唐、宋大家之为之者也；今之辞，则诸生学究怀利禄之心胸之为之者也。其为是非美恶，固已不待辨而知矣。自举业之雷同相从事为腐烂，则如艾氏所云，因其辞以累夫道与法者亦时有之。”④ 在举业的推动下，八股文的语体失去了活力，不断走向僵化，戴名世古今之辞的划分点中了世俗八股文语体的要害。八股文的语体风格以秦汉古文的语体为规范，秦汉古文言简义丰，这也是八股文追求的目标。刘大櫆论八股文语体重在神似。“八比时文，是代圣贤说话，追古人神理于千载之上，须是逼真。圣贤意所本有，我不得减之使无；圣贤意所本无，我不得增之使有。然又非训诂之谓，取左、马、韩、欧的神气音节，曲折与题相

① （清）刘大櫆：《刘大櫆集》，第 120 页。

② （清）刘大櫆：《刘大櫆集》，第 97 页。

③ （清）刘熙载：《刘熙载集》，华东师范大学出版社 1993 年版，第 190 页。

④ （清）戴名世：《戴名世集》，中华书局 1986 年版，第 109—110 页。

赴，乃为其至者。”[①] 代圣贤立言，需要对圣贤的说话口气有体悟，这需要一个濡涵的过程，“追古人神理”正是艰难的濡涵过程。说话语气与圣贤相似，字词也很关键，而刘大櫆论炼字也是围绕着“神”来展开的。在《时文论》中，他说道：“吐出语言自然相似，如程伯子说诗只增加一两字便觉神理活现。作时文只要求其至是处，或伸或缩，要之不离本题真汁浆，不得别生支节，真汁浆只得这些子。若别生支节，有何穷尽。”[②] 代圣贤立言是八股文的主旨，在准确把握题义的基础上，必须用圣贤的口吻阐发经义。四书五经语言简朴，如何把这种语体风格充分地表现出来，这是有相当难度的。刘大櫆的“真汁浆”一方面要求通过字词能够将经义“神理活现”，另一方面要求语体风格与秦汉古文相一致。简洁而有风味，这也是刘大櫆的古文语体要求，与秦汉古文、圣贤说话语气是一致的。《论文偶记》中刘大櫆说道：“文贵简。凡文笔老则简，意真则简，辞切则简，理当则简，味淡则简，气蕴则简，品贵则简，神远而含藏不尽则简，故简为文章尽境。程子云：‘立言贵含蓄意思，勿使无德者眩，知德者厌。’此语最有味。”[③] 在行文上，文字要“笔老”“意真”“辞切”“理当”“味淡”“气蕴”“品贵”“神远”，这与八股文的文体要求是一样的。从实际的写作上看，刘大櫆的八股文确实是简洁而富于气蕴，我们且看刘大櫆的八股文《管仲之器》：

> 圣人小霸臣之器，难与或人言也。夫大其功而小其器，唯夫子能知管仲之深，而俭与知礼其何足以与或人辩哉！盖昔者明王之治天下，正身以及朝廷，而其时笃棐厉翼之俦若益、伊尹、周公罔不真厥身修，务引其君以当道，此所谓大臣之器，先自治而后治人者也。周室既衰，诸侯执政，管仲之相桓公，假仁义为名，而以取威定霸为务，虽有一匡九合之功，无足称者。故夫子曰：管仲之器小哉！然当是时，道术不明，而王霸之略混为一途，天下方震于管仲之名，而器小之说忽自夫子发之，于是或人始则疑器小之为俭而不知三归之台，家臣之具，非所以为俭也。继又疑不俭之为知礼，而不知塞门之树，

① （清）刘大櫆：《刘大櫆制义》，光绪乙亥裔孙季重刊本，第 1 页。
② （清）刘大櫆：《刘大櫆制义》，光绪乙亥裔孙季重刊本，第 1 页。
③ （清）刘大櫆等：《〈论文偶记〉〈初月楼古文绪论〉〈春觉斋论文〉》，第 8 页。

反爵之坫，非所以为知礼也。盖器诚大则事方兢业之不遑，而诚意正心犹恐逸豫，之败度，乃器既小，则少有所得而已足，而非侈靡僭窃不足以厌其心。夫子两即或人之问以斥之，而管仲之为器小亦可见于此矣。而要其器之所以小者，固未尝与或人言也。①

孔子既承认管仲的功绩，又对他行霸道不行王道感到不满，如果用古文写作来阐发，可以自由引申、不拘篇幅。管仲的功过不易评判，刘大櫆此文言简而确。“夫大其功而小其器，唯夫子能知管仲之深，而俭与知礼其何足以与或人辩哉！”这个句子文字不多，但一下子就点出了题旨，立意高远，深得孔子之意。在论述题旨时，作者或用举例或用对比，语言简洁却富于气势。从写作语体上看，刘大櫆的八股文与古文并没有明显的区别。如果从语体风格上辨析，我们几乎看不出两者的区别。我们姑且再看看他的古文《养性》：

均是人也，或则圣，或则愚。圣人之所以为圣，愚人之所以为愚，其皆出于天乎？曰：其所以降禀不犹者，天也；君子不以为天也。

然则性果有善有不善邪？曰：性之原于天也，无不善也；其在于人而不善者，以生也。是故其人之不善也，非性之不善也。天下之物有美者，则必有不美者以贼之。口之于味也，目之于色也，耳之于声也，非性也，贼性之性也。是三者，天之所以与我，亦非有不善也，其岌岌乎其意之可以为不善者任乎人，而不善者以生也。口也者，善天下之味者也。味可嗜也，吾口逐于味，而口之性以贼也。

今夫駃騠，前之以橛饰，而后之以鞭策，放而游乎五达之衢，虽有蹄啮之能不足施矣。圣人之于味与我同嗜也，圣人之于色与我同视也，圣人之于声与我同听也，圣人能不贼耳。尽其性、治其贼之性，目视色，耳听声，口饫天下之肥甘，使其为吾贼者，皆以为吾用。性者主，贼性者奴也。②

---

① （清）刘大櫆：《刘大櫆制义》，光绪乙亥裔孙季重刊本，第11—12页。

② （清）刘大櫆：《刘大櫆集》，第13—14页。

此文语言精简，说理透彻，不乏排偶，语体上与八股文倒有不少相似之处。仔细辨析刘大櫆的说理之文，八股文与古文相互融通的例子比比皆是，应该说，这与他长期专注于八股文有关，也与“以古文为时文”的文体融合趋势有关。刘大櫆打通古文与时文的界限，在一定程度上说，也是文体发展的必然。乾嘉时期文人数量众多，举业成为文人们绕不过去的现实问题，八股文选本鱼龙混杂，刘大櫆的文体论从深处把握古文和八股文的文体，是八股文理论的历史性总结，这是我们不应该忽视的。

本章小结

胡适用现代科学的理念考察清代考据学，认为清代的考据学有“科学”的精神。“他们用的方法，总括起来，只是两点。（1）大胆的假设，（2）小心的求证。假设不大胆，不能有新发明。”① 胡适将“大胆的假设、小心的求证”视为科学精神的要义。清代考据学是否与近现代科学方法完全一致，这需要谨慎的辨析，这里也不作进一步分析。这里重点关注的是，考据学由治学方法而成为学术的门径甚至是学术的门类，这是对传统学术的扬弃。考据学的崛起使得经学内部在治学方法和价值观念上都发生了很大的变化，儒学内部的分化更明显，学术研究的路径更清晰地呈现。中国古代学科意识并不强，儒学明显的分化使得学科意识得到了强化，在文学创作兴盛的历史语境下，文学面临着如何面对儒学分化的现实问题。理学占据主导地位的时代，文学附庸于理学，而考据学质朴无文，与文学相去甚远，在考据学占据学术主流的时代，文学的学科意识得到了强化，文学的独立性也逐步为人们所认可。

① 胡适：《胡适文存》，《胡适文集》第2册，北京大学出版社1998年版，第302页。

第二章　乾嘉时期的朴学与古文

第一节　考据学的兴起与古文之衰落

古文是与时文相对而提出的一个概念，汉代有古文经与今文经之争，其“古文”实是指古文字，与我们常谈的古文含义相去甚远。到了唐代，针对儒家思想的边缘化及文章写作的浮华文风，韩愈等人掀起了一场古文运动。韩愈的古文更多的是指古代儒家的经史著作，他倡导的古文运动兼具文学史和思想史的意义。唐代的古文运动最终失败，到了宋代，古文运动再次兴起并取得了胜利。宋代古文运动的胜利为古文自身的独立发展奠定了基础，八大家的古文也由此而不断被经典化。刘开说：“文之义法，至《史》《汉》而已备；文之体制，至八家而乃全。”① 在明代，古文经历了宗法秦汉与推尊唐宋的变化，这一变化说明了古文正不断走向成熟。清初理学抬头，与理学紧密联系的唐宋古文得到了继承，魏禧、汪琬、侯方域等古文大家都明确取法唐宋八大家。清初虽然民族斗争激烈，但在对待学术的态度上，不管是遗民还是高层统治者却是一致的，他们都反对不切实际的游谈，主张学术、文学要起到济世的作用。在实用思潮的影响下，载道、强调教化的古文成为主流，古文与理学再度被紧密捆绑。

到了乾隆中期，考据学成为主流学术。考据学尊尚汉代学术，批评理

---

① （清）刘开：《孟涂文集》，《清代诗文集汇编》第543册，上海古籍出版社2010年版，第522页。

学的理论凿空，主张用训诂考证的方法恢复儒家先典的真面目。考据学与理学具有明显的对抗意味，在考据学者的打压之下，理学处于边缘的位置。“明季以来，宋学太盛。于是近今之士，竞尊汉儒之学，排击宋儒，几乎南北皆是矣。豪健者尤争先焉。”[①] 在载道的口号之下，宋明以来的古文与理学难分彼此，两者有机融合，理学以古文而传，古文以理学而重。在理学遭到打击的历史语境下，古文也被重新审视，古文创作出现了衰落的景象。清初以来，以八大家为代表的唐宋古文被视为正宗，而到了乾嘉时期，八大家的正宗地位遭到了质疑，主流的汉学家推崇的是秦汉古文。在中国古代，文一直都被视为传道的工具，既然“道”已不再是理学之道，那么文也要随之而改变。在考据学的影响之下，乾嘉时期的古文发生了很大的变化，这一变化与时代学术密不可分，而这一点目前没有得到深入的剖析，这是很可惜的。长期以来，乾嘉时期的古文研究一直将重心放在桐城派。桐城派在乾嘉时期处于被打压的境地，嘉庆、道光之后，国事日非，社会危机加重，理学再度抬头，桐城派才真正地站稳了脚跟。在中国文学史上，乾嘉时期的古文是一个特殊的存在，值得仔细探析。

一　古文创作的低落

乾嘉时期，诗歌、小说、骈文、戏曲的创作都达到了高峰，作家、作品的数量远轶前人，而这一时期的古文却比较低沉。钱维乔说道：“方今伸纸佔毕，竞为科举之学，足下独好为古文，足下可为好所难矣。虽然，古文非难也，以为难，故为之者寡，以为难，故为之者亦未善，为其断断而求至于工也。”[②] 章学诚也说道：“比见今之杰者，多偏于学文，则诗赋骈言亦极其工，至古文辞，则议之者鲜矣。”[③] 朱仕琇是乾隆朝古文的推动者，他说道：“今世讲古文者益少，坠绪茫茫，旁绍为艰。昔震川时徒以王李炽焰，清光不见，每用浩叹。今则窅然静墨，人才寥寥，欲求王李之

① （清）袁枚：《随园诗话》，《袁枚全集新编》第 8 册，第 54 页。

② （清）钱维乔：《竹初文钞》，《清代诗文集汇编》第 396 册，第 225 页。

③ （清）章学诚著，仓修良编注：《文史通义新编新注》，第 714 页。

徒滋不可得，岂复望欢欣芬芳，一赏至言耶。”① 王友亮说道：“友亮年二十三即喜为此事，妄谓古人可学也。荒村无师友，日于陈编求之。嗣游京师，意必有文苑宗工绍前修而开后学者，一慰生平之望，而所见士大夫皆绝口不道，间叩之则笑曰，此调不弹久矣，自苦奚为？闻言怃然，又疑古人不可学也。”② 袁枚在给毛燧传的信中说道：“当今古文一道不但为之者少，知之者亦少。枭俊之士动以考据当之，未免相僢而驰，求之愈深，失之愈远。惟足下能取国策之精华而加以韩苏之力量，诚可谓当今豪杰之士。”③ 能在举世不为之时积极从事古文写作即为“豪杰之士”，可见当时古文知音寥落。无独有偶，王灼也称古文之士为“豪杰之士”，他在《答吴仲轮书》中说道：“仆思今日海内古学大昌，考据家纷纷皆是，独古文绝响，无人求索及此。足下乃为于举世不为之日，负气甚盛，用功甚勤，励志甚猛，真所谓豪杰之士也。”④ 从事古文的为什么少呢？章学诚道出了其中的缘由。“后起之士，能为古文词者，绝无其人，则竹头木屑之伪学误之也。然吾辈引人为文，而不免使之轻视学问，则与前数十年时文名士同其弊矣。故以学问为铜，文章为釜，而要知炊黍芼羹之用，所谓道也。风尚所趋，但知聚铜，不解铸釜；其下焉者，则沙砾粪土，亦曰聚之而已。故俗士难与庄语，吾党如余村、逢之、正甫暨朱少白，不可不时时策之。”⑤ 袁枚是乾嘉时期的大家，他的诗在当时影响很大，他也曾以古文树坛坫于江南，但应者甚少，“徒知有先生之诗而已，不知有古文也”⑥。袁枚在乾嘉时期名重一时，而他的古文少为人知，倡导古文的声音少有回应，古文创作进入了低落时期。

二　古文创作低落的原因

（一）学术风气的转变与文人职向的转向

考据学研究的对象是古代的典籍，尤其注重儒家早期的典籍，这一学

① （清）朱仕琇：《梅崖居士文集》，《清代诗文集汇编》第 336 册，第 476 页。

② （清）王友亮：《双佩斋文集》，《清代诗文集汇编》第 401 册，第 638 页。

③ （清）毛燧傳：《味蓼文稿》，《清代诗文集汇编》第 412 册，第 576 页。此文为袁枚的佚文。

④ （清）王灼：《悔生文集》，《清代诗文集汇编》第 431 册，第 463 页。

⑤ （清）章学诚著，仓修良编注：《文史通义新编新注》，第 677 页。

⑥ （清）袁枚：《小仓山房文集》，《袁枚全集新编》第 5 册，“序”第 7 页。

问需要广博的学识，博雅考订对文人有很大的吸引力。“近日学者风尚，多留心经学，于辞章则卑视之，而于史事，又或畏其繁密。”① 乾嘉时期，多数的学者都有从辞章转入考据的经历。孙星衍说道：“余少与里中士洪稚存、黄仲则、杨西河、赵亿孙为诗歌，弱冠时，持谒袁简斋太史，颇蒙赏叹，已而潜心经史，涉猎百家。”② 由辞章转向经史考据，这在当时很普遍。章学诚谈及自身的经历：“自雍正初年至乾隆十许年，学士又以四书文义相为矜尚。仆年十五六时，犹闻老生宿儒自尊所业，至目通经服古谓之杂学，诗古文辞谓之杂作，士不工四书文不得为通，又成不可药之蛊矣。今天子右文稽古，三通四库诸馆以次而开，词臣多由编纂超迁，而寒士挟策依人，亦以精于校雠辄得优馆，甚且资以进身，其真能者，固若力农之逢年矣。而风气所开，进取之士，耻言举业；熊、刘变调，亦讽《说文》、《玉篇》；王、宋别裁，皆考熔金篆石，风气所趋，何所不至哉！”③ 考据学的兴起对当时的科举、诗文创作都产生了很大的影响，学科门类有一边倒的倾向，不少青年学子不顾自身所长，盲目趋风。姚鼐在写给翁方纲的信中说道：“近日后世辈才俊之士讲考证者犹有人，而学古文者最少。”④ 袁枚在《再答黄生》中质疑由诗文转向考据之士：“足下弃平日之诗文，而从事于此，其果中心所好之耶？抑亦为习气所移，震于博雅之名，而急急焉欲冒居之也？”⑤ 黄生其实就是黄仲则，袁枚曾赞其为“当今李白”，他的诗才也为时人所推重。黄仲则“俶傥有奇气”，本性不适合烦琐的考据，袁枚说他“习气所移，震于博雅之名”，正点中了问题的要害。黄仲则英年早逝，袁枚发出“叹息清才一代空，信来江夏丧黄童”的感慨。

文人们职向的转变与重经轻文的传统有关。邓廷桢说：“夫自词章、考据分为二家，别户分门，固其识歧之，抑亦其才之有所不逮耳。”⑥ 经学有义理之学与考据之学，在乾嘉的时代语境中，考据学才是经学之正宗，

① （清）凌廷堪：《校礼堂文集》，第226—227页。
② （清）孙星衍：《孙渊如先生全集》，商务印书馆1935年版，第384页。
③ （清）章学诚著，仓修良编注：《文史通义新编新注》，第713页。
④ （清）姚鼐：《惜抱先生尺牍》，《丛书集成续编》第130册，第899页。
⑤ （清）袁枚：《小仓山房尺牍》，《袁枚全集新编》第15册，第89页。
⑥ （清）程晋芳：《勉行堂文集》，《清代诗文集汇编》第343册，第435页。

辞章之学属于经学的附庸，自然不能与考据学抗衡。作为经学的附庸，辞章之学必然以经学之正宗的考据学为根底。程晋芳说道："文有学人之文，有才人之文，而必以学人之文为第一。"① 可见，学术风气的转变并没有改变辞章之学的地位，甚至是降低了辞章的地位。

乾嘉时期，文人职向的转变与当时学坛领袖的倡导分不开。这一时期的学坛领袖如纪昀、毕沅、阮元、朱筠、卢见曾等不仅身居要职，而且积极奖掖后进，收拢了大量考据学者，不少考据著作在他们的组织下得以完成。江藩在《国朝汉学师承记》中记载有："先生（朱筠）提倡风雅，振拔单寒，虽后生小子一善行及诗文之可喜者，为人称道不绝口，饥者食之，寒者衣之，有广厦千间之概。是以天下才人学士从之者如归市。所居之室名曰'椒花吟舫'，乱草不除，杂花满径，聚书数万卷，碑版文字千卷，终年吟啸其中。足不诣权贵，惟与好友及弟子考古讲学，醒酒尽醉而已。"② 朱筠是编修《四库全书》的倡导者和推动者，他虽然雅好诗文，但经史考据是他的职向所在，他的幕客如戴震、王念孙、邵晋涵、章学诚、汪中等都以考据为职向，诗文只是平时的娱乐而已。学界领袖的价值导向在相当程度上影响了士子们的职向选择，在他们的感召下，文人们改弦易辙在所难免。③

（二）理学的衰落加剧了古文的衰落

古文一直以载道为己任，明清两代都将程朱理学视为官方哲学，古文自然也与理学有紧密联系。理学在清初得到了强化，而到了清代中叶的乾嘉时期，却遭到了批判。乾嘉时期的考据学者认为宋儒糅杂佛道，已不是纯然的儒学，他们强调通过文字训诂还原儒家先典的本来面目，批判理学的理论凿空。理学虽仍然占据官方哲学的位置，但地位已大不如前。姚鼐说道："肆然弃先儒之正学，掇拾诐陋，杂取隐僻，以眩惑浅学之夫，此其心术为何如人哉？衡文者不能鉴别，往往录取，转相仿效，日增其弊，

① （清）程晋芳：《勉行堂文集》，《清代诗文集汇编》第343册，第479页。

② （清）江藩：《国朝汉学师承记》，中华书局1983年版，第68页。

③ 林存阳在《乾嘉四大幕府研究》（中国社会科学出版社2016年版）一书中分析了乾嘉卢见曾、朱筠、毕沅、阮元四大幕府的学术活动，认为乾嘉四大幕府与清代其他时代的幕府相比，具有明显的学术性和文化功能。

此何怪士风之日坏也……愿阁下训士虽博学强识固所贵焉，而要必以程朱之学为归宿之地。”① 主流学界对理学普遍持批判的态度，偏激的学者甚至直接谩骂宋儒，“君（汪中）最恶宋之儒者，闻人举其名，则骂不休”②。余英时在《论戴震与章学诚》一书中说道：“当时北京提倡考据运动最有影响力的领袖是朱筠和纪昀（1724—1805）。朱笥河在经学上反对宋儒的‘蹈虚’和‘杂以释氏’，我们在前面已经指出来了。纪晓岚则比朱笥河更为激烈，他可以说是乾嘉时期反程、朱的第一员猛将。晓岚是《四库全书》的首席总纂官。通过这一组织，他广泛而深入地把反宋思潮推向整个学术界。”③ 梁启超将乾嘉时期的考据学视为宋明理学之“反动”，余英时等人认为考据学是儒学发展的“内在理路”。其实不管是“反动”还是“内在理路”，乾嘉时期的考据学是建立在对理学批判的基础之上，对理学的批判是考据学的合法性根基。在汉学家的打压之下，理学被边缘化，考据学成为主流的学术并影响到了其他学科门类。

乾嘉时期的考据学对理学的打压是全方位的，涉及义理、治学方式、文道关系、经世、教育方法等诸多方面，这一点并没有得到学界的充分注意。20 世纪末以来，学者对长期以来“乾嘉有考据无义理”的说法进行了批评，提出了“乾嘉新义理”之说，这一观点逐渐引起了人们的关注和认同。限于篇幅，我们不去论述这一问题，只是想说明一点，乾嘉学者在批判理学时并非只是为考证而考证。他们在考证的同时，也是论及儒家义理的，只要认真读乾嘉学者的著述，就不难发现这一点。乾嘉汉学家有新的义理，这义理不同于理学之义理，以弘扬程朱理学为己任的古文自然是不受汉学家的欢迎，打压传统古文也是情理中的事情。

乾嘉时期的考据学对理学的清算具有全面性，而要完成这一任务，必须对其代表性人物进行全面批判。乾隆虽然对理学有所不满，但他对理学基本持肯定的态度，理学也仍然是官方的主导哲学。汉学家们固然不敢公然批评宋代理学大儒，他们将矛头指向了理学名臣方苞。方苞以“学行继

① （清）姚鼐：《惜抱先生尺牍》，《丛书集成续编》第 130 册，第 931 页。

② （清）凌廷堪：《校礼堂文集》，第 319 页。

③ 余英时：《论戴震与章学诚——清代中期学术思想史研究》，生活·读书·新知三联书店 2000 年版，第 120 页。

程、朱之后，文章介韩、欧之间”自勉，其理学、古文在雍正、乾隆初期名噪一时，被视为“一代正宗”。方苞固守程朱理学，治学上多穿凿，好删经，与考据学治学相去甚远。古文写作上以时文为古文，讲究“义法”，这也与乾嘉汉学的古文观多有冲突。

方苞于乾隆十四年去世，那时考据学并没有占据学界的主流。蔡新在《岣嵝删余文草》的序中说道：“与余同出相国西林鄂公，高安朱公之门。二公皆素知岣嵝者，谒见日，喜溢眉眶，特谆谆于道学正脉之绝续，盖属望深矣。”[①] 惠栋等汉学家只是活跃于民间，乾隆早年也是理学的信徒。在方苞的身后，批判方苞之风却弥漫于整个学坛。对方苞的批判可以说是贯穿了整个乾嘉时期，这一事件是汉宋之争的典型事件，也是考察乾嘉古文一个难得的视角。

最早对方苞发难的是钱大昕，他在《与友人书》中批评方苞：“盖方所谓古文义法者，特世俗选本之古文，未尝博观而求其法也。法且不知，而义于何有！”[②] 钱大昕从否定古文开始，并进一步否定方苞的学问，“若方氏乃真不读书之甚者”[③]。方苞古文的义法通融了程朱理学与古文文法，钱大昕从“义”和“法”两个方面否定了方苞，这其实是对方苞理学和古文的双重否定。在《跋方望溪文》一文里，钱大昕再次痛斥了方苞学识的浅薄，“金坛王若霖尝言：‘灵皋以古文为时文，以时文为古文。’论者以为深中望溪之病。偶读望溪文，因记所闻于前辈者”[④]。钱大昕对方苞可谓耿耿于怀。钱大昕学识广博，是乾嘉时期的汉学大家，时人将他视为“一代儒宗”，他对方苞的批评在当时引起了广泛的回应。章学诚批评“夫方氏不过文人，所得本不甚深，况又加以私心胜气，非徒无补于文，而反开后生小子无忌惮之渐也”[⑤]。坚信理学的考据学者程晋芳对方苞也有所不满，“大抵望溪读书本不多，其于史学涉猎尤浅。自《三国志》以下皆若未见，何论稗官野乘”[⑥]。凌廷堪记载汪中：“所极骂者一二人，皆

---

① （清）旷敏本：《岣嵝删余文草》，《清代诗文集汇编》第 294 册，第 94 页。
② （清）钱大昕：《钱大昕文集》，《嘉定钱大昕全集》第 9 册，第 576 页。
③ （清）钱大昕：《钱大昕文集》，《嘉定钱大昕全集》第 9 册，第 576 页。
④ （清）钱大昕：《钱大昕文集》，《嘉定钱大昕全集》第 9 册，第 537 页。
⑤ （清）章学诚著，仓修良编注：《文史通义新编新注》，第 325 页。
⑥ （清）程晋芳：《勉行堂文集》，《清代诗文集汇编》第 343 册，第 479 页。

负当世盛名，人或规之，则应曰：‘吾所骂皆非不知古今者，盖恶莠恐其乱苗也。若方苞、袁枚辈，吾岂屑骂之哉！’”① 到了乾嘉后期，桐城派在维护方苞的地位时仍然小心翼翼，不敢公然冒犯汉学家。我们且看刘开写给阮元的一封信。

> 本朝论文，多宗望溪，数十年来，未有异议。先生独不取其宗派，非故为立异也，亦非有意薄望溪也，必有以信其未然而奋其独见也。夫天下有无不可达之区，即有必不能造之境；有不可一世之人，即有独成一家之文。此一家者，非出于一人之心思才力为之，乃合千古之心思才力变而出之者也。非尽百家之美，不能成一人之奇；非取法至高之境，不能开独造之域。此惟韩退之能知之，宋以下皆不讲也。五都之市，九达之衢，人所共由者也；昆仑之高，渤海之深，人必不能至者也，而天地之大有之。锦绣之饰，文采之辉，人所能致者也，云霞之章，日星之色，人必不能为者也，而天地之大有之。夫文亦若是而已矣。无决堤破藩之识者，未足穷高邃之旨；无摧锋陷阵之力者，未足收久远之功。纵之非忘，操之非勤。夫宇宙间自有古人不能尽为之文，患人求之不至耳。众人之效法者，同然之嗜好也。同然之嗜好，尚非有志者之所安也。
>
> 夫先生之意，岂独无取于望溪已哉，即八家亦未必尽有当也。虽然，学八家者卑矣，而王遵岩、唐荆川等皆各有小成，未见其为尽非也。学秦汉者优矣，而李北地、李沧溟等竟未有一获，未见其为尽是也。其中得失之故，亦存乎其人，请得以毕陈之。②

刘开说话委婉，不敢冒犯当时的汉学领袖兼封疆大臣的阮元。刘开的言辞说明方苞在当时汉学家眼中地位比较低，刘开极力为方苞开脱，也正印证了这一事实。可见，钱大昕对方苞的批评在当时的反响是广泛的。正因如此，袁枚说道：“望溪之文，前辈杭堇浦，近今钱辛楣痛诋之，几乎

---

① （清）凌廷堪：《校礼堂文集》，第320页。

② （清）刘开：《孟涂文集》，《清代诗文集汇编》第543册，第521—522页。

程不识不值一钱矣！”[①] 乾嘉学人极力贬低方苞，从根本上说，是学术价值观使然。

从学识上看，方苞其实并不像汉学家们所说的那样“不读书之甚”。方苞所著的《周官集注》《仪礼析疑》《礼记析疑》《春秋通论》都被《四库全书》收录，对经学并非没有创见。方苞的治学路径偏重阐释经典而不是考证真伪，即使如此，他在典籍的考证上也并非没有见地。方苞治学的方法是“舍传求经”，直接从经典的原文中推测其意义。“盖屈折经义，以附传事者，诸儒之蔽也。执旧史之文，为《春秋》之法者，传者之蔽也。圣人作经，岂豫知后之必有传哉？使去传而经之义遂不可求，则作经之志荒矣。旧史所载事之烦细、及立文不当者，孔子削而正之可也。其月、日、爵次、名氏，或略或详，或同或异，策书既定，虽欲更之，其道无由，而乃用此为褒贬乎？于是脱去传者诸儒之说，必义具于经文始用焉，而可通者十四五矣。然后以义理为权衡，辨其孰为旧史之文，孰为孔子所笔削，而可通者十六七矣。”[②] “舍传求经”是唐宋儒学治学的主要方式，它一反汉儒的注疏考据之法，以领悟、顿悟等方式把握儒学义理，方苞直接继承了这一治学方法。他批评司马迁：“司马迁作《史记》，于《费誓》具详焉，于《秦誓》删取焉，而《文侯之命》则没之，盖以其言无足存而不知事不可没也。用此观之，圣人删述之义，群贤莫之能赞，岂独《春秋》之笔削哉？”[③] 通过圣人的言论，直接把握其内意。方苞认为后世的“传”多失真义，认为从经中直接领悟圣人的原意更为重要。方苞也有考据，只是他的考据路子是宋儒的路子，而非汉学的路子。我们且看他对《古文尚书》的考辨。

> 先儒以《古文尚书》辞气不类今文，而疑其伪者多矣。抑思能伪为是者，谁与？夫自周以来，著书而各自名家者，其人可指数也。言之近道，莫若荀子、董子，取二者之精言，而措诸伊训、大甲、说命之间，弗肖也；而谓左丘明、司马迁、扬雄能为之与？而况其下焉者与？

① （清）袁枚：《小仓山房尺牍》，《袁枚全集新编》第 15 册，第 230 页。

② （清）方苞：《方苞集》，第 85 页。

③ （清）方苞：《方苞集》，第 6 页。

然则其辞气不类今文何也？尝观《史记》所采《尚书》，于“肆觐东后”，则易之曰“遂见东方君长”；“太子朱启明”，则曰“嗣子丹朱开明”；“有能奋庸熙帝之载”，则曰“有能成美尧之事者”；如此类，不可毛举。因是疑《古文》易晓，必秦、汉间儒者得其书，苦其奥涩，而稍以显易之辞更之，其文大体则固经之本文也。《无逸》之篇，今文也。试易其一二奥涩之语，则与《古文》二十五篇之辞气，其有异乎？

迁传儒林曰：“孔氏有古文《尚书》，而安国以今文读之，遂以起其家逸书。”而安国自序其书，谓“科斗书废已久，时人无能知者。以所闻伏生之书，考论文义，定其可知者，增多二十五篇”。夫古文既不可知，仅就伏生之书以证而得之，则其本文缺漫及字体为伏生之书所不具者，不得不稍为增损，以足其辞，畅其指意。此增多二十五篇所以独为易晓，而与伏生之书异与？然则迁所云“以今文读之”者，即余所谓以显易之辞通其奥涩，而非谓以隶书传之也。①

方苞从“辞气”的角度考证《古文尚书》之伪，并能以经证经，这与汉学家的考证路子是接近的。可惜的是，方苞并不专注于考据，他读书虽多，但其读书的路径基本上是以理学之道来权衡先秦典籍。他的文章也是体验、感悟性的多，考证的少，即有考证，也是义理先入。另外，方苞自以为得经典原义，随意增删文字。“余少时尝妄为删定，兹复审详，凡辞之繁而塞、诡而俚者悉去之，而义之大驳者则存而不削。盖使学者知二子之智乃以此自瑕，而为知道者所深摈，亦所以正其趋向也。”② 考据学尊重原典，以一己之意见删改典籍，这是乾嘉时期考据学的大忌。

方苞固守程朱理学，理学的信念坚定不移。“然后知生乎五子之前者，其穷理之学未有如五子者也；生乎五子之后者，推其绪而广之，乃稍有得焉。其背而驰者，皆妄凿墙垣而殖蓬蒿，乃学之蠹也。”③ 在汉学与宋学的关系上，他对汉学多有不满，指责汉学的破碎，甚至公然批评考据学者。

---

① （清）方苞：《方苞集》，第1—2页。

② （清）方苞：《方苞集》，第86页。

③ （清）方苞：《方苞集》，第175页。

“夫学之废久矣，而自明之衰，则尤甚焉。某不足言也，浙以东则黄君梨洲坏之；燕、赵间则颜君习斋坏之。……二君以高名耆旧为之倡，立程、朱为鹄的，同心于破之，浮夸之士，皆醉心焉。……如二君者，幸而其身神枯槁以死，使其学果用，则为害于斯世斯民，岂浅小哉！”[①] 此时的汉学家对黄宗羲尊重有加，不少学者将他与顾炎武视为清代考据学的开创者。方苞抬出理学攻击黄宗羲，按照他的思辨逻辑，考据学也当是“害于斯世斯民”了。由此可见，方苞在乾嘉时期遭到汉学家的普遍批评，并非偶然，而是有其必然性。

对方苞的批判具有重构儒学的意义，这也是理学衰落的表征。清初理学虽然得到了弘扬，但从学理上看，理学在学理上并无太大的发展，在不断强调实用中，理学也日益僵化。章太炎说道：“清世理学之言竭而无余华。”[②] 萧一山也说道：“以清初理学家之所事，完全为破坏之功夫，而其所讨论研究者，皆不过就前人之说，为之推阐证明而已，绝无发明也；此亦清代理学日就衰亡之象也。”[③] 在政治高压下，理学的固化在现实层面产生了诸多弊端，伪理学大行其道，理学也失去了昔日的风采。“近世文人为程朱之学者如前明宋景濂、方希直之类，按其所著，大抵情僻而气矜，辞陈而指浅，求其诗人优柔之风，书人灏噩之遗邈不可见。以此自诩治经，岂非荀卿所称口耳之间不足以美七尺之躯者耶！”[④] 清初以来的小说、戏曲等文学对之大加挞伐。到了乾嘉时期，对道学的批评达到了高峰，在此形势之下，理学的衰微已成必然，与理学紧密联系的古文随之衰落也是情理之中了。

乾嘉学人对方苞的批评源于价值观的差异，抛掉学术上的争议，从古文的角度来考察，方苞的古文也未必如汉学家所言的不值一文。袁枚在这个问题上倒是较为清醒，他在《与韩绍真》一文中说道：“尝谓方望溪才力虽薄，颇得古文意义，乃竹汀少詹深鄙之，与仆少时见解相同。中年以

① （清）方苞：《方苞集》，第 175 页。
② 章太炎：《訄书》，《章太炎全集》第 3 册，上海人民出版社 1984 年版，第 155 页。
③ 萧一山：《清代通史》，商务印书馆 1932 年版，第 819 页。
④ （清）朱仕琇：《梅崖居士文集》，《清代诗文集汇编》第 336 册，第 410 页。

后则不复为此论。”[①] 袁枚认为古文之道“在熔铸变化，纯以神行”，与考据学贪多务博，讲实证是不一样的。“若欲自炫所学，广搜百氏，旁摭佛老及说部书”[②]，那就不一定得古文的真义。袁枚晚年评议方苞这一桩公案，如果纯粹从文学的角度看，是比较公允的。

（三）汉学家对古文的批判加剧了古文的衰落

清初以来，唐宋派古文占据古文的主流，而到了乾隆中叶以后，文体一变，古文宗尚秦汉，八大家的古文传统受到了批评，传承八大家文统的学人如方苞等成了汉学家的打击对象。在汉学家的有意打击之下，古文趋于衰落。汉学家多以著作传世，文集往往是他们著作的一部分。汉学家的著作虽然内容庞杂，但大多以经史考据为主，文集中应酬性的古文文体并不多，书信也多是辨析学术。汉学家推崇的古文也多是学术性著述，他们认为学术性著述才有永恒的价值，普通人事的记叙并非为文之正道。江藩评价凌廷堪：“君之学可谓本之情性、稽之度数者也。出其绪余，为古文词，经礼乐，综人伦，通古今，述美恶，大则宪章典谟，俾赞王道，小则文义清正，申纾性灵。嗟乎！文章之能事毕矣。盖先河后海，则学有原委；胙史枕经，则言无枝叶。卓尔出群，斯人而已。近日为之古文者，规仿韩、柳，模拟欧、曾，徒事空言，不本经术，污潦之水不盈，弱条之花先萎，背中而走，岂能与君之文相提并论哉！”[③] 段玉裁评价钱大昕的文集：“自辞章之学盛，士乃有志于文章，顾不知文所以明道，而徒求工于文，工之甚适所以为拙也。虽然，有见于道矣，有见于经矣……中有所见，随意抒写，而皆经史之精液。其理明，故语无鹘突；其气和，故貌不矜张；其书味深，故条鬯而无好尽之失，法古而无摹仿之痕，辩论而无叫嚣攘袂之习。淳古淡泊，非必求工，非必不求工，而知言者必以为工，俾学者可由是以渐通经史，以津逮唐、宋以来诸大家之文。其传而能久，久而愈著者，固可必也。”[④] 时人论古文多重文法，汉学家论古文大多不论文法，甚至是反对讲文法，他们注重的是根底，认为古文并不是源于外在因

---

① （清）韩廷秀：《双牗堂文稿》，《清代诗文集汇编》第 408 册，第 87 页。

② （清）袁枚：《小仓山房尺牍》，《袁枚全集新编》第 15 册，第 126 页。

③ （清）凌廷堪：《校礼堂文集》，“序”第 3 页。

④ （清）钱大昕：《潜研堂文集》，《嘉定钱大昕全集》第 9 册，“序”第 1—2 页。

素，而是源于学问。焦循批评传统的古文："自明人学无根柢，别无可表见于世，于是以选文、选诗沽朝廷之誉，恬然自命为选家，如茅鹿门、艾千子之徒是矣。本朝之兴，黜浮崇实，经术文章，四海蒸蒸而起久矣，而仍不自立，视选文、选诗竟不啻宇宙中绝无仅有之事业。"[①] 明代以后，八大家的古文为世人所推崇，他们的古文选本也多被视为古文的圭臬，汉学家从学问的角度批评了这一传统的古文。段玉裁直言："玉裁窃以谓义理、文章，未有不由考核而得者。"[②] 正是持这样的观点，他们对传统的古文多有不屑。"古人著为文章，皆本于中之所见，初非好为炳炳烺烺，如锦工绣女之矜夸采色已也。富贵公子，虽醉梦中不能作寒酸求乞语；疾痛患难之人，虽置之丝竹华宴之场，不能易其呻吟而作欢笑。此声之所以肖其心，而文之所以不能彼此相易，各自成家者也。今舍己之所求而摩古人之形似，是杞梁之妻善哭其夫，而西家偕老之妇亦学其悲号；屈子自沈汨罗，而同心一德之朝，其臣亦宜作楚怨也，不亦傎乎！至于文字，古人未尝不欲其工。孟子曰：'持其志，无暴其气。'学问为立言之主，犹之志也；文章为明道之具，犹之气也。求自得于学问，固为文之根本；求无病于文章，亦为学之发挥。"[③] 传统的古文重气，"气盛则言之短长与声之高下者皆宜"，气主要是理学之涵养，涵养深，气自然就盛，有了气，文就能够自然流露出来。汉学家不认可理学之理，文气一说自然也不接受，他们将根底指向经史考据，认为考据是知识的基础，而这基础也是辞章的基础。从当时文人职志转向的风气上看，汉学家的这一理论是很有市场的。

三　影响

八大家的古文其实并不完全与理学吻合，柳宗元、苏轼等人的古文就包含有不少异端的色彩。宋代以后，古文逐步摆脱理学的束缚，朝着审美的方向发展，古文运动在宋代的胜利使得古文的观念深入人心。在乾嘉时期，古文独立发展的趋向也很明显，这一点并没有引起学界的充分关注。

文以载道是理学的一个命题，这一命题有两种倾向，一是以道律文，

---

① （清）焦循：《焦循诗文集》，第620—621页。
② （清）段玉裁：《韵经楼集》，第370页。
③ （清）章学诚著，仓修良编注：《文史通义新编新注》，第140页。

二是以文弘道。前者重道轻文，将文完全视为载道的工具，无视文的审美特性，后者则认为“言之无文，行而不远”，恰当的辞采才能充分弘道。在乾嘉时期，后者更被认可，韩梦周说得很清楚。“论文于程朱未出之前与论文于程朱既出之后，其说不同。程朱以前，圣道否晦，虽有一二豪杰之士窥见大体，未能使此理灿然较著于世，立言者苟持之有故，即高下浅深醇驳不一，君子皆将取之，使学者择焉。自程朱出而圣贤之道复明，学者舍是无以为学，立言者舍是何以为言哉！将背而去之乎，则适以自陷于淫陂，将以文为小技而戏出之乎，则又可以不作。是故生程朱之后而谬援古人驳杂以自解，皆无当于斯文者也。方望溪先生之文体正而法严，其于道也一以程朱为归，所刻正集皆卓然有补于道教，可传世而不朽。”[①] 程朱以前，理学未明，古文也“高下浅深醇驳不一”。程朱以后，理纯了，文也纯了，一二君子以程朱之道著之于文，文也纯粹了。理明了，那么各种文体都可以朝着审美的方向发展。韩梦周的古文观虽然有浓重的卫道色彩，但是能够顾及文学的审美特性，从长远来看，这是比较符合文学发展的。韩梦周以程朱为断，将古文分为前后两个时代，这一点道出了后代古文的发展趋势。桐城派古文认为，程朱理学已经完成了道的构建，理学之道只要体认就可以了，而文却可以有多种表现的方式。方苞就自称：“学行继程朱之后，文章介韩欧之间。”[②] 在这样一种学术观之下，古文的题材不必局限于经学，人物的叙事也是理的体现，只要体现理，经与文并无差等。古文的题材范围扩大了，追求辞采、讲究文法也成了必然。韩梦周认为，程朱以后，古文多是文学之文。“自古人之传不传非独以其行事也，实托于文字者居多焉。然周窃观文章之道，自汉唐以来同源异派，厥有两端。有文学之文，有道德之文。司马子长、韩退之、欧阳永叔辈，文学之文也。洛闽诸大儒，道德之文也。为文学之文者其为功也专，故其为文也至。为道德之文者，道得于己而言从焉，其人重则其言可贵。是二者皆足以传世而行远。本朝以来，为文学之文者多矣，翘出其类者，望溪也。至于道德之文则鲜焉，非无其人，非其至也。”[③] 将古文分为“文学之文”与

---

① （清）韩梦周：《理堂文集》，《清代诗文集汇编》第367册，第24页。

② （清）方苞：《方苞集》，第906—907页。

③ （清）韩梦周：《理堂文集》，《清代诗文集汇编》第367册，第48页。

"道德之文"，这其实是承认了审美性古文的合法性，在理学经典地位被确立之后，弘道的重心已不是发明新义理，而是传播的方式，古文的审美性逐渐被提上日程。

事实上，乾嘉时期以古文为职向的并不少。鲁九皋在《上朱梅崖先生书》中说道："仕驥侧闻先生少以唐韩愈氏自况。窃唯韩子之人之文千百年一有者也。仕驥不才，亦尝幼习其辞，而有志好之矣。从而考其轶事，则又未尝不叹其好善之勤，爱士之切，汲汲焉诱掖后进，欲共偕之大道。"① 从这封书信上看，当时的古文学习已经从道向文转向了。古文大家如姚鼐等人虽然口口声声说以理学为归宿，但实际更倾向于古文的审美性。在《与王铁夫书》中，姚鼐说道："先生文章之美，曩得大集，固已读而慕之矣；今又读碑记数首，弥觉古淡之味可爱，殆非今世所有。夫古人文章之体非一类，其瑰玮奇丽之振发，亦不可谓其尽出于无意也；然要是才力气势驱使之所必至，非勉力而为之也。后人勉学，觉有累积纸上，有如赘疣。故文章之境，莫佳于平淡，措语遣意，有若自然生成者，此熙甫所以为文家之正传，而先生真为得其传矣。"② 与清初的古文家相比，乾嘉时期的古文在审美上走得更远，载道往往成为空套的门面语。专注于古文，那么文法就是其门径了。鲁九皋说道："仆不敏，窃尝受教于梅崖先生，闻修辞立诚之旨。以为诚之一言，于传志尤要。如写真者，立一人于前，必相其人之肥瘠短长与年之老少焉。未已也，又必察其神之清浊，声气之疾徐高下焉。若是者皆会于心矣，然后举笔一挥成之，乃得其真。否则一毫发不似，即非其人，尤不可不慎也。故凡仆之传一人，志一人，执笔兢兢，俨若其人之立于吾前，自溯其生平，仆但从而书之者。即平日未尝亲见其人，但就其友朋子弟所述之事而为之，辞亦凛若鬼神之临其前，持其笔而俾之，不敢或过或不及也。夫如是，立诚之道其庶几乎？抑又念善写真者，所写一面耳，而全身现焉。故有初视之不似，及加颊上之毛而似者，得其神也。古之善叙事者何以异是。此则仆之所力学焉而未敢知其有得否也。"③ 纯粹将文视为道的奴仆，这已不为时代所取。鲁九皋在《复

① （清）鲁九皋：《鲁山木先生文集》，《清代诗文集汇编》第378册，第61页。

② （清）姚鼐：《惜抱轩诗文集》，第289页。

③ （清）鲁九皋：《鲁山木先生文集》，《清代诗文集汇编》第378册，第66页。

友人书》中说："足下又自谓往日之为学为古文，特志在于为文而已，若无与于学者，此甚非也。夫所谓文焉而已者，此世俗浮华工巧之文也，若夫韩欧诸子之文，则圣人之微言大义，往往有存焉者，未可轻议也。宋人谓昌黎因文见道，诚见道矣，而又何病其文也。圣人之教，文行忠信，固以文称首矣，子所雅言诗书执礼，诗书执礼非文乎？颜子，圣门之高第弟子也，其谓：夫子之善诱人也，犹曰博我以文。子贡曰：夫子之文章可得而闻，夫子之言性与天道不可得而闻也。文章者下学之事，性与天道则上达矣，上达不出乎下学，故圣人之教于文甚重也。即濂洛关闽，金溪、余姚之书未尝非文也。其不欲人役志于文辞者，乃恐人舍本而趋乎末耳。然以夫阐发圣人微言大义之文与世俗浮华工巧者并讥，亦未免少过也。仆窃谓古人之立德、立功、立言一以贯之，因时而见，无容轩轾也。"[①] 这其实是将文与道并行而论。鲁九皋还列出了"文统"："古文作者代不数人，韩子倡于唐，欧阳子继以宋，虞伯生绍于元，归震川兴于明，其一时相辅而起者并可指而数也。梅崖先生，今之韩子、欧阳子、虞伯生、归震川也，相辅而起者谁与？……梅崖先生教学者为文，必举韩子，前言以正其本，而其所以致功用力之要则散见于《示门人书》者详哉！"[②] 这也是古文发展的内在规律。鲁九皋在《示三儿嗣光三则》中说道："天下之山莫高于五岳，而近五岳者时登而陟焉，不觉其高也，其立基广厚耳。文章亦然。古文莫高于昌黎，时文莫高于震川。而昌黎之古文，震川之时文，不觉其高也，其气体博大耳。昌黎约六经之旨而成文，震川时文亦酝酿经籍而出之，读之但觉其函盖一切，浑浑无涯涘也。"[③] 将韩愈、归有光视为古文的高峰，这是解除了道对文束缚的结果。

如果说理学阵营对古文的独立性还有点拖泥带水的话，那么反理学一派在古文独立性上就走得更远。袁枚说道："文章始于六经，而范史以说经者入《儒林》，不入《文苑》，似强为区分。然后世史家俱仍之而不变，则亦有所不得已也。大抵文人恃其逸气，不喜说经。而其说经者，又曰：吾以明道云尔，文则吾何屑焉？自是而文与道离矣。不知六经以道传，实

① （清）鲁九皋：《鲁山木先生文集》，《清代诗文集汇编》第378册，第67页。
② （清）鲁九皋：《鲁山木先生文集》，《清代诗文集汇编》第378册，第77页。
③ （清）鲁九皋：《鲁山木先生文集》，《清代诗文集汇编》第378册，第78页。

以文传。《易》称‘修词’，《诗》称辞辑，《论语》称‘为命’至于‘讨论’、‘修饰’而犹未已，是岂圣人之溺于词章哉？盖以为无形者道也，形于言谓之文。既已谓之文矣，必使天下人矜尚悦绎，而道始大明。若言之不工，使人听而思卧，则文不足以明道，而适足以蔽道。故文人而不说经可也，说经而不能为文不可也。”① 袁枚认为文与经分离乃是趋势所在，没有文，经将不经，因此，经必须依赖文。袁枚打破了文对经的依附，甚至颠倒过来，认为经依赖于文，这就提高了文的地位，彻底解放了文。袁枚打破古文的依附性是彻底的。“仆于此事，因孤生懒，觉古人不作，知音甚稀。其弊一误于南宋之理学，再误于前明之时文，再误于本朝之考据。三者之中，吾以考据为长。然以混古文，则大不可。”② 理学、时文、考据都以得道为其存在的合法性依据，袁枚却将它们视为古文之“误”，言下之意，无非是让古文摆脱这三者的束缚，沿着自身的审美性前行。袁枚的古文观念与我们当代的散文观念已经相当接近。

乾嘉时期，除了姚鼐努力构建桐城文派外，其他文人以古文为职志的也不少。在紫阳书院任教期间，姚鼐与胡赓善交游不少，胡赓善擅长古文写作，门下弟子也以古文相感召。姚鼐在《歙胡孝廉墓志铭》中叙述道：“惟日与诸生讲诵文艺以为乐。歙城南溪陟山有古寺，十虽多颓毁，而空静幽邃，多古松柏。君携徒稍葺，治读书寺中，其意萧然。余昔主紫阳书院，去寺不十里，尝与往来，或至夜月出共步溪厓林径寒窈，至今绝可念也。”③ 胡赓善对乾嘉考据颇有不满，他致力于古文创作，其古文创作实绩也并不差。其门下士朱文翰记载：“乃复致力于古文，深造自得，往往以公穀家法出庄骚神韵。盖蓆枕既久，称心而言，神动天随，文成法立，若大造之于万汇然，当春而华，当秋而实，昭苏萌动，翕辟卷舒，初非貌袭智取，自然成一家言……先生尝谓，为文寝馈于古人，而行以天趣，故不甚乐为考订家言。”④ 胡赓善不仅弟子众多，而且不为理学所束缚，这与姚鼐的趣味和追求很接近。胡赓善不少弟子后来进入仕途，这对桐城派的发

① （清）袁枚：《小仓山房文集》，《袁枚全集新编》第5册，第209页。
② （清）袁枚：《小仓山房文集》，《袁枚全集新编》第7册，第593页。
③ （清）胡赓善：《新城伯子文集》，《清代诗文集汇编》第357册，第1页。
④ （清）胡赓善：《新城伯子文集》，《清代诗文集汇编》第357册，第2页。

展也是有推动的。

乾嘉时期的古文正按其自身的内在理路发展，考据学的出现在一定程度上改变了古文发展的轨迹，古文的审美性遭到了打击，古文再度走向经学的依附。乾嘉时期热衷于古文的文人多是下层文人，他们的学问甚至无法与二三流的汉学家抗衡，人微言轻，并没有形成风气，在考据学的打压下，古文处于边缘位置。

第二节　汉学家的古文理论及其创作

乾嘉时期考据学兴起，这一时期各种文体的写作也都进入了历史的高峰，辞章之学与考据之学曾一度出现紧张的关系。赵怀玉说："今海内操觚之士其趋不出二端，曰训故之学，曰词章之学。通训故者以词章为空疏而不屑为，工词章者又以训故为饾饤而不愿为，胶执己见，隐然若树敌焉。"[①] 两者的紧张关系表面上看是职志使然，但从深层来看，乃是价值观使然。汉学家虽然鄙视辞章，但他们当中不少人也是辞章的爱好者，所作的诗词、古文并不少。受学术治学的影响，汉学家的古文写作与普通文人有很大的区别，学术趣味深深地渗透到汉学家的古文写作之中，他们的古文是典型的"学人之文"。受纯文学观念的影响，"学人之文"在文学史上并没有得到重视，不少人甚至将它视为"非文"。罗伯特·芮德菲尔德在《农民社会与文化：人类学对文明的一种诠释》一书中提出"大传统"和"小传统"这一组对立的概念。他认为社会上层、主流知识分子所代表的文化是"大传统"的文化，而知识相对贫弱的农民所代表的文化是"小传统"的文化。雷德菲尔德这一划分对我们有借鉴的意义。中国主流文化是由精英知识分子和上层社会所把握，他们制造的文化是中国文化的"大传统"。中国古代的文学其实是杂文学，诗文与经史混杂难分。如果从文学史的过程来看，汉学家是文化的精英，他们的古文更接近中国古文的"大传统"，忽视了中国文学的"大传统"，我

① （清）赵怀玉：《亦有生斋集》，《清代诗文集汇编》第419册，第550页。

们很难真正把握中国文学的精义。

一　汉学家的古文理论

汉学家以经史考证为职志，学术研究影响到了他们对古文的判断。在汉学家看来，古文的第一要义是真，而要求真，必须有严谨的治学方法。他们认为训诂是求真的最好方法。正因求真，他们对无根底的华藻之文、空凿义理之文感到不满，要求古文要有健实的知识基础。

（一）学人之文的推崇

古文在中国古代是一个宽泛的概念，泛指一切著述。明清以来，八大家古文深入人心，古文的审美色彩增强，这一趋势在乾嘉时期出现了变化，学术性文章得到了尊尚，而世俗性的古文被贬低。程晋芳就将文分为“文人之文”和“才人之文”。“文有学人之文，有才人之文，而必以学人之文为第一。”① “学人之文”的提出正是基于时代学术的语境，这一划分代表了多数学人对古文的看法。程晋芳的“文”并不是八大家的古文，而是广义上的文，他认为学人之文优于才人之文，这一判断的基点在于知识性而非审美性。方苞被视为一代古文之正宗，程晋芳也尊尚理学，但他对方苞的学识提出了批评。“大抵望溪读书本不多，其于史学涉猎尤浅。自《三国志》以下皆若未见，何论稗官野乘。”② 以学识论古文，而不是从审美性对古文进行评判，这是乾嘉学人普遍的认知理路，造成这一评判的原因，与学术不无关系。章学诚对唐宋八大家也提出了批评。“盖文辞以叙事为难，今古人才，骋其学力所至，辞命议论，恢恢有余，至于叙事，汲汲形其不足，以是为最难也。前明皮傅论文，则有秦、汉、唐、宋相与奴主出入，何信阳谓‘昌黎文起八代之衰，而古文失传由昌黎始’，杭堇甫氏斥其病狂。夫昌黎道德文辞，并足泰山北斗，信阳何所见闻，敢此妄议！杭氏斥之，是也。然古文必推叙事，叙事实出史学，其源本于《春秋》‘比事属辞’，左、史、班、陈家学渊源，甚于汉廷经师之授受。马曰‘好学深思，心知其意’，班曰‘纬六经，缀道纲，函雅故，通古今’者，

---

① （清）程晋芳：《勉行堂文集》，《清代诗文集汇编》第343册，第479页。
② （清）程晋芳：《勉行堂文集》，《清代诗文集汇编》第343册，第479页。

《春秋》家学，递相祖述，虽沈约、魏收之徒，去之甚远，而别识心裁，时有得其仿佛。而昌黎之于史学，实无所解，即其叙事之文，亦出辞章之善，而非有‘比事属辞’、‘心知其意’之遗法也。其列叙古人，若屈、孟、马、扬之流，直以太史百三十篇与相如、扬雄辞赋同观，以至规矩方圆如孟坚，卓识别裁如承祚，而不屑一顾盼焉，安在可以言史学哉！欧阳步趋昌黎，故《唐书》与《五代史》，虽有佳篇，不越文士学究之见，其于史学，未可言也。然则推《春秋》‘比事属辞’之教，虽谓古文由昌黎而衰，未为不可，特非信阳诸人，所可议耳。”① 正是从学术的角度，章学诚对韩愈、欧阳修等古文大家表现出不满。

汉学家以经术自任，他们批评理学家援佛入儒，力图通过训诂考证还原儒家先典的原义，认为这样的学术才是儒学之“正宗”。在他们的眼中，六经是古文的源头，也是古文之至境。“六经，犹日月星辰也。无日月星辰列无寒暑昏明，无六经则无人道。为传注以阐明六经，犹羲、和测日月星辰，敬授民时也。”② 六经是古文的源头和至境，他们的学术直接承接六经，此正如《文心雕龙·宗经》所言：“若禀经以制式，酌《雅》以富言，是即山而铸铜，煮海而为盐也。”③ 如此一来，他们文章的价值自然也高出普通的文章。段玉裁在《戴东原集序》中说道：“自古圣人制作之大，皆精审乎天地民物之理，得其情实，综其始终，举其纲以俟其目，兴以利而防其弊，故能奠安万世，虽有奸暴不敢自外。《中庸》曰：‘君子之道，本诸身，征诸庶民，考诸三王而不缪，建诸天地而不悖，质诸鬼神而无疑，百世以俟圣人而不惑。’此非考核之极致乎？圣人心通义理，而必劳劳如是者，不如是不足以尽天地民物之理也。”④ 圣人之道，考核才明，考核之文就是正确阐经之文，没有考核就没有正宗的古文。正是在这个意义上，段玉裁说道：“玉裁窃以谓义理、文章，未有不由考核而得者。”⑤ 程瑶田在评价戴震时也说道：“盖东原之治经也，以能知古人之文章；其知古人

---

① （清）章学诚著，仓修良编注：《文史通义新编新注》，第 767 页。

② （清）段玉裁：《韵经楼集》，第 1 页。

③ （南朝梁）刘勰著，戚良德辑校：《文心雕龙》，第 14 页。

④ （清）戴震：《戴震全集》第 6 册，第 3458 页。

⑤ （清）段玉裁：《韵经楼集》，第 370 页。

之文章也，以能窥六书之微指，而通古人之训诂。三书之舛缪难治，苟非东原以其所能治之，后之人虽有一知半解，欲为功于三书者，吾知其有所不能也。”① 江藩评凌廷堪：“君之学可谓本之情性、稽之度数者也。出其绪余，为古文词，经礼乐，综人伦，通古今，述美恶，大则宪章典谟，俾赞王道，小则文义清正，申纾性灵。嗟乎！文章之能事毕矣。盖先河后海，则学有原委；胙史枕经，则言无枝叶。卓尔出群，斯人而已。近日为之古文者，规仿韩、柳，模拟欧、曾，徒事空言，不本经术，污潦之水不盈，弱条之花先萎，背中而走，岂能与君之文相提并论哉！”② 宗经、征圣是中国学术的传统。考据学在这一点上与理学并无二致，它们都以儒家典籍、圣人为师法对象。在治学方法上，乾嘉时期的考据学一改传统理学“尊德性”的治学方式，转向了“道问学”的治学理路，知识论色彩强烈。考据学是一门以知识积累为基础的学问，汉学家将文字训诂视为研习古文的先决条件，认为学识的深度决定了古文的质量。

程晋芳“学人之文”与“才人之文”的划分隐含了两者高下、优劣之判，他所论的“才人之文”当指以袁枚为代表的作家。袁枚的古文在乾嘉时期的影响很大，时人将他视为一古文大家。袁枚的古文气势磅礴，富于战国文风，胡天游评其古文：“记叙用敛笔，论辨用纵笔，叙事或敛或纵，相题为之，而大概超超空行，总不落一凡字，此其志也。”③ 袁枚的古文任性使才，气势磅礴，不拘于常套，可以说是乾嘉时期“才人之文”的代表。程晋芳与袁枚在古文观上有冰火之势，两人多次论战，彼此都无法说服对方，由此可以看出当时学人一派与文人一派在古文观念上的差异。

> 窃谓足下之为古文，是也；足下之论古文，非也。足下之言曰：“古文之途甚广，不得不贪多务博以求之。”此未为知古文也。夫古文者，途之至狭者也。唐以前无“古文”之名，自韩、柳诸公出，惧文之不古而“古文”始名。是古文者，别今文而言之也。划今之界不严，则学古之词不类。……足下擅盐荚名，居淮南之四冲。四方之

① （清）程瑶田：《五友记》，《程瑶田全集》第3册，黄山书社2008年版，第315页。
② （清）凌廷堪：《校礼堂文集》，第3页。
③ （清）袁枚：《小仓山房文集》，《袁枚全集新编》第5册，“序”第5页。

> 士，于于焉来请谒者，或经或史，或诗或文，或性理，或经济，或虫鱼笺注，或阴阳星历医卜，日呈其伎于左右。足下不涉猎而遍览焉，几懵乎为酬应。而又以好贤之心，好胜之气，日习于诸往来者之咻染，不觉耳目心胸，常欲观五都而游武库。然藉此多闻多见，使人一谈论一晋接，惊而诧于四方曰名士名士，则可也；竟从此以求古文之真，而拒专门者之谏，则不可也。①

袁枚批评程晋芳贪多务博，认为此举无助于古文写作，这正点中了乾嘉汉学家的要害。正是过度追求博杂，不少汉学家的古文既无文法又缺乏审美韵味。袁枚就曾批评："征书数典，琐碎零星，误以注疏为古文，一弊也；驰骋杂乱，自夸气力，甘作粗才，二弊也；尚有一弊，某不敢言。侍郎再三询，曰：'写《说文》篆隶，教人难识，字古而文不古，又一弊也。'侍郎知有所指，不觉大笑。"② 此虽为游戏之笔，但也是实情，古文写作在部分学人处已无审美可言，学人们的旨趣由此可窥一斑。

（二）"十分之见"的古文观

汉学家的古文多是经史考证之文，这与世俗古文有很大的区别。作为一种学术文体，学术研究的深度决定了古文的优劣。经史考据需要广博的知识，但仅有知识还不能称为学问。章学诚说道："博学强识，儒之所有事也。以谓自立之基，不在是矣。学贵博而能约，未有不博而能约者也。以言陋儒荒俚，学一先生之言以自封域，不得谓专家也。然亦未有不约而能博者也。以言俗儒记诵，漫漶至于无极，妄求遍物，而不知尧、舜之知所不能也。博学强识，自可以待问耳。不知约守而只为待问设焉，则无问者，儒将无学乎？且问者固将闻吾名而求吾实也；名有由立，非专门成学不可也，故未有不专而可成学者也。"③ 博与约是一个问题的两个方面，博是约的基础，约是博的目标。在此基础上，章学诚还进一步区分了"学问"和"功力"：

---

① （清）袁枚：《小仓山房文集》，《袁枚全集新编》第6册，第361—362页。
② （清）袁枚：《小仓山房尺牍》，《袁枚全集新编》第15册，第74页。
③ （清）章学诚著，仓修良编注：《文史通义新编新注》，第117页。

> 昔人谓韩昌黎因文而见道，既见道则超乎文矣。王氏因待问而求学，既知学则超乎待问矣。然王氏诸书，谓之纂辑可也，谓之著述则不可也；谓之学者求知之功力可也，谓之成家之学术则未可也。今之博雅君子，疲精劳神于经传子史，而终身无得于学者，正坐宗仰王氏，而误执求知之功力以为学即在是尔。学与功力，实相似而不同。学不可以骤几，人当致攻乎功力则可耳，指功力以谓学，是犹指秫黍以谓酒也。夫学有天性焉，读书服古之中，有入识最初而终身不可变易者是也。学又有至情焉，读书服古之中，有欣慨会心而忽焉不知歌泣何从者是也。功力有余而性情不足，未可谓学问也。性情自有而不以功力深之，所谓有美质而未学者也。①

“功力”只是知识的掌握，而“学问”却是对问题的发现，是“功力”的升华。“学问”以“功力”为基础，同时还需要学术的性情和天赋，两者境界不同，不可混为一谈。戴震认为真正的学问必须要有“十分之见”：“凡仆所以寻求于遗经，惧圣人之绪言暗汶于后世也。然寻求而获，有十分之见，有未至十分之见。所谓十分之见，必征之古而靡不条贯，合诸道而不留余议，巨细必究，本末兼察。若夫依于传闻以拟其是，择于众说以裁其优，出于空言以定其论，据于孤证以信其通；虽溯流可以知源，不目睹源泉所导，循根可以达杪，不手披枝肄所歧，皆未至十分之见也。以此治经，失‘不知为不知’之意，而徒增一惑，以滋识者之辨之也。”②章学诚的博与约、学问与功力之辨还仅是一般意义上论治学，戴震的“十分之见”则要求深入原典，真正把握原典的真义。而要达到这一层，除了需要广博的知识，还需要有发现的眼光。纪昀说道：“夫事必有理。推阐其理，融合贯通，分析别白，使是非得失釐然具见其端绪，是谓之文。文而不根于理，虽鲸铿春丽，终为浮词；理而不宣以文，虽词严义正，亦终病其不雅驯。譬诸礼乐，礼主于敬，理也，然袒裼而拜君父，则不足以为敬；乐主于和，理也，然喧呶歌舞，快然肆意，则不足以为和。唐以前，

① （清）章学诚著，仓修良编注：《文史通义新编新注》，第117页。

② （清）戴震：《戴震全集》第5册，第2596页。

文论事者多，论理者少，固已。宋以后，讲学之家发明圣道，其理不为不精，而置诸词苑，究如《王氏中说》、《太公家训》，为李习之所不满。其故不可深长思乎？”① 学术研究的深处，必然有所发现，学术发现是学人乐趣之所在，由发现而成文，在他们看来当然是绝美之文了。

学术发现来之不易，其中的甘苦难与人言，汉学家认为这种有创见的学术性文章才是优秀的古文。段玉裁在钱大昕文集的序中说道：

> 既乃研精经史，因文见道；于经文之舛误，经义之聚讼而难决者，皆能剖析源流。凡文字、音韵、训诂之精微，地理之沿革，历代官制之体例，氏族之流派，古人姓字、里居、官爵、事实、年齿之纷繁，古今石刻画篆隶可订六书故实、可稗史传者，以及古《九章算术》，自汉迄今中西历法，无不了如指掌。至于累朝人物之贤奸，行事之是非疑似难明者，大典章制度昔人不能明断其当否者，皆确有定见。盖先生致知格物之功可谓深矣……淳古澹泊，非必求工，非必不求工，而知言者必以为工，俾学者可由是以渐通经史，以津逮唐、宋以来诸大家之文。其传而能久，久而愈著者，固可必也。②

学识深厚，古文就自然从中流出，文风也自然淳古淡泊，不求工而自工。段玉裁认为有“十分之见”的学术功底可以造就一流的古文。汉学家在评价文集的成就时突出学术研究的基础作用，并强调学术发现对古文价值的决定性意义。王鸣盛评孙星衍的文集：“夫学必以通经为要，通经必以识字为基，自故明士不通经，读书皆乱读，学术之败坏极矣，又何文之足言哉？天运循环，本朝蔚兴，百数十年来，如顾宁人、阎百诗、万季野、惠定宇名儒踵相接，而尤幸《说文》之岿然独存，使学者得所据依，以为通经之本务。孙君最后出，精骛八极，耽思旁讯，所问非一师，而总托始于识字，于是一搦管皆与其胸怀本趣相值，洵乎学者之文，迥非世俗之所谓文矣。”③ 戴震在为沈大成的文集作序时说道：“先生之学，于汉经

① （清）纪昀：《纪晓岚文集》第1册，第215页。
② （清）钱大昕：《潜研堂文集》，《嘉定钱大昕全集》第9册，“序”第1—2页。
③ （清）孙星衍：《问字堂集　岱南阁集》，中华书局1996年版，“序”第3页。

师授受欲绝未绝之传，其知之也独深。因是瞻涉旁午，举凡先秦已降精深博大怪奇伟丽之文，靡不好之。而神与俱凝，复与俱释，而亦时时自发为文章。其醇之经，肆之子史百家，掩其光而弥著，淡其味而弥永，此余曩所见于先生之学，之为诗古文辞若是。”① 经至而文不难自至，在汉学家眼中，文辞并不是一件难事，学问才是问题的关键所在，学问深，文辞自然顺理成章。焦循在家训在告诫后人：“文之有序也，必提挈一书之精要而标举之。序经学书，必明于经；序史学书，必明于史。一切阴阳、天地、医卜、农桑，不少窥其疆域而微得其奥突，何以各还其本末？文之有传赞墓表志也，必形容一人之面目而彰显之。为经学之人立传，必道其得经之力者何在；为文艺之人作铭，必述其成家之派何在。其人功在治平，必有以暴其立政之心；其学专理道，必有以核传业之确。故非博通经史四部，遍览九流百家，未易言文。吾生平无物不习，非务杂也，实为属文起见。若徒讲关键之法，侈口于起伏钩勒字句之间，以公家泛应之词自诩作者，如是为文，何取于文耶？”② 其实，汉学家理想的古文并不是唐宋八大家的古文，而是以训诂为根底的学术性文章。钱大昕在《经籍纂诂序》中说道：“有文字而后有诂训，有诂训而后有义理，训诂者，义理之所由出，非别有义理出乎训诂之外者也……昔唐、虞典谟，首称稽古；姬公《尔雅》，训诂具备；孔子大圣，自谓‘好古敏以求之’，又云‘信而好古’，而深恶夫‘不知而作’者……汉儒说经，遵守家法，诂训传笺，不失先民之旨。自晋代尚空虚，宋贤喜顿悟，笑问学为支离，弃注疏为糟粕，谈经之家，师心自用，乃以俚俗之言诠说经典。”③ 只有从文字训诂出发，深辨学术源流，才能写出一流的文章。学术研究的价值取向直接影响到了汉学家对古文的判断。汉学家是把考据、著述都当作了古文，“古人重考据甚于重著作，又不分为二。何者？古今论著作之才，阁下必称老、庄、班、马，然老则述黄帝之言，庄则多解老之说，班书取之史迁，迁书取之《古文尚书》、《楚汉春秋》、《世本》、石氏《星经》，颛顼夏殷周鲁历，是四子不欲自命为著作。……他如《礼论》、《乐书》、《劝学》、《保傅》诸篇，互

① （清）沈大成：《学福斋集》，《清代诗文集汇编》第 292 册，第 2 页。

② （清）焦循：《雕菰楼史学五种》，凤凰出版社 2014 年版，第 1306 页。

③ （清）钱大昕：《潜研堂文集》，《嘉定钱大昕全集》第 9 册，第 377 页。

见于诸子，不以为复出，是古人之著作即其考据，奈何阁下欲分而二之?"① 经学是古文之正宗，考据学是对经学的再阐发，考据文章当然也取得了文章正宗的地位。孙星衍将考据与著述直接联系起来，这在当时得到了汉学家的一片叫好声，这说明多数汉学家认可了他的观点。

从"十分之见""学问"的角度来论古文，也有现实针对性。考据学兴起后，一时趋风气的人不少。钱维乔说道："方今士大夫好为通脱之行，以论道说理为陈腐，以规行矩步为拘迂，其一嚬一笑皆与鄙人儿童时所见有不类者。纵复口等悬河，文堪充栋，吾不知其于身心何与，于名教何稗!"② 这正道出了当时学术的风气。章学诚也说道："今之学者，以谓天下之道，在乎较量名数之异同，辨别音训之当否，如斯而已矣；是何异观坐井之天，测坳堂之水，而遂欲穷六合之运度，量四海之波涛，以谓可尽哉!"③ 对学问的高要求在一定程度上防止了学人古文的粗制滥造。从实际写作上看，学术水平高的学人古文写作水平也普遍比较高，为博时名而拼凑的多是二三流的学人。"十分之见"的提出对维护学术和古文的健康发展是有帮助作用的。

（三）反对琐屑文法

乾嘉时期的理学已无太大的发展，理学与古文结合更加紧密。桐城文人大多兼治理学与古文。乾嘉时期的古文也受到了八股文的浸染，方苞在《钦定四书文》中屡屡提及"以时文为古文"。刘大櫆也说道："盖孔、孟之微言，经前代诸儒之论辨，而大意已明矣。后代更创为八比之文，如诗之有律，用排偶之辞，以代圣贤之口语，不惟发舒其义，而且摹绘其神，所以使学者朝夕从事渐渍于其中而不觉也。故习其业者，必皆通乎六经之旨，出入于秦、汉、唐、宋之文，然后辞气深厚，可备文章之一体，而不至于龃龉于圣人。"④ 他甚至将两者视为一体："谈古文者，多蔑视时文，不知此亦可为古文中之一体。"⑤ 古文与时文都是载道，从内容上看，两者

① （清）孙星衍：《问字堂集　岱南阁集》，中华书局1996年版，第91页。

② （清）钱维乔：《钱竹初诗钞》，《清代诗文集汇编》第396册，第207页。

③ （清）章学诚著，仓修良编注：《文史通义新编新注》，第259页。

④ （清）刘大櫆：《刘大櫆集》，第97页。

⑤ （清）刘大櫆：《刘大櫆制义》，光绪乙亥裔孙季重刊本，第2页。

融合并无不妥，而在实际的行文中，“以古文为时文”侧重的是文法层面，正因如此，大量评点时古文的选本泛滥于坊间。钱大昕对方苞“以时文为古文”的做法提出严厉批评，这一批评也正是基于世俗古文重文法不重学识。经史考据需要大量的时间和精力，汉学家对汲汲于揣摩文法，以求速售的做法极为不满，他们对文法的批评是学术研究的必然。

方苞的义法说在乾嘉时期影响广泛，古文作家往往将其奉为圭臬，在论古文的义法之外，理学家已开始总结古文的为文之道。范泰恒在《古文凡例》中说道：“文章之道，议论易叙事难，且议论之文多应酬不工，尚无关系，若上为朝廷，作史裁下，为名山藏著述，记事纂言，叙事尤要。是选于《史记》《五代史》尤加意，昌黎碑志亦多入选，永叔则叙事文多于议论，柳州、荆公碑志亦可观者并具载。”① 针对方苞的义法，钱大昕在《与友人书》中进行了批评。

> 夫古文之体，奇正、浓淡、详略，本无定法。要其为文之旨有四，曰明道、曰经世、曰阐幽、曰正俗。有是四者，而后以法律约之，夫然后可以羽翼经史，而传之天下后世。至于亲戚故旧，聚散存殁之感，一时有所寄托，而宣之于文，使其姓名附见集中者，此其人事迹原无足传，故一切阙而不载，非本有可纪而略之，以为文之义法如此也。……文有繁有简，繁者不可减之使少，犹之简者不可增之使多。左氏之繁，胜于《公》、《穀》之简，《史记》、《汉书》，互有繁简，谓文未有繁而工者，亦非通论也。②

方苞的“义法”是对史文写作的总结，后来推到整个古文的写作，其中亦不免沾染时文、小说习气。钱大昕的史学研究富有建树，他论史讲究实事求是，反对空发议论，更反对所谓的文法。钱大昕批评方苞不懂文法，实是源于两人对史学见解的差异。方苞论史甚重“春秋书法”，而钱大昕却不认可这一提法，“夫良史之职，主于善恶必书，但使纪事悉从其

---

① （清）范泰恒：《燕川集》，《清代诗文集汇编》第 337 册，第 485 页。

② （清）钱大昕：《潜研堂文集》，《嘉定钱大昕全集》第 9 册，第 575—576 页。

实，则万世之下，是非自不能掩，奚庸别为褒贬之词。夹漈之不载论赞，允为有识”[①]。“《春秋》，褒善贬恶之书也。其褒贬奈何？直书其事，使人之善恶无所隐而已矣。”[②] 王鸣盛对“春秋书法”也持有异议：“《通鉴》书此事，但平平叙述，各书其官，采史家‘人无不痛昭德而快俊臣’云云，则二人一枉死、一伏罪，千载而下自是显然别白，即今读者展卷之下，孰不一痛之、一快之乎？此真叙事良法，可以翼赞天命天讨之权者也……春秋书法，去圣久远，难以揣测，学者但当阙疑，不必强解，惟考其事实可耳，况乃欲拟其笔削，不已僭乎？究之是非千载炳著，原无须书生笔底予夺，若因弄笔，反令事实不明，岂不两失之？”[③] 实事求是，反对空谈义理，这是乾嘉考据学的治学态度。八股文按文法的程式写作，古文的文法追求行文的波澜起伏。汉学家对功利性的八股文和不重真实性的古文都持批判态度，方苞的义法说在他们看来是世俗之文的文法论，并非古文文法之正宗。正是从学术文章的角度思考古文，汉学家对古文的文法多不以为然。章学诚在《文理》一文中记有：

> 偶于良宇案间见《史记》录本，取观之，乃用五色圈点，各为段落。反复审之，不解所谓。询之良宇，哑然失笑，以谓己亦厌观之矣。其书云出前明归震川氏，五色标识，各为义例，不相混乱。若者为全篇结构，若者为逐段精彩，若者为意度波澜，若者为精神气魄，以例分类，便于拳服揣摩，号为古文秘传。前辈言古文者，所为珍重授受，而不轻以示人者也。又云：“此如五祖传灯，灵素受箓，由此出者，乃是正宗；不由此出，纵有非常著作，释子所讥为‘野狐禅’也。余幼学于是，及游京师，闻见稍广，乃知文章一道，初不由此，然意其中或有一二之得，故不遽弃，非珍之也。”余曰：文章一道，自元以前，衰而且病，尚未亡也。明人初承宋、元之遗，粗存规矩，至嘉靖、隆庆之间，晦蒙否塞，而文几绝矣。[④]

① （清）钱大昕：《潜研堂文集》，《嘉定钱大昕全集》第9册，第285页。
② （清）钱大昕：《潜研堂文集》，《嘉定钱大昕全集》第9册，第17页。
③ （清）王鸣盛：《十七史商榷》，《嘉定王鸣盛全集》第6册，第970页。
④ （清）章学诚著，仓修良编注：《文史通义新编新注》，第139页。

文人的文法之论其实是将古文、时文混为一谈，古文写作也变成了一种程式，汉学家对文法的批评有挽救文风的作用。横发议论、意度波澜，这也是文人行文的习气。汉学家对这一做法感到不满，他们推崇质朴的文风，甚至将注疏视为古文之正宗。焦循说道："然说经之文，主于意，而意必依于经，犹叙事之不可假也。孔子之《十翼》，即训故之文，反复以明象变，辞气与《论语》遂别，后世注疏之学，实起于此。依经文而用己之意以体会其细微，则精而兼实，故文莫重于注经。叙事则就事以运其事，必令千载而下，览其文而事之豪末毕著，《禹贡》、《仪礼》、《左氏春秋传》是也。吾尝穷而推之，意与事不可以言明，莫若琴音与算法。然言算者，先以甲乙子丑等施诸图，然后指而论之。言音者，先讲明句挑吟揉之例，然后按而志之。阅二者之书，布算以推其数，抚弦以理其音，不差豪末，此文之至奇至巧至琐细而佶聱者也。使避琐细佶聱之名，则琴音不可记，算数不可明，周公之《仪礼》不必作，孔子之《说卦》、《杂卦》不必撰，岂理也哉？如谓此非文，则惟如韩之记毛颖，苏之论范增、留侯，而始谓之文乎？愿足下穷文之所以然，主于明意明事，且主于意与事之所宜明，不必昌黎，梅庵，不必不昌黎、梅庵，不必琐细佶聱，不必不琐细佶聱也。"① "经学者，以经文为主，以百家子史、天文术算、阴阳五行、六书七音等为之辅，汇而通之，析而辨之，求其训诂，核其制度，明其道义，得圣贤立言之指，以正立身经世之法。以已之性灵，合诸古圣之性灵，并贯通于千百家。著书立言者之性灵，以精汲精，非天下之至精，孰克以与此？不能得其精，窃其皮毛，敷为藻丽，则词章诗赋之学也……故以经学为词章者，董、贾、崔、蔡之流，其词章有根柢，无枝叶。而相如作《凡将》，终军言《尔雅》，刘珍著《释名》，即专以词章显者，亦非不考究于训诂名物之际。"② 汉学家的这种文风在当时颇具影响。谭献总结乾嘉古文时说道："以文辞言，乾嘉时经生文士实有淡雅醇古，抗颜行于先秦两汉。朱右、茅坤以来，十家八家之焰亦以稍熸，则必非百年以前所敢望矣。"③ 考据学的兴起打击了传统的古文，也在相当程度上影响了古文的风貌。

---

① （清）焦循：《焦循诗文集》，第 266 页。
② （清）焦循：《焦循诗文集》，第 246 页。
③ （清）谭献：《复堂日记》，河北教育出版社 2001 年版，第 19 页。

二　汉学家的古文写作

古文在中国古代是一个宽泛的概念，与我们今天的散文有很大的不同，两者的内涵、外延、价值取向不尽相同。我们现在所使用的文学概念源于西方，这并不完全符合中国文学的实际。正是因为借用西方的文学观念，中国很多传统的文体被忽视了。乾嘉汉学家的古文在当时乃至清代都有相当的影响力，而在当代人编写的中国文学史里，乾嘉古文却一直被忽略。汉学家的古文写作并非一无是处，不少汉学家的古文是有其文体风格的。无论是从文章学还是从文学的角度，汉学家的古文都值得我们去关注。笔者试图打破西化的文学概念的壁垒，进入文学史的“过程”，用中国传统的文章学观念剖析乾嘉汉学家的古文写作，还原乾嘉古文的面目，避免过度阐释。

（一）乾嘉汉学家古文写作概述

乾嘉汉学家的古文写作基本上延续了宋明以来的各类古文文体的写作，辨、考、析等与学术紧密相关的文章在文集中数量更多，有些学人的文集甚至是主要由此类文体的文章组成。书信、序、跋、题等文体在内容上也与考据紧密相关，书信多以讨论学术为主。从总体上看，乾嘉古文写作浸透了时代学术的气息，各种文体的写作具有浓重的知识色彩。学术性文章的写作影响了汉学家其他文体的写作，墓志铭、游记、送序等文体的写作大多具有质朴的文风，与学术性文章的文风很接近，应该说这是受长期学术研究影响的结果，或者说是学术研究辐射作用的结果。汉学家的古文写作基本上可以分为学术性文章和非学术文章两种。学术性文章是他们“立言”的工具，也是他们毕生奋斗的目标，这类文章可读性很强，有些文章也颇有文学性。非学术性文章主要是与世人非学术交往的文章，这类文章是他们以平常人的身份与世人交往的结果，受学术思维和学术写作习惯的影响，这类文章在文风上与学术类文章比较接近。当然，这样的划分也只是相对的。两种类型的文章并非截然对立，学术类文章中有些也有非学术因素，非学术类文章中罗列学术、讨论学术也是不少的。我们这样划分只是为了论述的方便。

（二）学术性古文

乾嘉汉学家考据的主要对象是儒家经典，这些典籍在文风上质朴简洁，这种文风也是汉学家追求的风格。全祖望说道：“予尝谓文章不本于六经，虽其人才力足以凌厉一时，而总无醇古之味，其言亦必杂于机变权术。”① 董秉纯说道：“古人谓文不可以学而能，气可以养而致。吾辈今日养气岂能如子孟子所谓集义有事，但肯读书，使书味与性情浃洽，则俗见自然消去，道理自然透辟，不患无好文字。”② 乾嘉时期多数汉学家都有由词人转入考据的经历，不少汉学家在从事学术研究的同时也在进行诗文创作。诗文创作的经历让他们拥有良好的文字功底，这在相当程度上提升了学术写作的水平。慕古而希今，兼具古今风味，这是多数汉学家学术性文章的特点，而不同的学人在撰述学术性文章时又呈现出不同的风格。整体上看，我们可以归为三种。

1. 具有一定审美价值的学术文章

学术性文章重在求真，文风严肃，过度追求行文之美很容易损害其论述的严肃性和严谨性。考据性文章引用材料印证某一学术观点，写得有气势是不容易的。虽则如此，不少汉学家的学术文章仍然富有审美性，行文不乏优雅。我们且看看凌廷堪的《黄钟说》：

> 黄钟为万事根本，盖言律度量衡所从出也。黄钟者，律也。黄钟起于一黍。黍之积而为分也，分之积而为寸也，寸之积而为尺，尺之积而为丈为引也，所谓度也。原其始，始于一黍而已。黍之积而为龠也，龠之积而为合也，合之积而为升，升之积而为豆为釜也，所谓量也。原其始，亦始于一黍而已。黍之积而为铢也，铢之积而为两也，两之积而为斤，斤之积而为钧为石也，所谓衡也。原其始，亦始于一黍而已。然则西人点线面体之说，古圣人固已尝言之，后人特未之察耳。世之学者但知平弧三角为古圣人勾股之精，而以几何之点线面体与九章本末不同，咸以为西人之新意，而不知亦中国所自有也。何以知之？于黄钟为万事根本知之。夫黄钟生于一黍，数之所始也，非西人所谓点乎？黄钟之长九寸，由黍之所积也，非点之引而为线乎？黄

① （清）全祖望：《鲒埼亭集外编》，《清代诗文集汇编》第303册，第253页。
② （清）董秉纯：《春雨楼初删稿》，《清代诗文集汇编》第354册，第56页。

钟之围九分，非线之引而为面乎？黄钟之实千二百黍，非面之积而为体乎？是故度之为分为寸也，是西人由线而面之说也。量之为龠为合也，是西人由面而体之说也。而律与衡，实兼点线面体而之。何也？音之有高下，物之有重轻，非具点线面体之全不能该也。夫三角不同于勾股者，其名耳。黄钟之不同于点线面体者，亦名耳，理则未尝不同也。玄圣之测天地也以髀，神禹之行地也以矩，然则圣神之功莫有大于平弧三角者矣。虞之帝也，曰“同律度量衡”，周之王也，曰“谨权量，审法度”，然则帝王之政莫有先于点线面体者矣。而平弧三角实亦出于点线面体，信哉为万事根本也。而古圣人直以黄钟二字赅之，可谓简而要矣。东海有圣人出焉，此心此理同也；西海有圣人出焉，此心此理同也。故谓西人之学为吾所未有而彼独得之者，非也；为吾所先有而彼窃得之者，亦非也。①

从礼学的角度出发，凌廷堪将黄钟视为万事根本，律、度、量、衡均由此而出，律、度、量、衡实与西方的点、线、面、体相通，两者实为同一回事。在论述上，作者先点明“黄钟为万事根本”，再用排比的句式将黄钟的律、度、量、衡解释清楚。接着，作者又连续用四个疑问句说明黄钟的律、度、量、衡与西学的点、线、面、体实为一致，驳斥了三角、点线面体为西人新意之说。经过一番比较，最终得出结论：“东海有圣人出焉，此心此理同也；西海有圣人出焉，此心此理同也。故谓西人之学为吾所未有而彼独得之者，非也；为吾所先有而彼窃得之者，亦非也。”整篇文章波澜起伏，论证说理合一，文字通俗易懂，深入浅出，与一般的古文并无太大的区别。这样的文体风格在当代的学术论文中难觅其迹，作者在进行写作时，将古文的写法融化其中。我们再看看姚鼐的《郡县考》：

周之制：王所居曰国中，分命大夫所居曰都鄙。自国而外，有曰家稍者矣，曰邦县者矣，曰邦都者矣，而统名之，皆都鄙也。郑君云“都之所居曰鄙”，殆非是，宜曰鄙之所居曰都。诗曰：“作都于向。”

① （清）凌廷堪：《校礼堂文集》，第152—153页。

《月令》曰："毋休于都。"然则都者，鄙所居城之谓也。见于《诗》、《书》、传记，凡齐、鲁、卫、郑之国，率同王朝都鄙之称。盖周法：中原侯服，疆以周索；国近蛮夷者，乃疆以戎索。故齐、鲁、卫、郑名同于周，而晋、秦、楚乃不同于周，不曰都鄙而曰县。

然始者有县而已，尚无郡名。吾意郡之称，盖始于秦、晋，以所得戎、翟地远，使人守之，为戎翟民君长，故名曰郡。如所云'阴地之命大夫'，盖即郡守之谓也。赵简子之誓曰："上大夫受县，下大夫受郡。"郡远而县近，县成聚富庶而郡荒陋，故之美恶异等，而非郡与县相统属也。《晋语》："夷吾谓公子絷曰：'君实有郡县。'"言晋地属秦，异于秦之近县，则谓之曰郡县，亦非云郡与县相统属也。及三卿分范、中行、知氏之县，其县与己故县隔绝，分人以守，略同昔者使人守远地之体，故率以郡名。然而郡乃大矣，所统有属县矣。

其后秦、楚亦皆以得诸侯地名郡，惟齐无郡，齐用周制故也。都鄙者，王朝本名。故晋、秦、楚虽为县，而未尝不可因周之称，而周必无郡之称，以郡者远地之称也。秦之内史，汉之三辅，终不可名之郡，况周畿内乎？《周书·作烙篇》乃有"县有四郡"之语，此非真西周之书，周末诬僭之士为之也。①

即便为考证之文，作者大量使用虚词，借助虚词使整篇文章意度波澜。对比、对偶等句式在文章中时见复出，句式虽然长短不一，但错落有致、音律和谐，与姚鼐所写的其他古文如出一辙。姚鼐论古文："凡文之体类十三，而所以为文者八，曰：神、理、气、味、格、律、声、色。神理气味者，文之精也，格律声色者，文之粗也。"② 他的写实之作与他的理论是一致的。长期以来，我们一直将学术性文章排斥在古文范畴之外，这是用西方文学观念对中国文学实际进行简单排查，忽视了中国文学的特征，值得我们反思。

乾嘉汉学家能够将学术文章写得优美，这一方面与他们的学识有关，

---

① （清）姚鼐：《惜抱轩诗文集》，第12—13页。

② （清）姚鼐编：《古文辞类纂》，中国书店1986年版，"序目"第26页。

丰厚的学识让他们在行文时能够左右逢源、水到渠成；另一方面也与他们的古文功底分不开。江藩在《国朝汉学师承记》中记载凌廷堪："其于诗也，不分唐宋门户，专论声韵之协，对偶之工。诗余亦不主一家，而严于律。今人之词有一字不合者，必指摘之。雅善属文，尤工骈体，得汉魏之醇粹，有六朝之流美，在胡稚威孔巽轩之上，而世人不知也。"[①] 凌廷堪在文学上颇多成就，而经学的成就掩盖了其文学的成就。中国古代文人大多兼通经文，在乾嘉，这样的学人并不在少数，钱大昕、洪亮吉、孙星衍、汪中、焦循等人在诗文上都有不俗的成绩。在学科分类之下，我们只是注重了其中一个方面，这其实是不全面的。与凌廷堪相反，受时代学术风气的影响，姚鼐早期也曾热衷于经史考据，一度供职于四库馆，在考据学方面也有一定的成就，而我们却常常只是将他视为"文人"。汉学家学术文章的写作深受其古文写作风格影响。刘权之评价纪昀："曾有未经目之书，即知有某人序，某人跋，开卷丝毫不爽。是慧悟夙成，文其余事也。然才力宏富，绝不矜奇好奇，总以清气运之。"[②] "以清气运之"这其实是用古文写作的方法从事学术文章的写作。正因如此，汉学家的学术性文章与非学术性文章在风格上是相近或相同的。学识与古文的融通，这使得汉学家的学术文章多了一份审美价值，这一点我们不应该忽视。

2. 平实简洁的学术文章

考据学又称"朴学"，即质朴无华之意，这也是考据学的学术风格。传统的古文写作重新意、重行文的气势。考据重实事求是地论证，在文章写作过程中一般不会过多地追求行文之新奇，多数文章平实简洁，质朴无华。这样的文章在汉学家的文集中占多数，涉及名物、象数、典章制度等的考证文章尤为如此。从今天的文学观念出发，这类文章很难称得上是"文学"，但从古人的角度看，这类文章写得精彩的也不失为好文。《文心雕龙·体性》将文体风格分为八种，其三为"精约"："精约者，核字省句，剖析毫厘者也"[③]。汉学家的诸多文章正是这种"精约"的风格。我们看看戴震的《明堂考》。

---

① （清）江藩：《国朝汉学师承记》，中华书局1983年版，第121页。

② （清）纪昀：《纪晓岚文集》第3册，第503页。

③ （南朝梁）刘勰著，戚良德辑校：《文心雕龙》，第178页。

明堂法天之宫，五室十二堂，故曰明堂。《月令》：中央大室，正室也。一室而四堂：其东堂曰青阳大庙，南堂曰明堂大庙，西堂曰总章大庙，北堂曰玄堂大庙。四隅之室，夹室也。（《释名》："夹室在堂两头，故曰夹也。"）四室而八堂：东北隅之室，玄堂之右夹，青阳之左夹也，其北堂曰玄堂右个，东堂曰青阳左个；东南隅之室，青阳之右夹，明堂之左夹也，其东堂曰青阳右个，南堂曰明堂左个；西南隅之室，明堂之右夹，总章之左夹也，其南堂曰明堂右个，西堂曰总章左个；西北隅之室，总章之右夹，玄堂之左夹也，其西堂曰总章右个，北堂曰玄堂左个。凡夹室前堂，或谓之箱，或谓之个，（《左传》昭公四年："使置馈于个而退。"杜注云："个，东西箱"。是箱得通称曰个也。）两旁之名也。（剑脊之两旁，谓之两相，侯之左右，谓之左个、右个，亦此义。）古者宫室恒制，前堂、后室、有夹（堂东曰东夹室；堂西，曰西夹室。）有个（东夹前曰东堂，亦曰东箱；西夹前曰西堂，亦曰西箱；《左传》谓之个。）有房，（室东曰东房，亦曰左房；室西曰西房，亦曰右房。）惟南向一面。明堂四面恺达，亦前堂、后室、有夹、有个、而无房。房者，行礼之际别男女，妇人在房。明堂非妇人所得至，故无房，宜也。[①]

明堂是古代帝王政治活动的重要场所，是典章礼制研究的内容。戴震《明堂考》对明堂的内部结构进行了详细的研究，这是乾嘉考据学的经典之作，屡屡为学人所引用。戴震的这篇考证语言简洁，论述清晰、严谨，将长期以来语焉不详的明堂内部结构清晰地呈现出来。这篇文章建立在大量文献基础之上，文风简洁平实，作者虽然意在考证，但文字之简练不得不让我们叹服其行文的功力，这也正是刘勰所言的"精约者，核字省句，剖析毫厘者也"[②]。乾嘉汉学家颇多礼制、名物、象数的考证，这类文章文风基本都是平实简洁，与朴学的学术风格是一致的。今天，我们重读这些文章，其精粹的语言表述仍然值得学习。

① （清）戴震：《戴震全集》第6册，第3340—3341页。
② （南朝梁）刘勰著，戚良德辑校：《文心雕龙》，第178页。

3. 富于波澜气势的学术文章

乾嘉时期的学术交流空前活跃，学人们通过多样的方式进行学术交流，其中书信、序跋是比较常见的书面交流方式。乾嘉学人之间的学术交流大多比较温和，但也不乏激烈的争论。“学者往往崇尊其师。而江戴之徒，义有未安，弹射纠发，虽师亦无所避。”① 这些争论的文章也是富于波澜气势，让人一读而快，我们也每每为作者的新异的见解、精密的推理、繁富的引证材料而叹服。袁枚与乾嘉汉学家关于考据与著述的辩论是乾嘉学界的公案，在乾嘉有较大的影响。首先向考据学发难的是袁枚，他在回复惠栋的信中批评考据的弊端。

> 夫德行本也，文章末也。“六经”者，亦圣人之文章耳，其本不在是也。古之圣人，德在心，功业在世，顾肯为文章以自表著耶？孔子道不行，方雅言《诗》《书》《礼》以立教，而其时无六经名。后世不得见圣人，然后拾其遗文坠典，强而名之曰“经”。增其数曰六，曰九，要皆后人之为，非圣人意也。是故真伪杂出而醇驳互见也。夫尊圣人，安得不尊六经？然尊之者，又非其本意也。震其名而张之，如托足权门者，以为不居至高之地，不足以躏轹他人之门户。此近日穷经者之病，蒙窃耻之。古之文人，孰非根柢六经者？要在明其大义，而不以琐屑为功。即如说《关雎》，鄙意以为主孔子哀乐之旨足矣。而说经者必争为后妃作，宫人作，毕公作，刺康王所作。说“明堂”，鄙意以为主孟子王者之堂足矣。而说经者必争为即清庙，即灵台，必九室，必四空，必清阳而玉叶。问其由来，谁是秉《关雎》之笔而执明堂之斤者乎？其他说经，大率类此。最甚者，秦近君说“尧典”二字至三万余言，徐遵明误康成八寸策为八十宗，曲说不已。一哄之市，是非麻起。烦称博引，自贤自信，而卒之古人终不复生。于彼乎，于此乎，如寻鬼神搏虚而已。仆方怪天生此迂缪之才，后先噂沓，扰扰何休，敢再拾其沈而以吾附益之乎？
>
> 闻足下与吴门诸士，厌宋儒空虚，故倡汉学以矫之，意良是也。

① 章太炎：《太炎文录初编》，《章太炎全集》第4册，第119页。

第不知宋学有弊，汉学更有弊。宋偏于形而上者，故心性之说近玄虚；汉偏于形而下者，故笺注之说多附会。虽舍器不足以明道，《易》不画，《诗》不歌，无悟入处。而毕竟乐师辨乎声诗，则北面而弦矣；商祝辨乎丧礼，则后主人而立矣。艺成者贵乎？德成者贵乎？而况其援引妖谶，臆造典故，张其私说，显悖圣人，笺注中尤难偻指。宋儒廓清之功，安可诬也！①

袁枚批评了考据学之琐碎，认为经学重义理而不是重考证，考据学不是经学研究的正途。袁枚的经学研究水平虽然没有惠栋深，有些批评也不免片面，但也是能够依事言理，其批评也并非全无道理。在《答惠定宇第二书》里，袁枚更是批评了考据之非，他对这两封信也颇为满意，收入了其文集。袁枚的诗文在乾嘉影响很大，他关于考据与著述的辨析引起了很大的反响，遭到了汉学家的批评。孙星衍在袁枚的信中坚决回击了袁枚的言论。

来书惜侍以惊采绝艳之才为考据之学，因言形上谓之道，著作是也；形下谓之器，考据是也。侍推阁下之意，盖以抄撫故实为考据，抒写性灵为著作耳，然非经之所谓道与器也。道者谓阴阳柔刚仁义之道，器者谓卦爻彖象载道之文，是著作亦器也。侍少读书，为训诂之学，以为经义生于文字，文字本于六书，六书当求之篆籀古文，始知《仓颉》、《尔雅》之本旨。于是博稽钟鼎款识及汉人小学之书，而九经三史之疑义可得而释。及壮，稍通经术，又欲知圣人制作之意，以为儒者立身出政，皆则天法地，于是考周天日月之度，明堂井田之法，阴阳五行推十合一之数，而后知人之贵于万物，及儒者之学之所以贵于诸子百家。虽未遽能贯串，然心窃好之。此则侍因器以求道，由下而上达之学，阁下奈何分道与器为二也？

来书又以圣作为考据，明述为着作，侍亦未以为然。古人重考据甚于重著作，又不分为二。何者？古今论著作之才，阁下必称老、庄、

① （清）袁枚：《小仓山房文集》，《袁枚全集新编》第6册，第345—346页。

班、马，然老则述黄帝之言，庄则多解老之说，班书取之史迁，迁书取之《古文尚书》、《楚汉春秋》、《世本》、石氏《星经》、颛顼夏殷周鲁历，是四子不欲自命为著作。又如《管子》之存《弟子职》，《吕览》之存后稷、伊君书，董仲舒之存神农求雨书，贾谊之存《青史氏记》，大、小戴之存《夏小正》、《月令》、《孔子三朝记》。而《月令》一篇，吕不韦、淮南王、小戴争传之，《哀公问》一篇，荀卿、大戴争传之；《文王官人》一篇，《周书》、大戴争传之。他如《礼论》、《乐书》、《劝学》、《保傅》诸篇，互见于诸子，不以为复出。是古人之著作即其考据，奈何阁下欲分而二之？前人不作聪明，乃至技艺亦重考据，唐人钩摹《兰亭序》、《内景经》不知几本，宋、元画手以绢素临旧图，为其便于影写，故流传画本，皆有故事。今则各出新意以为长，古亡是也。

至阁下谓考据者为风气，则又没人之善。汉廷诸儒，多以通经致高位，唐亦以射策取士。后世试士，第一场用四书文，试官之空疏者，或不以二三场措意，然则从事于考据者，于古或有干禄欺世之学，于今必皆笃行好学之士。世人方笑其学成而无用，阁下又何以为赶风气乎？

古之书籍，未有版本，藏书赐书之家，不过一二名士大夫，如榷沽然，士不至其门则无由借书。故嵇康就太学写经，康成从马融受业，其时好学之士，不登于朝不能有中秘书，盖博引为难。宋时书籍，既有版本，值汴京沦丧，金无收图籍如萧何之臣，南迁诸儒，囿于耳目。今览北宋类书，如《太平御览》、《太平寰宇记》、《事类赋》所引诸书，南宋已失之。朱晦庵、王伯厚号称博涉，其所引据亦无今世未有之书。近时开四库馆，得《永乐大典》，所出佚书甚多，及释、道二藏，载有善本古书，前世或未之睹。而钟鼎碑碣，则岁时出于土而无穷。以此而言，考据之学今人必当胜古，而反以为列代考据如林，不必从而附益之，非通论矣。①

① （清）孙星衍：《问字堂集　岱南阁集》，中华书局 1996 年版，第 90—92 页。

孙星衍列举事实一一驳击袁枚的言论，行文坚定有力，最终让袁枚主动息战，“罚清酒三升，飞递于三千里之外”。孙星衍的这篇文章让汉学家拍手称快，章学诚、凌廷堪、焦循等人致文称许。焦循意犹未尽，撰《与孙渊如观察论考据著作书》再批评袁枚。此文从经学的源流出发，认为古只有经学，并无“考据学”一说，“考据学”并非经学之正宗。袁枚所说的“考据学”只是属于四部中的“说部”，他认为经学是诗文的根本，驳斥了袁枚重诗文轻经学的思想。袁枚、孙星衍、焦循等人的文章气势磅礴，既注重逻辑推理，又旁征博引，抑扬相间，辩论犀利，富于战国文风。辩驳双方所属阵营均引以为快，身处其中境地，这样的文章何尝不是美文！

除了直接交锋的文章，不少考证的文章也辨析入微，在令人信服的同时也不得不让人感叹作者论析之精微。我们看看程瑶田的《辨论郑氏斥子夏丧服传误之讹》。

> 郑氏《丧服》注有指谓子夏传为误者，吾不凭也。昔尝为文是正，已复裒列观之，愈觉其言之误。乃知读书之难，虽以康成经师，而毫厘之差，未始不缪以千里者也。
>
> 传解“唯子不报”句，主谓女子子言，其于经意可谓体会入微。盖以女子子适人者，无论尊卑常变，本为父母期，非因今日父母为女子子不降服期，而后女子子服期以报之也。故“唯子不报”，实专主女子子言，不兼男子也。而郑注乃云：“男女同不报尔。以为主谓女子子，似失之矣。”此大缪之说也。请循其本而言之。姑、姊适人者，于其侄、昆弟本服大功，今而服期，是以期报期也；女子子适人者于其父本服期，今而服其本服，非以期报期也。止将上经言“报”、此经言“不报”合而观之，则互义自见。若男子为父三年，与期无涉，何有于“报”而云“不报”，不亦赘乎？
>
> 传解公及士妾为其父母期，曰：“妾不得体君，得为其父母遂也。”郑注驳之，而曰：“然则女君有以尊降其父母者与？《春秋》之义，‘虽为天王后，犹曰吾季姜’，是言子尊不加于父母也。此传似误矣。”瑶田谓一部《丧服》，精义在明于比例。拟人必于其伦，妾固不得以女君比例也。郑氏之误，大率在比例未得其审。是故“公妾、大夫之妾

为其子”期，传亦曰：“妾不得体君，为其子得遂也。”郑注亦驳之，而鳃鳃然及于女君，云：“此言二妾不得从女君尊降其子也。女君与君一体，唯为长子三年，其余以尊降之，与妾子同也。”此真大缪也。盖女君于子非私亲，无得遂、不得遂之例；女君本与君一体，无体君、不体君之例。郑氏惟不明服例，故于妾为其母与为其子两节，说并与传殊异，转疑传义有误，不亦缪乎?[1]

文章表面上语气温和，实则义正词严，是非分明。作者既引用经文辨析郑氏之误，又分析产生错误的根源，举一反三，论证充分，是一篇很好的考证文章。

（三）非学术性古文

受学术追求的影响，乾嘉汉学家非学术性的古文比较注重真实性，文采不足，虽然如此，一些文章在平实的叙述中仍然富于感染力。如章学诚写的《张义年传》：“今年已七十矣，初度称觞，欲得吾子为文以志生平，他日将附家乘久远也。予诺之。是时方逼殿试，未详询之。无何，君疾遽作，未及与试，然予日再问之，君沈困中犹询制策所问何等。廷唱前一日，犹问一甲三人姓名，喟然曰：半生奢志，徒成虚愿。因嚎啕大哭。予为诡辞以别之。及予赴胪，传同年进士有知君者，谓君于夜半死矣，伤哉!”[2] 张义年多次科举考试未就，晚年仍然执执于此。章学诚的叙述情深义切，让人嘘唏。

考据学的独尊地位使各种文体的写作都染上了考据的色彩，就连以抒写性情为主的诗也是“误把抄写当作诗”[3]。考据对诗歌的渗透已为大家所熟知，而对古文的渗透却没有得到深入分析。古文所包含的文体数量众多，笔者将结合常见的几种文体考察汉学家古文的特点。

1. 汉学家的传与记

乾嘉时期社会承平，游玩山水之风较前代更风行，各类游记大量产生。与文人游记相比，汉学家的游记更简洁，知识考证色彩更重，知识考

---

① （清）程瑶田：《仪礼丧服文足征记》，《程瑶田全集》第1册，第268—269页。

② （清）张义年：《啖蔗全集》，《清代诗文集汇编》第315册，第100页。

③ （清）袁枚：《随园诗话》，《袁枚全集新编》第8册，第158页。

证时见于游记之中，游记也更多地成为“文化之旅”。我们且看看钱大昕的《游茅山记》。

> 予在金陵两载，往来句容道中，屡欲为茅山之游，辄以它阻不果。今冬阳湖孙渊如约予同游，乃以十一月五日晨，出通济门，过广惠庙，俗所谓高庙也。庙门石阃根有门神像，左右各一，甚奇古，傍识淳熙年月，盖南宋时物。又数里，为淳化关，憩旅店，饭毕乃行。过上桥而东五里，路旁石刻“华阳古道”四字，乃自金陵入茅山大路也。渊如尊人为句容学官，欲过官斋省觐，乃行，遂约入县，同宿学廨。明晨，与渊好步至南门关庙观唐钟，铜质精好，大历十四年所铸，本在紫阳观。宋改观曰玉晨，亦有题识，不知何时移此。又访义台张氏祠，中奉唐孝子张常洧。门左有明户部尚书王昹碑。问主祠者唐碣所在，皆云不知。而祠后庭中断石一片，仿佛有字，与渊如洗出读之，则真唐碣也。张氏子姓尚有列学官弟子者，乃委置瓦砾，漫不一省，为之三叹。还寓斋，饭已，顾肩舆出小南门，迆逦南行，望见三峰耸出云表，其最高者，则大茅峰也。二十里至淤乡。《太元真人内传》云：“江水之东，金陵之地，左右间有小泽，泽中有句容之山。陶隐居云小泽，即谓今赤山湖也。”今湖在茅山西卅余里，山下之田，古为小泽，淤乡之名，有自来矣。又二十里，至常宁镇，今名南正街。迆逦而上，为崇禧宫，俗名下宫，唐之太平观也，昇玄真人王远知居之。宋祥符初改为崇禧，设提举主管官，与杭之洞霄、洪之玉隆、舒之灵仙等。元延祐六年，改崇禧万寿宫。宋时茅山宫观十有二，而崇禧实总之。今则墙敧坏，唯殿上赵松雪碑及延祐诏书石刻尚存耳。晚大风，抵元符宫，宿道士时景和房，出示累世所藏玉印、玉圭、方诸砚。玉印文云：“九老仙都君印”九叠文。考之鲍慎辞《元符观颂》及蔡卞撰《华阳先生碑》，盖崇宁初，徽宗刻以赐葆真观妙先生刘混康者。元符观本混康所居庵，徽宗改名元符万宁官。官之道士世守此印，俗传为汉印，或妄称卞和所献玉，殊可笑也。又铁剑一，柄以玉为之，今中断。又玉符一，文云：“同明天帝日敕”，道士谓之镇心符。又明正统十二年《颁赐道蔵敕》、万历四十二年《颁赐

道藏经敕谕》各一道，字画如新。①

普通文人的游记多写景、抒情，文化遗物多是凭吊感叹。钱大昕此文却没有在意路途的风景，面对文化遗物也没有空发议论，而是实地考证、分析，作者之游意并不在山水，而是将游玩变成了学术的实地考察。这篇游记叙述简洁，文笔优雅，是典型的学人游记。戴震所写的《屏山石室记》处处引证，“无一字无来历”。

从吾村南行数百步，有山如屏，曰屏山。山阴取道而上，怪石亘绝，（直曰亘，横曰绝，“亘绝”本《尔雅》）呀然突出。下则石室，倾亚缺圮，（亚，墙也。圮，阶上也。“倾亚缺圮”本《水经济》。）似鼻似口，（“鼻似口”本《庄子》。）蹲坐其中，肱髀（髀，足股也。）毕露。山故在人境，而幽冷之致，若忘乎人。余因其地，辟以为轩，而书其崖石之壁曰“跫岫”，（《庄子》：“闻人足音跫然而喜矣。”《尔雅》：“山有穴曰岫。”）用志吾志焉。

噫！以吾村之僻小，而介乎歙丁豪华盛丽之区。其曩有友堂（杲溪字友堂。）先生者，吾族伟人也。相传晦庵朱子至新安者再，（李果斋编《朱子年谱》：两至新安，一为绍兴庚午，一为淳熙丙申。）皆过其庐，则吾村之翘于歙西，诚不必以豪华盛丽为也。余既得石室于山之阴，芟其奥草，剪其恶木，植之奇卉美箭，兹地之胜，若自今日始有者，而昔之人长往，足音不闻矣。

山有兽名果然，（果然，䶂鼬类。）善缘石壁树间；有虫名不过，（不过，螳螂也。）其状怒臂奋斧。（《庄子》：螳螂怒臂当车辙。《列子》：螳螂行则奋斧臂。）或曰：不过，兹山所常有也，故即以常名之；果然，非兹山所常有也，故即以非常名之。或曰：否否！果然之皮，宜车饰，职在周官；（《周礼》：“然榠”注云：“然，果然也。”）斧虫不过，志乎蜩翼，纪于《尔雅》、《月令》，（《尔雅》：“不过蟷蠰蜩。”《月令》：“螳螂生。”《庄子》：“惟蜩翼之知。”蜩，蝉也。《庄

① （清）钱大昕：《潜研堂文集》，《嘉定钱大昕全集》第9册，第322—323页。

子》又云："蝉得美荫，螳螂执翳而搏之。"）繇来旧矣。之二者，余未知名实不相谬与否与。[1]

除掉文中的注，这篇文章文笔很优美，语言简洁，并不比八大家的古文差。文章广泛的引注虽然在一定程度上破坏了行文之流畅，影响了文章的审美性，但其丰富的知识性能让人受益不浅。

从整体上看，汉学家的传记古文写得比较平实，不大讲究文采，如戴震的《养浩毛先生传》："士之行以孝友先，然为之论列生平，则又适完其庸德之行，言之固无甚奇特，于是往往罕见表著。余东西行，留汾、晋间几二载，与毛参军善。参军，吾江南武进人，有学行，喜论文，官于斯也久。自言少而孤，谈涉家事，辄称其叔父养浩先生。余时闻参军举以为言，盖笃于孝友人也。《周官》之法，书其孝友睦姻有学者，书其敬敏任恤者，古之取人也率以是。士之行之可表著，安用舍是而好言奇特为哉！先生名涵，养浩其字，本名弃疾，字又辛，后改今名。补诸生。七世祖佥都御史某，前朝名臣。"[2] 汉学家学识渊博，文字功底也不差，其中也不乏写得精彩之作，如戴震的《于清端传》："成龙鞭骡直前，入抵贼舍，坐厅中，贼环列，黠者因相率罗拜。成龙问：'老奴安在？'君孚尝隶岐亭役，故呼以昵易之。又问山中雨水禾稼，遂曰：'汝等皆良民，何作贼，自取屠戮父母妻子？'藏匿贼皆泣。成龙曰：'热甚，须少憩。'遂熟睡，移时寤，曰：'客至，何乃不设酒脯？'君孚初惧见给，及是出，叩头自诉，许招抚而还。如期尽降其众数千人……成龙清严忠直，勤劳治事，官吏无不敬畏，归于廉慎。及卒，将军、都统、僚属来至寝室，见周身布被一笥，中袍一袭，靴带二事，堂后米暨盐豉数盎而已。平时心惮成龙者，俱感动流涕。"[3] 作者抓住典型细节进行描写，通过浓重的渲染烘托，将于文龙平定叛乱的过程叙述得有声有色，深得《史记》精髓。

2. 汉学家的序跋

序原来是发掘著述的主旨，长期以来，文人在写序时难免有阿谀之

① （清）戴震：《戴震全集》第5册，第2583—2584页。
② （清）戴震：《戴震全集》第5册，第2623页。
③ （清）戴震：《戴震全集》第5册，第2636—3638页。

词，乾嘉时期，这种风气也很盛。赵怀玉说道："穷而下者，同类切劘，人乐攻其短；达则分位既尊，贡谀日至，虽其侪列，亦不敢遽肆讥弹，故有失而终身或不能自觉。"① 汉学家讲求实事求是的学风，这一学风渗透到了他们的序跋写作中。汉学家的序跋大多客观、真实，一般很少过度的抑扬，文风平实。受学术趣味的影响，汉学家的序跋多有考证的色彩，这可以说是乾嘉汉学家序跋的一大特色。朱锡庚在序其父的文集时进行了烦琐的考证：

古者无集之名，亦无古文之目也。盖自六艺之道微，而诸子兴；百家之说熄，而文集盛矣。未明乎集之源委与文之流别，将以读先子之文，不可得已。夫文与六艺相附丽，未有离艺独行者。周秦以前尚矣，自汉以降，贾谊、董仲舒，司马迁、刘向、扬雄之伦，其为文，雄杰一时。第必视其学艺之所至，乃成一家之书。若司马迁之为《春秋》家言，贾谊、董仲舒、刘向、扬雄并为儒家者流是也。传称董仲舒通五经，能持论，善属文。瑕邱江公呐于口，与仲舒议，不如仲舒，是则文虽附艺而行，不善为文，虽精通六艺，尚不足显用。故孔子曰："言之无文，行之不远。"是必贵有文也。至若纵横家者流，以言相感，比事类推，长于讽谕。故庄助持议，大臣数诎；邹阳陈辞，骄主回心。下及徐乐、枚乘、主父偃辈，皆挟长短之术，为敷扬之辞，固不必根低学艺而后附丽成文。文之独行，盖自纵横之流始。其后竞为侈靡闳衍，没其讽谕之义。司马相如上《大人赋》，欲以讽武帝，读之反飘飘有凌云之意。东方朔、枚皋之徒，不根持论，往往迹于俳优，故自诋娸其文，颇自悔焉。扬雄以为，诗人之赋丽以则，辞人之赋丽以淫。盖自是文之与辞，遂有攸分。然文虽升降递嬗，而集之名尚未有称者。及乎魏晋，更为丽辞偶语，文气既殊，规制迥别。乃目往古之文，谓之散行；当世之文，谓之骈体。古文之称，良由斯起；文集之渐，实始滥觞。魏文撰陈徐刘应之文为一集，是为文集权舆。晋挚虞《文章流别》，梁萧统《昭明文选》，犹其后也。逮夫晋著

① （清）赵怀玉：《亦有生斋集》，《清代诗文集汇编》第419册，第550页。

作郎李充，径易《七略》《七志》为四部，子集二门，俨然对峙。隋《经籍志》因之，遂为永制。不知史本发源于经，集固支分于子。盖自是经史判而六艺淆，专集行而诸子亡矣！唐宋文人，代有专集。纪、序、疏、状、碑、铭、颂、诔，体类始备。第人各为集，充栋插架，几至家有一编。大抵迹近辞章，而于六艺之文相去日远。元明以还，迄于本朝，以古文辞自命者，辄以韩、柳、欧、曾、王、苏诸集为宗，号称八大家。似近著述之旨，然不师其意，徒袭其貌；未成文章，先生蹊径，初无感发，辄起波澜。不问事之巨细，专以简练为工；无分言之长短，每以佶声为古。遂乃划段为文，模仿蹈袭；雷同剿窃，如出一手。苟不如其所为，转相非笑。自是文道蓁塞，不绝如线矣！韩、柳、欧、曾、王、苏诸集，亦必有其所学之本，乃自成其立言之体。今不学其所学，而徒学其外之文，是犹学步邯郸，未得仿佛，转失其故步耳。欲将以读先子之为文，岂非以莛撞钟，胶柱鼓瑟，乌可得耶！昔者先子有言曰："文无常律，唯求其是。"又曰："有意为文，绝非真文。"故集中之文，不越考古、记事二端，而不为论辩。夫考古者，经之遗也；记事者，史之职也；不为论辩者，六艺而外，有述无作也。尝谓"经学不明，良由训诂不通。通经必先识字，庶几两汉诸儒所讲之经可以明，而后世望文生义之弊绝"。欲仿扬雄《训纂》而撰《纂诂》。又谓"学者不通古音，无以远稽古训，故刘熙《释名》因声求诂，扬子《方言》遍历輶轩。可以异域之言，而证近正之训；亦可以殊方之声，以推往古之音。庶几秦、汉、魏、晋声音递变之故可以通"；欲仿《方言》而撰《方音》。……第其微言遗旨，往往错见于简篇，好学深思，自可按而窥也。然则先子是编，虽以集名，其与世之所为文集者，固皎然殊矣。锡庚因就编次所及，故备述源委流别如右，后之览者，自有知言，小子何敢多赘焉。[①]

文集之序一般是序作者之旨，而朱锡庚却对文集的来源、变化进行考证，长篇宏论，无论笔墨。作为乾嘉汉学的领袖，朱筠的文集有浓厚的时代

① （清）朱筠：《笥河文集》，《清代诗文集汇编》第366册，第391—393页。

学术色彩。朱锡庚在序文集中不忘考证，这实是乾嘉汉学家序的一大特色。

跋并无固定的内容，一般是书籍、碑帖、书画作品的评述、本事、版本来源等的记录，前人的跋以品评、本事为多，而乾嘉学人对跋的考证的色彩比较明显。钱大昕在《跋长春真人西游记》进行了仔细考证："《长春真人西游记》二卷，其弟子李志常所述，于西域道里风俗，颇足资考证，而世鲜传本，予始于道藏钞得之。村俗小说，有《唐三藏西游演义》，乃明人所作，萧山毛大可据《辍耕录》以为出邱处机之手，真郢书燕说矣。记云：'辛巳岁十月至塞蓝城，回纥王来迎入馆。十一月四日，土人以为年，旁午相贺。'考《回回术》有太阳年，（彼中谓之宫分。）有太阴年，（彼中谓之月分。）而其斋期则以太阴年为准，又不在第一月而在第九月，满斋一月，至弟十月一日则相庆贺如正旦焉。其所谓月一日者又不在朔，而以见新月为准。其命日又起午正而不起子正，故此记有'十一月四日，土人以为年，旁午相贺'之语。《回回术》有闰日无闰月，与中国不同，故每年相贺之期无一定也。其云斡辰大王者，皇弟斡赤斤也；太师移剌国公者，阿海也；燕京行省石抹公者，明安之子咸得不也；吉息利答剌罕者，哈剌哈孙之曾祖启昔礼也。"①乾嘉学人的文集中，题跋之作所占比重很大，这是乾嘉学人文集的一大特色，而题跋的考证也比比皆是，这与时代学术的关系很紧密。

三　"学人之文"的再审视

文学研究的对象无疑就是文学，文学史也理所当然是文学的历史。今天的文学与古人所说的"文学""文"并非同一概念。最早出现"文学"一词是在《论语》中，"德行：颜渊、闵子骞、冉伯牛、仲弓。言语：宰我、子贡。政事：冉有、季路。文学：子游、子夏"。作为孔门四科之一的"文学"原指文献资料、典章制度，孔子谓子游、子夏熟悉这一领域。可见，古人所论的"文学"与今天所说的"文学"并不是同一回事，两者相去甚远。在相当长的时期里，"文"更被广泛使用，泛指一切以文字为载体的著述。"文"原字为"彣"，即文饰之意，后来逐渐演化为文字、文

① （清）钱大昕：《潜研堂文集》，《嘉定钱大昕全集》第9册，第502页。

化、文章、文学。“文”内涵的演化与文化思想、文类的不断增加有紧密的联系，不同时代对“文”的理解呈现出一定的差异。在中国的文化传统里，宗经、征圣一直是文学的传统。在对“文”原始内涵的追溯中，《易经》被公认为是权威的：“古者包牺氏之王天下也，仰则观象于天，俯则观法于地，观鸟兽之文与地之宜，近取诸身，远取诸物，于是始作八卦，以通神明之德，以类万物之情。”①《易经》认为八卦是自然界的原初形态，圣人将之引入人类社会。人类社会的礼仪、制度、习俗等与自然界的原初形态具有一致性，八卦的制作即为“文”。《文心雕龙·原道》称：“文之为德也，大矣！与天地并生者，何哉？夫玄黄色杂，方圆体分。日月叠璧，以垂丽天之象；山川焕绮，以铺理地之形：此盖道之文也。仰观吐曜，俯察含章；高卑定位，故两仪既生矣。惟人参之，性灵所钟，是谓三才。为五行之秀，实天地之心。心生而言立，言立而文明，自然之道也。”②天之文、地之文与人之文并称“三才”，都是道的体现；圣贤制作的仪礼、典章制度、音乐文字都是“文”的体现，它与天地之“文”是一致的。中国古代之“文”是广义上的“文”，它既包含以文字为载体的著述，也包含非文字的仪礼、典章制度、音乐、习俗、劳动工具的制作等。也正是在这个意义上，章太炎说道：“文学者，以有文字著于竹帛，故谓之文。论其法式，谓之文学。凡文理、文字、文辞，皆谓之文。”③ 中国古代缺乏学科分类的意识，虽然萧统、陆机、袁枚等人都对文学的审美特性有过张扬，但文学的概念依然是暗而不彰，文学的学科意识在历次社会危机中被磨平了。我们现代所使用的文学概念是借来的。方孝岳在《我之改良文学观》一文中说道：“文学革命之声，倡之于胡君适，张之于陈君独秀。二君皆欲以西洋文学之美点输入我国，其事甚盛。”④ 在西方文学观的规训之下，中国传统的辞章之学被改造了。“小说和戏曲，中国向来是看作邪宗的，但一经西洋的‘文学概论’列为正宗，我们也就奉之为宝贝，《红楼

① 周振甫：《周易译注》，中华书局1991年版，第257页。

② （南朝梁）刘勰著，戚良德辑校：《文心雕龙》，第3页。

③ 章太炎：《国故论衡》，上海古籍出版社2019年版，第56页。

④ 方孝岳：《我之改良文学观》，《中国新文学大系·文学争论集》，上海文艺出版社2003年版，第10页。

梦》《西厢记》之类，在文学史上竟和《诗经》《离骚》并列了。”① 中国古代的辞章之学包含的文体种类极其丰富，姚鼐的《古文辞类纂》单单是古文就有13类文体，明代的吴纳在《文体明辨》一书中将中国的文体分为127类。从文体分类上看，西方文学的文体仅有叙事、抒情、戏剧三类。用这一文学观念和文体分类对中国辞章之学进行裁剪，中国文学就失去了其本来的色调，此种文学是“西式”的中国文学而非“中式”的中国文学，按照西方标准构建的文学史最多只能称为部分中国文学史而已。

其实，西方的文学观念和文学标准也并非从始而终，它也与整个社会意识形态紧密相关。伊格尔顿说道：“在十八世纪的英国，文学的概念并非像今天这样常常局限于‘创造性的’或‘想象性的’写作，而是表示社会上有价值的写作的总和：哲学、历史、杂文、书信以及诗歌等等。一篇文字是否可以称为‘文学’，并不在于它是不是虚构的——十八世纪对于新出现的小说这一形式是否可以算是文学，是非常怀疑的——而是在于它是否符合某种‘纯文学’标准。换句话说，是否能够称之为文学，其标准非常明确，完全是思想意识方面的：体现某一特定社会阶级的价值准则和‘口味’的写作方可称为文学，而街头小调、通俗传奇乃至戏剧，则没有资格称为文学。……然而，在十八世纪，文学又不仅仅是‘体现’某种社会价值准则；它同时又是进一步巩固和传播这些价值准则的重要工具。……鉴于有必要使日益壮大但又是相当粗俗的中产阶级与统治地位的贵族阶级和谐一致，传播文雅的社会风气、‘正确的’鉴赏习惯和统一的文化标准，文学获得了新的重要意义。文学包括一整套意识形态方面的事物：杂志、咖啡馆、社会和美学方面的论述、宗教说教、经典著作的翻译、指导礼仪和道德的手册等等。”② 西方的文学观念一直处于流动之中，用某一固定的概念和模式对文学进行永久性的限定不符合历史发展。西方现代文学观念的确立得益于浪漫主义文学运动。“其实，只有在所谓‘浪漫主义时期’开始之后，我们对于文学的总概念才开始有所发展。‘文学’一词的现代意义只有到了十九世纪才真正开始流行。从历史的角度看，现代意义的文学只是最近

① 鲁迅：《且介亭杂文》，《鲁迅全集》第6卷，第301页。

② ［英］伊格尔顿：《文学原理引论》，刘峰译，文化艺术出版社1987年版，第21—22页。

出现的一种现象：它大约发源于十八世纪末，而对于乔叟，甚至对于蒲伯来说，那完全是陌生的。最初的变化是文学的范畴逐渐缩小，渐渐局限于所谓‘创造性的’或者‘想象性的’作品。十八世纪末期经历了一个论著重新分类和界定的阶段，也就是对于我们所说的英国社会的‘杂乱组合’进行了彻底的改组。‘诗歌’一词的含义远远超出了韵文的范畴。到了雪莱发表《诗辩》（1821 年）一文时，诗歌已是一种表示人类创造力的概念，这一概念与早期工业资本主义英国的功利主义观念截然不同。当然，‘如实的’与‘想象性的’写作之间的区别早已得到承认：按传统观念，‘诗歌’（poetry 或 poesy）一向以虚构为其特点，菲力蒲·锡德尼在他的《为诗一辩》一文中曾雄辩地为此大声疾呼。但是到了浪漫主义时期，文学实际上逐渐成了‘想象性的’同义词；描写不存在的东西要比描写伯明翰或者血液循环过程更加扣人心弦，更加有价值。‘想象性的’这个词有点模棱两可，其中好象含有这样的看法：它与表示‘真正不真实’的形容词‘臆造的’相去不远，但同时又显然是个评价性的词，表示‘幻想的’或者‘虚构的’。”① 浪漫主义文学运动是对科技理性和 18 世纪庸俗市民社会的反拨，在它的推动之下，文学的学科性被突出显示。正因如此，韦勒克在《文学理论》一书中说道：“‘文学’一词如果限指文学艺术，即想象性的文学，似乎是最恰当的。”② 可见，西方“文学”这一概念也是处在变化之中的。

西方的文学观念有其产生的社会土壤，简单移用是否符合中国的实际？早在新文化运动时，就有不少人提出了疑问，梅光迪在《评提倡新文化者》中说道：

> 吾国文学。汉魏六朝盛行骈体。至唐宋则古文大昌。宋元以来。又有白话体之小说戏曲。彼等乃谓文学随时代而变迁。以为今人当兴文学革命。废文言而用白话。夫革命者。以新代旧。以此易彼之谓。若古文白话递兴。乃文学体裁之增加。实非完全变迁。尤非革命也。诚如彼等所云。则古文之后。当无骈体。白话之后。当无古文。而何

① ［英］伊格尔顿：《文学原理引论》，第 22—23 页。

② ［美］韦勒克、［美］沃伦：《文学理论》，刘象愚等译，生活·读书·新知三联书店 1984 年版，第 9 页。

以唐宋以来。文学正宗。与专门名家。皆为作古文或骈体之人。此吾国文学史上事实。岂可否认。以圆其私说者乎。盖文学体裁不同。而各有所长。不可更代混淆。而有独立并存之价值。岂可尽弃他种体裁。而独尊白话乎。文学进化至难言者。西国各家。（如英国十九世纪散文及文学评论大家韩士立 Hazlitt）多斥文学进化论为流俗之错误。而吾国人乃迷信之。①

中国文学的产生有其特殊的语境，削足适履地套用西方的文学观削弱了中国文学的特性，最终导致中国文化精神的丢失。钱基博说道："苟欲竟中国文学革命之大业，不可不先于中国固有之文学，下一番精密观察功夫……博鲁不能治外国文学；顾狂瞽之见，窃以为橘逾淮尚为枳，迁地不尽为良；何况文学为一国国性之表现，而可舍己芸人，取非其有耶？此我之中国文学的观察，所为不同于人云亦云者也。"② 朱光潜也说道："历来草大学中国文学系课程者，或误于'文学'一词，以为文学在西方各国，均有独立地位，而西方所谓'文学'，悉包含诗文戏剧小说诸类，吾国文学如欲独立，必使其脱离经史子之研究而后可。此为误解，……吾国以后文学应否独立为一事，吾国以往文学是否独立又另为一事，二者不容相混。现所研究者为以往文学，而以往文学固未尝独立，以独立科目视本未独立之科目，是犹从全体割裂脏肺，徒得其形体而失其生命也。经史子为吾国文化学术之源，文学之士均于此源头吸取一瓢一勺发挥为诗文，今仅就诗文而言诗文，而忘其所本，此无根之学，鲜有不蹈于肤浅者。"③ 中国文学根植于经史，与经史有紧密的联系，从纯文学的角度进行中国文学研究很难有深入的把握。钱穆就认为"欲深通中国之文学，又必先通诸子百家。故曰徒为一'文人'，斯无足观。今人则一慕西方，专治文学，欲为一文学专家，以此治中国文学，宁得有当？"④ 这样的批评切中了现代中国

① 梅光迪：《评提倡新文化者》，《中国新文学大系·文学争论集》，上海文艺出版社 2003 年版，第 128 页。

② 钱基博：《国学必读》，《钱基博集》第 6 册，华中师范大学出版社 2011 年版，第 242 页。

③ 朱光潜：《朱光潜全集》第 9 卷，安徽教育出版社 1993 年版，第 79—80 页。

④ 钱穆：《现代中国学术论衡》，《钱宾四先生全集》第 25 册，第 262 页。

文学研究的要害，值得我们深思。

乾嘉古文重实用，反对虚文。按照现代的纯文学观念，乾嘉古文很难称为“文学”，但如果我们回归到历史，乾嘉时期一流的古文并非桐城派，而是汉学家的古文。段玉裁在为钱大昕的文集写序的时候，认为钱大昕之文不仅能传，而且能“传而久”，之所以如此，主要原因是钱大昕之文由学识流出，故文不求工而自工。段玉裁对钱大昕的评价很能代表汉学家的观点。钱大昕在乾嘉不仅被视为学术界的领袖，同时也被视为文坛的领袖，时人的评价是时代文学观念的结果。当代的文学观偏重的是审美、情感，文学注重感性的审美愉悦，知识性、道体性被排斥在文学之外。用今天单一的文学观念去裁衡古人之文，这样的裁衡是否科学，我们的文学标准是比古人高了还是低了，这需要我们深思。钱基博认为：“所谓文学者，用以会通众心，互纳群想，而兼发智情；其中有重于发智者，如论辨、序跋、传记等是也，而智中含情；有重于抒情者，如诗歌、戏曲、小说等是也。大抵智在启悟，情主感兴。《易》、《老》阐道而文间韵语，《左》、《史》记事而辞多诡诞，此发智之文而智中含情以感兴之体为之者也。……是文学者兼发情智而以情为归者也。又近世之论文学，兼及形象，是经、子、史中之文，凡寓情而有形象者，皆可归于文学。则今之所谓文学，兼包经、子、史中寓情而有形象者，又广于萧统之所谓文矣。”①笔者认为，这样一种宽容的文学观可能更符合中国文学的实情。

第三节　汉宋之争下桐城派的构建与古文的审美化倾向

文学流派一般是人们对有相似的艺术风格和思想倾向的作家群体的称谓。在中国古代，文学流派的名称多出于后人的总结，如宫体诗派、江西诗派、本色诗派等。形成于乾嘉时期的桐城派并非出于后人的总结，它的形成是一个有意构建的过程，这一构建过程与乾嘉主流的学术有紧密的

① 钱基博：《中国文学史》，《钱基博集》第1册，第5页。

关系。桐城派在乾嘉时期影响并不是很大。乾嘉以后，国难加重，理学抬头，考据学只在纸上问学的治学理路已不合时宜，文道合一再度被重提，桐城派的经典地位才得以建立，此后才成为清代影响最广泛的古文流派。桐城派的构建既与汉宋对峙、姚鼐受汉学排斥有关，也与当时的文化生态有关。笔者试图从当时复杂的文化环境和社会关系中再探讨桐城派的构建。

一　汉宋之争与姚鼐有意构建桐城派

（一）汉宋的对峙与姚鼐的京师失落

入清以后，程朱理学的地位不断得到加强。清初以来的古文有着浓重的理学色彩，理学名臣的古文也一直被视为古文的正宗。考据学的兴起打破了理学的学术垄断地位，它崇尚实学，反对虚文，也反对理学，在它的推动之下，古文创作陷入了低潮。乾嘉时期多数学人有由辞章转入考据的经历，抛弃辞章对许多学人而言仅是兴趣的问题，但决裂理学就涉及基本的价值观念。在考据学进入鼎盛之际，具有强烈理学信念的学人饱受折磨，他们无力反抗主流学术的价值观念，只能以自己的所长维护理学的价值观念，章学诚和姚鼐可以说是这一类学人的代表。章学诚长于文史校雠，但他的学术门径却少为时人所知。他对当时的考据学耿耿于怀，反复辩难汉学领袖戴震的学术，并坚定着自己的学术信念。余英时在《论戴震与章学诚》一书中认为："东原与实斋是清代中叶儒学的理论代言人。一方面，他们的学术基地在考证；另一方面，他们的义理则又为整个考证运动指出了一个清楚的方向。没有东原和实斋的理论文字作引导，乾、嘉的考证学只表现为一大堆杂乱无章的材料，其中似乎看不出什么有意义的发展线索；更重要地，清代儒学和宋、明理学之间也将失去其思想史上的内在链锁。如果允许我们把清代的考证运动比作画龙，那么东原和实斋便正好是这条龙的两只眼睛。"① 章学诚早年心气甚高，曾被戴震"不曾识字"折了锐气，在痛苦的寻思中，他终于找到了自己的学术门径。姚鼐与章学

① 余英时：《论戴震与章学诚——清代中期学术思想史研究》，生活·读书·新知三联书店2000年版，第4—5页。

诚有着相似的经历，他们都在对抗考据学中坚持自己的职志。

姚鼐自幼经文并学，经学的业师是其伯父姚范，文则师从刘大櫆，他自己也称“幼耽文章”。青年时代的姚鼐热衷于文学，王文治在自己的诗集序中说道：“甲戌春至京师时年二十五岁矣，与辽东朱子颖、桐城姚姬传论诗，心甚惬。因各出其所作以相质，子颖诗豪宕感激，有高达夫、李太白之风，姬传深于古文，以诗为余技，然颇能兼杜少陵、黄山谷之长。二人者，与余异趋而相赏特甚，遂相与订交。”[①] 乾隆十九年，春闱报罢的姚鼐与王文治、朱孝纯频频论诗、赋诗，他自己也说道：“尝漫咏之，以自娱而已，遇先生于京师，顾称许以为可，后遂与交密，居闲盖无日不相求也。一日值天寒晦，与先生及辽东朱子颖，登城西黑窑厂，据地饮酒，相对悲歌至暮，见者皆怪之。”[②] 乾隆十九年的会试号称最为得人，这一年，大批学人如钱大昕、王鸣盛、朱筠、纪昀、王昶等汇集京师参加礼部的考试并被录取。钱大昕、王鸣盛、王昶都曾受业于惠栋，当时的秦蕙田正在编撰《五礼通考》，钱大昕、王鸣盛、王昶都受邀参加编撰。同年，戴震避仇入京，也受邀参加了《五礼通考》的编撰。在此之前，精于考据的翁方纲、卢文弨、王安国等学人也任职京师，京师学坛于乾隆十九年后开始发生变化，汉学也由民间学术逐步向官方学术过渡。礼部考试失利的姚鼐除了与王文治、朱孝纯等文人订交，还与朱筠、钱大昕等汉学家频频交往，在当时学人的影响下，姚鼐也把职志转向了经史考据。“余始识竹君先生，因昌平陈伯思，是时皆年二十余，相聚慷慨论事，摩厉讲学，其志诚伟矣，岂第欲为文士已哉!”[③] 不以“文士”自期，这是姚鼐职志的一大转变，在时代学风的影响下，他开始以“古学”自期。

入京后的戴震虽然没有功名，但学问为时人所折服，纪昀、钱大昕等人纷纷折节交往。戴震的治学方法得到了学人的认可，他在京师名重一时，姚鼐称其“即今名已动京华”。京师学风的转变影响了姚鼐，他放下了自幼喜好的辞章，转向考据。姚鼐在考据上用功不小，戴震入都后第二年，姚鼐便主动向戴震学习，并希望能入戴震门下。戴震的文集里有一篇

① （清）王文治：《梦楼诗集》，《清代诗文集汇编》第370册，第643页。

② （清）姚鼐：《惜抱轩诗文集》，第42页。

③ （清）姚鼐：《惜抱轩诗文集》，第142页。

回复姚鼐拜师的信。

> 日者，纪太史晓岚欲刻仆所为《考工记图》，是以向足下言欲改定。足下应词非所敢闻，而意主不必汲汲成书，仆于时若雷霆惊耳。自始知学，每憾昔人成书太早，多未定之说。今足下以是规教，退不敢忘，自贺得师。何者？凡仆所以寻求于遗经，惧圣人之绪言暗汶于后世也。然寻求而获，有十分之见，有未至十分之见。所谓十分之见，必征之古而靡不条贯，合诸道而不留余议，巨细毕究，本末兼察。若夫依于传闻以拟其是，择于众说以裁其优，出于空言以定其论，据于孤证以信其通；虽溯流可以知源，不目睹渊泉所导，循根可以达杪，不手披枝肄所歧，皆未至十分之见也。以此治经，失“不知为不知”之意，而徒增一惑，以滋识者之辨之也。
>
> ……仆于《考工记图》，重违知己之意，遂欲删取成书，亦以其义浅，特考核之一端，差可自决。足下之教，其敢忽诸！至欲以仆为师，则别有说：非徒自顾不足为师，亦非谓所学如足下，断然以不敏谢也。古之所谓友，固分师之半。仆与足下无妨交相师，而参互以求十分之见，苟有过则相规，使道在人不在言，斯不失友之谓，固大善。昨辱简，自谦太过，称夫子，非所敢当之，谨奉缴。承示文论延陵季子处识数语，并《考工记图》呈上，乞教正也。①

不少学者认为戴震与姚鼐在对宋儒的态度上不一，故而委婉拒绝了姚鼐的请求。依笔者之见，此说恐怕未必成立。入都后戴震虽然名气很大，但并不想收徒，他正式收的弟子并不多，只有王念孙、段玉裁等少数人。乾隆二十一年，戴震寓于王安国家，为其子王念孙授学，其后才收段玉裁为弟子。从时间上看，姚鼐是早于这两人的。戴震坚定走上反宋立场是在乾隆二十二年以后，在此之前，他还是恪守程朱理学的，在价值观念上与姚鼐并没有太大的差别。此时的戴震虽然年长于姚鼐八岁，但姚鼐已为进士，在京师也小有名气，而戴震仅为一县学生，戴震婉拒也属正常。戴震

① （清）戴震：《戴震全集》第5册，第2596页。

的这封信今人多从拒师这一方面进行解读，其实，这封信的主要内容是讨论戴震的《考工记图》。姚鼐希望戴震不必急于出书，应该再仔细考证，待研究成熟后再出书。姚鼐的建议使戴震"若雷霆惊耳"，这恐怕也不是空穴来风。姚鼐后来在《书考工记图后》中指出了戴震此书的不少错误，"休宁戴东原作《考工记图》。余读之，推考古制信多当，然意谓有未尽者。东原释车曰：'轸谓之收'，此非也。……凡戴君说《考工》车之失如此。其自筑氏而下，亦间有然者。然其大体善者多矣。余往时与东原同居四五月，东原时始属稿此书，余不及与尽论也。今疑义蓄余中，不及见东原而正之矣，是可惜也。"[①] 综上所述，戴震拒姚鼐并非源于对宋儒的态度，应该说，这与姚鼐在治学及考据上的成就有一定关系。

乾隆二十二年，戴震在南还经扬州时会见了惠栋，这一次会见促使戴震走上了坚定的反宋立场，并在此后提出了"宋儒以理杀人"的观点。受戴震和惠栋的影响，京师学坛反宋的呼声日趋高涨，章学诚对此颇为忧虑。"戴君学问，深见古人大体，不愧一代巨儒，而心术未醇，颇为近日学者之患，故余作《朱陆》篇正之。"[②] 在《朱陆》一文中，章学诚对以戴震为代表的汉学家进行了猛烈抨击。

> 其人于朱子，盖已饮水而忘源；及笔之于书，仅有微辞隐见耳，未敢居然斥之也，此其所以不见恶于真知者也。而不必深知者，习闻口舌之间，肆然排诋而无忌惮，以谓是人而有是言，则朱子真不可以不斥也。故趋其风者，未有不以攻朱为能事也。非有恶于朱也，惧其不类于是人，即不得为通人也。夫朱子之授人口实，强半出于《语录》，《语录》出于弟子门人杂记，未必无失初旨也。然而大旨实与所著之书相表里，则朱子之著于竹帛，即其宣于口耳之言。是表里如一者，古人之学也，即以是义责其人，亦可知其不如朱子远矣，又何争于文字语言之末也哉！[③]

① （清）姚鼐：《惜抱轩诗文集》，第76—77页。

② （清）章学诚著，仓修良编注：《文史通义新编新注》，第132页。

③ （清）章学诚著，仓修良编注：《文史通义新编新注》，第129页。

在戴震等人的推动之下，反理学的声音“天下靡然从之”，这不得不引起理学阵营的反击。章学诚仔细辨析了汉学与宋学的特点，指出宋儒并非完全抛弃名物象数的考证，只是偏重于义理的追求，他指责汉学家“饮水而忘源”，这是有深见的。乾隆二十年后，姚鼐与汉学家交往日深。乾隆三十八年，他参加了《四库全书》的编纂，可以说是进入了汉学的大本营。而在一年后，他辞官南还，开始了漫长的教学生涯。四库馆的领袖人物如纪昀、戴震等都是反宋的猛将，馆内翁方纲、程晋芳等人虽然对反宋学也颇为反感，但他们与汉学家一起，津津于当时的考据。在四库馆内，姚鼐是孤独的。我们可以从他的《述怀》看出一二：

门有吴越士，挢首自言贤。束带迎入座，抗论崇古先。
标举文句间，所守何戋戋。诽鄙程与朱，制行或异旃。
汉唐勤笺疏，用志诚精专。星月岂不辉，差异白日悬。
世有宋大儒，江海容百川。道学一旦废，乾坤其毁焉。
寄语幼诵子，伪论乌足传。①

姚鼐信守程朱理学，对汉学诸公的反宋学耿耿于怀，这使得他与戴震、纪昀等人关系紧张。四库馆开馆第二年，钱大昕的族子钱坫南还，姚鼐在赠序中表明了自己的态度和无奈。“鼐往昔在都中，与戴东原辈往复，尝论此事；作《送钱献之序》发明此旨。”② 在此文中，姚鼐首先廓清学术的源流正变：“孔子没而大道微，汉儒承秦灭学之后，始立专门，各抱一经，师弟传受，侪偶怨怒嫉妒，不相通晓；其于圣人之道，犹筑墙垣而塞门巷也。久之通儒渐出，贯穿群经，左右证明，择其长说；及其敝也，杂之以谶纬，乱之以怪僻猥碎，世又讥之。盖魏、晋之间，空虚之谈兴，以清言为高，以章句为尘垢，放诞颓坏，迄亡天下；然世犹或爱其说辞，不忍废也。自是南北乖分，学术尚异，五百余年。唐一天下，兼采南北之长，定为义、疏，明示统贯，而所取或是或非，未有折衷。宋之时，真儒

① 姚永朴：《惜抱轩诗集训纂》，黄山书社 2001 年版，第 128 页。
② （清）姚鼐：《惜抱轩诗文集》，第 96 页。

乃得圣人之旨，群经略有定说；元、明守之，著为功令。当明佚君乱政屡作，士大夫维持纲纪，明守节义，使明久而后亡，其宋儒论学之效哉！”① 从学术的流变中，姚鼐认为宋儒得“圣人之旨”，其义理之学是纯儒，不可妄议。对明后抨击宋儒的言论，他提出了批评：“且夫天地之运，久则必变。是故夏尚忠，商尚质，周尚文。学者之变也，有大儒操其本而齐其弊，则所尚也贤于其故，否则不及其故，自汉以来皆然矣已。明末至今日，学者颇厌功令所载为习闻，又恶陋儒不考古而蔽于今近，于是专求古人名物、制度、训诂、书数，以博为量，以窥隙攻难为功，其甚者欲尽舍程、朱而宗汉士。枝之猎而去其根，细之蒐而遗其巨，夫宁非蔽与?”② 姚鼐所列数项都是当时汉学家专注之所在，他的批评是有针对性的，而这样的批评却遭到了汉学家的反驳。面对友人钱坫，“余尝以余意告之而不吾斥也”，能够不被训斥就感到安慰了，姚鼐在京师的无奈由此可知。四库馆开馆后第三年（乾隆四十年），姚鼐举家南归，翁方纲在《送姚姬传郎中归桐城序》一文中道出了姚鼐的处境：“姬传郎中与方纲同馆，今同修四库书……窃见姬传之归，不难在读书，而难在取友；不难在善述，而难在往复辨证；不难在江海英异之士造门请益，而难在得失毫厘，悉如姬传意中所欲言。”③ 翁方纲所谈的“三难”点中了姚鼐的心结。我们且看看这“三难”。一难：“不难在读书，而难在取友”，姚鼐读书有得，其考据的成绩也是得到四库馆臣认可的，但在四库馆臣与他有共同价值观念的人却寥寥无几，此其为一难；二难：“不难在善述，而难在往复辨证”，汉学家对宋儒嗤之以鼻，往复辩难已无益于事；三难：“得失毫厘，悉如姬传意中所欲言”，汉学与宋学并非截然不同，而是相互融通，宋儒的义理之学是行世准则，世人汩没于汉学而不觉，这是姚鼐的难言之隐。这三难写出了姚鼐的真实心境，如果仔细看看姚鼐离京前的诗文，可以看出他归田的心迹。离京前一年（乾隆三十九年），姚鼐在赠程晋芳的送序中说道：“余幼于鱼门十四岁，始相识余年二十八，今逾四十，多羸疾，思屏于江滨田间以自息。……夫士处世难矣！群所退而独进，其进也罪也；群所进而独

① （清）姚鼐：《惜抱轩诗文集》，第110—111页。
② （清）姚鼐：《惜抱轩诗文集》，第111页。
③ （清）翁方纲：《复初斋文集》，《清代诗文集汇编》第382册，第124页。

退，其退也罪也。天地万物之变，人世夷险曲直好恶之情态，工文章者，必抉择发露至尽。”① 同年在《赠陈伯思序》中也表露了相似的心迹：“自周及魏、晋，世崇尚放达，如庄、列之旨。其时名士外富贵、淡泊自守者无几，而矜言高致者皆然，放达之中，又有真伪焉，盖人心之变甚矣！”② 对于京师和四库馆，姚鼐已无留恋之意。

在四库馆孤立无援，加上身缠疾病，姚鼐离开了京师。此后，他对汉学家抨击宋儒一直不能释怀，不断地对汉学进行批评。“然今之学者，乃思一切矫之，以专宗汉学为至，以攻驳程、朱为能，倡于一二专己好名之人，而相率而效者，因大为学术之害。夫汉人之为言，非无有善于宋而当从者也；然苟大小之不分，精粗之弗别，是则今之为学者之陋，且有胜于往者为时文之士，守一先生之说，而失于隘者矣。博闻强识，以助宋君子所遗则可也，以将跨越宋君子则不可也。”③ “夫汉儒之学，非不佳也。而今之为汉学乃不佳，偏徇而不论理之是非，琐碎而不识事之大小，哓哓聒聒，道听途说，正使人厌恶耳。且读书者，欲有益于吾身心也。程子以记史书为玩物丧志。若今之为汉学者，以搜残举碎，人所少见者为功，其为玩物，不弥甚耶！”④ 在戴震去世 20 多年后，姚鼐骂他“身灭嗣绝”，态度之激越可想而知。《四库全书》告成后，姚鼐毅然放弃了仕途，以讲学为职，这与当时考据学有紧密联系。马其昶在《桐城耆旧传》中说道：“告归之年，甫逾强仕。当时已负天下重名，使循资以进，固可回翔至卿贰，而超然高举不俟终日者，徒以论学不能苟同也。”⑤ 由此可见，学风的转变对姚鼐影响是很大的。

（二）《古文辞类纂》的文与理

离京之后，姚鼐四处游玩赋诗，过着惬意的归田日子。乾隆四十三年，有友人劝姚鼐复出，姚鼐婉然拒绝，他在回信中道出其中缘由：

① （清）姚鼐：《惜抱轩诗文集》，第 112 页。
② （清）姚鼐：《惜抱轩诗文集》，第 113 页。
③ （清）姚鼐：《惜抱轩诗文集》，第 95—96 页。
④ （清）姚鼐：《惜抱先生尺牍》，《丛书集成续编》第 130 册，第 950 页。
⑤ （清）马其昶：《桐城耆旧传》，黄山书社 1990 年版，第 363 页。

仆家先世，常有交裾接迹仕于朝者；今者常参官中，乃无一人。仆虽愚，能不为门户计耶？孟子曰：“孔子有见行可之仕，于季桓子”是也。古之君子，仕非苟焉而已，将度其志可行于时，其道可济于众。诚可矣，虽遑遑以求得之，而不为慕利；虽因人骤进，而不为贪荣；何则？所济者大也。至其次，则守官摅论，微补于国，而道不章。又其次，则从容进退，庶免耻辱之大咎已尔。夫自圣以下，士品类万殊，而所处古今不同势。然而揆之于心，度之于时，审之于己之素分，必择其可安于中而后居。则古今人情一而已。夫朝为之而暮悔，不如其弗为；远欲之而近忧，不如其弗欲。《易》曰：“飞鸟以凶。”《诗》曰：“卬须我友。”抗孔子之道于今之世，非士所敢居也；有所溺而弗能自返，则亦士所惧也。且人有不能饮酒者，见千钟百榼之量而几效之，则溃胃腐肠而不救。夫仕进者不同量，何以异此？是故古之士，于行止进退之间，有跬步不容不慎者，其虑之长而度之数矣，夫岂以为小节哉？若夫当可行且进之时，而卒不获行且进者，盖有之矣，夫亦其命然也。①

正值壮年的姚鼐毅然放弃了再入仕晋升的好机会，这与姚鼐对现实的判断有关系。姚鼐是程朱理学的信徒，有强烈的兼具天下的情怀。“仕非苟焉而已，将度其志可行于时，其道可济于众。诚可矣，虽遑遑以求得之，而不为慕利；虽因人骤进，而不为贪荣”。他的志、道是否可行于时，他对此是持否定的。四库馆对理学的排斥、官场的污浊、日下的世风，这些都是姚鼐认为其道不可行的原因。在坚辞复官后不久，在《复曹云路》一书中，我们可以看到姚鼐对当时情形的判断。

数十年来，士不说学，衣冠之徒，诵习圣人之文辞，衷乃泛然不求其义，相聚集首帖耳，侈口僔沓，乃逸乃谚，闻耇长者考论经义，欲掩耳而走者皆是也。风俗日颓，欣耻益非其所，而放僻靡不为。使士服习于经师之说，道古昔、承家法以系其心，虽不能逮

① （清）姚鼐：《惜抱轩诗文集》，第86—87页。

前古人才之美，其必有以贤于今日之滥矣。……夫圣人之经，如日月星之悬在人上，苟有蔽焉则已，苟无蔽而见而言之，其当否必有以信于人。见之者众，不可以私意狥也。故窃以为说经当一无所狥。程、朱之所以可贵者，谓其言之精且大而得圣人之意多也，非吾狥之也。……鼐又闻之："言之无文，行而不远。"出辞气不能远鄙，则曾子戒之。况于说圣经以教学者、遗后世而杂以鄙言乎？当唐之世，僧徒不通于文，乃书其师语以俚俗，谓之语录。宋世儒者弟子，盖过而效之。然以弟子记先师，惧失其真，犹有取尔也。明世自著书者，乃亦效其辞，此何取哉？愿先生凡辞之近如语录者，尽易之使成文则善矣。①

面对前来求学的士子，姚鼐的规劝体现了他的学术态度和对现实的判断。姚鼐在早年转向考据时曾一度贬低辞章，而在这里，他又重提辞采，我们从中可以看出他在古文态度上的转变。也正是在这一时期，他编纂了《古文辞类纂》，这一选本将方苞、刘大櫆承继八大家，构建起了古文的谱系。在谈及这部选本的编纂时，姚鼐说道："鼐纂录古人文字七十余卷，曰《古文辞类纂》，似于文章一事有所发明，惧未有力即与刊刻，以遗学者。"② 他的发明是什么呢？我们且看看这部选本的序言。在《古文辞类纂》的序中，姚鼐说道："鼐少闻古文法于伯父姜坞先生及同乡刘耕南先生，少究其义，未之深学也。其后游宦数十年，益不得暇，独以幼所闻者置之胸臆而已。乾隆四十年，以疾请归，伯父前卒，不得见矣。刘先生年八十，犹善谈说，见则必论古文。后又二年，余来扬州，少年或从问古文法。"③ 姚鼐将自己的古文所得归之于其伯父姚范和刘大櫆，认为在游宦期间特别是在京师期间古文并无长进，这就否定了考据对他古文的帮助，这与他所主张的义理、考据、辞章三者合一是不相吻合的。如果他对考据有强烈认可的话，那么他应该会提到考据的经历，而在这一段文字中，他完全否定了考据对他古文的帮助。从这一段文字，我们不难看出他对考据的

① （清）姚鼐：《惜抱轩诗文集》，第87—89页。

② （清）姚鼐：《惜抱先生尺牍》，《丛书集成续编》第130册，第915页。

③ （清）姚鼐编：《古文辞类纂》，"序目"第1页。

排斥。在《古文辞类纂》中，姚鼐论文并不谈考据，他认为为文的关键是“当”：“夫文无所谓古今也，惟其当而已。得其当，则六经至于今日，其为道也一。知其所以当，则于古虽远，而于今取法，如衣食之不可释；不知其所以当，而敝弃于时，则存一家之言，以资来者，容有俟焉。”[①] 那什么是“当”呢？“当”其实包括两个方面，一是义理之“当”，程朱理学是天理之至精，为文符合程朱理学才能得“当”，“儒者生程、朱之后，得程、朱而明孔、孟之旨，程、朱犹吾父师也”[②]。汉学家不循程朱之道，其言行必为不当。“然今之学者，乃思一切矫之，以专宗汉学为至，以攻驳程、朱为能，倡于一二专己好名之人，而相率而效者，因大为学术之害。”[③]姚鼐对汉学家的反宋倾向一直心存芥蒂，其“当”的提出本身就隐含有对考据学不满之意。二是“当”要行文得当，富于辞采之意。“鼐又闻之：‘言之无文，行而不远。’出辞气不能远鄙，则曾子戒之。况于说圣经以教学者、遗后世而杂以鄙言乎？”[④] 姚鼐对文法要求甚高，行文之当一直是他归田后教导后学的重要内容。文与道皆当，这是姚鼐高举古文大旗的基础，也是姚鼐敢于逆时代潮流而行的自信所在，这一点，我们可以在《复汪进士辉祖书》一文中看出。“鼐性鲁知暗，不识人情向背之变、时务进退之宜，与物乖忤，坐守穷约，独仰慕古人之谊，而窃好其文辞。夫古人之文，岂第文焉而已，明道义、维风俗以诏世者，君子之志；而辞足以尽其志者，君子之文也。达其辞则道以明，昧于文则志以晦。鼐之求此数十年矣。瞻于目，诵于口，而书于手，较其离合而量剂其轻重多寡，朝为而夕复，捐嗜舍欲，虽蒙流俗讪笑而不耻者，以为古人之志远矣，苟吾得之，若坐阶席而接其音貌，安得不乐而愿日与为徒也。”[⑤] 从“当”的内涵上看，姚鼐有意避开考据，从文和程朱理学之道两个角度考虑古文的传承。抛开时代主流的学术，拾起被汉学家视为“等而末者”的辞章，高扬程朱理学，《古文辞类纂》的编写具有对抗时代学术的意向。

---

① （清）姚鼐编：《古文辞类纂》，“序目”第 1 页。

② （清）姚鼐：《惜抱轩诗文集》，第 102 页。

③ （清）姚鼐：《惜抱轩诗文集》，第 95—96 页。

④ （清）姚鼐：《惜抱轩诗文集》，第 88 页。

⑤ （清）姚鼐：《惜抱轩诗文集》，第 89 页。

在《古文辞类纂》的序中，姚鼐提出了“系统的古文理论”：“凡文之体类十三，而所以为文者八，曰：神、理、气、味、格、律、声、色。神、理、气、味者，文之精也；格、律、声、色者，文之粗也。然苟舍其粗，则精者亦胡以寓焉。学者之于古人，必始而遇其粗，中而遇其精，终则御其精者而遗其粗者。文士之效法古人莫善于退之，尽变古人之形貌，虽有摹拟，不可得而寻其迹也。其他虽工于学古而迹不能忘，扬子云、柳子厚于斯盖尤甚焉，以其形貌之过于似古人也。而遽摈之，谓不足与于文章之事，则过矣。然遂谓非学者之一病，则不可也。”① 格、律、声、色属于文字修辞层面，神、理、气、味则是古文的意蕴、风格层面，前者粗，后者精，姚鼐从古文的语言文字到形式风格都作了探讨，这较历代古文理论要精细，也更全面。《古文辞类纂》辑成后，姚鼐也每每向弟子们推荐此书，可见他是相当在意此书的。

从南宋开始，古文选本便盛行于世，不同的时代都出现了影响广泛的古文选本，如吕祖谦《古文关键》、真德秀《文章正宗》、谢枋得《文章轨范》、张伯行《唐宋八大家文钞》、蔡世远《古文雅正》、方苞《古文约选》等。历代选本特别是清代的古文选本极其丰富，姚鼐为什么还要花上精力编纂七十多卷的古文选本呢？“凡是对于文术，自有主张的作家，他所赖以发表和流布自己的主张的手段，倒并不在作文心，文则，诗品，诗话，而在出选本。”② 鲁迅此语点中了选本的真正内旨。从选文上看，《古文辞类纂》与方苞的《古文约选》比较接近。《古文约选》选有西汉三十九篇、东汉四篇、后汉两篇、韩愈七十二篇、柳宗元四十五篇、欧阳修五十八篇、苏洵三十二篇、苏轼三十四篇、苏辙二十篇、曾巩二十六篇、王安石二十六篇。《古文辞类纂》继承了这一思路，两汉、唐宋八大家成为主体，《古文约选》的大部分篇目也是《古文辞类纂》的入选篇目。与《古文约选》不同，《古文辞类纂》的选文较《古文约选》更宽泛，在八大家之外，还选了各朝代有代表性的作家作品，从两汉到明清作家都有入选，归有光、方苞、刘大櫆都有数量不菲的作品入选。如果说《古文约选》只是一部供人

① （清）姚鼐编：《古文辞类纂》，“序目”第 26 页。

② 鲁迅：《集外集》，《鲁迅全集》第 7 卷，第 138 页。

学习古文的教材，那么《古文辞类纂》的编写目的就不止于此了。通过历代古文的选编，姚鼐构建起了古文的文统体系，标识出中国古文发展的脉络。姚鼐将方苞和刘大櫆置于文统之中，这就为桐城派文人的合法性找到了依据，有了这依据，才能抵制汉学家的攻击。姚鼐的这一意图得到了桐城派弟子的认可，陈兆麒说道："从来论古文辞者，断自晚周先秦，以迄西汉，谓唐宋八大家直接秦汉，而前明可嗣八家者仅一归熙甫。至本朝作者极盛，究之能嗣熙甫者，惟桐城方、刘、姚三家为得其宗。"① 管同也说道："自明归太仆有光死，而世无人焉。侯、魏与汪皆不得接乎文章之统，他何论哉！及余受学桐城姚先生，先生之文出于刘学博，学博之文源于方侍郎，是三公者，吾党以为继太仆矣。而外人谓阿其所好，或不然焉，外人言不足论，要以见古文之难，从事者希，故知其真者鲜耳。"② 文统的确立不仅维护了古文，而且还捍卫了理学的真理性。

（三）《刘海峰先生八十寿序》与天下文章出桐城

乾隆四十三年，回里后的姚鼐写了《刘海峰先生八十寿序》给业师刘大櫆，此文是姚鼐主动写给刘大櫆，这一寿序具有总结刘大櫆古文创作，构建桐城派文统的意义。与一般寿序多面称誉不一样，姚鼐的这篇寿序只是写了刘大櫆的古文成就，并希望"使乡之后进者闻而劝也"③。这篇寿序有意突出了刘大櫆的古文成就，将刘大櫆置于振兴古文的作家之列。"曩者鼐在京师，歙程吏部、历城周编修语曰：'为文章者，有所法而后能，有所变而后大。维盛清治迈逾前古千百，独士能为古文者未广。昔有方侍郎，今有刘先生，天下文章，其出于桐城乎？'"④ 盛清文治武功，能文者虽然不多，但方苞、刘大櫆足以比肩前贤，而此二人正是桐城文脉之所在。程晋芳、周永年的这一席话让姚鼐颇感自豪，他慨然说道："鼐曰：'夫黄、舒之间，天下奇山水也。郁千余年，一方无数十人名于史传者。独浮屠之俊雄，自梁、陈以来，不出二三百里，肩背交而声相应和也。其徒遍天下，奉之为宗。岂山州奇杰之气有蕴而属之邪？夫释氏衰歇，则儒

① （清）陈兆麒：《国朝古文所见集》，道光二年一枝山房刻本，卷首。

② （清）管同：《因寄轩文二集》，《续修四库全书》第1504册，第465页。

③ （清）姚鼐：《惜抱轩诗文集》，第115页。

④ （清）姚鼐：《惜抱轩诗文集》，第114页。

士兴，今殆其时矣。’既应二君，其后尝为乡人道焉。”[①] 方苞于乾隆十四年去世，继起的是刘大櫆，而姚鼐乃是刘大櫆之继承者。由此而推之，那桐城古文岂不是一脉相承，源源不绝了？程晋芳是刘大櫆的弟子，他与周永年均于乾隆三十六年中第，而姚鼐正是他们的房师，程、周二人的话不免有恭维姚鼐之嫌。

时隔多年之后，姚鼐旧事重提，可见这一席话对姚鼐是很受用的，他正是借助二人的话确认桐城文派的地位。“鼐又闻诸长者曰：康熙间，方侍郎名闻海外。刘先生一日以布衣走京师，上其文侍郎。侍郎告人曰：‘如方某何足算耶？邑子刘生，乃国士尔！’闻者始骇不信，久乃渐知先生。今侍郎没而先生之文果益贵。然先生穷居江上，无侍郎之名位交游，不足掖起世之英少。独闭户伏首几案，年八十矣，聪明犹强，著述不辍，有卫武懿诗之志，斯世之异人也已。鼐之幼也，尝侍先生，奇其状貌言笑，退辄仿效以为戏。及长，受经学于伯父编修君，学文于先生。游宦三十年而归，伯父前卒，不得复见。往日父执往来者皆尽，而犹得数见先生于枞阳。先生亦喜其来，足疾未平，扶曳出与论文，每穷半夜。”[②] 在乾嘉时期，方苞的古文被誉为“一代正宗”，姚鼐借方苞之口称许刘大櫆，试图是将刘大櫆经典化，从而构建起桐城古文一派。刘大櫆去世后，姚鼐在祭文中更是有意抬高他的地位：“自圣有道，道存乎文。孔徒之杰，与颜同伦。周室世衰，末流歧分。或鸣为技，或以道陈。讫千余年，其传缗缗。岂无才士，识暗其本。苟为偾强，卒蹶而陨。圣言载世，有炳其光！蔽晻于蒙，日月何伤？吾乡宗伯，勇继绝轨。……先生再兴，益殚阙美。上与《诗》、《书》，应其宫徵。”[③] 刘大櫆的思想与儒学多有离异之处，姚鼐将其视为儒学中人，这确实有失公允，而姚鼐执意如此，这是构建文统的需要。吴敏树说道：“今之所称桐城文派者，始自乾隆间姚郎中姬传，称私淑于其乡先辈望溪方先生之门人刘海峰。又以望溪接续明人归震川，而为《古文词类纂》一书，直以归、方续八家，刘氏嗣之，其意盖以古今

---

① （清）姚鼐：《惜抱轩诗文集》，第 114 页。

② （清）姚鼐：《惜抱轩诗文集》，第 114—115 页。

③ （清）姚鼐：《惜抱轩诗文集》，第 246 页。

文章之传系之己也。”[1] 这正是姚鼐的意图之所在。

在乾嘉，天下文章是否都出于桐城，这是需要我们考究的事情。方苞的古文虽然被视为“正宗”，但乾嘉学人对方苞多有不满。他们对方苞的不满不仅表现在经学上，而且也表现在古文上，这种情况一直沿继到乾嘉后期。汪喜孙说道：“至若经史词章金石之学，贯穿勃穴，靡不通擅，则顾宁人导之于前，钱晓征及先君子继之于后，可谓千古一时也。若夫矫诬之学，震惊耳目，举世沿习，罔识其非。如汪钝翁私造典故，其他古文词支离牴牾，体例破坏；方灵皋以时文为古文《三礼》之学，等之自郐以下……”[2] 在考据学占据学术主流地位的历史语境下，以义理和古文见长的方苞成为汉学家打击的对象，其经典地位很难完全确立。与方苞相比，刘大櫆在乾嘉的地位更低，他的经学研究水平并不高，其思想也不拘于理学，桐城后学对他颇有微词，认为是姚鼐的私阿。郭豫衡说道：“桐城后学之言文者，或以方、姚并称，而对刘大櫆，不甚推重。”[3] 姚鼐对刘大櫆的推重甚于方苞，这与他自身的经历有关。他一生并没有见过方苞，晚年应方苞的曾孙所作的《望溪先生集外文序》也是泛泛而谈，这与对刘大櫆极度颂扬的态度开成鲜明对比。方苞生前名位重，古文影响大，无须过度宣扬，而刘大櫆晚年仅得一教谕，古文影响也不是很大，过度的宣扬既是姚鼐的偏爱，又是构建文派的需要。

乾嘉毕竟是考据学主宰主流学术的时代，不管是古文还是理学，都处于边缘的位置。虽然姚鼐等人大声疾呼，但响应者很少。王达敏在《姚鼐与桐城派》一书中通过对乾隆以后非桐城派六种古文选本的分析，指出天下文章并非在桐城的事实[4]。姚鼐建立桐城派是一个艰难而漫长的过程。张祥河在《国朝文录序》中说道：“至乾隆之末而文体复歧出，桐城姚惜抱先生当其时，力欲救正之，而其势方炽，仅与其朋友弟子辈讲明而确守焉。”[5] 曾国藩也说道：“当时孤立无助，传之五六十年。”[6] 桐城派得以建

---

① （清）吴敏树：《吴敏树集》，岳麓书社2012年版，第394页。

② （清）江藩：《国朝汉学师承记》，中华书局1983年版，第134页。

③ 郭豫衡：《中国散文史》，上海古籍出版社2000年版，第509页。

④ 详见王达敏《姚鼐与乾嘉学派》，学苑出版社2007年版，第114—117页。

⑤ （清）姚椿：《国朝文录》，清光绪二十六年上海扫华山房石印本，卷首。

⑥ （清）曾国藩：《曾国藩全集》第14册，岳麓书社2011年版，第205页。

立，应该说是与姚鼐及桐城弟子有意培植门生有关。曾国藩在《欧阳生文集序》一文中回顾了桐城派的发展历程："姚先生晚而主钟山书院讲席，门下著籍者，上元有管同异之、梅曾亮伯言，桐城有方东村植之、姚莹石甫。四人者，称为高第弟子。各以所得，传授徒友，往往不绝。在桐城者，有戴钧衡存庄，事植之久，尤精力过绝人。自以为守其邑先正之法，䄡之后进，义无所让也。其不列弟子籍，同时服膺，有新城鲁仕骥挈非、宜兴曼德旋仲伦。挈非之甥为陈用光硕士。硕士既师其舅，又亲受业姚先生之门。乡人化之，多好文章。硕士之群从，有陈学受艺叔、陈溥广敷，而南丰又有吴嘉宾子序，皆承挈非之风，私淑于姚先生。由是江西建昌有桐城之学。仲伦与永福吕璜月沧交友，月沧之乡人有临桂朱椅伯韩、龙启瑞翰臣、马平王锡振定甫，皆步趋吴氏、吕氏，而益求广其术于梅伯言。由是桐城宗派流衍于广西矣。"① 从桐城派的传承发展上看，姚鼐起着承前启后的关键作用，而桐城派真正成为"天下文章"恐怕是在姚鼐身后的事了。

（四）师法与桐城文派

乾嘉汉宋对峙，汉学家多标榜汉学师承家法的治学传统。惠栋在《九经古义述首》中说："汉人通经有家法，故有五经师；训诂之学，皆由师所口授，其后乃著竹帛。所以汉经师之说，立于学官，与经并行。五经出于屋壁，多古字古言，非经师不能辨。经之义存乎训。识字审音，乃知其义。是故乃知古训不可改也，经师不可废也。"② 惠栋认为宋人的治学有异于汉学，他对宋学提出了严厉的批评："张空拳而说经，此犹燕相之说书也，善则善矣，而非书意也，故圣人信而好古……宋儒经学，不惟不及汉，且不及唐，以其臆说居多而不好古也。"③ 受惠栋的影响，钱大昕、王鸣盛、阮元等都强调汉学师承家法，立异于宋学。钱大昕说道："训诂必依汉儒，以其去古未远，家法相承，七十子之大义犹有存者，异于后人之不知而作也。"④ 江藩说道："汉儒解经皆有师法，如郑之笺《诗》则宗毛

---

① （清）曾国藩：《曾国藩全集》第14册，第204页。

② （清）惠栋：《松厓文钞》，《清代诗文集汇编》第284册，第49页。

③ （清）惠栋：《九曜斋笔记》，《丛书集成续编》第92册，第525页。

④ （清）钱大昕：《潜研堂文集》，《嘉定钱大昕全集》第9册，第375页。

为主，许著《说文解字》则博采通人，至于小大信而有证，即其中今人所视为极迂且曲之义亦必确有所授，不同臆造。宋儒不然，凡事皆决于理，理有不合，即舍古训而妄出以己意。”① 反对宋学的“妄出以己意”，坚守汉学的师承家法，这是乾嘉汉学的一大特点，在这一观念的影响下，注重师承学习在乾嘉也成为一股风气。支伟成说道：“好博尊古，两京壁垒；笃守家法，罔或越轨；清学全盛，此其嚆矢。”② 考据学需要广博的知识和严谨的治学，师法传承不仅有利人才的培养，而且有利于学术研究的持续深入，除了注重汉人的治学方法，求师请益的风气也在乾嘉是兴盛。

姚鼐早年曾拜戴震为师，他对京师的学风很熟悉，身陷汉学的包围之中，他对自己“力小而孤”的处境有清晰的认识。离开京师后的姚鼐积极培植后进，40 余年的书院教学使得桐城古文的名声得以不断扩大。姚鼐有意地以理学、古文培养后学，这与汉学家讲师承家法有异曲同工之处，此举隐然有对抗汉学之意。从弟子收编的《惜抱先生尺牍》上看，姚鼐在培养弟子上用功甚深，弟子们对姚鼐的用心教诲无不感慨泣下。刘开说：“退居讲学，数十余载，以其身为人才学术之仰赖者，如汉之有伏胜，宋之有欧阳。呜呼！能如是，是亦足矣！奚用致恨于穹苍？开昔年幼，于古人之道盖有志也，学则未遑。而先生一见，目之为异才，待之以国士，不啻王粲之受知中郎。自侍教以后，矜怜期望，极知遇之厚，方愧无以报称，而梁木忽坏，视天茫茫。不独开亲炙无自，天下亦失其瞻仰彷徨。”③ 姚莹：“客有来问则竭意告之，喜导人善，汲引才俊，如恐不及，以是人亦乐就而悦服，虽学术与先生异趣者，见之必亲。”④ 姚鼐对弟子可谓谆谆善导，不管是平时的尺牍还是正式的书信，他都能以亦师亦友的平和心态进行教导，桐城文派能够发展壮大，与他言传身教的教学理念紧密相关。我们且看看他与学生论学的书信。《与王铁夫书》：“先生文章之美，曩得大集，固已读而慕之矣。今又读碑记数首，弥觉古淡之味可爱，殆非今世所有。夫古人文章之体非一类，其瑰玮奇丽之振发，亦不可谓其尽出于无

① （清）江藩：《经解入门》，天津市古籍书店 1932 年版，第 73 页。

② 支伟成：《清代朴学大师列传》，岳麓书社 1998 年版，第 360 页。

③ （清）刘开：《孟涂文集》，《清代诗文集汇编》第 543 册，第 573 页。

④ （清）姚莹：《东溟文集》，《清代诗文集汇编》第 549 册，第 374 页。

意也；然要是才力气势驱使之所必至，非勉力而为之。后人勉学，觉有累积纸上，有如赘疣。故文章之境，莫佳于平淡，措语遣意，有若自然生成者，此熙甫所以为文家之正传，而先生真为得其传矣。”① 姚鼐的弟子众多，而这样的书信在姚鼐的书信中很常见，弟子们学业之长进与这种教育方法不无关系。如果说《古文辞类纂》只是在理论上证明桐城派正统地位的话，那么姚鼐四十年的教学就是这一文统的现实传承。汉儒重师法，守一经，姚鼐此举与汉儒貌异神合。

乾隆三十年以前，沈德潜是诗坛的领袖；而乾隆三十年后，袁枚成为诗坛的领袖，“随园弟子半天下，提笔人人讲性灵。”② 袁枚在《随园诗话》里也以此颇自喜，“以部娄拟泰山，人人知其不伦。然在部娄，私心未尝不自喜也。秋帆尚书德位兼隆，主持风雅。枚山泽之癯，何能及万分之一？乃诗人好相提而并论。孙渊如太史云：‘惟有先生与开府，许教人吐气如虹。’徐朗斋孝廉云：‘弁山制府仓山叟，海内龙门两扇开。’”③ 归田后的姚鼐与袁枚多有交往，“鼐居江宁，从君游最久”④。姚鼐对袁枚应该说是很了解的，他不仅与袁枚相互赋诗，而且还探讨学问，两人的关系并没有因为价值观念和学术观念而僵化。姚鼐对袁枚在诗坛上的地位很羡慕，在《袁随园君墓志铭》中，他对袁枚赞叹不已：“故《随园诗文集》，上自朝廷公卿，下至市井负贩，皆知贵重之。海外琉球，有来求其书者。君仕虽不显，而世谓百余年来，极山林之乐，获文章之名，盖未有及君也。”⑤ 在《随园雅集图后记》中，姚鼐也说道：“独先生放志泉石三四十年，以文章诏后学于此。夫岂非得天之至厚，而鼐亦幸值之于是时也。”⑥ 姚鼐与袁枚在价值观念和诗学观念上相去甚远。姚鼐在给门下的信中就说道：“镕铸唐宋则固是仆平生论诗宗旨。又有今天体诗钞十八卷，衡儿曾以呈览未？今日诗家大为榛塞，虽通人不能具正见。吾断谓樊榭、简斋皆诗家之恶劣派，此论出必大为世怨怒，然理不可易，非大才不足发明吾说以服天下。

① （清）姚鼐：《惜抱轩诗文集》，第289页。
② （清）袁枚：《随园诗话》，《袁枚全集》第10册，第853页。
③ （清）袁枚：《随园诗话》，《袁枚全集新编》第9册，第419页。
④ （清）姚鼐：《惜抱轩诗文集》，第202页。
⑤ （清）姚鼐：《惜抱轩诗文集》，第202页。
⑥ （清）姚鼐：《惜抱轩诗文集》，第226页。

意在足下乎？”[①] 姚鼐对袁枚的诗风虽有不满，但他对袁枚却是很真诚的。他曾规劝袁枚：“儒者生程、朱之后，得程、朱而明孔、孟之旨，程、朱犹吾父师也。然程、朱言或有失，吾岂必曲从之哉？程、朱亦岂不欲后人为论而正之哉？正之可也，正之而诋毁之，讪笑之，是诋讪父师也。且其人生平不能为程、朱之行，而其意乃欲与程、朱争名，安得不为天之所恶。故毛大可、李刚主、程绵庄、戴东原，率皆身灭嗣绝，此殆未可以为偶然也。”[②] 袁枚去世后，世人多诋之，而姚鼐却坚持为袁枚写墓志铭。“鼐又为随园作志，此老身后大为杭州人所诋，至有规鼐不当与作志者。鼐谓设余生康熙间，为朱锡鬯、毛大可作志，君许之乎？其人曰：是固宜也。余谓随园虽不免有遗行，然正是朱毛一例耳，其文采风流有所取，亦何害于作志？第不得述其恶，转以为美耳。”[③] 袁枚言行多有污点，身后屡受攻击，姚鼐对此不为所动，将袁枚视为朱彝尊、毛奇龄一派人物。朱彝尊、毛奇龄在男女问题上多有出俗之处，姚鼐认为袁枚虽然在这一点上与朱、毛二人并无区别，但同时认为此三人文采风流足以流传一代。从姚鼐的评价可以看出，他对袁枚在诗坛的地位是肯定的。袁枚诗坛领袖地位的确立与他弘奖后进分不开。姚鼐在袁枚的墓志铭中写道：“四方士至江南，必造随园，投诗文几无虚日。君园馆花竹水石，幽深静丽，至櫺槛器具皆精好，所以待宾客者甚盛。与人留连不倦，见人善，称之不容口。后进少年，诗文一言之美，君必能举其词，为人诵焉。”[④] 对考据学的批评，袁枚与姚鼐有一致之处，而袁枚的批评比姚鼐更早，也更大胆、直率，这一点必然得到姚鼐的共鸣，袁枚为壮大诗坛而积极培养后进，这与姚鼐也是相同的。在与考据学的对峙中前行，性灵派的广泛影响必然对姚鼐有所启示。

二　“文体破碎”与乾嘉时期古文一途的审美化倾向

（一）乾嘉汉学的“文体破碎”与桐城派对文体的追求

清初以来，理学不断地得到强化。与此同时，唐宋八大家的古文得到

① （清）姚鼐：《惜抱先生尺牍》，《丛书集成续编》第130册，第920页。

② （清）姚鼐：《惜抱轩诗文集》，第102页。

③ （清）姚鼐：《惜抱先生尺牍》，《丛书集成续编》第130册，第939页。

④ （清）姚鼐：《惜抱轩诗文集》，第202页。

推广，以载道为己任的古文一直被视为古文的正宗，方苞可以说是清初以来古文的集大成者。戴均衡评价方苞：

> 我朝有天下数十年，望溪方先生出。其承八家正统，就文核之，亦与熙甫异境同归。独其根柢经术，因事著道，油然浸溉乎学者之心而羽翼道教，则不惟熙甫无以及之，即八家深于道如韩、欧者，亦或犹有憾焉。盖先生服习程、朱，其得于道者备；韩、欧因文见道，其入于文者精。入于文者精，道不必深，而已华妙而不可测；得于道者备，文若为其所束，转未能恣肆变化。然而文家精深之域，惟先生掉臂游行。周、汉、唐、宋诸家义法，亦先生出而后揭如星月，而其文之谨严朴质，高浑凝固，又足以戢学者之客气，而湔其浮言。以故百数十年来，奉而守者，各随其才学高下浅深，皆能蕲乎古不捩于正；背而驰者，则虽高才广学，亦虚骄浮夸，半为曜冶之金而已。①

与唐宋八大家相比，方苞在学识上有过之而无不及，其理学之纯正更为后人所景仰。方苞所揭橥的古文“义法”可以说是八大家古文的理论总结，袁枚将之视为“一代正宗”并非虚语。在方苞的身后，考据学兴起，清初以来一直被推重的唐宋派古文遭到了质疑，汉学家凭借学术上的强势话语，在打击理学的同时也极力抨击古文，古文陷入了困境。曾国藩说道：“当乾隆中叶，海内魁儒畸士崇尚鸿博，繁称旁证，考核一字，累数千言不能休。别立帜志，名曰‘汉学’。深摈有宋诸子义理之说，以为不足复存，其为文尤芜杂寡要。姚先生独排众议，以为义理、考据、词章三者不可偏废。必义理为质，而后文有所附，考据有所归。一编之内，惟此尤兢兢。”② 乾嘉考据学的兴起使得古文走向衰落，“考据盛而文体碎”③。袁枚说道：“近见海内所推博雅大儒，作为文章，非序事噂沓，即用笔平衍，于剪裁、提挈、烹炼、顿挫诸法，大都懵然。是何故哉？盖其平素神

① （清）方苞：《方苞集》，第906页。

② （清）曾国藩：《曾国藩全集》第14册，第205页。

③ 《桐城耆旧传》一书引有张廉卿“考据盛而文体碎”一语，详见《桐城耆旧传》，黄山书社1990年版，第327页。

气沾滞于丛杂琐碎中，翻撷多而思功小。譬如人足不良，终日循墙扶杖以行，一旦失所依傍，便伥伥然卧地而蛇趋，亦势之不得不然者也。且胸多卷轴者，往往腹实而心不虚，藐视词章以为不过尔尔，无能深探而细味之。刘贡父笑欧九不读书，其文具在，远逊庐陵，亦古今之通病也。"[①] 戴均衡说道："乾、嘉时汉学考证家矜其强记博闻，往往以细故微误，指斥先生经说并及文章；而卒其所自为者，琐碎支离、悖义伤道。其优者，亦第分学中格物之一端，于圣道为识小，求其开通义理，周浃彷徨，如先生之有益于学者身心实用，不可得焉；而其文章饾饤滞拙，更无当作者。平心论之，宇宙间无今汉学家，不过名物、象数、音韵、训诂未能剖晰精微，而于诚、正、修、齐、治、平之道无损也；而确守程、朱如先生者，多一人则道著于一方，遂以昌明于一代。先后承学之士，私淑之徒，犹能挹其绪余，端其趋往，即用以读汉学家书，亦能辨精粗，知去取，不流为尾琐无用之学。彼世之讥先生者，自谓能傲以所不知，而岂知彼之所知，以先生之学衡之，固不必其皆知者哉!"[②] 古文包含有丰富的文体，如墓志铭、寿序、传记、书信、奏议等。明代以后，古文各类文体的写作进入繁荣期，古文虽仍然没有摆脱载道的束缚，但其艺术性倾向也日趋明显。经过归有光、唐顺之的大力提倡，唐宋八大家的古文传统从清初就已被广大文人接受，作为传道的工具，古文逐步获得自身的合法性地位。乾嘉汉学对理学和古文双重打击，试图让古文回归经学原初的状态，这未免不合时宜。

桐城派有意纠正考据学影响下的破碎文体，他们力图重构古文之美，以矫正时俗之偏失。姚鼐虽然不断地声称行理学之道，也在谈义理、考据、辞章三者不可偏废，但从实际的写作上看，他的重点并不是道，也不是考据，而是在文。郭绍虞说道："推崇程、朱，而又不废考据，无论如何，较诸明代及清初之为古文者，总是切实一点，总是于古学有所窥到一点，故能言之有物。同时，又能不为清代学风所范围，即在考据学风正盛之际，也不染其繁征博引，臃肿累赘之习，而以空灵雅洁之古文矫之，故

① （清）袁枚：《小仓山房文集》，《袁枚全集新编》第 7 册，第 593—594 页。

② （清）方苞：《方苞集》，第 914 页。

又能言之有序。有物有序，自然易于转移一时之视听。”[①] 程朱理学、经史考证对桐城派而言只是为文的基础，他们的古文却不是以此为鹄的，他们追求的是“空灵雅洁之古文”，刘大櫆、姚鼐尤为如此。

如果说方苞的“义法”是传统古文的理论总结，那么刘大櫆、姚鼐是在此基础上突破性的发展。刘大櫆、姚鼐的古文理论和实践已不汲汲于方苞之义之法，对于理学和考据，他们都只不过是借道而已，他们更关注的是“文”。作为乾嘉时期产生的文学流派，桐城派与乾嘉学术关系紧密，理清桐城派古文发展的内在脉络有助于我们了解这一时期古文的真正状况及桐城派还击考据学的艰难历程。方苞于乾隆十四年去世，此时汉学仍然处于式微状态，而在方苞身后，对他人品、学术的攻击却持续不断，成为乾嘉时期的一则公案。为考察乾嘉古文内在的发展理路，我们有必要对包括方苞在内的桐城派代表性人物作全面深入的分析，探讨桐城派由重道到重文转变的历程。

1. **方苞的文法**

（1）方苞的理与文

方苞为世人所知乃是他的古文，在青年时期，他的古文便为人所称颂。李光地称赞他：“韩、欧复出，北宋后无此作也。”[②] 韩菼称其：“庐陵无此深厚，南丰无此雄直，岂非昌黎后一人乎！”[③] 康熙三十五年，年近三十的方苞仍然只是一介文人。万斯同去世后，方苞在《万季野墓表》中回忆：“（季野）年近六十，诸公以修《明史》，延致京师。士之游学京师者，争相从问古仪法，月再三会，录所闻共讲肄。惟余不与，而季野独降齿德而与余交，每曰：‘子于古文，信有得矣。然愿子勿溺也！唐宋号为文家者八人：其于道粗有明者，韩愈氏而止耳；其余则资学者以爱玩而已，于世非果有益也。’余辍古文之学而求经义自此始。”[④] 万斯同长于史学，深受京师学人的尊重，他降齿结交方苞，可见他很器重方苞。万斯同对方苞的古文评价甚高，赞方苞古文“信有得矣”。方苞的古文源于唐宋

① 郭绍虞：《中国文学批评史》，百花文艺出版社 1999 年版，第 311 页。
② （清）方苞：《方苞集》，第 869 页。
③ （清）方苞：《方苞集》，第 869 页。
④ （清）方苞：《方苞集》，第 332 页。

八大家，万斯同对八大家的批评显然是针对方苞的，他希望方苞认清经与文两者的关系，去轻就重，弃文从经。万斯同的这一席话击中了方苞的心结，“余辍古文之学而求经义自此始”，方苞自此在经学的学习上形成了自觉。或许是受了万斯同的影响，方苞在论古文时多重经轻文。“古未有以文学为官者；以德进，以事举，以言扬，《诗》、《书》、六艺特用以通在物之理，而养其六德，成其六行焉耳。战国、秦、汉所用，惟权谋材武；其以文学为官，始于叔孙通弟子以定礼为选首，成于公孙弘请试士于太常，而儒术之污隆，自是中判矣。”① 方苞一直以理学自任，他的理学学识很难说能够与清代一流的学者相比肩。“然后知生乎五子之前者，其穷理之学未有如五子者也；生乎五子之后者，推其绪而广之，乃稍有得焉。其背而驰者，皆妄凿墙垣而殖蓬蒿，乃学之蠹也。”② 恪守理学，不敢越雷池半步，以此治经，很难融入主流学术。方苞恪守程朱理学，他的经学研究以“说经”为主，以理学的世界观对经学再阐释，其治学并没有脱离理学的范畴，对与朱子相悖的言论极力反击。他的治学视野相当狭隘，在康雍理学极盛之时有一定的市场，到了乾嘉及后世，其经学一直没有被人们看重。全祖望就认为方苞“不长于稽古”，“不读杂书，颇类程子。即如《史》、《汉》，侍郎但爱观其文章，而于考据，则勿及也”。③ 徐世昌亦称：“望溪学宗宋儒，于宋元人经说，荟萃折衷其义理，名物、训诂则略之。”④ 马其昶也说道：“自少以至笃老，无一日不读经。其治经，不为苛细小辨。详诵本经及传注，而求其义理于空曲交会之中。笃于伦纪，其立身一依《礼经》，遇忌日必废食，遭期功丧，必准古礼宿外寝。以弟椒涂亡，病未视敛，终身恨之。且卒，遗命袒右臂自罚。”⑤ 钱大昕、章学诚等将方苞视为一“文人”而已，在钱大昕等人的打击之下，方苞在乾嘉声名低下。方苞是理学的维护者和践行者，站在理学的角度，方苞有值得肯定的一面，但如果跳出了理学的视野，方苞就很难说有什么大的成就了。萧一山说道：

---

① （清）方苞：《方苞集》，第52—53页。
② （清）方苞：《方苞集》，第175页。
③ （清）全祖望：《经史问答》，《续修四库全书》第1147册，第611页。
④ 徐世昌：《望溪学案》，《清儒学案》第24册，中华书局2008年影印版，卷五十一。
⑤ （清）马其昶：《桐城耆旧传》，黄山书社1990年版，第307页。

“苞生平治经，颇有心得，而尤精于《三礼》，其文集杂著说经之处亦多；惟在清代经学中则为别派，故人不称。”① 从整个学术史发展的角度看，方苞确实没有太大的地位，他只是理学一信徒而已。

方苞在学术上没有太大的成就，但他的古文“义法”影响深远。四库馆臣虽然对方苞没有好感，但对他的古文“义法”还是有所肯定的。《四库全书总目》评方苞：“其古文杂著，生平不自收拾，稿多散失。告归后门弟子始为裒集成编，大抵随得随刊，故前后颇不以年月为铨次。苞于经学研究较深，集中说经之文最多。大抵指事类情，有所阐发。其古文则以法度为主。尝谓周秦以前，文之义法无一不备，唐宋以后，步趋绳尺而犹不能无过差。是以所作上规《史》、《汉》，下仿韩、欧，不肯少轶于规矩之外。虽大体雅洁，而变化太少，终不能绝去町畦，自辟门户。然其所论古人矩度与为文之道，颇能沈潜反复，而得其用意之所以然。虽蹊径未除，而源流极正。近时为八家之文者，以苞为不失旧轨焉。”② 乾隆在《钦定四书文》的诏中说道：“学士方苞于四书文义法，夙尝究心，著司选文之事，务将入选之文发挥题义清切之处，逐一批抉，俾学者了然心目，间用为模楷。”③ 可见，方苞的“义法”一直为时人及后人所称道。方苞虽然处处以理学自命，但他对自己的古文成就还是很在意的。他古文“义法”之论弥漫于其文集中，他也以教授时人古文“义法”为己任。在《答申谦居书》一文中，他说道：“仆闻诸父兄：艺术莫难于古文。自周以来，各自名家者，仅数十人，则其艰可知矣。苟无其材，虽务学不可强而能也；苟无其学，虽有材不能骤而达也：有其材，有其学，而非其人，犹不能以有立焉。”④ 方苞将古文视为最难的一门艺学，除了有“材”“学”还必须得“其人”，可见古文写作之不易。在写给乾隆的《进四书文选表》中，他历数明代制举文之风格演变，如果不深于古文和时文，是很难有如此透彻的分析的。

① 萧一山：《清代通史》，华东师范大学出版社2005年版，第846页。

② （清）永瑢、纪昀等：《四库全书总目》，第1528页。

③ （清）方苞著，王同舟、李澜校注：《钦定四书文》，武汉大学出版社2009年版，第1044页。

④ （清）方苞：《方苞集》，第164页。

明人制义，体凡屡变：自洪、永至化、治，百余年中，皆恪遵传注，体会语气，谨守绳墨，尺寸不逾。至正、嘉，作者始能以古文为时文，融液经史，使题之义蕴，隐显曲畅，为明文之极盛。隆、万间，兼讲机法，务为灵变；虽巧密有加，而气体苶然矣。至启、祯诸家，则穷思毕精，务为奇特，包络载籍，刻雕物情，凡胸中所欲言者，皆借题以发之；就其善者，可兴可观，光气自不可泯。凡此数种，各有所长，亦各有其蔽。故化、治以前，择其简要亲切，稍有精彩者。其直写传注，寥寥数语，及对比改换字面，而意义无别者，不与焉。正、嘉则专取气息醇古，实有发挥者。其规模虽具，精义无存，及剿袭先儒语录，肤竦平衍者，不与焉。隆、万为明文之衰，必气质端重，间架浑成，巧不伤雅，乃无流弊。其专事凌驾，轻剽促隘，虽有机趣，而按之无实理真气者，不与焉。至启、桢名家之杰特者，其思力所造，途径所开，或为前辈所不能到。其余杂家，则偭弃规矩以为新奇，剽剥经、子以为古奥，雕琢字句以为工雅，书卷虽富，辞气虽丰，而圣经贤传本义，转为所蔽蚀；故别而去之，不使与卓然名家者相混也。凡此数种，体制格调，各不相类；若总为一集，转觉龙杂无章。谨分化、治以上为一集，正、嘉为一集，隆、万为一集，启、祯为一集，使学者得溯其相承相变之源流，而各取所长。①

方苞深于文，这是一个不争的事实，他虽然处处打着理学的旗号，但对古文“义法”的追求一直没有放弃。康熙五十七年，史学家万斯同去世，年过五旬的方苞写下了《万季野墓表》。在这篇1300多字的文章中，方苞用了1100多字叙述了自己与万斯同的古文交谊，突出强调了自己古文的地位。

丙子秋，余将南归，要余信宿其寓斋，曰：“吾老矣，子东西促促，吾身后之事豫以属子，是吾之私也。抑犹有大者：史之难为久

① （清）方苞：《方苞集》，第579—580页。

> 矣，非事信而言文，其传不显。李翱、曾巩所讥魏、晋以后贤奸事迹并暗昧而不明，由无迁、固之文事也，而在今则事之信尤难。盖俗之偷久矣，好恶因心，而毁誉随之，一室之事，言者三人，而其传各异矣，况数百年之久乎？故言语可曲附而成，事迹可凿空而构；其传而播之者，未必皆直道之行也；其闻而书之者，未必有裁别之识也；非论其世、知其人而具见其表里，则吾以为信而人受其枉者多矣。……“子诚欲以古文为事，则愿一意于斯，就吾所述，约以义法，而经纬其文，他日书成，记其后曰：‘此四明万氏所草创也。’则吾死不恨矣！”因指四壁架上书曰：“是吾四十年所收集也，逾岁吾书成，当并归于子矣。”又曰：“昔迁、固才既杰出，又承父学，故事信而言文。其后专家之书，才虽不逮，犹未至如官修者之杂乱也。譬如入人之室，始而周其堂寝匽湢焉，继而知其蓄产礼俗焉，久之其男女少长性质刚柔轻重贤愚无不习察，然后可制其家之事也。官修之史，仓卒而成于众人，不暇择其材之宜与事之习，是犹招市人而与谋室中之事耳。吾欲子之为此，非徒自惜其心力，吾恐众人分操割裂，使一代治乱贤奸之迹暗昧而不明。子若不能，则他日为吾更择能者而授之。”①

万斯同以布衣的身份参加《明史》的编纂，不管是学问还是人品都为学人们所称赞。方苞此文有意突出自己与万斯同的特殊交谊，将自己的古文与万斯同的史学并举，其意图无非抬高自己的古文成就。这篇墓表与其说是表彰万斯同的史学成就，不如说是称赞自己的古文造诣，方苞写作此文的心态我们不难从中看出。

（2）方苞的文法论

理学家对古文大多持鄙视的态度，周敦颐认为“文以载道”，程颐甚至认为“作文害道”。方苞对程朱理学尤其是宋五子笃信不疑，而在古文上他却不断强调“义法”。方苞的文论其实已经脱离了工具性的载道论，他对古文的审美性、独立性是有所认识的，在古文写作上，他对两宋的理

① （清）方苞：《方苞集》，第333—334页。

学也有所不满。“凡为学佛者传记，用佛氏语则不雅，子厚、子瞻皆以兹自瑕，至明钱谦益则如涕唾之令人够矣。岂唯佛说，即宋五子讲学口语亦不宜人散体文，司马氏所谓言不雅驯也。”① “宋儒之书，义理则备矣，抑不若四子之旨远而辞文，岂气数使然邪?”② 两宋理学家的古文多杂语录体，方苞对此有所不满。在《与程若韩书》一文中，方苞说道：“前文曾更削减，所谓参用介甫法者，以通体近北宋人，不能更进于古。今并附览，幸以解其蔽。必欲增之，则置此而别求能者可也。”③ 方苞认为“北宋体”古文“不能更进于古”，缺乏古文的典雅。与普通理学家相比，方苞对古文的认识要深刻和全面得多。在《进四书文选表》中，他说道：

> 唐臣韩愈有言：“文无难易，惟其是耳。”李翱又云：“创意造言，各不相师。”而其归则一。即愈所谓“是”也。文之清真者，惟其理之“是”而已，即翱所谓“创意”也。文之古雅者，惟其辞之“是”而已，即翱所谓“造言”也；而依于理以达乎其词者，则存乎气。气也者，各称其资材，而视所学之深浅以为充歉者也。欲理之明，必溯源六经，而切究乎宋、元诸儒之说；欲辞之当，必贴合题义，而取材于三代、两汉之书；欲气之昌，必以义理洒濯其心，而沉潜反复于周、秦、盛汉、唐、宋大家之古文。兼是三者，然后能清真古雅而言皆有物。④

古文需要“创意”和“造言”。“创意”即推阐儒家义理，发表新见，“造言”则是言辞能够充分表达所创之意，而沟通“创意”和“造言”的则是“气”。要养“气”，除了广泛学习儒家经典，还需要“沉潜反复于周、秦、盛汉、唐、宋大家之古文”。可见，方苞的“义法”论其实已经突破了传统理学的载道论。这一突破主要体现在两个方面，一是对文法的追求，二是雅洁文风的提出。

---

① （清）方苞：《方苞集》，第166页。
② （清）方苞：《方苞集》，第37页。
③ （清）方苞：《方苞集》，第181页。
④ （清）方苞：《方苞集》，第581页。

方苞的文法追求

明代以后，以古文济时文成为时文写作的指导性思想，在古文、时文创作的推动之下，文法研究也逐步趋于成熟，各种论文法的书籍遍地开花，如归有光的《归震川先生论文章体则》、武之望的《举业危言》、唐彪的《读书作文谱》、张于皋的《殿试策》等。作文的方法也由早期的“师古”“求道”“养气”等笼统提法转向可具体操作的方法研究。明代王文禄在《文脉》中就记录有宋濂论文法：

濂尝受学吴立夫，问作文之法，谓有篇联，脉络贯通；有段联，奇偶迭生；有句联，长短合节；有字联，宾主对待。又问做赋之法，谓有音法，倡和阖辟；有韵法，清池谐协；有辞法，呼吸相应；有章法，布置谨严。总不越生、承、还三者而已。然字有不齐，体亦不一，须随类附之，不使玉瓒与瓦击并陈，斯得矣。又在三者外，非精择不能也。尝谓作文如用兵，兵法有正、有奇。正是法度，要步伍分明，奇是不为法度所缚，千变万化，坐、作、进、退、击、次，一时俱起，及欲止，什自归什，伍自伍，元不曾乱。①

明清两代的文法探究既有总体性的把握，又有具体布局、修辞等具体写作手法的分析。如归有光的《归震川先生论文章体则》：“要总于前，而大纲以举；类分于后，而细目以张。记其则，则六十六条；记其文，则百十八篇。”② 这样的文法之论应该说是很成熟了。明清的文法论虽然丰富、全面，但仍然染有浓重的八股文气息，詹仰庇在序归有光的《归震川先生论文章体则》时说道：

乙丑春，震川归先生登进士第，余辱附骥尾。诸年家唯先生爱余笃至，每日相与追论举业利病，先生深谓读古文有益，余意其必有善本。少之，果出古文一帙示余，曰：“某之幸至今日者，赖有此耳。”

---

① （明）王文禄：《文脉》，王水照编《历代文话》第2册，复旦大学出版社2007年版，第1711页。

② （明）归有光：《归震川先生论文章体则》，王水照编《历代文话》第2册，第1739页。

余阅有得，辄叹获睹之晚。于是录之，以为继武者之的也。①

八股时文本来就是骈散相间，古文与八股文的划分是相对的，两者不管是在神还是形上都有许多相融之处，许多文法的探求都是兼指二者。明清举业发达，探讨文法也是时代的必然，章学诚分析其中缘由：

古人文成法立，未尝有定格也。传人适如其人，述事适如其事，无定之中有一定焉。知其意者，旦暮遇之；不知其意，袭其形貌，神弗肖也。……盖塾师讲授《四书》文义，谓之时文，必有法度以合程式。而法度难以空言，则往往取譬以示蒙学。拟于房室，则有所谓间架结构；拟于身体，则有所谓眉目筋节；拟于绘画，则有所谓点睛添毫；拟于形家，则有所谓来龙结穴。随时取譬，习陋成风，然为初学示法，亦自不得不然，无庸责也。②

在古文、时文融合趋势之下，文法的探求表面是古文文法，实则意指时文文法。章学诚说道："归氏之于制艺，则犹汉之子长，唐之退之，百世不祧之大宗也。故近代时文家之言古文者，多宗归氏。唐、宋八家之选，人几等于五经四子，所由来矣。"③ 从明代后期至清代中叶，归、唐的古文理论、选本影响甚大，这种局面的出现与归、唐的古文理论兼容古文、时文不无关系。方苞的"义法"可以说是对明清以来文法研究的一次总结。

"义法"一词最早出现在《史记》中，"《春秋》，上记隐，下至哀之获麟，约其辞文，去其烦重，以制义法"④。司马迁虽然提出了"义法"，但没有对它作解释、说明，方苞则从《史记》中接过这一称谓，将古文写作的要领归结为"义法"。他在《又书货殖列传后》中说道："《春秋》之

① （明）归有光：《归震川先生论文章体则》，王水照编《历代文话》第 2 册，第 1738—1739 页。

② （清）章学诚著，仓修良编注：《文史通义新编新注》，第 153 页。

③ （清）章学诚著，仓修良编注：《文史通义新编新注》，第 139 页。

④ （汉）司马迁：《史记》，中华书局 1959 年版，第 509 页。

制义法，自太史公发之，而后深于文者亦具焉。义即《易》之所谓‘言有物’也，法即《易》之所谓‘言有序’也。义以为经而法纬之，然后为成体之文。”[①] 方苞认为“深于文者”才会体悟到为文之“义法”。“义法”不是普通的文法，为何“深于文”才能体悟到呢？其实，方苞所论的“义法”正是源于传统史学的“春秋书法”。在《书汉书谈霍光传后》中，他说道：

> 《春秋》之义，常事不书，而后之良史取法焉。昌黎目《春秋》为谨严，撰《顺宗实录》削去常事，独著其有关于治乱者。班史义法，视子长少漫矣，然尚能识体要。其传霍光也，事武帝二十余年，蔽以“出入禁闼，小心谨慎”；相昭帝十三年，蔽以“百姓充实，四夷宾服”，而其事无传焉。盖不可胜书，故一裁以常事不书之义，而非略也。其详焉者，则光之本末，霍氏祸败之所由也。古之良史，于千百事不书，而所书一二事，则必具其首尾，并所为旁见侧出者，而悉书之。故千百世后，其事之表里可按，而如见其人。后人反是，是以蒙杂暗昧，使治乱贤奸之迹，并昏微而不著。是《传》于光事武帝，独著其“出入殿门下，止进不失尺寸”，而性资风采可想见矣。其相昭帝，独著增符玺郎秩、抑丁外人二事，而光所以秉国之钧，负天下之重者，具此矣。其不学专汰，则于任宣发之，而证以参乘，则表里具见矣。盖其详略虚实措注，各有义法如此。[②]

方苞的“义法”出现最多的是在对《左传》《史记》的评点之中，其“义法”也实源于此。张高评说道：“方苞义法的形成，是根柢于经术、规范于史义、化成于文法，而靡荡乎时风，其中自有方苞裁别之识与陶铸之公在，其大凡则归本于《春秋》书法。”[③] 方苞自己也认为《左传》《史记》是“义法”最完备者。“叙事之文，义法备于《左》《史》。”[④] “义法

① （清）方苞：《方苞集》，第 58 页。

② （清）方苞：《方苞集》，第 62—63 页。

③ 张高评：《春秋书法与左传学史》，上海古籍出版社 2005 年版，第 295—296 页。

④ （清）方苞：《方苞集》，第 615 页。

最精者，莫如《左传》、《史记》，然各自成书，具有首尾，不可以分剟。”①方苞的《左传义法举要》是他与弟子讲述《左传》文法的著作，完成于康熙三十九年，当时方苞也年仅32岁。可见，方苞的“义法”说形成时间也是比较早的。“义法”说立足于史传文学传统，方苞将这一理论泛化为古文理论。他在《书五代史安重诲传后》中说道：

> 记事之文，惟《左传》、《史记》各有义法，一篇之中，脉相灌输，而不可增损。然其前后相应，或隐或显，或偏或全，变化随宜，不主一道。《五代史·安重诲传》总揭数义于前，而次第分疏于后；中间又凡举四事，后乃详书之；此书疏论策体，记事之文古无是也。《史记·伯夷》、《孟荀》、《屈原传》，议论与叙事相间。盖四君子之传以道德节义，而事迹则无可列者。若据事直书，则不能排纂成篇。其精神心术所运，足以兴起乎百世者，转隐而不著。故于《伯夷传》，叹天道之难知；于《孟荀传》，见仁义之充塞；于《屈原传》，感忠贤之蔽壅，而阴以寓己之悲愤。其他本纪、世家、列传有事迹可编者，未尝有是也。《重诲传》，乃杂以论断语。夫法之变，盖其义有不得不然者。欧公最为得《史记》法，然犹未详其义而漫效焉。后之人又可不察而仍其误邪！②

方苞的“义法”源于史传文学，他每每以此衡量古文。“十篇之序，义并严密，而辞微约，览者或不能遂得其条贯，而义法之精变，必于是乎求之，始的然其有准焉。欧阳氏《五代史志考》序论，遵用其义法，而韩、柳书经子后语，气韵亦近之，皆其渊源之所渐也。”③ “退之、永叔、介甫俱以志铭擅长。但序事之文，义法备于《左》、《史》；退之变《左》、《史》之格调，而阴用其义法；永叔摹《史记》之格调，而曲得其风神；介甫变退之之壁垒，而阴用其步伐。学者果能探《左》、《史》之精蕴，则

① （清）方苞：《方苞集》，第613页。

② （清）方苞：《方苞集》，第64页。

③ （清）方苞：《方苞集》，第49页。

于三家志铭，无事规橅，而自与之并矣。”① 方苞对“义法”持论甚高，他的“义法”说并不论及时文。对于时文，他仍然用传统的“神”“气”的方法论。他在《储礼执文稿序》中说道：

> 昔余从先兄百川学为时文，训之曰：“儒者之学，其施于世者，求以济用，而文所非尚也。时文尤术之浅者，而既已为之，则其道亦不可苟焉。今之人亦知理之有所宗矣，乃杂述先儒之陈言而无所阐也；亦知辞之尚于古矣，乃规摹古人之形貌而非其真也。理正而皆心得，辞古而必己出，兼是二者，昔人所难，而今之所当置力也。”②

同样是御选文集，方苞在《古文约选序例》中不断用“义法”阐释古文的要义，而在《进四书文选表》中却不谈“义法”。在《进四书文选表》中他论及时文仍然不免老套：“欲理之明，必溯源六经，而切究乎宋、元诸儒之说；欲辞之当，必贴合题义，而取材于三代、两汉之书；欲气之昌，必以义理洒濯其心，而沉潜反复于周、秦、盛汉、唐、宋大家之古文。兼是三者，然后能清真古雅而言皆有物。”③ 由此可见，方苞的“义法”说与唐宋派融合古文、时文的文法论是不一样的，“义法”说立论更高。它摆脱了传统文法论的低俗性，体现了方苞对理学的价值追求，既是八大家古文理论的总结，又是升华。

雅洁论

方苞的古文理论不以八大家为参照系，而是以六经和史汉文章为准则，正因如此，他在文体风格、语体风格上提出了“雅洁论”。方苞的古文理论有浓厚的救世色彩，“留侯‘所与上从容言天下事甚众，非天下所以存亡，故不著’。此三语，著为留侯立传之大指。纪事之文，义法尽于此矣”④。“孔子删《诗》，事有细而不遗，辞有污而不削，以是乃废兴存

---

① （清）方苞：《方苞集》，第615页。
② （清）方苞：《方苞集》，第95页。
③ （清）方苞：《方苞集》，第581页。
④ （清）方苞：《方苞集》，第853页。

亡之所自也。非然，则郑、卫、齐、陈之淫声、慢声，胡为而与《雅》《颂》并立与?”[1] 古文“义法”的真义乃是“非天下所以存亡，故不著”“废兴存亡之所自”，古文之要义大矣。正是站在这样的立场，方苞对归、唐古文提出了批评。“震川之文，乡曲应酬者十六七，而又徇请者之意，袭常缀琐，虽欲大远于俗言，其道无由。……震川之文于所谓有序者，盖庶几矣，而有物者，则寡焉。”[2] 方苞视古文甚高，对古文的世俗化多有不满，袁枚将他的古文视为“正宗”，确有道理。方苞看重古文，他对古文的文体风格、语体风格也提出了很高的要求，这一要求就是“雅洁”论。

要论古文的语体、文体风格，就必须先认识何者为古文。在《古文约选序例》中，方苞说道：

> 太史公《自序》：“年十岁，诵古文”，周以前书皆是也。自魏、晋以后，藻绘之文兴。至唐韩氏起八代之衰，然后学者以先秦盛汉辨理论事，质而不芜者为古文。盖六经及孔子、孟子之书之支流余肆也。……窃惟承学之士必治古文，而近世坊刻，绝无善本。圣祖仁皇帝所定《渊鉴古文》，闳博深远，非始学者所能遍观而切究也。乃约选两汉书、疏及唐宋八家之文，刊而布之，以为群士楷。[3]

方苞认为辨理论事、质而不芜的至约之文才可以称作古文。他区别了经与古文，认为六经、孔孟之书虽是古文之源，但与古文是有一定的区别的。借助康熙所定的《古文渊鉴》，方苞厘定了古文的源流，即认为两汉史传散文、唐宋八大家为典范的古文。古文既然是经之支流余肄，就必然以经为依归。在《杨千木文稿序》中，他说道：

> 古之圣贤，德修于身，功被于万物；故史臣记其事，学者传其言，而奉以为经，与天地同流。其下如左丘明、司马迁、班固，志欲通古今之变，存一王之法，故纪事之文传。荀卿、董傅，守孤学以待

---

① （清）方苞：《方苞集》，第13页。

② （清）方苞：《方苞集》，第117页。

③ （清）方苞：《方苞集》，第612—613页。

来者，故道古之文传。管夷吾、贾谊，达于世务，故论事之文传。凡此皆言有物者也。其大小厚薄，则存乎其质耳矣。魏、晋以降，若陶潜、李白、杜甫，皆不欲以诗人自处者也，故诗莫盛焉；韩愈、欧阳修，不欲以文士自处者也，故文莫盛焉。南宋以后，为诗若文者，皆勉焉以效古人之所为，而虑其不似，则欲不自局于蹇浅也，能乎哉？[①]

文既然以古为归，那就必然要有高古之风貌。在论及古文的文体及语体上，方苞多次谈及“雅洁”。“震川之文于所谓有序者，盖庶几矣，而有物者，则寡焉。又其辞号雅洁，仍有近俚而伤于繁者。岂于时文既竭其心力，故不能两而精欤？抑所学专门于为文，故其文亦至是而止欤？此自汉以前之书所以有驳有纯，而要非后世文士所能及也。”[②] “南宋、元、明来，古文义法不讲久矣。吴、越遗老尤为放恣，或杂小说，或沿翰林旧体，无一雅洁者。古文中不可入语录中语、魏、晋、六朝人藻丽俳语、汉赋中板重字法、诗歌中俊语、《南北史》佻巧语。”[③] 方苞的“雅洁”包含两个方面，一是文章的义理须符合理学的要义，二是语言的简洁、纯正。

方苞以经世、救世的眼光要求古文，思想的健康、纯正是古文的第一要求。“管夷吾、荀卿、《国语》、《国策》之文，道琐事，述鄙情，而不害其为雅。至于质实而言有物，则必智识之高明，见闻之广博，胸期之阔大，实有见于义理，而后能庶几焉。是又清真古雅之根源也。”[④] “世宗宪皇帝特颁圣训，诱迪士子：制义以清真古雅为宗。我皇上引而伸之，谆谕文以载道，与政治相通，务质实而言必有物。”[⑤] 在御选四书文时，方苞谈到选本标准：“凡所录取，皆以发明义理，清真古雅，言必有物为宗。庶可以宣圣主之教思，正学者之趋向。”[⑥] 思想稍有不纯正，即影响到古文之“雅”。方苞对柳宗元批评道：“子厚自述为文，皆取原于六经，甚哉，其自知之不能审也！彼言涉于道，多肤末支离而无所归宿，且承用诸经字

① （清）方苞：《方苞集》，第 608 页。

② （清）方苞：《方苞集》，第 117—118 页。

③ （清）方苞：《方苞集》，第 890 页。

④ （清）方苞：《方苞集》，第 775—776 页。

⑤ （清）方苞：《方苞集》，第 775 页。

⑥ （清）方苞：《方苞集》，第 581 页。

义，尚有未当者。盖其根源杂出周、秦、汉、魏、六朝诸文家，而于诸经，特用为采色声音之助尔。故凡所作效古而自汨其体者，引喻凡猥者，辞繁而芜句佻且稚者，记、序、书、说、杂文皆有之，不独碑、志仍六朝、初唐余习也。其雄厉凄清醲郁之文，世多好者；然辞虽工，尚有町畦，非其至也。"① 归有光的古文多有应酬之作，这也遭到了方苞的批评。"震川之文，乡曲应酬者十六七，而又徇请者之意，袭常缀琐，虽欲大远于俗言，其道无由。"② 方苞的"雅"与清王朝"清真雅正"的文化政策是一致的。乾隆就说道："考试各官，凡岁科两试以及乡会衡文，务取'清真雅正'，法不诡于先型，辞不背于经义者，拟置前茅，以为多士程式。如有好为怪异，于题意毫无发明，但抄录子书中人不经见之语，以妄希诡遇者，概置勿录。"③ 作为王朝上层文人，方苞古文论"雅"也是自得其所。

古文源于经学。经学典籍要言不烦，后世的经传恪守"春秋笔法"的"微言大义"，古文应该以经、传为取法对象。在古文语体上，方苞要求回归经、传的语体风格，强调"微言大义"。"夫文未有繁而能工者，如煎金锡，粗矿去，然后黑浊之气竭而光润生。"④ 方苞评《周官》："使以晚周、秦、汉人籍之，则倍其文尚不足以详其事，经则略举互备，括尽而无遗，是之谓圣人之文也。"⑤ 方苞对儒家先秦典籍尤为推崇，认为这些著作是后世文章的典范。"《易》、《诗》、《春秋》及四书，一字不可增减，文之极则也。降而《左传》、《史记》、韩文，虽长篇，句字可薙芟者甚少。其余诸家，虽举世传诵之文，义枝辞冗者，或不免矣。"⑥ 字少而意丰，这一直是方苞古文追求的境界。方苞也不是一味地追求简洁，他认为行文之洁必须考虑与所叙述之事是否匹配。"柳子厚称太史公书曰洁，非谓辞无芜累也，盖明于体要，而所载之事不杂，其气体最为洁耳。以固之才识，犹未

---

① （清）方苞：《方苞集》，第112页。

② （清）方苞：《方苞集》，第117页。

③ （清）托津：《钦定大清会典事例》，《近代中国史料丛刊三编》第六十七辑第663册，台北文海出版社1991年版，第2113页。

④ （清）方苞：《方苞集》，第181页。

⑤ （清）方苞：《方苞集》，第23页。

⑥ （清）方苞：《方苞集》，第615—616页。

足于此，故韩、柳列数章家，皆不及班氏。”[①] “古之晰于文律者，所载之事，必与其人之规模相称。太史公传陆贾，其分奴婢装资，琐琐者皆载焉。若萧曹《世家》而条举其治绩，则文字虽增十倍，不可得而备矣。”[②] 可见，方苞的“洁”是语言的适度。在评述《史记》中，方苞在多处都说明叙述之事如何“与其人之规模相称”。要言不烦，因事而定，方苞对行文之洁的要求是相当辩证的。作为阐述圣贤义理之文，方苞要求古文的语言要古雅，反对杂入俚俗的语言。“吴、越间遗老尤为放恣，或杂小说。或沿翰林旧体，无一雅洁者。古文中不可入语录中语、魏、晋、六朝人藻丽俳语、汉赋中板重字法、诗歌中俊语、《南北史》佻巧语。”[③] 方苞的语言观有以古为雅的倾向，他对以小说、时俗谐趣等语体融入古文的做法持批判的态度。明代以后，古文受小说、戏剧等文体影响很大，语体也因此而变化多样。方苞对古文的这种俗化倾向持反对的态度，他认为这是一种退化的表现。李慈铭对方苞的这一态度评价道：“此书（指《南雷文约》）自丙辰阅一过，今二十六年矣。梨洲文鲜持择，才情烂漫，时有近小说家者。望溪谓吴越间遗老尤放态，盖指是也。然本原深厚，随在倾吐，皆至情至理之言，读之餍心，昔人所谓杜诗韩集愁来读，似倩麻姑痒处搔也。”[④] 应该说，这样的态度比方苞要宽容得多。

小　结

宋明以来，随着古文创作不断趋于繁荣，古文的理论总结也日趋丰富、完备。方苞的“义法”说既有经学的立场又有文学的立场，可以说是传统古文理论的集成。正是基于经学的立场，“义法”说维护了古文义理和文法的纯正，避免了古文的俚俗。文学的立场使得“义法”说接近古文的审美性，避免了古文生硬的工具性倾向。兼顾经学和文学的“义法”说虽然赢得了广泛的赞誉，但也遭到了来自桐城派内外的批评。钱大昕认为方苞仅为一“文人”，否定了他的经学和“义法”。凌廷堪说道：“以经史

① （清）方苞：《方苞集》，第 56 页。
② （清）方苞：《方苞集》，第 136 页。
③ （清）方苞：《方苞集》，第 890 页。
④ （清）李慈铭：《越缦堂读书记》，上海书店出版社 2000 年版，第 990 页。

为辞章，有识者犹知非之。”[①] 凌廷堪在姚鼐的信中直接批评了方苞的“义法”：“集中（按：指姚鼐的文集）论诗假索伦、蒙古人之射为喻，以为非有定法。此诚不易之论。窃谓诗既如此，文亦宜然，故于方望溪义法之说，终不能无疑也。”[②] 桐城派后学方东树对方苞的“义法”也有所不满。他说道：“顾其始也，判精粗于事与道；其末也，乃区美恶于体与词；又其降也，乃辨是非于义与法。噫！论文而及于体与词，义与法，抑末矣。”[③] 以上数人站在经学的立场，对方苞以经为文进行了批评。乾嘉时期学人对方苞批评基本是基于经学，这也就难怪方苞的“义法”在乾嘉难有市场了。桐城派内部对方苞的“义法”也有微词，姚范说道：“望溪沾沾于详略，讲义法，非笃论也。”[④] 姚鼐也认为：“望溪所得在本朝诸贤为最深，而较之古人则浅。其阅太史公书，似精神不能包括其大处、远处、疏淡处及华丽非常处。止以义法论文，仅得其一端而已。”[⑤] 晚明以后，古文不断地融合小说、戏剧等写作方法，表现力日趋丰富，古文不断朝审美性、艺术性发展。桐城派认为方苞的文法未必尽善，这一判断应该说是基于古文发展的内在理路。乾嘉汉学家对方苞的批评虽然是方苞身后的事情，但是在厘定古文概念的时候仍然遭遇了“影响的焦虑”，“一代正宗”的文法理论是他们挥之不去的影子。对于执着于古文艺术性的桐城派文人，方苞的“义法”束缚了古文的审美化发展，与他们对古文的审美追求仍然有一定的距离。接过具有广泛影响的“义法”说，使它继续朝着艺术性、审美性的方向发展，这是方苞之后桐城派努力的方向。

2. 刘大櫆

闻一多对中国古代散文有如下判断：

> 每一个时代有一个时代的主潮，小的波澜总得跟着主潮的方向推进，跟不上的只好留在港汊里干死完事。战国秦汉时代的主潮是散

---

① （清）凌廷堪：《校礼堂文集》，第 197 页。
② （清）凌廷堪：《校礼堂文集》，第 220 页。
③ （清）方东树：《考槃集文录》，《续修四库全书》第 1497 册，第 333 页。
④ （清）姚范：《援鹑堂笔记》，道光十六年重刻本，卷 42。
⑤ （清）姚鼐：《惜抱先生尺牍》，《丛书集成续编》第 130 册，第 932 页。

文。一部分诗服从了时代的意志，散文化了，便成就了《楚辞》和初期的《汉赋》，成就了《饶歌》，这些都是时代的光荣。另一部分诗，如《郊祀歌》、《安世房中歌》、韦孟《讽谏诗》这类，跟不上潮流，便成了港中的泥淖。明代的主潮是小说，《先妣事略》、《寒花葬志》和《项脊轩志》的作者归有光，采取了小说的以寻常人物的日常生活为描写对象的态度，和刻画景物的技巧，总算沾上了时代潮流的边儿，（他自己以为是读《史记》读来了的，那是自欺欺人的话。）所以是散文家中欧公以来唯一顶天立地的人物。其他同时代的散文家，依照各人小说化的程度的比例，也多多少少有些成就，至于那般诗人们只忙于复古，没有理会时代，无疑那将被未来的时代忘掉。以上两个历史的教训，是值得我们的新诗人书绅的。①

明清以来的古文在不断地借鉴小说、戏剧等文体的写作手法中获得了发展的生机。闻一多将古文写作的小说化视为古文发展的方向，这基本上符合古文发展的历史事实。文体的融合是文学发展的趋势，小说在明清固然有广泛的影响，但古文写作并不只是受小说的影响，诗歌、词、戏剧等都不同程度地影响到了古文理论和古文写作，古文在融通其他文体的同时，自身也在不断地朝审美化、艺术化的方向发展，这一点，在刘大櫆身上得到了体现。

明代以归有光为代表的唐宋派注重“神理”，他们将古文的视位下移，关注下层的普通人物，在写作技艺上大胆借鉴小说的写作，所作的古文气韵生动，代表了古文的发展方向。刘大櫆的古文很好地继承了这一传统，他的古文，如《樵髯传》《章大家事略》等都沾染有小说的气息。不仅如此，刘大櫆的古文还在诗化上得到了拓展，他的不少古文富于诗歌的气势和韵味，这一点可以说是对归、唐古文的突破。刘大櫆的古文不仅突破了唐宋派，而且在审美性、艺术性上也超越了桐城派的方苞。不管是在桐城派发展史还是中国古代散文发展史上，他都是一个不可忽视的人物。刘大櫆于乾隆四十五年去世，他的中晚年正是汉学趋盛之时。他与当时的汉学家如程晋芳、程瑶田等都交谊不浅，也与理学阵营中人如方苞、姚鼐、方

① 闻一多：《神话与诗》，上海人民出版社2006年版，第167—168页。

晞原等交往甚多，虽则如此，他的古文并不被汉学和理学束缚。刘大櫆对汉学家的为文有所不满。“世皆以古之道无所用于今，是大不然。尧、舜之道远矣……后学厌弃先矩，乃更旁罗经史，以相附益，炫其采色音声，而于古圣立言之旨，寖以违戾。迄于今而承袭舛讹，先民之遗学扫地尽矣。”[①] 理学家重理轻文，刘大櫆对他们这一观点多持批评的态度，“作文本以明义理，适世用。而明义理，适世用，必有待于文人之能事；朱子谓‘无子厚笔力发不出’”[②]，“至专以理为主者，则犹未尽其妙也”[③]。刘大櫆虽有文名，但在乾嘉时期，他的影响并不大，桐城派崛起后，他也因思想的异端而受到排斥。在中国古代散文发展史链上，刘大櫆是一个节点式的人物，可惜的是，我们对这一节点仍然重视不够。

（1）行文自另是一事

方苞将“言有物”与“言有序”列为二事，在一定程度上为古文的独立性作了注脚。虽则如此，在文与道的关系上，方苞还是有比较明显的重道轻文倾向。与方苞相比，刘大櫆更偏重于文，他将古文视为一种独立的事业，“自有书契以来，则已有文章之学。《尧典》《皋谟》唐虞之纪载，择当时有道而能文者为史官，以职司其事。文王、周公系《易》，孔子成《春秋》，皆以大圣人之才，躬亲著作，故其文辞炳然如日月之光，照耀中天而流传万世”[④]。刘大櫆将古文视为独立的事业，借助于先贤，他将古文抬高到了经学的地位。不仅如此，他甚至认为古文之才较经史之才更难得。“夫文章之与勋业，其轻重不较而明。然曾巩有言：自周衰至今千有余岁，其间能文章之士，汉及唐、宋三代而已；而三世之盛，能以文章特见于世者，率不过三数人。是则为国家建立勋业前代多有其人，而能文章之士旷世而不一见也。”[⑤] 能文之士“旷世而不一见”，古文之难由此可见。刘大櫆之所以得出此结论，与他对古文的高要求有关。刘大櫆眼中的古文，不是世俗之文，而是具有深邃思想和优美辞采之文，要达到这两点，

---

① （清）刘大櫆：《刘大櫆集》，第 92 页。

② （清）刘大櫆等：《〈论文偶记〉〈初月楼古文绪论〉〈春觉斋论文〉》，第 4 页。

③ （清）刘大櫆等：《〈论文偶记〉〈初月楼古文绪论〉〈春觉斋论文〉》，第 3 页。

④ （清）刘大櫆：《刘大櫆集》，第 74 页。

⑤ （清）刘大櫆：《刘大櫆集》，第 86 页。

何其之难。“余穷无所用于世，晏居独处，尝取三代、秦、汉以来贤人志士之所为文章，伏而读之，慨然想见其用心，欣然有慕乎作者之能事，间亦盗剽仿效拟作以自娱嬉。窃叹古之为文者，蜀山、秦陇、江、河之渎也，后之人堕以为部娄、污渠。思有以振兴追蹑之，而苦才力不逮，徒怀虚愿，谁其助予？其后得交歙之诸君子，有同志焉。……甚矣，文之难言也！欧、苏既没，其在明代，惟归氏熙甫一人。然熙甫求为进士而不得，劳其心于八比之时文，而以其余力作为古文，故其置身不及唐以上。”① 刘大櫆在古文上陈义甚高，他的古文追求师法何处？我们可以从他的学生吴定处找到答案。吴定在《海峰先生墓志铭》中说道：“自古文亡于南宋，前明归太仆震川暨我朝方侍郎灵皋继作，重起其衰，至先生大振。其才之雄，兼集庄、骚、左、史、韩、柳、欧、曾、苏、王之能，瑰奇恣睢，铿锵绚烂，足使震川、灵皋惊退改色。……元、明以来，辞章之盛，未有盛于先生者也。”② “庄、骚、左、史”之文是刘大櫆最为醉心之文，这些著作有着浓重的纯艺术倾向，刘大櫆的追求已经褪掉了经学的色彩。“华正与朴相表里，以其华美，故可贵重。所恶于华者，恐其近俗耳；所取于朴者，谓其不著脂粉耳。昔人谓：‘不著脂粉而清真刻峭者，梅圣俞之诗也；不著脂粉而精彩浓丽，自《左传》《庄子》《史记》而外，其妙不传。’此知文之言。”③ 刘大櫆一生没有刻意于某一经学思想，他人生的重心放在了古文上，“庄、骚、左、史”的文学成就正是他取法的主要对象。

不汲汲于经史，而是深入探讨古文行文之道，刘大櫆将文与道划分为两事。“故义理、书卷、经济者，行文之实，若行文自另是一事。譬如大匠操斤，无土木材料，纵有成风尽垩手段，何处设施？然即土木材料，而不善设施者甚多，终不可为大匠。故文人者，大匠也；义理、书卷、经济者，匠人之材料也。”④ 戴震在前人的基础上再度确立义理、考据、辞章的学术畛域，将考据视为学术的根源。姚鼐接过这一学术畛域的划分时认为三者并重，不可偏废。刘大櫆直接撇开非文以外的因素，将文直接视为

① （清）刘大櫆：《刘大櫆集》，第54—55页。

② （清）刘大櫆：《刘大櫆集》，第623页。

③ （清）刘大櫆等：《〈论文偶记〉〈初月楼古文绪论〉〈春觉斋论文〉》，第9页。

④ （清）刘大櫆等：《〈论文偶记〉〈初月楼古文绪论〉〈春觉斋论文〉》，第3页。

“另是一事”，否定了古文与义理、考据、经济的直接联系，甚至将文视为精华，而将义理、考据、经济视为粗材。刘大櫆将行文看得很重，在《论文偶记》中，他多次提到文人的这种“能事”。“（字句、气、神）次第虽如此，然字句亦不可不奇，自是文家能事。扬子《太玄》《法言》，昌黎甚好之，故昌黎文奇。”[①] “文法有平有奇，须是兼备，乃尽文人之能事。”[②] “神气者，文之最精处也；音节者，文之稍粗处也；字句者，文之最粗处也。然论文而至字句，则文之能事尽矣。”[③] “作文本以明义理，适世用。而明义理，适世用，必有待于文人之能事，朱子谓‘无子厚笔力发不出’。”[④] “当日唐、虞纪载，必待史臣。孔门贤杰甚众，而文学独称子游、子夏。可见自古文字相传另有个能事在。”[⑤] 乾嘉汉学家多将文视为经的工具，认为文对经具有依附性，刘大櫆“行文自另是一事”打破了这一思维，具有对抗时见的态势。酷爱辞章的姚鼐在汉学家的打击下每每推崇刘大櫆，这是两人意趣相投使然。

（2）神气说

刘大櫆认为“行文自另是一事”，那行文究竟是何事？他是如何看待古文及其行文的？这些问题值得我们深入探讨。

在《论文偶记》中，刘大櫆说道：

> 行文之道，神为主，气辅之。曹子桓、苏子由论文，以气为主，是矣。然气随神转，神浑则气灏，神远则气逸，神伟则气高，神变则气奇，神深则气静，故神为气之主。至专以理为主者，则犹未尽其妙也。盖人不穷理读书，则出词鄙倍空疏。人无经济，则言虽累牍，不适于用。故义理、书卷、经济者，行文之实，若行文自另是一事。[⑥]

---

① （清）刘大櫆等：《〈论文偶记〉〈初月楼古文绪论〉〈春觉斋论文〉》，第6—7页。
② （清）刘大櫆等：《〈论文偶记〉〈初月楼古文绪论〉〈春觉斋论文〉》，第8页。
③ （清）刘大櫆等：《〈论文偶记〉〈初月楼古文绪论〉〈春觉斋论文〉》，第6页。
④ （清）刘大櫆等：《〈论文偶记〉〈初月楼古文绪论〉〈春觉斋论文〉》，第4页。
⑤ （清）刘大櫆等：《〈论文偶记〉〈初月楼古文绪论〉〈春觉斋论文〉》，第4页。
⑥ （清）刘大櫆等：《〈论文偶记〉〈初月楼古文绪论〉〈春觉斋论文〉》，第3页。

“神”是主体的精神境界，“气”是“神”的外在表现，刘大櫆将神和气视为体用之关系，神决定气，气受制于神。“神者，文家之宝。文章最要气盛；然无神以主之，则气无所附，荡乎不知其所归也。神者气之主，气者神之用。神只是气之精处。”[①] 正是将神和气视为体用之关系，刘大櫆在论古文时也将两者合用。用“气”来论古文，在唐宋八大家中也很常见。韩愈：“气盛则言之长短与声之高下者皆宜。”[②] 苏辙：“以为文者，气之所形，然文不可以学而能，气可以养而致。孟子曰：‘我善养吾浩然之气。’今观其文章，宽厚宏博，充乎天地之间，称其气之小大。太史公行天下，周览四海名山大川，与燕、赵间豪俊交游，故其文疏荡，颇有奇气。此二子者，岂尝执笔学为如此之文哉？其气充乎其中而溢乎其貌，动乎其言而见乎其文，而不自知也。”[③] 刘大櫆的“气”与韩愈、苏辙等人所论之“气”并没有太大的区别，应该说刘大櫆的“气”论是对传统古文“文气”论的继承。明代以前，“神”多用于诗歌、绘画、书法、音乐等艺术，用于古文的并不多，郭绍虞说道：“诗人倾向于神的一边，文人倾向于气的一边。”[④] 明代以后，以“神”论古文渐渐多起来。唐顺之在《与两湖书》：“每一抽思，了了如见古人为文之意，乃知千古作家别自有正法眼藏在。盖其首尾节奏，天然之度，自不可差，而得意于笔墨溪径之外，则惟神解者而后可以语此。”[⑤] 茅坤在《文诀》一文中也说道：“神者，文章中渊然之光，窅然之思，一唱三叹，余音袅娜，即之不可得，而味之又无穷者也。入此一步，则《庄子》之《秋水》、《马蹄》，《离骚》之《卜居》、《渔父》诸什；下如苏子瞻前后《赤壁赋》，并吾神助也。吾尝夜半披衣而坐，长啸而歌。久之，露零沾衣，不觉银河半落，明星在掌。已而下笔风神倍发也。此皆吾所得者。即如儿辈未能也，须于草稿完后，便当再三暗诵，将篇中得失处，彻首彻尾审订一番，当删者删之，当改者改之，当扩充者扩充而驰骤之。务令文之神王，而烟波无尽，不可草率了

① （清）刘大櫆等：《〈论文偶记〉〈初月楼古文绪论〉〈春觉斋论文〉》，第 4 页。
② （唐）韩愈：《韩昌黎文集校注》，上海古籍出版社 1986 年校注版，第 171 页。
③ （宋）苏辙：《苏辙集》，中华书局 1990 年版，第 381 页。
④ 郭绍虞：《照隅室古典文学论集》，上海古籍出版社 1983 年版，第 66 页。
⑤ （明）唐顺之：《唐顺之集》，浙江古籍出版社 2014 年版，第 222 页。

事。”[①] 唐顺之、茅坤等人的“神”有神韵之意，他们在运用“神”的时候并没有将之视为一个独立的审美范畴，刘大櫆则是从审美范畴的角度来审视“神”和“气”，应该说刘大櫆的“神”“气”之论更具有自觉性和理论性。

“神”体现在何处

“神”究竟在何处，长期以来，这个问题一直是语焉不明。“神”为体，“气”为用，体不同，表现出来的“气”也就不一样。在《论文偶记》中，刘大櫆提出了“奇”“高”“远”“简”“变”等十二种审美风格论，我们且看几则。

> 文贵奇，所谓“珍爱者必非常物”。然有奇在字句者，有奇在意思者，有奇在笔者，有奇在丘壑者，有奇在气者，有奇在神者。字句之奇，不足为奇；气奇则真奇矣；神奇则古来亦不多见。
>
> 文贵高：穷理则识高，立志则骨高，好古则调高。文到高处，只是朴淡意多：譬如不事纷华，悠然世味之外，谓之高人。昔谓子长文字峻，震川谓此言难晓，要当于极真极朴极淡处求之。
>
> 文贵远，远必含蓄。或句上有句，或句下有句，或句中有句，或句外有句，说出者少，不说出者多，乃可谓之远。
>
> 文贵简。凡文笔，老则简，意真则简，辞切则简，理当则简，味淡则简，气蕴则简，品贵则简，神远而含藏不尽则简，故简为文章尽境。
>
> 文贵变。《易》曰：“虎变文炳，豹变文蔚”。又曰：“物相杂，故曰文。”故文者，变之谓也。一集之中篇篇变，一篇之中段段变，一段之中句句变，神变，气变，境变，音节变，字句变，惟昌黎能之。[②]

司空图在《诗品》中将诗歌风格分为雄浑、冲淡、纤秾、沉着、高古、典雅、洗练、劲健、绮丽、自然、含蓄、豪放、精神、缜密、疏野、清奇、委曲、实境、悲慨、形容、超诣、飘逸、旷达、流动 24 种。作者对

---

① （明）茅坤：《茅坤集》，浙江古籍出版社 2012 年版，第 863—864 页。

② （清）刘大櫆等：《〈论文偶记〉〈初月楼古文绪论〉〈春觉斋论文〉》，第 7—10 页。

每一种风格都进行了说明，中国后代的诗歌风格分类多受其影响，《四库全书总目》便认为这一划分“诸体毕备”。刘大櫆提出的这些古文风格论与诗歌风格论并无二致，如果将之置于诗论之中，便觉平淡无奇，其中的每一种风格在诗论中都已被论透。诗歌具有明确的审美属性，用诗歌的风格来看待古文，这就把古文视为一种审美性的文体种类，而这种审美追求促使了古文脱离实用的功能，朝着内指的方向前行。刘大櫆的古文风格论脱离了载道的古文观，将古文视为文艺，正是在这个意义上，他提出“文章者，艺事之至精”的观点。

古文的语言论

从纯文学的角度来看，文学是语言的艺术，具有虚拟性。对作家而言，语言的感知是文学创作的基础。高尔基说道：“很少有诗人不埋怨语言的‘贫乏’……这些埋怨的产生，是因为有些感觉和思想是语言所不能捉摸和表现的。”① 言能否达意，言能否创意，对于作家而言是非常关键性的问题。陆机说道：“夫放言遣辞，良多变矣，妍蚩好恶，可得而言。每自属文，尤见其情，恒患意不称物，文不逮意，盖非知之难，能之难也。”② 这诚为知言之论。刘大櫆论文每每谈及“神气”，他对“神气”形成的语言基础是有认识的，即他认为“神气”正是建立在语言基础之上。“盖音节者，神气之迹也；字句者，音节之矩也。神气不可见，于音节见之；音节无可准，以字句准之。”③ 刘大櫆由此将音节、字句、神气连接起来。“音节高则神气必高，音节下则神气必下，故音节为神气之迹。一句之中，或多一字，或少一字；一字之中，或用平声，或作仄声；同一平字仄字，或用阴平、阳平、上声、去声、入声，则音节迥异，故字句为音节之矩。积字成句，积句成章，积章成篇，合而读之，音节见矣；歌而咏之，神气出矣。”④ 字句是形成神气的关键性因素，正是在这个意义上，刘大櫆说道：“然余谓论文而至于字句，则文之能事尽矣。”⑤

① ［苏］高尔基：《论文学》，孟昌、曹葆华、戈宝权译，人民文学出版社 1979 年版，第 188—189 页。

② （南朝梁）萧统：《文选》，上海古籍出版社 1986 年版，第 761—762 页。

③ （清）刘大櫆等：《〈论文偶记〉〈初月楼古文绪论〉〈春觉斋论文〉》，第 6 页。

④ （清）刘大櫆等：《〈论文偶记〉〈初月楼古文绪论〉〈春觉斋论文〉》，第 6 页。

⑤ （清）刘大櫆等：《〈论文偶记〉〈初月楼古文绪论〉〈春觉斋论文〉》，第 6 页。

刘大櫆对字句的追求是对语言音乐美的追求。他批评时人的古文写作："近人论文，不知有所谓音节者；至语以字句，则笑以为末事。此论似高实谬。"[①] 刘大櫆认为没有语言的音韵之美，古文的神气便无从表现。"气之精者，托于人以为言，而言有清浊、刚柔、短长、高下、进退、徐疾之节，于是诗成而乐作焉。"[②] "凡行文多寡短长，抑扬高下，无一定之律，而有一定之妙，可以意会，而不可以言传。学者求神气而得之于音节，求音节而得之于字句，则思过半矣。其要只在读古人文字时，便设以此身代古人说话，一吞一吐，皆由彼而不由我。烂熟后，我之神气即古人之神气，古人之音节都在我喉吻间，合我喉吻者便是与古人神气音节相似处，久之自然铿锵发金石声。"[③] 古文抑扬顿挫，音节高下徐疾，刘大櫆追求的正是这种音乐之美，古文的这种境界在某种程度上说就是音乐的境界。

通过音节—字句—气—神，刘大櫆构建起了古文的写作技术理论。这一理论体系不是建立在实用的基础之上，而是建立在审美基础之上，这就将古文推向了纯艺术的道路。值得注意的是，方苞《诂律书一则》论及了音乐的神形。这篇文章可以说是方苞古文神形论的替身，我们不妨将它与刘大櫆作个比较。

> 神者，乐之精华，所以动天地、感万物之实理也。生于无形者，太虚之驷缊也。成于有形者，播于乐器，然后声生而神寓也。数者，十二律三分损益之数也。播于有形之乐器，然后其自然之数一一形见，而成宫、商、角、徵、羽之声也。神使气者，以天地之神而运于人之气也。气就形者，以人之气而就乎乐器也。凡音之高下疾徐，皆以人气之大小缓急调剂而成，故曰就也。既播于有形之乐器，则其理如物类之群分而有可别矣。方其未播于乐器，初无宫、商、清、浊之可别，所谓未形而未类也。既播子乐器，则钟、磬、管、弦，凡同形者，音必相似，所谓同形而同类也。然虽同形同类，而一器之中，其

① （清）刘大櫆等：《〈论文偶记〉〈初月楼古文绪论〉〈春觉斋论文〉》，第 6 页。

② （清）刘大櫆：《刘大櫆集》，第 88 页。

③ （清）刘大櫆等：《〈论文偶记〉〈初月楼古文绪论〉〈春觉斋论文〉》，第 12 页。

音之清浊高下，又各自有别。类而可班者，制器而可别其度也。类而可识者，审音而可识其分也。凡此，皆天地阴阳之理，自然而有别者也。圣人知天地之理，而识其所以别者，故能从有以至未有，而得细于气微于声者，所谓神也。有者，器数之既形也；未有者，器数之未形也。声气辨于既有器数之后，而神存于未有器数之先；故从有以至未有，然后可以探声气之本而得其神也。[①]

方苞认为“器数”是“气”形成的基础，而“气”是“神”的表现。从逻辑推理上看，方苞的理论逻辑与刘大櫆并无区别，但在“器数”“气”“神”的审美态度上，方苞与刘大櫆却有很大的不同。方苞的“神”是理学之义理，即天道，对于个体而言，它是理性认识的对象，方苞将对天道之认识视为乐的最高境界。“器数”在方苞眼中也只是工具，它本身的审美性无关轻重，领悟义理才是它的要务。方苞此文与其古文的“义法”说在理论内涵上是一致的，“义法”首重在“义”，“义”是古文的核心所在，“法”不过是“纬之”而已。从以上的对比可以看出，方苞与刘大櫆在对待古文的态度上存在很大的区别。方宗诚说：“海峰先生之文，以品藻音节为宗，虽尝受法于望溪，而能变化自成一体，义理不如望溪之深厚，而藻采过之。”[②] 确实，刘大櫆是从“品藻”的角度来看待古文，其古文理论在艺术化上较方苞走得更远。

从作品看刘大櫆的“神”与“气”

乾嘉时期，古文所涵及的各种文体如墓志铭、寿序、游记、传记等都进入了创作的高峰。刘大櫆的古文理论和实践得到了时人的推重，方东树说道：“（刘海峰）其说盛行一时，及门暨近日乡里后进私淑者数十辈，往往守其微言绪论以道学，肖其波澜意度以为文及诗者，不可胜纪。”[③] 刘大櫆的古文独树一帜，与乾嘉汉学家的古文形成了鲜明的对比，我们不妨通过具体的作品把握其古文审美性的“神”与“气”。

---

① （清）方苞：《方苞集》，第44—45页。

② （清）刘大櫆：《刘大櫆集》，第631页。

③ （清）刘大櫆：《刘大櫆集》，第630页。

樵髯传

樵髯翁姓程氏，名骏。世居桐城县之西鄙。性疏放，无文饰，而多髭须，因自号曰樵髯云。少读书，聪颖拔出凡辈。于艺术匠巧嬉游之事，靡不涉猎，然皆不肯穷竟其学，曰："吾以自娱而已。"尤嗜弈棋，常与里人弈。翁不任苦思，里人或注局凝神，翁辄颦颇曰："我等岂真知弈者，聊用为戏耳！乃复效小儿辈强为解事。"时时为人治病，亦不用以为意。诸富家尝与往来者病作，欲得翁诊视，使僮奴候之，翁方据棋局，哓哓然，竟不往也。翁季父官建宁，翁随至建宁官廨，得以恣情山水，其言武夷九曲，幽绝可爱，令人遗弃世事，欲往游焉。

刘子曰：余寓居张氏勺园中，翁亦以医至。余久与翁处，识其性情。翁见余为文，亟求余书其名氏，以传于无穷。余悲之而作樵髯传。①

"传"这一文体原是与经相对，即经传之意，后来才由传经到传人。赵翼在《陔余丛考》中说道："古人著书，凡发明义理，记载故事，皆谓之传。《孟子》曰：于传有之。谓古书也。左、公、穀作《春秋传》，所以传《春秋》之旨也。伏生弟子作《尚书大传》，孔安国作《尚书传》，所以传《尚书》之义也。《大学》分经、传，《韩非子》亦分经、传，皆所以传经之意也。故孔颖达云：大率秦、汉之际，解书者多名为传。……是汉时所谓传，凡古书及说经皆名之，非专以叙一人之事也。其专以之叙事而人各一传，则自史迁始，而班史以后皆因之。"② 史汉散文的传记多取材于重要的历史人物。宋代以后，小人物的传记逐渐增多，这类传记的写法也趋于丰富。刘大櫆此传其实是小人物之传。"樵髯"虽为小人物，但作者却是颇费笔墨心思，处处点染。作者通过四件事来写樵髯之"神"：自幼聪颖，于艺术匠巧嬉游之事，靡不涉猎，但又不肯穷竟其学，以游戏视之；嗜棋，却不为输赢所拘，权为散心；为下棋，竟让僮奴代医；恣情山水，有遗世之意。樵髯翁虽然生活于尘俗之中，却不为尘俗所染，他不仅

① （清）刘大櫆：《刘大櫆集》，第190页。
② （清）赵翼：《陔余丛考》，河北人民出版社1990年版，第71页。

形貌异于常人，而且心态、心境也异于常人。作者通过人物的动作、语言将这一奇异的心态、心境全盘写出，人物的“神”得到了充分的体现。樵髯翁的言行虽然有异于常人，但并非不符合情理，通过“无理之理”的叙写，樵髯翁高洁的形象得以体现。而文章最后写樵髯翁志趣于山水，升华了人物的精神境界，也升华了作品的主题。作者写樵髯翁的时候暗含着主人公与常人之间的对比，作者刻意的对比正是行文之“气”，在隐性的对比叙述之中，人物之“神”，作品主题之“神”得到了体现。从作品的写作过程来看，作者是先有对主题、人物之“神”的把握，然后通过差异性的行文对比形成文之“气”，“气”最终完成“神”的建构，这正是刘大櫆所说的“神为主，气辅之”。

游碾玉峡记

去桐城县治之北六里许，为境主庙。自境主庙北行，稍折而东，为东龙眠。山之幽丽出奇可喜者无穷，而最近治、最善为碾玉峡。

峡形长二十丈。溪水自西北奔入，每往益杀，其中旁掐迫束，水激而鸣，声琮然，为跳珠喷玉之状。又前行，稍平，乃卒归于壑。旁皆石壁削立，有树生石上，枝纷叶披，倒影横垂，列坐其荫，寒人肌骨。

予与二三子扪萝陟险，相扳联以下，决丛棘，芟秽草，引觞而酌。既醉，瞪目相向，恍惚自以为仙人也。噫！方余客勺园时，张君渭南为余言此峡之胜，因约与游。余神往，以不得即游为憾。今之游，渭南独不与，人生之会合，其果有常乎？桐虽予故里，然予以饥驱，方欲奔走四方，则其复来于此，不知在何？今未逾年遂两至，盖偶也，而独非兹山之幸与！①

作品写碾玉峡之气势，语言简练，字音响亮，句式富于变化，富于音乐性。“奔入”“益杀”“旁掐迫束”等词集中写出了水势，而“水激而鸣，声琮然”则将水声形象写出，让人如临其境，如闻其声，语少而意远，行文之妙自不待言。在写景之后，作者通过回忆与友人的约言，再次点染了碾玉峡

① （清）刘大櫆：《刘大櫆集》，第303页。

之美。由物及人，不仅感慨人生之无常，而且也写出了作者对人生之感慨。这篇游记虽然篇幅短小，但字句、语式、谋篇都极其讲究，行文富于气势，在人与物、今与昔的对比中，作品之“神”得到完美体现。

刘大櫆大胆地提出“行文自另是一事”，通过音节—字句—气—神构建起了行文之“能事”。乾嘉时期，汉学家多将古文与学问联系起来，理学家则将文与道联系。刘大櫆的这另一事割断了古文与考据、理学的内在联系，这其实是将古文视为一独立之“艺事”，这样的文学观念与近代的文学观念很接近。难得的是，刘大櫆并不是从载道的角度来看待古文，而是从审美的角度来审视古文。他的古文之论撇开了道、学识等外在因素的困扰，直接进入审美核心，这就将古文视为独立的学科门类。另外，不管是音节、字句还是气、神的分析，刘大櫆都围绕着艺术审美展开，在中国散文史上，这样的论调是很难得的。

3. 姚鼐的古文风格论

乾隆三十九年，42 岁的姚鼐借病辞官，此举与袁枚有相似之处。袁枚壮年辞官，其原因有二，一是与自己追求自适的性情有关，二是冀图在诗文上有所建树。与袁枚相比，姚鼐家境稍好，但他辞官的原因与袁枚有相似之处。乾隆三十七年，辞官前两年，姚鼐就有归田之意，这一年，他在写给刘大櫆的信中说道：

> 自少至今，怀没世无称之惧，朝暮自力，未甘废弃。然不见老伯，孰与证其是非者。鼐于文艺，天资学问，本皆不能逾人。所赖者，闻见亲切，师法差真。然其较一心自得，不假门径，邈然独造者，浅深固相去远矣。犹欲谨守家法，拒庳谬妄。冀世有英异之才，可因之承一线未绝之绪，倔然以兴。而流俗多持异论，自以为是，不可与辩。此间闻言相信者，间有一二，又恨其天分不为卓绝，未足上继古人，振兴衰弊。不知四海之内，终将有遇不邪？……自家伯父见背之后，鼐无复意兴，此间犹无可恋。今年略清身上负累，明年必归。杖履无恙，从此身相从矣。①

①（清）姚鼐：《惜抱先生尺牍》，《丛书集成续编》第 130 册，第 885 页。

京师虽然人才济济，但论及古文，“流俗多持异论，自以为是，不可与辩”，即便是有可论者，也是“间有一二”，而这些人又“天分不为卓绝，未足上继古人，振兴衰弊”，这种状况让姚鼐感到沮丧，京师之大，让他感到了“此间犹无可恋”，产生了“明年必归”的念头。从这封信上看，真正让姚鼐感到有所依归的不是经史考据，也不是兼济天下之壮志，而是古文。对与刘大櫆“从此身相从”论古文，他充满着期待。40年孜孜不倦地从教，我们也可以从这封信中看到姚鼐坚持不懈的原因。如果说这是姚鼐辞官前之志向，那么我们也可以从辞官后之志向找到他的动机。《四库全书》修成，作为馆臣的姚鼐本可以再度入仕，但他还是婉然拒绝了。姚莹在《惜抱先生家状》一文中说道：“梁阶平相国属所亲语先生曰：‘若出，吾当特荐。’先生婉谢之，集中所为《复张君书》也。”①《惜抱轩诗文集》收有这一封信，我们不妨看看此信的主要内容。

仆闻蕲于己者志也，而谐于用者时也。士或欲匿山林而羁于绂冕，或心趋殿阙而不能自脱于田舍。自古有其志而违其事者多矣！故鸠鸣春而隼击于秋，鳣鲔时涸而鲋鳝游，言物各有时宜也。……仆家先世，常有交裾接迹仕于朝者，今者常参官中，乃无一人。仆虽愚，能不为门户计耶？孟子曰：“孔子有见行可之仕，于季桓子”是也。古之君子，仕非苟焉而已，将度其志可行于时，其道可济于众。诚可矣，虽遑遑以求得之，而不为慕利；虽因人骤进而不为贪荣；何则？所济者大也。至其次，则守官摅论，微补于国，而道不章。又其次，则从容进退，庶免耻辱之大咎已尔。夫自圣以下，士品类万殊，而所处古今不同势。然而揆之于心，度之于时，审之于己之素分，必择其可安于中而后居。则古今人情一而已。夫朝为之而暮悔，不如其弗为；远欲之而近忧，不如其弗欲。……是故古之士，于行止进退之间，有跬步不容不慎者，其虑之长而度之数矣，夫岂以为小节哉？若夫当可行且进之时，而卒不获行且进者，盖有之矣，夫亦其

① （清）姚莹：《东溟文集》，《清代诗文集汇编》第549册，第373页。

命然也。①

姚鼐以“志”为理由委绝入仕，认为为官不符合自己之志。这封书信只是说明了为官不是自己的志向之所在，并没有谈及自己的志向是什么。将这封信与刘大櫆的信放在一起就知道姚鼐之志乃在于古文。这就难怪在辞官后短短五年之内，他就编纂了七十余卷的《古文辞类纂》。

“有所发明”的《古文辞类纂》

在汉学家的打击之下，明清以来的古文写作传统一度遭到打击。古文的审美性、艺术性遭到了汉学家的抨击，以古文为职向的人也日见其少，在与弟子的交流中，姚鼐对此每每有感慨。乾隆四十四年，姚鼐编成《古文辞类纂》，这一古文选本是为学古文而编。在《与张梧冈》中，他说道：“有志为古文，甚善。鼐有《古文辞类纂》，石士编修处有钞本，借阅之，便可知门径。”② 姚鼐的《古文辞类纂》绝非泛泛之作，而是对古文艺术性探索的结果。他在与门人孔广森的信中说道：“鼐纂录古人文字七十余卷，曰《古文辞类纂》，似于文章一事有所发明，惧未有力即与刊刻，以遗学者。”③ 姚鼐所谓的“发明”在哪里呢？从这一选本可以看出，他的“发现”乃是古文的审美性和艺术性。在乾嘉汉学鼎盛之际，他以古文相召，便隐然有对抗汉学之意。也正是这样一种意识，使得姚鼐在这一选本上更注重古文的审美性，以此让辞章之学获得一席之地。从实际的结果上看，姚鼐的这一努力是成功的。王先谦在《续古文辞类纂》的序中说道：“姚惜抱禀其师传，覃心冥追，益以所自得，推究阃奥，开设户牖，天下翕然号为正宗。承学之士，如蓬从风，如川赴壑，寻声企景，项领相望。百余年来，转相传述，遍于东南。由其道而名于文苑者，以数十计。呜呼，何其盛也！”④ 历代古文一直强调载道、功用。姚鼐的《古文辞类纂》将载道、功用、审美集于一炉，可以说是非常难得的选本，而其审美性、艺术性的强调则是成功的关键所在。

① （清）姚鼐：《惜抱轩诗文集》，第85—87页。
② （清）姚鼐：《惜抱先生尺牍》，《丛书集成续编》第130册，第904页。
③ （清）姚鼐：《惜抱先生尺牍》，《丛书集成续编》第130册，第915页。
④ 王先谦：《王先谦诗文集》，岳麓书社2008年版，第33页。

戴震等汉学家将古文视为“等而末者”。姚鼐同时标举义理、考据、辞章，并没有轻视辞之意，相反，他对汉学家无视古文的艺术规律表现出极大的不满。“世有言义理之过者，其辞芜杂俚近，如语录而不文；为考证之过者，至繁碎缴绕，而语不可了当，以为文之至美，而反以为病者何哉？其故由于自喜之太过而智昧于所当择也。”[①] 表面上看，姚鼐追求的是义理、考据、辞章三者完美融合，其实，要做到这一点很难。义理、考据与辞章本是风马牛不相及之事，诗文各体各有其文体规范，这些文体规范本来就与义理、考据没有太大的关系。袁枚认为考据不利于诗也并非没有道理。姚鼐说三者不可偏废，其实也只是套话，他只是拿义理、考据来装点门面罢了。从他的古文创作上看，除了考据类的文章，融入考据、为明道而作的古文并不多，倒是交往、应酬性的古文数量不少。

自韩愈有意倡导古文，对古文的艺术性追求就没有停止，包括唐宋八大家在内的诸多文人表面上口口声声说是载道，用力却在“文”，“道”只不过是一个托词而已。朱熹批评韩愈：“然今读其书，则其处于谄谀戏豫放浪而无实者，自不为少。”[②] “大振颓风、教人自为为韩之功。则其师生之间、传授之际，盖未免裂道与文以为两物，而于其轻重缓急、本末宾主之分，又未免于倒悬而逆置之也。”（同上）“他本只是学文，其行已但不敢有愧于道尔。把这个做第二义，似此样甚多。”[③] “这文皆是后道中流出，岂有文反能贯道之理？文是文，道是道，文只如吃饭时下饭耳。若以文贯道，却是把本为末，以末为本，可乎？”[④] 如果我们把朱熹对韩愈的批评移到姚鼐身上，这样的批评可能会更加妥当。姚鼐游戏之文、应酬之作也不见得少，他教育门生虽然也不废道，但重点却是如何写古文、时文、诗歌。他的古文于道并无发明，其言行也仅仅是“但不敢有愧于道尔”。姚鼐承认了理学的真理性，他没有像方苞一样极力研求义理，认为只要传道就可以了。失去了对道的探求，姚鼐的古文难免陷入了朱熹所言的“以文

① （清）姚鼐：《惜抱轩诗文集》，第61页。

② （宋）朱熹：《晦庵先生朱文公文集》，《朱子全书》第23册，上海古籍出版社2002年版，第3375页。

③ （宋）朱熹：《朱子语类》，《朱子全书》第18册，第4259页。

④ （宋）朱熹：《朱子语类》，《朱子全书》第18册，第4298页。

贯道，却是把本为末，以末为本”的境地。

为了印证姚鼐的“重文”，我们不妨仔细分析他精心编纂的《古文辞类纂》。

《古文辞类纂》开篇的“序目”中先论古文，强调为文要“当”：“夫文无所谓古今也，惟其当而已。得其当，则六经至于今日，其为道也一。知其所以当，则于古虽远，而于今取法，如衣食之不可释；不知其所以当，而弊弃于时，则存一家之言，以资来者，容有俟焉。”[①] 这里的“当”有理之当与行文之法，而从实际选文来看，理未必皆当。有些文章之理未必符合儒家的思想却入选了，这说明姚鼐在选文上，于理把关并不严，他更看重的是“文”。古文如何才能做到“当”，姚鼐认为：“凡文之体类十三，而所以为文者八：曰神、理、气、味、格、律、声、色。神、理、气、味者，文之精也；格、律、声、色者，文之粗也。然苟舍其粗，则精者亦胡以寓焉？学者之于古人，必始而遇其粗，中而遇其精，终则御其精者而遗其粗者。文士之效法古人，莫善于退之，尽变古人之形貌，虽有摹拟，不可得而寻其迹也。其他虽工于学古，而迹不能忘，扬子云、柳子厚，于斯盖尤甚焉，以其形貌过于似古人也。而遽摈之，谓不足与于文章之事则过矣，然遂谓非学者之一病，则不可也。”[②] 姚鼐将神、理、气、味视为文之精，这些范畴其实都是诗歌的审美范畴，这与刘大櫆的“神气”说有一致之处。与刘相比，姚鼐的古文审美范畴更加丰富、全面。姚鼐在诗歌上推崇王士祯，“论诗如渔洋之《古诗钞》，可谓当人心之公者。”[③] 他古文之“神”与王士祯的“神韵”在内涵上是一致的，“夫文章之事，有可言喻者，有不可言喻者。不可言喻者，要必自可言喻者而入之。”[④]“凡诗文事，与禅家相似，须由悟入，非语言所能传。然既悟后，则反观昔人所论文章之事，极是明了也。”[⑤] 王士祯的诗论“倡天下以不着一字，尽得风流之说”，姚鼐古文之“神”正是渊源于此。姚鼐论古文之“理”

---

① （清）姚鼐编：《古文辞类纂》，“序目”第 1 页。

② （清）姚鼐编：《古文辞类纂》，“序目”第 26 页。

③ （清）姚鼐：《今体诗钞》，《四部备要》第 95 册，中华书局 1989 年版，第 1 页。

④ （清）姚鼐：《惜抱先生尺牍》，《丛书集成续编》第 130 册，第 904 页。

⑤ （清）姚鼐：《惜抱先生尺牍》，《丛书集成续编》第 130 册，第 977 页。

并非理学之理，而是事物之自然之理，符合人之常情之理。“夫内充而后发者，其言理得而情当，理得而情当，千万言不可厌，犹之其寡矣。”① “归震川能于不要紧之题，说不要紧之语，却自风流疏淡。”② 姚鼐在四库馆虽然有不愉快的经历，但整体而言，他的人生波折并不大，他的理也是“小我”之理。姚鼐的“气”与刘大櫆有相似之处，指个体精神气质的境界。“文字者，犹人之言语也，有气以充之，则观其文也，虽百世而后，如立其人而与言于此；无气，则积字焉而已。意与气相御而为辞，然后有声音节奏高下抗坠之度，反复进退之态，采色之华。故声色之美，因乎意与气而时变者也，是安得有定法哉！”③ 中国古代诗论中多有言味者，《文心雕龙》有“余味曲包”，《诗品》有“五言居文词之要，是众作之有滋味者也”④。司空图有“味在酸咸之外”，严羽有“读骚之久，方识真味。”姚鼐的味论是对古典诗词滋味论、韵味论的继承，从这个意义上看，他是把古文当作诗歌来看待了。将神、理、气、味视为文之精，以诗律文，有了此基调，姚鼐的《古文辞类纂》自然是“发明”不小了。也正是基于此，梅曾亮敢于在《古文辞类纂》后再增诗歌，“姚姬传先生定《古文辞类纂》，盖古今之佳文尽于是矣。今复约选之得三百徐篇，而增诗歌于终”⑤。梅曾亮是姚鼐的得意弟子，从他的《古文词略》可以看出姚鼐的旨趣。

古文包含文体众多，多数文体具有强烈的实用色彩。《古文辞类纂》按“为用”标准将古文分为论辨、序跋、奏议、书说、赠序、诏令、传状、碑志、杂记、箴铭、颂赞、辞赋、哀祭 13 类。“为用”的分类标准使得文体分类简洁、科学，这一分类突破了长期以来古文选本在文体分类上的诸多不足，应该说是比较完善的分类方法。姚鼐虽然以“为用”为标准进行文体分类，但他的选文却有意地拉开古文与经史的距离，或者说有意排斥经史，以神、理、气、味衡文，而不是以考据、义理衡文。

---

① （清）姚鼐：《惜抱轩诗文集》，第 104 页。

② （清）姚鼐：《惜抱先生尺牍》，《丛书集成续编》第 130 册，第 951 页。

③ （清）姚鼐：《惜抱轩诗文集》，第 84—85 页。

④ （南朝梁）钟嵘：《诗品注》，人民文学出版社 1980 年校注版，第 2 页。

⑤ （清）梅曾亮：《古文词略》，光绪二十年成都志古堂刻本，“凡例”第 1 页。

论辨类

章学诚在《文史通义》中认为后世各种文体备于战国，“至战国而著述之事专，至战国而后世之文体备……战国之文，奇衺错出而裂于道”①。姚鼐的《古文辞类纂》首列论辨类，他对古文起源的观点与章学诚相近，这或许得益于两人频频的交往。“论辨类者，盖原于古之诸子，各以所学著书诏后世。孔孟之道与文至矣。自老庄以降，道有是非，文有工拙。今悉以子家不录，录自贾生始。盖退之著论，取于六经、孟子；子厚取于韩非、贾生；明允杂以苏、张之流；子瞻兼及于《庄子》。学之至善者，神合焉；善而不至者，貌存焉。惜乎！子厚之才，可以为其至，而不及至者，年为之也。”② 姚鼐虽然认为孔孟及诸子的文是至文，但他一概排斥不录，这不禁让人想起了《文选》的选文标准：“若夫姬公之籍，孔父之书，与日月俱悬，鬼神争奥，孝敬之准式，人伦之师友，岂可重以芟夷，加之剪截？老庄之作，管孟之流，盖以立意为宗，不以能文为本，今之所撰，又以略诸。”③ 萧统略之，姚鼐也是有意略之，两人虽然对孔、孟、老、庄怀有崇敬之意，但有意置于选本之外，其意图无非有意隔离六经，这样才能为文留有余地。从实际的选文上看，多数入选作品气势磅礴，论辩色彩浓烈，富于战国文风，如贾谊的《过秦论》、苏东坡的《留侯论》及《晁错论》、柳宗元的《封建论》、李翱的《复性书》等。姚鼐入选的作品艺术性色彩大于哲理色彩，多数作品辨析入微，气势恢宏，如《留侯论》通过辩论张良的主要事迹，得出“忍小忿而就大谋”“养其全锋而待其敝”等人生的总结，《晁错论》则是借晁错抒发自己的情志。将此类作品视为论辨类古文的典范，正是基于战国诸子的文风，载道的色彩被冲淡，艺术色彩得到强调，姚鼐为什么不选录经史的目的于此昭然。

序跋类

序跋本是发明所序著作之旨。“昔前圣作《易》，孔子为作《系辞》《说卦》《文言》、《序卦》《杂卦》之传，以推论本原，广大其义。《诗》《书》皆有《序》，而《仪礼》篇后有《记》，皆儒者所为。其余诸子，或

① （清）章学诚著，仓修良编注：《文史通义新编新注》，第45页。

② （清）姚鼐编：《古文辞类纂》，“序目”第1页。

③ （南朝梁）萧统：《文选》，上海古籍出版社1986年版，第2页。

自序其意，或弟子作之，《庄子天下篇》《荀子》末篇，皆是也。”[①] 按照序跋的本义，儒家诸多先典当归为此类，而姚鼐直接将他们摒弃，他推崇美文的用心是很明显的。《古文辞类纂》在序跋的选文上也是非常注重辞采，多数选文情深意切，议论、抒情间错杂出，各种表现手法运用灵活，如欧阳修的《五代史伶官传序》等。

奏议类

奏议是君臣用于处理公务的文体。“奏议类者，盖唐、虞、三代圣贤陈说其君之辞，《尚书》具之矣。周衰，列国臣子为国谋者，谊忠而辞美，皆本谟诰之遗，学者多涌之。其载《春秋》内外传者不录，录自战国以下。”[②] 君臣之间的奏议、进谏，文风多样，而《古文辞类纂》多选铺陈之文，如贾谊的《陈政事疏》、东方朔的《化民有道对》、王安石的《本朝百年无事劄子》、诸葛亮的《出师表》等。这些实用文体修辞色彩强烈，绝非泛泛之作，姚鼐的意旨不难看出。

书说类

褚斌杰《中国古代文体概论》说：“古代臣下向皇帝陈言进词所写的公文与亲朋间往来的私人信件，均称为‘书’。”[③] 可见，“书”既有公务性的奏疏，也有私人间的交往书信。姚鼐在解释“书说”时说道：“书说类者，昔周公之告召公，有《君奭》之篇。春秋之世，列国士大夫或面相告语，或为书相遗，其义一也。战国说士，说其时主，当委质为臣，则入之奏议；其已去国，或说异国之君，则入此编。”[④] 姚鼐是从战国文风的角度来解释书说这一类古文，其立足点可想而知。从实际的选文上看，作者也是选择了论辩色彩强、富于辞采的作品。

赠序类

赠序是朋友远行时赠送的劝勉之言，始于唐代，到明清而极盛。姚鼐认为“至于昌黎，乃得古人之意，其文冠绝前后作者”[⑤]。他对韩愈也是推

---

① （清）姚鼐编：《古文辞类纂》，“序目”第3—4页。

② （清）姚鼐编：《古文辞类纂》，“序目”第5—6页。

③ 褚斌杰：《中国古代文体概论》，北京大学出版社1990年版，第387页。

④ （清）姚鼐编：《古文辞类纂》，“序目”第8页。

⑤ （清）姚鼐编：《古文辞类纂》，“序目”第11页。

崇至极，选有韩愈的赠序多达23篇。韩愈的赠序不拘一格，因人而异，或庄或谐，或直或隐，风格不一而语言精练。除了韩愈，所选的其他人的作品也都富于辞采风气。

传状类

古无传状，传状源于史学。“自汉司马迁作《史记》，创为‘列传’以纪一人之始终，而后世史家卒莫能易。嗣是山林里巷，或有隐德而弗彰，或有细人而可法，则皆为之作传以传其事，寓其意；而驰骋文墨者，间以滑稽之术杂焉，皆传体也。”① 可见，史传有史家之传与文人之传。姚鼐也认识到了传状的源起，但他更强调的是史家之传与文人之传的区别。“传状类者，虽原于史氏，而义不同。刘先生云：‘古之为达官名人传者，史官职之。文士作传，凡为圬者、种树之流而已。其人既稍显，即不当为之传，为之行状，上史氏而已。’余谓先生之言是也。”②《古文辞类纂》所录之传都是文人之传，姚鼐说道：“余撰次古文辞，不载史传，以不可胜录也。”③ 这其实是一句托词，既然是选本，那就选择其中具有典范意义的文章，史传虽然多，典范之作也并非没有，姚鼐此借口是有其考虑的。经史文不分这一直是古文选本的弊病，《文选》有意突出文学辞采，“事出于沉思，义归乎翰藻”，对经史也有意排斥。“若夫姬公之籍，孔父之书，与日月俱悬，鬼神争奥，孝敬之准式，人伦之师友，岂可重以芟夷，加之剪截？老、庄之作，管、孟之流，盖以立意为宗，不以能文为本，今之所撰，又以略诸。”④“至于记事之史，系年之书，所以褒贬是非，纪别异同，方之篇翰，亦已不同。”⑤《文选》以文为宗，排斥经史，这一直饱受批评，姚鼐以“不可胜录”为借口，其初衷与萧统是一样的。史家之传重在纪实，文人之传却不受此拘泥，可以随意抒写，姚鼐心仪的是文人之传。选文中的传记都是经典的文人之传，如韩愈《圬者王承福传》，柳宗元《种树郭橐驼传》，苏轼《方山子传》，王安石《兵部员外郎知制诰谢公行状》，

---

① （明）吴讷、徐师曾：《文章辨体序说　文体明辨序说》，人民文学出版社1962年版，第153页。

② （清）姚鼐编：《古文辞类纂》，“序目”第14页。

③ （清）姚鼐编：《古文辞类纂》，“序目”第4页。

④ （南朝梁）萧统：《文选》，上海古籍出版社1986年版，第2页。

⑤ （南朝梁）萧统：《文选》，第3页。

归有光《归氏二孝子传》《筠溪翁传》《陶节妇传》《王烈妇传》《韦节妇传》《先妣事略》，方苞《白云先生传》《二贞妇传》，刘大櫆《樵髯传》《胡孝子传》《章大家行略》，韩愈《毛颖传》等。

另外，《古文辞类纂》中碑志、杂记、箴铭、颂赞、哀祭等文类在选文上也注重文章的辞采，于此不再赘述。姚鼐在《古文辞类纂》中选有辞赋类，而且辞赋类的选文数量是最多的，有65篇，另外，在哀祭类也选有赋13篇，赋类总数多达78篇。中国历代的古文选本录赋的很少，有的甚至不录，它们一般都是将赋视为与古文、诗歌相对的文体。姚鼐为何如此钟情于赋？这值得我们深入的思考。对于辞赋类，姚鼐说道："辞赋类者，风雅之变态也。楚人最工为之，盖非独屈子而已。余尝谓《渔父》，及楚人以弋说襄王、宋玉对王问遗行，皆设辞无事实，皆辞赋类耳。太史公、刘子政不辨，而以事载之，盖非是。"[①] 赋辞藻华丽，历来为人们所传颂，班固虽然对屈原有所不满，批评屈原"露才扬己，竞乎危国群小之间，以离谗贼"，但他对屈原之赋给予了很高的评价："然其文弘博丽雅，为辞赋宗。后世莫不斟酌其英华，则象其从容。自宋玉、唐勒、景差之徒，汉兴，枚乘、司马相如、刘向、扬雄，骋极文辞，好而悲之，自谓不能及也。虽非明智之器，可谓妙才者也。"[②] 司马迁虽然对屈原评价甚高，但对屈原辞赋的认识却有不足，"上称帝喾，下道齐桓，中述汤武，以刺世事。明道德之广崇，治乱之条贯，靡不毕见。其文约，其辞微，其志洁，其行廉，其称文小而其指极大，举类迩而见义远。其志洁，故其称物芳。其行廉，故死而不容。"[③] 姚鼐对司马迁的这一不足提出了批评。可见，姚鼐选赋的立足点不在于屈原之"志"，而在于屈原之"文"。

人如其文的古文风格论

布封提出"风格即人"："风格是当我们从作家身上剥去那些不属于他本人的东西，所有那些为他和别人所共有的东西之后所获得的剩余和内核。"[④] 文学风格的形成是作家文学创作成熟的表现，也是作家奠定其文

---

① （清）姚鼐编：《古文辞类纂》，"序目"第22页。

② （宋）洪兴祖：《楚辞补注》，凤凰出版社2007年整理版，第43页。

③ （汉）司马迁：《史记》，中华书局1959年版，第2482页。

④ ［法］布封：《论风格》，范希衡译，《译文》1957年第9期。

学地位的基础，文学论到风格才触及文学的灵魂。如果说桐城派的方苞、刘大櫆还汲汲于古文的义法和神气，那么到了姚鼐，古文的风格就成为文学评论的重点了。姚鼐的文学风格论将古文推向了纯文学的高峰，古文的审美性、艺术性得到了充分的体现，其古文的观念与现代意义上的散文很接近了。

姚鼐以阴阳刚柔论文学的风格，将阳刚与阴柔视为两个端向，在两者的糅合之中，又形成了各种风格。

> 鼐闻天地之道，阴阳刚柔而已。文者，天地之精英，而阴阳刚柔之发也。惟圣人之言，统二气之会而弗偏，然而《易》《诗》《书》《论语》所载，亦间有可以刚柔分矣，值其时其人，告语之体，各有宜也。自诸子而降，其为文无有弗偏者。其得于阳与刚之美者，则其文如霆，如电，如长风之出谷，如崇山峻崖，如决大川，如奔骐骥。其光也如杲日，如火，如金镠铁。其于人也，如冯高视远，如君而朝万众，如鼓万勇士而战之。其得于阴与柔之美者，则其文如升初日，如清风，如云，如霞，如烟，如幽林曲涧，如沦，如漾，如珠玉之辉，如鸿鹄之鸣而入寥廓。其于人也，漻乎其如叹，邈乎其如有思，暎乎其如喜，愀乎其如悲。观其文，讽其音，则为文者之性情形状举以殊焉。且夫阴阳刚柔，其本二端，造物者糅而气有多寡进绌，则品次亿万，以至于不可穷，万物生焉。故曰："一阴一阳之得道。"夫文之多变，亦若是已，糅而偏胜可也，偏胜之极，一有一绝无，与夫刚不足为刚，柔不足为柔者，皆不可以言文。①

圣人得阴阳之全，其古文得中庸之道，世人各偏于一端，虽则如此，古文仍然不失其美。姚鼐对阳刚与阴柔的文学风格进行了描述，肯定了各种偏阴偏阳的文风，但对走向偏极提出了批评。"偏胜之极，一有一绝无，与夫刚不足为刚，柔不足为柔者，皆不可以言文。"姚鼐在论及文学风格时将人的品性与文风融在一起考虑，"得于阳与刚之美者"，"其于人也，

① （清）姚鼐：《惜抱轩诗文集》，第93—94页。

如冯高视远，如君而朝万众，如鼓万勇士而战之”。而“其得于阴与柔之美者”，“其于人也，漻乎其如叹，邈乎其如有思，暝乎其如喜，愀乎其如悲”。风格是作家创作个性的体现。普希金说道：“一个诗人的全部作品，不管其内容上和形式上如何多种多样，却都具有共通的面貌，带着仅仅为它们所有的特点，因为它们都是从一个个性，从一个独特的不可分割的我引申出来的。”[①] 姚鼐论古文重“气”，这个“气”就跟个体的性情喜好有紧密的关系，在论及文学风格时，姚鼐也往往将人品与文品联系起来。“今夫野人孺子闻乐，以为声歌弦管之会尔；苟善乐者闻之，则五音十二律，必有一当，接于耳而分矣。夫论文者，岂异于是乎？宋朝欧阳、曾公之文，其才皆偏于柔之美者也。欧公能取异己者之长而时济之，曾公能避所短而不犯，观先生之文，殆近于二公焉。抑人之学文，其功力所能至者，陈理义必明当，布置取舍、繁简廉肉不失法，吐辞雅驯不芜而已。古今至此者，盖不数数得。”[②] 姚鼐评陈方浦：“子美之诗，其才天纵，而致学精思，与之并至，故为古今诗人之冠。今九江陈东浦先生，为文章皆得古人用意之深，而作诗一以子美为法。其才识沉毅，而发也骞以闳；其功力刻深，而出也慎以肆；世之学子美者，蔑有及焉。……先生为国大臣，有希周、召、吉甫之烈，鼐不具论，论其与《三百篇》相通之理，以明其诗所由盛，且与海内言诗者共商榷焉。”[③] 姚鼐认为天下之至文乃是文与人的完美合一，文即人，人即文，“文与质备，道与艺合，心手之运，贯彻万物，而尽得乎人心之所欲出。若是者，千载中数人而已”[④]。正是看到人品对文学的决定性，姚鼐认为作文必先提高作者的思想境界，“苟有聪明才杰者，守宋儒之学，以上达圣人之精；即今之文体，而通乎古作者文章极盛之境。”[⑤] “夫古人之文，岂第文焉而已，明道义、维风俗以诏世者，君子之志；而辞足以尽其志者，君子之文也。达其辞则道以明，昧于文则志以晦。”[⑥] 姚鼐虽然也承认学识对古文创作的影响，但他更注重的是作者

① ［俄］普希金：《普希金研究文集》，张铁夫译，译林出版社 2014 年版，第 29 页。
② （清）姚鼐：《惜抱轩诗文集》，第 94 页。
③ （清）姚鼐：《惜抱轩诗文集》，第 49—50 页。
④ （清）姚鼐：《惜抱轩诗文集》，第 51 页。
⑤ （清）姚鼐：《惜抱轩诗文集》，第 53 页。
⑥ （清）姚鼐：《惜抱轩诗文集》，第 89 页。

的思想境界，认为思想境界高则文风高，思想境界低则文风低。他告诫后生："今足下为学之要，在于涵养而已！声华荣利之事，曾不得以奸乎其中，而宽以期乎岁月之久，其必有以异乎今而达乎古也。以海内之大而学古文最少，独足下里中独盛，异日必有造其极者。然后以某言证所得，或非妄也。"① 从思想境界来论文学风格，这就比汉学家、理学家从义理、学问论文学要科学得多，这也是姚鼐论文学风格高明之处。

文学风格的形成除了与个人的品性、学识有关，还与语言修辞有关，姚鼐认识到了文学语言对文学风格形成的重要性。"然而世有言义理之过者，其辞芜杂俚近，如语录而不文；为考证之过者，至繁碎缴绕，而语不可了当，以为文之至美，而反以为病者何哉？其故由于自喜之太过而智昧于所当择也。夫天之生才虽美，不能两偏，故以能兼长者为贵，而兼之中又有害焉。岂非能尽其天之所与之量而不以才自蔽者之难得与？"② 文学是语言的艺术，文学风格的形成首先表现在语体上，语体是文学风格形成的基础。姚鼐对不讲语言修辞的做法提出了批评，认为语体的把握是古文的关键因素之一，作文必须领悟到古文的语体特点。"大抵文章之妙在驰骤中有顿挫，顿挫处有驰骤。若但有驰骤，即成剽滑，非真驰骤也。要精心于古人，求之当，有悟处耳。"③ 要把握古文的语体，就必须真正地领悟到古文语体的精髓。"夫文章之事，有可言喻者，有不可言喻者。不可言喻者，要必自可言喻者而入之。韩昌黎、柳子厚、欧、苏所言论文之旨，彼固无欺人语，后之论文者，岂能更有以逾之哉！若夫其不可言喻者，则在乎久为之自得而已！震川阅本《史记》，于学文者最为有益，圈点启发人意，有愈于解说者矣。"④ 对于汉学家所不屑的圈点学习方法，姚鼐持反对态度，认为有法才能达到无法，这个过程需要学习和领悟。论风格而不废语体、语式，姚鼐对文学风格的分析应该说是比较深入的。

风格是文学的最高境界，空泛地论风格未免不切实地，文学风格如何

① （清）姚鼐：《惜抱轩诗文集》，第104页。
② （清）姚鼐：《惜抱轩诗文集》，第61页。
③ （清）姚鼐：《惜抱先生尺牍》，《丛书集成续编》第130册，第977页。
④ （清）姚鼐：《惜抱先生尺牍》，《丛书集成续编》第130册，第904页。

形成，姚鼐也是有所思考的，他认为风格的形成要从模仿开始。“近世人习闻钱受之偏论，轻讥明人之摹仿。文不经摹仿亦安能脱化，观古人之学前古，摹仿而浑妙者自可法，摹仿钝滞者自可弃，虽扬子云，亦当以此义裁之，岂但明贤哉！”[①]“近人每云作诗不可摹拟，此似高而实欺人之言也。学诗文不摹拟何由得入？须专摹拟一家，已得似后再易一家，如是数番之后自能镕铸古人，自成一体。若初学未能逼似，先求脱化，必全无成就，譬如学字而不临帖可乎？”[②] 学习、模仿是作家习作的共通之路。歌德说道：“通过对自然的模仿，通过竭力赋予它以共同语言，通过对于对象的正确而深入的研究，艺术终于达到了一个目的地，在这里，它以一种与日俱增的精密性领会了事物的性质及其存在方式；最后，它以对于依次呈现的形象的一览无遗的观察，就能够把各种具有不同特点的形体结合起来加以融会贯通的模仿。于是，这样一来，就产生了风格。”[③] 关于文学风格的形成，姚鼐的见解更接近古文的实际，这样的见解也更有利于古文的发展。

袁枚年仅33岁便辞官归里，以文为生；姚鼐也是壮年归田，以文为职。诗文创作在中国古代一直是业余之事，以之为职业，应该说是从袁枚、姚鼐开始，这一职志得到实现，与当时诗文创作的兴盛有关。乾嘉社会承平，人口迅速增长，文人队伍迅速扩大。在考据学的影响之下，文人也不断地分化，或偏重经史，或偏重诗文，文人们必须作出选择。在职志分化的影响之下，术业的专业化发展被提上了日程，刘大櫆说道：“公卿大夫皆有职，农工商贾皆有业。今之读书者号称为士，其上可以为公卿大夫，而其下不可以为农工商贾。其幸而得为公卿大夫，则方坐论奔走之不暇，奚暇其他？其不幸而不得为公卿大夫，其将奚为？为诗而已。故曰：穷而后工于诗也。”[④] 乾嘉时期，古文的各种文体写作都很兴盛，墓志铭、寿序、赠序、游记、传记等都大量出现，写作的兴盛推动了理论的发展。乾嘉时期的古文虽然受到汉学家的打压，但古文朝文艺性发展的趋势并没

① （清）姚鼐：《惜抱先生尺牍》，《丛书集成续编》第130册，第927页。
② （清）姚鼐：《惜抱先生尺牍》，《丛书集成续编》第130册，第971页。
③ ［德］歌德：《文学风格论》，王元化译，上海译文出版社1982年版，第83—84页。
④ （清）刘大櫆：《刘大櫆集》，第65页。

有中止。在方苞的义法论、刘大櫆的神气论之后，姚鼐的古文风格论将古文理论推向了新的高度。从风格论古文，这其实是将古文视为一种艺术品，载道的色彩被减弱，古文的审美性得到彰显，这在一定程度上将古文从考据学的束缚中解放了出来。风格是文学的最高境界，姚鼐古文的风格论体现了古文理论的成熟。《古文辞类纂》有意摒弃经史，选择富于文学性的古文，这是古文观念的一次推进。姚鼐古文风格论隐含着新的古文观念，这一观念与近代散文观念已经很近了。因此，我们可以说，乾嘉时期的古文观念已经开启了近代文学的曙光，近代文学出现的内因我们可以在乾嘉文学中找到。

（二）朱仕琇的古文理论与创作

方苞于乾隆十四年去世，从方苞去世至嘉庆，40 多年的时间里，文坛不免寂寞。嘉庆以后，桐城派声名渐起，古文才热闹起来。乾嘉时期，除了姚鼐，袁枚和朱仕琇也是与考据学紧密接触的古文大家，乾嘉学人法式善说道："近日制古文，家推袁简斋、朱梅崖。"[①] 这话大体是不差的。袁枚的古文与他的诗论一样独具一格，不为考据学所掩盖，也不为理学所埋没，能够在考据学、理学的迷雾中辨清方向，这实属难得，可惜学界目前对此分析还不够深入。朱仕琇与乾嘉汉学领袖朱筠关系甚好，对时代学术也有比较全面的了解。他的经学水平较浅，却执着于古文，以古文为业，以继承秦汉、唐宋八大家古文为职志，在乾嘉汉学如日中天的历史语境之下，他的言举不免异类。朱仕琇在乾隆一朝虽有声名，但并不为时代所重，这是时代风气使然。他标举古文的举止早于姚鼐，姚鼐也称"恨不识其人"，此正可谓知己难觅。袁枚和朱仕琇的古文理论与实践产生于乾嘉考据学鼎盛之际，他们不顾时代各种声音的干扰，致力于古文理论的建设和人才的培养，是清代古文史链上不可忽视的人物。

1. 以古文为职志

朱仕琇与不少汉学家都有联系，他与朱筠关系甚好，称其为自家"五哥"，对朱筠与汉学家的学术活动也有所了解。在《与竹君书》中，他赞叹朱筠："自庚寅拜别，倏五易岁，现从事四库馆中，日与古人微言至义

① （清）王昶：《春融堂集》，《清代诗文集汇编》第 358 册，第 2 页。

相灌浃，以震发平昔好奇嗜古之气，真学人乐事也。加同事诸公皆一时之俊，相赏析不孤。”① 与多数文人由诗文转入考据不一样，朱仕琇不为考据所动，坚持以古文为职志。“辱五哥兄弟收诸交好之末，玷污行列，良用惭耻。独结习未忘，见有文业志谊，足通于世者，在朋友间身殁言在，尤不忍佚遗之，以此亦自许，敢附于大君子之万一也。”② 朱仕琇对自己的古文也颇有自信，在与朱珪的信中，他坦言了自己的信心。

> 国朝以此名世者约十余家，互有利钝。汪苕文曰：归王不可作，况复柳与韩。此十余家者仰与元明诸人校遂复不及，何也？近四十年来，作者又不如前矣。仕琇学为古文，日月既积，颇得究悉作者利病。尝谓孟荀、屈原之后，能为六经之辞者，惟扬雄、韩愈氏耳。李翱之文温靖隐厚，犹有诗书遗风，他若百家杂术，出于周秦之间，汉氏作者益众，所著皆伟丽可喜，而害人心者亦已多矣。左氏、司马迁、董生、刘向、班固、欧阳修、曾巩、王安石，其特醇者，若柳宗元、苏洵亦其杰然者也。至子瞻、子由氏挟其才智以倾一世，其徒晁、张、秦、黄从之，而法度一变矣。宋之南渡，作者率依附古籍，而不能自为辞。陈亮、叶适、陆游、文天祥稍治气格，有二苏遗风。盖晁张之亚也。元姚燧始法韩氏而于仁义蔼如之旨远矣。虞集益求北宋大家之遗，而气格少陁。顾终元之世，论文未有先二家者也。明时作者推王、归为最，归氏尤俊伟，骎骎乎轶元代而追欧阳，诸人以为徒者。盖自周以降二千年间，文章每降益衰，然其间辄有振起之者。故文衰于六朝，韩愈振之；降而五代，欧阳修振之；及其又衰，姚燧振之；明文，何、李、王、李之伪，王慎中、归有光振之。若今之为遵岩、震川者，盖不知何人也！③

朱仕琇推崇的是史汉和唐宋八大家的古文，认为古文之衰必有伟人振之。他以韩愈、欧阳修、王顺之、归有光等人自期，冀图一扫古文之颓

① （清）朱仕琇：《梅崖居士文集》，《清代诗文集汇编》第 336 册，第 452 页。
② （清）朱仕琇：《梅崖居士文集》，《清代诗文集汇编》第 336 册，第 452 页。
③ （清）朱仕琇：《梅崖居士文集》，《清代诗文集汇编》第 336 册，第 454 页。

势，其志壮哉！在汉宋激烈争胜之际，朱仕琇也并不执意于宋学或汉学，而是跳出汉学、宋学的学术争辩，以相对纯粹的古文自期，这也是很难得的。朱仕琇并没有像方苞、姚鼐那样执着于宋学，他对宋儒不重文辞表现了不满："近世文人为程朱之学者如前明宋景濂、方希直之类，按其所著，大抵情僻而气矜，辞陈而指浅，求其诗人优柔之风，书人灏噩之遗邈不可见，以此自诩治经，岂非荀卿所称口耳之间不足以美七尺之躯者耶！"[①] 朱仕琇对汉学家也有所不满，他批评汉学家琐碎于章句而不能自拔："承示近趣，暇则治经，此古贤人所共尽心者，仕琇生平正病于此鲁莽。故对古人而怀慙。然古人于经甚严，而所贵乃在大义通而已，不必如郑、王、孔、贾各矜章句名家也。"[②] "近世古文道益芜，作者营一句一调，逛惑聋瞽，绝不问古人所为。知言养气者，或掇唐初齐梁之遗为博奥，或附宋人讲学，自诧明道，其荟萃古籍如佣抄，如坊刻集字。下者窜街市言人助语中，庄镌大板自宠，世益迷，不知辕趾所向，各党其好恶为是非。尝窃叹惧，以为斯道将遂绝，无所用于今世也。"[③] 朱仕琇不像韩愈一样以道自任，也不像汉学家那样以学问为古文，他认为古文的衰落不在于理学和考据之不讲，而是古文行文之道之不讲。朱仕琇的这一价值追求在乾隆少有知音。"落落京师中，以文章道义性情相慕许者，知不多人。自为吏来，相知之不异意者加少也。"[④] 对古文行文之道的追求使得朱仕琇的古文独出众人，沈德潜赞朱仕琇古文："梅崖古文无所依傍，自求名家，予心醉焉。"姚鼐在接触朱仕琇的弟子鲁洁非后，叹惜"《梅崖集》果有逾人处，恨不识其人"[⑤]。受时代风气的影响，姚鼐虽然曾一度热衷于考据学，但归田后却以古文为主要追求，这与朱仕琇有相同之处，他"恨不识其人"正是对同道稀少的感慨。

2. 朱仕琇的古文理论

朱仕琇经史研究水平并不高，对汉学、宋学的学术门径缺乏深入的了

① （清）朱仕琇：《梅崖居士文集》，《清代诗文集汇编》第336册，第410页。
② （清）朱仕琇：《梅崖居士文集》，《清代诗文集汇编》第336册，第460页。
③ （清）朱仕琇：《梅崖居士文集》，《清代诗文集汇编》第336册，第400页。
④ （清）朱仕琇：《梅崖居士文集》，《清代诗文集汇编》第336册，第434页。
⑤ （清）姚鼐：《惜抱轩诗文集》，第94页。

解。“仕琇生平好唐韩氏之书而师其志。于宋学本无所解，偶读朱陆王三君子书，窃谓皆躬行君子，志圣人之道者，学者不宜过为区别。且宋儒所诋为辞章之士，若韩柳欧苏，曾王李杜辈，所趣不同，而相慕用之，诚不立门户，况躬行君子耶。”① 汉学与宋学在乾嘉势如水火，朱仕琇所醉心的是八大家的古文，他没有能够仔细辨别宋学的理论要旨，将八大家与宋儒的区别仅视为“所趣不同”，这个学识水平是很难与主流学人比肩的。晚年的朱仕琇也认识到了自己学识的不足，试图努力改变。“仕琇自归家后，志意颓落，闲发诸史读之，苦其浩繁，精力若不给，亦遂辍去，而神智滋觉惛慢矣。”② 从根本上看，朱仕琇的才质并不适合经史研究。朱仕琇虽然积极倡导古文，但并没有提出新的古文理论，他的古文理论比较传统，主要是师承广泛、立诚养气及语言修辞。

朱仕琇认为必须广泛学习古人之作才能通晓古文的文法。他在《示子文佑书》中告诫后人：“今尔且先录韩柳与人书，及诸赋、碑、志，见其清深渊古者，日夕复之，然后乃及序、记，次阅欧阳公《五代史》及《唐书》诸论赞。又次阅其碑志乃及序、记，因之乃及曾南丰，又及王介甫，因之又复于韩，又因韩以及李习之，及于柳，以见诸家同异。”③ 朱仕琇认为古文应该先学习韩柳欧曾王，在此基础上再探及扬雄、刘向、董生、司马迁、相如、宋玉、屈原、孙况、左丘明等人的古文，最后归及元明及本朝。在与友人的书信中，朱仕琇认为自己之所以能够在古文上稍有成就，乃是得益于广泛地学习。陈用光总结他古文理论时说道：“经濬其源，史核其精，诸子通其指，《文选》词赋博其趣，左氏太史劲其体，孟荀杨韩正其义，柳欧以下诸子参其同异，泛滥元明近世以极其变，归诸心得以保其真，要诸人远以俟其化。”④ 这大致是不差的。在与后学的交往中，他也是每每告诫以多师为师。“意谓诚欲得奇硕俊茂之士，必先出示郡县，勖之通经学，古经则汉唐注疏，宋元儒说，古文自左氏、公穀、庄骚、马班、贾董、荀扬，下迄唐宋作者，以及管、韩、孙、吴、老、列、晏、

① （清）朱仕琇：《梅崖居士文集》，《清代诗文集汇编》第336册，第414页。
② （清）朱仕琇：《梅崖居士文集》，《清代诗文集汇编》第336册，第449页。
③ （清）朱仕琇：《梅崖居士文集》，《清代诗文集汇编》第336册，第584页。
④ （清）朱仕琇：《梅崖居士文集》，《清代诗文集汇编》第336册，第183页。

吕、淮南、东京诸杂家，制义则列王钱归唐茅金陈章罗为宗，而旁似以王荆石、周叶峰、胡思泉、黄蕴生之作，其余隆万天崇百家岐出，皆天地间应有文字。苟有合者，即揽取之。总期涤荡揣摩墨卷恶习而已。”① “学古文，宜且先看曾子固、王介甫作者，得其淡朴淳洁之趣；储氏选本，于二家太略；当求得《鹿门文钞》读之。即欧阳文亦然；必合《五代史》读之，佳处始见也。至近世《三家文钞》《青门簏稿》《草堂文集》，亦宜博观识其利病。不如此，文章之变不尽。故经浚其源，史核其情，诸子通其指，《文选》辞赋博其趣，左氏、太史劲其体，孟、荀、扬、韩正其义，柳、欧以下诸子参共同异，泛滥元明近世以极其变。归诸心得以保其真，要诸久远以俟其化。”② 朱仕琇的师古并不局限于古文，而是扩及经史，甚至是时文。他认为时文的学习并不影响古文的写作，两者互通互益，这一观念也是以古文济时文观念的沿继。

朱仕琇虽不像方苞、姚鼐那样笃信程朱理学，但他认为立诚养气是写好古文的基础。“至著文之道，第本其所得于古人者，调剂心气，诚一以出之，齐庄以持之，优游以深之，曲折以昌之，援引古昔以矜重之，使其言粲然各识其职而不乱，淡然各止其所而不过，则虽寻常问讯起居之辞，而人宝之如金玉，袭之如兰芷，听之如笙瑟，味之如牢醴，有不忍去者矣！何也？则以其心气之清和恻怛。感人于微，而人乐之，亦自得其志也；故自贵者，人贵之；自爱者，人爱之。《传》曰：‘芷兰生于空林，不以无人而不芳。’斯为自著者也！后之作者，夸严自喜，动曰言思可法，或曰言必有用，故所为皆依仿缘饰以动于世；二者岂非教之所崇！第以古人出之，皆流于内足之余，其言信也。后之人未必然也，而驰骛心气以逐于外，色取声附以事观听，中枵源醨，美先尽矣；又何以永学者之思慕乎！”③ 与理学家过度强调天理、汉学家过度强调学识不一样，朱仕琇认为人格修养是作文的基础，有了这个基础，才能文从字顺，自然成章。朱仕琇为文并无太多曲折，这一理论与他的古文写作一致。“其心有以自置，则吾心古心也，以观古人之言，犹吾言也。然后辨其是非焉，察其盈亏

① （清）朱仕琇:《梅崖居士文集》,《清代诗文集汇编》第336册，第440页。
② （清）朱仕琇:《梅崖居士文集》,《清代诗文集汇编》第336册，第480页。
③ （清）朱仕琇:《梅崖居士文集》,《清代诗文集汇编》第336册，第577页。

焉，究其诚伪焉，判其高下焉，如黑白之皎于前矣。于是顺其节次焉，还其训诂焉，沉潜其义蕴焉，调和其心气焉。于是则而法之，役而就之，久则自然合之，又久则变化生之。于是而其文之高也，如累土之成台，如鸿渐之在天，有莫知其所以然者。”① 朱仕琇的这一言论虽然并非什么高论，但在汉学与宋学剧烈争辩之际，这样的言论显得更为圆妥。

朱仕琇的古文追求古雅的文风，反对趋时之作，他认为古文的语言务去陈言套语，富有新意。“文章之贵，在于天人相兼，思学融会；忌用成句，使朝宗此语有出，固为无病，然必其取喻亲切，方为有味；否则易涉苟便，反不如用己意点化之为得也！黄山谷云：‘韩杜诗文，皆有来处；后人读书少，便谓自作语耳。’李穆堂因此遂注《原道》用语来处，此拙于知言者也。退之谓‘唯古于辞必已出’。六经之文，中贯精意，何有沿袭！偶阅周亮工评文云：‘文莫妙于杜撰’；不觉惊叹，以周非文家，何其精于文事如此！孙樵谓世言俚言奇健，可为史笔精魄，因牵韩吏部云如此；孙樵当时谓为不然，易以典要二字，要岂得谓世言之无因哉！往时与先兄筠园论诗，谓自宋后无能自造语者，正谓杜撰之难也。”② “但观所著文力求峻洁而养气未裕，则于立言之义不得其安，而声之高下长短，时有拂戾。此盖望速成之蔽也。韩子曰：‘毋望其速成。’又曰：‘优游者有余。’欧阳子曰：‘孟韩文虽高不必似之也，但取其自然耳。’此言甚精，久体之当自悟也。”③ 语言的追求是古文写作的基础，朱仕琇对古文语言的有意追求与袁枚、方苞、姚鼐等人对语言的追求是一致的。

3. 朱仕琇的古文创作

朱仕琇既不长于经史考据，又不长于理学的学理思辨，他的古文以韩欧、归唐为宗，追求平淡自然的文风，雷鋐评价其古文“淳古冲淡”，这大体是不错的。

《溪音》序

杨林溪水出百丈岭。岭界于南丰、建宁二邑。水初出，小泉也。

① （清）朱仕琇：《梅崖居士文集》，《清代诗文集汇编》第336册，第485页。
② （清）朱仕琇：《梅崖居士文集》，《清代诗文集汇编》第336册，第474页。
③ （清）朱仕琇：《梅崖居士文集》，《清代诗文集汇编》第336册，第479页。

南迤十里，合众流，溪石扼之，水始怒，轰豗日夜，或作霹雳声。人立溪上，恒惴慄。稍南益夷，临溪居人亦益众。未至杨林数里许，水遂无声。然溪道益回多曲，里人名之曰巧洋。建宁方言，呼水曲曰洋。

杨林在巧洋南三里，溪水三面抱村如环。筠园世居其地。村多杨木，故曰杨林。而溪上群山，多松槠，杂他果卉，弥望郁然。中夜风雨四至，水潦声与群木声相乱，悲壮激越，中杂希微，如钟鼓既阕而奏莞，弦丝竹之音。或时晨雾淅沥，居人未起，箨陨沙颓，萧屑有无。缘溪独游，其听转静。至于春秋朝夕虫鸟之号，平林幽涧樵采之响，里巷讴吟和答，舂扰机杼，鸡犬之鸣吠，远近断续，随风高下，一切可喜可愕之音咸会于溪。筠园家溪上，授徒溪西之草堂，往来溪侧，辄闻溪音，感而写之，于是其诗愈富。筠园方壮时，以诗名天下。尝游太学，观京师之巨丽。所涉黄河、长江，泼漫汹涌，骇耳荡心，足以震发诗之意气。顾以不得志，困而归。年几五十，回翔溪上，其诚有所乐耶？昔之学艺者患志不精，乃窜之无人之地以求其所为寂寞专一者，一旦得之，遂能役物以明其志。今溪之幽僻而筠园乐之，意岂异此耶？

余尝序筠园诗，以为得高岸深谷之理。今读所补琴操古歌，益渊邃，正变备具。至效陶诸什，则无怀葛天之遗风犹有存者，其更世益深，日息其志，迈迹于古，殆将往而不可知也。其涵澹萧瑟，抑亦得于溪之所助者多也。

昔孔子教人学诗之旨，审于兴、观、群、怨，而末不遗夫名物。筠园诗益富，不自名，归功于溪，集既成，以是名篇，故余得详其原委云。①

筠园即朱仕玠，朱仕琇之兄，“溪音”乃其诗集名。朱仕琇以“溪”为中心，以“音”为主旨，层层叙述，主题不断地得以拓展、深入。作者先叙述杨林溪由急而缓，后三面环村。而在此村中，筠园授徒、赋诗，人

① （清）朱仕琇：《梅崖居士文集》，《清代诗文集汇编》第336册，第347页。

文与自然合二而一。接着，作者叙筠园不为杨林所限。“尝游太学，观京师之巨丽。所涉黄河、长江，泶漫汹涌，骇耳荡心，足以震发诗之意气。”由“溪”而外，归来后更与“溪”相依，而诗境却已非同凡响，其诗已不是乡间小诗，而是得圣人真谛之诗。这篇文章语言冲淡自然，叙述层层推进，主题不断深化，实为一篇优秀的序文，也是朱仕琇古文的代表性作品。

4. **小结**

晚清学者李祖陶在《国朝文录》中评价清代中叶的古文：“叶叶以后，学术多歧，文体亦因之而猥杂。博古者以征实见长，意尽言中，有书卷而无情绪。师心者以标新自别，音在弦外，有神致而无体裁。盖谈经既非薄程、朱，论文亦藐视唐、宋。”① 受时代学术的影响，乾嘉时期的古文多缺乏审美的“神致”。朱仕琇的古文理论和创作虽然成就不大，但在乾嘉古文衰落这一特殊的语境之下，他的努力是有文学史意义的。朱仕琇与桐城派也有交结，是桐城派的同道，他虽然力小而孤，但对古文的发展起到了推动作用。

本章小结

“古文”一词在中国古代一直没有被严格界定，概念的模糊使得阐释的多样成为可能。乾嘉汉学家志在考据，他们的古文观是广义的；而桐城派及普通文人的古文则坚持唐宋八大家的古文传统。汉学家以经学、学识为由排击八大家的古文传统，八大家的古文传统遭到了肢解，古文的地位也大不如前，创作陷入了低落。汉学阵营对理学的打击激起了以姚鼐为代表的桐城派的反抗，理学在清代已难有大的发展。在学识上无法与汉学阵营对抗，桐城派由道而滑入文，古文的审美性得到了强调，载道的色彩也有所减弱。汉学与理学的对抗最终导致了桐城派的形成，这一文学流派的形成既与时代学术有关，又与古文自身发展的“内在理路”有关，内外两种因素使得古文朝着独立的方向发展。

---

① （清）李祖陶辑：《国朝文录》，《续修四库全书》第1669册，第299页。

第三章　乾嘉时期的朴学与诗歌

第一节　乾嘉考据与文学之争缘起考辨

与入关前的清王朝相比，明王朝在经济、文化、人口上都占有优势。异代后，异族的统治让人们痛心疾首，痛定之余，知识分子从政治到学术文化对明朝的亡国进行了全面的总结。知识分子在总结明代覆亡时将矛头指向了明代的心学，顾炎武说道："至于斋心服形之老庄，一变而为坐脱立忘之禅学，乃始瞑目静坐，日夜仇视其心而禁治之。及治之愈急而心愈乱，则曰'易伏猛兽，难降寸心'。"① 明儒空谈性理，放任心性，在这一风气的影响下，整个社会伦理道德沦丧，人们缺乏强有力的道德约束，"以明心见性之空言，代修己治人之实学"，最终导致了国家的灭亡，这是清初学人对明代学术的整体看法。在"实学"口号感召下，学人们注重"行己有耻"的道德修化，提倡实证、求知的学风，批判空疏不学之风。入主中原后，清王朝为了维系社会的稳定，积极提倡程朱理学，康熙将朱熹配飨十哲，列十哲之次。康雍两朝，理学名臣得到重用，把握着朝政大权。清初理学虽然兴盛，但在"实学"思潮的影响下，考据学已初露端倪。顾炎武、黄宗羲等人做出了榜样，阎若璩、胡渭、毛奇龄等人对经典的辨伪在一定程度上打破了理学的绝对权威。虽则如此，考据学在清初仍然只是学术研究的方法，并没有成为学术研究的门类，这一学术研究方法

① （清）顾炎武：《日知录集释》，上海古籍出版社2006年版，第31页。

也仅属于民间性的学术，官方的学术仍然是理学。

到了清代中叶，在惠栋、江永、戴震等学人的推动下，考据学俨然成为一门学术类别。四库馆汇集了大批的汉学家，成为汉学家的大本营。考据学由民间学术上升为官方学术，朝野上下，无不以考据为荣。梁启超说道："乾嘉间之考证学，几乎独占学界势力，虽以素崇宋学之清室帝王，尚且从风而靡，其他更不必说了。所以稍为时髦一点的阔官乃至富商大贾，都要'附庸风雅'，跟着这些大学者学几句考证的内行话。这些学者得这种有力的外护，对于他们的工作进行，所得利便也不少。"① 经由惠栋、戴震等人的导引，考据学以汉学为依归，批判宋儒的理学凿空，试图借助文字训诂还原原典的真貌与原义。乾嘉考据学具有鲜明的反宋学倾向，汉学、宋学之争成为乾嘉学坛突出的学术现象。在考据学成为学术主流话语之时，诗文创作也进入了高峰期。据柯愈春《清人诗文集总目提要》一书的统计，乾嘉作家5500多人，诗文集7500多种，不管是作家数量还是作品数量，都超过了历史上任何一个朝代。乾嘉诗文创作之风遍及朝野，乾隆皇帝一人创作的诗歌便与《全唐诗》相埒。除了最高统治阶层，各地也是诗酒连连，风雅不绝。袁枚在《随园诗话》中感慨道："升平日久，海内殷富，商人士大夫慕古人顾阿瑛、徐良夫之风，蓄积书史，广开坛坫。扬州有马氏秋玉之玲珑山馆，天津有查氏心谷之水西庄，杭州有赵氏公千之小山堂、吴氏尺凫之瓶花斋。名流宴咏，殆无虚日。许珮璜刺史赠查云：'庇人孙北海，置驿郑南阳。'其豪可想。此外，公卿当事，则有唐公英之在九江，鄂公敏之在西湖，皆以宏奖为己任。不四十年，风流顿尽。唐公号蜗寄老人，司九江关，悬纸墨笔砚于琵琶亭，客过有题诗者，命关吏开列姓名以进。公读其诗，分高下，以酬赠之。建白太傅祠，肖己像于旁。"② 考据学的兴起与诗文创作的兴盛促使人们从学理上把握两者。考据与诗文两者旨趣相去甚远，袁枚说道："考订数日，觉下笔无灵气。有所著作，惟捃摭是务，无能运深湛之思。"③ 因此，他断定"考据之学，离诗最远"。考据学需要大量的时间和精力，诗文创作要想有所成就

① 梁启超：《中国近三百年学术史》，《梁启超全集》第12册，第332页。

② （清）袁枚：《随园诗话》，《袁枚全集新编》第8册，第99—100页。

③ （清）袁枚：《小仓山房文集》，《袁枚全集新编》第6册，第562—563页。

也必须转益多师，如何在考据与诗文之间作出选择，这是乾嘉士子面临的现实问题，考据与诗文之争也成了乾嘉时期文坛的焦点话题。长期以来，乾嘉考据与诗文的争论一直被掩盖在汉宋之争的话题之下，两者的争论没有得到全面的辨析，争辩的意义也没有被深掘。

一 争辩的源起

乾嘉时期，文人与经士交恶的现象并不少见，江藩在《国朝汉学师承记》一书中记载："是时三礼馆总裁方侍郎苞自负其学，见永，即以所疑《士冠礼》、《士昏礼》数事为问，从容答之。苞负气不服，永哂之而已。"① 方苞与汉学家交恶，这是乾嘉学坛的公案。方苞以理学自任，并不以古文自期，他与乾嘉汉学家的交恶是儒学内部的争论，并非是诗文与考据之争。江藩在《国朝汉学师承记》中认为方苞与江永交恶，这也不一定是事实。戴震在江永的传记中写道："先生尝一游京师，以同郡程编修恂延之至也。三礼馆总裁桐城方侍郎苞素负其学，及闻先生，愿得见，见则以所疑《士冠礼》、《士昏礼》中数事为问，先生从容置答，乃大折服。"② 王昶、钱大昕等人在江永的传记中也多用"折服"叙述两人的交往。不管是交恶还是"折服"，方苞与江永的争论只是局限于经学，是经学内部之争，而非考据与诗文之争。在方苞身后，乾嘉汉学家多是从"文人"的角度来攻击方苞，钱大昕将方苞视为"文人"，章学诚沿袭了这一说法："夫方氏不过文人，所得本不甚深，况又加以私心胜气，非徒无补于文，而反开后生小子无忌惮之渐也。"③ 汉学家对方苞的批评是方苞去世后的事情了，谈不上争辩，而且也局限于经学内部。关于文人与汉学家的交恶，最典型的莫过于钱载与戴震的冲突，王昶在《湖海诗传》中写有："时竹君推戴东原经术，而萚石独有违言，论至学问可否得失处，萚石颧发赤，聚讼纷拏。及罢酒出门，断断不已，上车复下者数四。"④ 钱载是乾嘉时期著名的诗人，信奉理学，他与戴震的争辩也是儒学内部的学理之辨。翁方纲

---

① （清）江藩：《国朝汉学师承记》，中华书局 1983 年版，第 77 页。
② （清）戴震：《戴震全集》第 5 册，第 2608 页。
③ （清）章学诚著，仓修良编注：《文史通义新编新注》，第 325 页。
④ （清）王昶：《蒲褐山房诗话新编》，齐鲁书社 1988 年版，第 56 页。

在事后评价："萚石（钱载）谓东原破碎大道，萚石盖不知考订之学，此不能折服东原也。诂训名物，岂可目为破碎，学者正宜细究考订诂训，然后能讲义理也。宋儒恃其义理明白，遂轻忽《尔雅》、《说文》，不几渐流于空谈耶?"① 翁方纲也由此得出结论："今日钱、戴二君之争辩，虽词旨过激，究必以东原说为正也。……故吾劝同志者深以考订为务，而考订必以义理为主。"② 可见，戴震与钱载之争虽然很激烈，但也是义理与考据之争，而非诗文与考据之争。

对于文人与汉学家的交恶，章太炎有一段叙述："初，太湖之滨，苏、常、松江、太仓诸邑，其民佚丽。自晚明以来，喜为文辞比兴，饮食会同，以博依相问难，故好浏览而无纪纲，其流风遍江之南北。惠栋兴，犹尚该洽百氏，乐文采者相与依违之。及戴震起休宁，休宁于江南为高原，其民勤苦善治生，故求学深邃，言直核而无温藉，不便文士。震始入四库馆，诸儒皆震竦之，愿敛衽为弟子。天下视文士渐轻。文士与经儒始交恶。"③ 惠栋是乾嘉考据学的重要推手，苏州、扬州一带是他主要活动区域，这些地方诗文创作兴盛。在惠栋提倡考据学之际，苏州、扬州一带的文人"相与依违之"，惠栋兼长经史考证和诗歌，文人与之"依违"也很正常，章太炎认为这并不是文人与经士矛盾的开始。章太炎认为文人与经儒的交恶是在戴震入四库馆之后，主要是姚鼐等人与汉学家的矛盾。姚鼐与汉学家的矛盾既有汉学与宋学的学术之争，又有诗文与考据之争。章太炎将姚鼐视为文士与经师矛盾的起点，这主要是从学术史发展的角度来考察，并非从纯粹的诗文与考据之间的争辩来考察。如果从考据与诗文的争辩来考察，袁枚与惠栋之间的争论应该说是乾嘉关于两者最早的争论。

二　袁枚与惠栋争辩时间的考辨

在袁枚的文集中，有两封与惠栋辩论考据与诗文的书信，这两封书信具体写作的时间现无从考证，从袁枚和惠栋的交流和活动来看，这两封书信的写作时间应该是在乾隆十五年至乾隆二十二年之间。章太炎将戴震与

① （清）翁方纲：《复初斋文集》，《清代诗文集汇编》第 382 册，第 81 页。

② （清）翁方纲：《复初斋文集》，《清代诗文集汇编》第 382 册，第 81—82 页。

③ 章太炎：《訄书》，《章太炎全集》第 3 册，上海人民出版社 1984 年版，第 157 页。

桐城派的交恶视为经士与文人之间冲突的典型。其实，戴震与桐城派交恶的时间是比较晚的。乾隆十九年，戴震避仇入京，钱大昕、纪昀等学人与他折节交往，京师的学风由此一变，考据学风在京师呈愈演愈烈之势。戴震虽然在经学考证上颇有成绩，但当时还是信奉理学，与文人接触不多，也尚未结识姚鼐等文人，考据与诗文的争辩还不具备事实条件。戴震走上彻底反宋学是在会见惠栋之后，而这是乾隆二十二年之后的事了。为了便于考察袁枚与惠栋争辩的时间，我们且先看看戴震由尊宋到反宋的转变，以及由此而产生的古文一派与考据学派的争论。

戴震于乾隆二十二年在扬州卢见曾处会见了惠栋，而在会见惠栋后第二年即乾隆二十三年，惠栋便因病去世了。在会见惠栋前，戴震对理学并无反感，仍然持拥戴的态度，“先儒之学，如汉郑氏，宋程子、张子、朱子，其为书至详博，然犹得失中判。其得者，取义远，资理闳，书不克尽言，言不克尽意；学者深思自得，渐近其区，不深思自得，斯草秽于畦而茅塞其陆”①。在与惠栋接触后，戴震的思想发生了巨大的变化，他为惠栋的学术思想折服：

> 震自愧学无所就，于前儒大师不能得所专主，是以莫能之窥测先生涯涘。然病夫六经微言，后人以歧趋而失之也。言者辄曰：“有汉儒经学，有宋儒经学，一主于故训，一主于义理。”此诚震之大不解者也。所谓理义，苟可以舍经而空凭胸臆，将人人凿空得之，奚有于经学之云乎哉？惟空凭胸臆之卒无当于贤人圣人之理义，然后求之古经；求之古经而遗文垂绝，今古悬隔也，然后求之故训。故训明则古经明，古经明则贤人圣人之理义明，而我心之所同然者，乃因之而明。贤人圣人之理义非他，存乎典章制度者是也。松崖先生之为经也，欲学者事于汉经师之故训，以博稽三古典章制度，由是推求理义，确有据依。彼歧故训、理义二之，是故训诂非以明理义，而故训胡为？理义不存乎典章制度，势必流入异学而不自知，其亦远乎先生之教矣。②

① （清）戴震：《戴震全集》第5册，第2596页。
② （清）戴震：《戴震全集》第5册，第2614—2615页。

会见惠栋后，戴震对汉学与宋学的治学理路了然于心，汉学与宋学对峙的观念也日趋强烈，从治学方法到学术思想，他都走到了宋儒的对立面。戴震虽然在会见惠栋后学术思想发生了变化，但他与姚鼐的不和乃是在四库馆开馆之后。乾隆三十二年，姚鼐记载自己与戴震的交往："一日，嘉定王凤喈语休宁戴东原曰：'吾昔畏姬传，今不畏之矣。'东原曰：'何耶？'凤喈曰：'彼好多能，见人一长，辄思并之。夫专力则精，杂学则粗。故不足畏也。'东原以见告。余悚其言，多所舍弃，词其一也。既辍不为，旧稿人多持去，箧中至无一阕。"① 可见，姚鼐与戴震、王鸣盛等人的关系还是比较融洽的。四库馆开馆后，姚鼐受到汉学家的排挤，于乾隆三十九年离开京师，开始长达40年的京外教学生涯。姚鼐与汉学家的交恶既源于汉学与宋学的对立，又源于文学与经学的对立。四库馆于乾隆三十八年开馆，姚鼐与四库馆臣的矛盾是在四库馆开馆之后，这就比袁枚与惠栋的争论迟了近20年。

我们再看看袁枚与惠栋交往。

袁枚与惠栋虽然有书信往来，但两人并没有真正地见过面，他们的交识应该是通过其他人的介绍。乾隆七年至十三年，袁枚先后于溧水、江宁、江浦、沭阳等地任县令，期间为官清廉，颇有声望。乾隆十四年，袁枚归隐随园，与文人诗酒连连，王昶在《湖海诗传》中记有："得废圃于江宁小仓山下，临泉架石，厘为二十四景，窗牖皆用五色琉璃，游人阗集。时吴越老成凋谢，子才来往江湖，从者如市。太邱道广，无论赀郎蠢夫，互相酬倡。又取英俊少年著录为弟子，授以《才调》等集，挟之游东诸侯。更招女士之能诗画者共十三人，绘为《授诗图》，燕钗蝉鬓，傍花随柳，问业于前。而子才白须红舄，流盼旁观，悠然自得。"② 归隐后的袁枚以诗文为职志，广设坛坫，为日后诗坛领袖的地位打下了基础。袁枚在江南声名渐起，而此时的惠栋仍然是一介寒儒，虽则如此，他的经学研究得到了时人的推崇，世人称之为"惠九经"。乾隆十五年，朝廷下令各省推荐明经修行之士，当时两江总督尹继善、陕甘总督黄廷桂虽然并未面识

① （清）姚鼐：《惜抱轩诗集训纂》，黄山书社2001年校点版，第545页。

② （清）王昶：《湖海诗传》，《续修四库全书》第1625册，第601页。

惠栋，但都推荐了他。尹继善、黄廷佳与袁枚有不浅的交情，特别是尹继善，他三督江南，是袁枚的知遇恩人。乾隆十九年至二十三年，惠栋于扬州盐运使卢见曾处校辑《雨雅堂丛书》。卢见曾雅好诗歌，在扬州风雅不绝，袁枚也是常客。袁枚在《随园诗话》中记载有："乾隆戊寅，卢雅雨转运扬州，一时名士，趋之如云。其时刘映榆侍讲掌教书院，生徒则王梦楼、金棕亭、鲍雅堂、王少陵、严冬友诸人，俱极东南之选。闻余到，各捐饩禀延饮于小全园。不数年，尽入青云矣。"① 卢见曾府下多有诗人，这些诗人与袁枚关系非同寻常，惠栋主动写信给袁枚，应该说跟卢见曾或其府下诗人有极大的关系。在卢见曾处，惠栋得以全心从事经史研究，这一时期也是惠栋学术思想成熟期，笔者推测，袁枚与惠栋的书信往来应该是在这期间。惠栋去世后，袁枚在写给程晋芳的信中说道："惠子湛深经术，仆爱而不见。"② 由此可以推断，袁枚与惠栋的交识应该是通过他人而不是直接接触，也由此可以看出，袁枚与惠栋的争论是纯粹的学术争论，并无人际关系的交恶。

从上述可以看出，在汉学进入鼎盛之前，袁枚与惠栋就开始了考据与诗文之间的争辩，这比四库馆开馆后姚鼐与汉学家的争论早近 20 年。袁枚与惠栋的争辩涉及了诸多问题，这些问题随着考据学走向兴盛而不断深化，诗文与考据之间的争论也由此成为乾嘉时期文坛一个焦点话题。

三　袁枚与惠栋争辩的内容

归隐后的袁枚思"以文章报国"，致力于诗古文词的创作，袁谷芳在《小仓山房文集》的序中写道："逮乾隆癸酉馆金陵，谒先生于随园之小仓山房，每谈及时义，即歉然以少年刊布流传为悔，而深以予之不然其文者为知己。……时先生正以诗古文词树坛坫江南，欲收致四方才俊士，与之共商史汉文章之正统。"③ 乾隆癸酉即乾隆十八年，也正是袁枚归田后的第四年。归田后的袁枚以早期的时文为悔，以诗古文词树坛坫江南，他的诗以言情为基本的价值追求，古文以史汉文章为追求，惠栋的考据以汉人

① （清）袁枚：《随园诗话》，《袁枚全集新编》第 8 册，第 151—152 页。
② （清）袁枚：《小仓山房文集》，《袁枚全集新编》第 6 册，第 337 页。
③ （清）袁枚：《小仓山房文集》，《袁枚全集新编》第 5 册，第 7 页。

为归，两人虽然职志不同，但一推崇史汉文章，一推崇汉代学术，两人还是有共同点的。当袁枚树坛坫于江南之时，惠栋此时也正与吴中学人沉浸于古籍之中，“先生生数千载后，耽思旁讯，探古训不传之秘，以求圣贤之微言大义。于是，吴江沈君彤、长洲余君萧客、朱君楷、江君声等，先后羽翼之，流风所煽，海内人士无不重通经，通经无不知信古，而其端自先生发之，可谓豪杰之士矣”①。一个是史汉文章，一个是汉学，两人都想广大其门庭，这两位“豪杰之士”的碰撞是在所难免了。果然，两人尽管未曾谋面，但交期却如约而至。袁枚在给惠栋的第一封信中说道：“来书恳恳以穷经为勖，虑仆好文章，舍本而逐末者。然比来见足下穷经太专，正思有所献替，而教言忽来，则是天使两人切磋之意，卒有明也。”②（以下引文未作注的均来袁枚的两封书信）袁枚没有与惠栋见过面，“比来见足下穷经太专”，这说明他对惠栋的学术研究是有所了解的。“正思有所献替，而教言忽来”，这也说明两人“切磋之意”也是正得其时。

袁枚以诗古文词树坛坫，惠栋以考据羽翼学人，两人学术门径相去甚远。袁枚首先辨析了经学、文章、考据三者的关系。儒家典籍是考据学得以生存的基础，考据学以儒家先典为考证对象，其学术的前提是默认了儒家先典的权威性。袁枚釜底抽薪，对考据学所依赖的所谓“经”进行了辨析。“‘六经’者，亦圣人之文章耳，其本不在是也。古之圣人，德在心，功业在世，顾肯为文章以自表著耶？孔子道不行，方雅言《诗》《书》《礼》以立教，而其时无六经名。后世不得见圣人，然后拾其遗文坠典，强而名之曰‘经’。增其数曰六，曰九，要皆后人之为，非圣人意也。是故真伪杂出而醇驳互见也。夫尊圣人，安得不尊六经？然尊之者，又非其本意也。震其名而张之，如托足权门者，以为不居至高之地，不足以躏轹他人之门户。此近日穷经者之病，蒙窃耻之。”③ 圣人追求的第一要义乃是功业而非著述，著述是不得已而为之的事情，袁枚首先去掉了六经的神圣光环。“经”乃是后人过度推崇圣人所致，并非圣人本意，后人命名为“经”也只是为了占据理论高地，“如托足权门者，以为不居至高之地，不

① （清）王昶：《春融堂集》，《清代诗文集汇编》第358册，第544页。

② （清）袁枚：《小仓山房文集》，《袁枚全集新编》第6册，第345页。

③ （清）袁枚：《小仓山房文集》，《袁枚全集新编》第6册，第345页。

足以躏轹他人之门户”。可见，后人所拟之六经、九经只是后人的自我需要，决非圣人之本意，六经、九经的真理性是值得怀疑的。袁枚还进一步指出，不管是经之名还是经之效，都是经不起考验的。“‘六经’之名，始于庄周；《经解》之名，始于戴圣。庄周，异端也；戴圣，脏吏也。其命名未可为据矣。桓、灵刊《石经》，匡、张、孔、马以经显。欧阳歙脏私百万，马融附奸，周泽弹妻，阴凤质人衣物，熊安称触触生，经之效何如哉！”[①]“经”的提法有问题，“经”之效也多有不足，六经、九经之说不过是后人附会圣人而已，袁枚对考据赖以生存的儒经进行了彻底的批判，这就动摇了考据学的根基。在辨析“经”之来源后，袁枚对考据学又穷追猛打，提出考据学离圣人之意更远了。“古之文人，孰非根柢六经者？要在明其大义，而不以琐屑为功。即如说《关雎》，鄙意以为主孔子哀乐之旨足矣。而说经者必争为后妃作，宫人作，毕公作，刺康王所作。说‘明堂’，鄙意以为主孟子王者之堂足矣。而说经者必争为即清庙，即灵台，必九室，必四空，必清阳而玉叶。问其由来，谁是秉《关雎》之笔而执明堂之斤者乎？其他说经，大率类此。最甚者，秦近君说‘尧典’二字至三万余言，徐遵明误康成八寸策为八十宗，曲说不已。一哄之市，是非麻起，烦称博引，自贤自信，而卒之古人终不复生。于彼乎？于此乎？如寻鬼神搏虚而已。仆方怪天生此迂缪之才，后先噂沓，扰扰何休，敢再拾其沈而以吾附益之乎？”[②] 圣人以功业为第一义的追求，著述立言是第二义。考据学不仅舍去了第一义，而且连第二义也没能沾上边。袁枚认为考据无补于人们对经学的理解，其烦琐考证反而使得先典模糊不解。因此，他认为考据学是学术的歧途。袁枚对依附于经的考据学进行了批判，这一批判其实是为提高文章的价值作铺垫。

与经学、考据相比，袁枚对文章的评价要高得多，这也正是他论难的旨意所在。“仆龀齿未落，即受诸经。贾、孔注疏，亦俱涉猎。所以不敢如足下之念兹在兹者，以为‘六经’之于文章，如山之昆仑、河之星宿也。善游者必因其胚胎滥觞之所以，周巡夫五岳之崔巍，江海之交汇，而

① （清）袁枚：《小仓山房文集》，《袁枚全集新编》第6册，第347页。

② （清）袁枚：《小仓山房文集》，《袁枚全集新编》第6册，第345页。

后足以尽山水之奇。若矜矜然孤居独处于昆仑、星宿间，而自以为至足，则亦未免为塞外之乡人而已矣。试问今之世，周、孔复生，其将抱‘六经’而自足乎？抑不能不将汉后二千年来之前言往行而多闻多见之乎？”① 袁枚将六经比喻为昆仑、星宿，认为六经只是文章的一部分，由六经出发，才能看到文章的多姿多彩。由此，袁枚认为六经是文章的基础，而文章更胜六经一筹，能看到六经见不到之美。可见，在经与文的对比中，袁枚认为文章胜出于经。六经且低于文章，考据更不用说了。“汉王充曰：‘著作者为文儒，传经者为世儒。著作以业自显，传经者因人以显。是文儒为优。’宋刘彦和曰：‘传圣道者，莫如经。然则郑、马诸儒，宏之已足，就有阐宣，无足行远。’唐柳冕曰：‘明六经之义，合先王之道，君子之儒也；明六经之注，与六经之疏，小人之儒也。今先小人之儒，而后君子之儒，以之求才，不亦难乎？’此三君子之言，仆更为足下诵之。”② 六经、文章皆为著述，而考据却依附于六经，地位比六经要低。袁枚通过援引先人的话贬低了考据，再度提升了文章的地位。

考据学成为官方学术始于四库馆的开馆，袁枚与惠栋的争论发生在考据学进入全盛的初期。惠栋写给袁枚的书信现已无法找到，惠栋如何论述考据与文章，我们也无从把握。袁枚对惠栋的反驳虽然看似颇为道理，但细细思考，也是漏洞不少，他对考据学、对惠栋的学术的理解也是比较肤浅。例如，袁枚认为惠栋的经典考证琐碎于训诂而不求义理，这是不正确的。惠栋特地标示汉学，其目的是建立一个未受篡改和污染的、真正能够体现儒学真义的儒学体系。因此，惠栋的学术思想具有鲜明的反宋倾向，袁枚说他“厌宋儒空虚，故倡汉学以矫之”③，这正是惠栋最大的义理追求。在《易例》里，惠栋无限地感慨道：“今幸东汉之《易》犹存，荀、虞之说具在，用申师法，以明大义，以溯微言。二千年绝学，庶几未坠。其在兹乎！其在兹乎！”④ 乾嘉汉学高举反宋大旗，这是深受惠栋影响的。袁枚否认“经贵心得”，认为“一人之心，即众人之心也；一人之心所能

① （清）袁枚：《小仓山房文集》，《袁枚全集新编》第 6 册，第 346 页。
② （清）袁枚：《小仓山房文集》，《袁枚全集新编》第 6 册，第 347 页。
③ （清）袁枚：《小仓山房文集》，《袁枚全集新编》第 6 册，第 346 页。
④ （清）惠栋：《易例》，商务印书馆 1936 年版，第 12 页。

得，即众人之心所能得，不足以为异也"[1]。这就否定了经学的内涵式发展，从这里可以看出袁枚对经史考证的了解较肤浅。另外，袁枚将诗文列入著述，与经学同科，这也是不科学的。乾嘉时期，学科分类已日益明确，袁枚却还将经与文混为一谈，这是不可取的。随着汉学声势日壮，袁枚也被卷入其中，《随园随笔》道出了作者考据的甘苦，"然入山三十年，无一日去书不观，性又健忘，不得不随时摘录。或识大于经史，或识小于稗官，或贪述导闻，或微抒已见。疑信并传，回冗不计。岁月既久，卷页遂多，皆有资于博览，付之焚如，未免可惜"[2]。袁枚对考据学的态度经历了一个由排斥到接受的过程。

四　争辩的意义

经学在中国古代一枝独大，诗古文都被依附在经学之下，"载道"是诗古文必须完成的任务。在经学的笼罩之下，文学的学科意识一直是暗而不彰，文学与经学、史学的关系也一直没有厘清，文学一直处于低微的地位。以经史为终身职志的大有人在，而以文学为职志，这无疑是自招唾骂。文学的地位影响了人们对它的认识，作为目录学分类的集部与今天的纯文学观念还是有相当差距的，按照现代学科标准，集部只能算"杂文学"，以纯文学眼光厘定中国文学史那是近代西学东渐的结果。仔细考察文学观念的演变，我们会发现，文学的学科意识一直依违于经史之间，在不同的时代其离合程度不一。

南朝萧绎在《金楼子・立言》中说道：

> 古人之学者有二，今人之学者有四。夫子门徒，转相师受，通圣人之经者，谓之儒；屈原、宋玉、枚乘、长卿之徒，止于辞赋，则谓之文。今之儒，博穷子史，但能识其事，不能通其理者，谓之学。至如不便为诗如阎纂，善为章奏如伯松，若此之流，泛谓之笔。吟咏风谣，流连哀思者，谓之文。而学者率多不便属辞，守其章句，迟于通

① （清）袁枚：《小仓山房文集》，《袁枚全集新编》第6册，第347页。
② （清）袁枚：《小仓山房文集》，《袁枚全集新编》第6册，第563页。

> 变，质于心用。学者不能定礼乐之是非，辩经教之宗旨，徒能扬榷前言，抵掌多识，然而挹源之流，亦是可贵。笔退则非谓成篇，进则不云取义，神其巧惠，笔端而已。至如文者，惟须绮縠纷披，宫徵靡曼，唇吻遒会，情灵摇荡。而古之文笔，其源又异。①

萧绎认识到了学术的发展变化，认为学术由二而为四："儒""文""学""笔"。萧绎仔细分辨了四个学术门类之间的差异，区分了"文"与"笔"，从形式和内容上初步界定了"文"，挖掘了文学特殊的审美价值，应该说这是文学观念的一大进步。可惜的是，这样的文学观念在中国文学史上并不占据主流，依经论文，文以载道贯穿了文论发展史。程颐说道："今之学者有三弊：一溺于文章，二牵于训诂，三惑于异端。苟无此三者，则将何归？必趋于道矣。"② 戴震也认为："事于文章者，等而末者也。"③ 在道本文末的观念下，文学更多地被视为载道的工具，其特殊的审美价值很容易被忽视。

袁枚与惠栋的争论发生在乾隆前期，当时考据学尚是民间学术，而袁枚在诗坛也正初露锋芒，并没有取代沈德潜成为诗坛盟主。双方争论主要围绕考据与诗文的优劣展开，袁枚拈出"性灵"，将考据与文学区别开来。他说："人有满腔书卷，无处张皇，当为考据之学，自成一家；其次，则骈体文，尽可铺排。何必借诗为卖弄？自《三百篇》至今日，凡诗之传者，都是性灵，不关堆垛。"④ 他嘲笑考据学者"误把抄书当作诗"。袁枚的"性灵论"并非只是以性情反驳缺乏情感的考据，"所以公安、竟陵之诗论，犹易为人所诟病，而随园之诗论，虽建筑在性灵上面，却是千门万户，无所不备。假使仅就诗论而言，随园的主张却是无可非难的。"⑤ 袁枚从整个诗学传统看待诗文与考据，他严格区分两者，其实是避免经史对文学的过多指涉，唤醒文学的独立意识，这与六朝的文笔之辨可谓殊途同归。有意思的是，到了乾隆中期，袁枚的理论仍然有相当的市场。郭绍虞

---

① （南朝梁）萧绎：《金楼子》，《丛书集成新编》第 21 册，第 47 页。
② （宋）程颢、程颐：《二程集》，第 187 页。
③ （清）戴震：《戴震全集》第 5 册，第 2589 页。
④ （清）袁枚：《随园诗话》，《袁枚全集新编》第 8 册，第 158 页。
⑤ 郭绍虞：《照隅室古典文学论集》，上海古籍出版社 1983 年版，第 470 页。

认为：“在当时，整个的诗坛上似乎只见他（袁枚）的理论；其他作风，其他主张，都成为他的败鳞残甲。”① 性灵派占据诗坛主流位置，这就进一步强化了文学的学科意识，避免了强势学术对文学过多的干预。袁枚去世后，虽然性灵派趋于衰落，但袁枚严格区别诗文与考据的观点还是被后代传续，朱自清甚至认为袁枚的“言志论”“跟我们现代译语的‘抒情诗’同义了”②。这就把袁枚的理论近代化了。

惠栋看到了理学的流弊，他严格区分了汉学与宋学，认为“汉有经师，宋无经师，汉儒浅而有本，宋儒深而无本，有师与无师之异，浅者勿轻疑，深者勿轻信，此后学之责”③。惠栋重汉学轻宋学，并建立起“经之义存乎训”的治学范式。惠栋身后，汉学蔚为大观，独霸学术，“今天下相率为汉学者，搜求琐屑，征引猥杂，无研寻义理之味，多矜高目满之气。愚鄙窃不以为安”④。在汉学的旗帜下，学者们埋头古经，从事琐碎的考据，章学诚感慨：“近日学者风气，征实太多，发挥太少，有如桑蚕食叶而不能抽丝。”⑤ 在这种风气之下，考据作为学术门类被普遍接受，戴震将学术分为：理义，制数，文章，王鸣盛认为“夫天下有义理之学，有考据之学，以经济之学，有词章之学”⑥。乾嘉以后，“考据”一词被频频使用，逐步取代了“汉儒”“宋儒”。训诂考据之学虽然在乾嘉以前也普遍存在，但真正被普遍接受、成为一门学科应该说是在乾嘉之后，袁枚与惠栋的争论对此起到了发微的作用。

第二节　性灵诗派与考据学的争锋

沈德潜是乾隆诗坛前期的领袖，后期袁枚取而代之。孙原湘称“乾隆

① 郭绍虞：《中国文学批评史》，百花文艺出版社 1999 年版，第 633 页。
② 朱自清：《诗言志辨》，华东师范大学出版社 1996 年版，第 44 页。
③ （清）惠栋：《九曜斋笔记》，《丛书集成续编》第 92 册，第 526 页。
④ （清）姚鼐：《惜抱轩诗文集》，第 295 页。
⑤ （清）章学诚著，仓修良编注：《文史通义新编新注》，第 693 页。
⑥ （清）王鸣盛：《西庄始存稿》，《嘉定王鸣盛全集》第 10 册，第 300 页。

三十年以前，归愚宗伯主盟坛坫”，以后则是“小仓山房出而专主性灵”。[①] 惠栋去世于乾隆二十三年，此时四库馆还未开馆，袁枚也没有执诗坛之牛耳。乾隆三十年以后，考据学风趋炽，正在成长起来的一大批学者如王鸣盛、钱大昕、朱筠、赵翼、洪亮吉、孙星衍等纷纷由辞章转入考据，辞章与考据的选择成了文人们面临的现实难题。考据与诗文旨趣不一，在时代风气的驱动下，一些诗人为风气所动，弃诗文而趋考据。袁枚对不辨个人才性，一味趋风气的做法感到不满，他对黄仲则、孙星衍等人进行了劝阻。随着考据学风的趋炽，袁枚对考据的辩驳就更全面了，但他的辩驳引起了汉学家的反击。诗文与考据的争论一直持续到嘉庆年间。可以说，诗文与考据的论辩贯穿了袁枚的一生。

一　袁枚对考据学的批评

（一）著与述

乾嘉考据学有针对宋明理学的理论凿空而发，他们认为理学没有建立在典籍考证的基础之上，持论虽高，但未必是儒学的真义。钱大昕批评道：“尝病后之儒者，废训诂而谈名理，目记诵为俗生，诃多闻为丧志，其持论甚高，而实便于束书不观游谈无根之辈。有明三百年间，学者往往蹈此失。圣朝文教日兴，好古之士，始知以通经博物相尚……不徒以空言说经，其立论有本，未尝师心自用，而亦不为一人一家之说所囿。……夫六经皆以明道，未有不通训诂而能知道者。欲穷六经之旨，必自《尔雅》始。”[②] 汉学家认为儒经的解读要从文字训诂、名物象数辨析开始，不由此出的儒学不是真儒学。戴震在《与是仲明论学书》中告诫后学：“至若经之难明，尚有若干事：诵《尧典》数行，至‘乃命羲和’，不知恒星七政所以运行，则掩卷不能卒业；诵《周南》、《召南》，自《关雎》而往，不知古音，徒强以协韵，则龃龉失读；诵古《礼经》，先《士冠礼》，不知古者宫室、衣服等制，则迷于其方，莫辨其用；不知古今地名沿革，则《禹贡》、《职方》失其处所……凡经之难明，右若干事，儒者不宜忽置不讲。

---

① （清）孙原湘：《天真阁集》，《续修四库全书》第1488册，第326页。

② （清）钱大昕：《潜研堂文集》，《嘉定钱大昕全集》第9册，第574页。

仆欲究其本始，为之又十年，渐于经有所会通，然后知圣人之道，如悬绳树架，毫厘不可有差。”[①] 乾嘉考据学注重根底之学，反对言而无征，重考证轻讲经。对于以理学义理自高的学人而言，考据学的这一治学方式具有很强的震慑性。章学诚曾慕名拜访戴震，戴震“不曾识字”之说震惊了章学诚，他不由感到“惭惕”“寒心”。其实，不仅仅是章学诚，“识字”一说对多数文人而言是一个不小的挑战，熟悉地记诵《说文解字》《尔雅》是“识字”的必要条件，而要做到这一点，需要长时期的研习。“识字”只是学术的基础，在“识字”的基础上，还必须广泛阅读各种书籍才能进行考证，“以古诸子书，关联经传，可以佐证事实，可以校订脱讹，可以旁通音训。故乾嘉以还学者，皆留意子书，用为治经之功”[②]。可见，考据学对学术基础的要求是很高的。戴震、钱大昕等汉学家的“识字”只是学术入门的基本条件，推求义理才是学术的终极，多数学人在接受“识字”的治学方法后，满足于博雅考证，无意追求义理，认为追求义理、阐发经义就堕入宋儒的窠臼。因此，乾嘉时期，虽然经史考证很热闹，但多数学人止于名物象数之考证，忽视了义理的追求。章学诚对当时的学风批评道：“风尚所趋，但知聚铜，不解铸釜；其下焉者，则沙砾粪土，亦曰聚之而已。”[③] 追求博杂而不求义理，这正是当时考据学的现状。

章学诚等人从汉学与宋学对立的角度对考据学进行辩驳，袁枚则是从诗文与考据的区别中思考两者的差异，正因如此，袁枚将视诗文为“著”，考据为“述”。“著作与考订两家，鸿沟界限，非亲历不知。或问；‘两家孰优?’曰：‘天下先有著作，而后有书，有书而后有考据。著述始于三代六经，考据始于汉、唐注疏。考其先后，知所优劣矣。著作如水，自为江海；考据如火，必附柴薪。‘作者之谓圣’，词章是也；‘述者之谓明’，考据是也。’”[④] 中国古代有立功、立德、立言之分，袁枚认为经史与诗文一样，都是属于立言的范畴，从立言的角度出发，他认为经史与诗文均为“著”，而考据则是旁注经史，说明经史，对经史具有附属性、依附性，因此

① （清）戴震：《戴震全集》第5册，第2587—2588页。
② （清）罗焌：《诸子述学》，岳麓书社1995年版，第51页。
③ （清）章学诚著，仓修良编注：《文史通义新编新注》，第677页。
④ （清）袁枚：《随园诗话》，《袁枚全集新编》第8册，第202页。

只能为“述”。在《散书后记》中，他详细分析了“著”与“述”的区别：

> 书将散矣，司书者请问其目。余告之曰：凡书有资著作者，有备参考者。备参考者，数万卷而未足；资著作者，数千卷而有余。何也？著作者镕书以就己，书多则杂；参考者劳己以徇书，书少则漏。著作者如大匠造屋，常精思于明堂奥区之结构，而木屑竹头非所计也；考据者如计吏持筹，必取证于质剂契约之纷繁，而圭撮毫厘所必争也。二者皆非易易也。然而一主创，一主因；一凭虚而灵，一核实而滞；一耻言蹈袭，一专事依傍；一类劳心，一类劳力。二者相较，著作胜矣。且先有著作而后有书，先有书而后有考据。以故著作者，始于六经，盛于周、秦，而考据之学，则自后汉末而始兴者也。郑、马笺注，业已回冗。其徒从而附益之，抨弹踳驳，弥弥滋甚。孔明厌之，故读书但观大略；渊明厌之，故读书不求甚解。二人者，一圣贤，一高士也。余性不耐杂，窃慕二人之所见，而又苦本朝考据之才多太多也，盖以书之备参考者尽散之？①

袁枚分析考据与著述的区别，得出结论：“一主创，一主因；一凭虚而灵，一核实而滞；一耻言蹈袭，一专事依傍；一类劳心，一类劳力。”袁枚并没有否定考据的艰难，但他认为两者有优劣之分，通过两者的对比，他认为“著”的经史、诗文要胜过考据。袁枚对考据学“述”的评价与章学诚有相似之处，这不仅点中了乾嘉汉学的要害，而且还贬低了考据的价值，这也就难怪汉学家对袁枚大加讨伐。

从立言的角度出发，将诗文与经史等同，这是袁枚能够贬低考据的重要原因。在此基础上，他还进一步辨别诗文与其他学术门类的区别，在《与程蕺园书》一文中，他说道：

> 从熊公子处接手书，云有索仆古文者，命为驰寄。仆于此事，因孤生懒，觉古人不作，知音甚稀。其弊一误于南宋之理学，再误于前

① （清）袁枚：《小仓山房文集》，《袁枚全集新编》第6册，第571—572页。

明之时文，再误于本朝之考据。三者之中，吾以考据为长。然以之混古文，则大不可。何也？古文之道形而上，纯以神行，虽多读书，不得妄有摭拾。韩、柳所言功苦，尽之矣。考据之学形而下，专引载籍，非博不详，非杂不备，辞达而已，无所为文，更无所为古也。尝谓古文家似水，非翻空不能见长。果其有本矣，则源泉混混，放为波澜，自与江海争奇。考据家似火，非附丽于物，不能有所表见。极其所至，燎于原矣，焚大槐矣，卒其所自得者皆灰烬也。以考据为古文，犹之以火为水，两物之不相中也久矣。《记》曰："作者之谓圣，述者之谓明。"六经、《三传》，古文之祖也，皆作者也。《郑笺》、《孔疏》，考据之祖也，皆述者也。苟无经传，则郑、孔亦何所考据耶？《论语》曰："古之学者为己，今之学者为人。"著作家自抒所得，近乎为己；考据家代人辨析，近乎为人。此其先后优劣不待辨而明也。①

理学、时文、考据都是属于经学的范围，袁枚认为三者都容易误导古文，而考据误导古文尤为严重。考据为什么误导古文最重？袁枚认为古文用是形而上，行文流水，自抒心得，纯以神行，富于翻空波澜，而考据则附丽于经传，不得自我表见，依人墙下。乾嘉时期，汉学家以考据自高，往往将诗文视为小道，章学诚曾记录戴震的一段话："古文可以无学而能，余生平不解为古文辞，后忽为之而不知其道，乃取古人之文反覆思之，忘寝食者数日，一夕忽有所悟，翼日取所欲为文者，振笔而书，不假思索而成，其文即远出《左》、《国》、《史》、《汉》之上。"② 这种观念在乾嘉汉学家中是很普遍的。将古文与理学、时文、考据进行对比，袁枚无非就是张扬诗文的优点，反对汉学家对诗文的贬斥，袁枚的评述应该说是有激而发。"考据之学，枚心终不以为然。大概著书立说，最怕雷同，拾人牙慧。赋诗作文，都是自写胸襟，人心不同，各如其面，故好丑虽殊，而不同则一也。考史证经，都从故纸堆中得来，我所见之书，人亦能见；我所考之典，人亦能考。虽费尽气力，终是叠床架屋，老生常谈。有如贾人屯货，

① （清）袁枚：《小仓山房文集》，《袁枚全集新编》第7册，第593页。
② （清）章学诚著，仓修良编注：《文史通义新编新注》，第133页。

胥吏写供，得人之得，而不自得其得。就使精凿异常，亦便他人观览，与我何与？况词章之学最古，始于六经，盛于《三传》，皆殷、周贤圣之才。考据之学最后……不过天生笨伯，借此藏拙消闲则可耳，有识之人，断不为也。"[①] 与考据的辩驳贯穿了袁枚一生，他极力反对考据，认为"有识之人，断不为"，这其实也只是为诗文的合法性地位争辩罢了。

（二）考据无补于诗文

刘知几将才、学、识视为良史的基本条件，这一提法对后代的诗学多有启发，如明代李贽提出"才、胆、识"一说，认为"才与胆皆因识见而后充者也"[②]，袁中道提出"识、才、学、胆、趣"一说，叶燮提出"才、胆、识、力"一说。有的学人甚至是直接搬用刘知几的理论，如魏禧认为"曰识、曰力、曰才，而且'识'尤是第一紧要"。[③] 钱大昕则认为诗文创作需要"才、学、识、情"[④]。袁枚认为诗文创作同样需要才、学、识，他说道："作史三长：才、学、识，缺一不可。余谓诗亦如之，而识最为先。非识，则才与学俱误用矣。北朝徐遵明指其心曰：'吾今而知真师之所在。'其识之谓欤?"[⑤] 既然才、学、识是诗文创作的基础，那么三者都应该得到强调。考据属于"学"，考据学者必须要有广博的知识。然而，袁枚在论及诗文与考据时却否定了考据对诗文的帮助作用，这无疑就是否定了"学"对诗文的帮助作用。他认为考据无补于诗：

近日有巨公教人作诗，必须穷经读注疏，然后落笔，诗乃可传。余闻之，笑曰：且勿论建安、大历，开府、参军，其经学何如，只问"关关雎鸠"、"采采卷耳"，是穷何经、何注疏，得此不朽之作？陶诗独绝千古，而"读书不求甚解"，何不读此疏以解之？梁昭明太子《与湘东王书》云："夫六典、三礼，所施有地，所用有宜。未闻吟咏情性，反拟《内则》之篇；操笔写志，更摹《酒诰》之作。'迟迟春

① （清）袁枚：《小仓山房尺牍》，《袁枚全集新编》第15册，第166页。
② （明）李贽：《焚书》，《李贽全集注》第2册，社会科学文献出版社2010年版，第50页。
③ （清）魏禧：《魏叔子文集》，中华书局2003年版，第1063页。
④ （清）钱大昕：《潜研堂文集》，《嘉定钱大昕全集》第9册，第421页。
⑤ （清）袁枚：《随园诗话》，《袁枚全集新编》第8册，第94页。

日'，翻学《归藏》；'湛湛江水'，竟同《大诰》。"此数言振聋发聩。想当时必有迂儒曲士，以经学谈诗者，故为此语以晓之。[①]

乾嘉汉学家重学识，认为有学才有诗。袁枚对此持异议，认为学问与诗并无直接的关系。同样的，对于古文，他认为考据破坏了古文的文法，把古文逼进了死胡同。他批评当时的学者，"非序事噂沓，即用笔平衍，于剪裁、提挈、烹炼、顿挫诸法，大都懵然"。造成这一原因，无非"其平素神气沾滞于丛杂琐碎中，翻撷多而思功小"。[②] 袁枚并非完全废学，在《续诗品》中他写道："万卷山积，一篇吟成。诗之与书，有情无情。钟鼓非乐，舍之何鸣！易牙善烹，先羞百牲。不从糟粕，安得精英？曰不关学，终非正声。"[③] 袁枚也强调学对诗文的作用，那么他的"学"到底是什么呢？在《随园诗话》里，他多次谈及"学"："少陵云多师是我师，非止可师之人而师之也。村童牧竖，一言一笑，皆吾之师，善取之皆成佳句"[④]；"后之人未有不学古人而能为诗者也。然而善学者，得鱼忘筌；不善学者，刻舟求剑"[⑤]；"诗境最宽，有学士大夫读破万卷，穷老尽气，而不能得其阃奥者。有妇人女子、村氓浅学，偶有一二句，虽李、杜复生，必为低首者。此诗之所以为大也。作诗者必知此二义，而后能求诗于书中，得诗于书外"[⑥]。可见，袁枚的"学"并不是书本知识，更不是考据知识，他的"学"是诗文风格的学习，生活的学习，这与汉学家重书本知识的"学"大不一样。

袁枚论诗主性灵，他认为考据学禁锢了诗歌的性灵，"王梦楼云：'词章之学，见之易尽，搜之无穷。今聪明才学之士，往往薄视诗文，遁而穷经注史。不知彼所能者，皆词章之皮面耳。未吸神髓，故易于决舍；如果深造有得，必愁日短心长，孜孜不及，焉有余功旁求考据乎？'予以为君言是也。然人才力各有所宜，要在一纵一横而已。郑、马主纵，崔、蔡主

① （清）袁枚：《随园诗话》，《袁枚全集新编》第10册，第615页。
② （清）袁枚：《小仓山房文集》，《袁枚全集新编》第7册，第593页。
③ （清）袁枚：《小仓山房诗集》，《袁枚全集新编》第2册，第451页。
④ （清）袁枚：《随园诗话》，《袁枚全集新编》第8册，第37页。
⑤ （清）袁枚：《随园诗话》，《袁枚全集新编》第8册，第54页。
⑥ （清）袁枚：《随园诗话》，《袁枚全集新编》第8册，第95页。

横，断难兼得。余尝考古官制，捡搜群书，不过两月之久。偶作一诗，觉神思滞塞，亦欲于故纸堆中求之。方悟著作与考订两家，鸿沟界限，非亲历不知。"① 袁枚认为考据与诗歌两者界如鸿沟，考据不但无助于诗歌，而且还对诗歌产生破坏的作用。在《考据之学莫盛于宋以后，而近今为尤。余厌之，戏仿太白〈嘲鲁儒〉一首》中，他对考据学进行了嘲讽："东逢一儒谈考据，西逢一儒谈考据。不图此学始东京，一丘之貉于今聚。尧典二字说万言，近君迷入公超雾。八寸策讹八十宗，遵明朅朅强分疏。或争《关雎》何人作，或指明堂建某处。考一日月必反唇，辨一郡名辄色怒。干卿底事漫纷纭，不死饥寒死章句。专数郢书燕说对，喜从牛角蜗宫赴。我亦偶然愿学焉，顷刻挥毫断生趣。捋扯故纸始成篇，弹弄云和辄胶柱。方知文字本天机，若要出新先吐故。鲁人无聊把沈拾，齐士谈仙将影捕。作《尔雅》非磊落人，疏《周官》走蚕丛路。当时孔圣尚阙疑，孟说井田亦臆度。底事于今考据人，高睨大谈若目睹？古人已死不再生，但有来朝无往暮。彼此相殴昏夜中，毕竟输赢谁觉悟？次山文碎皇甫讥，夏建学琐乃叔恶。男儿堂堂六尺躯，大笔如椽天所付。鲸吞鳌掷杜甫诗，高文典册相如赋。岂肯身披腻颜袷，甘逐康成车后步！陈迹何妨大略观，雄词必须自己铸。待至大业传千秋，自有腐儒替我注。或者收藏典籍多，亥豕鲁鱼未免误。招此辈来与一餐，锁向书仓管书蠹。"② 袁枚对考据持严厉的批评态度，但这并不说明他不了解考据学。归隐后，袁枚"自入山三十年，无一日去书不观"，几十万字的《随园随笔》是他从事考据的有力证明。钱大昕等学人对他的考据也给予了很高的评价，应该说他对考据的甘苦是有比较深入了解的。袁枚并不是一味地反对考据，他对考据学的抵制多是在论及诗文与考据的时候，这与他诗坛盟主的地位以及考据对诗文的轻视有关。

诗之旨趣与学问有相当的距离，古文与学问相对来说要近一些，将古文与学问联系在一起已普遍为人们所接受，诸葛亮在《诫子书》中说道："夫学须静也，才须学也，非学无以广才，非志无以成学。"袁枚在论及古文与学识的关系时却是把古文与学识分裂开来，认为学不一定有助于古文，

① （清）袁枚：《随园诗话》，《袁枚全集新编》第8册，第202页。

② （清）袁枚：《小仓山房诗集》，《袁枚全集新编》第4册，第789页。

“不知古文之道，不贵书多，所读之书不古，则所作之文亦不古。唐、宋以来，推韩、柳能为古文。然昌黎自言：‘非三代、两汉之书不敢观，惧其杂也，迎而距之’。柳子《与韦中立书》所引书目，班班可考，其得力处全在镕铸变化，纯以神行。若欲自炫所学，广搜百氏，旁摭佛老及说部书，儳入古文，便伤严洁。”① 袁枚认为古文必须有古人的风格，不可杂入时人之气，因此不求读书之多。在《答友人论文第三书》中，他教导友人：

> 夫古文之宜博，非足下之所谓博也。韩子称“其书满家”，而六经外不过子云、相如、屈原、太史而已；柳自吟“旁推交通”，而六经外不过《穀梁》《孟》《荀》《庄》《老》而已。此外非所博也。足下之言曰：“昌黎以阴阳、土地、星辰、方药未通为愧，故将通之以合乎昌黎之说。”不知昌黎果通之而后为古文乎？抑终于未通，而所以为古文者，固自有在乎？其词曰：“未有不通此而为大贤君子。”非曰必通此，而后为古文也。②

很显然，袁枚反对博杂，尤其是反对考据学的博杂。他认为博杂就失去了古文的家法，他历举历史上的古文大家，反复论辩，就是要说明博杂学识无益于古文写作。袁枚得出这样的结论，与他的古文观有关。袁枚认为古文纯以神行，书本知识太多很容易造成“伤神”，进而影响了古文的写作，他对好友杭世骏就提出了批评：

> 札中问《道古堂文集》与星斋孰优？星斋先生集未付梓，枚无由得见。《道古堂集》则通行翻撷，其博引繁称处，自具气力。惜记序之文失之容易；序事之文，过于冗杂，全无提挈翦裁。要知良史之才，不是醋酱油盐，照帐誊录也。集中如梁少师、齐侍郎两墓志，此是何等题目，乃铺叙一鹿肉、一苹果，如市贾列单，令人齿冷！岂不知君恩所系，有赐必书。然果属卑官寒士，则尚方之一缕一蹄，自当

① （清）袁枚：《小仓山房尺牍》，《袁枚全集新编》第 15 册，第 126 页。

② （清）袁枚：《小仓山房文集》，《袁枚全集新编》第 6 册，第 364—365 页。

> 详载；而三品以上大臣，则宜取其大者、远者而书之，琐碎事端，概从删节，此文章一定之体例也。不然，如韩、欧集中，所作诸名臣碑版，岂当时天子不赏赐一物者乎？而何以绝不记载乎？近日考据家为古文，往往不晓此义，十人九病，堇甫、谢山皆所不免。惟方望溪力能矫之，而又苦于才力太薄，读者索然。①

汉学家只是一味地求真，忽视了古文应有的波澜、风貌，袁枚并不认可这一写作的方法。正是基于此，他将近代古文之衰归结于考据学，“因念近日诗教尚行，而古文之道颇衰，多缘考据家误以训诂琐碎为文，而班、马、韩、欧气脉永断”②。“夫古文者，即古人立言之谓也，能字字立于纸上，则古矣。今之为文者，字字卧于纸上。夫纸上尚不能立，安望其能立于世间乎?”③ 在考据学兴盛之际，袁枚也不免为时代学术风气所动，诗文之余，他也不废考据，对于考据对古文的文气的伤害，他是有体会的：“著作之文形而上，考据之学形而下。各有资性，两者断不能兼。汉贾山涉猎，不为醇儒；夏侯建讥夏侯胜所学疏阔，而胜亦讥其繁碎。余故山、胜流也。考订数日，觉下笔无灵气。有所著作，惟捃摭是务，无能运深湛之思。本朝考据尤盛，判别同异，诸儒麻起。予敢披腻颜帢，逐康成车后哉！以故自谢不敏，知难而退者久也”；考证数日之后，“觉下笔无灵气。有所著作，惟捃摭是务，无能运深湛之思”。④ 可见，袁枚对考据学与古文之间的关系不仅是依据推理，而且有实践基础。

与袁枚相比，汉学家对“学”的评价要高得多。孙星衍说：“自前明以制艺取士而经义变为八比，海内人才毕力科举之业，别名一切撰述为古文词，或不能举其体格，或以浮词虚调号称古文正传，而根柢之学坠焉。国朝知其弊，曾一罢八比文，又设经学鸿词科收罗俊彦，其时作者应运彬彬，质有其文矣。”⑤ 孙星衍将文之兴盛与学之兴盛紧密联系在一起，认为

---

① （清）袁枚：《小仓山房尺牍》，《袁枚全集新编》第15册，第82页。
② （清）袁枚：《零散集外尺牍》，《袁枚全集新编》第17册，第8页。
③ （清）袁枚：《小仓山房文集》，《袁枚全集新编》第7册，第726页。
④ （清）袁枚：《小仓山房随笔》，《袁枚全集新编》第6册，第562—563页。
⑤ （清）李中简：《嘉树山房诗文集》，《清代诗文集汇编》第348册，第354页。

学决定了文。纪昀也说道："夫为文不根柢古人，是偭规矩也；为文而刻画古人，是手执规矩不能自为方圆也。孟子有言：'梓匠轮舆，能与人规矩，不能使人巧。'是虽非为论文设，而千古论文之奥，具是言矣。夫巧者，心所为；心所以能巧，则非心之自能为。学不正则杂，学不博则陋，学不精则肤，杂而兼以陋且肤，是恶能生巧；即恃聪明以为巧，亦巧其所巧，非古人之所谓巧也。惟根本六经，而旁参以史、子、集，使理之疑似，事之经权，了然于心，脱然于手，纵横伸缩，惟意所如，而自然不悖于道。其为巧也，不有不期然而然者乎?"① 纪昀认为后天的学习比先天的禀赋更为重要，无学即无巧、无才，唯学才能生巧，这就把学视为诗文创作最重要的条件了。钱大昕也持此观点："昌黎不云乎：'言，浮物也。'物之浮者罕能自立，而古人以立言为不朽之一，盖必有植乎根柢而为言之先者矣。草木之华，朝荣而夕萎；蒲苇之质，春生而秋槁，恶识所谓立哉!"② 汉学家所论的"学"并非泛泛之学，而是考据学。翁方纲说道："予尝谓为文必根柢经籍，博综考订，非以空言机法为也。"③ 阮元在《晚学集》的序中说道："尝谓为才人易，为学人难；为心性之学人易，为考据之学人难；为浩博之考据易，为精核之考据难。元自出交当世学人，类皆始撷华秀，既穷枝叶，终寻根柢者也。曲阜桂进士未谷，学人也。"④ 汉学讲究实事求是的考证，理学则多理论凿空，汉学家认为基于典籍实证的学问才是真学，他们强调学识对诗文的决定性作用，其实正是强调考据学的重要性。

袁枚认为考据学博杂，无益诗文，而汉学家标举学问，认为不从考据学问入手，诗文创作就失去了基础，两者在观点上富于针对性。袁枚的观点建立在实际的写作基础之上，汉学家的观点则不免有点空洞，究其实，袁枚的观点更可靠。袁枚之所以有针对地抨击考据对诗文创作的影响，无非就是为诗学创作留有领地，维护诗文的纯正，避免考据对诗文的干扰。

---

① （清）纪昀：《纪晓岚文集》第 1 册，第 193 页。
② （清）钱大昕：《潜研堂文集》，《嘉定钱大昕全集》第 9 册，第 415 页。
③ （清）翁方纲：《复初斋文集》，《清代诗文集汇编》第 382 册，第 43 页。
④ （清）桂馥：《晚学集》，《清代诗文集汇编》第 389 册，第 524 页。

（三）才性——诗文与考据的主体性分野所在

在诗文与考据的关系上，袁枚对考据颇多排斥，在进行理论总结时，他提出了“性灵”一词，以示两者的区别。“人有满腔书卷，无处张皇，当为考据之学，自成一家；其次，则骈体文，尽可铺排。何必借诗为卖弄？自《三百篇》至今日，凡诗之传者，都是性灵，不关堆垛。惟李义山诗稍多典故，然皆用才情驱使，不专砌填也。余续司空表圣《诗品》，第三首便曰《博习》，言诗之必根于学，所谓‘不从糟粕，安得精英’是也。近见作诗者，全仗糟粕，琐碎零星，如剃僧发，如拆袜线，句句加注，是将诗当考据作矣。虑吾说之害之也，故续元遗山《论诗》，末一首云：‘天涯有客号诗痴，误把抄书当作诗。抄到钟嵘《诗品》日，该他知道性灵时。’”① 袁枚以性灵将诗文与考据区别开来，批评“误把抄书当作诗”的考据诗派。袁枚的“性灵”包含有性情、才性、灵感、情韵等多种内涵，在论及诗文与考据的主体性分野时，他多是从情、才两个方面进行区分，从这两个主体性的因素，他对诗文与考据进行了严格的区别，避免两者混淆不清。考据学强调理性的判断，反对个体情感的介入学术研究。而性情是性灵诗派的基石，袁枚将个体的情感视为诗歌的第一要义，这就与考据学判若水火了。袁枚的性情论我们将在下一节讨论、分析，这里我们先看看他是如何从才性来区分考据与诗文的。

袁枚认为人的禀性不一，各有专长，“人之才性，各有所近”。没有诗的禀赋，诗歌就很难有成就，“诗不成于人，而成于其人之天。其人之天有诗，脱口能吟；其人之天无诗，虽吟而不如其无吟。同一石，独取泗滨之磬；同一铜，独取商山之钟。无他，其物之天殊也。舜之庭，独皋陶赓歌；孔之门，独子夏、子贡可与言诗。无他，其人之天殊也。刘宾客亦云：‘天之所与，有物来相。’彼由学而至者，如工人染夏以视羽畎，有生死之殊矣”②。汉学家认为后天的学习对诗文创作具有决定性作用，而袁枚却认为，先天的禀赋决定了诗歌的成就，后天的学习与先天的禀赋相比，“有生死之殊矣”，两者差别巨大。在先天与后天上，袁枚更注重的是先

① （清）袁枚：《随园诗话》，《袁枚全集新编》第8册，第158页。

② （清）袁枚：《小仓山房文集》，《袁枚全集新编》第6册，第559页。

天："余以为诗文之作意用笔，如美人之发肤巧笑，先天也；诗文之征文用典，如美人之衣裳首饰，后天也。至于腔调涂泽，则又是美人之裹足穿耳，其功更后矣！"[①] "诗文之道，全关天分。聪颖之人，一指便悟。"[②] 如果个体有诗性，那么诗歌创作就会有神来之笔，下笔自然成文，缺乏这种天性，诗歌就存在先天不足，缺憾难于弥补。"无题之诗，天籁也；有题之诗，人籁也。天籁易工，人籁难工。《三百篇》《古诗十九首》，皆无题之作，后人取其诗中首面之一二字为题，遂独绝千古。汉、魏以下，有题方有诗，性情渐漓。至唐人有五言八韵之试帖，限以格律，而性情愈远；且有'赋得'等名目，以诗为诗，犹之以水洗水，更无意味。从此，诗之道每况愈下矣。"[③] 天籁是秉持天性，自然工巧，而人籁依于人力，"犹之以水洗水，更无意味"。先天的禀赋如何产生？袁枚认为先天的禀赋是与生俱来的，具有偶然性。"今夫越女之论剑术曰：'妾非受于人也，而忽自有之。'夫自有之者，非人与之，天与之也。天之所与，岂独越女哉！以射与羿，奕与秋，聪与师旷，巧与公输，勇与贲、育，美与西施、宋朝。之数人者，俱不能自言其所以异于众也。而众之人，方且弯弓、斗棋、审音、习斤，学手搏、施朱粉，穷日夜追之，终不克肖此数人于万一者，何也？"[④] 禀赋使得个体成为行业的佼佼者，它不期然而然，是自然的馈赠。在诗歌创作上，灵感是个人禀赋表现的一种形式，"夫用兵，危事也，而赵括易言之，此其所以败也。夫诗，难事也，而豁达李老易言之，此其所以陋也。唐子西云：'诗初成时，未见可訾处，姑置之，明日取读，则瑕疵百出，乃反复改正之。隔数日取阅，疵累又出，又改正之。如此数四，方敢示人。'此数言，可谓知其难而深造之者也。然有天机一到，断不可改者。余《续诗品》有云：'知一重非，进一重境。亦有生金，一铸而定'"[⑤]。灵感是个体诗性的表现，灵感的出现如出水芙蓉，浑然天成，令人惊叹。

诗歌的才性是一个笼统的概念，袁枚认为诗歌的才性有"清才"与

---

① （清）袁枚：《随园诗话》，《袁枚全集新编》第 10 册，第 775—776 页。
② （清）袁枚：《随园诗话》，《袁枚全集新编》第 9 册，第 529 页。
③ （清）袁枚：《随园诗话》，《袁枚全集新编》第 8 册，第 247—248 页。
④ （清）袁枚：《小仓山房文集》，《袁枚全集新编》第 6 册，第 553 页。
⑤ （清）袁枚：《随园诗话》，《袁枚全集新编》第 8 册，第 72 页。

“奇才”之分。袁枚评王士祯：“须知先生才本清雅，气少排奡，为王、孟、韦柳则有余，为李、杜、韩、苏则不足也。余学遗山《论诗》，一绝云：‘清才未合长依傍，雅调如何可诋娸？我奉渔洋如貌执，不相菲薄不相师。’”①清才是清雅之才，和平舒雅，没有鲸鱼碧海之壮美，袁枚将雅好王孟诗风的王士祯视为清才。对于王士祯的才性，前人其实也有类似评价，“新城王文简公以诗名一代，亦从七子入手，故吴乔目为‘清秀李于鳞’。文简衔之终身，以一语中其微隐”②。袁枚在才性的分类中将王士祯定为清才，这有助于人们对才性的把握。袁枚更推崇的是“奇才”，认为奇才的创造力更大，审美效果更令人惊奇。“然而自古清才多，奇才少。晋人称谢邈清才，宋神宗读苏轼文，叹‘奇才，奇才’。才中分量，又不可以十百计。”③袁枚称孙渊如是“今天下之奇才也”，称胡天游“旷代奇才”。

中国历代多将才与德并举，认为德为主，才次之。袁枚对此却颇不以为然，他认为才较德更重要，无才便无德。

> 第书中称“德为贵，才为贱”。是说也，狂夫阻之。公而不以天下为己任也，则废才可矣；公而以天下为任也，则天下事何一非才所为乎？忠于君，德也；而所以忠之者，才也。孝于亲，德也；而所以孝之者，才也。孝而愚，忠而愚，才之不存，而德亦亡。古以天、地、人为三才。天之才，见于风霆；地之才，见于生物；人之才，极于参赞。其大者为圣贤，为豪杰；其小者为农夫，为工匠。百亩之田，人所同也，或食九人，或食五人，而才见焉。冶埴之事，人所同也；为燕之镈，为秦之庐，而才见焉。使农一日不食人，工一日不成器，则子不能养其父，弟不能养其兄，而顾嚣嚣然曰：“吾有德，吾有德。”其谁信之！④

袁枚才德之辨立论新颖，是对传统才德观的翻案，近乎“唯才论”。

① （清）袁枚：《随园诗话》，《袁枚全集新编》第8册，第53页。
② （清）刘声木：《长楚斋随笔续笔三笔四笔五笔》，中华书局1998年版，第9页。
③ （清）袁枚：《小仓山房文集》，《袁枚全集新编》第6册，第554页。
④ （清）袁枚：《小仓山房文集》，《袁枚全集新编》第6册，第307页。

诗歌与考据本来就存在很大的差异，袁枚对才性的强调是从创作主体上去寻找诗文创作的关键性因素，这与考据学重共性轻个性有很大的区别。有趣的是，同样是18世纪，西方的浪漫主义文学思潮也正在兴起，浪漫主义文学也是高扬情感与天才。欧文·豪评介浪漫主义文学："他们并没有放弃想要在宇宙中发现精神的意义之网的愿望，这一精神的意义不论多么的不确定，却能包含它们的自我。"① 这与袁枚对主体的强调很相似，中西方在相近的时段有惊人的相近的文学思想。袁枚对创作主体的强调对我们认清诗文与考据的门径是有帮助的。

二　乾嘉汉学家对袁枚的回击

经学在中国古代被视为一切学术的源泉，其地位无法撼动，汉学家以经学自期，心理上自然就有优越感了。段玉裁说道："六经，犹日月星辰也。无日月星辰则无寒暑昏明，无六经则无人道。为传注以阐明六经，犹羲、和测日月星辰，敬授民时也。"② 袁枚抑考据扬诗文，这一看法在许多汉学家看来不值一辩，故而在乾隆中期以前，汉学家并没有与袁枚就两者的学术研究范畴、优劣进行争辩，朱筠、钱大昕等人甚至还很推许袁枚。乾隆中叶以后，考据学博杂考证、不求义理的学风加重，袁枚地位日隆，他的论调切中时弊，汉学家不得不对此进行回击。汪中在《与赵味辛书》中说道："比闻足下将肆力于文章……足下颇心折于某氏，某氏之才诚美矣，然不通经术，不知六书，不能别书之正伪，不根持论，不辨文章流别，是俗学小说而已矣，不可效也。足下之年亦长矣，过此则心力日退，不可苟也。"③ 汪中所指"某氏"其实就是袁枚，"不可苟也"的语重心长正道出了考据学者在考据与文学天平上的偏向。汉学家对袁枚抨击考据学的回击，既有纯学理的争辩，又有基于意气的争辩，情况比较复杂。

① ［美］哈罗德·布鲁姆：《批评、正典结构与预言》，吴琼译，中国社会科学出版社2000年版，第175页。

② （清）段玉裁：《经韵楼集》，上海古籍出版社2008年版，第1页。

③ （清）汪中：《新编汪中集》，广陵书社2005年版，"附录"第31—32页。

（一）孙星衍对袁枚的批评

孙星衍早年负有诗名，他与洪亮吉、赵怀玉、黄景仁、杨伦、吕星垣、徐书受等被称为“毗陵七子”。七子中洪、孙、赵最有诗名，袁枚对这三人也尤为推崇，称孙星衍为“奇才”，“余尝谓孙渊如云：‘天下清才多，奇才少。君天下之奇才也。’渊如闻之，窃喜自负”①。得到袁枚的推许，孙星衍“窃喜自负”，说明他早年对诗歌还是很在意的。受时代风气的影响，孙星衍最终还是转入了考据学，《清稗类钞》记载有：“孙衍如，名星衍，能诵全部《文选》，而所撰骈文，绝不摭拾《文选》字句。诗有奇气。三十以后，一意研经。袁子才谓渊如逃入考据，盖不欲以文人自囿也。”② 袁枚对孙星衍的这一转向颇为不满：“余向读孙渊如诗，叹为奇才。后见近作，锋芒小颓。询其故，缘逃入考据之学故也。”③ 以诗文相劝，这只是袁枚的一厢情愿而已，乾嘉时期的汉学家多有从诗文转入考据的经历，其主要原因是两者悬殊的地位。桂馥说道：“岱宗之下，诸峰罗列，而有岳为之主，则群山万壑皆归统摄，犹六艺之统摄百家也。今之才人，好词章者，好击辨者，好淹博者，好编录者，皆无当于治经。胸中无主，误用其才也。”④ 焦循也说道：“盖本诸经者上也，资乎史者次也，出于九流、诗赋者下也，而皆可以相杂而成集。”⑤ 在考据强势话语的推压下，职志之转向也是必然的趋势，孙星衍对袁枚的回击代表了诸多汉学家的看法。孙星衍对袁枚的回击集中在《答袁简斋前辈书》一文中，孙星衍后来将这一书信收在《问字堂集》中，《问字堂集》刊印后，这封书信在京师引起了不小的反响。

孙星衍《答袁简斋前辈书》一文比较全面地回应了袁枚对考据学的批评，可以说是考据自身的一次理论总结。孙星衍一开始便委婉提出袁枚在考据问题上的错误，“两奉手书，具承存注，侍生平知己之感，莫先于阁下。自束发知诗，阁下即许以奇才之目，揄扬于当道之前，一登龙门，得

① （清）袁枚：《随园诗话》，《袁枚全集新编》第 8 册，第 237 页。
② 徐珂：《清稗类钞》，中华书局 1986 年版，第 3880 页。
③ （清）袁枚：《随园诗话》，《袁枚全集新编》第 9 册，第 600 页。
④ （清）桂馥：《晚学集》，《清代诗文集汇编》第 389 册，第 530 页。
⑤ （清）焦循：《焦循诗文集》，第 291 页。

尽交海内傀异之士，何敢一日忘之。然阁下负天下之重名，后进奉其言以为法。阁下有为而言，闻者不察，或阻其进学之志，亦不得不献疑于左右也”①。袁枚之志乃在诗文，他对考据学的批评确实有妨碍青年学人“进学之志”的嫌疑，孙星衍担心“闻者不察”，故出来辟谣。乾隆三十年以后，袁枚“负天下之重名”，而考据学也正处于风起云涌之际，孙星衍此“辟谣”应该说是很及时。袁枚曾多次从“道器”的角度对著述和考据进行区别，孙星衍批评袁枚在“道器”问题上认识的错误。“来书惜侍以惊采绝艳之才为考据之学，因言形上谓之道，著作是也；形下谓之器，考据是也。侍推阁下之意，盖以抄摭故实为考据，抒写性情为性灵为著作耳，然非经之所谓道与器也。道者谓阴阳柔刚仁义之道，器者谓卦爻彖象载道之文，是著作亦器也。侍少读书，为训诂之学，以为经义生于文字，文字本于六书，六书当求之篆籀古文，始知《仓颉》、《尔雅》之本旨。于是博稽钟鼎款识及汉人小学之书，而九经三史之疑义可得而释。及壮，稍通经术，又欲知圣人制作之意，以为儒者立身出政，皆则天法地，于是考周天日月之度，明堂井田之法，阴阳五行推十合一之数，而后知人之贵于万物，及儒者之学之所以贵于诸子百家。虽未遽能贯串，然心窃好之。此则侍因器以求道，由下而上达之学，阁下奈何分道与器为二也?”② “道器”论是中国古代哲学中重要的理论命题，这一命题源于《易经·系辞》的“形而上者谓之道，形而下者谓之器”。在中国古代，道是事物运行的普遍规律，它是普遍的、抽象的，而体现道的可感之物都是“器”。袁枚将著述视为“道”，而将考据视为“器”，这并不符合中国传统对“道器”的认识。孙星衍认为袁枚“道器”之论“非经之所谓道与器也”，这是正确的。进而，孙星衍从传统经学对器的理解出发，分析了著述、考据、诗文均为器，而考据由器以明道，由篆籀古文而知仓颉、《尔雅》之本旨，进而由此而知九经三史之疑义，最终理解了道的本义。孙星衍认为袁枚道、器之分割裂了两者的区别，简单地将诗文等同于道，挟天子以令诸侯，没有看到考据学因声求义之意，错误理解了“道器”，背离了道器之

① （清）孙星衍：《问字堂集　岱南阁集》，中华书局1996年版，第90页。
② （清）孙星衍：《问字堂集　岱南阁集》，第90—92页。

间的关系。

袁枚将著述和考据两者视为对立的事物，认为“先有著作而后有书，先有书而后有考据”，两者是主仆的依附关系。孙星衍对此提出了批评，“来书又以圣作为考据，明述为著作，侍亦未以为然。古人重考据甚于重著作，又不分为二。何者？古今论著作之才，阁下必称老、庄、班、马。然老则述黄帝之言，庄则多解老之说，班书取之史迁，迁书取之《古文尚书》、《楚汉春秋》、《世本》、石氏《星经》、颛顼夏殷周鲁历，是四子不欲自命为著作。又如《管子》之存《弟子职》，《吕览》之存后稷、伊尹书，董仲舒之存神农求雨书，贾谊之存青史氏记，大小戴之存《夏小正》、《月令》、《孔子三朝记》。而《月令》一篇，吕不韦、淮南王、小戴争传之；《哀公问》一篇，荀卿、大戴争传之；《文王官人》一篇，《周书》、大戴争传之。他如《礼论》、《乐书》、《劝学》、《保傅》诸篇，互见于诸子，不以为复出。是古人之著作即其考据。奈何阁下欲分而二之？前人不作聪明，乃至技艺亦重考据。唐人钩摹《兰亭叙》、《内景经》，不知几本，宋、元画手以绢素临旧图，为其便于影写，故流传画本皆有故事。今则各出新意以为长，古亡是也。”① 孙星衍认为考据与著述并无区别，他以老、庄、班、马以及管子、董仲舒、贾谊、大小戴等人为例，说明了古人之考据即其著述。古人的著述固然有师承的一面，同时也有别出新意、自成一家的一面。孙星衍将师承等同于考据，直接抹杀两者的区别，这既不符合历史的真实情况，又与乾嘉考据学的实际相背离，这一点辩驳未免有牵强之嫌。

袁枚在写给黄仲则的信中对他弃诗文从事考据的动机产生怀疑。“其果中心所好之耶？抑亦为习气所移，震于博雅之名，而急急焉欲冒居之也？”② 孙、洪、黄三人都是“毗陵七子”，他们都与袁枚交好，袁枚在与孙星衍的信中再度提及趋风气一说。黄仲则不长于考据，在袁枚的批评之下回归诗文，宜其然也。而孙、洪二人在考据上有不凡的成就，孙星衍敢于理直气壮地抨击袁枚了。“至阁下谓考据者为趋风气，则又没人之善。

① （清）孙星衍：《问字堂集　岱南阁集》，第91页。

② （清）袁枚：《小仓山房尺牍》，《袁枚全集新编》第15册，第89页。

汉廷诸儒，多以通经致高位，唐亦以射策取士。后世试士，第一场用四书文，试官之空疏者，或不以二三场措意，然则从事于考据者，于古或有干禄欺世之学，于今必皆笃行好学之士，世人方笑其学成而无用，阁下又何以为趋风气乎？”[①] 科举考试主要以经义八比为主，虽有个别学官改试经史考证，但并不普遍，考据学基本无助于士子的仕途，孙星衍从现实出发否定了趋时风一说。考据学固然不可以致高位，但可以致高名，孙星衍以偏概全，从不切科考的角度全然否定了考据趋时风一说，这固然是不合理的，但却是在为自己谋高名争辩。

袁枚在《答定宇第二书》中认为考据陈陈相因，并无新意。“若执一经而说之，如射旧鹄，虽后羿操弓，必中故所受穿之处；如走狭径，虽跌跌小步，必履人之旧迹也。”[②] 在与孙星衍的信中，他应该也是故调重弹，这遭到了孙星衍的反驳。“古之书籍，未有版本，藏书赐书之家，不过一二名士大夫，如摧沽然，士不至其门则无由借书。故嵇康就太学写经，康成从马融受业，其时好学之士，不登于朝不能有中秘书，盖博引为难。宋时书籍，既有版本，值汴京沦丧，金无收图籍如萧何之臣，南迁诸儒，囿于耳目。今览北宋类书，如《太平御览》、《太平寰宇记》、《事类赋》所引诸书，南宋已失之。朱晦庵、王伯厚号称博涉，其所引据亦无今世未有之书。近时开四库馆，得《永乐大典》，所出佚书甚多，及释、道二藏，载有善本古书，前世或未之睹。而钟鼎碑碣，则岁时出于土而无穷。以此而言，考据之学今人必当胜于古，而反以为列代考据如林，不必从而附益之，非通论矣。且洪范九畴，陈于武王，则文王未必知。《周志》、《穆传》出于汲冢，则孔子所不见。人者与天地参，孔子云‘当仁不让于师’，孟子云：‘有为者亦若是’，岂有中道而画之时哉？”[③] 考据学建立在典籍的基础之上，后代典籍益富，考据的成果必然会超越前代，孙星衍对考据学的认识比袁枚要深入。四库馆开馆后，从《永乐大典》中发现诸多佚书，金石学也蔚然成风，这极大推动了当时的考据之风，也由此产生了诸多的考据之作。孙星衍引用孔子“当仁不让于师”，这正是当时学人

---

① （清）孙星衍：《问字堂集　岱南阁集》，第92页。

② （清）袁枚：《小仓山房文集》，《袁枚全集新编》第6册，第347页。

③ （清）孙星衍：《问字堂集　岱南阁集》，第92页。

自豪之所在。

辩论了主要问题，孙星衍最后又委婉批评袁枚的误导，“侍非敢与前辈矜舌辨，惧世之聪明自用之士误信阁下之言，不求根柢之学，他日诒儒者之耻”。在收到孙星衍的信之后，袁枚自动偃旗息鼓，“今而后仆仍以二十年前之奇才视足下，足下亦以二十年之前之知己待仆可也。如再有一字争考据者，请罚清酒三升，飞递于三千里之外，何如?”[①] 孙星衍的《问字堂集》是一部考据文集，从题名我们就不难看出作者的旨趣了。除了《答袁简斋前辈书》，其他文章都是考据之作，孙星衍独自将这一书信放入文集中，可见他对此文也颇为得意。袁枚对书信和尺牍区别甚严，洪锡豫在《小仓山房尺牍》的序中说道：“随园先生尝谓尺牍者，古文之唾余。”[②] 袁枚给孙星衍的回信并没有收在《小仓山房文集》里，只是收录在《小仓山房尺牍》里，可见袁枚后期并不想再就此事争辩。

（二）章学诚对袁枚的批评

章学诚从朱筠之子朱锡庚处看到了孙星衍写驳斥袁枚的信，看后倍感振奋。他在给孙星衍的信中说道：“集中与某人论考据书，可为太不自爱，为玷岂止白圭所云乎哉！被以纤佻倾仄之才，一部优伶剧中才子佳人俗恶见解，淫辞邪说，宕惑士女，肆侮圣言，以六经为导欲宣淫之具，败坏风俗人心，名教中之罪人，不诛为幸。彼又乌知学问文章为何物，所言如夏畦人议中书堂事，岂值一笑！又如疯狂谵呓，不特难以取裁，即诘责之，亦无理解可入，天地之大，自有此种沴气，非道义所可喻也。此可与之往复，岂不自秽其著述之例乎！别有专篇声讨，此不复详。幸即刊削其文，以归雅洁，幸甚幸甚!”[③] 章学诚对袁枚不羁礼法的言行深恶痛绝，处处抨击袁枚。他所说的“别有专篇声讨”即收录在《文史通义》中的《诗话》《书坊刻诗话后》《妇学》《妇学篇书后》《论文辨伪》等文章。章学诚一口气写下如此多之文章专篇声讨，其对袁枚的态度可想而知。从章学诚的这几篇文章上看，他的意气成分要多于学理成分，胡适认为：“实斋之攻

---

① （清）孙星衍：《问字堂集　岱南阁集》，第 93 页。

② （清）袁枚：《小仓山房尺牍》，《袁枚全集新编》第 15 册，第 1 页。

③ （清）章学诚著，仓修良编注：《文史通义新编新注》，第 399 页。

袁氏，实皆不甚中肯。”[①] 这大体是不错的。章学诚也曾游朱筠幕下，朱筠是他的业师，袁枚在给朱筠的信中说道：“进士程沅来，又道公为护持枚故，挺身说人。”[②] 朱筠交游甚广，其门下士如洪亮吉、黄仲则等都与袁枚交好，朱筠“挺身说人”，此人当为章学诚。章学诚声讨袁枚的文章是在袁枚去世之后，可见章学诚对袁枚的成见由来已久。

章学诚“别有专篇声讨”的文章恣意漫骂，“无知之徒”“倾邪之人”“兴妖作怪”“不学之徒”等词语不断使用，文章未免有失体统。正是意气论事，孙星衍与袁枚辨析的问题也没有能够冷静思考，用指责代替论辩，未免有过度阐释之嫌。我们且看看《诗话》里对袁枚的批评：

> 人各有能有不能，无能强也。鄙俗之怀，倾邪之心，诗则无其质矣。然舍质论文，则其轻隽便给之才，如效鹦鹉猩猩之语，未尝不足娱人耳目，虽非艺林所贵，亦堪附下驷以传名矣。彼不自揣，妄谈学问文章，（古文辞颇有才气，而文理全然不通。）而其言不类，殆于娼家读《烈女传》也。学问之途甚广，记诵名数，特其一端。彼空疏不学，而厌汉儒以为糟粕，岂知其言之为粪土耶？经学历有渊源，自非殊慧而益以深功，不能成一家学也。而彼则谓不能诗者遁为经学，是伏、郑大儒，乃是有所遁而为之，鄙且悖矣！考据者，学问之所有事耳；学问不一家，考据亦不一家也。鄙陋之夫不知学问之有流别，见人学问，眩于目而莫能指识，则概名之曰考据家。夫考据岂有家哉？学问之有考据，犹诗文之有事实耳。今见有如韩、柳之文，李、杜之诗，不能定为何家诗文，惟见有事实，即概名为事实家，可乎？学问成家，则发挥而为文辞，证实而为考据。比如人身，学问，其神智也；文辞，其肌肤也；考据，其骸骨也；三者备而后谓之著述。著述可随学问而各自名家，别无所谓考据家与著述家也。鄙俗之夫，不知著述随学问以名家，辄以私意妄分为考据家、著述家，而又以私心妄议为著述家终胜于考据家。彼之所谓考据，不过类书策括；所谓著

① 胡适：《胡适文存二集》，《胡适文集》第7册，第111页。
② （清）袁枚：《小仓山房文集》，《袁枚全集新编》第6册，第369页。

述，不过如伊所自撰无根柢之诗文耳；其实皆算不得成家。是直见人具体，不知其有神智；而妄别人有骸骨家与肌肤家，又谓肌肤家之终胜骸骨家也，此为何许语耶？……强效不类，学人口气，每失其意。妄虽可恶，愚实堪怜！俚女村姬，臆度昭阳、长信；畦氓野老，纷争金马玉堂。大似载鬼一车，使人喷饭满案。岂天夺其魄乎，何为自状其丑，津津有余味耶！①

章学诚对袁枚的诸多指责并不完全符合袁枚的原意，其诸多譬喻也是意气使然，缺乏公正客观的评价。在与友人论学问的时候，章学诚倒是能够比较客观地对考据与诗文进行评述。在《与吴胥石简》一文中，章学诚从学理的角度评述袁枚的观点。

作启事讫，仲鱼陈君斥夫巳氏不当与选，其言允惬。……如与《程蕺园论文》，以古文为形上之道，考据为形下之器；"古文似水，非翻空不能见长，考据似火，非附丽于物不能有所表见；水则源泉达乎江海，火则所余不过灰烬"。此直是风狂人作梦呓语，不但不识文理，并不识字画矣。古人本之学问而发为文章，其志将以明道，安有所谓考据与古文之分哉！学问文章，皆是形下之器，其所以为之者道也；彼不知道，而以文为道，以考为器，乃是夏畦一流争论中书堂事，其谬不待辨也。大抵彼本空疏不学，见文之典实不可凭空造者，疾如雠仇，不能名之，勉强目为考据，（天下但有学问家数，考据者，乃学问所有事，本无考据家。）因而妄诋之。充其所见，六经宜去三礼，《尚书》宜去典、谟、贡、范而但存训、诰，《春秋》宜去《左传》而但存《公》、《穀》，《诗》宜删《雅》、《颂》而但存《国风》，六经之文大半灰烬，而达江海者寥寥无几，谓非丧心病狂，何至出此！至于与友人论文，则深戒文章须有关系，甚至言"欲著不朽之书，必召崔浩之灾，欲冒难成之功，必为安石新法之厉"，此其不可理解，直是驴鸣狗嗥！推原其意，不过嫌人矫揉造作为伪体耳。（天

① （清）章学诚著，仓修良编注：《文史通义新编新注》，第294—295页。

下原有一种伪体关系文章。）然不反其本，而但恶天下有伪君子，因而昌言于众，相率为真小人，是其所刻种种淫词邪说，狎侮圣言，至附会经传，以为导欲宣淫之具，得罪名教，皆此书为之根源。此等文字，方当请于当事搜访禁绝之，犹恐或有贵遗留，为世道人心之害。而徐君乃选刻之赞之服之，呜呼！人心嗜好固不可同，然亦何至此耶！此乃吾辈忧患之言，二三同志共之，不过为子弟戒，不足与外人道也，幸勿播扬，致为逐臭之徒增诟詈而启争端可矣。①

章学诚此文辩驳袁枚的“道器”论与孙星衍是一致的，他从“道”的原义出发进行批评，这也是正确的。章学诚认为“考据者，乃学问所有事，本无考据家”，这未免又过信于孙星衍。孙星衍在驳袁枚的信中列举了诸多事例说明考据即著述，但他并没有认为考据是学问的所有事。章学诚在《妇学》和此文中重复这一说法，这说明他对考据学的理解未必有袁枚深。同时，他指责袁枚不懂考据，这也是不对的。袁枚归隐后并不废考据，其考据成果也多为钱大昕、姚鼐等人赞许，在考据学的学理上，袁枚比章学诚要有见地。

（三）焦循在考据问题上的理论深化（附凌廷堪）

袁枚以“道器”论考据与著述固然并不准确，但他对考据学破碎、烦琐、不求义理的指责却是事实。嘉庆以后，只重考证、不求义理的做法遭到了时人的批评。阮元说道：“余以为儒者之于经，但求其是而已矣……未闻以违注见讥。盖株守传注曲为附会，其弊与不从传注、凭臆空谈者等。夫不从传注凭臆空谈之弊，近人类以言之，而株守传注，曲为附会之弊，非心知其意者未必能言之也。”② 段玉裁晚年也有追悔：“喜言训故考核，寻其枝叶，略其本根，老大无成，追悔已晚。”③ 焦循也说道：“近之学者，无端而立一考据之名，群起而趋之，所据者汉儒，而汉儒中所据又唯郑康成、许叔重，执一害道，莫此为甚……近之学者专执二君之言，以

---

① （清）章学诚著，仓修良编注：《文史通义新编新注》，第643—644页。

② （清）阮元：《研经室集》，《续修四库全书》第1478册，第664页。

③ （清）段玉裁：《经韵楼集》，上海古籍出版社2008年版，第193页。

废众家，或比许、郑而同之，自擅为考据之学，余深恶之也。”[①] 可见，将考据与义理分开已不符合学术发展的要求，融通考据与义理逐渐成为共识。戴震《原善》《孟子字义疏证》等著作阐述新义理，钱大昕、朱筠等人认为“可不必作”，而焦循却著《申戴》，对戴震的义理追求表示认同。“夫东原，世所共仰之通人也，而其所自得者，惟《孟子字义疏证》《原善》。所知觉不昧于昏瞀之中者，徒恃此戋戋也。噫嘻危矣！”[②] 正是基于这样一种认识，嘉庆以后，对袁枚的批判已不再汲汲于“道器”、著与述之辨了。焦循的考据之辨是乾嘉后期学人对这一学术门类的理论总结。

焦循看了孙星衍《问字堂集》，大加赞赏，认为孙星衍对袁枚的批评“力锄谬说，用彰圣学，功不在孟子下”[③]。焦循对孙星衍与袁枚辩驳的文章虽然评价甚高，但仍然感到意犹未尽，他特地撰写了《与孙渊如观察论考据著作书》一文再论考据与著述。

焦循对时人以“考据”命名时代的主流学术的做法深感不满，他考证了两汉的学术，认为两汉学术也并非以注疏考证名家。“循谓仲尼之门，见诸行事者，曰德行，曰言语，曰政事；见诸著述者，曰文学。自周、秦以至于汉，均谓之学，或谓之经学。汉时各传其经，即各名其学，如《易》之有施、孟、梁邱三家，《诗》之有韦、褚、匡、翼、王食、长孙……均以学名，无所谓‘考据’也。其列诸《艺文志》者，首以《易》、《书》、《诗》、《礼》、《乐》、《春秋》、《论语》、《孝经》，小学谓之‘六艺’，即《儒林传》诸君所传之学也……当时有专守一经者，有兼他经者，各为章句，以相授受。其学诸子者，有若杨王孙学黄、老，晁错学刑名，于定国学法，主父偃学纵横，赵充国学兵。其诗赋家则谓之曰词章，枚乘、司马相如其人也。有兼之者，则曰通某经，善属文，则曰通某经百家之书，则好古学，长于术数，未闻以通经学者为考据，善属文者为著作也。”[④] 乾嘉学术向汉人看齐，亦被称为汉学。焦循认为汉代并无“考据学”一词，时人各以某“学”或“经学”命名其学问，“考据学”是后人捏造出来的。焦循

① （清）焦循：《里堂家训》，《续修四库全书》第951册，第529页。
② （清）焦循：《焦循诗文集》，第126页。
③ （清）焦循：《焦循诗文集》，第245页。
④ （清）焦循：《焦循诗文集》，第245—246页。

从称谓上否定了“考据学”一说的合法性，这就动摇了袁枚立论的基础。既然乾嘉学人的学术是经学，那就不得以“考据学”给它们命名。“本朝经学盛兴，在前如顾亭林、万充宗、胡朏明、阎潜邱，近世以来，在吴有惠氏之学，在徽有江氏之学、戴氏之学，精之又精，则程易畴名于歙，段若膺名于金坛，王怀祖父子名于高邮，钱竹汀叔侄名于嘉定。其自名一学著书授受者，不下数十家，均异乎补苴掇拾者之所为，是直当以经学名之，乌得以不典之称之所谓考据者混目于其间乎？”[①] 正是从“学”和“经学”的角度出发，焦循认为学术都是“汇而通之，析而辨之，求其训故，核其制度，明其道义，得圣贤立言之指，以正立身经世之法”[②]。这就批驳了袁枚考据学琐碎不求义理之说。值得我们注意的是，焦循论经学也谈“性灵”：“以己之性灵，合诸古圣之性灵，并贯通于千百家。著书立言之性灵，以精汲精，非天下之至精，孰克以与此？……盖惟经学可言性灵，无性灵不可以言经学。”[③] 以“性灵”论经学，这其实就是义理之学。焦循的“性灵”之说应该说是有激而发，既是对袁枚的批评，又是对前期不求义理的汉学的批评，“性灵”是我们理解焦循学术观点的关键。为考据学正名之后，焦循再度审视经学与诗文，认为诗文并非著述，不过是经学之枝叶而已。“故以经学为词章者，董、贾、崔、蔡之流，其词章有根柢，无枝叶。而相如作《凡将》，终军言《尔雅》，刘珍著《释名》，即专以词章显者，亦非不考究于训故名物之际。晋、宋以来，骈四俪六，间有不本于经者。于是萧统所选，专取词采之悦目。历至于唐，皆从而仿之，习为类书，不求根柢，性情之正，或为之汩。是又词章之有性灵者，必由于经学，而徒取词章者不足语此也。赵宋以下，经学一出臆断，古学几亡。于是，为词章者，亦徒以空衍为事，并经之皮毛亦渐至于尽，殊可闵也。王伯厚之徒，习而恶之，稍稍寻究古说，摭拾旧闻。此风既起，转相仿效，而天下乃有补苴掇拾之学。此学视以空论为文者，有似此粗而彼精，不知起自何人，强以‘考据’名之，以为不如著作之抒写性灵。呜

① （清）焦循：《焦循诗文集》，第246—247页。

② （清）焦循：《焦循诗文集》，第246页。

③ （清）焦循：《焦循诗文集》，第246页。

呼！可谓不揣其本而齐其末矣。”① 袁枚以著与述区别诗文与考据，并由此认为“著”的诗文优于考据。焦循在为考据学正名后再重提传统经学与诗文的关系，将诗文置于经学之下，并认为经学直接决定诗文。经过学理的辩论，焦循为考据正了名，恢复了考据学“经学”的地位。地位恢复之后，经学与诗文孰优孰劣就不攻自破了。

凌廷堪读了孙星衍的著作，对孙星衍也大为赞赏：“窃谓近者学术昌明，士咸以通经复古为事，本无遗议。而一二空疏者流，闻道已迟，向学无及，遂乃反唇集矢，谓工文章者不在读书，瀹性灵者无须考证。此与卧翳桑而侈言屏膏梁，下蚕室而倡论废昏礼者何异。不知容有拙于藻缋之儒林，必无昧于古今之文苑也。来教所云某君者，其弊似亦类此，所谓道不同不相为谋者也。”② 凌廷堪再提经学对诗文的决定性作用，否定袁枚诗文无须考据的论调。在《与江豫来书》一文中，他再度批评袁枚，认为没有学问作基础，诗文便不可能有建树。“盖文者，载道之器，非虚车之谓也。疏于往代载籍，其文必不能信今；昧于当时掌故，其文必不能传后。安有但取村童所恒诵者而摹拟之，未博先约，便谓得古人神髓，何其浅之乎视古人也！今之号称能文者，以空疏之腹，作灭裂之谈，惧读书者之掎摭其后也，于是为之说曰：‘能文者不在多读书也。吾读书不屑屑于考据也。’又忌读书者之陵驾其上也，于是为之说曰：‘能文者不在多读书也。吾读书不屑屑于考据也。’又忌读书者之陵驾其上也，于是为之说曰：‘多读书者，类不能文也。即能文，亦往往不暇工也。’及其遇胸腹之更陋于彼者，则又毛举一二误处，以自矜淹雅，竟忘其与前说相刺谬也。呜呼！是则所谓强颜者矣。”③ 凌廷堪过度强调考据对诗文的作用，这与其师翁方纲的理论有一致之处，他对袁枚的批评是学术观点和文学观点使然。

三　争辩的学术史意义

袁枚对考据学的批评虽然在学理上多有不足，但他的批评却是建立在现实基础之上，汉学家纷纷附和孙星衍其实也正因为袁枚点到了乾嘉考据

---

① （清）焦循：《焦循诗文集》，第 246 页。

② （清）凌廷堪：《校礼堂文集》，第 216 页。

③ （清）凌廷堪：《校礼堂文集》，第 212 页。

学的痛处。从文学的角度来看，争论的是非已不重要，经过袁枚的这一折腾，文学与考据的自身的特性得到了彰显。杨鸿烈这样评价袁枚："在文学上，以文艺当为德育辅助，即为伦理的附庸而无独立性，差不多全世界占大多数的文论家都如此说，只有袁子才以为文学自文学，道德自道德，并把文学不朽的价值，抬高和政教功业等量齐观，打破中国的传统的说法以为'雕虫小技壮夫不为'狭隘低卑的实利主义。……这样见解，在今日欧美新思想输入之后，固不足奇，但以前二百年的中国而论，不是很值得佩服吗?"[①] 杨鸿烈将袁枚的文学观念直接等同于现代的文学观念，这未免有过度抬高之嫌，但他以比较的方法将袁枚与同时代的人进行比较，说明袁枚的不凡之处，这无疑是正确的。经过这一场争辩，文学的地位、文学的"性灵"特性得以揭示，这在一定程度上为文学的独立作了理论的铺垫，这是争辩的意义所在。

第三节　乾嘉时期的人性论与性灵派诗学

乾隆一朝诗风屡变，清代四大诗学流派中有三大流派产生于这一时期。乾嘉诗人孙原湘在谈到乾隆诗坛时说道："吴中诗教五十年来凡三变：乾隆三十年以前，归愚宗伯主盟坛坫，其时专尚格律，取清丽温雅，近大历十子者为多。自小仓山房出而专主性灵，以能道俗情、善言名理为胜，而风格一变矣。"[②] 沈德潜的格调说其实并没有什么新意，只是把儒家的诗教重复一遍，而袁枚的性灵说却是为崛起的市民阶层代言，群众基础较格调说要广泛得多。"随园弟子半天下，提笔人人讲性情"，袁枚可谓乾嘉诗坛的"教主"。孙原湘以乾隆三十年为界论定诗风的嬗变，这大概是不差的。有意思的是，诗坛发生嬗变的时候，考据学也是在这个时间打破理学对学术的垄断而成为主流。学界在论诗风转变时多注重社会政治经济的影响，忽视了时代学术这一维度，这是很可惜的。其实，乾嘉时期很多诗人也是学人，

① 杨鸿烈：《袁枚评传》，商务印书馆1933年版，第4—5页。

② （清）孙原湘：《天真阁集》，《续修四库全书》第1488册，第326页。

惠栋、纪昀、赵翼、钱大昕、王鸣盛、李调元、姚鼐等人经史考证和诗文创作并行不误，文人们的诗文雅集也多涉及学术。诗坛盟主袁枚自身也不例外，二十八卷的《随园随笔》涵盖了经史、天文、制度等诸多方面的考证，考据伴随袁枚始终。同时，袁枚交际甚广，与乾嘉汉学家如钱大昕、朱筠、王昶等人都有交往。袁枚的诗学理论与乾嘉新义理的价值追求有一致之处，所以脱离时代学术语境分析乾嘉诗坛是不可取的。从某种程度上说，时代学术是诗风嬗变的“软件”之一，我们不应该忽视其对诗风嬗变的隐性推动。

一 乾嘉新义理

长期以来，乾嘉学术一直被描述为“有考据无思想”。梁启超在《中国近三百年学术史》中就说道：“乾嘉以后，号称清学全盛时代，条理和方法虽比初期致密许多，思想界却已渐渐成为化石了。”① 随着研究的深入，这一观点正在被突破。余英时认为：“尽管清儒自觉地排斥宋人的‘义理’，然而他们之所以从事于经典考证，以及他们之所以排斥宋儒的‘义理’，却在不知不觉之中受到儒学内部一种新的义理要求的支配。”② 乾嘉新义理成为近年来乾嘉学术研究的热点。其实，乾嘉学者并不是建立起一套全新的义理之学，他们是在原典的解读中试图恢复其原义。钱穆说道：“他们攻击程、朱，便证他们心里之耐不得，重新要从故纸丛碎中回到人生社会之现实来。”③ 汉学家对理学的批判既有学术层面的因素，又有社会现实的因素。从学术层面上看，乾嘉汉学家认为由文字训诂以通经是唯一正确的解经的方式，他们批评理学援佛入儒，不求儒经本义，破坏了儒学的真义。基于此，戴震认为宋儒的理学更甚于异端邪说，“宋以前，孔孟自孔孟，老释自老释，谈老释者高妙其言，不依附孔孟。宋以来，孔孟之书尽失其解，儒者杂袭老释之言以解之。于是有读儒书而流入老释者；有好老释而溺其中，既而触于儒书，乐其道之得助，因凭藉儒书以谈老释者。对同己则共证心宗，对异己则寄托其说于六经、孔、孟，曰：

---

① 梁启超：《中国近三百年学术史》，《梁启超全集》第12册，第467页。

② 余英时：《论戴震与章学诚——清代中期学术思想史研究》，生活·读书·新知三联书店2000年版，“序”第3页。

③ 钱穆：《中国学术思想史论丛》，《钱宾四先生全集》第22册，第13页。

‘吾所得者，圣人之微言奥义。’而交错旁午，屡变益工，浑然无罅漏”[①]。乾嘉汉学家由此认为，“由字以通其词，由词以通其道”，这才是解经的正确道路，这一解经的传统必须恢复。从社会现实的层面上看，乾嘉时期市民阶层不断壮大，理学弊病百出，人们对假道学产生了厌恶。桑调元在《寄上陈榕门先生书》一文中说道：“又悲夫习俗之敝也，士大夫交煽风流，以道学为讳。彼非以道学为不美之名也，望道学至峻不可攀，人之从事于斯者第相率而为伪焉耳。夫伪诚可嫉，嫉伪道学而甘心为真放辟邪侈，如之何其可也。”[②] 可见，社会经济的发展，物质条件的改善，理学的严格束缚已不适合时代发展潮流趋向，伪道学正成为人们批判的对象。

理学以“天理”自任，将人欲与天理对立，程颐说道：“人心私欲，故危殆。道心天理，故精微。灭私欲则天理明矣。”[③] 清初，理学得到了强化。魏象枢强调要真正践行理学的要义：“何以为仁？故克己复礼，是切实下手工夫，须从此处斩钉截铁，一刀两断，把这私欲除的干干净净，我的天理，立地复还于我。我胸中原自民胞物与生意流通的，障蔽一撤，纯是天理境界。吉凶痛养，处处相关。如游子归家，如百川归海，浑然一家一派。”[④] 在对儒家原典的追溯中，汉学家对理学将天理与人欲截然分开的做法提出了批评，为人的合理情欲辩护，乾嘉新义理更多的是关注人的自然情欲。戴震说道：“古之言理也，就人之情欲求之，使之无疵之为理；今之言理也，离人之情欲求之，使之忍而不顾之为理。此理欲之辨，适以穷天下之人尽转移为欺伪之人，为祸何可胜言也哉！”[⑤] 宋儒以“天理”戕杀了人的自然本性，在“天理”的口号之下，伪君子日渐其多，理学弊病百出。戴震悲愤地批评道：“圣人之道，使天下无不达之情，求遂其欲而天下治。后儒不知情之至于纤维无憾是谓理，而其所谓理者，同于酷吏所谓法。酷吏以法杀人，后儒以理杀人，浸浸乎舍法而论理，死矣，更无可救矣！”[⑥] 借助笔记小说，纪昀也说道：“饮食男女，人生之大欲存焉。干

① （清）戴震：《戴震全集》第1册，第216页。
② （清）桑调元：《弢甫文集》，《清代诗文集汇编》第277册，第373页。
③ （宋）程颢、程颐：《二程集》，第312页。
④ （清）魏象枢：《寒松堂全集》，中华书局1996年版，第645页。
⑤ （清）戴震：《戴震全集》第1册，第209—210页。
⑥ （清）戴震：《戴震全集》第1册，第212页。

名义，渎伦常，败风俗，皆王法之所必禁也。若痴儿骇女，情有所钟，实非大悖于礼者，似不必苛以深文。”① 程瑶田在解释《孟子》“性也有命焉”一章时说：“我之口而嗜乎味，我之目而美乎色，我之耳而悦乎声，我之鼻而知乎臭，我之四肢而乐乎安佚，其必欲遂者，与生俱生之性也。”② 空谈性理已不为时代所取，即使是恪守理学的学者，也大多放弃了宋儒注重心性之辨的学术理路。章学诚在《原道》中说道：“三人居室，则必朝暮启闭其门户，饔飧取给于樵汲，既非一身，则必有分任者矣。或各司其事，或番易其班，所谓不得不然之势也，而均平秩序之义出矣。又恐交委而互争焉，则必推年之长者持其平，亦不得不然之势也，而长幼尊卑之别形矣。至于什伍千百，部别班分，亦必各长其什伍而积至于千百，则人众而赖于干济，必推才之杰者理其繁，势纷而须于率俾，必推德之懋者司其化，是亦不得不然之势也；而作君、作师、画野、分州、井田、封建、学校之意著矣。故道者，非圣人智力之所能为，皆其事势自然，渐形渐著，不得已而出之，故曰‘天’也。”③ 在“六经皆史”的思想下，章学诚反对将道虚化，主张道离不开人伦日用，“舍天下事物人伦日用，而守六籍以言道，则固不可与言夫道矣”④。秦蕙田长于礼学，他辩论性情：“盖性者，万物一原而人人所同具。六经之教所为道阴阳、明治乱、辨邪正、严赏罚、谨节文者，其原根于穆降衷之初，而其用行于日用饮食之际。学者被服圣教，生长食息范围焉而不自知，殆如木之于春，鱼之于水，人之于饮食也。”⑤ 放弃了天理的神圣性追求，转向肯定自然人的情欲，乾嘉汉学的学术研究表面上不及人间烟火，其实在内质上与当时主流的社会观念是一致的，这与其说是巧合，不如说是时代使然。

汉学家虽然是在典籍中讨生活，但这并非代表他们不关注现实。乾嘉学人讲究扎实考证的“实学”，同时也注重经世致用之经世实学。纪昀说：“余校录四库全书，子部凡分十四家。儒家第一，兵家第二，法家第三，

---

① （清）纪昀：《纪晓岚文集》第 2 册，第 555 页。
② （清）程瑶田：《论学小记》，《程瑶田全集》第 1 册，第 37 页。
③ （清）章学诚著，仓修良编注：《文史通义新编新注》，第 94 页。
④ （清）章学诚著，仓修良编注：《文史通义新编新注》，第 101 页。
⑤ （清）秦蕙田：《味经窝就正稿》，《清代诗文集汇编》第 297 册，第 568 页。

所谓礼乐兵刑国之大柄也。农家、医家，旧史多退之于末简，余独以农居四，而其五为医家。农者民命之所关，医虽一技，亦民命之所关，故升诸他艺术上也。”[①] 可见，这一时期的学人已不倾向于空谈义理，而是试图解决实际问题。戴震在谈及自己的著作时说道：“仆生平著述最大者，为《孟子字义疏证》一书，此正人心之要。今人无论正邪，尽以意见误名之曰理，而祸斯民，故疏证不得不作。”[②] 戴震对“理”的辨析正是要破除宋儒的错误理解，避免“以理杀人”。他阐释儒学之理：“理也者，天下之民无日不乘持为经常者也，是以云‘民之乘彝’。凡言与行得理之谓懿德，得理非他，言之而已是、行之而当为得理，言之而非、行之而不当为失理。好其得理，恶其失理，于此见理者，‘人心之同然’也。”[③] 戴震认为他的著述“不得不作”，这正是有激于现实而非纯学术探讨。乾嘉时期理学家对戴震不遗余力地讨伐，正是从维护“世道人心”的角度出发，从这里我们不难发现戴震的“实学”用心。汪中也明确表示，学术乃为社会之用。“中尝有志于用世，而耻为无用之学。故于古今制度沿革，民生利病之事，皆博问而切究之，以待一日之遇，下至百工小道，学一术以自托。平日则自食其力，而可以养其廉耻。即有饥馑流散之患，亦足以卫其生。何苦耗心劳力，饰虚词以求悦世人哉!”[④] 钱大昕也认为：“夫儒者之学，在乎明体以致用，《诗》、《书》、执《礼》，皆经世之言也。《论语》二十篇，《孟子》七篇，论政者居其半，当时师弟子所讲求者，无非持身处事、辞受取与之节，而性与天道，虽大贤犹不得而闻，儒者之务实用而不尚空谈如此。”[⑤] 长于文史校雠的章学诚也不满理学的空谈义理，他认为“六经皆史”，一切著述都是为解决问题而生，没有空悬于现实之外的著述。“三代以前，《诗》、《书》、六艺，未尝不以教人，非如后世尊奉六经，别为儒学一门而专称为载道之书者。盖以学者所习，不出官司典守、国家政教，而其为用，亦不出于人伦日用之常，是以但见其为不得不然之事耳，未尝

---

① （清）纪昀：《纪晓岚文集》第1册，第179页。

② （清）戴震：《戴震全集》第1册，第228页。

③ （清）戴震：《戴震全集》第1册，第69—70页。

④ （清）汪中：《新编汪中集》，广陵书社2005年版，第442页。

⑤ （清）钱大昕：《潜研堂文集》，《嘉定钱大昕全集》第9册，第403页。

别见所载之道也。夫子述六经以训后世，亦谓先圣先王之道不可见，六经即其器之可见者也。后人不见先王，当据可守之器而思不可见之道，故表章先王政教，与夫官司典守以示人，而不自著为说，以致离器言道也。"[①]道器不离，道即是器，章学诚认为离器即无所谓道，六经是圣人践行之书，"古人不著书，古人未尝离事而言理，《六经》皆先王之政典也"。正是基于此，章学诚反对道器分离，主张学术要经世致用。

二 袁枚的新义理

杨鸿烈将袁枚视为"中国罕有的大思想家"，对袁枚的思想评价甚高，将袁枚抬到了现代思想家的高度。在乾嘉，袁枚是一个特殊的存在，他不满宋儒，对汉学也心存芥蒂，对宋学、汉学左右开弓，思想异乎常流，时人或为之振奋，或为之愤怒，不管是官宦还是平民，不管是学术界还是世俗社会，袁枚都是一个绕不过去的人物。法式善说道："京中随园著作，家弦户诵。有志观摩者，无不奉为圭臬。凡一传记成，一诗成，其佳者，辄谓'此随园法也'，'此随园格也'。南来人士，相晤于文酒宴会间，必曰'吾随园授业弟子'，'吾随园私淑弟子'，缙绅先生遂为之刮目。"[②] 毛燧傅在《随园记》中也说道："先生以诗文雄视海内，海内望之如景星庆云，执贽门下者难遍以数计，称为袁门弟子。每一篇脱稿，学者皆奉为圭臬，《小仓山集》外所刻凡数种，郡国边徼率争先购，致惟恐后。"[③] 袁枚的思想与汉学家有许多一致之处，他的表述较汉学家更大胆、更直接。

（一）"孔、郑门前不掉头，程、朱席上懒勾留"：信孔疑孔、不羁理学

作为传统社会中成长起来的知识分子，袁枚从小便受到儒家思想的教育，他的著作中孔子被提及多达200多次，可见儒学对他的影响。"孔子之道大而博"，"夫尧、舜、禹、周、孔之道所以贵者，正以易知易行，不可须臾离故也"[④]。作为主流的意识形态，儒家传统思想在很大程度上渗透到了袁枚的思想之中，并指导其行动。在接受儒家思想的同时，袁枚更多

---

① （清）章学诚著，仓修良编注：《文史通义新编新注》，第101页。

② （清）袁枚：《续同人集》，《袁枚全集新编》第19册，第388—389页。

③ （清）毛燧傅：《味蓼文稿》，《清代诗文集汇编》第412册，第531页。

④ （清）袁枚：《小仓山房文集》，《袁枚全集新编》第6册，第335页。

的是对其进行反思，剔除其不合理之处，从整体上看，袁枚对传统儒学的批评与修正远大于对儒学的直接接受。六经是儒学安身立命之所在，袁枚釜底抽薪，对六经提出了质疑。

> 三代以上无“经”字，汉武帝与东方朔引《论语》称传不称经。成帝与翟方进引《孝经》称传不称经，“六经”之名，始于庄周；《经解》之名，始于戴圣。庄周，异端也；戴圣，脏吏也。其命名未可为据矣。桓、灵刊《石经》，匡、张、孔、马以经显。欧阳歙脏私百万，马融附奸，周泽弹妻，阴凤质人衣物，熊安称触触生，经之效何如哉！六经中惟《论语》《周易》可信，其他经多可疑。疑，非圣人所禁也。孔子称“多闻阙疑”，又称“疑思问”。仆既无可问之人，故宜长阙之而已。且仆之疑经，非私心疑之也，即以经证经而疑之也。其疑乎经，所以信乎圣也。①

孔子时代无经，引经、解经的人都非圣贤，甚至是些苟且之人，这就让人对经的神圣地位产生了质疑。袁枚认为六经是后人根据自己的需要而有意抬高，故而六经不可全信，可信的只有《论语》和《易经》。但即使是《论语》，袁枚也提出了疑问。

> 大抵《论语》记言，不出一人之手，又其人非亲及门墙者，故不无所见异词、所传闻异词之累。即如论管仲，忽而褒，忽而贬，学不厌，诲不倦，忽而自认，忽而不居，皆不可解。其叙事笔法，下论不如上论之朴老……“子见子南”一节，子路何以不悦？夫子何至立誓？至今解说不明。②

袁枚对六经似信非信，半信半疑，他欣赏的是六经的言情之言，认为六经都是注重情欲的。“圣人称诗‘可以兴’，以其最易感人也。王孟端友

---

① （清）袁枚：《小仓山房文集》，《袁枚全集新编》第6册，第346—347页。

② （清）袁枚：《小仓山房尺牍》，《袁枚全集新编》第15册，第182页。

某在都娶妾，而忘其妻。王寄诗云：‘新花枝胜旧花枝，从此无心念别离。知否秦淮今夜月，有人相对数归期?’其人泣下，即挟妾而归。”[①] 孔子的文学思想从伦理出发对诗进行阐发，强调诗对仁、义、礼的作用。到了袁枚这里，孔子的兴观群怨平民化、通俗化了，政治伦理色彩被淡化，借助儒家经典，人的自然情欲得到了强调。

程朱理学空谈心性，以天理自任，理学在清代日益教条化、僵硬化，成为人性的桎梏。袁枚对宋儒建立起来的天理、道统不以为然。

> 夫道无统也，若大路然。尧、舜、禹、汤、孔子，终身由之者也。汉、唐君臣履乎其中，而时轶乎其外者也。其余则偶一至焉者也。天不厌汉、唐而享其郊祀，孔子不厌汉、唐而受其烝尝。亦曰彼合乎道，则以道归之，彼不合乎道，则自弃乎道耳。道固自在，而未尝绝也。后儒沾沾于道外增一“统”字，以为今日在上，明日在下，交付若有形，收藏若有物。道甚公，而忽私之；道甚广，而忽狭之。陋矣！三代之时，道统在上，而未必不在下。三代以后，道统在下，而未必不在上。合乎道，则人人可以得之；离乎道，则人人可以失之。昔者秦烧《诗》、《书》，汉谈黄、老，非有施雠、伏生、申公、瑕丘之徒负经而藏，则经不传；非有郑玄、赵岐、杜子春之属琐琐笺释，则经虽传不甚明。千百年后，虽有程、朱奚能为？程、朱生宋代，赖诸儒说经都有成迹，才能参己见成集解，安得一切抹杀，而谓孔、孟之道直接程、朱也?[②]

宋儒之“道”其实就是他们捏造出来的“天理”，有了此“天理”，自然就可以号令天下了。宋儒自以为得儒学之真义，以道统自任，排斥其他学说。袁枚对宋儒的独断提出批评，认为他们的道统未必可靠，也未必是真理。后人囿于宋儒所见，不问是非，以“统”自任，顽固不化，流弊日重。袁枚恢复了儒学的人性思想，对宋儒的狭隘曲解提出了批评。

---

① （清）袁枚：《随园诗话》，《袁枚全集新编》第9册，第432页。

② （清）袁枚：《小仓山房文集》，《袁枚全集新编》第6册，第335页。

宋儒非天也。宋儒为天，将置尧、舜、周、孔于何地？过敬邻叟，而忘其祖父之在前，可乎？夫尊古人者，非尊其名也。其所以当尊之故，必有昭昭然不能已于心者矣。若曰人尊之，吾亦尊之云尔，是乡曲之氓逢庙必拜之为也，非真知所尊者也。足下尊宋儒，尊其名乎？尊其实乎？尊其名，非仆所敢知也；尊其实，则必求其所以可尊之故，与人所以不尊之故，两者参合而慎思之，然后圣道日明。不宜一闻异辞，如闻父母之名，便掩耳而走也。……颜、李文不雅训，论均田封建太泥。其论学性处，能于程、朱处别开一径。足下不详其本末，不判其精粗，不指其某也是，某也非，而一言以蔽之曰：诋宋儒如诋天。吾以为足下非善尊宋儒者也。……且足下并非善尊天者也。《中庸》曰："天地之大，人犹有所憾。"人憾天地，而子思许之；人憾宋儒，而足下不许。又何也？足下之言曰："无宋儒，吾辈禽兽而木石矣。"尤误也。足下亦思汉、魏、晋、唐无宋儒，其间千余年，皆禽兽木石乎？亦思以孔子之圣，不能挽战国之末流，而以宋儒之贤，乃能救后世之习俗乎？足下惧获罪于宋儒，而甘心获罪于汉、魏、晋、唐之儒，并甘心获罪于孔子者，又何也？夫获罪于孔子，乃几几获罪于天。然而豪杰之士，无文王犹兴。足下无宋儒，乃自比于禽兽木石。仆能决足下之必非禽兽木石，犹之能决宋儒之必非天也。①

袁枚反对盲目信仰，"夫尊古人者，非尊其名也。其所以当尊之故，必有昭昭然不能已于心者矣。"知其所以然之后再相信，这才是真的信仰，徒尊其名而信之，这其实是诋毁，袁枚对后儒顽固不化的剖析入木三分。历代文人认为孔子之道是高不可及之物，孔子之后道是缺失的，他们以"宏道""卫道"自居。袁枚却认为，由尧舜至今，孔子之道就没有停止过，后儒所宣扬的"道统"是一种狭隘的"道"，与孔子之道相去甚远。袁枚对"道"的阐释是对理学封闭性的批判，他试图以开放性的"道"取代封闭性的道。袁枚对儒家之道的阐释丰富了道的内涵，袁枚的这一努力正是乾嘉市民意识崛起的表现。

① （清）袁枚：《小仓山房文集》，《袁枚全集新编》第6册，第375—376页。

（二）人性化的儒学

袁枚从小接受儒学，作为在传统环境下成长起来的文人，他不可能完全抛弃儒学，他对儒学的怀疑其实是一种思考，而这种思考与乾嘉汉学家一样，不是从宋儒所建立的“天理”出发，而是从人性的角度来思考。理学家尊性黜情，将性与情对立，空谈性理，无视人的正常情欲，袁枚在《书〈复性书〉后》中批评了这一观点。

> 唐李翱，辟佛者也。其《复性书》尊性而黜情，已阴染佛氏而不觉，不可不辨。夫性，体也；情，用也。性不可见，于情而见之。见孺子入井恻然，此情也，于以见性之仁。呼尔而与，乞人不屑，此情也，于以见性之义。善复性者，不于空冥处治性，而于发见处求情。孔子之“能近取譬”，孟子之扩充“四端”，皆即情以求性也。使无恻隐羞恶之情，则性中之仁义，茫乎若迷，而何性之可复乎？孟子曰：“乃若其情，则可以为善。”《记》曰：“人情可为田。”《大学》曰：“无情者不得尽其辞。”古圣贤未有尊性而黜情者。喜、怒、哀、乐、爱、恶、欲，此七者，圣人之所同也。惟其同，故所欲与聚，所恶勿施，而王道立焉。已欲立立人，已欲达达人，而仁人称焉。习之以有是七者故情昏，情昏则性匿，势必割爱绝欲，而游于空。此佛氏剪除六贼之说也，非君子之言也。①

离性与情而论天理，这是宋儒理论的弊端，袁枚认为性体情用，性依于情，无情即无所谓性，善求性者必先求情。他认为喜怒哀乐乃是人之常情，圣人也如此，没有必要将性与情对立。“且‘夫子之言性与天道，不可得闻’，夫子之情，则无行不与矣。弗狃召则喜，馆人亡则悲，论战则惧，听《韶》则乐，思周公则梦。终其身循环于喜、怒、哀、惧、爱、恶、欲而不已也。尧举十六相，未必非喜；舜除四凶，未必非怒。喜怒不必为尧、舜讳也。孟子不以‘好货’、‘好色’为公刘、太王讳。”② 袁枚

① （清）袁枚：《小仓山房文集》，《袁枚全集新编》第6册，第447—448页。

② （清）袁枚：《小仓山房文集》，《袁枚全集新编》第6册，第448页。

认为圣人也没有尊性而黜情者，尊性而黜情，这是宋人之病，袁枚对宋儒这一论调提出了批评。“宋儒分气质之性、义理之性，大谬。无气质，则义理何所寄耶？亦犹论刀者，不得分芒与背也，无刀背则芒亦无有矣。”① “宋儒以绝欲为至难，竟有画父母遗像置帐中，以自警者，以为美谈。而不知此与陈蕃所诛迁家圹中者何异！每阅书至此，为之欲呕。”② 在性与情的关系上，袁枚首重情，将情置于性之前，这可以说是对理学的清算。

袁枚所论的情其实是人的自然情感，他反对外在的因素对人的自然情感的约束。儒家讲求礼法，不管是在官场还是在日常生活，各种仪礼层出不穷，人们活在礼仪的套子里，忘却了礼的原初内涵。在《与从弟论释服作乐书》中，袁枚对丧期满而作乐庆贺提出了尖锐的批评，“夫衰麻苴绖，非先王之以此苦人也。念孝子哀痛之心，诚于中，形于外，其服食起居有不至于是而不安者，故为之制，而又为之节。非若囚拘束缚身受者，得早脱一日为快”③。袁枚从人道主义的立场，对僵化的礼法进行了反思，认为礼是情感的外在表现，不是一种摆设，有礼就应该有其情。应该说，这是对在历史的积淀中僵化的儒家礼法的人性本位的反思，是对晚明思想的继承。“盖声色之来，发乎情性，由乎自然，是可以牵合矫强而致乎？故自然发于情性，则自然止乎礼义，非情性外复有礼义可止也。”④ 郭巨的故事在封建时代广为流传，人们津津于郭巨的“孝名”。在《郭巨论》里，袁枚对郭巨的“孝名”进行了严厉的批判，认为郭巨杀儿以事母其实是“伤老母情”，是应该“遭严谴”的行为，郭巨不配“天赐黄金”。袁枚从人性论的角度对郭巨的行为进行了剖析，揭示了理学的荒谬，发人深省。同样地，对于俭与奢，袁枚也表现出了深刻的洞察力。“考史：管仲奢，晏婴俭，皆君子；元载奢，卢杞俭，皆小人。然则君子小人之分，不在奢与俭也明矣……本朝汤潜庵、陆家书皆以俭名者也。然两人之所以成名，公当深求之，勿貌袭之。如敝车羸马，皆可以为汤、陆，则凡‘食不厌精，脍不厌细’者，亦可以为孔子矣。夫不趋至乐之境，以貌袭孔子，乃趋至苦

---

① （清）袁枚：《牍外余言》，《袁枚全集新编》第15册，第8页。
② （清）袁枚：《牍外余言》，《袁枚全集新编》第15册，第20页。
③ （清）袁枚：《小仓山房文集》，《袁枚全集新编》第6册，第270页。
④ （明）李贽：《焚书》，《李贽全集注》第1册，第365页。

之境，以貌袭汤、陆，择术者不若是拙也。"[①] 在中华民族长期的集体记忆里，节俭一直被视为一种美德，一说到节俭，人们便肃然起敬，不再追问事情背后的真相，这就使得一些"伪儒"有了可乘的空间。袁枚借鬼打鬼，切中了集体无意识的节点，让人不得不对儒学进行反省。在《俭戒》一文里，袁枚用实例说明了"俭"在理学绑架下的变味。

> 某尚书抚浙，以俭率下。过三元坊，见圬者妻红袯襫，簪花，立而目公。公命将某妇诣辕前，驺拥之去。圬者故新娶也，号泣从之。伺辕三日，探刺不得信，乃弃其屋，并其妻之屋，得二十金，贿中军。中军为之请，公笑曰："吾几忘。"引妇之中庭，而高呼夫人。妇瞠视，俄而有蓬首持畚，衣七稯之布，从灶觚来者。曰："此夫人也。"已，公立妇而训之曰："夫人封一品，服饰如是。汝家圬者，而若是华妆，行见饥寒之将至矣。吾召汝者，以身立教，俾语而夫知也。"饭脱粟而遣之。妇归已无家矣，乃雉经死。袁子曰：俭，美德也。自矜其俭，便为凶德。蓼虫食苦而甘，彼自甘之，与人无与也。必欲率天下而为蓼虫，悖矣！尚书极表己之俭，故并戟辕之尊且严而亦忘之。有所矜乎此者，必有所蔽乎彼也。故曰："克己之谓仁。"[②]

理学之理表面上冠冕堂皇，其实多是些口号，理学家所谓的"天理"也多是杀人借口，袁枚对传统道德的辨析深中理学之弊病。此外，袁枚在义与利、男女地位、有无神等问题上都表现出了对儒家思想的人文修正。

袁枚对儒学阐释的基本立脚点是"仁"，这个"仁"是对人性的新阐释。他将对人的关怀与人的平等性贯穿到"仁"之中，透露出了封建王朝余霞里新的曙光。王英志对袁枚评价道："这表明袁枚是一个过渡时期的思想学术批评家，是他在由封建社会向近代社会发展过程中新旧思想杂糅，或者说旧思想尚未蜕尽而新思想尚未稳定成熟的表现。这是袁枚思想

---

① （清）袁枚：《小仓山房文集》，《袁枚全集新编》第 6 册，第 311—312 页。
② （清）袁枚：《小仓山房文集》，《袁枚全集新编》第 5 册，第 16 页。

与矛盾的时代意义。"[1] 这是很正确的。袁枚的《爱物说》可以说是这种思想的集中体现。

> 夫爱物与戒杀者，其心皆以为仁也。然孔子论仁曰"爱人"，不曰爱物。又曰"仁者己欲立而立人"，不曰立物。此意《吕览》得之，曰："仁于万物，不仁于人，不可谓仁。不仁于万物，独仁于人，可以谓仁。仁也者，仁乎其类也。"此可谓善言仁者也。爱人不难，知所以爱人为难。孔子教弟子"泛爱众"，必曰"而亲仁"。孟子称尧、舜之仁，必曰"急亲贤"。人之中尚有宜择仁者、贤者而爱之，况物乎？古者执雉执雁，四灵为畜，爱其物之类人也。……厩焚，子曰："伤人乎?"不问马。卫侯之马启服死，公命为椟，子家子请食之。以不爱为爱，而爱乃大；以不仁于物为仁，而仁用纯。……然则君子何以远庖厨？曰：此非爱物，亦所以爱人也……孟子欲充齐王不忍之心以保民而王，故因牛而戒及庖厨。……彼齐王之兴兵甲，危士臣，民之死于锋镝者，皆在数百里外，齐王所不见其股觫，不闻其哀号者也。比之庖厨，不更远耶？而得谓之君子耶？[2]

在人与物的关系上，袁枚明确提出了以人为中心，将人放在万物的首位，这是典型人本主义思想。在袁枚的著作中，我们随处可以发现这种人道主义的关怀。在君与民的关系上，袁枚更多的是站在老百姓的立场来思考，这正是新时期民本思想的萌芽。"莫唱当年长恨歌，人间亦自有银河。石壕村里夫妻别，泪比长生殿上多。"[3] 唐明皇与杨贵妃的那段爱情故事让人对历史人物感慨万千，袁枚旧事重提，将帝王的伤别与石壕村历尽战苦的老夫妻的幽咽相提并论，在人性深处揭示了情感的平等性。

（三）以才为基础的"德"论

《左传》有云："太上有立德，其次有立功，其次有立言，虽久不废。"德一直被先儒视为做人最重要的东西，德具有衡量一切的标准，受此影

---

① 王英志：《袁枚评传》，南京大学出版社 2002 年版，312 页。

② （清）袁枚：《小仓山房文集》，《袁枚全集新编》第 6 册，第 421—422 页。

③ （清）袁枚：《小仓山房诗集》，《袁枚全集新编》第 1 册，第 159 页。

响，效果和过程被忽视，个体的才性被推到了次要的地位。袁枚对空谈德性极为反感，他高举才的价值，认为无才便无德。

> 邮处中接公手书，读三过，殷然以天下为己任。数年来，得此上游极寡。第书中称“德为贵，才为贱”。是说也，狂夫阻之。公而不以天下为己任也，则废才可矣；公而以天下为任者，则天下事何一非才所为乎？忠于君，德也；而所以忠之者，才也。孝于亲，德也；而所以孝之者，才也。孝而愚，忠而愚，才之不存，而德亦亡。古以天、地、人为三才。天之才，见于风霆；地之才，见于生物；人之才，极于参赞。其大者为圣贤，为豪杰；其小者为农夫，为工匠。百亩之田，人所同也，或食九人，或食五人，而才见焉。冶埴之事，人所同也，为燕之镈，为秦之庐，而才见焉。使农一日不食人，工一日不成器，则子不能养其父，弟不能养其兄，而顾嚣嚣然曰：“吾有德，吾有德。”其谁信之！①

在袁枚看来，德是个空架子，有德无才不能算有德，只有在有才的条件下，德才得以呈现，不同的才是实现不同的德的首决条件，在某种意义上说，才也是一种德。袁枚的才德论是对长期以来儒学空谈心性的一次冲击，也是对僵化的儒家道德论的深刻反思。袁枚对才的弘扬是对人的主体意识的发掘，是个性解放的萌芽。袁枚对才性的弘扬在文学创作上得到了体现。

袁枚认为诗文是人的天赋的表现，天分决定了个体创作的面貌。“诗不成于人，而成于其人之天。其人之天有诗，脱口能吟；其人之天无诗，虽吟而不如其无吟。同一石，独取泗滨之磬；同一铜，独取商山之钟。无他，其物之天殊也。舜之庭，独皋陶赓歌；孔之门，独子夏、子贡可与言诗。无他，其人之天殊也。刘宾客云：‘天之所与，有物来相。’彼由学而至者，如工人染夏以视羽畎，有生死之殊矣。”② “诗文之道，全关

① （清）袁枚：《小仓山房文集》，《袁枚全集新编》第6册，第306—307页。
② （清）袁枚：《小仓山房文集》，《袁枚全集新编》第6册，第559页。

天分。聪颖之人，一指便悟。”[①] 袁枚认为人的才性是不一样的，各有所长，它是一种天性的才能，是上天赋予人的一种财富，是成就文学的首要条件。

（四）重行轻言，反对宋儒空谈性理

袁枚用发展的眼光来看待儒学，认为儒学的发展变化自有其合理性，不必步步拘守。“虽然，讲学在宋儒可，在今不可；尊宋儒可，尊宋而薄汉、唐之儒则不可；不尊宋儒可，毁宋儒则不可。”[②] 袁枚对儒学的看法可谓辩证。清沿明制，在统治阶级的倡导之下，清自开国便倡导儒学，儒学空谈心性、重道轻术的思想一直漫延在康乾时期的空气中。袁枚对此极为不满，认为只有在具体实际中，思想才得以体现。“夫性，体也；情，用也。性不可见，于情而见之。见孺子入井恻然，此情也，于以见性之仁。呼尔而与，乞人不屑，此情也，于以见性之义。善复性者，不于空冥处治性，而于发见处求情。”[③] 空谈心性无益，必须于实情处见之。袁枚认为儒学的关键之处不在于辨析性理，而在于躬行实践。“大抵古之人以行胜，后之人以言胜。以行胜者，未之能行，惟恐有闻，不暇争也；以言胜者，矜矜栩栩，守一先生之言，无所不争也。圣人知其如此，故谆谆戒之曰‘先行其言’，曰‘讷于言，敏于行’，曰‘君子无所争’。宋儒之语录，皆言也，所驳辨，皆争也，非圣人意也。士幸生宋儒争定之后，宜集长戒短，各抒心得，不必助一家攻一家。”[④] 袁枚与颜李学派的程廷祚交往很深，两人经常一起探讨学问，袁枚重践行轻理论的观点应该说与程廷祚有一定的关系。正是基于这样的认识，袁枚认为，只要是符合人性的行为，不分行业门类，都是道，都是“仁”。在《送医者韩生序》里，袁枚认为：“尧、舜之政，周、孔之教，神农之药，皆术也，皆所以行其仁也……曰：仁者见之谓之仁也。见何在？志是已。孔子称‘志于道’，孟子称‘尚志’……而精诚之至，天亦相之。”[⑤] 孔子的“仁”学不是在口

① （清）袁枚：《随园诗话》，《袁枚全集新编》第 9 册，第 529 页。
② （清）袁枚：《小仓山房文集》，《袁枚全集新编》第 6 册，第 415 页。
③ （清）袁枚：《小仓山房文集》，《袁枚全集新编》第 6 册，第 447 页。
④ （清）袁枚：《小仓山房文集》，《袁枚全集新编》第 6 册，第 336 页。
⑤ （清）袁枚：《小仓山房文集》，《袁枚全集新编》第 5 册，第 196 页。

头上，而是付诸实践，体现在行动上。袁枚突破了传统仁学局限于理论的不足，将术、艺列入儒学之中，这使得儒学更具生活的气息，令人耳目一新。袁枚的老朋友薛一瓢医术极高，四方皆知其名，生前曾多次将袁枚从危病中拯救过来，一瓢去世后，其子寄来墓志铭，“无一字及医，反托于与陈文恭公讲学云云”。袁枚为此大为感慨。

> 谈何容易，天生一不朽之人，而其子若孙必欲推而纳之于必朽之处，此吾所为悁悁而悲也。夫所谓不朽者，非必周、孔而后不朽也。羿之射，秋之弈，俞跗之医，皆可以不朽也。使必待周、孔而后可以不朽，则宇宙间安得有此纷纷之周、孔哉！子之大父一瓢先生，医之不朽者也，高年不禄。仆方思辑其梗概以永其人，而不意寄来墓志无一字及医，反托于陈文恭公讲学云云。呜呼，自是而一瓢先生不传矣，朽矣！夫学在躬行，不在讲也。①

理学重名节甚于践行，医者不求以医名，而求以道名，这其实是理学误导使然。袁枚认为传之不朽，未必皆道，艺同样可以传之不朽。袁枚在理与行、道与艺关系上跳出了理学的圈子，可谓拨乱反正，这样的思想在当时是难能可贵的。

三　袁枚的新义理与性灵派诗学

袁枚抛弃了天理，认为情是人类社会的关键因素。“且天下之所以从从然望治于圣人，圣人之所以殷殷然治天下者，何哉？无他，情欲而已矣。老者思安，少者思怀，人之情也；而‘老吾老，以及人之老；幼吾幼，以及人之幼’者，圣人也。‘好货’、‘好色’，人之欲也；而使之有‘积仓’，有‘裹粮’、‘无怨’、‘无旷’者，圣人也。使众人无情欲，则人类久绝而天下不必治；使圣人无情欲，则漠不相关，而亦不肯治天下。”② 袁枚将情上升到人类社会本体的位置，近乎“唯情论”。作为一个文学家，袁枚强调性

① （清）袁枚：《小仓山房文集》，《袁枚全集新编》第 6 册，第 366 页。

② （清）袁枚：《小仓山房文集》，《袁枚全集新编》第 6 册，第 424 页。

情对诗文的决定作用："文以情生，未有无情而有文者。"[1]"千古善言诗者，莫如虞舜。教夔典乐曰：'诗言志。'言诗之必本乎性情也。"[2]袁枚将性情视为诗文创作的第一条件，反对离开性情言诗。"须知有性情，便有格律，格律不在性情外。《三百篇》半是劳人思妇率意言情之事，谁为之格，谁为之律？而今之谈格调者，能出其范围否？况皋、禹之歌，不同乎《三百篇》；《国风》之格，不同乎《雅》《颂》。格岂有一定哉？许浑云：'吟诗好似成仙骨，骨里无诗莫浪吟。'诗在骨不在格也。"[3]袁枚所说的"骨"便是诗人的真性情。在袁枚的诗论里，论得最多的也是情。

> 余最爱言情之作，读之如桓子野闻歌，辄唤奈何。录汪可舟《在外哭女》云："遥闻临逝语堪哀，望我殷殷日百回。死别几时曾想到？岁朝无路复归来。绝怜艰苦为新妇，转幸逍遥入夜台。便即还家能见否？一棺已盖万难开。"《过朱草衣故居》云："路绕丛祠乌雀飞，依然门巷故人非。忆寻君自初交始，每渡江无不见归。问疾榻前才转盼，谈诗窗外剩斜晖。绝怜童仆相随惯，未解存亡欲扣扉。"沙斗初《经亡友别墅》云："千古鱼陂占水乡，四时烟景助清光。弟兄不隔东西屋，宾主无分上下床。斗酒几番当皓月，题诗多半在修篁。今朝独棹扁舟过，回首前欢堕渺茫。"厉太鸿《送全谢山赴扬州》云："生来僧祐偏多病，同往林宗又失期。两点红灯看渐远，暮江惆怅独归时。"王孟亭《归兴》云："漫理轻装唤小舠，何缘归兴转萧骚。老来最怕临歧语，灯半昏时酒半消。"宗介帆《别母》云："垂白高堂八十余，龙钟负杖倚门闾。泣惟张口全无泪，话到关心只望书。"某妇《送夫》云："君且前行莫回顾，高堂有妾劝加餐。"[4]

袁枚诗论中的情与他在义理上探析的情是一致的，情是他学术思想中最重要的概念。袁枚的诗文之所以风行一时，与他的思想有紧密的联系。

---

① （清）袁枚：《随园诗话》，《袁枚全集新编》第10册，第809页。
② （清）袁枚：《随园诗话》，《袁枚全集新编》第8册，第97页。
③ （清）袁枚：《随园诗话》，《袁枚全集新编》第8册，第2页。
④ （清）袁枚：《随园诗话》，《袁枚全集新编》第9册，第389页。

福康安说道："余自束发时，即耳随园名，知为当代作者，而南北相暌，不得一见，心辄向往。甲辰春，扈从金陵，思一访随园。适奉命他往，遂不果。今又将十年矣。向见《随园诗话》《新齐谐》二书，虽游戏之笔，而标新领异，已远胜《沧浪》《虞初》诸书。携之行箧，把玩不置。兹来卫藏军事之暇，适补山相国、瑶圃制军咸共朝夕，谈次时及随园。和希斋大司空携有《小仓山房全集》，因得读之。才气浩瀚，茫无津涯，快为目所未睹。余于役万里，征讨绝域，出青海而眄碣石，登昆仑以睇星宿。复过卫藏以西数千里，历古未通中国之地，殊形诡状，不可臆度。惟随园之才，庶几仿佛似之。窃以余髫年侍直禁廷，不及读中秘书，游历儿遍天下，所过名山大川，竟未能著所闻见形之咏歌。读随园之诗，乃不禁怦然动也。"① 打动福康安的是袁枚不拘常套的思想，这一思想以人性为基础，故能让人怦然心动。和琳也说道："仆幼乏师傅，长稀友益。虽尝与古为徒，究竟一无所得。然以管窥豹，窃谓生人当如龙虎，变幻莫测。宋儒之为道拘，犹士大夫之为位拘也。读先生著作，想见先生为人。此仆之未曾谋面，而愿立雪者耳。"② 万里之外，和琳私淑袁枚，这与袁枚新异的人性思想是有紧密联系的。

在考据学的影响下，诗坛上出现了一股以考据入诗的怪风，代表人物有翁方纲、凌廷堪、朱筠等人。对于这类诗歌，袁枚大加鞭挞。"不料今之诗流，有三病焉：其一填书塞典，满纸死气，自矜淹博。其一全无蕴藉，矢口而道，自夸真率。近又有讲声调而圈平点仄以为谱者，戒蜂腰、鹤膝、叠韵、双声以为严者，栩栩然矜独得之秘。不知少陵所谓'老去渐于诗律细'，其何以谓之律？何以谓之细？少陵不言。元微之云：'欲得人人服，须教面面全。'其作何全法，微之亦不言。盖诗境甚宽，诗情甚活，总在乎好学深思，心知其意，以不失孔、孟论诗之旨而已。必欲繁其例，狭其径，苛其条规，桎梏其性灵，使无生人之乐，不已颠乎！唐齐已有《风骚旨格》，宋吴潜溪有《诗眼》，皆非大家真知诗者。"③ 考据诗长篇大论，堆垛材料，毫无性情，袁枚的批评是很中肯的。同时代的刘声木也认

① （清）袁枚：《续同人集》，《袁枚全集新编》第 18 册，第 67—68 页。
② （清）袁枚：《续同人集》，《袁枚全集新编》第 19 册，第 288 页。
③ （清）袁枚：《随园诗话》，《袁枚全集新编》第 10 册，第 679 页。

为考据诗也仅仅“聊供插架之用”。没有性情的诗不会是真诗，袁枚对倍受时人推崇的王士祯批评道：“阮亭主修饰，不主性情。观其到一处必有诗，诗中必用典，可以想见其喜怒哀乐之不真矣。”[①] 正是强调个体的真性情，袁枚对杜甫也有微词：“余雅不喜杜少陵《秋兴》八首，而世间耳食者，往往赞叹，奉为标准。不知少陵海涵地负之才，其佳处未易窥测。此八首，不过一时兴到语耳，非其至者也。如曰‘一系’，曰‘两开’，曰‘还泛泛’，曰‘故飞飞’，习气大重，毫无意义。”[②] 杜甫《秋兴》八首表现了诗人深厚的家国情怀，历来为人们称颂。袁枚却认为它“习气大重，毫无意义”。说到底，袁枚的性情是一种具体的、个人的、世俗的情感。“圣人称诗‘可以兴’，以其最易感人也。王孟端友某在都娶妾，而忘其妻。王寄诗云：‘新花枝胜旧花枝，从此无心念别离。知否秦淮今夜月，有人相对数归明?’其人泣下，即挟妾而归。”[③] 孔子的文学思想从伦理出发对诗进行阐发，强调诗对仁、义、礼的作用。到了袁枚这里，孔子的兴观群怨变得平民化、通俗化，政治伦理色彩被淡化，而生活的风趣之味被激活。

理学重理轻情，尤轻男女之情，而袁枚却最重男女之情，“情所最先，莫如男女”。在袁枚的诗文中，他最反对求理不求情之作。

> 且夫诗者，由情生者也。有必不可解之情，而后有必不可朽之诗。情所最先，莫如男女。古之人，屈平以美人比君，苏、李以夫妻喻友，由来尚矣。即以人品论，徐摛善工体，能挫侯景之威。上官仪词多浮艳，尽忠唐室。致光《香奁》，杨、刘昆体，赵清献、文潞公亦仿为之，皆正人也。若夫迂袭经文，貌为理语者，虽未尝不窜名儒林，然非顽不知道，即窳不任事，赃私谄谀，史难屈指。白傅、樊川耻之，仆亦耻之。……宋儒责白傅杭州诗忆妓者多，忆民者少。然则文王“寤寐求之”，至于“辗转反侧”，何以不忆王季、太王而忆淑女耶？孔子阸于陈、蔡，何以不思鲁君而思及门弟子耶？沈朗又云

① （清）袁枚：《随园诗话》，《袁枚全集新编》第 8 册，第 87 页。
② （清）袁枚：《随园诗话》，《袁枚全集新编》第 8 册，第 267 页。
③ （清）袁枚：《随园诗话》，《袁枚全集新编》第 9 册，第 432 页。

>“《关雎》言后妃，不可为《三百篇》之首。”故别撰尧、舜诗二章。然则《易》始《乾》《坤》，亦阴阳夫妇之义，朗又将去《乾》《坤》而变置何卦耶？此种谰言，令人欲骰。①

在理学里，男女之情是大忌，袁枚却为男女之情张扬，这一张扬是其思想使然。在与沈德潜的信中，袁枚明确反对沈德潜在《明诗别裁集》中不选王次回艳诗的做法。“闻《别裁》中独不选王次回诗，以为艳体不足垂教。仆又疑焉。夫《关雎》即艳诗也，以求淑女之故，至于‘展转反侧’。使文王生于今，遇先生，危矣哉！《易》曰：‘一阴一阳之谓道。’又曰：‘有夫妇然后有父子。’阴阳夫妇，艳诗之祖也。傅鹑觚善言儿女之情，而台阁生风，其人君子也。沈约事两朝，佞佛，有绮语之忏，其人小人也。次回才藻艳绝，阮亭集中，时时窃之。先生最尊阮亭，不容都不考也。”② 对性情的重视与宣扬是袁枚学术思想的核心，他的诗文理论是建立在这个基础之上的。朱自清将中国诗学传统分为“言志”和“缘情”两大传统，认为到了袁枚，“才算真正抬起了头”。袁枚的“缘情”诗论不仅仅“抬起了头”，而且远远超越了传统的“缘情”论。③

四 袁枚与汉学家的交游

乾隆十九年，戴震、钱大昕、纪昀等汉学家汇集京师，京师成为经史考据重镇，考据学风由此迅速弥漫，清代学风由此一变。乾嘉时期的汉学家多是由辞章转入考据，他们与诗坛多少都保留一定的联系。作为诗坛领袖，袁枚与汉学家交往密切，不少汉学家对袁枚的学术、诗文都很推崇。早年，惠栋致信袁枚，有收入门下之意，学坛领袖之一的朱筠将袁枚视为“隐者”。他在与袁枚的信中说道：“以金石图书豪于江山之间，自谓循吏、儒林、隐逸三者兼之。筠心慕其意趣，以为近今未尝有也。”④ 朱筠对袁枚一直非常尊敬，袁枚的门生一到京师便得到他的优待。当时在朱筠处幕僚

① （清）袁枚：《小仓山房文集》，《袁枚全集新编》第 7 册，第 595—596 页。
② （清）袁枚：《小仓山房文集》，《袁枚全集新编》第 6 册，第 323 页。
③ 朱自清：《诗言志辨》，华东师范大学出版社 1996 年版，第 44 页。
④ （清）袁枚：《小仓山房文集》，《袁枚全集新编》第 6 册，第 371 页。

的章学诚极力劝朱筠痛诋袁枚，而朱筠却“为护持枚故，挺身说人”。章学诚对袁枚的批判言辞极为激烈，但由于“人轻言微”，所写文章又不敢轻易示人，所以没有对袁枚造成太大影响。钱大昕、王鸣盛、赵翼、姚鼐等汉学家与袁枚往来唱和颇多，袁枚的《同人集》《续同人集》存有他们不少诗作，这些诗歌主要是雅游随园、袁枚寿序、袁枚挽诗等，我们由此不难看出他们与袁枚的交谊。袁枚与汉学家虽然主攻术业不同，但在诗学观、人生价值观等方面有不少一致之处。《随园诗话》记有：“朱竹君学士督学皖江，来山中论诗，与余意合。因自述其序池州太守张芝亭之诗，曰：‘《三百篇》专主性情。性情有厚薄之分，则诗亦有浅深之别。性情薄者，词深而转浅；性情厚者，词浅而转深。’”[①] 朱筠是建立四库馆的倡导者，是乾嘉汉学的领袖式人物，他对袁枚的敬仰在一定程度上说明了他对袁枚价值观甚至是行为方式的认同。另外，袁枚得到汉学家的推重，这与袁枚在考据上的成就是分不开的。在《答袁简斋书》中，钱大昕对袁枚的考据是认可的。“得手教，循环烙诵，欢喜无量。先生研精史学，于古今官制异同之故，烛照数计，洞见症结，而犹虚怀若谷，示以所疑，俾马勃牛溲，得备好扁和之采，其为荣幸，非所敢望。谨就问目，述其一二，惟先生详察。”[②] 钱大昕的评价虽不免谀美，但我们由此可以看出，袁枚在经史考证上并非没有成就。孙星衍在袁枚《随园随笔》的序中说道：“然先生弃官山居五十年，实未尝一日废书。手评各史籍，字迹历历犹在，则亦未尝不时时考据。世之以娇薄轻艳诗托言师法随园者，非善学先生者也。顾先生欲然常恐所言之或有舛误，故竟其生不以此书付梓，实则著书当观大体，又思其命意所在，古人千虑，亦有一失。”[③] 袁枚虽然对汉学有所不满，但在价值观上与汉学家却是一致的，他的诗文与乾嘉汉学貌离神合，都是理学的破坏者和新义理的建设者。乾嘉汉学与性灵诗学应该说是相互推动的。

乾嘉时期，随着士子队伍的壮大，游幕成为士子们入仕前的谋生手段。乾嘉时期的汉学家多有游幕的经历，惠栋、戴震、洪亮吉、孙星衍、

① （清）袁枚：《随园诗话》，《袁枚全集新编》第 9 册，第 546 页。

② （清）钱大昕：《潜研堂文集》，《嘉定钱大昕全集》第 9 册，第 580 页。

③ （清）孙星衍：《平津馆文稿》，《丛书集成新编》第 77 册，第 654 页。

章学诚等人在幕府中完成了部分的学术著作。卢见曾幕府、朱筠幕府、毕沅幕府、阮元幕府是乾嘉时期四大幕府。这一时期的文人幕府具有浓厚的学术特征，幕府既是学术交流的中心，又是诗文创作的中心。卢见曾“官盐运时，四方名流咸集，极一时文酒之盛。金农、陈撰、厉鹗、惠栋、沈大成、陈章等前后数十人，皆为上客”[①]。卢见曾转运扬州，不仅极一时文酒之盛，而且在惠栋、沈大成等人的帮助下刊刻了大批典籍，对乾嘉汉学起到了推动的作用。卢文弨说道：“公尝自号雅雨山人，谈艺者无不知有雅雨先生也。公最笃师友之谊，珍其遗文，而表章之。若虞山汪容斋应铨、桐城马相如朴臣、怀宁李啸村葂、全椒郭韵清肇镄各家集，皆公序而梓之。此外，补刻朱竹垞《经义考》成完书，又刻《尚书大传》、《大戴礼》等书十四种，皆善本。又惠定宇《周易述》、王渔洋《感旧集》，亦皆梓行。”[②] 朱筠幕下更是人才众多，他积极奖掖学人、诗人，戴震、章学诚、邵晋涵、汪中、王念孙、洪亮吉、黄景仁等汉学家、文学家汇集于一堂。“先生提唱风雅，振拔单寒，虽后生小子一善行及诗文之可喜者，为人称道不绝口，饥者食之，寒者衣之，有广厦千间之概。是以天下才人学士从之者如归市。所居之室名曰‘椒花吟舫’，乱草不除，杂花满径，聚书数万卷，碑版文字千卷，终年吟啸其中。”[③] 此外，毕沅幕府、阮元幕府等也汇集了大量的学人、诗人。章学诚感慨当时的风气：“词臣多由编纂超迁，而寒士挟策依人，亦以精于校雠辄得优馆，甚且资以进身，其真能者，固若力农之逢年矣。而风气所开，进取之士，耻言举业；熊、刘变调，亦讽《说文》、《玉篇》；王、宋别裁，皆考熔金篆石，风气所趋，何所不至哉！”[④] 乾嘉幕府在推进考据学的同时，也推进了诗文创作。卢见曾幕下的惠栋、全祖望、王昶、沈大成、严长明等学人与幕主诗文酬唱不已，多次举办大型诗会，扬州诗文之盛一时全国难匹。袁枚与乾嘉时期各大幕府交往甚密，卢见曾转运扬州，袁枚是常客，“乾隆戊寅，卢雅雨转运扬州，一时名士，趋之如云。其时刘映榆侍讲掌教书院，生徒则王梦

① 王钟翰点校：《清史列传》第18册，中华书局1987年版，第5838页。

② 闵尔昌：《碑传集补》，近代中国史料丛刊本，第100辑，文海出版社1972年版，第112页。

③ （清）江藩：《国朝汉学师承记》，中华书局1983年版，第68页。

④ （清）章学诚著，仓修良编注：《文史通义新编新注》，第713—714页。

楼、金棕亭、鲍雅堂、王少陵、严冬友诸人，俱极东南之选。闻余到，各捐饩禀延饮于小全园。"① 袁枚与毕沅一家交好，诗文往来不绝，袁枚的《随园诗话》采有毕沅及其妻子潏香夫人的诗。学术化是乾嘉幕府的一大特征，各幕主都有不凡的学术水平，他们的诗学观点与袁枚的诗学观点是很接近的。卢见曾说道："缘情以为诗，情之不挚，其诗未有能工者也。古之为诗者，必有笃至之性，温厚之思，缠绵悱恻不能自已，而后形之吟咏。或优柔和缓，天平中之音，或离奇俶诡，汪洋恣肆至于不可方物。要皆发乎情之所欲言，而非以为牵率酬应之具。故曰诗者，性之符。"② 不管是学术还是诗文，袁枚都与乾嘉四大幕府有着紧密的联系。通过袁枚这一中介，诗文与学术相互联结，学术与诗文的相互影响也暗行其中。

五　汉学家的性情诗论

"诗言志"是中国最早的诗学命题，诗所言之"志"到底为何物，后人有多种解释。朱东润说道："言中国诗者，大抵可分为二：温柔敦厚者为一派，其说出于《戴记》，缘情绮靡者为一派，其说出于陆赋。……国家分裂，儒教思想不足支配全社会之时，则缘情绮靡之说盛，晋宋六代之间是也。"③ 在历史的各个时期，言志与缘情可谓此起彼伏。乾隆初期，沈德潜的格调论强调诗须有"关系"："诗之为道，可以理性情、善伦物、感鬼神、设教邦国、应对诸侯，用如此其重也。秦汉以来，乐府代兴；六代继之，流衍靡曼。至有唐而声律日工，托兴渐失，徒视为嘲风雪、弄花草、游历燕衎之具，而'诗教'远矣。"④ 沈德潜的诗教试图恢复诗歌早已失落的政教功能，这一诗论在乾隆的推动下盛行一时。乾嘉社会承平，社会经济水平远胜前代。格调说应该说是乾隆强制推动的结果，与诗学发展的内在理路并不一致。果然，沈德潜去世后，袁枚的性灵说取而代之，成为乾嘉诗坛的主流。袁枚在《再答李少鹤尺牍》中评沈德潜的诗学："当归愚极盛时，宗之者止吴门七子耳，不过一时藉以成名，而随后旋即叛

① （清）袁枚：《随园诗话》，《袁枚全集新编》第 8 册，第 151 页。
② （清）卢见曾：《雅雨堂文集》，《清代诗文集汇编》第 268 册，第 61 页。
③ 朱东润：《中国文学批评史大纲》，武汉大学出版社 2009 年版，第 27 页。
④ （清）沈德潜：《说诗晬语》，凤凰出版社 2010 年版，第 81 页。

去。此外偶有依草附木之人，称说一二，人多鄙之。此时如雪后寒蝉，声响俱寂。何劳足下以摩天巨刃，斩此枯木朽株哉！”[①] 袁枚认为沈德潜的诗论并不为时人所认可，其门下的“吴中七子”“不过一时藉以成名，而随后旋即叛去”。这大致是不差的。吴中七子中的王鸣盛、钱大昕等人后来遁入汉学，诗论上也不再追随沈德潜。王鸣盛说道：“夫海内称诗者众矣，嗜甘忌辛，是丹非素，言人人殊，莫能相一。要惟真性情流溢者斯足贵耳。”[②] 王鸣盛论诗强调“真性情”。钱大昕说：“予不喜作诗，尤不喜序人之诗。以为诗者，志也，非意所欲言而强而为之，妄也；不知其人志趣所在而强为之辞，赘也。韩子之言曰：‘物不得其平则鸣。’吾谓鸣者出于天性之自然，金石丝竹、匏土革木，鸣之善者，非有所不平也。鸟何不平于春，虫何不平于秋，世之悻悻然怒、戚戚然忧者，未必其能鸣也。欧阳子之言曰：‘诗非能穷人，殆穷者而后工。’吾谓诗之最工者，周文公、召康公、尹吉甫、卫武公，皆未尝穷；晋之陶渊明穷矣，而诗不常自言其穷，乃其所以愈工也。若乃前导八驺而称放废，家累巨万而叹窭贫，舍己之富贵不言，翻托于穷者之词，无论不工，虽工奚益！”[③] 钱大昕认为诗歌要因人之性情而出，反对无病呻吟。可见在乾嘉，“缘情”是诗坛的主流，也是诗歌发展的必然。

关于“诗言志”的流变，纪昀有比较客观的评价。他说：“其中‘发乎情，止乎礼义’二语，实探《风》、《雅》之大原。后人各明一义，渐失其宗。一则知‘止乎礼义’而不必其‘发乎情’，流而为金仁山‘濂洛风雅’一派，使严沧浪辈激而为‘不落理路，不落言诠，’之论；一则知‘发乎情’而不必其‘止乎礼义’，自陆平原‘缘情’一语引入歧途，其究乃至于绘画横陈，不诚已甚与！夫陶渊明诗时有庄论，然不至如明人道学诗之迂拙也。李、杜、韩、苏诸集岂无艳体？然不至如晚唐人诗之纤且亵也。酌乎其中，知必有道焉。”[④] 纪昀认为“发乎情，止乎礼义”才是诗之正义，他认为“濂洛风雅”的理学诗不是真诗，对渲染不健康情感的

---

① （清）袁枚：《小仓山房尺牍》，《袁枚全集新编》第15册，第232页。

② （清）于宗瑛：《来鹤堂全集》，《清代诗文集汇编》第350册，第105页。

③ （清）钱大昕：《钱大昕文集》，《嘉定钱大昕全集》第9册，第417—418页。

④ （清）纪昀：《纪晓岚文集》第1册，第199页。

“缘情”诗，他也有所不满。从传统诗论的角度看，纪昀可谓深得儒家诗学之要义，其持论可谓公允。如果再进一步分析，我们会发现，纪昀真正推崇的是“诗中有人”的真诗。他在《挹绿轩诗集序》中说道：“《书》称‘诗言志’，《论语》称‘思无邪’，子夏《诗序》兼括其旨曰‘发乎情，止乎礼义。’诗之本旨尽是矣。其间，触目起兴，借物寓怀，如杨柳雨雪之类，为后人所长吟而远想者，情景之相生，天然凑泊，非‘六义’之根柢也。然风会所趣，质文递变，如食本疗饥，而陆海穷究其滋味；衣本御寒，而纂组渐斗其工巧。于是乎咏物之作，起子建安；游览之篇，沿于典午。至陶、谢而标其宗，至王、孟、韦、柳而参其妙，至苏、黄而极其变。自唐至今，遂传为诗学之正脉，不能全宗《三百篇》矣。饴山老人作《谈龙录》，力主‘诗中有人’之说，固不为无见，要其冥心妙悟，兴象玲珑，情景交融，有余不尽之致，超然于畦封之外者。沧浪所论与风人之旨固未尝背驰也……会先生索余作序，因略述诗家正变之由，以告世之务讲《濂洛风雅》者。”① 在乾嘉时期，王士祯的“神韵”一说仍然有广泛的影响。纪昀标举赵执信的“诗中有人”，这是有时代针对性，而对于理学诗，纪昀的批评可谓不遗余力。在《郭茗山诗集序》中再度表彰“诗中有人”之说。“盖志者，性情之所之，亦即人品、学问之所见。富贵之场，不能为幽冷之句；躁竟之士，不能为恬淡之词。强而为之，必不工；即工，亦终有毫厘差。阮亭先生论诗绝句有曰：‘风怀澄澹推韦、柳，佳处多从五字求。解识无声弦指妙，柳州那得并苏州。’岂非柳州犹役功名，苏州则扫地焚香、泊然高寄乎？饴山老人持诗中有人之说，亦是意焉耳。”② 纪昀有意地抬高赵执信，贬低王士祯，由此我们可以看出，纪昀更推崇的是“诗中有人”，这就将诗与人的性情紧密结合了。纪昀强调“诗中有人”，强调的是人的真实情感，这种情感是过滤了理学“天理”之后的情感，与格调说重教化的诗论是不一样的。纪昀在《冰瓯草序》中说道：“诗本性情者也。人生而有志，志发而为言，言出而成歌咏，协乎声律。其大者，和其声以鸣国家之盛；次亦足抒愤写怀。举日星河岳、草秀

---

① （清）纪昀：《纪晓岚文集》第1册，第204页。

② （清）纪昀：《纪晓岚文集》第1册，第192页。

珍舒，鸟啼花放，有触乎情，即可以宕其性灵。是诗本乎性情者然也，而究非性情之至也。夫在天为道，在人为性，性动为情。情之至，由于性之至；至性至情，不过本天而动。而天下之凡有性情者，相与感发于不自知，咏叹于不容已。于此见性情之所通者大，而其机自有真也。”① 正是强调情感的真，纪昀对口语化的诗也持肯定的态度。他在《镂冰诗钞序》中说道：“雪厓以后，北士之续其响者，惟景州李露园、曹丽天，任邱边随园、李廉衣，献县戈芥舟，寥寥数人。”② 庞雪厓、单钰的诗与袁枚的诗一样都是日常情感的表现，单钰在《镂冰诗钞》中也坦言，“故凡足迹所到，情景相触，率皆伸手为诗，或近细碎，或邻简傲，而实无无病之呻吟与假借影响之时地也。第信口吟哦，不复记忆，散乱堆积，偶为阅视，若非己出”③。纪昀对这一诗风的肯定其实也正是对性灵派的肯定。纪昀对平民化、口语化的诗持肯定的态度，认为“白陆未始非正声也”，这与时代诗坛的评价是一致的。同时，我们也注意到，当时北方的诗坛也已浸染了性灵派的风气，纪昀所推崇的李露园、曹丽天、边随园、李廉衣、戈芥舟都是北方诗坛的主将，这些诗人与性灵派的诗风是一致的。

在性与情上，乾嘉时期的学人都偏重于情，而他们所论之情，已经没有了理学的色彩，更多的是人的自然情感。杭世骏说：“谢傅谓‘丝不如竹，竹不如肉’，言渐近自然。余以《礼经》解之，《郊特牲》云：歌者在上，匏竹在下，贵人声也。大块噫气，万窍怒号，此天籁也；前者唱喁，后者唱于，此人声也。唱喁唱于，而自然之音成焉。今之诗歌，古之乐章也。诗贵达意，意达即止，无取乎铺张也；诗贵抒情，情抒则流，无取乎侏离也。天地和而万物理，而乐以作；人心和而性情正，而诗亦以作。今世之言诗者其病有二，一在炫俗妃青俪白，使人眩惑而不得其宗；一在自欺，缒幽凿险，使人诘屈而不通。”④ 段永孝说：“若诗三百篇，鲜有升降之者。予独谓颂不如雅，雅不如风，听者惶焉。不知雅颂人籁也，地籁也，国风天籁也。雅颂多后王君公大夫师长修饰润色之词，至十五国风劳

① （清）纪昀：《纪晓岚文集》第1册，第186—187页。
② （清）纪昀：《纪晓岚文集》第1册，第205页。
③ （清）单钰：《镂冰诗钞》，《清代诗文集汇编》第336册，第126页。
④ （清）杭世骏：《道古堂文集》，《清代诗文集汇编》第282册，第123页。

人思妇，下至静女狡童，皆矢口作歌而无所尺寸。《书》曰：诗言志。《史记》曰：诗以达意。若国风者，斯可谓之达矣。今人作诗墨守一家，入者主之，出者奴之，举我之心腹肾肠，悉优孟衣冠之，用何暇写其性情而达其志意乎！”① 赵青藜论诗：“世容有笃于性情而不必工于诗，断未有工于诗而不笃于性情者。故温柔敦厚，诗之教，凡以导薄俗而归于醇也。后之论者吾惑焉，其曰诗有别才，非关学者，是既离诗于学，又且离学于性情，则其所谓才者并不知夫何属矣。至若主气、主趣、主格、主风骨、主声韵，而乃于其间别汉魏、六朝、唐宋、辽金元明，而又于唐别初盛中晚，排品汇辨源流，伐异党同，各不相下，不自谓其昧于本源也。要其近理而害尤甚者，莫若严沧浪之以禅悟论诗。近日诗家如新城王氏者选《唐贤三昧集》，大畅宗风，此弗论三百删自圣人，无缘堕入禅窟，即杜集具在，引用释典者特鲜，其诗直足上轶汉魏，近铄三唐，下俯宋辽金元明者，夫非其每饭不忘，至性之过人者远哉！昌黎韩子专辟二氏，于禅诚如水火，将遂无从悟入，而何以排奡恣肆，独标一格于李杜外，至今熊熊奕奕，光气不啻常，与人接者，亦可知性情之为不以时会为升降，而奚《品汇》之拘拘也哉！且吾性中何理不备？吾情内何境不通？顾自昧者反贸贸然，靡靡焉乞灵于二氏而不知返耶！”② 李定斋对这一段评论赞赏道：“只诗本性情四字，已尽千古作诗大旨，如新城所选《三昧集》亦属谬种流传。”李定斋的评论说明性灵诗论已深入诗坛。汉学家在“诗言志”上比理学家更富于人性，他们更尊重人的合理性欲，“尊情”的色彩远胜于“尊理”。潘允哲从本色论诗，颇有见的。“诗不失本色便为好诗，人不失本心便为好人。然今之文人学士非风云月露无诗也，故天下绝无本色诗。红尘驰逐之中，非声色货利无人也，故天下绝少有心人，然而学诗者求师未尝在不在天壤也。江山风月花木禽鱼，何一非本色，为人而求师，又未尝不在天壤也。吾敬吾君，吾孝吾父，吾爱吾兄弟妻子，吾信吾朋友，何一非本心。凡本色皆诗之师，凡本心皆人之师，然而为之有甚难者，诗非性而能好，谁能追古人而从之，人非立志不凡，谁能识孔孟之旨而为之不

① （清）江昱：《松泉诗集》，《清代诗文集汇编》第305册，第589页。

② （清）赵青藜：《漱芳居文钞》，《清代诗文集汇编》第306册，第443页。

倦。古之圣贤不必能诗，如程朱皆不以诗名，而昌黎氏、眉山氏又未始不工诗。古之诗人不皆圣贤，如李青莲、杜少陵特以诗显，然其忠君爱国，怨诽不乱，不失风人之遗，又何尝不与圣贤合，要之不失其本色而已。”①本色多用于戏曲理论中，将这一理论放在诗论中，深化了“情”的广度。笃信理学的程晋芳在诗论上也偏向于性情，他从诗学流源的角度论证了诗主性情的真理性。“余少而学诗，讽习既久，因悟古无徒诗。由汉人臆度言之耳，盖诗为乐，本出于性情之真，有诗则有声，有声则有乐，即輶轩所采，偶或遗之，而里巷风谣被之管弦，自若也。……惟有明一代之诗刻意摹古，自得者殆无其人，虽终日歌之，不知其性分之所在。若是者虽谓之徒诗可也。比年东南人士往往鼻祖明贤，格非不稳也，制非不纯也，而使人读之终日不识其嗜好，遭遇之何如，得无为诗家重病乎?”② 重真情，反模拟，程晋芳的诗论与性灵派是一致的。值得注意的是，汉学家甚至将性情论渗透到古文创作。邵晋涵说道：“文章无古今，必具有真性情而其文始传。宽易者其音和，沈挚者其辞峻，亮拔者其格超，肫笃者其旨厚，文成而性情著焉。若夫饰丽藻为美观，钩棘艰阻，矜为古制，均之为伪体而已矣。……其言曰，今文不如古者以性情之不古若也。”③ 由此可见，乾嘉时期的新义理如一股新风，其影响不仅表现在学术上，还表现在诗文上，这一股新义理与新市民阶层的崛起紧密相关。

第四节　学人之诗与乾嘉朴学

中国古代的诗歌创作以文人为主，村氓民妇虽有断章残篇，但没有构成诗歌史的主体。文人以学为优，诗歌的学问化一直伴随着诗歌的发展，学问化与反学问化也一直是诗学争辩的问题。钟嵘在《诗品》中说道：“至乎吟咏情性，亦何贵于用事？‘思君如流水’，既是即目；‘高台多悲风’，亦惟所见；‘清晨登陇首’，羌无故实；‘明月照积雪’，讵出经、史。

① （清）潘允哲：《长溪草堂集》，《清代诗文集汇编》第407册，第10页。
② （清）钱维乔：《竹初诗钞》，《清代诗文集汇编》第396册，第4页。
③ （清）邵晋涵：《南江文钞》，《清代诗文集汇编》第405册，第382页。

观古今胜语，多非补假，皆由直寻。”① 钟嵘所发之论并非空穴来风，而是有现实针对性的，他的“直寻”是对学问诗的抵制。严羽在《沧浪诗话》中批评宋诗“以文字为诗，以议论为诗，以才学为诗”，倡导“别才”“别趣”以抗之。从诗歌史发展的情况上看，诗歌的学问化倾向有愈演愈烈之势。在唐代，杜甫、韩愈、李商隐肇始学问诗之风，至宋代，诗歌的学问化倾向严重，江西诗派可视为代表。两宋以后，宗唐、宗宋成为诗学不可回避的现实问题，不管是宗唐一派还是宗宋一派，学问都成为诗学中的重要因素。到了清代，诗歌的学问化得到了强化，肌理诗派、宋诗派可视为代表。清代诗学虽然涌动着唐诗与宋诗之争的暗流，但诗歌的学问化倾向也很明显，这可以说是清代诗歌的一大特色。正是基于学问化这一事实，清初，钱谦益就有“诗人之诗”与“儒者之诗”之分，黄宗羲也有“文人之诗”与“诗人之诗”之别。乾嘉是清代朴学的鼎盛期，“家家许郑，人人贾马”，考据学可谓盛矣，在学术的推动下，诗歌的学问化再次得到强化，学人之诗成为雅事，在学问与诗歌的关系上，学问得到了突出的强调，这是乾嘉诗学的一大特征。学问何以影响诗歌？这股学人之诗的出现与学人们倾心于学术不无关系。杭世骏说道：“作者不易，笺疏家尤难。何也？作者以才为主，而辅之以学。兴到笔随，第抽其平日之腹笥，而纵横蔓衍以极其所至，不必沾沾獭祭也。为之笺与疏者，必语语核其指归，而意象乃明；必字字还其根据，而证佐乃确。才不必言，夫必有什倍于作者之卷轴，而后可以从事焉。”② 对于这一股学人之诗，不少诗人也表现出了不满。施朝干说道：“余尝谓今号为诗家者，知貌为唐人之非，而不知其貌为宋人之陋。隄毁而决，焰烈而煽，无他，避难就易而已。唐人之诗，巨者为河海、乔岳，而细者不失翡翠兰苕；高者出于色声香味之外，而下者亦足以悦耳目而感人之心。至于一名一字，必含咀而后工，刮摩以争胜，其难如此。宋人之诗，才多者猖狂奔放，才寡者委琐局促，而又无不可征之事，无不可缀之语。于是言诗者乐其易，而日趋于宋也，而恶知夫六义之源，温柔敦厚之教哉！”③ 不管是支持还是反对，作为一个重要的

① （南北朝）钟嵘：《诗品注》，人民文学出版社 1961 年校注版，第 4 页。
② （清）杭世骏：《道古堂文集》，《清代诗文集汇编》第 282 册，第 86 页。
③ （清）施朝干：《一勺集》，《清代诗文集汇编》第 379 册，第 328 页。

诗学现象，这值得我们深入探讨。

一 对严羽“别才”“别趣”的批评

严羽的《沧浪诗话》对宋人诗歌学问化提出了批评，其发论直捣学问诗之要害，历来为诗人们所赞许。清初影响最大的诗派当属王士祯的“神韵”派，“神韵说”以“妙悟”“兴趣”“不著一字，尽得风流”为要诀，这是对严羽诗论的继承。王士祯说：“严沧浪《诗话》，借禅喻诗，归于妙悟。如谓盛唐诸家诗，如镜中之花，水中之月，镜中之象，如羚羊挂角，无迹可求，乃不易之论。而钱牧斋驳之，冯班《钝吟杂录》因极排诋，皆非也。”① “神韵说”在清代影响深远，乾隆初仍有其余波。袁枚论诗表面不分唐宋、不分时代，实则更倾向于唐诗。虽则如此，他对严羽的诗论仍有所不满，“严沧浪借禅喻诗，所谓‘羚羊挂角’，‘香象渡河’，有神韵可味，‘无迹象可寻’。此说甚是。然不过诗中一格耳。阮亭奉为至论，冯钝吟笑为谬谈，皆非知诗者。诗不必首首如是，亦不可不知此种境界。如作近体短章，不是半吞半吐、‘超超玄箸’，断不能得弦外之音、甘余之味。沧浪之言，如何可诋？若作七古长篇、五言百韵，即以禅喻，自当天魔献舞，花雨弥空，虽造八万四千宝塔，不为多也，又何能一‘羊’一‘象’，显‘渡河’、‘挂角’之小神通哉？总在相题行事，能放能收，方称作手。”② 袁枚从诗风多样化的角度批评严羽的诗论，认为诗歌有多种风格，“神韵”只是其中一种风格。袁枚的批评视野很开阔，但他的批评没有涉及诗歌与学问的关系。

考据学需要广博的学识，而学识积累的过程是漫长的，需要持之以恒。江藩在《国朝汉学师承记》评述钱大昕：“先生不专治一经而无经不通，不专攻一艺而无艺不精。经史之外，如唐、宋、元、明诗文集、小说、笔记，自秦汉及宋元金石文字，皇朝典章制度，满洲蒙古氏族，皆研精究理，不习尽工。古人云：‘经目而讽于口，过耳而谙于心’，先生有焉。”③ “根柢”是学术研究的基础，乾嘉诸儒在博闻强识上都下了功夫，

① （清）王士禛：《王士禛全集》，齐鲁书社 2007 年版，第 3260 页。（此书用字保留原书用法，下同）

② （清）袁枚：《随园诗话》，《袁枚全集新编》第 8 册，第 296 页。

③ （清）江藩：《国朝汉学师承记》，中华书局 1983 年版，第 50 页。

他们都视“根柢”甚重，也正是基于此，在诗学上，他们普遍将“学”置于“才”之上，甚至将“学”视为诗歌的根本性条件。严羽的“别才”“别趣”虽然并非完全排斥学问，但将学问与诗歌视为二物，这引起了乾嘉汉学家的不满。钱大昕说道：“昔严沧浪之论诗，谓‘诗有别材，非关乎学；诗有别趣，非关乎理’。而秀水朱氏讥之云：‘诗篇虽小技，其原本经史。必也万卷储，始足供驱使。’二家之论，几乎枘凿不相入。予谓皆知其一而未知其二者。沧浪比诗于禅，沾沾于流派，较其异同，诗家门户之别，实启于此。究其所谓别材、别趣者，只是依墙傍壁，初非真性情所寓，而转蹈于空疏不学之习。一篇一联，时复斐然，及取其全集读之，则索然尽矣。”[①] 钱大昕认为以禅喻诗使诗歌渐入空无，诗歌失去了健实的内容，让人读完全诗了无所得。钱大昕的这一观点在乾嘉颇具代表性。陆廷枢在序翁方纲的诗集时说道：“自渔洋先生取严沧浪以禅喻诗，谓‘诗有别才，非关学也’。于是，格调流于空疏，神韵沦于寥阒矣！吾友覃溪盖纯乎以学为诗者欤。然近日如厉樊榭之沉博，而其神理若专熟南宋事者，亦平日精诣所到，流露于不自知也。而覃溪自诸经传疏以及史传之考订，金石文字之爬梳，皆贯彻洋溢于其诗。”[②] 周允中说道：“诗以言志，即以达理也。学积可以明理，理胜可以充气，气盛足以达辞，辞之中体格句调有高有下，或正或变，固未可操觚率尔，矢口而成。甚矣，学之不可不讲也，必也耑其功力，博其取资，如匠石之程材，楩楠杞梓而樗散之株悉储，医师之药笼，玉札丹砂而败鼓之皮毕备，且也朝斯夕斯如饮食衣冠之不可暂缺，庶几可以啜古人之菁英，而企其堂奥与。自严仪卿有诗有别才，非关学之语，适足以便俭腹者之藉口，然世岂有舍舟航而能济乎渎，舍诗书而能析乎理，充乎气而沛厥词哉?”[③] 杭世骏也说道：“自沧浪有‘诗有别才，不关学问’之说，江西之派盛于南渡而宋弱，永嘉四灵之派行于宋末，而宋社遂屋。然则诗非一人一家之事，识微之士善持其敝，担斯责者固非空疏不悦学之徒所能任矣。”[④] 空灵易于悦人，征实则不免艰

---

① （清）钱大昕：《潜研堂文集》，《嘉定钱大昕全集》第 9 册，第 418—419 页。

② （清）翁方纲：《复初斋诗集》，《清代诗文集汇编》第 381 册，第 1 页。

③ （清）朱逢泰：《画石轩诗集》，《清代诗文集汇编》第 396 册，第 700 页。

④ （清）杭世骏：《道古堂文集》，《清代诗文集汇编》第 282 册，第 104 页。

涩，在乾嘉，学人之诗是有市场的。《不湖纪岁诗篇》记载："樊榭、金副使江声诸先生相继徂谢，惟杭太史堇浦为鲁灵光。堇浦每曰，诗之道熟易而涩难，韩门诗有涩味，所以可传。闻者惊怪其语，争往索观，韩门辄逊谢不轻出也。"① 王士祯的"神韵"是严羽的诗论的继承者，在乾嘉，王士祯也普遍遭到了批评，翁方纲在《王文简古诗平仄论序》中说道："今日高才嗜古者，稍有所得，辄往往讪薄先生，渐且加甚矣。"② 当时学人的诗歌状况由此可见一斑。

严羽推崇的是盛唐诗，认为"盛唐诸人惟在兴趣，羚羊挂角，无迹可求"③，乾嘉汉学家的学问诗其实是宋诗一路。在经历了清初的"神韵"诗后，走向征实的学问诗也是符合诗学发展的规律。邵长衡："杨子（地臣）之言曰：今天下称诗虑亡不祧唐而祢宋者。予曰：然，诗之不得不趋宋，势也。盖宋人实学唐而能泛逸唐轨，大放厥词。唐人尚酝藉，宋人喜径露。唐人情与景涵，才为法敛；宋人无不可状之景，无不可畅之情。故负奇之士不趋宋，不足以泄其纵横驰骤之气，而逞其赡博雄悍之才。故曰势也。"④ 可见，重学、征实，这既与外围的考据有关，也与诗学自身的发展有关。

二　汉学家性情与学问相济的诗学观

诗言志是中国传统的诗学命题，在"天理"被淡化的语境之下，性情得到了强调，不管是诗人还是学人，论诗都注重诗歌的情感性。汉学家重学问，他们的诗论除了要求表现情感，还要求与学问相兼济。全祖望说道："世之操论者每谓学人不入诗派，诗人不入学派，吾友杭堇浦序郑筠谷诗亦力主之。予独以为此支离之说。是说言也，盖为宋人发也，而殊不然。张芸叟之学出于横渠，晁景迁之学出于涑水，汪清溪、谢无逸之学出于荥阳吕侍讲，山谷之学出于孙莘老李公，择而宿归于范正献公醇夫，此以诗人而入学派者也。杨尹之门而有吕紫薇之诗，胡文定公之门而有曾茶

① （清）汪师韩：《不湖纪岁诗篇》，《清代诗文集汇编》第 308 册，第 493 页。
② （清）翁方纲：《复初斋文集》，《清代诗文集汇编》第 382 册，第 36 页。
③ （南宋）严羽：《沧浪诗话校释》，人民文学 1961 年校释版，第 26 页。
④ （清）邵长蘅：《邵子湘全集》，《清代诗文集汇编》第 145 册，第 478 页。

山之诗，湍石之门而有尤遂初之诗，清节先生之门而有杨诚斋之诗，此以学人而入诗派者也。章泉涧泉之师为静春，栗斋之师为东莱，西麓之师为慈湖，诗派之兼学派者也。放翁千岩得之茶山，永嘉四灵得之叶忠定公，学派之中但分其诗派者也，安得以拘墟之见歧而二之，遂使三百篇之遗教自外于儒林乎?”① 全祖望不满诗与学问的分离，认为两者相济才是诗学的正路，这一观念为乾嘉学人所普遍认可。惠栋在《古香堂集序》中说道：“昔人言：‘诗之道，有根柢焉，有兴会焉。镜中之象，水中之月，相中之色，羚羊挂角，无迹可寻，此兴会焉。本之风雅以道其源，泝之楚骚汉魏以达于流，博之九经、三史、诸子以穷其变，此根柢也。根柢原于学问，兴会发于性情，二者率不可得兼，然则有兼之者，岂不裒然一大家乎!”② 推崇王士祯的惠栋不仅讲学、情，而且还论诗的韵味，这样的诗论比较通达。钱大昕论诗，也抛弃了宋儒的天理，以史学的才、学、识论诗。“昔人言史有三长，愚谓诗亦有四长：曰才，曰学，曰识，曰情。落笔千言，挥洒自如，诗之才也；含经咀史，无一字无来历，诗之学也；转益多师，涤淫哇而远鄙俗，诗之识也；境往神留，语近意深，诗之情也。方其人心，有感天籁自鸣，虽村谣里谚，非无一篇一句之可传，而不登大雅之堂者，无学识以济之也。亦有胸罗万卷，采色富赡，而外强中干，读未终篇索然意尽者，无情以宰之也。有才而无情，不可谓之真才，有才情而无学识，不可谓之大才。”③ 沈大成认为诗歌除了广泛地积学，还要学习了解诗歌的流变。他说：“《记》有之：‘诗以道性情’。岂专事乎摹仿哉！虽古之诗有曰拟者，陆士衡、谢康乐也；有曰代者，鲍明远也，有曰杂体，曰效者，江文通也。彼皆以己之性情与前人之性情遇。登其堂而哜其胾，遗其貌而取其神，故足述也，岂斤斤于字句声调哉！吾怪夫今之为诗者，规规焉家新城而宗之，群奉一《精华录》以为衡，相争媚于声调间，譬之是犹偃师之戏，大秦之幻人，黎邱之伎俩也，庸讵知有识者之议其后乎！且新城之诗亦学之古人而始工耳。与其从新城学古人，何不陈汉魏六代三唐而学之乎？是故今之为诗者，譬之是犹隔重墙而问人，曷若直造其门之为

① （清）陈章：《孟晋诗集》，《清代诗文集汇编》第283册，第3页。
② （清）惠栋：《松厓文钞》，《清代诗文集汇编》第284册，第59页。
③ （清）钱维乔：《竹初诗钞》，《清代诗文集汇编》第396册，第6页。

愈也。航支河断港而求通津，曷若乱流而济之为愈也。”① 沈大成认为诗是表现个人情感的，这与性灵派并无二致，但在学诗方式上，他却强调学古，认为王渔洋能够自成一家，关键在于学古，所以学诗要取径于古人。

乾嘉汉学家讲的“学”其实是考据之学。沈大成说道：“诗必由于积，积焉而有得于心之谓学，其形于言者之谓文。诗者，文之一端耳。是故日月不高则光辉不赫；水火不盛则辉润不博。珠玉不睹乎外，则王公不以为宝，夫唯积之久而发之当，斯无得而难焉。是故不读万卷书，不游名山大川，探幽出险，极窅眇诡异之观不可以为诗；不烛庶物之情，不穷天地风雨雷霆，日月晦明，象纬之变，古昔盛衰治乱之故，不可以为诗；不历辛苦艰难空乏侘傺，行役别离，不可以为诗也。是故诗之有取乎积也。”② “积”即知识的积累，考据学建立在学识的积累之上，没有积累便没有考据。戴震在《与是仲明书》中说道：

> 知一字之义，当贯群经、本六书，然后为定。至若经之难明，尚有若干事：诵《尧典》数行，至“乃命羲和”，不知恒星七政所以运行，则掩卷不能卒业；诵《周南》、《召南》，自《关雎》而往，不知古音，徒强行以协韵，则龃龉失读；诵古《礼经》，先《士冠礼》，不知古者宫室、衣服等制，则迷于其方，莫辨其用；不知古今地名沿革，则《禹贡》、《职方》失其处所；不知“少广”、“旁要”，则《考工》之器不能因文而推其制；不知鸟兽、虫鱼、草木之状类名号，则比兴之意乖。而字学、故训、音声未始相离，声与音又经纬衡从宜辨。③

沈大成所论之“积”也正是乾嘉考据学的学术根底。王昶评翁方纲的诗：“诗材直继黄杨后，誉望人称朱纪间。两汉残碑供考证，六经奥义更循环。”④ 这就更直接点出学问的所在了。

① （清）沈大成：《学福斋集》，《清代诗文集汇编》第 292 册，第 49 页。
② （清）沈大成：《学福斋集》，《清代诗文集汇编》第 292 册，第 46 页。
③ （清）戴震：《戴震全集》第 5 册，第 2587 页。
④ （清）王昶：《春融堂集》，《清代诗文集汇编》第 358 册，第 283 页。

三　学人之诗成为明确的诗学概念

钟嵘在《诗品序》批评齐梁诗歌："文章殆同书抄。"[①] 可见，学人之诗在魏晋就开始出现了。到了宋代，"学人之诗"被正式提出。盛如梓《庶斋老学丛谈》记载："有以诗集呈南轩先生。先生曰：'诗人之诗也，可惜不禁咀嚼。'或问其故，曰：'非学者之诗。学者诗读着似质，却有无限滋味，涵泳愈久，愈觉深长。'"[②] 宋代以后，"学人之诗"成了一个诗学概念，关于学人之诗优劣的争辩也不断涌现。到了清代，学问诗、学人之诗大量涌现。清初的费经虞在《雅伦》中说："诗人之诗。字句不苟。王维诸人是也。才子之诗。字句章法。若罔闻知。李白诸人是也。困学之诗。格调辞意。匠心措置。杜甫诸人是也。闲适之诗。并诗俱忘。陶潜诸人是也。"[③] 沈起元评道："昔之论诗者曰：有诗人之诗，有才人之诗，有学人之诗。余谓才人以气雄，学人以材富，诗人以韵格标胜。"[④] 方贞观说道："有诗人之诗，有学人之诗，有才人之诗。才人之诗，崇论闳议，驰骋纵横，富赡标鲜，得之顷刻。然角胜于当场，则惊奇仰异；咀含于闲暇，则时过境非。譬之佛家，吞针咒水，怪变万端，终属小乘，不证如来大道。学人之诗，博闻强识，好学深思，功力虽深，天分有限，未尝不声应律而舞合节，究之其胜人处，即其逊人处。譬之佛家，律门戒子，守死威仪，终是钝根长老，安能一性圆明！诗人之诗，心地空明，有绝人之智慧；意度高远，无物类之牵缠。诗书名物，别有领会；山川花鸟，关我性情。信手拈来，言近旨远，笔短意长，聆之声希，咀之味永。此禅宗之心印，风雅之正传也。"[⑤] 在清代中叶以前，对于学人之诗的评价普遍不高，多数文人将诗人之诗视为诗歌的正宗。

乾嘉时期，随着考据学成为主导性学术，学人之诗得到了突出的强调，这成了一个无法回避的事实。袁枚在《随园诗话》中说道："陆陆堂、诸襄

① （南朝梁）钟嵘：《诗品注》，人民文学出版社1961年校注版，第4页。

② （清）盛如梓：《庶斋老学丛谈及其他二种》，商务印书馆1939年版，第28页。

③ （唐）王维著，赵殿成笺注：《王右丞集笺注》，中华书局1961年校注版，第517页。

④ （清）梅文鼎：《绩学堂诗钞》，《清代诗文集汇编》第131册，第368页。

⑤ （清）方观贞：《方南堂先生辍锻录》，载郭绍虞编《清诗话续编》下册，上海古籍出版社1983年版，第1936页。

七、汪韩门三太史，经学渊深，而诗多涩闷，所谓学人之诗，读之令人不欢。”[①] 法式善说道：“有学人之诗，有才人之诗。学人之诗，通训诂、精考据，而性情或不传。才人之诗，神悟天解，清微超旷，不可羁绁。唐之太白、乐天，宋之放翁、诚斋，各得其所近。国朝渔洋尚书以神韵为主，悔余编修以透露为主，则又各得才人之一体者也。而近世或以其平近少之，岂知水性虚而文生，竹性虚而节生，是有天焉，不可学而至也。”[②] 程晋芳也说道：“夫诗有诗人之诗，有学人之诗，有才人之诗，而必以诗人之诗为第一。”[③] 学人之诗不断地被提及，从一个侧面说明了学问诗在乾嘉已经相当普遍。

与诗人们推崇诗人之诗不同，乾嘉汉学家更推崇学人之诗。杭世骏说道：

> 故曰三百篇之中，有诗人之诗，有学人之诗。何谓学人？其在于商则正考父，其在于周则周公、召康公、尹吉甫，其在于鲁则史克、公子奚斯。之二圣四贤者，尝以诗自见哉？学裕于己，运逢其会，雍容揄扬而雅颂以作，经纬万端，和会邦国，如此其严且重也。后人渐昧斯义，勇于为诗而惮于为学，思义单狭，辞语陈因，不得不出于物质稗贩剽窃之一途。前者方积，后随朽落，盖即其甫脱口而即寓不可终日之势，散为飘风鬼火者众矣。[④]

杭世骏批评了无学之诗，认为有学才会有诗，因此，他认为学人之诗才是一流的。董秉纯深于经史考证。他说：“凡诗有诗人之诗，有才人之诗，有学人之诗。学人之中其流又有文章道学二家焉。……学人之诗兆于古诗，君子长歌二行，至唐而韩昌黎大放其词，至宋而风转盛。然自兖公、荆公、朱子、诚斋诸家而外，如东坡，如山谷，如石湖，渐流为文章家数，而明道、康节之后阑入道学语，为诗学别派，而风人清微婉转一唱

---

① （清）袁枚：《随园诗话》，《袁枚全集新编》第 8 册，第 128 页。

② （清）法式善：《存素堂诗文集》，《清代诗文集汇编》第 435 册，第 396 页。

③ （清）程晋芳：《勉行堂文集》，《清代诗文集汇编》第 343 册，第 479 页。

④ （清）杭世骏：《道古堂文集》，《清代诗文集汇编》第 282 册，第 104 页。

三叹之风息矣。然诸派之源皆出于三百篇，原非得而优劣之也。……若大雅精于言理，深醇渊粹，正大卓越，洞天人之奥，探性命之微，则昌黎、李习之以迄宋元，理学诸公堂奥昭乎可步也。盖此三派者，精而造之皆足名家，无容轩轾而寻讨其迁流之弊。”① 董秉纯认为只要学问做到深处，学人之诗也足以称为名家，并不输才人之诗和诗人之诗。将学人之诗与才人之诗、诗人之诗并肩，这其实是为学人之诗张目，应该说这是时代学术推动的结果。

四　翁方纲的肌理说及其创作

翁方纲是乾嘉博学多才的学人、诗人，在经史、金石、考据学等方面均有不凡的建树，同时也是清代著名的书法家。翁方纲所处的时代正是考据学的最高峰，他参与了《四库全书》的编纂，几乎与乾嘉考据学相始终。他与其他汉学家一样笃学好古。法式善说：“余于并世大夫中，所见读书好古无片时自暇者，先生一人而已。”② 翁方纲的肌理说是宋诗和乾嘉考据学双重影响的结果。《清史列传》评价他：“所为诗多至六千余篇，自诸经注疏以及史传之考订，金石文学之爬梳，皆贯彻洋溢于其中，盖以学为诗者。”③ 陆廷枢说他：“覃溪自诸经传疏以及史传之考订、金石文字之爬梳，皆贯彻洋溢于其诗。虽所服膺在少陵，辨香在东坡，而初不以一家执也。”④ 翁方纲可以说是乾嘉学人之诗的代表。

（一）翁方纲的肌理说与乾嘉考据学

翁方纲早年学诗于黄叔琳，黄叔琳乃王士祯弟子，翁方纲以王士祯再传弟子自称，他对王士祯的诗和诗学都很推崇。“昔吾邑黄崑圃先生受学于渔洋，至视学山东役峻，犹亲执经问业于此。方纲幼及崑圃之门，辄心慕之。”⑤ 受王士祯的影响，翁方纲早年也有专门的唐诗选本：《唐人七律志彀集》和《唐五言诗钞》。乾嘉考据学兴起，翁方纲与汉学家交往日繁，

① （清）董秉纯：《春雨楼初删稿》，《清代诗文集汇编》第354册，第31—32页。
② （清）法式善：《存素堂诗文集》，《清代诗文集汇编》第435册，第360页。
③ 王钟翰点校：《清史列传》第17册，中华书局1987年版，第5346页。
④ （清）翁方纲：《复初斋诗集》，《清代诗文集汇编》第381册，第1页。
⑤ （清）翁方纲：《复初斋文集》，《清代诗文集汇编》第382册，第36页。

学业不断进步。乾隆三十八年，四库馆开馆，翁方纲被任命为纂修官，经他办理的书籍多达上千种，著录图书1000余种，是四库馆贡献最大的学人之一。入四库馆后，翁方纲一方面工作兢兢业业，另一方面与好友诗歌唱和不绝。他在《翁氏家事略记》中记载："自癸巳春入院修书，时于翰林院署开四库全书馆，以内府所藏书发出到院，及各省所进民间藏书，又院中旧贮《永乐大典》内，日有摘抄成卷，汇编成部之书，合三处书籍分员校勘。每日清晨入院，院设大厨，供给桌饭，午后归寓，以是日所校阅某书应考某处，在宝善亭与程鱼门晋芳、姚姬传鼐、任幼植大椿诸人对案，评举所知，各开应考证之书目，是午携至琉璃厂书肆访查之。是时江浙书贾亦皆踊跃遍征善本，足资考订者，悉聚于五柳居、文粹堂诸坊舍。每日检有应用者，辄载满车以归，家中请陆镇堂司其事。凡有足资考订者，价不甚昂即留买之，力不能留者，或急写其需查数条，或暂借留数日，或又雇人抄写，以是日有所得。校勘之次，考订金石，架收拓片亦日渐增。自朱竹君筠、钱辛楣大昕、张瘦同埙、陈竹厂以纲、孔撝约广森，后又继以桂未谷馥、黄秋庵易、赵晋斋魏、陈无轩焯、丁小疋杰、沈匏尊心醇辈，时相过从讨论，如此者前后约将十年，自壬展癸巳以后，每月与钱箨石、程鱼门、姚姬传、严冬友诸人作诗课。"① 学问与诗歌并行不废，学问其实影响到了诗歌的写作。张维屏评论："《复初斋集》中诗，几于言言征实，使阅者如入宝山，心摇目眩。盖必有先生之学，然后有先生之诗。"② 翁方纲之学造成了翁方纲之诗，而他的诗在乾嘉汉学家中也颇受推崇，这使得学问诗风行一时。《四库全书》成书后，翁方纲参与了《四库全书》的后续工作，这是翁方纲人生快乐的时期，其间多有诗作，后来他将与同直唱和之作编为《秘阁唱和集》。乾隆五十五年，翁方纲还参加了文溯阁全书的复校，其间也颇多诗作。翁方纲的诗作多达6000多首，这些诗作反映社会生活的极少，反映人民生活现状的很少见到，除了应酬诗，多数诗歌都是围绕学问而发，他的诗作、诗风可以说是乾嘉考据学浸染的结果。

---

① （清）翁方纲：《翁氏家事略记》，清刊本，第36—37页。

② （清）张维屏：《国朝诗人征略》，中山大学出版社2004年版，第502页。

（二）以破为立的肌理说

翁方纲受王士祯的诗学影响很大，他的诗学理论是从辨析王士祯的“神韵”开始。王士祯“中岁越三唐而事两宋”，是康熙年间宋诗的倡导人之一。他对宋诗评价也是很高的，“耳食纷纷说开宝，几人眼见宋元诗”，认为宋诗与神韵并不冲突，他的《蜀道集》《雍益集》《南海集》等诗集正是宋诗影响的结果。因此，王士祯的诗学并非只是提倡一种风格，而是具有集成、总结特征的诗歌理论。严格来说，神韵是诗歌的审美范畴，仅仅以韵味论来概括王士祯的诗学思想是不得其要领的。较早洞察王士祯宏大诗论的是惠栋，他说：“渔洋诗能尽窥古人之秘，择善而从，故当时有集大成之目。”[①] 王士祯论诗并不拘于一隅，能够“择善而从”，他的“神韵说”并非只是推崇冲淡清远的风格，而是以冲淡清风为尚，兼容多种诗风。翁方纲也认识到了王士祯诗学思想的集成性，他说：“渔洋先生所讲神韵，则合丰致、格调为一而浑化之。此道至于先生，谓之集大成可也。”[②] 对王士祯的诗歌创作，翁方纲评价道：“济南文献千秋叶，三昧唐贤仅一隅。安得湖光《蚕尾录》，尽收监邑十签符。”[③] 王士祯的唐诗选本《唐贤三昧》在清代影响很大，这个选本让不少人误解了“神韵”，翁方纲特地标出“仅一隅”，是有针对性的。应该说，翁方纲对王士祯诗学的理解较时人更深刻。翁方纲从整体上把握王士祯的诗论，从“神韵”出发，不断辨析渔洋诗论的真谛，最终以“肌理”代替了“神韵”。翁方纲的诗论具有强烈的辩论色彩，他通过“正本探原”与“穷形尽变”，打通了学术与文学、前代文学与当代文学的关系，由破到立，建立起了一个诗学体系。这样一种全面地从学理上论诗的方式在乾嘉时期乃至清代都是很少见的。

1. 何为“神韵”

王士祯执清初诗坛之牛耳，乾嘉时期他仍然是被人们评论最多的当代诗人。袁枚称其“一代正宗才力薄”，沈德潜认为他继承司空图、严羽的韵味论，缺乏碧海鲸鱼、巨刃摩天的阳刚之美，边连宝甚至视之为“神韵

---

① （清）惠栋：《九曜斋笔记》，《丛书集成续编》第 92 册，第 515 页。

② （清）翁方纲：《石洲诗话》，载郭绍虞编《清诗话续编》下册，上海古籍出版社 1983 年版，第 1427 页。

③ （清）翁方纲：《复初斋诗集》，《清代诗文集汇编》第 381 册，第 562 页。

家”。王士祯早年、晚年推唐音，其《唐贤三昧》在整个清代影响甚大。从清初到乾嘉时期，主流的评论都将他视为唐诗的继承者。翁方纲对人们误读“神韵说”感到非常不满，他处处批评这种狭隘的见解。“今人顾专目渔洋言神韵者，何哉？献县戈芥舟《坳堂诗集》，不蹈格调之滞习，亦不必以神韵例之。顾其稿有任邱边连宝一序，极口诋斥神韵之非，甚至目渔洋为神韵家，彼盖未熟观古人集，不知神韵之所以然，惟口熟渔洋诗，辄专目为神韵家而肆议之。……神韵者，非风致情韵之谓也。今人不知，妄谓渔洋诗近于风致情韵，此大误也。神韵乃诗中自具之本然，自古作家皆有之，岂自渔洋始乎？古人盖皆未言之，至渔洋乃明著之耳。渔洋所以拈举神韵者，特为明朝李、何一辈之貌袭者言之，此特亦偶举一端，而非神韵之全旨也。”① 翁方纲认为人们一直误解王士祯的“神韵”，误认“神韵”为王孟一派冲淡清远的诗风。他认为王士祯的“神韵”并非只有一种风格。在《渔洋先生精华录序》中，翁方纲也说道：“先生之诗自《渔洋前后集》以讫《南海》《雍益》《蚕尾》诸集，可谓富矣，今约取之而目曰‘精华’，其果先生精华所在耶？且先生诗之精华当于何处觅之，在当时有谓先生祧唐祖宋者固非矣；其谓专主唐音者亦有所未尽也；谓先生师韦、柳者似矣，顾何以选《三昧集》而不及韦、柳，又谓具体右丞似矣，然又何以钞五言诗不及右丞，是皆未足以尽之也。”② 渔洋论诗、写诗在各个时段旨趣不一，后人执一端以叙渔洋诗论之旨，翁方纲认为这只得其中一斑，并未窥见渔洋诗论之全豹。正因为以一斑论渔洋之诗论，未免多有诋诃，翁方纲认为自己有责任恢复渔洋诗论之全豹。“今日高才者嗜古者，稍有所得，辄往往讪薄先生，渐且加甚矣；其墨守先生之论者，尚知闻謦欬而爱慕之，得其片纸单词，以为拱璧。方纲若不为之剔抉原委，俾读者知其立言之所以然，其于甘辛丹素经纬浮沉之界，所关非细。故因新城学官之请而为之序如此。”③ 翁方纲以人们对王士祯“神韵”一说的误解为恨，作为再传弟子，他每每以正解渔洋“神韵”为快事。

---

① （清）翁方纲：《复初斋文集》，《清代诗文集汇编》第382册，第38页。

② （清）翁方纲：《复初斋文集》，《清代诗文集汇编》第382册，第34页。

③ （清）翁方纲：《王文简古诗平仄论》，丁福保编《清诗话》上册，上海古籍出版社1978年版，第223页。

既然人们对"神韵"的理解有误，那么，"神韵"究竟是何物？为了说明"神韵"的内涵，翁方纲写了长文《神韵论》，专论"神韵"。翁方纲认为"神韵"本来就是诗学的本质，"神韵"是公物而非一家之说，王士祯特拈出以明诗学要旨而已。"盛唐之杜甫，诗教之绳矩也，而未尝言及神韵。至司空图、严羽之徒，乃标举其概，而今新城王氏畅之。非后人之所诣，能言前古所未言也；天地之精华，人之性情，经籍之膏腴，日久而不得不一宣泄之也。自新城王氏一唱神韵之说，学者辄目此为新城言诗之秘，而不知诗之所固有者，非自新城始言之也。"① 翁方纲认为"神韵"乃诗学之全体，批评后人误执一见。"其新城之专举空音镜像一边，特专以针灸李、何一辈之痴肥貌袭者言之，非神韵之全也。且其误谓理字不必深求其解，则彼新城一叟，实尚有未喻神韵之全者，而岂得以神韵属之新城也哉?"② 为了给神韵论找到稳固的安身立命之所，翁方纲还从哲理上进行了论证。他将神韵视为诗论之"中庸"，从哲理上构建了神韵论的真理性。在《神韵中》里，他说道：

> 君子引而不发，跃如也。中道而立，能者从之。中道而立，非界在难易之间之谓也。朱子《集注》盖偶用某家之说，以中为难易远近之中间，此中字一误会，则而立二字，亦不得明白矣。道无边际之可指，道无四隅之可竟，道无难易远近之可言也。然而其中其外，则人皆见之。中道而立者，言教者之机绪，引跃不发，只在此道内，不能出道外一步，以援引学者，助之使入也。只看汝能从我否耳，其能从者，自能入来也。道是一个大圈，我只立在此大圈之内，看汝能入来与否耳。此即诗家神韵之说耳。③

翁方纲认为"神韵"乃是诗的中庸之道，是诗的真理性所在。"道是一个大圈，我只立在此大圈之内，看汝能入来与否耳。此即诗家神韵之说耳。""神韵"具有中庸的特性，它避免了诗歌的偏向，是真理所在。既然"神韵"

① （清）翁方纲：《复初斋文集》，《清代诗文集汇编》第381册，第85页。
② （清）翁方纲：《复初斋文集》，《清代诗文集汇编》第381册，第85页。
③ （清）翁方纲：《复初斋文集》，《清代诗文集汇编》第381册，第85—86页。

是诗的真理所在，那诗歌中的方与圆、肥与瘦、虚与实、骨与肉等都可以在神韵中找到平衡的支点。因此，“神韵”就不仅仅是冲淡平远的单一诗风，它应该是虚灵与平实的完美结合，偏执于任何一方都会“过犹不及”。

为了证明王士祯的“神韵说”无所不包，翁方纲还专门写了《七言诗三昧举隅》，该书选取14位诗人26首七言诗举例论证“神韵说”的兼容性。“所以必拈取七言者，五言多含蓄，七言则疑于纵矣，故不得不举隅证之。”[①] 翁方纲以王士祯《古诗选》所选的作品为例证来进行引证。如评《陇头吟》：“长城少年游侠客，夜上戍楼看太白。陇头明月迥临关，陇上行人夜吹笛。关西老将不胜愁，驻马听之双泪流。身经大小百余战，麾下偏稗万户侯。苏武才为典属国，节旄空尽海西头！”翁方纲说道：“此则空际振奇者矣，与前篇之平实叙事者不同也。愚所以说但举前一篇已足也。平实叙事者，三昧也；空际振奇者，亦三昧也；浑涵汪茫千汇万状者，亦三昧也，此乃谓之万法归源也。若必专举寂寥冲淡者以为三昧，则何万法之有哉？渔洋之识力，无所不包；渔洋之心眼，抑别有在？”[②] 翁方纲看到了王士祯论诗的兼容性，比一般论者将王士祯视为严羽诗论传承者要高明得多。王士祯论诗虽然兼容了多种风格，但他认为盛唐诗为诗之正途，欲以盛唐诗为后世诗法准则。接过“神韵说”的翁方纲却将“神韵说”“过度阐释”了。他说：“然则有明李何之徒，文必西汉，诗必盛唐、必杜者，亦曰以神，非以貌也。吾安能必执以为渔洋是而李、何非乎？吾故曰：神韵者，格调之别名耳。虽然，究竟言之，则格调实而神韵虚，格调呆而神韵活，格调有形而神韵无迹也。七言视五言，又开阔矣。是以学人才人，各有放笔骋气处。气盛则言之长短声之高下皆宜。先生又恶能执一以裁之？夫是以不得已而姑取短章也，为其骋之尚未极也。然而仁知见矣，浮沈判矣，真赝杂矣，微乎危乎，不可以不慎也。原先生之意，初不谓壮浪驰骋者，非三昧也；顾其所以拈示微妙之处，则在此不在彼也。即先生述前人之言曰‘不著一字，尽得风流。’此岂仅言短章乎？曰‘羚羊挂角，无迹可求。’此岂仅言短章乎？知其不仅在此，而姑举此以为一隅先也，

① （清）翁方纲：《七言诗三昧举隅》，丁福保编《清诗话》上册，第285页。
② （清）翁方纲：《七言诗三昧举隅》，丁福保编《清诗话》上册，第287页。

或有合于先生之意欤?"[①]《唐贤三昧》不选李白诗，翁方纲却认为“太白诗无一首不可作三昧观”。他的“三昧”是否就是王渔洋的“三昧”，我们不敢苟同。除了《七言诗三昧举隅》，翁方纲还在多个场合反复例证“神韵说”的丰富内涵。“渔洋先生五七言诗钞虽云钞不求备，而古今诗法之正脉系焉。即以所托古调若仍沿白雪楼遗意，且五言自杜韩以后若皆视为变体，或类举一废百乎！然先生题唱神韵，高揭群言，其所举似本自如此。撰诸三昧，十选沿波讨源，若涉大川，兹其津涯也。”[②]“夫渔洋论诗上下千古之秘，盖不得已而寄之于严沧浪，其于时辈也，盖又不得已而属之莲洋、丹壑耳。予束发为诗辄思与吾学侣共证斯义，尝为浮山张氏论次《莲洋集》矣，《丹壑集》则欲删存其什一而未暇。盖《丹壑》清词秀韵，几欲超莲洋而上之，而其通集芜弱者正复不少，不能无待于后人之重订也。”[③]“肯让坡诗百态新，苏黄诗尽属何人。邵庵自说先天义，鸣鸟声希想获麟。(盖未有不研经义而仅执不著理路、不落言诠之说以为三昧者。)”[④]可以说，辨析“神韵说”的内涵贯穿了翁方纲诗论的全程。王士祯的“神韵说”就像一个永不消失的声音盘旋在翁方纲诗论的上空，翁方纲的每一步都要再度审听这一音符。

王士祯早年以唐五七言律诗、绝句汇集为一册，名曰《神韵集》，晚年《唐贤三昧》以盛唐为宗，故而“神韵”往往被人们视为只是一种风格。《神韵集》现已不可见，但王士祯在《唐贤三昧序》中明确地说明了“《唐贤三昧》之选，所谓乃造平淡时也”，王士祯后来回忆时也说道：“《三昧》一集，偶然成书，妄欲令海内作者识取开元、天宝本来面目。”[⑤]在明前后七子之后再辑盛唐诗选，王士祯是有针对性的，何世璂记载了王士祯的动机：“吾盖疾夫世之依附盛唐者，但知学为‘九天阊阖’、‘万国衣冠’之语，而自命高华，自矜为壮丽，按之其中，毫无生气。故有《三昧集》之选。要在剔出盛唐真面目与世人看，以见盛唐之诗，原非空壳

① （清）翁方纲：《七言诗三昧举隅》，丁福保编《清诗话》上册，第285页。
② （清）翁方纲：《复初斋文集》，《清代诗文集汇编》第382册，第33页。
③ （清）翁方纲：《复初斋文集外文》，《清代诗文集汇编》第382册，第635页。
④ （清）翁方纲：《复初斋诗集》，《清代诗文集汇编》第381册，第589页。
⑤ （清）王士禛：《王士禛全集》，齐鲁书社2007年版，第1836页。

子、大帽子话；其中蕴藉风流，包含万物，自足以兼前后诸公之口。彼世之但知学为‘九天阊阖’、‘万国衣冠’等语，果盛唐之真面目真精神乎？抑亦优孟、叔敖也。苟知此意，思过半矣。”① 王士祯的《三昧》之选是在对明七子、康熙时期的宋诗热之后的反思，其总结的意义是很显明的。“《林间录》载洞山语云：‘语中有语，名为死句；语中无语，名为活句。’予尝举似学诗者。今日门人邓州彭太史直上（始抟）来问予选《唐贤三昧集》之旨，因引洞山前语语之，退而笔记。夹山曰：‘坐却舌头，别生见解，参他活意，不参死意。’达观曰：‘才涉唇吻，便落意思，并是死门，故非活路。’”② 王士祯虽然不废宋诗，但从选诗上看，他视盛唐为诗之正宗的意图还是很明显的。盛唐浑厚氤氛的气象是他选辑的旨趣所在。“但是，诗的影响并非一定会影响诗人的独创力；相反，诗的影响往往使诗人更加富有独创精神——虽然这并不等于使诗人更加杰出。诗的影响是一门玄妙深奥的学问。我们不能将其简单地还原为训诂考证学、思想发展史或者形象塑造术。诗的影响——在本文中我将更多地称之为‘诗的有意误读’（misprision）——必须是对作为诗人的诗人的生命循环的研究。”③ 忽视了王士祯诗论、诗风的变化，以一隅观全豹，翁方纲的“误读”最终远离了“神韵说”的旨趣所在。

2. 何为“格调”

以李梦阳、何景明为代表的“前七子”为打击台阁体和八股时文，倡言“文必秦、汉，诗必盛唐，非是者弗道”。④ 其流弊是固执于盛唐而不知学古师今，空以盛唐之格调号令变化之诗学，王士祯、沈德潜等诗坛领袖都不免有此毛病。针对明七子过尊唐诗之弊，翁方纲作《格调论》，专辟格调之误。翁方纲认为“格调”并非只是一种风格，他对“格调”解释道：“《记》曰：‘变成方谓之音’，方者音之应节也，其节即格调也。又曰‘声成文谓之音’，文者音之成章也，其章即格调也。是故噍杀、啴缓、

① （清）何世璂：《然镫记闻》，丁福保编《清诗话》上册，第122页。

② （清）王士禛：《王士禛全集》，齐鲁书社2007年版，第4222页。

③ ［美］哈罗德·布鲁姆：《影响的焦虑》，徐文博译，生活·读书·新知三联书店1989年版，第6页。

④ （清）张廷玉等：《明史》，中华书局1974年版，第7348页。

直廉、和柔之别由此出焉。是则格调云者非一家所能概，非一时一代所能专也。"[①] 翁方纲所理解的"格调"其实是诗歌的风格，噍杀、啴缓、直廉、和柔都可以称为一种格调，诗人不同，格调不同，时代不同，格调不同。他批评明七子"惟格调之是泥，于是上下古今只有一格调而无递变递承之格调矣"[②]。"神韵"是诗歌的本质所在，不同的风格可以在"神韵"中见出，因此，翁方纲认为格调其实就是"神韵"。既然格调与"神韵"同一义，那王士祯为什么不称格调而称"神韵"呢？翁方纲解释道："至于渔洋变格调曰神韵，其实即格调耳。而不欲复言格调者，渔洋不敢议李、何之失，又惟恐后人以李、何之名归之，是以变而言神韵，则不比讲格调者之滋弊矣。然而又虑后人执神韵为是，格调为非，则又不知格调本非误，而全坏于李、何辈之泥格调者误之，故不得以不论。"[③] 论诗谈格调本身并没有错，但专论格调很容易陷入门户之见，把诗的本义隐蔽起来。因此，翁方纲认为："化格调之见而后词必己出也；化格调之见而后教人自为也，化格调之见而后可以言诗，化格调之见而后言格调也。"[④] 化除格调之见是诗学的必由之路，翁方纲认为要化解格调之见，必须广泛地师承、学习，不能泥于一格一调。"圣言'好古敏求'，而夏、殷之礼不能于杞、宋征之。凡所以求古者，师其意也，师其意，则其迹不必求肖之也。孔子于三百篇皆弦而歌之，以合于《韶》《武》之音，岂三百篇，篇篇皆具《韶》《武》节奏乎？抑且勿远稽三百篇，即以唐音最盛之际，若杜，若李，若右丞、高、岑之属，有一效建安之作，有一效谢、颜之作者乎？宋诗盛于熙、丰之际，苏、黄集中，有一效盛唐之作者乎？直至明朝，而李、何在前，王、李踵后，乃有文必西汉、诗必盛唐之说，因而遂有五言必效选体之说，五言不效选体，则谓之唐无五言古诗。然则七古亦将必以盛唐为正矣，则何不云宋无七言古诗？而彼不敢也。"[⑤] 化除格调后"神韵"自出，翁方纲认为格调与"神韵"是一致的。对翁方纲而言，格调一

---

① （清）翁方纲：《复初斋文集》，《清代诗文集汇编》第381册，第83页。
② （清）翁方纲：《复初斋文集》，《清代诗文集汇编》第381册，第83页。
③ （清）翁方纲：《复初斋文集》，《清代诗文集汇编》第381册，第83页。
④ （清）翁方纲：《复初斋文集》，《清代诗文集汇编》第381册，第84页。
⑤ （清）翁方纲：《复初斋文集》，《清代诗文集汇编》第381册，第83页。

说的破除有利于扫除唐诗的传统，为其诗学理论的构建作铺垫。

3. **何为言志**

诗言志是中国诗学的开山之论，也是中国诗学的不易之论。翁方纲辑有《言志集》，今已不可见，但这部集子的序言收在他的文集中。我们可以通过该序了解翁方纲对“诗言志”的解读。

> 昔虞廷之《谟》曰：“诗言志，歌永言。”孔庭之训曰：“不学诗，无以言。”言者，心之声也。文辞之于言，又其精者。诗之于文辞，又其谐之声律者。然则“在心为志，发言为诗”，一衷诸理而已。理者，民之秉也，物之则也，事境之归也，声音律度之矩也。是故渊泉时出，察诸文理焉；金玉声振，集诸条理焉；畅于四支，发于事业，美诸通理焉。义理之理，即文理之理，即肌理之理也。韩子曰：“周诗三百篇，雅丽理训诰。”杜云：“熟精《文选》理。”曩人有以杜诗此句质之渔洋先生，渔洋谓理字不必深求其义，先生殆失言哉！杜牧之序李长吉诗亦曰：“使加之以理，奴仆命骚可也。”今之骋才藻，貌为长吉者知此乎？不惟长吉也，太白超绝千古，固不以此论之，然后人不善学者，辄徒以驰纵才力为能事，故虽杨廉夫之雄姿，而不免诗妖之目。即以李空同、何大复之流，未尝不具才力，而卒以剿袭格调自欺以欺人，此事岂可强为，岂可假为哉！①

翁方纲肯定诗“言志”的合理性，但他以“理”对所言之“志”和如何“言”进行了规定。他认为言志之“志”当为义理之理，而如何言即是文理。因此，他认为作诗必须深究义理之理和作诗之文理，不深究其理便会百弊丛出。

可见，翁方纲的“言志”并不是随心所欲的抒写，而是在义理和文理上都有要求。翁方纲的义理其实就是理学，他认为必须有学问的基础，才能于理学之义理有所得。在《月山诗稿序》中，他说道：“《传》曰：‘诗发乎情’，又曰：‘感于物而动’。夫感发之际，情与物均职之，而情与物

① （清）翁方纲：《复初斋文集》，《清代诗文集汇编》第381册，第52—53页。

之间有节度焉，有原委焉。溺而弗衷者非情也；散而纪者非物也。……今读月山诗稿亦出椒园，所手订乃觉寻常景色悉为诗作，萌拆凡有，触于目者皆深具底蕴焉，非物自物而情自情也。故为诗者实由天性忠孝笃其根柢，而后可以言情，可以观物耳。”[①] 翁方纲反对无节制的抒情，认为所抒之情与诗人的情怀、学识紧密相关，情怀、学识决定了诗歌的品性。他在《石洲诗话》中论杜甫：“杜公之学，所见直是峻绝。其自命稷、契，欲因文扶树道教，全见于《偶题》一篇，所谓‘法自儒家有’也。此乃羽翼经训，为《风》、《骚》之本，不但如后人第为绮丽而已。”[②] 他对杨万里批评道：“以轻儇佻巧之音，作剑拔弩张之态，阅至十首以外，辄令人厌不欲观，此真诗家之魔障……孟子所谓‘放淫息邪’，少陵所谓‘别裁伪体’，其指斯乎！”[③] 将理学之“理”纳入诗法并不是翁方纲的独创，温柔敦厚的儒家诗论一直要求创作主体要有高尚的品格情操。

在翁方纲的著作中，论诗法的地方不少，诗法就是他所说的文理。《诗法论》是他论法的集中体现，他对诗法既“正本探原”，又“穷形尽变”。

> 法之立也，有立乎其先、立乎其中者，此法之正本探原也；有立乎其节目、立乎其肌理界缝者，此法之穷形尽变也。杜云“法自儒家有”，此法之立本者也；又曰“佳句法如何”，此法之尽变者也。夫惟法之立本者，不自我始之，则先河后海，或原或委，必求诸古人也。夫惟法之尽变者，大而始终条理，细而一字之虚实单双，一音之低昂尺黍，其前后接笋，乘承转换、开合正变，必求诸古人也。乃知其悉准诸绳墨规矩，悉校诸六律五声，而我不得丝毫以己意与焉。[④]

诗法的“正本探原”首先要了解诗歌的源变，知源才能求变，求变必知其源，唯有如此才能“准诸绳墨规矩”，才能合乎诗歌发展的规律。翁方纲的“正本探原”强调的正是学识。

---

① （清）翁方纲：《复初斋文集》，《清代诗文集汇编》第381册，第42页。
② （清）翁方纲：《石洲诗话》，载郭绍虞编《清诗话续编》下册，第1380页。
③ （清）翁方纲：《石洲诗话》，载郭绍虞编《清诗话续编》下册，第1437页。
④ （清）翁方纲：《复初斋文集》，《清代诗文集汇编》第382册，第82页。

4. 万流归一的肌理说

翁方纲论诗有很强的学理性，这与王士祯、沈德潜、袁枚等人重创作，不重理论构建是不一样的。翁方纲的肌理说有很强的理论性，这一诗学理论既批判前人，又继承前人，由破而立构建起来的。肌理说的构建深受时代学术思想的影响。

诗言志。在《志言集序》中，翁方纲用理学之“理”规范了义理和文理，对诗学的内涵和诗法都有所限定。在此基础之上，翁方纲笔锋一转，认为不管是义理还是文理，都必须由考据得来。“士生今日，经籍之光，盈溢于世宙，为学必以考证为准，为诗必以肌理为准。《记》曰：‘声相应，故生变；变成方，谓之音。’又曰：‘声成文，谓之音，声音之道，与政通矣。’此数言者，千万世之诗视此矣。学古有获者，日览千百家之诗可也。惟是检之于密理，约之于肌理，则窃欲隅举焉。于唐得六家，于宋、金、元得五家，钞为一编，题曰‘志言’，时以自勉，亦时以勉各同志，庶几有专师而无泛骛也欤！”[①] 要得义理、文理，必须以考证为准，从考证中得到真的义理和文理，翁方纲这就把诗歌与考据紧密联系起来了。方苞的“义法”也讲“言有物”和“言有序”，这与翁方纲的“肌理”是一致的。但方苞的“义法”不是建立在考据基础之上，翁方纲对此有所不满，“予尝谓为文必根柢经籍，博综考订，非以空言机法为也”[②]。桐城派作家大多不擅长经史考证，所作古文也都以“小事”为主，所谈作文之法多浮于字面，缺乏经籍的深度，故翁方纲对桐城派颇多微词。翁方纲将学问视为诗歌创作的基础，认为没有学问的基础，诗歌很容易偏离正轨。在诗学道路的选择上，翁方纲坚持从学问入手。他说：“渔洋先生则超明人而入唐者也，竹垞先生则由元人而入宋而入唐者也。然则二先生之路，今当奚从？曰吾敢议其甲乙耶？然而由竹垞之路为稳实耳。”[③] 朱彝尊论诗主学问，王士祯论诗主“神韵”，重空灵。翁方纲认为学宋人以学问为根基，学诗就有一个坚实的基础，便于入门；反之，由格调入唐蹈于虚，不容易把握。可见，翁方纲的“言志”其实更多的是“言学”，通过学把义理清

① （清）翁方纲：《复初斋文集》，《清代诗文集汇编》第381册，第53页。

② （清）翁方纲：《复初斋文集》，《清代诗文集汇编》第381册，第43页。

③ （清）翁方纲：《石洲诗话》，载郭绍虞编《清诗话续编》下册，第1427页。

晰化，文理条理化。

格调说。翁方纲认为诗歌历史是“递变递承”的过程，在这个过程中，各个时期的诗风都有其合理性，泥于其中一种格调是不可取的。他认为明前后七子泥于唐诗之貌而不求其神，因此只是形似，并没有得到唐诗的精髓，而王士祯的“神韵说”是对格调之失的修正。“至于渔洋变格调曰神韵，其实即格调耳。而不欲复言格调者，渔洋不敢议李、何之失，又惟恐后人以李、何之名归之，是以变而言神韵，则不比讲格调者之滋弊矣。然而又虑后人执神韵为是，格调为非，则又不知格调本非误，而全坏于李、何辈之泥格调者误之，故不得以不论。”① 翁方纲将王士祯视为格调论的修正者，认为王士祯的“神韵”即为格调，两者是一致的。这样，经过转换，格调也就是“神韵”，而格调、“神韵”与他的“肌理”也就一致了。在《题渔洋先生戴笠像》中，他说道：

> 先生非戴笠人也，而其门人常赞之曰：“身著朝衫头戴笠，孟县、眉山共标格。”夫苏有笠图，韩则无之。乃以为共标格者，何哉？愚以为此诗家之喻言耳。古今不善学杜者无若空同、沧溟，空同、沧溟貌皆似杜者也；古今善学杜者无若义山、山谷，义山、山谷貌皆不似杜者也。夫空同、沧溟所谓格调，其去渔洋所谓神韵者奚以异乎？夫貌为激昂壮浪者，谓之袭取；貌为简淡高妙者，独不谓之袭取乎？渔洋先生提唱唐贤三昧，无迹可求之旨，其胸中超然标举，独自得于空音镜象之外者，而其一时友朋门弟子或未之尽知也。此当时画者但知以戴笠之况写其萧寥高寄之神致，而于先生之实得究未能传者也。先生尝谓杜陵与孟襄阳不同，而其诗推孟浩然独至，若宋之山谷、元之道园，皆与先生不同调，而先生尤推述之不置，则先生论诗初不系乎形声象貌之似矣。然则当时画者之貌先生如此，其门人之赞先生如此，而今日方纲之所见先生又如此，此超松雪赞杜陵云“先生有神，当赏其意”者也。②

---

① （清）翁方纲：《复初斋文集》，《清代诗文集汇编》第381册，第83页。

② （清）翁方纲：《复初斋文集》，《清代诗文集汇编》第381册，第338页。

翁方纲认为明七子最不善学杜甫，他们学唐只得皮毛，李商隐、黄庭坚虽然不貌似杜甫，却是最善学杜甫的人。翁方纲认为善学格调者得其神，不善学者得其貌，王士祯的"神韵"包含了多种格调，是格调的真正继承者，"神韵"乃为真正的格调。翁方纲从学理上对格调、"神韵"进行辨析，打通了两者的联系，这为他的诗学理论作了铺垫。

"神韵"即肌理。翁方纲认为王士祯"神韵"即诗学的圭臬。既然如此，那他为什么还要另外捏出"肌理"一说呢？翁方纳对此辩解："今人误执神韵，似涉空言，是以鄙人之见，欲以肌理之说实之。其实肌理亦即神韵也。昔之人未有专举神韵以言诗者，故今时学者若欲目神韵为新城王氏之学，此正坐在不晓神韵为何事耳。知神韵之所以然，则知是诗中所自具，非至新城王氏始也。其新城之专举空音镜像一边，特专以针灸李、何一辈之痴肥貌袭者言之，非神韵之全也。且其误谓理字不必深求其解，则彼新城一叟，实尚有未喻神韵之全者，而岂得以神韵属之新城也哉？"① 用"肌理"代表"神韵"可以消除人们对"神韵"偏执一端的误解，这个借口未免有些牵强。翁方纲认为王士祯的"神韵"不失为诗学之真解，他认为"肌理"与"神韵"并无二致。为了证明"肌理"一说的正确性，他从学理上为"肌理"进行正名。

翁方纲是理学的信奉者，他的"肌理"正是源于理学之"理"。理学认为宇宙有"太一"之理，万物得"理之一"端。朱熹说道："万物皆有此理，理皆同出一原。但所居之位不同，则其理之用不一。"② 朱熹认为存在最一般的"理"，这个最一般之理即"理一"，它是其他事物之理的根源，"理一而分殊"，这是理学的基本观点。翁方纲坚持理学之理，他在《理说驳戴震作》中说道："夫理者，彻上彻下之谓。性道统挈之理即密察条析之理，无二义也。义理之理即文理、肌理、腠理之理，无二义也。其见于事，治玉治骨角之理，即理官理狱之理，无二义也，事理之理，即析理、整齐理之理，无二义也。"③ 翁方纲的"理"与朱熹之"理"是一致的，诗学的"肌理"是"理一"之分殊，也是"理"的体现。作为"理"

① （清）翁方纲：《复初斋文集》，《清代诗文集汇编》第381册，第85页。

② （宋）朱熹：《朱子语类》，《朱子全书》第14册，第606页。

③ （清）翁方纲：《复初斋文集》，《清代诗文集汇编》第381册，第81页。

的表现，“肌理”的表现如何？“理者，治玉也，字从玉，从里声。其在于人，则肌理也；其在于乐，则条理也。《易》曰：‘君子以言有物。’理之本也。又曰：‘言有序。’理之经也。天下未有舍理而言文者。”① 翁方纲认为，“肌理”必须“有物”和“有序”，“有物”即理学之义理，“有序”即诗文之条理，即诗文之规律。在《杜诗精熟文选理字说》中，翁方纲说道：

> 自宋人严仪卿以禅喻诗，近日新城王氏宗之，于是有不涉理路之说，而独无以处夫少陵“熟精文选理”之理字，且有以宋诗近于道学者为宋诗病，因而上下古今之诗，以其凡涉理路者皆为诗之病，仅仅不敢以此为少陵病耳。然则孰是孰非耶？曰：皆是也。客曰：然则白沙、定山之宗《击壤》也，诗之正则耶？曰：非也。少陵所谓理者，非夫《击壤》之流为白沙、定山者也。客曰：理有二欤？曰：理安得有二哉！顾所见何如耳。杜之言理也，盖根极于六经矣，曰“斯文忧患余，圣哲垂彖系”，《易》之理也。曰“舜举十六相，身尊道何高”，《书》之理也。曰“春官验讨论”，《礼》之理也。曰“天王狩太白”，《春秋》之理也。其他推阐事变，究极物则者，盖不可以指屈。则夫大辂椎轮之旨，沿波而讨原者，非杜莫能证明也。然则何以别夫《击壤》之开陈、庄者欤？曰：理之中通也，而理不外露，故俟读者而后知之云尔。若白沙、定山之为《击壤》派也，则直言理耳，非诗之言理也。故曰：“如玉如莹，爰变丹青。”此善言文理者也。②

翁方纲认为仅有义理还不能说是“肌理”，“肌理”必须同时包含义理和文理。文理如何？翁方纲说道：“直陈其事者，非直言之所能理，故必雅丽而后能理之。雅，正也；丽，葩也。韩子又谓‘诗正而葩’者是也。……然则训诂者，圣王之作也，理则孰理之欤？曰：作是诗者不知也，及其成也，自然有以理之，此下句曰‘曾经圣人手，议论安敢到？’

---

① （清）翁方纲：《复初斋文集》，《清代诗文集汇编》第381册，第102页。

② （清）翁方纲：《复初斋文集》，《清代诗文集汇编》第381册，第102页。

此即理字自注也。理者，圣人理之而已矣。凡物不得其理则借议论以发之，得其理则和矣，岂议论所能到哉！至于不涉议论，而理字之浑然天成，不待言矣，非圣人孰能与于斯。”[①] 翁方纲所论之“文理”并非纯粹的作文之理，而是有学问基础的写作法则。他在《蛾术集序》中说道：“士生今日经学昌明之际，皆知以通经学古为本务，而考订诂训之事与词章之事未可判为二途。诚得人人家塾童而习之，以此为安诗安礼所从入，则其为艺圃之津逮，为词学之指南，立诚居业皆由是以广益焉，而俪语之工特其余事耳，又岂石梁王氏所疑，泛论者所能该悉也哉!”[②] “予尝谓为文必根柢经籍博综考订，非以空言机法为也。”[③] 可见，文理由考据而得，不是凭空生造出来的。翁方纲认为“经训考订实与诗同源”，这就把诗歌学问化了。

（三）“肌理”论下对宋诗征实的偏好

唐诗与宋诗是中国诗学的两大传统，也是文学的宝贵遗产，对它们的价值判断在很大程度上决定了诗学思想的风貌。文学史是线性的发展过程，明七子毅然砍断了宋诗，认为宋代诗歌是衰落的一代，他们试图在复古中再造诗歌的高峰。清人在对明七子的检讨中认识到明诗门户之见的狭隘性，他们多以历史的眼光来评判唐诗和宋诗。叶燮说道：“盖自有天地以来，古今世运气数，递变迁以相禅。……宋初，诗袭唐人之旧，如徐铉、王禹偁辈，纯是唐音。苏舜卿、梅尧臣出，始一大变；欧阳修亟称二人不置。自后诸大家迭兴，所造各有至极。”[④] 清初倡导宋诗的吴之振也认为：“宋人之诗，变化于唐，而出其所自得。皮毛落尽，精神犹存。”[⑤] 康熙年间唐宋诗风更迭，诗坛领袖王士祯也不免“中岁越三唐而事两宋”。到了乾嘉时期，兼容唐宋已成为共识，沈德潜晚年辑选《宋金三家诗选》，以弥补前期宗唐的不足。赵翼《瓯北诗话》以十家诗评建立起了诗歌史，于唐取李白、杜甫、韩愈、白居易，于宋金取苏轼、陆游、元好问，于明取高启，于清取吴伟业、查慎行，兼顾各时代的文学成就。袁枚在评论

---

① （清）翁方纲：《复初斋文集》，《清代诗文集汇编》第381册，第102页。
② （清）翁方纲：《复初斋文集》，《清代诗文集汇编》第381册，第48页。
③ （清）翁方纲：《复初斋文集》，《清代诗文集汇编》第381册，第43页。
④ （清）叶燮等：《原诗　一瓢诗话　说诗晬语》，人民文学出版社1979年版，第4—5页。
⑤ （清）吴之振辑：《宋诗钞》，中华书局1986年版，“序”第3页。

唐宋诗风的时候说道："夫诗，无所谓唐、宋也。唐、宋者，一代之国号耳，与诗无与也。诗者，各人之性情耳，与唐、宋无与也。若拘拘焉持唐、宋以相敌，是子之胸中已有亡之国号，而无自得之性情，于诗之本旨已失矣。"①

乾隆皇帝的《御选唐宋诗醇》是官方的诗歌选本，于唐选李白、杜甫、白居易、韩愈，于宋选苏轼、陆游，选本唐宋兼收。乾嘉时期的文学具有浓厚的集成色彩，融合唐宋已被广泛认可，乾嘉文人普遍认为宋诗是唐诗的继承和发展。翁方纲并不否认诗歌的发展变化，他也认识到"变"的合理性。"古之拟乐府者，若《行路难》，其初本以行旅阅历言也，其后渐扩写情事矣；若《巫山高》，其初以云雨十二峰言也，其后渐以旷望之怀言矣。如原题所指某事，而后来拟作变而推广者，不可胜原也。惟其如此，所以赖有《乐府解题》也。若使其后来拟作，悉依原来为之，则何为而有《解题》之作乎？"② 翁方纲所理解的"变"是性质的变，因此，他称"唐人之诗未有执汉魏六朝之诗以目为格调者，宋之诗未有执唐诗为格调，即至金元诗亦未有执唐、宋为格调者"③。翁方纲把不同时代的诗风截然分开。在唐宋诗的关系上，翁方纲砍断了唐诗和宋诗的联系："宋人精诣，全在刻抉入里，而皆从各自读书学古中来，所以不蹈袭唐人也。"④ 他将两者视为不同的审美范畴来对待：

> 唐诗妙境在虚处，宋诗妙境在实处。初唐之高者，如陈射洪、张曲江，皆开启盛唐者也。中、晚之高者，如韦苏州、柳柳州、韩文公、白香山、杜樊川，皆接武盛唐、变化盛唐者也。是有唐之作者，总归盛唐。而盛唐诸公，全在境象超诣，所以司空表圣《二十四品》及严仪卿以禅喻诗之说，诚为后人读唐诗之准的。若夫宋诗，则迟更二三百年，天地之精英，风月之态度，山川之气象，物类之神致，俱已为唐贤占尽，即有能者，不过次第翻新，无中生有，而其精诣，则

① （清）袁枚：《小仓山房文集》，《袁枚全集新编》第6册，第325页。

② （清）翁方纲：《复初斋文集》，《清代诗文集汇编》第381册，第84页。

③ （清）翁方纲：《复初斋文集》，《清代诗文集汇编》第381册，第83页。

④ （清）翁方纲：《石洲诗话》，载郭绍虞编《清诗话续编》下册，第1427页。

> 固别有在者。宋人之学，全在研理日精，观书日富，因而论事日密。如熙宁、元祐一切用人行政，往往有史传所不及载，而于诸公赠答议论之章，略见其概。至如茶马、盐法、河渠、市货，一一皆可推析。南渡而后，如武林之遗事，汴土之旧闻，故老名臣之言行、学术，师承之绪论、渊源，莫不借诗以资考据。而其言之是非得失，与其声之贞淫正变，亦从可互按焉。今论者不察，而或以铺写实境者为唐诗，吟咏性灵、掉弄虚机者为宋诗。所以吴孟举之《宋诗钞》，舍其知人论世、阐幽表微之处，略不加省，而惟是早起晚坐、风花雪月、怀人对景之作，陈陈相因。如是以为读宋贤之诗，宋贤之精神其有存焉者乎？①

翁方纲严格区别唐诗和宋诗，认为唐诗虚，宋诗实，这一对比其实是将两者当作不同的美学范畴来对待。他将盛唐视为唐诗的高峰，认为司空图、严羽的诗论是对唐诗的总结。同时，他认为宋诗关注现实，理学义理更精深，学问更深邃。通过比较两者，他认为宋诗自有其风味。翁方纲对清初吴之振选宋诗“取其远宋而近唐者”的标准深为不满，认为以唐律宋导致了“宋诗则已亡矣”。翁方纲虽然没有在唐宋优劣上明确表态，但在论述中我们可以明显地看到他对宋诗的陶醉。“谈理至宋人而精，说部至宋人而富，诗则至宋而益加细密，盖刻抉入里，实非唐人所能囿也。”② 对于江西诗派，翁方纲几乎是毫不保留地给予了肯定。他生平喜好苏诗，著有《苏诗补注》八卷，其书斋“苏斋”也以苏轼命名，他对苏诗的偏好可想而知。翁方纲评价黄庭坚，“义山以移宫换羽为学杜，是真杜也；山谷以逆笔为学杜，是真杜也”③。翁方纲还认为黄庭坚以“书卷典故”与“比兴寄托”写诗，有意识地节制情感，避免情感过于直白地流露，使诗歌收到了奇效。吴之振在康熙年间刊行《宋诗钞》，掀起了宋诗热，然而，翁方纲对吴之振仍然感到不满。“吴孟举之钞宋诗，于大苏则欲汰其富缛，于半山则病其议论，而以杨诚斋为太白，以陈后山、简斋为少陵，以林君

① （清）翁方纲：《石洲诗话》，载郭绍虞编《清诗话续编》下册，第1428—1429页。

② （清）翁方纲：《石洲诗话》，载郭绍虞编《清诗话续编》下册，第1426页。

③ （清）翁方纲：《复初斋文集》，《清代诗文集汇编》第381册，第158页。

复之属为韦、柳。……吴独何心，乃刁焉不察哉?”[①] 翁方纲推崇宋诗，其实是为自己的肌理说作注脚。他在论述历代诗学时说道：“诗自宋、金、元接唐人之脉而稍变其音。此后接宋元者全恃真才实学以济之。乃有明一代徒以貌袭格调为事，无一人具真才实学以副之者。至我国朝文治之光乃全归于经术，是则造物精微之秘衷诸实际，于斯时发泄之。然当其发泄之初，必有人焉先出而为之伐毛洗髓，使斯文元气复还于冲淡渊粹之本然，而后徐徐以经术实之也。”[②] 在诗学传统上，他高举宋代，认为明代没有什么成就，而能够承接宋代的便是清代。清代学术上接两宋，具有发扬诗学的基础，如果“有人焉先出而为之伐毛洗髓，使斯文元气复还于冲淡渊粹之本然，而后徐徐以经术实之也”，那么诗学便会大兴。翁方纲把自己置于诗学复兴的关键，这其实是把肌理说视为诗学不二的正宗。

（四）翁方纲的学问诗

翁方纲的学问、诗歌都很好，曾得到乾隆的赞赏。他尤喜金石，有《两汉金石记》《粤东金石略》《汉石经残字考》《焦山鼎铭考》《庙堂碑唐本存字》等金石学著作，为后世所推崇。翁方纲的仕政也多与文化相关，曾任广东、江西、山东学政，主持过江西、湖北、江南、顺天乡试，是《四库全书》的纂修官，在四库馆期间与朱筠、钱大昕、程晋芳、桂馥等汉学家过往甚密。学术的偏好与特殊的人生经历使得翁方纲的诗歌具有鲜明的学问特征，是乾嘉学人之诗的代表性人物。

翁方纲存在《复初斋诗集》中的诗作有近3000首，这些诗歌大多是学问诗。陶凫芗认为：“先生（指翁方纲）诗分两种，金石碑版之作，偏旁点画剖析入微，折衷至当；品题书画之作，宗法时代，辨订精微。”[③] 这大致是不差的。金石与书画是翁方纲的喜好。他的这两类诗歌体现了他的爱好，是他审美趣味的表现。我们且看看他的《九曜石歌》。

九曜亭边九曜石，南汉刘龑故苑之遗迹。爱莲种莲事俱往，千载仙湖水犹碧。前秋访石因登亭，周遭顾盼疑列星。五日辄乘使车去，

① （清）翁方纲：《石洲诗话》，载郭绍虞编《清诗话续编》下册，第1436页。
② （清）翁方纲：《复初斋文集》，《清代诗文集汇编》第381册，第87页。
③ 钱仲联编：《清诗纪事》，江苏古籍出版社1989年版，第5456页。

未得剜苔剔藓恣。留停古色摩挲入，梦寤巾箱仿佛图真形。一石圆顶如建瓴，危根下削漱清泠。一石四达如疏櫺，旁有直干撑玲屏。树与石抱石转青，往往树皆过百龄。不独昔日太湖灵壁浮海至，飘沙激浪增珑玲。崩云散雪那遽一一数，但觉嵌岩硉兀势欲凌沧溟。昨归经冬水初退，坐看家僮洗萍块。雨溜摩崖字尚存。泥淤仙掌痕还在。庐程许刻次第寻，陈九仙书竟晦昧。不知米家诗句刻何处，想在老榕巨根内。文藻同时有传否，亭沼何心叹兴废。九曜石今日谁能识为九？一石独合三石成。此语闻又百年后，药洲两字亦是元章题。斜日苍烟但翘首。①

此诗是翁方纲任广东学政时所写之诗。九曜石是南汉国宫苑的置石，《广东新语注》记载有："九曜石，在药洲旁，南汉主刘龑使罪人移自太湖、灵壁浮海而至者。石凡九，高八九尺或丈余。嵌岩硉兀，翠润玲珑。望之若崩云，既堕复屹，上多宋人铭刻。一石上有掌迹，长尺二寸，旁有米元章诗。"② 这一古迹历史悠长，多宋人铭刻，这引起了翁方纲的浓厚兴趣。作者首先简述了九曜石的历史，接着对现存的九曜石进行了描绘，最后对宋人铭刻进行了追问。这首诗虽是对历史陈物的叙述，但表现了作者对历史和名人题刻的浓厚兴趣，叙述富有深情。这首诗对同道中人而言，不失为一首好诗。同样地，我们再看看他的《汉石经残字歌》。

熹平初作皇羲篇，石渠故事追孝宣。通经释义事优大，文武之道非丹铅。雕虫篆鸟那比数，鸿都未立前三年。议郎意不在工画，盖以正误代传笺。兰台漆书敢私易，煌煌日月当中天。四十六石堂十丈，聚观车辆争骈阗。杨家略著洛阳记，宋初尚有断石传。东观论出御史府，论语跋记董广川。成都会稽各搜箧，洪相八石精摹镌。因依破缺非貌古，太璞粹气逾于全。吾乡孙氏研山笈，南原摹本殊不然。隶原隶辨檗与蓄，毛粜黄粜乌非焉。邹平复闻张氏本，研山又落吴淞船。

① （清）翁方纲：《复当斋诗集》，《清代诗文集汇编》第381册，第16页。

② （清）屈大均：《广东新语注》，广东人民出版社1991年版，第160页。

义门每用讥退谷，弃藏鉴别相后先。曷毛包周证鲁义，欧阳夏侯订孔编。越州阁圮海水绿，柯亭桐爨朱丝弦。玉邸半书虹贯斗，龙颔百宝珠腾渊。昆山四明各有考，我欲汇续无由缘。便当摹勒自此始，涓濡淄且尺研穿。乞名蓬莱扁小阁，贺梁语燕来翩翩。①

这显然就是一首考据诗。作者对蔡邕所作的石经进行考证，梳理了石经的源流变化，用诗的形式来叙述考据的内容。诗末虽然有“乞名蓬莱扁小阁，贺梁语燕来翩翩”进行抒情，但仍然难改其考证诗的本性。刘声木批评翁方纲的诗：“其诗实阴以国朝汉（学）家考证之文为法，尤与俞正燮《癸巳类稿》、《癸巳存稿》相似，每诗无不入以考证。虽一事一物，亦必穷源溯流，旁搜曲证，以多为贵，渺不知其命意所在。而爬罗梳剔，诘曲聱牙，似诗非诗，似文非文，似注疏非注疏，似类典非类典。袁简斋明府论诗，有‘错把钞书当说诗’之语，论者谓其为学士而发，确为不谬。百余年来，（俞）翁氏之集，名虽行世，试问何人取而诵读则效？聊供插架之用。《复初斋诗集》流传益罕，欲供插架而未能，岂非不行于世之明验乎。文章乃千古之公物，公是公非，自有定评，决非一二人以私意所能扰乱也。”② 今人严迪昌也持相似的观点：“他的那些谈金石、校经史的‘学问诗’，前有序、题、注，诗句中又有夹注，如《汉建昭雁足灯款拓本为述庵先生赋并序》、《汉石经残字歌》、《成化七年二铜爵歌》等等，读之令人厌倦。作为史料不失为有用，但作为诗，真是‘死气满纸’（《筱园诗话》语）。”③ 从传统的诗歌来考察，翁方纲的学问诗确实缺乏诗歌的生气；但从传统文人的审美趣味来看，这样的诗歌也不失为有趣味。洪亮吉评翁方纲的诗“最喜客谈金石例，略嫌公少性情诗”④。这一评价客观而富有深义。站在金石、考据的角度，这样的诗是学人的雅趣，但若站在传统诗歌的角度，这样的诗歌就不免让人生厌了。

① （清）翁方纲：《复初斋诗集》，《清代诗文集汇编》第38册，第132页。
② （清）刘声木：《长楚斋随笔续笔三笔四笔五笔》，中华书局1998年版，第53—54页。
③ 严迪昌：《清诗史》，浙江古籍出版社2002年版，第722页。
④ （清）洪亮吉：《洪亮吉集》，中华书局2001年版，第2253页。

五 乾嘉时期其他的学人之诗论与学人之诗

翁方纲的学问诗是时代学术影响的结果。洪亮吉写道："只觉时流好尚偏，并将考证入诗篇。美人香草都删却，长短皆摩击壤编。"① 洪亮吉与乾嘉汉学家颇多交往，从这首诗可以看出，当时以考据为诗、以学问为诗的学人并不少。这里且简要介绍杭世骏和王鸣盛。

（一）杭世骏的学问诗论

杭世骏一生勤于著述，有《续经籍考》《两浙经籍志》《石经考异》《续礼记集说》《两汉书蒙拾》《诸史然疑》《三国志补注》等著作。他与厉鹗同为浙派成员，而学问较厉鹗要好。杭世骏兼长经史与辞章，在诗与学的关系上，他反对无根之诗。他在《沈沃田诗序》一文中说道："余特以'学'之一字立诗之干，而正天下言诗者之趋，而世莫宗也。或有诘余者曰：'鸿儒硕学代不乏人，汉之服、郑，唐之贾、孔，未闻有名章秀句流播儒林，度其初亦必执管而为之，蹇拙不悦于口耳，遂辍而不为。则学适足为诗之累，诗人之不尽由于学，审矣。'余应之曰：'固也，自昌黎有于书无所不读，专以为诗之饥，而卢殷在唐传者十一诗，则子之说伸矣。少陵下笔有神而乃云：'读书破万卷'，则子之所云非笃论也。自沧浪有'诗有别才，不关学问'之说，江西之派盛于南渡而宋弱，永嘉四灵之派行于宋末而宋社遂屋。然则诗非一人一家之事，识微之士善持其敝，担斯责者固非空疏不悦学之徒所能任矣。'"② 乾嘉诗歌创作兴盛，诗歌队伍良莠不一，杭世骏以学立诗之干，正是针对这一现实。他将学问视为诗歌的基础，认为没有学问诗必弱。正因如此，他将诗分为"诗人之诗"与"学人之诗"，后者要优于前者。"故曰三百篇之中，有诗人之诗，有学人之诗。何谓学人？其在于商则正考父，其在于周则周公、召康公、尹吉甫，其在于鲁则史克、公子奚斯。之二圣四贤者，尝以诗自见哉？学裕于己，运逢其会，雍容揄扬而雅颂以作，经纬万端，和会邦国，如此其严且重也。后人渐昧斯义，勇于为诗而惮于为学，思义单狭，辞语陈因，不得不

① （清）洪亮吉：《洪亮吉集》，中华书局2001年版，第1246页。

② （清）杭世骏：《道古堂文集》，《清代诗文集汇编》第282册，第104页。

出于稗贩剽窃之一途。前者方积，后随朽落，盖即其甫脱口而即寓不可终日之势，散为飘风鬼火者众矣。”① 为什么学人之诗要优于诗人之诗呢？杭世骏认为学人之诗更难。“诗缘情而易工，学征实而难假，今天下称诗者什之九，俯首而孜孜于学者什曾不得一焉。习俗移人，转相仿效，即推之千百万人而犹不得一焉。岂非蹈虚者易为，力征实者难为功乎。间尝远引三百，取其略可晓者，而谕之：‘杨柳’、‘雨雪’便成瑰辞，‘一日’、‘三秋’动参妙谛，风人之致，小雅之材，茂矣、美矣。若夫歈豳以纪风土，涉渭而述艰难，缉熙宥密，参性命之精微，格庙飨亲通鬼神之嗜欲，斯时情窒而理不得伸，意穷而辞不得骋，非夫官礼制作之手，大雅宏远之才，纯懿显铄，蜚英腾茂，固未易胜任而愉快也。”② 在《李太白集辑注序》里，他认为学比才更难。“作者不易，笺疏家尤难，何也？作者以才为主，而辅之以学，兴到笔随，第抽其平日之腹笥，而纵横蔓衍以极其所至，不必沾沾獭祭也。为之笺与疏者，必语语核其指归，而意象乃明；必字字还其根据，而证佐乃确。才不必言，夫必有什倍于作者之卷轴，而后可以从事焉。”③ 诗人凭虚而写，学人则凭学而论，虚则不必深究，学则必须有长期的积累。杭世骏对比两者，强调学识的重要性，这也正是乾嘉学人比较普遍的观点。诗歌与学问本来就是两码事，学人们将他们牵扯在一起，将学识视为影响诗歌创作的重要因素，这实是他们的价值观使然。诗人不一定有丰厚的学识，将学识与诗歌强硬挂钩，这难免遭到诗人们的反对。在《古文百篇序》一文中，杭世骏对此进行了辩难。

渤海高公端然而过余舍，纷然而设难曰：经为大圣所手定之书，学人所肄习之业，吾子标宗之一字以教来者，将无道大而莫有宗者欤？余应之曰：经为天地之常道，冥行擿埴，中道而回，惑迷谬者众矣。而其病有三，曰依托，曰摹拟，曰附会。何谓依托？王莽《大诰》、苏绰《周官》，圣贤心法借以饰其浊乱，是谓侮经。何谓摹拟？扬雄《太玄》、王通《元经》，后人著撰辄敢上比神圣，是谓僭经。何

① （清）杭世骏：《道古堂文集》，《清代诗文集汇编》第282册，第104页。
② （清）杭世骏：《道古堂文集》，《清代诗文集汇编》第282册，第104页。
③ （清）杭世骏：《道古堂文集》，《清代诗文集汇编》第282册，第86页。

谓附会？董生《繁露》、韩婴《外传》，偭背经旨，铺列杂说，是谓畔经。侮与僭与畔，皆不得其宗者也。律以郑贾，衷于程朱，心术端而经学纯，经学纯而风俗化。宗之一说所以立文章之根柢也，此吾所以植其本也。①

杭世骏以经律文，认为经不纯、不正则文亦不纯不正，经正文才能正。因此，他认为必须要有学识，但学识从何开始？必须从辨析古学开始。“公曰：子言宗经而即继以学古，古莫古于经矣，析经与古而二之，岂所谓古者或不必本于经与？抑经之外或别有所谓古与？余应之曰：史迁言载籍极博，犹考信于六艺；孔子没而微言绝，七十子丧而大义乖；周末文胜，其流益分，纵横、名、法，卮言日出。鬼谷峭戾险薄，韩非惨核少恩，皆衰世之文也，古意寖衰矣。”② 汲古通经是汉学家的家数，将汲古通经的学问渗透到诗文创作中，这也是他们诗文的特点。他们汲汲于经史考证，其实是重经轻文的观念使然。

（二）王鸣盛的学问诗

王鸣盛早年以诗名，沈德潜主紫阳书院时，以王鸣盛冠“吴中七子”之首，职志转变后诗歌创作仍然不绝于时。王鸣盛早年学诗于沈德潜，又与袁枚交好，对王士祯的“神韵”一说也比较推崇。广泛的师承使得他的诗论、诗歌创作别具一格，这与翁方纲以诗的形式写诗是不一样的。王鸣盛的诗歌没有其他汉学家的呆板，显得比较空灵，而学问却融于其中，这可以说是学人之诗较高的一种境界。王鸣盛的诗歌题材广泛，他的述怀、纪游、应酬诗较少学问的气息，情真意切，富于诗歌的神韵。《述感》：“渚清沙白偶登台，城阙秋生夕照催。醉里高歌双鬓在，愁边画角数声来。侧身天地长为客，抱病风尘孰爱才。却忆故园三径好，扁舟须趁早春回。”③ 由物及人，由景及情，作者的情感与情景相生相应，情景熔于一炉。《游白雀寺登弁山》：“吴兴清远富山水，昔游所到惟城南。平生赋命纵穷薄，尚爱秀嶂搜名蓝。清茗入手又苍弁，志在尽取夫何食。凌晨出郭路诘曲，

① （清）杭世骏：《道古堂文集》，《清代诗文集汇编》第282册，第81页。
② （清）杭世骏：《道古堂文集》，《清代诗文集汇编》第282册，第81页。
③ （清）王鸣盛：《西庄始存稿》，《嘉定王鸣盛全集》第10册，第76页。

古松乔立泉成瀸。丹梯翠磴寺门内，入寺始得寻峰尖。圣师谈经雀绕座，千年大厦仍耽耽。香厨竹笕引远水，金函藤笈开圆龛。居僧栽田免话堕，久废椎拂无人拈。参禅未能且选胜，振衣步步凌崭岩。望湖亭子一放眼，具区万顷寒磨夻。兹山形模肖冠弁，峰少斗削多包含。竹光照地作绀碧，禽语唤客何诂喃。一峰突如乃弁顶，蹑峤径上攀云岚。泠泠御风洵可乐，尽洗芥蒂胸无嫌。侧闻黄龙洞奇绝，道远未得穷幽探。何当裹粮住一月，还乞佳处留团庵。黄精有力扫白发，芒鞋便拟携长镵。”① 这首纪游诗叙述了弁山的风物以及在白雀寺的见闻，叙述生动，让人如临其境，不失为一首纪游的好诗。王鸣盛此类诗歌较少学问的气息，这与作者的诗性情怀是分不开的。

考据学兴起后，王鸣盛以经史考证为职志，诗求虚灵，史学重真实可信，“读史者不必横生意见，驰骋议论，以明法戒也。但当考其典制之实……亦不必强立文法，擅加与夺，以为褒贬也。但当考其事迹之实，俾年经事纬，部居州次，纪载之异同，见闻之离合，一一条析无疑，而若者可褒，若者可贬，听诸天下之公论焉可矣。”② 学术在很大程度上也影响到了他的诗歌创作和诗论。王鸣盛后期有不少题跋、考据、金石的诗，这些诗歌学问化比较严重，是比较典型的学人之诗。职志转向之后，王鸣盛抬高学识在诗歌创作中的作用。“今夫柏之为木，有锐叶者，有圆叶者，有侧叶者；又有松叶柏身者曰枞，柏叶松身者曰栝，皆柏之类，而又各不同。此如诗之平淡浓奇，短章大篇，格律体制，纷然杂出，而各不相袭也。然其根柢盘深，则无不同，而薄植者无与焉。”③ 他评友人的诗：“以著书之笔，论事之识，而一寓之于诗，不特使登临凭吊者读之，低徊感叹，足以发其遐旷之思；而隶事之工，持论之正，抑亦地志家所莫能遗也。”④ 王鸣盛后期的诗作学问化倾向比较严重，以学济诗是他诗歌的追求。沈德潜序王鸣盛的诗集时说道：“己巳夏，予乞身归里，卿大夫士皆有诗宠其行，而嘉定王孝廉凤喈赠五言百韵一章，排比错张，才情繁富，

① （清）王鸣盛：《西沚居士集》，《嘉定王鸣盛全集》第 11 册，第 126 页。
② （清）王鸣盛：《十七史商榷》，《嘉定王鸣盛全集》第 4 册，“序”第 1 页。
③ （清）王鸣盛：《西庄始存稿》，《嘉定王鸣盛全集》第 10 册，第 306 页。
④ （清）王鸣盛：《西庄始存稿》，《嘉定王鸣盛全集》第 10 册，第 313 页。

而一归于有典有则，予心焉重之。既读其《竹素园诗》，及《日下集》若干卷，知其平日学可以贯穿经史，识可以论断古今，才可以包孕余子，意不在诗，而发而为诗，宜其无意求工而不得不工也。”① 王鸣盛弟子张焘评价：“以实学为文，合经与文而为一，先生是也。”② 翁方纲等学人以考据入诗，用诗歌的形式来叙写考证的内容，王鸣盛的学问诗除了以考据入诗，还喜欢卖弄学问。我们不妨择其二观之。

《题蒋心余诗卷四首》：“盘空佳语大河横，碧海无云夜月明。舍筏登厓君自远，羚羊挂角众偏惊。送别登临壮且哀，华严弹指现楼台。好诗不是人间学，骨性中间带得来。酒品从来专贵辣，菊花闻说最尊黄。若论黄色微偏在，辣味当今独擅场。木大如鱼骇杀侬，橐驼肿背岂相容。劝君行卷牢藏弆，慎勿轻贻张伯松。”③ 王鸣盛此题可谓“无一字无来历”，作者处处引经据典。辛弃疾《贺新郎·同父见和再用韵答之》有：“硬语盘空谁来听，记当时只有西窗月。”“盘空”一词有出处也。司空图的《诗品·沉着》：“绿林野屋，落日气清。脱巾独步，时闻鸟声。鸿雁不来，之子远行。所思不远，若为平生。海风碧云，夜渚月明。如有佳语，大河前横。”④ “佳语大河横”借用司空图之语指蒋士铨诗歌之风格，用典可谓巧妙。杜甫《戏为六绝句》有：“或看翡翠兰苕上，未掣鲸鱼碧海中。”“碧海”借杜甫之语以喻蒋士铨之诗，亦妙。“舍筏登厓”“羚羊挂角”“华严弹指”“橐驼肿背”等处处有学问，末句借张伯松之典故赞许蒋士铨之诗，升华了主题。整首诗歌作者运用铺排比喻，生动贴切，学问味十足。没有丰富的学识是写不出的，而学问的铺排、比喻也正是学人们的趣味所在。

《石鼓歌》：“太学戟门有石鼓，长廊大厦深藏缄。手摩妙迹剔苔藓，细读古调同云咸。岐阳一狩夸盛事，遮罗雉兔兼麏麙。作歌纪绩用传后，万夫凿石来岩岩。鲁叟编诗偶不录，此岂有意相夷芟？陈仓野外弃置久，剥落缺画成掺掺。其一作臼幸复出，毡包席裹封瑶函。宣和之年保和殿。

① （清）沈德潜：《沈德潜诗文集》第 3 册，人民文学出版社 2011 年版，第 1359 页。

② （清）王鸣盛：《西庄始存稿》，《嘉定王鸣盛全集》第 10 册，“序”第 4 页。

③ （清）王鸣盛：《西庄始存稿》，《嘉定王鸣盛全集》第 10 册，第 202 页。

④ （唐）司空图等：《〈诗品集解〉〈续诗品注〉》，人民文学出版社 1963 年版，第 9 页。

森阴蓊郁飘松杉。十鼓岿然珍袭好，香厨册府光芒衔。自汴入燕竟无恙，守护秘怪神所监。置诸两塾始皇庆，近光作赋词喃喃。于今又阅四百载，遗文尚未遭磨劖。蛟龙攫拏怒鳞凸，鸾凤轩翥长毛彡。沧桑久历弥可贵，远比刀贝逾球瑊。宇文以下那辨此。子卿妄语空讥谗。我生金石有奇癖，嗜好颇觉殊酸咸。朅来京国睹此鼓，不负万里穿征衫。试观字体异蝌蚪，乃知内史言多儳。我方欲辨壁书伪，传钞秃笔劳秋毚。"①这首诗是一首考据诗，作者对石鼓的来历进行了考证，诗末点出了自己的审美趣味，"我生金石有奇癖，嗜好颇觉殊酸咸"。作者以诗的形式进行考据，其金石之奇癖借助诗歌得到了表现，酸咸之味已在诗外。这首诗颇多生僻字，这是作者的学问所在，也是其趣味所在。

本章小结

晚明心学放任心性，诗文也多追求个性。入清以后，随着政治和文化高压政策的实施，理学重新抬头，理学的道德约束力再次被强调。到了乾嘉时期，社会经济的发展，市民阶层的壮大，在一定程度上削弱了理学的道德约束性，追求享乐、讲究个性成为社会普遍的价值观念。乾嘉考据学在对原典的考证中重新阐释儒学的人性思想，"乾嘉新义理"是对理学的一次解构。诗乃心声，乾嘉诗坛"提笔人人讲性情"，诗歌与时代的主流观念、时代学术在价值观上不谋而合，互推互动，共同构建了乾嘉诗坛的独特风貌。这与晚明学术与诗文的互动有相同之处。从纯诗的角度看，诗与考据旨趣相去甚远，两者势如水火，故以袁枚为代表的诗人直接排斥考据学，将考据视为异物，由此造成了诗歌与考据的紧张关系。从杂文学的角度看，诗歌与学问可共生共荣，以翁方纲为代表的肌理诗人认为两者浑然一体，诗歌难以脱离学问。在对待学问上，肌理诗派较普通的学人之诗更彻底，可视为学人之诗的代表，这一诗派是时代学术影响的结果。

① （清）王鸣盛：《西庄始存稿》，《嘉定王鸣盛全集》第10册，第135页。

第四章　乾嘉时期的朴学与骈文、通俗文学

第一节　乾嘉时期的朴学与骈文

六朝、初唐是骈文创作的一个高峰期。唐宋的古文运动之后，古文以载道为名，对骈文进行打压，作为古文的对立面，骈文一直处于受压制的状态。苏轼在《潮州韩文公庙碑》一文中称赞韩愈“文起八代之衰”，这一说法暗含着对六朝骈文的否定，也由此成为文学史的一个命题。清初程朱理学得到了强化，骈文创作式微的状态并没有改变。周亮工在《南昌先生四部稿序》中说道：“余见数年以来，文人竞尚八家，叹息之音，鸣咽满幅；层叠之句，反复连篇。自以为韩、柳复生，曾、苏再见，而不知不至复入晚宋不止，亦何以厌向者慕效王、李之心。”[①] 到了乾嘉时期，情况发生了变化，古文创作低落，骈文创作异军突起并进入了繁盛期。曾国藩说道：“纯皇帝武功文德，壹迈古初。征鸿博以考艺，开四库馆以招延贤俊。天下翕然为浩博稽核之学，薄先辈之空言，为文务洪丽。胡天游、邵齐焘、孔广森、洪亮吉之徒蔚然四起。是时郎中姚鼐息影金陵，私淑方氏，如硕果之不食，可谓自得者也。沿及今日，方姚之流风稍稍兴起，求如天游、齐焘辈闳丽之文，阒然无复有存者矣。”[②] 乾嘉时期的骈文是六朝、盛唐之后的又一高峰，这一时期骈文名家辈出，清代重要的骈文家集中在这一时期。

---

① （清）周亮工：《赖古堂集》，《续修四库全书》第1400册，第445页。

② （清）曾国藩：《曾国藩全集》第14册，第237页。

“骈体之文，至今日而极盛。若夫容甫、稚存，并辔于江表，而抝约亦抗音于海隅，岂惟振六代之飙流，实将据中华之坛坫矣。”① 道光以后，国家危难，桐城派古文压倒了骈文，骈文创作再次进入低落期。

乾嘉骈文名家中不少是汉学家，如洪亮吉、汪中、孙星衍、孔广森、朱筠、邵晋涵等，其中洪亮吉、汪中的骈文最为世人所称道。谢无量在《骈文指南》中说道：“清世骈文作家，所作通体相称，饶有六朝矩矱者，当以汪、洪为最。”② 乾嘉骈文的兴盛既与承平的社会、骈文发展的内在规律等因素有关，又与乾嘉朴学有紧密的关系。骈文的写作有其特殊性，骆鸿凯说道：“骈文之成，先之以调整句度，是曰裁对。继之以铺张典故，是曰隶事。进之以煊染色泽，是曰敷藻。终之以协谐音律，是曰调声。持此四声，可以考迹斯体演进之序。”③ 骈文的写作讲究比对，典故、隶事比对在骈文中是很常见的表现手法，巧妙地用典、隶事能使文章顿然生色，趣味盎然。汉学家以学识考证见长，博学多识，熟悉音韵训诂之学，从事骈文写作有其天然的优势。袁枚说道：“人有满腔书卷，无处张皇，当为考据之学，自成一家；其次则骈体文，尽可铺排。”④ 满腔书卷确实是有利于骈文的随意铺写，乾嘉骈文的兴盛与乾嘉学者的博学有关。黄人在论及乾嘉文学时说道：“继世列圣，懋学右文，两举词科而骏雄游彀，宏开四库而文献朝宗。贤王硕辅，又致设醴之敬，企吐哺之风，从而提倡。虎观无其备，兔园无其盛，龙门无其广。文运日昌，士气日奋，相率湔雪牢愁，服膺古训。息邪距诐，张天水道学之军，析义正名，干炎刘经生之蛊。而摅词幽疋，穷理则吐尘羹，订古则谢饾饤。即词人墨客，亦蓬直麻中，赤缘朱近，类能贾余勇，尚立言，咸有根柢，绝异稗贩。盖几于凤麟为畜，鸡犬皆仙，集周秦汉魏唐宋元明之大成，合性理训诂考据词章而同化。故康雍之文醇而肆，乾嘉之文博而精，与古为新，无美不具，盖如日星之中得春夏之气者焉。”⑤ 李肖聃也说道：“故清一代文业，上与两汉比

① （清）陈方海：《孟涂集》，《续修四库全书》第1510册，第437页。
② 谢无量：《骈文指南》，上海中华书局1918年版，第91页。
③ 骆鸿凯：《文选学》，中华书局1989年版，第311页。
④ （清）袁枚：《随园诗话》，《袁枚全集新编》第8册，第158页。
⑤ 黄人：《黄人集》，上海文化出版社2001年版，第291页。

隆，由其究精雅诂，研讨微言，师彦和之真经，法淮南之原道，用能取熔古义，自铸新词也。”① 乾嘉学人不再固守理学，他们对骈文的看法也跳出了理学家“载道”的狭隘视野，能够从文章源和变的角度看待骈文。因此，乾嘉骈文既有六朝、初唐的风味，又有新变的因素，钱基博认为乾嘉骈文“用能取熔古义，自铸新词”，这是很准确的。

一 骈文的文体辩证

唐宋的古文运动者有意将古文与骈文视为两种对立的文体，他们认为文以载道，骈文的藻饰是玩物丧志，容易让人沉湎于辞采而不知求道。借助与道的紧密联姻，古文长期处于文章正宗的地位。洪迈《容斋随笔》中说道：“四六骈俪，于文章家为至浅，然上自朝廷命令、诏册，下而缙绅之间笺书、祝疏，无所不用。”② 骈文虽然应用广泛，但文章家却将之视为“至浅”，其地位可想而知了。乾嘉汉学家以博学多识为荣，姚莹说道：“自四库馆启之后，当朝大老，皆以博考为事，无复有潜心理学者。”③ 汉学家博古通今，不迷信前人，具有强烈的怀疑、批判精神，在许多问题上有独到的看法。段玉裁谈及自己的学术之路时说道：“余自幼时读四子书，注中语信之惟恐不笃也。既壮乃疑焉，既而熟读六经孔、孟之言，以核之四子书注中之言，乃知其言心、言理、言性、言道，皆与六经孔、孟之言大异。六经言理在于物，而宋儒谓理具于心，谓性即理；六经言道即阴阳，而宋儒言阴阳非道，有理以生阴阳乃谓之道。言之愈精而愈难持，循致使人执意见以为理，碍于政事，此东原先生《原善》一书及《孟子字义疏证》不得已于作也。”④ 乾嘉汉学家尤其不信宋儒之说，他们对宋儒多持批判的态度。袁枚也宣称：“六经中惟《论语》《周易》可信，其他经多可疑。疑，非圣人所禁也。孔子称‘多闻阙疑’，又称‘疑思问’。”⑤ 乾嘉学人的治学态度影响了他们对骈文的判断，他们从文章的文体源变中辨析

① 钱基博、李肖聃：《近百年湖南学风 湘学略》，岳麓书社 1985 年版，第 213 页。

② （宋）洪迈：《容斋随笔》，上海古籍出版社 2015 年版，第 343 页。

③ （清）姚莹：《东溟文外集》，《清代诗文集汇编》第 549 册，第 570 页。

④ （清）段玉裁：《经韵楼集》，上海古籍出版社 2008 年版，第 236 页。

⑤ （清）袁枚：《小仓山房文集》，《袁枚全集新编》第 6 册，第 347 页。

“文”的内涵以及古文与骈文的关系，认识到了骈文存在的合法性，将骈文视为文章之正宗。汉学家推尊骈文，对八大家的古文传统提出批评，这造成了古文与骈文的紧张关系。乾嘉汉学家对骈文的辨析为骈文的合法性存在提供了理论依据，他们借助诗歌和古文的理论完善、丰富了骈文理论，创新、发展了骈文理论，这在骈文发展史上具有里程碑意义的。

（一）章学诚对文章源流的辨析

章学诚长于文史校雠，对文史体例的源变多有发现。“六经皆史”是章学诚考察学术、文体流变的基本出发点，这一论断既强调了学术文化的实用性，又肯定了学术文化变化的合理性。章学诚从史学的角度对文章流变进行辩证考察，在古文与骈文的关系上颇多通达之处。

章学诚的文学思想建立在文体源变的基础之上，他认为文章可分为著述之文与文人之文：“文人之文，与著述之文不可同日语也。著述必有立于文辞之先者，假文辞以达之而已。譬如庙堂行礼，必用锦绅玉佩，彼行礼者不问绅佩之所成，著述之文是也；锦工玉工未尝习礼，惟藉制锦攻玉以称功，而冒他工所成为己制，则人皆以为窃矣，文人之文是也。故以文人之见解而议著述之文辞，如以锦工玉工议庙堂之礼典也。”[①] 将文人之文与著述之文分开，避免了文学与经学的混淆不清，为人们认清文学提供了新的视角。章学诚虽然将文分为两者，但他对文人之文有比较辩证的认识：“文以气行，亦以情至。人之于文，往往理明事白，于为文之初指，亦若可无憾矣。而人见之者，以谓其理其事不过如是，虽不为文可也。此非事理本无可取，亦非作者之文不如其事其理，文之情未至也。今人误解辞达之旨者，以谓文取理明而事白，其他又何求焉？不知文情未至，即其理其事之情亦未至也。譬之为调笑者，同述一言而闻者索然，或同述一言而闻者笑不能止，得其情也；譬之诉悲苦者，同叙一事而闻者漠然，或同叙一事而闻者涕洟不能自休，得其情也。昔人谓文之至者，以为不知文生于情，情生于文。夫文生于情，而文又能生情，以谓文人多事乎？不知使人由情而恍然于其事其理，则辞之于事理，必如是而始可称为达尔。”[②] 章学诚对

① （清）章学诚著，仓修良编注：《文史通义新编新注》，第324页。
② （清）章学诚著，仓修良编注：《文史通义新编新注》，第355页。

“辞达”的解释是对“言之无文”的否定和文章适度藻丽的认同，他对诗文的理解比一般的学人要深刻得多。基于“六经皆史”的实用性观点，章学诚对文之分骈散不以为然，认为或骈或散，皆以意为主。“先要推勘作者之旨，折衷道要；次则裁量法度，斟剂规制，使人有律可循，乃为论人准则。即或侔色揣称，研钧练律，亦当推寻匠巧，细绎文理，如老伶审曲，良估评贾，是非可否，必有精理要言，可资启悟，若挚虞《流别》、刘勰《文心》、钟嵘《诗品》，斯为美也。”[①] 刘勰用骈文的形式来写《文心雕龙》，而这一点并没有影响《文心雕龙》的体大思深，钟嵘的《诗品》也多藻丽之辞，而这也没有影响其论断。章学诚认可这样的写法，“斯为美也”表达了他的赞赏态度。

长期以来，六经被视为文章、文体的起源和典范，章学诚虽然尊经，但他对文章、文体的考察更注重文章内在的演变规律。章学诚将战国视为文章、文体发展的重要节点。“周衰文弊，六艺道息，而诸子争鸣。盖至战国而文章之变尽，至战国而著述之事专，至战国而后世之文体备，故论文于战国，而升降盛衰之故可知也。战国之文，奇衺错出而裂于道，人知之；其源皆出于六艺，人不知也。后世之文，其体皆备于战国，人不知；其源多出于《诗》教，人愈不知也。知文体备于战国，而始可与论后世之文；知诸家本于六艺，而后可与论战国之文；知战国多出于《诗》教，而后可与论六艺之文。可与论六艺之文，而后可与离文而见道；可与离文而见道，而后可与奉道而折诸家之文也。”[②] 战国道变，文亦因之而变，百家论道，纵横变幻，奇邪错出。章学诚由道及文，认为道变引发了“著述之事专”“后世之文体备”，这一分析是有深见的。章学诚对战国道变有所不满，但他对战国文风、文体之变是持肯定态度的。“战国者，纵横之世也。纵横之学，本于古者行人之官。观春秋之辞命，列国大夫聘问诸侯，出使专对，盖欲文其言以达旨而已。至战国而抵掌揣摩，腾说以取富贵，其辞敷张而扬厉，变其本而加恢奇焉，不可谓非行人辞命之极也。孔子曰：‘诵诗三百，授之以政，不达；使于四方，不能专对，虽多奚为！’是则比

① （清）章学诚著，仓修良编注：《文史通义新编新注》，第481—482页。
② （清）章学诚著，仓修良编注：《文史通义新编新注》，第45页。

兴之旨，讽谕之义，固行人之所肄也。纵横者流，推而衍之，是以能委折而入情，微婉而善讽也。九流之学，承官曲于六典，虽或原于《书》、《易》、《春秋》，其质多本于《礼》教，为其体之有所该也。及其出而用世，必兼纵横，所以文其质也。古之文质合于一，至战国而各具之质，当其用也，必兼纵横之辞以文之，周衰文弊之效也。故曰，战国者，纵横之世也。”[①] 战国之文，文质兼具，章学诚认为这是文章“辞达”之典范，他推崇的正是这种文风。章学诚认为后世之文是战国文风的延续。

> 辞章实备于战国，承其流而代变其体制焉。……京都诸赋，苏、张纵横六国，侈陈形势之遗也；《上林》、《羽猎》，安陵之从田，龙阳之同钓也；《客难》、《解嘲》，屈原之《渔父》、《卜居》，庄周之惠施问难也；韩非《储说》，比事征偶，连珠之所肇也。（前人已有言及之者。）而或以为始于傅毅之徒，（傅玄之言。）非其质矣。孟子问齐王之大欲，历举轻暖肥甘，声音采色，《七林》之所启也，而或以为创之枚乘，忘其祖矣。邹阳辨谤于梁王，江淹陈辞于建平，苏秦之自解忠信而获罪也。《过秦》、《王命》、《六代》、《辨亡》诸论，抑扬往复，诗人讽谕之旨，孟、荀所以称述先王儆时君也。（屈原上称帝喾，中述汤、武，下道齐桓亦是。）淮南宾客，梁苑辞人，原、尝、申、陵之盛举也。东方、司马侍从于西京，徐、陈、应、刘，征逐于邺下，谈天雕龙之奇观也。遇有升沉，时有得失，畸才汇于末世，利禄萃其性灵，廊庙山林，江湖魏阙，旷世而相感，不知悲喜之何从，文人情深于《诗》、《骚》，古今一也。[②]

从战国之文到汉赋、《文选》，文学观念变化不止，章学诚将文学观念的变化归因为“文人情深于《诗》、《骚》，古今一也”。《文选》将文分为赋、诗、杂文三大类，每一大类下又有小类，有赋、诗、骚、七、诏、册、令、教、文、表、上书、启、弹事、笺、奏记、书、檄、对问、设论、

① （清）章学诚著，仓修良编注：《文史通义新编新注》，第45—46页。

② （清）章学诚著，仓修良编注：《文史通义新编新注》，第46页。

辞、序、颂、赞、符命、史论、史述赞、论、连珠、箴、铭、诔、哀、碑文、墓志、行状、吊文、祭文等文体。《文选》多有骈体之作，章学诚认为《文选》的各种文体都可以在战国找到其渊源。他对文章的骈体化倾向也是持肯定的态度，对于后世文体的变化，他都认为有其合理之处。“盖文人之心，随世变为转移，古今文体升降，非人力所能为也。古人未开之境，后人渐开而不觉，殆如山径蹊间，介然用之而成路也。方其未开，固不能豫显其象；及其既开，文人之心，即随之而曲折相赴。……古人之于制义，犹试律之与古诗也；近体之与古风，犹骈丽之与散行也。学者各有擅长，不能易地则诚然矣。”① 章学诚认为骈丽与散行乃是后人渐开之境，这些都是“随世变为转移”，是符合历史发展规律的。

在《诗教下》中，章学诚对文章用韵、骈化进行了分析。“演畴皇极，训、诰之韵者也，所以便讽诵，志不忘也；六象赞言，爻系之韵者也，所以通卜筮，阐幽玄也。六艺非可皆通于《诗》也，而韵言不废，则谐音协律不得专为《诗》教也。传记如《左》、《国》，著说如《老》、《庄》，文逐声而遂谐，语应节而遽协，岂必合《诗》教之比兴哉！焦赣之《易林》，史游之《急就》，经部韵言之不涉于《诗》也；《黄庭经》之七言，《参同契》之断字，子术韵言之不涉于《诗》也。后世杂艺百家，诵拾名数，率用五言七字，演为歌诀，咸以取便记诵，皆无当于诗人之义也。而文指存乎咏叹，取义近于比兴，多或滔滔万言，少或寥寥片语，不必谐韵和声，而识者雅赏其为《风》、《骚》遗范也。故善论文者，贵求作者之意指，而不可拘于形貌也。”② 后世各种文类都有用骈的现象，章学诚对辞章的骈化进行分析，认为有实用性的骈化和审美性的骈化两种倾向。他认为审美性的骈化深得《风》《骚》之遗范，而实用性骈化如医经术诀等，“皆无当于诗人之义”，这一分析相当深刻。

后世的文体皆备于战国，章学诚认为战国之文给后世树立了典范，对于后世的古文，他则多有不满。“有明中叶以来，一种不情不理，自命为古文者，起不知所自来，收不知所自往，专以此等出人思议夸为奇特，于

① （清）章学诚著，仓修良编注：《文史通义新编新注》，第668页。

② （清）章学诚著，仓修良编注：《文史通义新编新注》，第60页。

是坦荡之途生荆棘矣。夫文章变化，侔于鬼神，斗然而来，戛然而止，何尝无此景象，何尝不为奇特！但如山之岩峭，水之波澜，气积势盛，发于自然；必欲作而致之，无是理矣。文人好奇，易于受惑，是之谓‘误学邯郸’，又文人之通弊也。”① 战国之文有感而作，文辞优美，后世之古文于情理上无所发现，作奇特之文，无复藻绘，章学诚对背离战国文风的古文提出了批评。韩愈的古文历来为人们所称道，但章学诚对韩愈的古文也有所不满。“盖古人无所谓古文之学，但论人才，则有善于辞命之科。而《经解》篇言‘比事属辞，《春秋》教也’，因悟《论语》‘不学《诗》，无以言’，‘诵《诗》不能专对，虽多奚为’，乃知辞命之文，出于《诗》教；叙事之文，出于《春秋》比事属辞之教也。左丘明，古文之祖也，司马因之而极其变；班、陈以降，真古文辞之大宗。至六朝古文中断，韩子文起八代之衰，而古文失传亦始韩子。盖韩子之学，宗经而不宗史，经之流变必入于史，又韩子之所未喻也。近世文宗八家，以为正轨，而八家莫不步趋韩子；虽欧阳手修《唐书》与《五代史》，其实不脱学究《春秋》与《文选》史论习气，而于《春秋》、马、班诸家相传所谓比事属辞宗旨，则概未有闻也。八家且然，况他人远不八家若乎！”② 章学诚认为以韩愈为代表的八大家古文没有史家之学识，于文章“比事属辞”之道也多未解，八大家古文实为历史之倒退。方苞的“义法”可以说是传统古文理论的总结，“义”即理学，“法”即文法，章学诚对汲汲于“义”而不知通变，汲汲于“法”而不能会通表现出极大的不满。“学问为立言之主，犹之志也；文章为明道之具，犹之气也。求自得于学问，固为文之根本；求无病于文章，亦为学之发挥。……但文字之佳胜，正贵读者之自得，如饮食甘旨，衣服轻暖，衣且食者之领受，各自知之，而难以告人。如欲告人衣食之道，当指脍炙而令其自尝，可得旨甘，指狐貉而令其自被，可得轻暖，则有是道矣。必吐己之所尝而哺人以授之甘，搂人之身而置怀以授之暖，则无是理也。”③ “义”要由学问得之，“法”也要由作者体悟而自得，以他人之法为法则为死法矣。章学诚对八大家的古文传统批评多于称道，而

① （清）章学诚著，仓修良编注：《文史通义新编新注》，第153—154页。

② （清）章学诚著，仓修良编注：《文史通义新编新注》，第693页。

③ （清）章学诚著，仓修良编注：《文史通义新编新注》，第140页。

对骈文作者，他则赞颂多于批评。“至于论及文辞工拙，则举隅反三，称情比类，如陆机《文赋》，刘勰《文心雕龙》，钟嵘《诗品》，或偶举精字善句，或品评全篇得失，令观之者得意文中，会心言外，其于文辞思过半矣。”① 可见，在古文与骈体上，章学诚更倾向于骈化而非质木无文的古文。从文体源变考察古文与骈文的发展变化，由末探本，从“六经皆史”的实用角度辩证古文与骈文，章学诚没有就文论文，而是从整个学术史的角度评析文的发展，他考察的视野相当开阔。

（二）《四库全书总目》的古文与骈文之辨

四库馆是汉学家的大本营，《四库全书》的编撰倾注了汉学家的心血，《四库全书总目》一书是四库藏书的题解和评论，可以说是汉学家文学思想的集中体现。《四库全书总目》由纪昀总成，在某种程度上也可以说是纪昀学术思想的体现。李元度在《纪文达公事略》中评《四库全书总目》：“又奉诏撰《简明目录》，存书存目多至万余种，皆公一手所订，评骘精审，识力在王仲宝、阮孝绪之上，藏诸七阁，褒然巨观，真本朝大手笔也。”② 纪昀的评述不为前人所束缚，见解独到，“评骘精审”并非夸饰之语。

汉学家长于考证，尤重文体源流正变之考证，朱东润在《中国文学批评史大纲》中评纪昀：“晓岚论析诗文源流正伪，语极精，今见于《四库全书提要》，自古论者对于批评用力之勤，盖无过纪氏者。”③ 纪昀往往从文体流变的角度评论诗文，他对骈文的批评不是一味地追随前人，而是基于文体流变，这其实也是汉学家治学的家数。“秦汉以来，自李斯《谏逐客书》始点缀华词，自邹阳《狱中上梁王书》始垒陈故事。是骈体之渐萌也。符命之作则《封禅书·典引》，问对之文则《答宾戏客难》，骎骎乎偶句渐多。沿及晋宋，格律遂成。流迨齐梁，体裁大判。由质实而趋丽藻，莫知其然而然。然实皆源出古文，承流递变。犹四言之诗至汉而为五言，至六朝而有对偶，至唐而遂为近体。面目各别，神理不殊，其原本风雅则一也。厥后辗转相沿，逐其末而忘其本，故周武帝病其浮靡，隋李谔论其佻巧，唐韩愈亦断断有古文时文之辨。降而愈坏，一滥于宋人之启札，再

---

① （清）章学诚著，仓修良编注：《文史通义新编新注》，第141页。

② （清）李元度：《国朝先正事略》，《续修四库全书》第538册，第442页。

③ 朱东润：《中国文学批评史大纲》，武汉大学出版社2009年版，第314页。

滥于明人之表判。剿袭皮毛，转相贩鬻。或涂饰而掩情，或堆砌而伤气，或雕镂纤巧而伤雅，四六遂为作者所诟厉。”[①] 纪昀认为骈文“源出古文，承流递变”，至齐梁文体成熟。骈文的出现是符合古文发展的内在规律的，古文与骈文虽然“面目各别”，但“神理不殊，其原本风雅则一”。古文与骈文同源、同旨，骈文的出现是古文发展的必然。纪昀对骈文的评价很高：“然古文至梁而绝，骈体乃以梁为极盛。残膏剩馥，沾溉无穷。唐代沿流，取材不尽。譬之晚唐五代，其诗无非侧调，而其词乃为正声。寸有所长，四六既不能废，则梁代诸家，亦未可屏斥失。”[②] 唐宋的理学家、古文家尊古文抑骈文，将骈文视为“雕虫”，纪昀从文章源变的角度确立了骈文的地位，这可以说是对理学家、古文家“文起八代之衰”的回击。纪昀认为古文、骈文同源而分流，从发展的角度看待两者，这对后来骈散合一的古文思潮产生了很大的影响。曾国藩说道：“文字之道，何独不然？六籍尚已。自汉以来，为文者莫善于司马迁。迁之文，其积句也皆奇，而义必相辅，气不孤伸，彼有偶焉者存焉。其他善者，班固则毗于用偶，韩愈则毗于用奇。蔡邕、范蔚宗以下，如潘、陆、沈、任等比者，皆师班氏者也。茅坤所称八家，皆师韩氏者也。传相祖述，源远而流益分，判然若白黑之不类。于是刺议互兴，尊丹者非素，而六朝隋唐以来骈偶之文，亦已久王而将厌。宋代诸子乃承其敝，而倡为韩氏之文。而苏轼遂称曰‘文起八代之衰’。非直其才之足以相胜，物穷则变，理固然也。豪杰之士所见类不甚远。韩氏有言：‘孔子必用墨子，墨子必用孔子。不相用，不足为孔墨。’由是言之，彼其于班氏相师而不相非明矣。耳食者不察，遂附此而抹杀一切。又其言多根《六经》，颇为知道者所取，故古文之名独尊，而骈偶之文乃屏而不得与于其列。数百千年无敢易其说者，所从来远矣。”[③] 传统的古文排斥骈文，执执于单行散句，将单行散句的古文视为文章之正宗，纪昀通过辨析古文源变给骈文正了名，这对提高骈文的地位不无稗益。

纪昀虽然肯定了骈文存在的合理性，但他对骈文的流弊也持批评的态

---

① （清）永瑢、纪昀等：《四库全书总目》，第 1719 页。

② （清）永瑢、纪昀等：《四库全书总目》，第 1721 页。

③ （清）曾国藩：《曾国藩全集》第 14 册，第 236—237 页。

度。宋代以后，骈文文体日卑，实用性文体骈化现象很严重。费衮在《梁溪漫志》中说道："今时士大夫论四六，多喜其用事精当、下字工巧，以为脍炙人口。"[①] 纪昀对重形式轻内容的写法有所不满，在评王铚《四六话》时，他说道："宋代沿流，弥竞精切。故铚之所论，亦但较胜负于一联一字之间。至周必大等，承其余波，转加细密。终宋之世，惟以隶事切合为工。组织繁碎，而文格日卑，皆侄等之论导之也。然就其一时之法论之，则亦有推阐入微者。如诗家之有句图，未可废也。"[②] 宋代骈文重文法，不重表情达意，重文轻质，这是纪昀不满的主要原因。纪昀很推崇刘勰，认为刘勰"最号知文"，他对《文心雕龙》尤为称许。纪昀评《文心雕龙·祝盟》："此篇独崇实而不论文，是其识高于文士处。非不论文，论文之本也。"[③] 论文必须论文之本，文之本是什么？其实就是作者之情意。齐梁文学追求辞采，有重文轻义的倾向，刘勰的《文心雕龙》正是针对这一现象而发。纪昀评《文心雕龙·情采》："因情以敷采，故曰'情采'。齐梁文胜而质亡，故彦和痛陈其弊。"[④] 重文而不轻质，这是《文心雕龙》的辩证之处，正是看到了这一点，纪昀认为"齐梁文藻，日竞雕华。标自然以为宗，是彦和吃紧为人处"[⑤]，这点到了《文心雕龙》的关键之处。黄侃也说道："舍人处齐梁之世，其时文体方趋于缛丽，以藻饰相高，文胜质衰，是以不得无救正之术。此篇旨归，即在挽尔日之颓风，令循其本，故所讥独在采溢于情，而于浅露朴陋之文未遑多责，盖揉曲木者未有不过其直者也。虽然，彦和之言文质之宜，亦甚明憭矣。首推文章之称，缘于采绘，次论文质相待，本于神理，上举经子以证文之未尝质，文之不弃美，其重视文采如此，曷尝有偏畸之论乎？然自义熙以来，力变过江玄虚冲淡之习而振以文藻，其波流所荡，下至陈隋，言既隐于荣华，则其弊复与浅露朴陋相等，舍人所讥，重于此而轻于彼，抑有由也。综览南国之文，其文质相剂，情韵相兼者，盖居泰半，而芜辞滥体，足以召后来之谤

① （宋）费衮：《梁溪漫志》，上海古籍出版社1985年版，第33页。

② （清）永瑢、纪昀等：《四库全书总目》，第1783页。

③ （南朝梁）刘勰著，戚良德辑校：《文心雕龙》，第66页。

④ （南朝梁）刘勰著，戚良德辑校：《文心雕龙》，第195页。

⑤ （南朝梁）刘勰著，戚良德辑校：《文心雕龙》，第6页。

议者，亦有三焉：一曰繁，二曰浮，三曰晦。繁者，多征事类，意在铺张；浮者，缘文生情，不关实义；晦者，窜易故训，文理迂回。”[①] 纪昀重新挖掘刘勰的文学观，其目的是正本清源，避免骈文滑入形式主义之路。在对骈文源变进行考察的基础上提出文质兼具，乾嘉学人的骈文理论具有总结、集成的特征，这影响到了后世的骈文理论。

乾嘉骈文创作兴盛，“主于用意”也成为骈文强调的重点。乾隆年间的孙梅在《四六丛话》中说道：“盖粗才贪使卷轴，往往填砌地名人名，以为典博；成语长联，堆排割裂，以为能事，转入拙陋。至于活字，谓不妨杜园伧气，殊不知大为识者所嗤。惟作家主于用意，不主于用事。……不知此者，不可与言四六。”[②] 陈寿祺也说道：“寿祺尝论四六之文，与律赋异格，与古文同源。必明乎谋篇命意之途，关键筋节之法，然后与古文出一机杼。四杰气格尚隽而不免繁艳，自宋以后浮动轻率，遂坠宗风，国初陈迦陵虽有逸才，未除俗调，章岂绩而下等之自郐矣。自胡稚威始倡复古，乾隆、嘉庆间乃多追效《选》体……阁下论古文严而亦不废有真气之骈体，非洞彻古今升降源流之故而得其会通，其孰能辨于斯?”[③] “主于用意”，以古文的命意要求骈文，这是矫弊骈文形式化倾向的一剂良方，是文体融合的必然，也是骈文发展的必然。

（三）袁枚的骈散之辨

在乾嘉，袁枚既被视为古文大家，又被视为骈文大家，他的古文、骈文都为世人所重。姚鼐称：“君（袁枚）古文、四六体，皆能自发其思，通乎古法。……故《随园诗文集》，上自朝廷公卿，下至市井负贩，皆知贵重之。海外琉球，有来求其书者。君仕虽不显，而世谓百余年来，极山林之乐，获文章之名，盖未有及君也。”[④] 程晋芳认为袁枚“古文第一，骈体第二，诗第三”[⑤]。袁枚长于诗文，在考据上用功也不小，其考据文集《随园随笔》也为时人所重，他的文体考辨与汉学家很接近，将之置于汉

---

① 黄侃：《文心雕龙札记》，商务印书馆 2017 年版，第 106 页。

② （清）孙梅：《四六丛话》，《续修四库全书》第 1715 册，第 370 页。

③ （清）陈寿祺：《左海文集》，《续修四库全书》第 1496 册，第 183 页。

④ （清）姚鼐：《惜抱轩诗文集》，第 202 页。

⑤ （清）袁枚：《续园人集》，《袁枚全集新编》第 19 册，第 333 页。

学家中并无不当。在骈散激烈争论中，袁枚置身其中而却不苟同于任何一派，他对骈散的辨析别有新见。

在诗论上，袁枚主性情说，反对门户之见，他论诗从“变”的角度看待诗歌，反对崇古卑今。“唐人学汉、魏变汉、魏，宋学唐变唐。其变也，非有心于变也，乃不得不变也。使不变，则不足以为唐，不足以为宋也。子孙之貌，莫不本于祖父，然变而美者有之，变而丑者有之。若必禁其不变，则虽造物所不能。”① 对于文，袁枚也是从“变”的角度来考察。“六经，文之始也，降而《三传》，而两汉，而六朝，而唐、宋，奇正骈散，体制相诡，要其归宿无他，曰顾名思义而已。”② 袁枚将六经视为文之源头，六经之后，各朝之文都在发展，其间虽有骈散分离，但都是文自身的发展，都具有合理性。袁枚将六朝之文与唐、汉并举，将骈文与古文一视同仁，并无偏颇。

除了从“变”的角度肯定骈文的合法性，袁枚还从学理的角度论证了骈文存在的必然性。“文之骈，即数之偶也，而独不近取诸身乎？头，奇数也；而眉目，而手足，则偶矣。而独不远取诸物乎？草木，奇数也；而由蘖，而瓣鄂，则偶矣。山峙而双峰，水分而交流，禽飞而并翼，星缀而连珠，此岂人为之哉？古圣人以文明道，而不讳修词。骈体者，修词之尤工者也。六经滥觞，汉、魏延其绪，六朝畅其流。论者先散行后骈体，似亦尊乾卑坤之义。然散行可蹈空，而骈文必征典。骈文废，则悦学者少，为文者多，文乃日敝。”③ 古文家多以单行散句之文视为文章之正宗，认为人为造作骈丽文辞，影响了道的传达，容易使人溺于辞采而不觉。袁枚从自然规律出发，认为骈散是自然的规律，一奇一偶乃是万物之道，也是为文之道，尊散抑骈是对道的背离。从朝廷鸿篇到民间婚丧，骈文运用广泛，前人有文章立言之说，也有文章报国之说，袁枚将骈文列入了文章报国之列。“尝谓功业报国，文章亦报国，而文章之著作为尤难。……且所谓文章报国者，非必如《贞符》《典引》刻意颂谀而已。但使有鸿丽辨达之作，踔绝古今，使人称某朝文有某氏，则亦未必非邦家之光。”④ 骈辞丽

① （清）袁枚：《小仓山房文集》，《袁枚全集新编》第6册，第321页。
② （清）袁枚：《小仓山房文集》，《袁枚全集新编》第6册，第358页。
③ （清）袁枚：《小仓山房文集》，《袁枚全集新编》第5册，第226页。
④ （清）袁枚：《小仓山房文集》，《袁枚全集新编》第6册，第305页。

句传之久远，这也是文章报国之举，袁枚将骈文的地位抬得很高。

骈散并行乃是自然之道，袁枚对排斥骈文的做法多有不满。他在《胡稚威骈体文序》中说道："宋人起而矫之，轻倩流转，别开蹊径，古人固而存之之义绝焉。自是格愈降，调愈卑，靡靡然皮傅而已，虽骈其词，仍无资于读书。文之中又唯骈体尤敝。"[①] 宋人文章重意轻文，偶有骈丽也只是得古人皮毛，无复古人之风韵，袁枚对宋人轻视辞采的观点提出了批评。宋人尊古文抑骈文，这其实是唐代古文运动的延续，苏轼称赞韩愈"文起八代之衰"，正是要继承韩愈的古文思想。韩愈的古文表面上是针对散文创作中过度讲究形式上的骈偶而发，实则是欲于意识形态领域挽救颓败的社会风气，促使中兴的出现。因而，韩愈的古文理论重意轻辞。他在《答刘正夫书》中说："或问：为文宜何师？必谨对曰：宜师古圣贤人。曰：古圣贤人所为书具存，辞皆不同，宜何师？必谨对曰：师其意，不师其辞。又问曰：文宜易宜难？必谨对曰：无难易，惟其是尔。"[②] 韩愈所谓的"意"便是儒家之道。他《原道》一文中说："吾所谓道也，非向所谓老与佛之道也。尧以是传之舜，舜以是传之禹，禹以是传之汤，汤以是传之文武周公，文武周公传之孔子，孔子传之孟轲，轲之死，不得其传焉。"[③] 韩愈认为，古文创作的关键在于道德的修养，个人的道德修养决定了其在文学上的成就。"将蕲至于古之立言者，则无望其速成，无诱于势利，养其根而俟其实，加其膏而希其光。根之茂者其实遂，膏之沃者其光晔；仁义之人，其言蔼如也。"[④] 在重道的前提下，韩愈力图恢复单行散句的古文传统，反对过度追求形式上的华美。韩愈的古文理论为八大家、桐城派所接受，由此形成了古文的"文统"。韩愈的古文运动志在恢复文中之道，而后代的古文却震于"文起八代之衰"，专注于单行散句，不再追求文章的审美性。正如刘后村所言："近世贵理学，而贱诗赋。间有篇章，不过押韵之语录、讲章耳。"[⑤] 针对"文起八代之衰"一说，袁枚进行了辩驳，

---

① （清）袁枚：《小仓山房文集》，《袁枚全集新编》第 5 册，第 226 页。

② （唐）韩愈：《韩昌黎文集校注》，上海古籍出版社 1986 年校注版，第 207 页。

③ （唐）韩愈：《韩昌黎文集校注》，第 18 页。

④ （唐）韩愈：《韩昌黎文集校注》，第 169 页。

⑤ （宋）刘克庄：《跋吴帅卿杂著・恕斋诗存稿》，《后村先生大全集》卷 111，民国十二年上海涵芬楼影印本。

"足下云云，盖震于昌黎'起八代之衰'一语，而不知八代固未尝衰也。何也？文章之道，如夏、殷、周之立法，穷则变，变则通。西京浑古，至东京而渐漓。一二文人，不得不以奇数之穷，通偶数之变。及其靡曼已甚，豪杰代雄，则又不屑雷同，而必挽气运以中兴之。徐、庾、韩、柳，亦如禹、稷、颜子，易地则皆然者也。然韩、柳亦自知其难，故镂肝鉥肾，为奥博无涯涘。或一两字为句，或数十字为句，拗之，练之，错落之，以求合乎古。人但知其戛戛独造，而不知其功苦，其势危也。误于不善学者，而一泻无余。盖其词骈，则征典隶事，势难不读书；其词散，则言之无物，亦足支持句读。吾尝谓韩、柳为文中五霸者，此也。然韩、柳琢句，时有六朝余习，皆宋人之所不屑为也。惟其不屑为，亦复不能为，而古文之道终焉。"①"文起八代之衰"一直是古文一派的口实，袁枚不仅从文学发展的角度否定了"文起八代之衰"，而且还从韩愈、柳宗元等人的创作实际出发，认为韩柳古文并不废骈体。韩愈、柳宗元的古文其实并不废骈体，后人矫枉过正，走上了极端，袁枚的批评釜底抽薪，点中了唐宋派古文的要害。对于唐宋以来形成的"文统"，袁枚也多有不满，他在《书茅氏八家文选》中说道：

> 凡类其人而名之者，一时之称也。如周有"八士"、舜有"五人"、汉有"三杰"、唐有"四子"是也。未有取千百世之人而强合之为一队者也。有之者，自鹿门"八家"之目始。明代门户之习，始于国事，而终于诗文。故于诗则分唐、宋，分盛、中、晚，于古文又分为八，皆好事者之为也，不可以为定称也。夫文莫盛于唐，仅占其二；文亦莫盛于宋，苏占其三。鹿门当日，其果取两朝文而博观之乎，抑亦就所见所知者而撮合之乎？且所谓一家者，谓其蹊径之各异也。三苏之文，如出一手，固不得判而为三。曾文平纯，如大轩骈骨，连缀不得断，实开南宋理学一门，又安得与半山、六一较伯仲也！……或问：有八家，则六朝可废欤？曰，一奇偶，天之道也；有散有骈，文之道也。文章体制，如各朝衣冠，不妨互异。其状貌之妍

① （清）袁枚：《小仓山房文集》，《袁枚全集新编》第6册，第362—363页。

嫱，固别有在也。天尊于，偶统于奇，此亦自然之理。然而学六朝不善，不过如纨裤子弟，熏香剃面，绝无风骨，止矣。学八家不善，必至于村媪呶呶，顷刻万语，而斯文滥焉。读八家者，当知之。[①]

茅坤的《唐宋八大家文钞》是唐宋古文运动的产物，它倡导单行散句，不讲格式，对扭转骈文过度追求形式起到了一定的作用。其流弊是一味复古，不重文采，忽视了文学的形式美。袁枚对《唐宋八大家文钞》的批评并不是否定古文，而是对唐宋派只知单行散句的美、不知骈体文形式上的美感到不满，希望能消除骈散之争，恢复散文骈散互用的传统。

乾嘉时期骈文创作再度进入高峰，袁枚对富有才气的骈文持赞赏的态度。他评胡天游的骈文："吾友稚威有意振之，得若干卷，锦摛霞驳，技至此乎！然吾谓稚威之文虽偶实奇。何也？本朝无偶之者也。迦陵、绮园非其偶也。今人不足取，于古人偶之者，玉溪生而止耳。再偶则唐四家与徐、庾、燕、许也。吾将偶之，而恐未逮，乃先为之序。"[②] 袁枚认为胡天游的骈文在本朝独一无偶，能与之匹配的只有李商隐、徐陵、庾售、张说、苏颋等数家。胡天游的骈文雄奇瑰伟，不涉理学气和书卷气，在清代少人能及，袁枚的评价体现了他对骈文审美性的追求。袁枚是乾嘉时期的骈文、古文大家，其骈文也是气势磅礴，情意深远，他的古文骈散兼具，独具一格。我们不妨看看其《随园后记》。

夫物虽佳，不手致者不爱也；味虽美，不亲尝者不甘也。子不见高阳池馆、兰亭梓泽乎？苍然古迹，凭吊生悲，觉与吾之精神不相属者。何也？其中无我故也。公卿富豪未始不召梓人营池囿，程巧致功，千力万气，落成，主人张目受贺而已。问某树某名，而不知也。何也？其中亦未尝有我故也。惟夫文士之一水一石、一亭一台，皆得之于好学深思之余。有得则谋，不善则改。其莳如养民，其刈如除恶，其创建似开府，其浚渠篑山如区土宇版章。默而识之，神而明

① （清）袁枚：《小仓山房文集》，《袁枚全集新编》第 7 册，第 605—606 页。

② （清）袁枚：《小仓山房文集》，《袁枚全集新编》第 5 册，第 226 页。

之。惜费，故无妄作；独断，故有定谋。及其成功也，不特便于己、快于意，而吾度材之功苦，构思之巧拙，皆于是征焉。[①]

袁枚此文以意为主，不拘于骈散，一往情深，而骈散自具，与古文家一味求单行散句是不一样的。袁枚的文章理论与其写作实践相吻合。

（四）阮元的骈文之辨

阮元是嘉道时期汉学的领袖，曾主持校刊《十三经注疏》《文选楼丛书》等著作，《清史稿》称赞“主持风会数十年，海内学者奉为山斗”，其学术思想对后世影响很大。嘉庆以后，桐城派声势渐起，其所标榜的“道统”和“文统”对汉学造成了很大的压力。针对桐城派以古文为文章正宗的论调，阮元对“文”进行了考证，考证的结果是骈文是“文”之正宗。阮元尤其注意对“文”的辨析，他从学科分类的角度对“文”进行了界定。在《书梁昭明太子文选序后》中他说道：“今人所作之古文，当名之为何？曰：凡说经讲学皆经派也，传志记事皆史派也，立意为宗皆子派也，惟沉思翰藻乃可名曰文也。非文者尚不可名之为文，况名之曰古文乎！”[②] 阮元不断强调，“文”与经、史不一样，只有“事出沉思，义归翰藻”才能称为“文”，经史都不能称为“文”。正是因为这种学科分类的意识，阮元晚年在整理其文集时有意将骈文列为单独的一类，以区别于经史，也区别于古文。“余三十余年以来，说经记事，不能不笔之于书。然求其如《文选序》所谓‘事出沉思，义归翰藻’者甚鲜，是不得称之为文也。”[③] 阮元编定的《研经室集》分为四类，一为说经之作，十四卷；二为近于史之作，八卷；三为近于子之作，五卷；四为“御试之赋及骈体有韵之作”。传统经史子集的目录学分类在阮元这里具有了学科分类的意义，他有意将古文排除在文集之外，这其实是宣布古文并非真正意义上的“文”。阮元认为真正的“文”应该是“事出沉思，义归翰藻”之作，而他的“御试之赋及骈体有韵之作”符合“文”的标准。为了证明“事出沉思，义归翰藻”是“文”的正解，阮元特意写了《文言说》一文。

① （清）袁枚：《小仓山房文集》，《袁枚全集新编》第 5 册，第 233—234 页。
② （清）阮元：《研经室集》，《续修四库全书》第 1479 册，第 198 页。
③ （清）阮元：《研经室集》，《续修四库全书》第 1478 册，第 527 页。

古人无笔砚纸墨之便，往往铸金刻石，始传久远。其著之简策者，亦有漆书刀削之劳，非如今人下笔千言，言事甚易也。许氏说文“直言曰言。论难曰语。”《左传》曰：“言之无文，行之不远。”此何也？古人以简策传事者少，以口舌传事者多，以目治事者少，以口耳治事者多，故同为一言，转相告语，必有愆误，是必寡其词，协其音，以文其言，使人易于记诵，无能增改，且无方言俗语杂于其间，始能达意，始能行远。此孔子于《易》所以著文言之篇也。古人歌诗、箴铭、谚语凡有韵之文，皆此道也。《尔雅·释训》主于训蒙，“子子孙孙”以下用韵者三十二条，亦此道也。孔子于乾、坤之言，自名曰“文”，此千古文章之祖也。为文章者，不务协音以成韵，修词以达远，使人易诵易记，而惟以单行之语，纵横恣肆，动辄千言万字，不知此乃古人所谓直言之言，论难之语，非言之有文者也，非孔子之所谓文也。《文言》数百字，几于句句用韵。孔子于此发明乾坤之蕴，诠释四德之名，几费修词之意，冀达意外之言。要使远近易诵，古今易传，公卿学士皆能记诵，以通天地万物，以警国家身心，不但多用韵，抑且多用偶。①

阮元“文”就是文饰，他从三个角度论析这一观点。其一，古人无后人的书写用具，“以口舌传事者多，以目治事者少”，为了能够传之久远，必然丽其词，协其音，使人能够方便地记诵。其二，考证“文”与“言”“语”的区别。《说文解字》有“直言曰言，论难曰语”，可见“文”与“言”“语”并非同一概念。其三，孔子所作《文言》其意为“言文”，此文重词藻、讲声韵，为千古文章之祖。阮元从人性、考证、孔子所作的《文言》三个角度论证了“文”即为文饰。长期以来所推崇的单行散句之文在他看来乃是“直言之言”与“论难之语”，与“文”无涉。为了论证“文”即文饰，阮元还广搜旁证，反复论证。刘勰《文心雕龙·总术》：“今之常言，有文有笔；以为无韵者笔也，有韵者文也。”② 阮元在评该文

① （清）阮元：《研经室集》，《续修四库全书》第1478册，第1479册，第196页。
② （南朝梁）刘勰著，戚良德辑校：《文心雕龙》，第246页。

时说道："按文笔之义，此最分明。盖文取乎沉思翰藻，吟咏哀思，故以有情辞声韵者为文。笔从聿，亦名不聿。聿，述也。故直言无文采者为笔。史记'春秋笔则笔'，是笔为据事而书之证。"[①] 阮元批评古文并非真的"文"，"元谓古人于籀史奇字，始称古文，至于属辞成篇，则曰文章。故班孟坚曰'武宣之世，崇礼官，考文章。'又曰'雍容揄扬，著于后嗣，大汉之文章炳焉与三代同风。'是故两汉文章，著于班范，体制和正，气息渊雅，不为激音，不为客气，若云后代之文，有能盛于两汉者，虽愚者亦知其不能矣。"[②] 找到了"文"的真义，阮元也就为"文"确定了其外延，"是故昭明以为经也，史也，子也，非可专名之为文也；专名为文，必沉思翰藻而后可也"[③]。这就为"文"圈定了地盘。

阮元认为孔子的《文言》是"千古文章之祖"，而《文言》是《易经》中的一篇。《易经》乃为经学，如果将《文言》视为"文"，那经与"文"之别何在？为了解决这一问题，阮元将"文"的起源定在了屈原。

> 懿夫人文大著，肇始六经。典、坟、邱、索，无非体要之辞；礼、乐、诗、书，悉著立诚之训。商瞿观象于文言，邱明振藻于简策：莫不训辞尔雅，音韵相谐。至于命成润色，礼举多文；仰止尼山，益知宗旨。使其文章正体，质实无华。是犬羊虎豹，翻追棘子之谈；黼黻青黄，见斥庄生之论也。周末诸子奋兴，百家并骛。老、庄传清净之旨，孟、荀析善恶之端；商、韩刑名，吕、刘杂体：若斯之类，派别子家，所谓以立意为宗，不以能文为本者也。至于纵横极于战国，春秋纪于楚、汉，马、班创体，陈、范希踪：是为史家重于序事，所谓传之简牍，而事异篇章者也。夫以子若彼，以史若此，方之篇翰，实有不同是。惟楚国多才，灵均特起，赋继孙卿之后，词开宋玉之先，隐耀深华，惊采绝艳。故圣经贤传，六艺于此分途；文苑词林，万世咸归围范矣。……自周以来，体格有殊，文章无异。若夫昌黎肇作，皇李从风，欧阳自兴，苏王继轨，体既变而异今，文乃尊而

① （清）阮元：《研经室集》，《续修四库全书》第1478册，第255页。
② （清）阮元：《研经室集》，《续修四库全书》第1478册，第198—199页。
③ （清）阮元：《研经室集》，《续修四库全书》第1479册，第198页。

称古。综其议论之作，并升荀孟之堂，核其叙事之辞，独步马班之室。拙目妄讥其纰缪，俭腹徒袭为空疏，实沿子史之正流，循经传以分轨也。考夫魏文《典论》，士衡赋文，挚虞析其流别，任昉溯其原起，莫不谨严体制；评隲才华，岂知古调已遥，矫枉或过，莫守彦和之论，易为真氏之宗矣。①

阮元认为前代圣贤著述虽有音韵、辞采，但以立意为宗，不以能文为本，还不是真正意义上的“文”。他认为六艺之分途始于屈原，之后的八大家并不得“文”之正轨，只能是子史之流。可见，阮元对“文”的界定相当严格。阮元虽然严格划定“文”的范围，但他的“文”却只重音韵、辞藻，并不重“立意”，这是他确立“文”这一门类时存在的最大弊病。朱自清说道：“阮氏本人于‘沉思’无说，他所着重的似乎专在‘翰藻’一面；他在《文韵说》里道：‘凡文者，在声为宫商，在色为翰藻。’‘翰藻’与‘宫商’对文，简直将‘沉思’撇了开去。”② 这个分析是正确的。

阮元认为《文选》所提出的“事出于沉思，义归乎翰藻”是“文”的内涵，他常常引《文选》为同调。萧统理解的“文”其实与阮元是有区别的。萧统虽然提出“事出于沉思，义归乎翰藻”，但他并没有以此来界定文。从所选的文体上看，他的“文”其实相当宽泛，包含有赋、诗、骚、七、诏、册、令、教、文、表、上书、启、弹事、笺、奏记、书、檄、移、对问、设论、辞、序、颂、赞、符命、史论、史述赞、论、连珠、箴、铭，诔，哀，碑文，墓志，行状，吊文，祭文，这比阮元的“文”在文体上要丰富。萧统虽然将经史委婉拒之门外，但他也并没有明确地说经史非文。他说：“若夫姬公之籍，孔父之书，与日月俱悬，鬼神争奥，孝敬之准式，人伦之师友，岂可重以芟夷，加之剪截？老庄之作，管孟之流，盖以立意为宗，不以能文为本，今之所撰，又以略诸。”③ 萧统的“事出于沉思，义归乎翰藻”只是一种文章的分类方法，而阮元却将它视为一学科门类。

① （清）孙梅：《四六丛话》，《续修四库全书》第1715册，第192—193页。
② 朱自清：《大家国学　朱自清卷》，天津人民出版社2008年版，第322页。
③ （南朝）萧统：《文选》，上海古籍出版社1986年版，第2页。

阮元为什么要对“文”进行过度阐释呢？这与当时的汉宋之争不无关系。作为国家重吏，阮元自然不能直接抨击宋儒，但他强硬释“文”，这本身就是对宋儒的回击。果然，宋学阵营对此尤为不满。方东树批评道：“汉学家论文，每曰土苴韩、欧，俯视韩、欧；又曰骫矣韩、欧。夫以韩、欧之文而谓之骫，真无目而唾天矣！及观其自为，及所推崇诸家，类如屠沽计帐。扬州汪氏谓：文之衰，自昌黎始。其后扬州学派皆主此论，力诋八家之文为伪体。阮氏著《文笔考》，以有韵者为文，其指亦如此。江藩尝谓余曰，吾文无他过人，只是不带一毫八家气息。又凌廷堪集中，亦诋退之文非正宗，于是遂有訾《平淮西碑》，书法不合史法者。举凡前人所有成说定论，尽翻窠臼，荡然一改，悉还汉唐旧规，祧宋而去之，使永远万世，有宋不得为代，程朱不得为人，然后为快足于心。大抵以复古为名，而宇内学者，耳目心思为之一变。”① 明清以来的古文一直与理学紧密相关，甚至可以说是文道不分，抹杀古文无异于抹杀理学，骈散之争的背后正是汉宋之争。

二 文章正宗之争

唐宋两次古文运动都以骈文为革命的对象，认为骈文徒求词华，为文之骈枝，于国家的政教功用有害无益。古文不以文自期，而是以道自任，在载道的口实之下，古文与道体合一，道文分辨不清。正如梁启超所言：“自宋欧阳庐陵有因文见道之说，厥后文士往往自托于道学。”② 古文具有了挟天子以令诸侯的资本，骈文自然难与之争文章之正宗。骈文地位上升，八大家及桐城派古文的地位没有得到承认，古文与骈文孰为文章之正宗，这一问题成为乾嘉时期绕不过去的问题。对这一问题的争论涉及骈文与古文地位、文章的价值取向等问题。上文已提及，以阮元为代表的汉学家对骈文的推尊是对桐城派古文传统的否定，其背后隐含着对理学的批判。骈文能够与古文争正宗，从根本上来说，与乾嘉特殊的学术语境分不开，这一点毋庸赘述，这里只想考察两者如何争夺文章之正宗。

---

① （清）方东树：《汉学商兑》，《续修四库全书》第951册，第613页。

② 梁启超：《论中国学术思想变迁之大势》，《梁启超全集》第3册，第97页。

乾隆年间，袁枚曾以一诗句论断诗文之正宗，“一代正宗才力薄，望溪文集阮亭诗”①。雍乾间，方苞古文“义法”名重一时，得到了帝王的认可，其古文选本《古文约选》《钦定四书文》为士子学习的楷模，袁枚将之视为“一代正宗”并不过分。虽则如此，袁枚对方苞仍有不满。“试观望溪，可能吃得住一个大题目否？可能叙得一二大名臣、真豪杰否？可能上得万言书，痛陈利弊否？”② 袁枚在文章上推崇的是雄奇的气概，尤其是像胡天游那种敢于傲睨世俗的文风。方苞在世时，古文虽也为世人称道，但批评的声音也不少。朱仕琇说道：“时桐城方苞为古文有重名，天游力诋之。”③ 乾隆中叶以后，考据学兴起，方苞的学识、理学、古文都遭到了汉学家的批判，其古文正宗的地位岌岌可危。从文学的角度来看，汉学家对方苞的批评未免意气用事，他们用广义的古文批判方苞具有审美性的古文，由此得出方苞无学、无文的简单结论。在这个问题上，倒是袁枚看得比较清。他在《与韩绍真书》中说道：“尝谓方望溪才力虽薄，颇得古文义意。乃竹汀少詹深鄙之，与仆少时见解相同。中年以后则不敢复为此论。盖望溪读书少，而竹汀无书不览，其强记精详又远出仆上，以故渺视望溪，有刘贡父笑欧九之意。不知古文之道，不贵书多，所读之书不古，则所作之文亦不古。唐、宋以来，推韩、柳能为古文……其得力处，全在镕铸变化，纯以神行。若欲自炫所学，广搜百氏，旁摭佛老及说部书，儳入古文，便伤严洁。”④ 方苞虽然是信奉程朱理学，但他的古文能够镕铸变化，以文运事，生动感人，这比汉学家的古文要好得多。袁枚的评价应该说是比较客观的。

在方苞之后，姚鼐试图力挽狂澜，倡导汉史散文和八大家古文，他的《古文辞类纂》试图构建史汉散文——八大家古文——桐城派古文的文统，从而确立桐城派“一代正宗”的地位。姚鼐虽然在古文的审美性追求上更胜方苞一筹，但他的文道观念仍然相当传统。“夫古人之文，岂第文焉而已，明道义、维风俗以诏世者，君子之志；而辞足以尽其志者，君子之文

① （清）袁枚：《小仓山房诗集》，《袁枚全集新编》第3册，第644页。
② （清）袁枚：《小仓山房尺牍》，《袁枚全集新编》第15册，第230页。
③ （清）胡天游：《石笥山房集》，《清代诗文集汇编》第279册，第8页。
④ （清）袁枚：《小仓山房尺牍》，《袁枚全集新编》第15册，第126页。

也。达其辞则道以明，昧于文则志以晦。鼐之求此数十年矣，瞻于目，诵于口，而书于手，较其离合而量剂其轻重多寡，朝为而夕复，捐嗜舍欲，虽蒙流俗讪笑而不耻者，以为古人之志远矣，苟吾得之，若坐阶席而接其音貌，安得不乐而愿日与为徒也。”[①] 唐宋八大家的古文也是他学习的榜样：“宋朝欧阳、曾公之文，其才皆偏于柔之美者也。欧公能取异己者之长而时济之，曾公能避所短而不犯，观先生之文，殆近于二公焉。抑人之学文，其功力所能至者，陈理义必明当，布置取舍、繁简廉肉不失法，吐辞雅驯不芜而已。古今至此者，盖不数数得。然尚非文之至，文之至者通乎神明，人力不及施也。先生以为然乎？”[②] “夫文章之事，有可言喻者，有不可言喻者。不可言喻者，要必自可言喻者而入之。韩昌黎、柳子厚、欧、苏所言论文之旨，彼固无欺人语，后之论文者，岂能更有以逾之哉！若夫其不可言喻者，则在乎久为之自得而已！震川阅本《史记》，于学文者最为有益，圈点启发人意，有愈于解说者矣。”[③] 以八家为法，推崇归唐古文，这是姚鼐古文思想的价值取向。姚鼐于古文和时文不甚分别，这与归有光、唐顺之相似。“东汉六朝之志铭，唐人作赠序，乃时文也。昌黎为之则古文矣。明时经艺、寿序时文也，熙甫为之则古文矣。作古文者生熙甫后若不解经艺便是缺陷。……大抵从时文家逆追经艺古文之理甚难，若本解古文，直取以为经义之体，则为功甚易，不过数月内可成也。贤既作古文，须知经义一体，又应科训，徒不得弃时文，然此两处划开用功，亦两不相碍。”[④] 时文与古文都阐发经义，姚鼐认为两者并不矛盾，这与明代以来“以古文济时文”的古文传统也是一致的，但这与乾嘉汉学家在价值取向上有很大差别。姚鼐不严格区分古文和时文，但对骈文的兴起感到不满，对骈文持排斥的态度，“今世时文之道殆成绝学矣，由诸君子视之太卑也。夫四六不害为文学之美，时文之体岂不尊于四六乎？”[⑤] 尊古文抑骈文，姚鼐在骈散问题上与唐宋古文运动的倡导者并无二致。姚

① （清）姚鼐：《惜抱轩诗文集》，第 89 页。
② （清）姚鼐：《惜抱轩诗文集》，第 94 页。
③ （清）姚鼐：《惜抱先生尺牍》，《丛书集成续编》第 130 册，第 904 页。
④ （清）姚鼐：《惜抱先生尺牍》，《丛书集成续编》第 130 册，第 927 页。
⑤ （清）姚鼐：《惜抱先生尺牍》，《丛书集成续编》第 130 册，第 924 页。

鼐对骈文的复兴持批判的态度，对于汉学家以骈文为正宗的观点，他更是无法接受，正如他无法接受汉学家对理学的批评一样。“吾孤立于世，与今日所云汉学诸贤异趣，然近亦颇有知吾说之为是者矣。浑潦既尽，正流必显，此事理之必然者耳。至于文章之事，诸君亦了未解。凌仲子至以《文选》为文家之正派，其可笑如此。”[①] 汉学与宋学之争，骈文与古文地位之争，不经意之间又纠缠在一起，学术观念导致的文学观念的冲突再起波浪。

桐城派严格区别古文与骈文，认为骈文是旁门别道，方苞劝人作古文“不可入语录中语、魏晋六朝藻丽俳语、汉赋中板重字法、诗歌中隽语、《南北史》佻巧语”[②]。梅曾亮也说：“盖骈体之文如俳优登场，非丝竹金鼓佐之，则手足无措。其周旋揖让，非无可观，然以之酬接，则非人情也。”[③] 汉学家认为骈文为文章之正宗，自然要贬低古文。凌廷堪说道：“盖昌黎之文，化偶为奇，戛戛独造，特以矫枉于一时耳，故好奇者皆尚之；然谓为文章之别派则可，谓为文章之正宗则不可也。宋初古学犹存，文章矩矱人皆知之，故姚氏明于决择如此。熙宁而后，厌故喜新，末学习为固然。元明以来，久不复识源流之别矣。窃谓昌黎之论文与考亭之论学，皆欲以一人之见，上掩千古，虽足以矫风尚之同，而实便于空疏之习。故韩、欧作而挚虞、刘勰之焰炽，洛、闽兴而冲远、叔明之势绌，废坠之所由来者渐矣。今一二有识者，知蹈虚言理不如名物训诂之实有可凭也，于是蒐遗订佚，倡之于前，士从事于学者皆以复古为志，而论文则贸贸焉但曰八家，是知二五而昧于十也。因读《文粹》，感而书此。”[④] 凌廷堪认为韩愈所倡导的古文并非文章之正宗，而是文章之流别，骈文才是文章之正宗。他对唐宋以后作者不辨文章之真伪感到不平，对汉学家考证名物，不知文章之正宗也有所不满。凌廷堪在给他的老师翁方纲的信中明确申明自己的发现：

---

① （清）姚鼐：《惜抱先生尺牍》，《丛书集成续编》第130册，第977页。

② 徐珂：《清稗类钞》，中华书局1986年版，第3884页。

③ （清）梅曾亮：《柏岘山房诗文集》，《续修四库全书》第1513册，第611页。

④ （清）凌廷堪：《校礼堂文集》，第290页。

> 今年在扬州，见汪君容甫，研经论古，偶及篇章。汪君则以为《周官》、《左传》本是经典，马史、班书亦归纪载，孟、荀之著述迥异于鸿篇，贾、孔之义疏不同于盛藻。所谓文者，屈宋之徒，爰肇其始，马扬崔蔡，实承其绪，建安而后，流风大畅，太清以前，正声未泯。是故萧统一序，已得其要领，刘勰数篇，尤征夫详备。唐之韩、柳，深谙斯理；降至修、轼，寖失其传。是说也同学或疑之，廷堪则深信焉。第云文艺，厥故难明，譬彼儒林，其则不远。夫灵均之高曾规矩，不犹汉晋之授受专门乎？昌黎之力排骈丽，不犹洛闽之高谈性命乎？北地之追秦汉，何异姚江之致良知也？震川之祖欧、苏，何异余干之主忠信也？虽门径岐趋，冰炭殊尚，而衡诸旧训，总属背驰。世儒言学则知尊两汉，而论文但解法八家，此则廷堪所滋惑者矣。独是汪君，既以萧、刘作则，而又韩、柳是崇，良由识力未坚，以致游移莫定。犹之《易》主荀、虞而周旋辅嗣，《诗》宗毛、郑而回护考亭，所谓不古不今，非狐非貉也。愚见若是，未知适从，伏惟教之。①

汪中在与凌廷堪“偶及篇章”时对学科门类作了分辨，认为《周官》《左传》及六经为经学，《史记》《汉书》为史学，孟子、荀子及其他诸子的著述以及贾、孔之义疏也不是鸿篇之文章。凌廷堪认为所谓的“文”当是屈原肇始，两梁、齐梁承其绪，唐宋以后失其传的骈体之文。凌廷堪对汪中的分类以及对文章的界定非常认可，认为汪中切中了文章的要义，辨析了文与非文。汪中认定骈文为文章之正宗，但又“识力未坚，以致游移莫定”。凌廷堪对此有所不满，认为应该坚定此信念，并传播开去。凌廷堪借汪中声明了自己的观点，他将韩愈倡导的古文比作宋儒的高谈性命，这就否定了古文存在的合法性。凌廷堪认为骈文不仅是文章之正宗，而且还可以与经史并称，“灵均之高曾规矩，不犹汉晋之授受专门乎”，可见他对骈文评价之高。

阮元在辩论文章之正宗上较凌廷堪走得更远，他反复考证、论辩，认为“文”即文饰，孔子的《文言》篇即为铁证，后世当遵之。“孔子《文

---

① （清）凌廷堪：《校礼堂文集》，第195—196页。

言》实为万世文章之祖。此篇奇偶相生，音韵相和，如青白之成文，如咸韶之合节，非清言质说者比也，非振笔纵书者比也，非诘屈涩语者比也。"[①]阮元认为后世的古文并不得文的真义，对后世古文很不满。他说："近代古文名家，徒为科名时艺之累，于古人之文有益时艺者，始竞趋之。元尝取以置之两《汉书》中诵之，拟之，淄渑不能同其味，宫征不能壹其声，体气各殊，弗可强已。若谓前人朴拙不及后人反复思之，亦未敢以为然也。夫势穷者必变，情弊者务新，文家矫厉，每求相胜，其间转变，实在昌黎。昌黎之文，矫《文选》之流弊而已。《昭明选序》，体例甚明，后人读之，苦不加意。《选序》之法，于经子史三家不加甄录，为其以立意纪事为本，非沉思翰藻之比也。今之为古文者，以彼所弃，为我所取，立意之外，惟有纪事，是乃子史正流，终与文章有别。千年坠绪，无人敢言，偶一论之，闻者掩耳。"[②]阮元认为韩愈等人是"矫《文选》之流弊而已"，并不是真正地推倒骈丽之文，而此后的古文家不辨是非，误入歧途，无复得古人真义。"自唐、宋韩、苏诸大家以奇偶相生之文为八代之衰而矫之，于是昭明所不选者，反皆为诸家所取，故其所著者，非经即子，非子即史，求其合于昭明序所谓文者，鲜矣；合于班孟坚《两都赋序》所谓文章者，更鲜矣。其不合之处，盖分于奇偶之间。经子史多奇而少偶，故唐、宋八家不同偶；《文选》多偶而少奇，故昭明不尚奇。如必以比偶非文之古者而卑之，则孔子自名其言曰'文'者，一篇之中，偶句凡四十有八，韵语凡三十有五，岂可以为非文之正体而卑之乎？"[③]阮元搬出孔子的《文言》篇，认为后世所谓的古文偏离了孔子的方向，不得谓之"文"，更别说古文了。阮元将两者进行对比，其目的是将骈文置于文章正宗的地位，而把长期以来以正宗自居的古文拉下神坛。

阮元对"文"的辨析可以说是对传统古文观念的颠覆，他对此颇为自负，晚年订《研经室集》时对此仍然耿耿于此。"元四十余岁，已刻《文集》二三卷，心窃不安，曰：'此可当古人所谓文乎？僭矣，妄矣。'一日，读《周易·文言》，恍然曰：'孔子所谓文者，此也。'著《文言说》，

---

① （清）阮元：《研经室集》，《续修四库全书》第1479册，第198页。

② （清）阮元：《研经室集》，《续修四库全书》第1479册，第199页。

③ （清）阮元：《研经室集》，《续修四库全书》第1479册，第198页。

乃屏去先所刻之文，而以经、史、子区别之，曰：‘此古人所谓笔也，非文也。除此，则可谓之文者，亦罕矣。’六十岁后，乃据此削去文字，只名曰‘集’而刻之。又十数年，积若干篇。至七十六岁，予告归田，以所积者刻为《续集》。不肯索序于人，只于此自识数言，以明己意而已。”[①]阮元官职大，历任湖广总督、两广总督、云贵总督等要职，官至二品，在当时的学术文化界有广泛的影响。嘉庆以后，桐城派声誉渐起，影响也不断扩大，面对阮元等汉学家对骈文的推崇，桐城派文人不得不对骈散的关系作重新思考。正面回应阮元的桐城派文人是刘开，他写了长文《与芸台宫保论文书》，与阮元探讨文章之源流正变。

刘开对阮元的文论见解极其赞美。“夫天下有‘无不可达之区’，即有‘必不能造之境’；有‘不可一世之人’，即有‘独成一家之文’。此一家者，非出于一人之心思才力为之，乃合千古之心思才力变而出之者也。非尽百家之美，不能成一人之奇。非取法至高之境，不能开独造之域。此惟韩退之能知之，宋以下皆不讲也。”[②] 刘开的赞颂虽有谀美之嫌，但我们可以从中看出，他对骈文已不像方苞、姚鼐那样持排斥的态度，而是认可了骈文的合理性。桐城派以“文统”自居，面对着汉学家对八大家文统的批评，刘开做出了回应。他认为：“盖文章之变，至八家齐出而极盛；文章之道，至八家齐出而始衰。”[③] 为何盛衰皆由八家？刘开认为：“谓之盛者，由其体之备于八家也，为之者各有心得，而后乃成于八家也，谓之衰者，由其美之尽于八家也？学之者不克远溯，而亦即限于八家也。”[④] 八大家代表了古文的正统，如何评论八大家古文，这成了对待骈散态度的关键。刘开认为文章盛衰皆由八大家，表面上看对八大家有抑有扬，其实未然。他认为八大家古文之衰乃是由于学者不善学之故，而非八家之过。他认为学八大家者主要有三病：一是不知学古，只是以八大家为模仿对象；二是求形不求意，邯郸学步，不知所以然；三是以质朴为文章之正宗，没有看到

① （民国）山西省文献委员会：《山右丛书初编》第12册，上海古籍出版社2014年版，第399页。

② （清）刘开：《孟涂文集》，《清代诗文集汇编》第543册，第521页。

③ （清）刘开：《孟涂文集》，《清代诗文集汇编》第543册，第522页。

④ （清）刘开：《孟涂文集》，《清代诗文集汇编》第543册，第522页。

文章的辞采性。刘开批评了固守八大家者，认为他们导致了古文的衰败。刘开将古文的流弊归因于固守八大家而不知通变者，他认为八大家并没有问题，问题出在不善学者身上。从刘开的辨析，我们不难看出，他并没有否定八大家的古文传统，而是认为八大家将古文推向了繁荣，功不可没。刘开认为八大家的古文习古而能通变，自成一家，义法兼备。因此“善学文者，其始必用力于八家，而后得所从入”①。刘开认为八大家的古文并没有放弃对骈词丽句的追求，后来者不应该止步于八家，应该由八家而上，广泛师承古学，在骈散融合中形成自己的风格。

> 于是乎从容于《孝经》以发其端，讽诵于典谟训诰以庄其体，涵泳于国风以深其情，反复于变雅、《离骚》以致其怨。如是而以为未足也，则有《左氏》之宏富，《国语》之修整，益之以《公羊》《谷梁》之清深。如是而以为未足也，则有《大戴记》之条畅，《考工记》之精巧，兼之以荀卿、扬雄之切实。如是而又以为未足也，则有老氏之浑古，庄周之骀荡，列子之奇肆，管夷吾之劲直，韩非之峭刻，孙武之简明，可以使之开涤智识，感发意趣。如是术艺既广，而更欲以括其流也，则有《吕览》之赅洽，《淮南》之瑰玮，合万物百家以泛滥厥辞，吾取其华而不取其实。如是众美既具，而更欲以尽其变也，则有《山海经》之怪艳，《洪范传》之陆离，《素问》《灵枢》之奥衍精微，穷天地事物以错综厥旨，吾取其博而不取其侈。凡此者，皆太史公所遍观以资其业者也，皆汉人所节取以成其能者也。以之学道，则几于杂矣；以之为文，则取精多而用愈不穷，所谓聚千古之心思才力而为之者也。而变而出之，又自有道。食焉而不能化，犹未足为神明其技者也。②

刘开的师古相当宽泛，不仅包括儒经，而且还包括老、庄；不仅求义理，而且还重考据。在汉宋、骈散激烈争辩之后，这一融合的论调也是古

---

① （清）刘开：《孟涂文集》，《清代诗文集汇编》第543册，第522页。
② （清）刘开：《孟涂文集》，《清代诗文集汇编》第543册，第523页。

文发展的必然。刘开没有在骈散之间作出抉择，这一态度本身其实已经默许了骈文的合法地位。在骈散问题上，姚鼐等桐城先祖扬散抑骈，这与唐宋的古文运动是一致的。而桐城派后学在骈散关系上多不胶执前人之见，这一变化与阮元等汉学家在“文”定义上的坚持有紧密关系。

三 乾嘉学术对骈文题材、文风的影响

魏晋南北朝是一个崇尚博学的时代，这一时期的骈文作者多博学多识。这一时期的史书有不少此类记载，如《南史·王谌王摛传》：“谌从叔摛，以博学见知。尚书令王俭尝集才学之士，总校虚实，类物隶之，谓之隶事，自此始也。俭尝使宾客隶事多者赏之，事皆穷，唯庐江何宪为胜，乃赏以五花簟、白团扇。坐簟执扇，容气甚自得。摛后至，俭以所隶示之，曰‘卿能夺之乎？’摛操笔便成，文章既奥，辞亦华美，举坐击赏。摛乃命左右抽宪簟，手自掣取扇，登车而去。俭笑曰‘所谓大力者负之而趋。’竟陵王子良校试诸学士，唯摛问无不对。”① 骈文讲究隶事、用典，博学多识才能有材可用，六朝骈文的兴盛与这种博学的风气不无关系。陈松雄在《齐梁丽辞衡论》中也说道：“学者博识子史，忽礼乐之是非，文士广搜前言，昧经教之宗旨。但务多学广识，因书立功，缉事比类，持刀以割膏腴，用旧博古，操斧以伐山林。宋之颜、谢，承其流而扬波，齐之任、王，变其本而加厉。梁代文苑，推引最深，沈、刘逞博赡之学，引事无谬，徐、庾展俊迈之才，用旧合机，工如良匠之度木，美比驺奭之雕龙，达意切情之作，处处能见，出神入化之篇，时时或闻。驯至一事不知，或承之羞，一语无据，自觉其陋。非典故无以成章，非博物不足称美。”② 乾嘉考据学需要广博的知识，博学多识也是时代的风尚，这与魏晋六朝有相似之处。博学的风气使得学人们在写作骈文时能够用材如流、广骋才力，不为外在因素所束缚。

乾嘉与魏晋六朝虽然在求博学多识上有相似之处，但在骈文创作上还是有区别的。骈文在齐梁达到鼎盛，后代在题材、文体、用意等方面均有

---

① （唐）李延寿：《南史》，中华书局1975年版，第1213页。

② 陈松雄：《齐梁丽辞衡论》，文史哲出版社1986年版，第114—115页。

探索，但变化不大。乾嘉骈文不管是在理论还是在写作实践上都有新的突破，集成的特征明显，是齐梁后骈文的又一高峰。李肖聃认为：“故清一代文业，上与两汉比隆，由其究精雅诂，研讨微言，师彦和之真经，法淮南之原道，用能取熔古义，自铸新词也。”[①] 乾嘉学人师法前人并不是一味地模仿，而是能自出新意，“自铸新词”，不为前所牢笼。江藩评价凌廷堪的骈文：“雅善属文，尤工骈体，得汉魏之醇粹，有六朝之流美，在胡稚威孔巽轩之上，而世人不知也。”[②] 王念孙论及汪中骈文：“余拙于文词，而容甫澹雅之才，跨越近代……至其为文则合汉魏晋宋作者而铸成一家之言，渊雅醇茂，无意摩放，而神与之合，盖宋以后无此作手矣。当世所最称颂者，《哀盐船文》《广陵对》《黄鹤楼铭》，而它篇亦皆称此。盖其贯穿于经、史、诸子之书，而流衍于豪素，揆厥所元，抑亦酝酿者厚矣。”[③] 阮元在梁章钜《文选旁证》一书的序中写道：“《文选》一书，总周、秦、汉、魏、晋、宋、齐、梁八代之文而存之。世间除诸经、《史记》、《汉书》之外，即以此书为重。读此书者，必明乎《仓》、《雅》、《凡将》、《训纂》、许、郑之学，而后能及其门奥。渊乎！浩乎！何其盛也。夫岂唐宋所谓潮海者所能窥窥乎?”[④] 张舜徽说道：“乾嘉诸师，以朴学而擅华藻者，自孔广森、洪亮吉三数家外，罕能兼之。至于汪中之文，熔铸周、秦、汉、魏，成一家一体，单复并施，无所不可。”[⑤] 乾嘉汉学家的骈文能够融汇经史于一炉，而不仅仅是卖弄学问，这是乾嘉骈文的卓越之处。具体来说，乾嘉汉学家的骈文在题材和文风上都有新的拓展。

乾嘉汉学家以考据为职志，他们往往将诗文视为学术表现的工具。翁方纲的肌理派以考据入诗，形成了一股考据诗风，在乾嘉学人中有不少应和者。与诗歌相比，骈文在表述学术内容上更具优势，它可长可短，或四或六，形式更灵活，《文心雕龙》《文赋》《史通》等著作虽是骈体之作，但并不比古文逊色。马积高说道：“清朝一些骈文家既有意与古文家争席

① 钱基博、李肖聃：《近百年湖南学风 湘学略》，岳麓书社 1985 年版，第 213 页。
② （清）江藩：《国朝汉学师承记》，中华书局 1983 年版，第 121 页。
③ （清）王念孙：《述学序》，《续修四库全书》第 1465 册，第 385 页。
④ （清）梁章钜：《文选旁证》，福建人民出版社 2000 年版，“序”第 9 页。
⑤ 张舜徽：《清人文集别录》，华中师范大学出版社 2004 年版，第 342 页。

乃至争文统，凡六朝已用骈体来写的体裁固然用骈体来写；唐宋古文家所开拓的文章领域，他们也试图用骈体来写。”① 骈体在宋代的实用文领域得到了广泛运用，这与实用文体的兴盛有关，而在乾嘉时期，用骈文进行考据学术写作也成了常态。孔广森的《骈俪文》是一部骈文集子，三卷，其中考证的骈文就有《与裴编修谦论篆第一书》《与裴编修谦论篆第二书》《戴氏遗书总序》《王氏医冶序》《岐阳宫词序》《书乌岩图后》《元武宗论》等，用骈体写的学术考据之文与其他题材的骈文并编在一起。孙星衍现有骈文 10 篇，其中涉及考据内容的就有 6 篇，骈体在学术写作中被广泛使用。

汉学家在学术文章的写作中已经不是很注重骈散，他们将骈散一视同仁，或骈或散，随意为之。洪亮吉的《卷施阁文集》《更生斋文集》，凌廷堪的《校礼堂诗文集》等在写作序、书、记、表、碑、祭文等文体时或骈或散并无定格。

与前代骈文相比，乾嘉骈文更注重“用意”，而不仅仅是铺排陈对。孙梅在《四六丛话》中说道：“盖粗才贪使卷轴，往往填砌地名人名，以为典博；成语长联，堆排割裂，以为能事，转入拙陋。至于活字，谓不妨杜园伧气，殊不知大为识者所嗤。惟作家主于用意，不主于用事。……不知此者，不可与言四六。”② 孔广森认为：“骈体文以达意明事为主。”③ 洪亮吉说道：“诗文之可传者有五：一曰性，二曰情，三曰气，四曰趣，五曰格。诗文之以至性流露者，自六经四始而外，代殊不乏，然不数数观也。其情之缠绵悱恻，令人可以生，可以死，可以哀，可以乐，则《三百篇》及《楚骚》等皆无不然。河梁、桐树之于友朋，秦嘉荀粲之于夫妇，其用情虽不同，而情之至则一也。”④ 乾隆对骈文的载道也持认可的态度。他在《御选唐宋文醇序》中说道：“夫十家者，谓其非八代骈体云尔，骈句固属文体之病，然若唐之魏郑公、陆宣公，其文亦多骈句，而辞达理

① 马积高：《清代学术思想的变迁与文学》，湖南人民出版社 2002 年版，第 109 页。

② （清）孙梅：《四六丛话》，《续修四库全书》第 1715 册，第 370 页。

③ （清）孙星衍：《仪郑堂遗稿序》，吴鼒编《八家四六文钞》，嘉庆三年刻本。

④ （清）洪亮吉：《洪亮吉集》，中华书局 2001 年版，第 2257 页。

诣，足为世用，则骈文奚病？”[①] 重道、重意、重情，这在一定程度上纠正了骈文重辞轻意的弊病，提高了骈文的地位。骈文写作追求健实的内容，这与乾嘉追求实用的学术取向有紧密关系。惠栋说道：“汉儒以经术饰吏事，故仲舒以通《公羊》折狱，平当以明《禹贡》治河，皆可为后世法。”[②] 阮元也说道：“稽古之学，必确得古人之义例，执其正，穷其变，而后其说之也不诬。政事之学，必审知利弊之所从生，与后日所终极，而立之法，使其弊不胜利，可持久不变。盖未有不精于稽古而能精于政事者也。”[③] 重实用的学风渗透到学术研究之中，这也必然影响到骈文的写作。洪亮吉写道：“读书只欲究世务，放笔安肯为词章。”[④] 汪中说道：“中尝有志于用世，而耻为无用之学。故于古今制度沿革、民生利病之事，皆博问而切究之，以待一日之遇，下至百工小道，学一术以自托。平日则自食其力，而可以养其廉耻。即有饥馑流放之患，亦足以卫其生。何苦耗心劳力，饰虚词以求悦世人哉！”[⑤] 汉学家多将骈文视为传道之工具，他们看重的不是骈文的辞采，而是骈文所传的道、学、情，这在相当程度上克服了传统骈文偏重辞采的不足。

乾嘉汉学家骈文的写作题材广泛，序、书、记、表、碑、祭文等文体的写作情深义茂，远出前代之上。乾嘉学人交游广泛，交游、应酬之作数量尤众，这些作品感情真挚，辞采华茂，情与文有机地合一。我们且看看洪亮吉的《伤知己赋》。

> 粤以仲秋之月，久疾乍瘥；孟冬之辰，二毛甫擢。悲哉！无金石不流之质，有蒲柳始谢之姿。犬马之齿，过齐太尉之生年；羁旅之期，逾晋文公之在外。接于书者，希逢旧识；觌于梦者，懽若平生。以是而思，伊其戚矣。于时穷谷日短，关门雪深。清渭浊泾，共滔滔而东逝；太白太乙，与苍苍而齐色。驾言出游，靡问所之。松柏合

① （清）弘历：《御选唐宋文醇》，文渊阁《四库全书》本，卷首。
② （清）惠栋：《九曜斋笔记》，《丛书集成续编》第92册，第500页。
③ （清）阮元：《研经室集》，《续修四库全书》第1478册，第659页。
④ （清）洪亮吉：《洪亮吉集》，中华书局2001年版，第2063页。
⑤ （清）汪中：《新编汪中集》，广陵书社2005年版，第442页。

抱，云是含元之基。藜蒿尺深，言经端礼之阙。鸟飞反乡，值弋者而登俎；兽穷走圹，遭野虞而褫革。戴日而出，炳烛以归。万事迫于穷冬，万忧生于长夜。秦声扬，不能激已阻之气；鲁酒薄，不能消未来之忧。丛台有霜，残月无影，邻笛起于东西，邻鸡鸣乎子亥。

嗟乎！回风美人之曲，楚臣殉之以身；钟鸣落叶之操，帝子继之以泣。大地抟抟，非以载愁；惟天穹穹，岂云可问？是知掘井九仞，冀可觌夫泉涂；载鬼一车，必当逢乎素识。复沛郡丈人之魄，或尚沈酣；起鲁国男子之魂，犹应慷慨。生我者父母，知我者鲍子。呜乎！于是综其梗概，述其终始。虞山邵先生齐焘、大兴朱先生筠、清苑李先生孔阳、尚书钱文敏公、博士全椒朱君沛、明经高邮贾君田祖、县丞黄君景仁、舅氏大令琦、中表定安、定熙，凡十人。[①]

洪亮吉半生漂泊，与友人时离时合，作品或四或六，整齐变化，在历史与现实、岁月与情感之间，感伤之情摇曳而出。金秬香评此文："沈折往复、词不胜情，殆卜氏所谓情动于中而形于言者邪！"[②] 优美的言辞将质朴的情感委婉托出，文不伤质，文质彬彬。钱基博评洪亮吉的骈文："情固先辞，势实须泽，文体相辉，彪炳可玩。"[③] 这正道出了洪亮吉骈文的特点。

第二节　乾嘉时期的通俗文学与朴学

乾嘉社会相对承平，小说、戏曲等通俗文学得到了长足的发展，通俗文学成为人们重要的娱乐方式。梁章钜说道："今人鲜不阅《三国演义》《西厢记》《水浒传》，即无不知有金圣叹其人者。"[④] 钱大昕在《正俗》一文中感慨："古有儒、释、道三教，自明以来，又多一教曰小说。小说演义之书，未尝自以为教也，而士大夫农工商贾无不习闻之，以至儿童妇女

① （清）洪亮吉：《洪亮吉集》，中华书局 2001 年版，第 287—288 页。

② 金秬香：《骈文概论》，商务印书馆 1948 年版，第 132 页。

③ 钱基博：《集部论稿初编》，《钱基博集》第 8 册，第 231 页。

④ （清）梁章钜：《归田琐记》，上海古籍出版社 2012 年版，第 93 页。

不识字者，亦皆闻而如见之，是其教较之儒、释、道而更广也。”① 小说于儒、道、释之外成为一“教”，而且较三教“更广”，这说明小说有广泛的社会影响。在社会经济的推动下，戏曲表演也异常兴盛。乾隆一朝是我国地方戏曲的鼎盛时期，秦腔、梆子、秧歌、乱弹、二黄、小唱、楚腔等地方戏曲纷纷涌现，有百家争鸣之势，地方戏曲也成为人们喜闻乐见的文艺样式。沈德潜在《长洲县志》中记载：“苏城戏园，向所未有，间或有之，不过商家会馆借以宴客耳。今不论城内城外，遍开戏园，集游惰之民，昼夜不绝，男女杂混。”② 通俗文学的兴盛既与社会政治经济、时代学术文化等外在因素有关，又与通俗文学自身的发展规律有关。表面上看，乾嘉考据学纯为学术问题，其研究对象、学术趣味与通俗文学并无关系，但仔细分析会发现，两者其实是有关联性的。乾嘉时期的文人多喜谈鬼怪之事，和邦额在志异小说集《夜谭随录》的《自序》中说道：“予今年四十有四矣，未尝遇怪，而每喜与二三友朋，于酒觞茶榻间灭烛谭鬼，坐月说狐，稍涉匪夷，辄为记载，日久成帙，聊以自娱。”③ 袁枚在《子不语》的序中也说道：“文史外无以自娱，乃广采游心骇耳之事，妄言妄听，记而存之。”④ 李调元在《和铁冶亭听程鱼门说鬼元韵》中写道：“千万魑魅出稗史，言虽凿凿事不经。月黑夜静风初停，狰狞仿佛灯下见。”⑤ 蒲松龄之后，乾嘉的志异小说进入了一个新的高峰。龚鹏程在《乾嘉年间的鬼狐怪谈》一文中说道：“发现猎奇述异、谈狐说鬼，在当时士大夫之间是多么普遍和重要的事。”⑥ 除了小说，这一时期的文人如李调元、凌廷堪、焦循等也积极从事戏曲的考证、研究、创作。文人们介入通俗文学，这在一定程度上影响了通俗文学的创作风貌。胡适在《〈镜花缘〉的引论》中说：“那个时代是一个博学的时代，故那时代的小说也不知不觉的挂上了博学的牌子。这是时代的影响，谁也逃不过的。”⑦ 乾嘉学术如何影响通俗文

① （清）钱大昕：《潜研堂文集》，《嘉定钱大昕全集》第9册，第272页。

② 王利器编：《元明清三代禁毁小说戏曲史料》，上海古籍出版社1981年版，第276页。

③ （清）和邦额：《夜谭随录》，上海古籍出版社1988年版，卷首。

④ （清）袁枚：《子不语》，《袁枚全集新编》第11册，第1页。

⑤ （清）李调元：《童山诗集》，《续修四库全书》第1456册，第292页。

⑥ 龚鹏程：《乾嘉年间的鬼狐怪谈》，《中华文史论丛》2007年第2期。

⑦ 胡适：《胡适文存二集》，《胡适文集》第3册，第545页。

学，这需要仔细地辨析。

一　乾嘉通俗文学的性情论与乾嘉新义理

宋儒将人欲与天理视为对立面，认为少一份情欲则多一份天理。明代王学将“理”置于个体之中，认为“心即理”“心外无物”“心外无理”。王学左派走得更远，他们将存在于个体中的“情”视为“理”，认为“百姓日用即道”，打破了情与理的对立。李贽说道：“盖声色之来，发于情性，由乎自然，是可以牵合矫强而致乎？故自然发于情性，则自然止乎礼义，非情性之外复有礼义可止也。惟矫强乃失之，故以自然之为美耳，又非于情性之外复有所谓自然而然也。”① 王学左派于晚明影响很大，它影响到了通俗文学。吴炳说道：“盖尝论之，色以目邮，声以耳邮，臭以鼻邮，言以口邮，手以书邮，足以走邮，人身皆邮也。而无一不本于情。有情，则伊人万里，可凭梦寐以符招，往哲千秋，亦借诗书而檄致。非然者，有心不灵，有胆不苦，有肠不转，即一身之耳目手足，不为之用。况禽鱼飞走之族乎？信矣，夫情之不可已也，此情邮之说也。孔子曰：‘德之流行，速于置邮而传命。’惟情亦然。若云人生传舍，天地蘧庐，人知情之为人邮，而不知人之为情邮也。则又进之乎言邮者矣。”② 汤显祖在《牡丹亭》的题词中说道：“嗟夫，人世之事，非人世所可尽。自非通人，恒以理相格耳！第云理之所必无，安知情之所以有道邪！”③ 除了戏曲，晚明的小说在主题上也有浓重的重情轻理的倾向，学术思潮与通俗文学在价值取向上可谓不谋而合，或者可以说是殊途同归。乾嘉汉学在反理学上较明代王学走得更远，汉学与通俗文学表面上是貌离，实则多有神合之处。

（一）戏曲的性情论

放任心性不利于大一统帝国的构建，清初统治阶级有意倡导理学，过度宣泄情感的通俗文学受到了约束，理学的价值观念在通俗文学中得到了强化。经过康、雍的励精图治，乾隆一朝达到了清代的鼎盛，文治武功号

---

① （明）李贽：《焚书》，《李贽全集注》第1册，第365页。

② 蔡毅编：《中国古典戏曲序跋汇编》，齐鲁书社1989年版，第1414页。

③ （明）汤显祖等：《西厢记　窦娥冤　牡丹亭　桃花扇》，中国戏剧出版社2002年版，第115页。

称“十全”。经济繁荣、人口剧增、社会交往频繁等因素使得通俗文学再度兴盛。乾嘉时期通俗文学创作总量超越前代，小说的创作不管是数量还是质量都达到了历史新高度。在汉学家的推动之下，理学处于边缘的地位，理学的价值观念受到了批判，其道德规范性也被弱化。乾嘉汉学家在对理学的批评中再度强调人的自然情欲，这一股学术思潮与正在兴起的市民意识不谋而合。在社会观念和学术思想的影响下，理学的价值观念被重创，情欲在文学中得到强调，这与晚明的情形有相似之处。袁枚说道：“《礼记》一书，汉人所述，未必皆圣人之言，即如‘温柔敦厚’四字，亦不过诗教之一端，不必篇篇如是。二《雅》中之‘上帝板板，下民卒殚’、‘投畀豺虎’，‘投畀有北’，未尝不裂眦攘臂而呼，何敦厚之有？故仆以为孔子论诗可信者，‘兴、观、群、怨’也；不可信者，‘温柔敦厚’也。”① 袁枚从自然情感的角度评论孔子的诗论，摒弃了诗论中的政教色彩，突出普世的人类情感，这样的诗学思想与乾嘉学术在价值取向上是一致的。诗歌如此，通俗文学也是如此。李调元在《雨村曲话序》中说道：“凡人心之坏，必由于无情，而惨刻不忠之祸，因之而作。若夫忠臣、孝子、义夫、节妇，触物兴怀，如怨如慕，而曲生焉，出于绵渺，则入人心脾；出于激切，则发人猛省。故情长、情短，莫不于曲寓之。人而有情，则士爱其缘，女守其介，知其则止乎礼义，而风醇俗美；人而无情，则士不爱其缘，女不守其介，不知其则而放乎礼仪，而风不淳，俗不美。故夫曲者，正鼓吹之盛事也。”② 戏剧是一门通俗艺术，以情感人是其价值所在。从情感浸染的角度，李调元将戏曲与经学并举，认为两者都起到了“经夫妇，成孝敬，厚人伦，美教化，移风俗”的作用。

有意抬高戏曲情感教育的作用，这在乾嘉很普遍。钱维乔在《碧落缘传奇序》中说道：

> 《碧落缘》奚为作也？曰：吾乌知其奚为而作哉！无已，其求之古人圣人之论诗也，曰“哀而不伤”，曰“可以怨”。史迁之传三闾

① （清）袁枚：《小仓山房尺牍》，《袁枚全集新编》第15册，第232页。

② （清）李调元：《雨村曲话》，《中国古典戏曲论著集成》第8册，第5页。

也，曰“怨诽而不乱”。呜乎！其在怨与哀之间乎？天地之大也，春夏生长，秋冬肃杀，无可憾也。然而有非时之寒，燠霜之陨也，草之杀也，孤臣孽子，劳人思妇，触之而生忧，遭之而陨涕者有矣。惟曰怨咨，是天可以怨也。人情有所郁结忧愤于其中，而又幽汶隐曲，无可告诉，不得已从而嗟叹之，嗟叹之不足而长言之，长言之不足而反复三致意焉。故《离骚》者，离忧也。离则未有不忧者也，皆本于怨而发者也。本于怨而善言其怨者也，怨之甚而哀生，哀之郁怨甚，古之人亦问之于天而已，乌知夫辞之奚从哉！是故其人于虚亡是，则兰茝荃蕙昭其洁也。其辞齐咨涕洟，则雷雨猿狖助其悲也。其事幽诞幻渺，则阆风白水寄其忧思而惝恍也。①

钱维乔强调的是不平则鸣之情，认为情感与春夏生长，秋冬肃杀一样具有自然性。钱维乔与钱大昕、赵翼、洪亮吉、毕沅等汉学家都有交往，与袁枚关系尤密，他的戏曲思想与时代学术是一致的。在《鹦鹉媒传奇序》里，钱维乔更是高扬“情”：“嗟乎！情之不可以已也如是。夫天地吾不知其于何辟也，人类吾不知其于何生也，飞走鸣逐，跂行喙息之属，吾不知其于何延延而不绝也。夫有运动即有知觉，知觉者其情之端乎。情之大在忠义孝烈，可以格天地、泣鬼神，回风雨、薄日月；而小之在闺房燕昵离合欣戚之间，用不同而其专于情一也。武昌之石，何以凝然而化？华山之棺，何以歘然而开？韩朋之冢上，何以木连枝而鸟并栖？是故情之至也，可以生而死之，可以死而生之，可以人而物之，可以物而人之，此《鹦鹉媒》者，其事本诸般阳生《聊斋志异》，而益以渲染成之。或有疑其幻者，则夫蜀魄汉魂，至今不绝，又况千年化鹤，七日为虎，漆园蝶栩，槐安蚁封，天下境之属于幻者多矣。何不可作如是观耶。临川曰：‘第云理之所必无，安知情之所必有’，信已。”② 钱维乔认为情贯穿人类始终，生发诸多奇迹，他高扬情，甚至认为情较理更重要。将情与理对比，突出情的普遍性和深刻性，这就突破了传统的载道观。汤显祖在《牡丹

① （清）钱维乔：《竹初文钞》，《清代诗文集汇编》第396册，第207页。

② （清）钱维乔：《竹初文钞》，《清代诗文集汇编》第396册，第207—208页。

亭》题记中有："情不知所起，一往而深，生者可以死，死可以生。生而不可与死，死而不可复生者，皆非情之至也。"① 钱维乔的情论与汤显祖可谓一脉相承，乾嘉的性情论与晚明的性情论有着惊人的相似。

除了扬情抑理，乾嘉时期的戏曲还注重情感的真实。金兆燕在《婴儿幻传奇序》中说道："佛门以童真出家，易修易证。《性命圭旨》亦谓：'童子学仙，事半功倍。'老子曰：'婴儿终日号而不嗄'，'婴儿不知牝牡之合而朘作'。古今来能为婴儿者，方能为圣为贤，为忠为孝，为佛为仙。三教虽殊，保婴则一。孟子曰：'大人者，不失其赤子之心者也。'虽然，赤白和合之后安，浮陀时异，歌罗逻时异，至于婴儿已非混沌无窍时比矣。读《圣婴儿传奇》者，其勿以为泥车瓦狗之戏也可。"② 金兆燕曾游幕于两淮盐运使卢见曾，其间与程廷祚辨析经史，受程廷祚影响很大。"然每与先生一灯相对，辨质经史，纵论古人，因各诉其生平之轗轲阨塞，未尝不慷慨悲怀，终夜而不寐也。"③ 金兆燕后来分校四库，与四库馆臣多有交往，他对考据学是很熟悉的。金兆燕的"婴儿说"注重的是情感的真实性，这与晚明的李贽的"童心说"很接近。李贽的《童心说》有："夫童心者，真心也。若以童心为不可，是以真心为不可也。夫童心者，绝假纯真，最初一念之本心也。若失却童心，便失却真心；失却真心，便失却真人。人而非真，全不复有初矣。童子者，人之初也；童心者，心之初也。夫心之初曷可失也！然童心胡然而遽失也?"④ 童心是人最初之本性，理学凿空出来的"天理"未必就是人之本性，童心的提出具有反理学的意义。作为通俗艺术，金兆燕认为戏曲正是表现人类真实的情感的。焦循认为诗词、戏曲都是情感的流露。"余尝谓口不言情者，必非孝弟之人。"⑤ 他论戏曲也重情感的真实性，对假道学尤为痛恨。他转引同乡的话批评理学："吾邑郑超宗《鸳鸯棒》题词云：'香令先生遗书，以《梦花酣》《鸳鸯棒》二剧属予序。一为至情者，一为不及情者。嗟乎，人情百端俱假，闺

---

① （明）汤显祖：《牡丹亭》，岳麓书社 2002 年版，第 1 页。

② （清）金兆燕：《国子先生全集》，《清代诗文集汇编》第 344 册，第 70 页。

③ （清）金兆燕：《国子先生全集》，《清代诗文集汇编》第 344 册，第 70 页。

④ （明）李贽：《焚书》，《李贽全集注》第 1 册，第 276 页。

⑤ （清）焦循：《焦循诗文集》，第 329 页。

房之爱独真；至此爱复移，无复有性情者矣！览薛季衡、钱媚珠事，使人恨男子不如妇人、达官不如乞儿、文人不如武弁，其重有感也夫？'"[①] 借男女之真情，发名教之伪药，焦循对男女之真爱很推崇，这与戏曲的主潮是一致的，也与他的经学研究有着紧密的联系。

（二）小说的性情论

明代以来，情感在小说中得到了突出的强调，《金瓶梅》《醒世姻缘传》《续金瓶梅》《红楼梦》等世情小说影响广泛，为世人津津乐道。情欲与天理在理学中是对立的，作为通俗的文学形式，在情与理的天秤上，小说更倾向于情。冯梦龙在《情史》的序中写道："天地若无情，不生一切物。一切物无情，不能环相生。生生而不灭，由情不灭故。四大皆幻设，惟情不虚假。有情疏者亲，无情亲者疏。无情与有情，相去不可量。我欲立情教，教诲诸众生。子有情于父，臣有情于君。推之种种相，俱作如是观。万物如散钱，一情为线索。散钱就索穿，天涯成眷属。若有贼害等，则自伤其情。如睹春花发，齐生欢喜意。盗贼必不作，奸宄必不起。佛亦何慈悲，圣亦何仁义。倒却情种子，天地亦混沌。无奈我情多，无奈人情少。愿得有情人，一齐来演法。"[②] 清初，《醒世姻缘传》《林兰香》《型世言》《醉醒石》等世情小说继承了明代世情小说的传统。成书于康熙年的《聊斋志异》将言情推向了高潮。到了清代中叶的乾嘉时期，《聊斋志异》可以说是当时影响最大的小说之一。段梃说道："留仙《志异》一书，脍炙人口久矣。余自髫龄迄今，身之所经，无论名会之区，即僻陬十室，靡不家置一册。盖其学深笔健，情挚识卓，寓赏罚于嬉笑，百诵不厌。"[③]《聊斋志异》虽为志异小说，但作者借助花狐鬼魅叙写"至情"，渲染和赞颂了情之不凡。冯镇峦评《聊斋志异》中的《阿宝》："世间只有情难画，谁似先生写状来。"[④]

其实，情的渲染与赞颂是《聊斋志异》的主调。乾嘉时期，纪昀、袁枚、沈起元等文人介入了小说写作，而这仍然无法与《聊斋志异》抗衡，

① （清）焦循：《剧说》，《中国古典戏曲论著集成》第 8 册，第 157 页。

② 朱一玄编：《明清小说资料选编》上册，南开大学出版社 2006 年版，第 981 页。

③ 朱一玄编：《聊斋志异资料汇编》，南开大学出版社 2002 年版，第 317 页。

④ （清）蒲松龄：《全校会注集评聊斋志异》，齐鲁书社 2000 年校注版，第 346 页。

毛燧傅《木舌胜谈序》："以至本朝蒲留仙《志异》一书而极盛，留仙以瑰伟不世出之材，抱奇不遇，意有所激，一寓之于此书。或故炫诡其辞，隐约其旨，而胸中郁勃奇杰之气愈不可遏，几与龙门相上下。故吾常乐观之，间以语之张子奉伯。奉伯因出其所为《木舌胜谈》以示，其书具载狐鬼，体制与《志异》颇近……近时晓岚纪先生最工说部，所著有《滦阳消夏录》、《如是我闻》数种，今方盛行海内。余以其所记猥琐而于名理特有推阐，好之亚于《志异》。"[①] 纪昀、袁枚等人虽然名重一时，但他们的小说在影响上依然没有超过《聊斋》。从对《聊斋》的接受可以看出，重性情是乾嘉小说的主调。

乾嘉小说的高峰无疑是成书于乾隆年间的《红楼梦》。《红楼梦》第一回借空空道人之口说出了作品"大旨谈情"的主题。俞平伯认为："《红楼梦》作者第一本领，是善写人情。"[②] 对爱情及世情的精确描写是《红楼梦》不朽之处，《红楼梦》对情的叙写在乾嘉引起了很大的反响。乐均在《耳食录》中说道："近闻一痴女子，以读《红楼梦》而死……侠君曰：《红楼梦》，悟书也？非也，而实情书。其悟也，乃情之穷极而无所复之，至于死而犹不可已。无可奈何，而姑托于悟，而愈见其情之真而至。故其言情，乃妙绝今古。彼其所言之情之人，宝玉黛玉而已，余不得与焉。两人者情之实也，而他人皆情之虚。两人者情之正也，而他人皆情之变。故两人为情之主，而他人皆为情之宾。盖两人之情，未尝不系乎男女夫妇房帷床第之间，而绝不关乎男女夫妇房帷床第之事，何也？譬诸明月有光有魄，月固不能离魄而生其光也。譬诸花有香色、有根蒂，花固不能离根蒂，而成其香色之妙且丽也。然花月之所以为花月者，乃惟其光也，惟其香色也，而初不在其魄与根蒂。至于凡天下至痴至慧，爱月爱花之人之心，则并月之光、花之香色而忘之，此所谓情也。"[③] 由《红楼梦》而赞情、叹情，甚至为作品中的人物感激而死。渲染情感在乾嘉已经成为小说常见的主调。梓华生《昔柳摭谈》中写道："一夕生薄醉，挑灯读《石头记》，其母令女偕婢媪来，叩生斋。生启户入，则询琐琐黄白。生一一告

① （清）毛燧傅：《味蓼文稿》，《清代诗文集汇编》第412册，第465页。

② 俞平伯：《红楼梦研究》，复旦大学出版社2004年版，第112页。

③ （清）乐均：《耳食录》，《皇家藏书》第25册，中国戏剧出版社2000年版，第250页。

之已竟，女曰：‘所看何书？’生示之。女曰：‘此书足移情性，以后不看也可。’”[①]《红楼梦》对男女青年的影响是很大的。乾嘉时期，人们基本上是从性情的角度来看待《红楼梦》，脂砚斋在探求作品的旨意时说道：“此书不敢干涉朝廷。凡有不得不用朝政者，只略用一笔带出，盖实不敢以写儿女之笔墨唐突朝廷之上也，又不得谓其不备。”[②]花月痴人在《红楼梦自序》中说道：“《红楼梦》何书也？余答曰：情书也。……作是书者，盖生于情，发于情；钟于情，笃于情；深于情，恋于情；纵于情，囿于情；癖于情，痴于情；乐于情，苦于情；失于情，断于情；至极乎情，终不能忘乎情。唯不忘乎情，凡一言一情，一举一动，无在而不用其情。此之谓情书。其情之中，欢洽之情太少，愁绪之情苦多。……凡读《红楼梦》者，莫不为宝黛二人咨嗟，甚而至于饮泣，盖怜黛玉割情而夭，宝玉报情而遁也。”[③]即便是信奉理学的学人，也被《红楼梦》的情感打动，潘德舆说道：“余始读《红楼梦》而泣，继而疑，终而叹。夫谓《红楼梦》之恃铺写盛衰兴替以感人，并或爱其诗歌词采者，皆浅者也。吾谓作是书者，殆实有奇苦极郁在于文字之外者，而假是书以明之，故吾读其书之所以言情者，必泪涔涔下，而心怦怦三日不定也。”[④]《红楼梦》问世以后便被世人广泛传阅，嘉庆到道光期间，出现了《后红楼梦》《续红楼梦》《红楼圆梦》《红楼梦补》《补红楼梦》《增补红楼梦》等《红楼梦》增补小说，这一增补思潮一直延续到清末。增补版的《红楼梦》多是继承了原著言情的思路，大力渲染男女情爱，嫏嬛山樵在《补红楼梦自序》中说道：“太上忘情，贤者过情，愚者不及情……古人云：情之所钟，正在我辈。……无此情即无此梦，无此梦缘无此情也。妙哉，雪芹先生之书，情也，梦也；文生于情，情生于文者也。”[⑤]对情尤其是男女爱情的宣扬其实是对理学的蔑视，《红楼梦》及其增补在一定程度上冲击了理学的价值观念。乾嘉时期对《红楼梦》的解读与乾嘉新义理所追求的自然、合理的情感是一

① 薛洪绩、王汝梅主编：《明清传奇小说集　稀见珍本》，吉林文史出版社2007年版，第478页。

② 朱一玄编：《明清小说资料选编》下册，南开大学出版社2006年版，第584页。

③ 朱一玄编：《明清小说资料选编》下册，第667页。

④（清）潘德舆：《金壶浪墨》，民国十五年铅印本。

⑤ 朱一玄编：《明清小说资料选编》下册，第664—665页。

致，这也与晚明的小说有相似之处。

二　乾嘉汉学家对通俗文学的态度及其成因

乾嘉汉学家虽然也有从事戏曲、小说等通俗文学的创作和评论的，但多数汉学家对通俗文学的评价普遍比较低，基本上是持排斥的态度。戴震将辞章视为“等而末者”，戏曲、小说等通俗文学更是无与谈及。日益兴盛的通俗文学引起了多数汉学家的不安，钱大昕将小说视为儒、道、释之外的又一教，认为其影响恶劣，“释、道犹劝人以善，小说专导人以恶。奸邪淫盗之事，儒、释、道书所不忍斥言者，彼必尽相穷形，津津乐道，以杀人为好汉，以渔色为风流，丧心病狂，无所忌惮。子弟之逸居无教者多矣，又有此等书以诱之，曷怪乎其近于禽兽乎！世人习而不察，辄怪刑狱之日繁，盗贼之日炽，岂知小说之中于人心风俗者，已非一朝一夕之故也。”[①] 不仅仅对当下的小说不满，钱大昕对整个小说的历史都持严厉批评态度：“唐士大夫多浮薄轻佻，所作小说，无非奇诡妖艳之事，任意编造，诳惑后辈。……宋、元以后，士之能自立者，皆耻而不为矣。而市井无赖，别有说书一家。演义盲词，日增月益，诲淫劝杀，为风俗人心之害，较之唐人小说，殆有甚焉。”[②] 汉学家认为小说、戏曲等通俗文学对学术、辞章都无益处，必须将之摒除在外。汪中在《与赵味辛书》中说道：“比闻足下将肆力于文章……足下颇心折于某氏，某氏之才诚美矣，然不通经术，不知六书，不能别书之正伪，不根持论，不辨文章流别，是俗学小说而已矣，不可效也。足下之年亦长矣，过此则心力日退，不可苟也。”[③] 作为汉学家学术思想的结晶，《四库全书总目》对戏曲的评价也很低。“文章流别，历代增新。古来有是一家，即应立是一类；作者有是一体，即应备是一格，斯协于《全书》之名。故释道外教、词曲末技，咸登简牍，不废蒐罗。”[④] 戏曲的收录仅仅是为了书目之全，在四库馆臣眼中，词曲只是“末技”，不得与经史并举。《四库全书》实际收录戏曲也不多，“曲则惟录

---

① （清）钱大昕：《潜研堂文集》，《嘉定钱大昕全集》第9册，第272页。

② （清）钱大昕：《十驾斋养新录》，《嘉定钱大昕全集》第7册，第503页。

③ （清）汪中：《新编汪中集》，广陵书社2005年版，“附录”第31—32页。

④ （清）永瑢、纪昀等：《四库全书总目》，“卷首”第18页。

品题论断之词，及《中原音韵》，而曲文则不录焉。王圻《续文献通考》以《西厢记》《琵琶记》俱入经籍类中，全失论撰之体裁，不可训也。”[①] 汉学家对戏曲并不看重。

清初的文人具有强烈的名节观念，或出或处都必须为自己找到理由。经过近百年的文治武功，对清王朝的认同感越来越强，作为成长于新王朝中的一代，乾嘉时期的文人已没有前代文人的名节束缚，他们积极入世，努力为王朝的文化建设贡献力量。乾嘉学人对通俗文学的态度与“盛世”的环境有关，也与他们的学术研究、时代通俗文学的特点等因素有关。

（一）清王朝的文化政策

通俗文学源于民间，其价值取向驳杂不一，有的宣扬仁爱、孝义、忠君等理学价值观念，有的宣传因果报应、生死轮回的佛教思想，有的津津于性欲色情的描写，甚至有的宣扬官逼民反思想，如《水浒传》等。通俗文学具有广泛的群众基础，其驳杂的价值观念对王朝统治有难以估量的破坏性。为维护王朝的稳定，中国历代统治阶级对通俗文学都持高压的政策。面对人口、文化都占优势的汉民族文化，清王朝统治阶级感到了前所未有的压力。清王朝文化政策之严厉远超前代，除了严防华夷之辨，他们对通俗文学所宣扬的官逼民反、低俗趣味等不良倾向也进行了严格控制。康熙五十三年，王朝下谕：“朕惟治天下，以人心风俗为本，欲正人心，厚风俗，必崇尚经学，而严绝非圣之书，此不易之理也。近见坊间多卖小说淫词，荒唐俚鄙，殊非正理；不但诱惑愚民，即缙绅士子，未免游目而蛊心焉。所关于风俗者非细。应即通行严禁，其书作何销毁，市卖者作何问罪，著九卿詹事科道会议具奏。”[②] 乾隆三年颁发了《禁淫词小说》：“凡坊肆卖一应淫词小说，在内交与八旗都统、察院、顺天府，在外交督抚等，转饬所属官，严行查禁，务将板书尽行销毁，有仍行造作刻印者，系官革职，军民杖一百，流三千里，市卖者杖一百，徒三年，该管官弁不行查出者，一次罚俸六个月，二次罚俸一年，三次降一级调用。”[③] 嘉庆七

① （清）永瑢、纪昀等：《四库全书总目》，第1807页。
② 王利器编：《元明清三代禁毁小说戏曲史料》，上海古籍出版社1981年版，第27页。
③ 王利器编：《元明清三代禁毁小说戏曲史料》，上海古籍出版社1981年版，第41页。

年又下了禁毁小说的禁令："如经为学问根柢，自应悉心研讨，至诸子百家，不过供文人涉猎，已属艺余；乃乡曲小民，不但经史不能领悟，即子集亦束置不观，惟喜瞽词俗剧，及一切鄙俚之词；更有编造新文，广为传播，大率不外乎草窃奸宄之事，而愚民之好勇斗狠者，溺于邪慝，转相慕效，纠伙结盟，肆行淫暴，概由看此等书词所致，世道人心，大有关系，不可不重申严禁。"[①] 整个清王朝，从地方到中央，各种禁止通俗文学的措施不断出台，对通俗文学的打压成了国家文化政策的重要组成部分。乾嘉社会相对承平，文化事业发达，文人对王朝的认同度普遍较高。作为国家文化机构的一部分，四库馆承担着国家文化政策的执行和宣传的功能，四库馆臣在文化价值观上与朝廷相一致，这也是必然。

从现存的文献上看，乾嘉汉学家对王朝的文治武功是持积极肯定态度的。赵翼结合图书资料和自己的经历，撰写了《皇朝武功纪盛》，以纪王朝的盛事。作者在该书的序中说道："钦惟我国家武功之盛，度越千古。然勒勳纪积，藏在册府，天下无由尽知……总名《皇朝武功纪盛》，使观者易于披览，即不能诣阁读四库者亦皆晓然于我朝功烈之隆焉。夫铺张鸿庥，扬厉伟绩，臣子职也。臣，旧史官也，推皇上宣示天下之意而演述之，庶不蹈僭妄之罪。所愧文笔弇陋，无以发扬万一，实不胜愧汗云。"[②] 颂扬王朝开疆拓土的武功，这在乾嘉文人中是很普遍的事情。平定准噶尔、平定两金川、平定缅甸等战功传来，文人们纷纷赋诗贺颂，乾嘉重要的文人留下了大量此类诗作。对王朝武功的欣慰鼓舞，其实也正是对王朝文治武功的认同。乾隆喜欢用诗歌鸿润声色，文人士子乐此不疲。"我朝历圣相承，留心韵学，一时名公大老俱鼓吹休明。乾隆丁丑，会试之年，定二场用唐人试帖，作五言八韵，诗学之盛，且将上接三百篇之遗言，而远过汉唐矣。所以上而应试，名家固皆润色文明，以鸣国家之盛，即下而山林隐逸之士，亦莫不各写己意，以自成一家之言。"[③] 阮学濬在《稻香楼诗集》的序中说道："文治郅隆之世，京师人文所辐辏，卷阿矢音馆阁唱和，天下之文章莫大乎是，见闻日以广大，俾得雍容揄扬和声以鸣，国家

① 王利器编：《元明清三代禁毁小说戏曲史料》，上海古籍出版社 1981 年版，第 56 页。

② （清）赵翼：《皇朝武功纪盛》，《丛书集成新编》第 120 册，第 748 页。

③ （清）朱瑶：《萤窗草集》，《清代诗文集汇编》第 315 册，第 406—407 页。

之盛，昌黎所谓材全而能巨者，其诗可传，胜于穷人之词，奚啻霄壤哉！”[①] 梁诗正将恭和诗专为一集，名为《矢音集》，袭曰修在该书的序中写道：“恭遇右文之世，一时文学侍从之臣咸被殊遇，而先生以奋学宿望荷恩礼尤为优异。书日三接，论思献纳，得以尽展其底蕴以对扬休命，古所谓稽古之荣斯焉极矣。”[②]

从普通文人到汉学家，不论在朝在野，恭和诗可谓长篇累牍，不绝于时。乾隆一朝虽文字狱屡发，但捕风捉影的多，真正对抗朝廷的文人并不多。对王朝文治武功的认同隐含着对其文化政策的支持，乾嘉时期的文人对通俗文学的态度虽然不尽一致，但他们对朝廷禁压通俗文学的举措基本上都是持支持和赞同态度。时人徐秉文说道：“学术者，政治之本，人心风俗与为转移者也。我朝以乾隆为极盛之时，高宗续圣祖承平之绪，昌明正学，益之以广大，时则有鸿博诸儒出，而琢饰其治化，因遂成四库全书之举，当时不自知为盛美也，而文学之儒乃至不可胜纪。”[③] 学术研究、诗文创作与时代政治形影不离，难分彼此，王朝对通俗文学的打击也必然会迎来文人们的附和。

（二）两者旨趣的差异

戏曲、小说等通俗文学是大众的艺术，通俗性、大众性、娱乐性是其固有属性，历来不受文人们的重视。经学在中国古代具有独尊的地位。乾嘉汉学家将通经服古的考据学视为经学之正宗，考据学是坐冷板凳的，而世间通俗文学却是热闹非凡，这不免引起汉学家的反感。考据学是经学，通俗文学是辞章之末，辞章尚未能与经学相提并论，况戏曲、小说等通俗文学乎！地位之比较已经显示出两者的不可比拟性，如果深入乾嘉考据学的价值取向会发现，两者的差距并不仅仅体现于地位上，更体现在价值取向上。

乾嘉考据学有激于理学之凿空而发，他们讲究“实学”。这“实学”主要包括两个方面，一是讲究学问的实用，这与清初的实学思潮一致；二是实事求是，言必有据，不作无根据地理论发挥。考据学重实用，前已论

---

① （清）程际盛：《稻香楼诗集》，《清代诗文集汇编》第395册，第273页。

② （清）梁诗正：《矢音集》，《清代诗文集汇编》第285册，第97页。

③ （清）徐秉文：《衣德楼诗文集》，《清代诗文集汇编》第386册，第555页。

及，这里探讨考据学追求实事求是的学术价值观如何影响到汉学家对通俗文学的判断。考据学也被称为“朴学”，这是从质朴的学风上说的，质朴是其表征，求真是其价值追求所在。钱大昕在《廿二史考异》的序言中说道：“惟有实事求是，护惜古人之苦心，可与海内共白。”① 阮元说道：“余之说经，推明古训，实事求是而已，非敢立异也。”② 洪亮吉称赞邵晋涵的治学：“于学无所不窥，而尤能推求本原，实事求是。”③ 本着实事求是的原则，乾嘉汉学家不轻信前人，尤其是宋儒，他们对前人的学问进行了仔细的审视。戴震谈及自己的治学：“仆自十七岁时，有志闻道，谓非求之六经、孔、孟不得，非从事于字义、制度、名物，无由以通其语言。宋儒讥训诂之学，轻语言文字，是犹渡江河而弃舟楫，欲登高而无阶梯也。为之三十余年，灼然知古今治乱之源在是。”④ 钱大昕在《经籍籑诂序》中说道：“有文字而后有诂训，有诂训而后有义理，训诂者，义理之所由出，非别有义理出乎训诂之外者也。……古训者，诂训也；诂训之不忘，乃能全乎民秉之懿，诂训之于人大矣哉！昔唐、虞典谟，首称稽古；姬公《尔雅》，诂训具备；孔子大圣，自谓‘好古敏以求之’，又云‘信而好古’，而深恶夫‘不知而作’者，由是删定六经，归于雅言。文也，而道即存焉。汉儒说经，遵守家法，诂训传笺，不失先民之旨。自晋代尚空虚，宋贤喜顿悟，笑问学为支离，弃注疏为糟粕，谈经之家，师心自用，乃以俚俗之言诠说经典。若欧阳永叔解‘吉士诱之’为‘挑诱’，后儒遂有诋《召南》为淫奔而删之者。古训之不讲，其贻害于圣经甚矣！”⑤ 实事求是是学人从事学术研究的基本态度，他们认为学术文化应该具有学识、实证的特点。钱大昕说道：“今海内文人学士，穷年累月，肆力于铅椠，孰不欲托以不朽？而每若有不敢必者，予谓可以两言决之，曰：‘多读书而已矣，善读书而已矣。’胸无万卷书，臆决唱声，自夸心得，纵其笔锋，亦足取快一时。而沟浍之盈，涸可立待。小夫惊而舌挢，识者笑且齿冷，此

① （清）钱大昕：《廿二史考异》，《嘉定钱大昕全集》第2册，第1页。
② （清）阮元：《研经室集》，《续修四库全书》第1478册，第527页。
③ （清）洪亮吉：《洪亮吉集》，中华书局2001年版，第192页。
④ （清）戴震：《戴震全集》第6册，第3391页。
⑤ （清）钱大昕：《潜研堂文集》，《嘉定钱大昕全集》第9册，第377页。

固难以入作者之林矣。亦有涉猎今古，闻见奥博，而性情偏僻，喜与前哲相龃龉。说经必诋郑、服，论学先薄程、朱，虽一孔之明，非无可取，而其强词以求胜者，特出于门户之私，未可谓之善读书也。唐以前说部，或托《齐谐》、《诺皋》之妄语，或扇高唐、洛浦之颓波，名目猥多，大方所不屑道。自宋沈存中、吴虎臣、洪景卢、程泰之、孙季昭、王伯厚诸公，穿穴经史，实事求是，虽议论不必尽同，要皆从读书中出，异于游谈无根之士，故能卓然成一家言，而不得以稗官小说目之焉。"① 读书求识在乾嘉是一个强大的声音，钱大昕以"读书"绳律著述，也以此对小说提出要求，他要求小说有益于经史考证，反对虚诞之作。钱大昕这一观点为乾嘉学人所普遍接受。桂馥在《札朴序》中说道："往客都门，与周君书昌同游书肆，见其善本皆高阁，又列布散本于门外木板上，谓之书摊。周君戏言，著述不慎，但恐落此辈书摊上。他日又言，宋元人小说，盈箱累案，漫无关要，近代益多，枉费笔札耳。今与君约，无复效尤。馥曰：'宋之《梦溪笔谈》《容斋五笔》《学林新编》《困学纪闻》，元之《辍耕录》，其说多有根据。即我朝之《日知录》《钝吟杂录》《潜丘札记》，皆能沾溉后学。说部非不可为，亦视其说何如耳。'嘉庆纪元之岁，由水程就官滇南，舟行无以遣日，追念旧闻，随笔疏记；到官后，续以滇事。凡十卷，以其细碎，窃比匠门之木柿，题曰《札朴》。乌乎！周君往矣，惜不及面质，当落书摊上不邪。"② 乾嘉汉学家将小说归入说部，周永年对包括小说在内的说部持鄙视的态度。桂馥不完全同意他的观点，他认为说部具有一定的经史考证价值，不可因噎废食。桂馥对说部的肯定仅仅是对那些有资经史考证的著述而言，并不包括小说等通俗文学。程晋芳在谈及乾嘉治学时说道："今之学者得古书片言必宝而录之，坐论必《尔雅》《说文》《广韵》诸书，考据必旁及金石文字，订日月校职官证琐事，其于制度云为安危治乱之旨，则为龊龊小夫，此不足以发聋启聩乎？"③ 乾嘉考据学确实具有知识化的倾向，士子们沉湎于其中，以知识自高。程晋芳批评他们"劳劳终日，惟外之求，而不知身心性命之所在，试之以事而颠顿茫昧，鲜不陨

① （清）钱大昕：《潜研堂文集》，《嘉定钱大昕全集》第9册，第405页。

② （清）桂馥：《晚学集》，《清代诗文集汇编》第389册，第583页。

③ （清）程晋芳：《勉行堂文集》，《清代诗文集汇编》第343册，第434页。

越，临之以恐惧患难而失所操持，由其玩物丧志在平时，故了无肆应曲当之具。以此为儒，果足为程、朱供拚扫役乎？然则有志之士，必不为俗拘，不泥古，不遗今，博学而反求诸约，养心而不弊于欲，卓然为儒大宗。岂必专守一家，蒙龊龊小夫之诮哉”[①]。以博雅相激正是乾嘉学人趣味所在。王昶在《汪秀峰山居杂记序》中也说道：“古之志经籍艺文者，以经史子集为篇第，而子集中小说一类杂出于兵农名法之间。六朝以降，子录益少，小说愈繁，而作史者不能遗也。盖以记遗闻、传轶事，既可补史官之缺，其醇者且足以为世法戒，故如《语林》《世说》《杂记丛谈》《启颜炙毂》《琐录新闻》诸书旁见侧出，好奇嗜异之士往往博求于此。……余观近日士大夫端居多暇，辄喜研弄翰墨以自陶写，如纪宗伯昀，袁明府枚，沈广文起凤，咸出其所著风动一世。然三君之作谈空说有，多托于寓言，以寄其嬉笑怒骂，是所谓美斯爱，爱而不足传者也。兹书事必有据，语必有本，研神志怪必有助于惠迪从逆之理，盖非暖暖姝姝而私自为说者。夫小说纷繁至矣，幸而后世採摭掇拾，如陶氏《说郛》、商氏《稗海》、左氏《学海》、陈氏《秘笈》、毛氏《秘书》。其中重出者、不全者总计二千余种，实可以餍好奇嗜古者之志，是书行吾知有如陶氏、商氏者将入于丛书稗说，以资作史志之採取，亦非比折杨黄荂逌然而笑已也。”[②] 王昶也以“书必有据，语必有本”、有资于考证为评价的标准。

以严肃的态度进行写作，反对虚诞之作，这在乾嘉汉学中是一个被普遍认可的观，钱大昕批评方苞古文写作时说道：“至于传奇之演绎，优伶之宾白，情辞动人心目，虽里巷小夫妇人，无不为之歌泣者，所谓曲弥高则和弥寡，读者之熟与不熟，非文之有优劣也。以此论文，其与孙鑛、林云铭、金人瑞之徒何异！”[③] 乾嘉学人中也有人从事小说写作，但他们对小说写作的态度与普通文人是不一样的。盛时彦在纪昀小说的序中说道：“《聊斋志异》盛行一时，然才子之笔，非著书者之笔也。虞初以下，干宝以上，古书多佚矣。其可见完帙者，刘敬叔《异苑》、陶潜《续搜神记》，小说类也；《飞燕外传》、《会真记》，传记类也。《太平广记》事以类聚，

---

① （清）程晋芳：《勉行堂文集》，《清代诗文集汇编》第 343 册，第 440—441 页。

② （清）王昶：《春融堂集》，《清代诗文集汇编》第 358 册，第 388 页。

③ （清）钱大昕：《潜研堂文集》，《嘉定钱大昕全集》第 9 册，第 576 页。

故可并收。今一书而兼二体，所未解也。”① 纪昀认为《聊斋志异》是才子之笔而非著书之笔，他认为《聊斋志异》沾染了传记文风，“一书兼二体”，失去了小说文体本来的面目。纪昀推崇的是六朝文风简朴的小说，所叙之事都自以为真实可信的。在纪昀之前，袁枚就批评《聊斋志异》“太敷衍”，认为《聊斋志异》点染过多，已经失真。纪昀的小说正是努力地避免《聊斋志异》之不足，他所称的“著书者之笔”是一种求实，有资考证的小说。正是秉持这一态度，纪昀的《阅微草堂笔记》呈现出“著书体”的笔记小说风貌。纪昀的《阅微草堂笔记》虽为志异小说，但作者对这些异闻是持严肃态度的，或者说作者是相信这些灵异事件存在的，正因如此，纪昀不满《聊斋志异》的夸饰失实。《阅微草堂笔记》的故事都有来源，不少就是源于作者的亲人、友人的所见所闻，作者认真地讲这些荒唐的事。我们且看下面一则。

> 理所必无者，事或竟有；然究亦理之所有也，执理者自太固耳。献县近岁有二事：一为韩守立妻俞氏，事祖姑至孝。乾隆庚辰，祖姑失明，百计医祷，皆无验。有黠者绐以刲肉燃灯，祈神佑，则可速愈。妇不知其绐也，竟刲肉燃之。越十余日，祖姑目竟复明。夫受绐亦愚矣，然惟愚故诚，惟诚故鬼神为之格。此无理而有至理也。一为丐者王希圣，足双挛，以股代足，以肘撑之行。一日，于路得遗金二百，移橐匿草间，坐守以待觅者。俄商家林人张际飞仓皇寻至，叩之，语相符，举以还之。际飞请分取，不受。延至家，议养赡终其身。希圣曰：“吾形残废，天所罚也。违天坐食，将必有大咎。”毅然竟去。后困卧裴圣公祠下（裴圣公不知何时人，志乘亦不能详。土人云，祈雨时有验），忽有醉人曳其足，痛不可忍。醉人去后，足已伸矣。由是遂能行。至乾隆己卯乃卒。际飞故先祖门客，余犹及见。自述此事甚详。盖希圣为善宜受报，而以命自安，不受人报，故神代报焉。非似无理而亦有至理乎！戈芥舟前辈尝载此二事于县志，讲学家颇病其语怪，余谓芥舟此志，惟乩仙联句及王生殇子二条，偶不割爱

① （清）纪昀：《纪晓岚文集》第2册，第492页。

耳。全书皆体例谨严，具有史法。其载此二事，正以见匹夫匹妇，足感神明，用以激发善心，砥砺薄俗，非以小说家言滥登舆记也。汉建安中，河间太守刘照妻葳蕤锁事，载《录异传》；晋武帝时，河间女子剖棺再活事，载《搜神记》。皆献邑故实，何尝不删薙其文哉！①

故事中的人物，都是作者身边的人所见所闻之事，“自述此事甚详”，可见此事不虚。作者再进一步说明，“戈芥舟前辈尝载此二事于县志”，而且书写“体例谨严，具有史法”，绝非妄意之作。戈芥舟是当时著名的诗人，作者借助于他，再度说明，灵异之事绝非虚构。通过这些灵异的事，作者申明：“理所必无者，事或竟有；然究亦理之所有也，执理者自太固耳。”可见，世间之事，并非以理能尽之也。纪昀《阅微草堂笔记》的写作绝非泛泛而作，他不像袁枚那样以文自娱，“文史外无以自娱，乃广采游心骇耳之事，妄言妄听，记而存之，非有所惑也”②。纪昀将小说的写作视为“著书”，是作者对社会的评价。在《阅微草堂笔记》中，作者或叙或议或考据经史，都以严肃的态度对待，绝非随意叙写。余鸿渐在《印雪轩随笔》中说道：“《聊斋志异》一书，脍炙人口。而余所醉心者，尤在《阅微草堂五种》。盖蒲留仙，才人也，其所藻缋，未脱唐宋人小说窠臼。若《五种》，专为劝惩起见，叙事简，说理透，垂戒切，初不屑屑于描头画角，而敷宣妙义，舌可生花，指示群迷，头能点石，非留仙所及也。”③这正是纪昀小说的独特之处。我们且看看下面这一则。

外叔祖张公紫衡，家有小圃，中筑假山，有洞曰“泄云”。洞前为尽菊地，山后养数鹤。有王昊庐先生集欧阳永叔、唐彦谦句题联曰：“秋花不比春花落，尘梦乃知鹤梦长。”颇为工切。一日，洞中笔砚移动，满壁皆摹仿此十四字，拗捩欹斜，不成点画；用笔或自下而上，自右而左，或应连者断，应断者连，似不识字人所书。疑为童稚游戏，重垩鐍而其户。越数日，启视复然，乃知为魅，一夕，闻格格

① （清）纪昀：《纪晓岚文集》第2册，第156—157页。

② （清）袁枚：《子不语》，《袁枚全集新编》第11册，第1页。

③ 朱一玄编：《聊斋志异资料汇编》，南开大学出版社2002年版，第503页。

> 磨墨声，持刃突入掩之。一老猴跃起冲人去。自是不复见矣。不知其学书何意也。余尝谓小说载异物能文翰者，惟鬼与狐差可信，鬼本人，狐近于人也。其他草木禽兽，何自知声病？至于浑家门客，并苍蝇草帚，亦具能诗，即属寓言，亦不应荒诞至此。此猴岁久通灵，学人涂抹，正其顽劣之本色，固不必有所取义耳。[①]

作者叙述简洁，并无刻意渲染之处，质朴的文风正是要与过度文饰失真的小说作对比。在简短的叙事之后，纪昀认为在文翰的记载中，只有鬼与狐可信，其他草木禽兽在文翰中并不可信，他由此批评了这些失实之作。李慈铭《越缦堂读书记》认为《阅微草堂笔记》"虽事涉语怪，实其考古说理之书"[②]。鲁迅先生高度评赞纪昀："《阅微草堂笔记》虽'聊以遣日'之书，而立法甚严，举其体要，则在尚质黜华，追踪晋宋……惟纪昀本长文笔，多见秘书，又襟怀夷旷，故凡测鬼神之情状，发人间之幽微，托狐鬼以抒己见者，隽思妙语，时足解颐；间杂考辨，亦有灼见。叙述复雍容淡雅，天趣盎然，故后来无人能夺其席，固非仅借位高望重以传者矣。"[③] 这个评论是相当准确的。

乾嘉汉学家推崇"实学"，反对虚妄的随意之作。"实学"的积累并不容易，这是他们反对通俗文学的原因之一。李泰保介绍赵翼的学术研究时指出："阳湖赵瓯北先生以经世之才，具冠古之识，自太史出守，擢观察，甫中岁即乞养归，优游林下者将三十年，无日不以著书为事，辑《廿二史札记》三十六卷。"[④] 钱大昕回忆自己的治学："予弱冠时，好读乙部书，通籍以后，尤专斯业。自《史》、《汉》讫金、元，作者廿有二家，反复校勘，虽寒暑疾疢，未尝少辍，偶有所得，写于别纸。丁亥岁，乞假归里，稍编次之，岁有增益，卷帙滋多。戊戌，设教中山，讲肄之暇，复加讨论，间与前人暗合者，削而去之；或得于同学启示，亦必标其姓名，郭象、何法盛之事，盖深耻之也……况廿二家之书，文字烦多，义例纷纠，

---

① （清）纪昀：《纪晓岚文集》第 2 册，第 157—158 页。

② 朱一玄编：《明清小说资料选编》下册，南开大学出版社 2006 年版，第 1071 页。

③ 鲁迅：《中国小说史略》，《鲁迅全集》第 9 卷，第 220 页。

④ （清）赵翼：《廿二史札记校证》，中华书局 1984 年校注版，第 887 页。

舆地则今昔异名，侨置殊所；职官则沿革迭代，冗要逐时。欲其条理贯串，了如指掌，良非易事，以予佇劣，敢云有得？但涉猎既久，启悟遂多，著之铅椠，贤于博奕云尔。且夫史非一家之书，实千载之书，祛其疑，乃能坚其信；指其瑕，益以见其美。拾遗规过，匪为龂龁前人，实以开导后学。”[①] 戴震在四库馆的工作：“在馆四年，校定书十五种，皆钩纂精密，至于目昏足瘘，积劳致疾而殁。高宗深契其学，特畀馆选。”[②] 可见，考据学是一门艰苦的学问，非一朝一夕可立就，它需要用一生的时间来积累、写作，其中之苦乐也只有少数的同行知道，正所谓“书中自有黄金屋”也。通俗文学本为娱乐而设，不管村姑渔父，皆能从中取乐。难得之物，难到之境，人自会珍重、珍惜，考据学曲高和寡，学人们自会珍重，他们对不需太多学识的通俗文学自然视之甚卑。邹炳泰说道：“宋人说部如宋次道《春明退朝录》，洪容斋《随笔》，王楙《野客丛书》，他家终不逮者。盖其练习旧文，淹通群籍，叙述辨论具有根据，非苟作者。”[③] 汉学家认为，“有资考证”是说部的价值所在，而“有资考证”的著述多是严肃之作，是需要有学识积累的。

（三）通俗文学的低俗性

乾隆以后，戏曲、小说的创作进入了一个新的高潮，地方戏曲风起云涌，小说更是大众化。通俗文学主要面向普遍大众，为迎合大众的需要，不少趣味低下、渲染色情、无视人伦的作品并不少见。“今之才人，多著为传奇小说，以骋文笔，其间点染风流，惟恐一女子不销魂，一才人不失节，此尤蛊惑人心之大者。”[④] 长期以来，我国主流学界对通俗文学多持积极肯定的态度，认为它们体现了劳动人民的思想情感，主流是健康向上的。从实际的情况上看，这一判断可能并不完全准确，其原因与阶级论的社会史观有关。乾隆一朝戏曲演出兴盛，不少戏曲为了迎合观众的低级趣味，掺杂了色情等诸多不健康的因素。以乾隆末年魏长生的秦腔表演为例：“时京中盛行弋腔，诸士大夫厌其嚣杂，殊乏声色之娱，长生因之变

① （清）钱大昕：《廿二史考异》，《嘉定钱大昕全集》第 2 册，第 1 页。
② （清）李慈铭：《越缦堂读书记》，上海书店出版社 2000 年版，第 1030 页。
③ （清）邹炳泰：《午风堂集》，《清代诗文集汇编》第 400 册，第 136 页。
④ 王利器编：《元明清三代禁毁小说戏曲史料》，上海古籍出版社 1981 年版，第 301 页。

为秦腔。辞虽鄙猥，然其繁音促节，呜呜动人，兼之演诸淫亵之状，皆人之所罕见者，故名动京师。凡王公贵位以至词垣粉署，无不倾掷缠头数千百，一时不得识交魏三者，无以为人。”① 魏长生在京城名重一时，影响可谓广泛，而其演出兼有不少“淫亵之状”，甚至裸体演出，影响了当时的戏风。“近日歌楼老剧冶艳成风，凡报条有《大闹金销帐》者，是日坐客必满。魏三《滚楼》之后，银儿、玉官皆效之。又刘有《桂花亭》，王有《葫芦架》，究未若银儿之《双麒麟》，裸裎揭帐令人如观大体双也。”② 可见，当时曾经影响最大的戏剧也不是没有问题。关于戏曲、小说等通俗文学，我们应该还原其历史语境，辩证地看待这一问题。乾嘉两朝，不管是中央还是地方，戏曲、小说的禁令频频出现，这些禁令的出台一方面与“违碍”的意识形态控制有关，另一方面与作品的低俗、违背伦理道德有关。前者我们暂且不论，乾嘉两朝对后者的禁令可以看出，当时确实存在不少趣味低下之作，而且影响恶劣。乾隆元年，江南提督南天祥的奏折有：“窃惟大同一带地方，向多娼妓，嗣蒙我世宗宪皇帝饬禁森严，此辈成知畏法，不敢露面。无如积习相沿，此风难以顿息，于是各专歌舞，托名女戏。虽州县城市未见扮演，而幽僻村庄居然聚集。此等女戏，日则卖弄优场，冀人欢笑；夜则艳妆陪饮，不避嫌疑，名系梨园，实为娼妓。虽若辈以此营生，似可宽其一线，不知诲淫败俗，莫此为最。”③ 乾隆年间，工科给事中阎纮玺的《请严禁京畿弹手歌郎折》有：“凡一切可以耗人资财、移人心志者不一而足，其尤甚者无过于侑酒歌郎一项，俗名档儿。有种游惰之人，名日弹手，契典民间少年子弟断养在家，傅粉衣绣，教以艳曲淫词，使之当筵献媚。于是人之被其迷惑者掷彩投金，猖狂纵饮，相习成风，恬不知怪。甚至或藉延宾，或称喜庆，招至家中，恒舞酣歌，连宵达旦，其中暧昧弊端，不可殚述。方今国制之时，此辈尚知敛迹，未敢公行，然已结队成群，昼夜教演，所在皆有……查弹手、歌郎，多系天津府属之人，离京不远。”④ 尹会一在《饬禁演戏闹丧》中分析河南的丧葬剧：

① （清）昭梿：《啸亭杂录　续录》，上海古籍出版社 2012 年版，第 169 页。
② 张次溪编：《清代燕都梨园史料》，中国戏剧出版社 1988 年版，第 47 页。
③ 丁淑梅编：《清代禁毁戏曲史料编年》，四川大学出版社 2010 年版，第 79 页。
④ 丁淑梅编：《清代禁毁戏曲史料编年》，第 80 页。

“生养死葬，事亲之常，而循礼守分，人子之道。今闻豫省陋习，凡遇丧葬之事，往往聚集亲朋，广招邻族，开张筵宴，陈设酒肴，酣饮放饭、自朝及夕。其富户有力之家，则鼓吹音乐，演戏跑马，并装扎人物纸作以为饰观。是以民间一有凶事，则亲友宗党，敛钱醵分。本家因习俗相沿，万难从俭，多方设法，务为浮华，甚至需费不资，则借贷质当，亦所不顾。夫临丧以哀为本，送死以葬为重，而乃欢呼宴乐，甚于喜庆，繁之浮费，过于殡埋，在旁人固属非礼，而人子更觉难安。”[①] 这些奏折、禁令虽出自朝廷官员之手，但也并非凭空无据，乾嘉通俗文学存在粗俗的一面。

乾嘉汉学家以经史考证为职志，志向甚高。张惠言在《与陈扶雅书》中告诫友人：“治经术当不杂名利。近时考订之学，似兴古而实谬古。果有志斯道，当潜心读注，勿求异说，勿好口谈，久久自有入处。此时天下为实学者殊少，倘肯用力，不患不为当代传人，但勿求为天下名士乃可耳。”[②] 经史之外，在汉学家看来均不足为道。王鸣盛说道：“嗟呼！学之难言也，岂不以其途之多所歧哉？有空谈妙悟，而徒遁于玄寂者矣；有泛滥杂博，而不关于典要者矣；有溺意词章，春华烂然，而离其本实者矣；有揣摩绳尺，苟合流俗，而中鲜精意者矣：此皆不足务也，是故经学为急。”[③] 乾嘉汉学家以经史自高，通俗文学的低俗性让他们感到愤怒，钱大昕批评通俗文学“丧心病狂，无所忌惮”，正是这种心态的表现。

三　小说、戏曲的考证倾向

吴梅评述清代戏曲：“虽然词家之盛，固不如前代，而协律订谱，实远出朱明之上。”[④] 清代在戏曲的创作上没有能够超越明代，但“协律订谱”却是“远出朱明之上”。与明代相比，清代戏曲的考证倾向更重，理论集成色彩也更强。乾嘉时期，在时代学风的影响之下，戏曲也融入了时代的学术之中，戏曲考证风气较前代更浓厚。在时代学术的影响之下，小

① 丁淑梅编：《清代禁毁戏曲史料编年》，第 84—85 页。
② 张舜徽：《清人文集别录》，华中师范大学出版社 2004 年版，第 285 页。
③ （清）王鸣盛：《西庄始存稿》，《嘉定王鸣盛全集》第 10 册，第 275 页。
④ 吴梅：《顾曲麈谈　中国戏曲概论》，上海古籍出版社 2019 年版，第 257 页。

说学问化、考据化的倾向也很明显，以纪昀为代表的“著书体”小说在文人间就产生了很大的反响。

（一）乾嘉戏曲的考证

1. 李调元的戏曲考证

李调元曾参与《四库全书》的编纂，期间与程晋芳、纪昀、朱筠、赵翼、崔述等汉学家交往频繁，经常参加汉学家的雅集，可以说是汉学阵营的成员。乾隆三十一年，李调元翰林散馆，著有《周礼摘笺》《礼记补注》《易古文》《十三经注疏锦字》《夏小正笺》等著作，这是李调元学术初有建树的时期，乾嘉学术对他的影响可见一斑。通过四库馆臣，李调元不仅了解到了学术研究的现状，而且还借到了川蜀文献，为《函海》的编纂打下了基础。从学问门径上看，李调元的治学理路与汉学家是一致的，在《郑氏古文尚书序》中，他说道：“窃思汉儒注经去古未远，俱有家法，单字片言不肯苟作，考古者所必穷也。”① 尊汉抑宋，以文字训诂回归原典，这是乾嘉考据学的整体趋向，李调元传承了这一学术研究方法。《剿说》一书以经史著作为蓝本，考订字义的原意。《奇字名》则收集了不常见的偏僻字，汇集成册。《方言藻》以古今诗词中所用方言俗语为考证对象，探求方言所蕴含的文采。这些著作虽然不以当时主流的《说文解字》《尔雅》等为主要研究对象，但在治学理路上是一致的，也是时代学术的有益补充，其价值不容忽视。李调元虽然不是乾嘉汉学的中坚，但他的考据学是有成就的，张舜徽认为：“调元从事朴学，优于两家（袁枚、赵翼），初未必甘以文士自居也。”② 李调元对通俗文艺持积极肯定的态度，除了撰有《曲话》《剧话》，他还辑有《粤风》《弄谱》等地方文艺。李调元从自然人性的角度看待通俗文艺，在《弄谱序》里，他说道：

> 弄何以别为一集？玩物丧志，儒者所不道，夷吾弱不好弄，《左传》尝称之矣，故别为一集也。然儒者所以学为圣人也，其圣人幼龄戏陈俎豆矣，是圣人有弄也。而不特此也，汉高祖持御史大夫印弄

① （清）李调元：《童山文集》，《续修四库全书》第1456册，第512页。

② 张舜徽：《清人文集别录》，华中师范大学出版社2004年版，第193页。

之，而昭帝有钩盾弄田，是上自天子有弄也。晋恒伊贵矣，而为王徽之踞床吹笛作三调弄，是卿大夫有弄也。宗少文善琴，有金石弄，是文人墨士有弄也。当尧之时，康衢之民为之击壤而歌，是庶人有弄也。是虽玩物不同贵贱不等，而上自天子，下至庶人，无不有弄也。则弄何害于儒也？然本弄事而弄可也，若兵事而弄则不可也。[①]

李调元认为通俗文艺是人天性的表现，即便圣人也乐于此道，其价值应当得到肯定。对于戏曲，李调元更多的是"辨章学术，考镜源流"，考证戏曲的源流正变。《曲话》《剧话》的考证涉及了戏曲的诸多问题，这些考证材料翔实，论证充分，是乾嘉学术在通俗文学上的体现。

《曲话》共两卷，上卷论曲的起源及元代作家，下卷论明清作家及其作品。不管是论人论曲，作者都能征引材料进行说明。曲的产生和南北曲之分是曲的基本问题，作者在开卷就对这两个问题进行了考证辨析。曲是如何产生？李调元引用朱熹、胡应麟、王世贞三人的著述进行说明。朱熹认为"古乐府只是诗中泛声。后人怕失那泛声，逐一添个实字，遂成长短句——今曲子便是"[②]。朱熹将古乐府中的泛声视为曲的起源。胡应麟也持相似的观点，他说："古乐府者，诗之旁行也；词曲者，古乐府之末造也。"[③] 王世贞则认为："宋未有曲也。自金、元而后，半皆凉州豪嘈之习，词不能按，乃为新声以媚之。而一时诸君，如马东篱、贯酸斋、王实甫、关汉卿、张可久、乔梦符、郑德辉、宫大用、白仁甫辈，咸富有才情，兼喜音律，遂擅一代之长。所谓宋词、元曲，信不诬也。"[④] 借助朱熹、胡应麟、王世贞，李调元勾勒了曲的源变发展：诗——乐府——词——新声。朱熹、胡应麟、王世贞都将曲视为诗余，对曲的评价并不高。李调元转引了他们的观点，并无褒贬，这与乾嘉学术"求实"的学风是一致的。

曲是如何分南北的？李调元用胡应麟《庄岳委谈》和《弦索辨讹》考证了这一问题。《庄岳委谈》有："宋词、元曲，咸以昉于唐末，然实陈、

---

① （清）李调元：《童山文集》，《续修四库全书》第1456册，第522页。
② （清）李调元：《雨村曲话》，《中国古典戏曲论著集成》第8册，第7页。
③ （清）李调元：《雨村曲话》，《中国古典戏曲论著集成》第8册，第7页。
④ （清）李调元：《雨村曲话》，《中国古典戏曲论著集成》第8册，第7页。

隋始之。盖齐、梁月露之体，矜华角丽，固已兆端。至陈、隋二主，并富才情，俱湎声色，叔宝之《后庭花》，炀之《春江玉树》，宋、元人沿袭滥觞也。”①《弦索辨讹》：“诗盛于唐，词盛于宋，曲盛于元之北。北曲不谐于南而始有南曲。南曲则大备于明。明时虽有南曲，只用弦索官腔；至嘉、隆间，昆山有魏良辅者，乃渐改旧习，始备众乐器而剧场大成，至今遵之。”② 借助《弦索辨讹》，李调元认为当时兴盛一时的昆曲即是南曲。通过对文献的引用，李调元梳理了曲的历史演变。《西厢记》在后代影响广泛，其作者也说法不一。李调元根据多种文献对此进行考证。“《太和正音谱》云：‘《西厢记》，元进士王实甫撰。’按：王实甫，见《元人百种》。曲目十三本，以《西厢》为首。世有谓关汉卿撰者，妄也。汉卿亦元进士，撰曲有六十三本，不载《西厢》，可据。王元美云：‘实甫原本至‘碧云天，黄花地’而止，此后乃汉卿所补。’则续郑恒事，乃汉卿笔也。世又谓至‘《草桥惊梦》而止’，非。按：元天台陶宗仪《辍耕录》：‘金章宗时，有董解元所编《西厢记》，世代未远，尚罕传者，况今杂剧中曲调之冗乎？’据此，则《西厢》为董解元作。而《啸余谱》载元剧作一百五人，以董解元居首，但注‘仕元，始作北曲’，并未载撰《西厢记》。陶九成，元人，相去未远，必有所据。意董原本而王、关为润色之欤？董解元，一作金人。”③ 通过多种文献，李调元考证《西厢记》的作者为董解元，这一考证的方法正是乾嘉考据学常用的考证方法。除了少量的品评，《曲话》多数的内容是对作家、作品的考证，有些品评也借用前人的材料。借助于十多种文献，李调元对曲的来龙去脉进行了全面的考证，而且还对元明清三代作家进行评述。《曲话》上下两卷构成了中国古代戏曲史和散曲史。

《剧话》也是两卷，上卷借助文献考证戏曲的制度沿革，下卷则对戏曲所演的故事进行考证。在《剧话》里，李调元首先引出“戏剧”一词。他认为杜牧的《西江怀古诗》最早出现“戏剧”一词：“魏帝缝囊真戏

---

① （清）李调元：《雨村曲话》，《中国古典戏曲论著集成》第 8 册，第 7 页。
② （清）李调元：《雨村曲话》，《中国古典戏曲论著集成》第 8 册，第 7—8 页。
③ （清）李调元：《雨村曲话》，《中国古典戏曲论著集成》第 8 册，第 10—11 页。

剧"[①]。"戏剧"一词在唐代出现，但戏剧并不只从唐代开始。唐代的传奇与戏剧有相近之处，它是不是戏剧呢？李调元否定了这一说法。"《后山诗话》：'范文正《岳阳楼记》用对语说时景，世以为奇。尹师鲁读之，曰：'此传奇体耳。'传奇，唐裴铏所著小说也。'胡应麟云：'唐所谓传奇，自是书名，虽事藻缋，而气体俳弱，然其中绝无歌曲。若今所谓戏剧者，何得以为唐时？或以中事迹相类，后人取为戏剧张本，因展转为此称耳。'"[②]后人将唐传奇改为剧本，但传奇与戏剧是两种不同的文体，李调借助文献厘清了两者。戏剧什么时候产生？"王阳明《传习录》：'古乐不作久矣。今之戏本，尚与古乐意思相近。韶之九成，便是舜一本戏子，九变，便是武王一本戏子。所以有德者闻之，知其尽善尽美。后世作乐，只是做词调，于风化绝无干涉，何以返朴也？'此论最为得旨。"[③] 戏曲制度是发展变化的，李调元借用《辍耕录》《草木子》《庄岳委谈》《猥谈》等文献对戏曲角色的演变进行了考证和梳理。这让我们对戏曲有了比较全面的了解。李调元考证"班"和"甲"，周密《武林旧事》记载宋杂剧五人或八人一甲。据此，李调元认为"甲"即是"班"，至明代，五人和八人的班甲制仍然被沿用，清代将人数增加到 10 人。据《麓漫钞》，李调元认为"班"源于金源官制，"金源官制，有文班、武班。若医、卜、倡优，谓之'杂班'。每宴集，伶人进，曰'杂班上'。"[④] 李调元考查生、旦、净、末：《庄岳委谈》："今优伶辈大率八人为朋，生、旦、净、末，副亦如之。元院本无所谓生、旦者。杂剧旦有数色：谓装旦，即今正旦也；小旦，即今副旦也。或以墨点其面，谓之'花旦'，今惟净丑为之。观安节《乐府杂录》称'范传康等弄假妇人'，则唐未有旦名。宋杂剧名惟《武林旧事》足征：每甲八人者，有戏头，有引戏，有次净，有副末，有装旦；五人者，第有前四色，而无装旦。盖旦之色目，宋已有之，而未盛。元杂剧多用妓乐名妓，如李娇儿为'温柔旦'，张奔为'风流旦'，时旦色直以妇人为之也。以今忆之，宋之所谓'戏头'，即生也；'引戏'，即末也；'副

① （清）李调元：《剧话》，《中国古典戏曲论著集成》第 8 册，第 37 页。
② （清）李调元：《剧话》，《中国古典戏曲论著集成》第 8 册，第 37 页。
③ （清）李调元：《剧话》，《中国古典戏曲论著集成》第 8 册，第 37 页。
④ （清）李调元：《剧话》，《中国古典戏曲论著集成》第 8 册，第 39 页。

末'，即外也；'次净'即丑；'装旦'即旦。"[1] 通过引用不同时期的典籍，行角的变化得到了梳理。乾嘉时期昆曲流行，昆曲源于南曲，李调元用祝允明、叶子齐、胡应麟的观点说明了南曲源于北曲的说法。"祝允明《猥谈》:'南戏出于宣和之后，南渡之际，谓之温州杂剧。予见旧牒，有赵闳榜禁，颇著名目。如《赵贞女蔡二郎》等，亦不甚多。以后日增，今遂遍满四方。辗转改益，盖已略无音律腔调。愚人蠢工，徇意更变，妄名如余姚腔、海盐腔、弋阳腔、昆山腔之类，趁逐悠扬，杜撰百端，真胡说耳。'叶子奇《草木子》:'戏文始于《王魁》，永嘉人作之。识者曰：若见永嘉人作相，宋当亡。及宋将亡，乃永嘉陈宜中作相。其后元朝南戏尚盛行。及当乱，北院本特盛，南戏遂绝。'《庄岳委谈》:'今《王魁》本不传而传《琵琶》。《琵琶》亦永嘉人作，遂为今南曲首。然叶当国初著书，而云"南戏绝"，岂《琵琶》尚未行世耶?'按：南戏肇始，实在北戏之先，而《王魁》不传，胡氏王实甫关汉卿《西厢》为戏文祖耳。今戏曲合用南北腔调又始于杭人沈和甫，见钟氏《点鬼录》。"[2] 到了清代，唱腔已不分南北，李调元根据《录鬼簿》一书认为合用南北腔始于杭州人沈和甫。此外，李调元在戏剧的术语、乐器、声腔、院本等方面都有考证。《剧说》下卷用考据学实证的方法对近60个剧本故事的来源、人物名称的演变、成书时间等进行了考证，强调了剧本的历史真实性。"书不多不足以考古，学不博不足以知今，此亦读书者之事也。予恐观者徒以戏目之而不知有其事遂疑之也，故以《戏话》实之；又恐人不徒以戏目之因有其事遂信之也，故仍以《剧话》虚之。"[3] 广泛运用文献进行实证，这是乾嘉学术价值取向之一。通过这一虚与一实，李调元考辨了剧本的源流，让我们看到了艺术真实与历史真实之间的辩证。

2. **焦循的戏曲考证**

焦循是乾嘉后学的代表性人物，他著述等身，在经史、历算、声韵、训诂等方面都有不俗的成就，阮元赞其为"通儒"。焦循论文学不甚看重雅俗，认为"一代有一代之所胜"："夫一代有一代之所胜，舍其所胜，以

---

① （清）李调元：《剧话》，《中国古典戏曲论著集成》第8册，第39—40页。
② （清）李调元：《剧话》，《中国古典戏曲论著集成》第8册，第38—39页。
③ （清）李调元：《剧话》，《中国古典戏曲论著集成》第8册，第35页。

就其所不胜，皆寄人篱下者耳。余尝欲自楚骚以下至明八股，撰为一集：汉则专取其赋；魏、晋、六朝至隋，则专录其五言诗；唐则专录其律诗；宋专录其词；元专录其曲；明专录其八股。一代还其一代之所胜”[①]。焦循将元代之曲与唐的律诗、宋词并举，认为曲乃元一代之胜，这一观点打破了传统重诗文轻词曲的文艺观。焦循的戏曲论著有《剧说》《花部农谭》《曲考》（已佚失）三部，另外，《易余龠录》也有不少地方论析戏曲。这些著述都有浓重的考证色彩，这与焦循的学术研究分不开，这些著述也是他学术研究的组成部分。

考据学建立在文献的旁征博引之上，文献是考据学考证活动的前提，重文献的积累一直是汉学家学术活动的一大特点。梁启超在《中国近三百年学术史》中说道：“做一门学问便要把他的内容彻底了解，凡一切关系的资料搜集无一遗漏。着手著述之时，先定计画，各有别裁。每下一判断，必待众证都齐之后。”[②] 焦循的《剧说》可以说是一部戏曲的资料汇编，作者此书引用书目近200种，除了宫调、韵律相关文献不录外，其他涉及戏剧的都有摘录，如戏剧的角色，作者引文考证：

> 《名义考》云：“今角戏有生、旦、净、丑之名，尝求其义而不得。偶思《乐记》注‘如猕猴’之说，乃知：‘生’，‘狌’也，猩猩也——《山海经》：‘猩猩人面；豕声，似小儿啼。’‘旦’，‘狚’也，猵狚也——《庄子》：‘猨，猵狚以为雌。’‘净’，‘狰’也——《广韵》：‘似豹，一角，五尾。’又云：‘似狐，有翼。’‘丑’，‘狃’也——《广韵》：‘犬性骄。’又：‘狐狸等兽迹。’谓俳优之人如四兽也，所谓‘猱杂子女’也。末犹‘末厥’之‘末’，外犹‘员外’之‘外’。”《猥谈》云：“生、净、丑、末等名，有谓反其事而称，又或托之唐庄宗，皆谬也。此本金、元阛阓谈吐，所谓‘鹘伶声嗽’，今所谓‘市语’也。生即男子，旦曰‘妆旦色’，净曰‘净儿’，末曰‘末尼’，孤乃官人：即其土音，何义理之有！南戏出于宣和以后，

① （清）焦循：《焦循诗文集》，第843页。

② 梁启超：《中国近三百年学术史》，《梁启超全集》第12册，第489页。

> 南渡时，谓之‘温州杂剧’。后渐转为‘余姚’、‘海盐’、‘弋阳’、‘昆山’诸腔矣。”《道听录》云：“元人院本，打者：一副净，一副末，一引戏，一末泥，一孤装，犹梨园之有生、旦、外、末、净、丑、贴。七字之义，或云：反语。生为‘熟’，丑为‘好’，旦为‘夜’，贴为‘帮’，净为‘闹’，末为‘始’，可也；若外为‘内’，则牵强矣。”①

围绕某一问题，集中相关文献，用文献说明问题，以达到实事求是的考证目的，这是乾嘉考据学的治学理路。焦循的《剧说》正是依循这一治学理路，整部著作广泛引用前人的材料。作者在引用的时候有意引用能够说明自己观点的材料，材料虽多，但问题明确，观点鲜明。借助于《名义考》《猥谈》《道听录》，焦循将生、旦、净、丑的源变描述出来。《剧说》大量的篇幅是戏曲本事的考证，这些考证为我们了解戏曲的“虚”与“实”提供了线索。

> 《录鬼簿》载白仁甫所作剧目有《祝英台死嫁梁山伯》，宋人词名亦有《祝英台近》。《钱塘遗事》云：“林镇属河间府有梁山伯、祝英台墓。”乾隆乙卯，余在山左，学使阮公修《山左金石志》，州县各以碑本来。嘉祥县有《祝英台墓碣文》，为明人刻石。丙辰客越，至宁波，闻其地亦有祝英台墓。载于志书者详其事，云：“梁山伯、祝英台墓，在鄞西十里接待寺后，旧称‘义妇冢’。”又云：“晋梁山伯，字处仁，家会稽。少游学，道逢祝氏子，同往。肄业三年，祝先返。后山伯归访之上虞，始知祝为女子，名曰英台；归告父母求姻，时已许鄮城马氏。山伯后为县令，婴疾弗起，遗命葬鄮城西清道原。明年，祝适马氏，舟经墓所，风涛不能前。英台临冢哀痛，地裂而埋璧焉。事闻于朝，丞相谢安封‘义妇冢’。”此说不知所本，而详载志书如此。乃吾郡城北槐子河旁有高土，俗亦呼为“祝英台坟”。余入城

① （清）焦循：《剧说》，《中国古典戏曲论著集成》第8册，第82—83页。

必经此。或曰："此隋炀帝墓，谬为英台也。"[①]

戏曲本事的考证体现了汉学家求真、求实的学术价值取向，这也是他们学术的重要组成部分。戏曲本事的考证还体现了汉学家倡导的"实学"精神，他们的考证有浓重的经世色彩，通过事实的考证，可以给世人一个榜样，从而达到惩恶扬善的目的。

《花部农谭》是焦循对花部本事的考证，在这一著作中，作者主要考证了《铁丘坟》《龙凤阁》《赛琵琶》等十个曲目。花部是地方戏曲，格调普遍不高，作者考证曲目之本事，目的就是揭示花部扬善之功用。如在叙述《铁邱坟》之本事后，作者感慨"徐勣之人，焉得有此忠义之子！作此戏者，假《八义记》而谬悠之，以嬉笑怒骂于　耳。彼《八义记》者，直抄袭太史公，不且板拙无聊乎？"[②]"明日演《清风亭》，其始无不切齿，既而无不大快。铙鼓既歇，相视肃然，罔有戏色；归而称说，浃旬未已。彼谓花部不及昆腔者，鄙夫之见也。"[③] 作者评《赛琵琶》："然观此剧者，须于其极可恶处，看他原有悔心。名优演此，不难摹其薄情，全在摹其追悔。当面诟王相、昏夜谋杀子女，未尝不自恨失足。计无可出，一时之错，遂为终身之咎，真是古寺晨钟，发人深省。高氏《琵琶》，未能及也。"[④] 焦循考证戏曲本色，目的是增强人们对戏曲所宣扬的忠、孝、节、义之认同。其考证是有目的的，而这一戏曲观与乾嘉汉学的主流价值观念也是一致的。另外，焦循的《曲考》是一部戏曲的考证之书，此书成就当为不低。王国维在《录曲余谈》中说道："里堂先生于此事用力颇深，一旦湮没，深可扼腕。"[⑤] 从《曲考》《剧说》《花部农谭》三部著述，我们不难看出，焦循的戏曲研究与考据学难分水乳，其浓重的考证色彩是时代学术影响的结果。

3. 凌廷堪的《燕乐考原》

凌廷堪是乾嘉汉学的佼佼者，其礼学研究颇多新见，治学也是典型

① （清）焦循：《剧说》，《中国古典戏曲论著集成》第8册，第103—104页。
② （清）焦循：《花部农谭》，《中国古典戏曲论著集成》第8册，第226页。
③ （清）焦循：《花部农谭》，《中国古典戏曲论著集成》第8册，第229页。
④ （清）焦循：《花部农谭》，《中国古典戏曲论著集成》第8册，第231页。
⑤ 王国维：《王国维戏曲论文集》，中国戏剧出版社1984年版，第230页。

的汉学家法，“以古人之义释古人之书，不以己意参之，不以后世之意度之。”[①] 二十五岁时，凌廷堪曾在扬州助伊龄阿删改古今戏曲，这对他日后的戏曲研究产生了很大的影响。他的《燕乐考原》考证精细，江藩赞为“思通鬼神”。

唐人燕乐是古雅乐与通俗音乐之间的桥梁，不了解燕乐便无以了解古雅乐与今俗乐之间的联系，这是凌廷堪进行燕乐考证的原因。“礼经而外，复潜心于乐，谓今世俗乐与古雅乐，中隔唐人燕乐一阕，蔡季通、郑世子辈俱未之知。”[②]《燕乐考原》考证严密，体例完整，是一部难得的燕乐考证之作。在《自序》中，凌廷堪对郑译、蔡元定的燕乐八十四调理论和六十调理论提出了批评，认为“今琵琶之七调，即燕乐之七宫也。故燕乐四均，一均七调，故二十八调”[③]。在“总论”中，作者梳理了唐至明代的文献中关于燕乐的论述。“总论”提纲挈领，分析了诸家之不足，为自己的考证作了铺垫。“总论”之后，作者分别对燕乐二十八调的起源、流变、宫调的区别、燕乐的字谱、琴法、笛律、各时代二十八调表等问题进行了仔细的考证与阐述。凌廷堪在对二十八调进行考证时广泛运用各种文献材料，论证有理有据，这一研究具有开创性的意义。“《燕乐考原》可以说是对一千多年以来有关燕乐二十八调的所有古籍的集大成，它的问世不仅是对古籍进行比较阐释，而且是古代戏曲音乐研究进入一个新阶段的重要标志。燕乐由此成为专门学问，后人研究不断，名家相继叠出。”[④] 凌廷堪的考证、文献收集为后世燕乐研究奠定了基础，功不可没。

（二）乾嘉小说的学问化、考证化倾向

乾嘉时期，小说创作繁盛，这一时期的学人也不甘寂寞，加入了小说创作的队伍。乾嘉学人的小说写作并不是一味地迎合世俗，他们对小说文体有自己的判断，并不苟同世俗的小说。纪昀对《聊斋志异》就多有不满：“小说既述见闻，即属叙事，不比戏场关目，随意装点。……今燕昵之词、媟狎之态，细微曲折，摹绘如生。使出自言，似无此理；使出作者

---

① （清）凌廷堪：《校礼堂文集》，第 312 页。

② 王钟翰点校：《清史列传》，中华书局 1987 年版，第 5519 页。

③ （清）凌廷堪：《燕乐考原》，商务印书馆 1938 年版，第 1 页。

④ 骆冰：《论凌廷堪的戏曲理论》，《艺术百家》2007 年第 3 期。

代言，则何从而闻见之？又所未解也。留仙之才，余诚莫逮其万一；惟此二事，则夏虫不免疑冰。”[①] 纪昀对后世小说的真实性提出质疑：“使出自言，似无此理；使出作者代言，则何从而闻见之？”[②] 他对于小说的凭空装点，不求真实感到不满，认为《聊斋》杂染有传奇的写法，“一书兼二体”，这是不对的。纪昀虽然承认留仙之才，但对于《聊斋》随意点染、一书二体持反对的态度。纪昀认为汉魏六朝的小说才是正宗的小说。“缅昔作者，如王仲任、应仲远，引经据古，博辨宏通；陶渊明、刘敬叔、刘义庆，简淡数言，自然妙远。”[③] 王充的《论衡》、应劭《风俗通义》等著作重真实，疾虚妄，博学多识；陶渊明、刘敬叔、刘义庆的小说叙事简洁有法，纪昀推重前者的求实精神和后者的文风。纪昀的门人盛时彦评其小说：“辨析名理，妙极精微，引据古义，具有根柢，则学问见焉。”[④] 重学问、重考证，这正是乾嘉学人小说的特点。鲁迅评李汝珍的《镜花缘》：“雍乾以来，江南人士惕于文字之祸，因避史事不道，折而考证经子以至小学，若艺术之微，亦所不废；惟语必征实，忌为空谈，博识之风，于是亦盛。逮风气既成，则学者之面目亦自具……其生平交游，颇多研治声韵之士；汝珍亦特长于韵学，旁及杂艺，如壬遁星卜象纬，以至书法弈道多通。……盖惟精声韵之学而仍敢于变古，乃能居学者之列，博识多通而仍敢于为小说也；惟于小说又复论学说艺，数典谈经，连篇累牍而不能自已，则博识多通又害之。”[⑤] 纪昀、李汝珍的小说可谓乾嘉学人小说的代表。

1. 纪昀的“著书体”小说

纪昀强调小说必须“有益人心”。在《阅微草堂笔记》的写作中，他“立法甚严”，可见他的小说并非随意之作。纪昀曾对门人的传记写作提出批评：“门人吴钟侨，尝作《如愿小传》，寓言滑稽，以文为戏也……狡狯之文，偶一为之，以资惩劝，亦无所不可；如累牍连篇，动成卷帙，则非著书之体矣。”[⑥] 在《四库全书总目》中，他评《汉武洞冥记》：“若其中

---

① （清）纪昀：《纪晓岚文集》第 2 册，第 492 页。
② （清）纪昀：《纪晓岚文集》第 2 册，第 492 页。
③ （清）纪昀：《纪晓岚文集》第 2 册，第 375 页。
④ （清）纪昀：《纪晓岚文集》第 2 册，第 492 页。
⑤ 鲁迅：《中国小说史略》，《鲁迅全集》第 9 卷，第 257 页。
⑥ （清）纪昀：《纪晓岚文集》第 2 册，第 550—551 页。

伏生受尚书于李克一条，悠谬支离，全乖事实。朱彝尊乃采以入《经义考》，则嗜博贪奇，有失别择，非著书之体例矣。”① 可见，纪昀以“著书之体”看待小说的写作，其态度相当严肃认真。纪昀将小说的写作视为“著书”，要求甚高，这与他要求小说要起到扬善的教化功用有关，也与考据学反理学、重考证的学术风气有关。

乾嘉汉学对宋儒的理论凿空和援佛入儒最为痛恨国，纪昀在《四库全书总目》中对宋儒批评尤为激烈，不断批评宋儒之误。“宋儒因性而言理气，因理气而言天，因天而言及天之先。辗转相推，而太极、无极之辨生焉。朱、陆之说既已连篇累牍，衍朱、陆之说者又复充栋汗牛。……顾舍人事而争天，又舍共睹共闻之天而争耳目不及之天，其所争者毫无与人事之得失，而曰吾以卫道。学问之醇疵，心术人品之邪正，天下国家之治乱，果系于此二字乎?”② 如果说《四库全书总目》用的是明枪，那《阅微草堂笔记》则是暗箭，纪昀在小说中对理学嬉笑怒骂，揄揶讽刺。

> 肃宁有塾师，讲程朱之学。一日，有游僧乞食于塾外，木鱼琅琅，自辰逮午不肯息。塾师厌之，自出叱使去，且曰：“尔本异端，愚民或受尔惑耳。此地皆圣贤之徒，尔何必作妄想?”僧作礼曰：“佛之流而募衣食，犹儒之流而求富贵也，同一失其本来，先生何必定相苦?”塾师怒，自击以夏楚。僧振衣起曰：“太恶作剧!”遗布囊于地而去。意必复来，暮竟不至。扪之，所贮皆散钱，诸弟子欲探取。塾师曰：“俟其久而不来，再为计。然须数明，庶不争。”甫启囊，则群蜂坌涌，螯师弟面目尽肿，号呼扑救，邻里咸惊问，僧忽排闼入，曰：“圣贤乃谋匿人财耶?”提囊径行。临出，合掌向塾师曰：“异端偶触忤圣贤，幸见恕。”观者粲然。③

纪昀将宋儒与佛学对峙，借佛僧批评理学之虚伪，用意很明显。在小说中，纪昀甚至直接攻击宋儒，抨击他们的不学无术。

---

① （清）永瑢、纪昀等:《四库全书总目》，第1207页。

② （清）永瑢、纪昀等:《四库全书总目》，第801页。

③ （清）纪昀:《纪晓岚文集》第2册，第35—36页。

相传明季有书生，独行丛莽间，闻书声琅琅。怪旷野那得有是，寻之，则一老翁坐墟墓间，旁有狐十余，各捧书蹲坐。老翁见而起迎，诸狐皆捧书人立。书生念既解读书，必不为祸，因与揖让席地坐。问："读书何为？"老翁曰："吾辈皆修仙者也。凡狐之求仙有二途：其一采精气，拜星斗，渐至通灵变化，然后积修正果，是为由妖而求仙。然或入邪僻，则干天律，其途捷而危。其一先炼形为人，既得为人，然后讲习内丹，是为由人而求仙。虽吐纳导引，非旦夕之功，而久久坚持，自然圆满。其途纡而安。顾形不自变，随心而变。故先读圣贤之书，明三纲五常之理，心化则形亦化矣。"书生借视其书，皆《五经》、《论语》、《孝经》、《孟子》之类，但有经文而无注。问："经不解释，何由讲贯？"老翁曰："吾辈读书，但求明理。圣贤言语，本不艰深，口相授受，疏通训诂，即可知其义旨，何以注为？"书生怪其持论乖僻，惘惘莫对。姑问其寿，曰："我都不记。但记我受经之日，世尚未有印板书。"又问："阅历数朝，世事有无同异？"曰："大都不甚相远，惟唐以前，但有儒者。北宋后，每闻某甲是圣贤，为小异耳。"书生莫测，一揖而别。后于途间遇此翁，欲与语，掉头径去。①

此老翁既不辨汉唐，又不知考据训诂，以狐为伴，杂入佛学而不知，这一形象正是汉学家眼中的宋儒的形象。从书生提的问题来看，此人正是汉学家的形象。他对老翁的学术甚为鄙视，"一揖而别""掉头径去"，这些动作写出书生对宋儒的鄙视。纪昀虽然将时间前置至明代，指向当代的意图还是很明显的。

纪昀将小说写作与学术紧密联系，以"资考证""补史阙"的态度看待小说，《阅微草堂笔记》有不少经史之考证。《槐西杂志》卷三有"女子张袖而行"的记载，纪昀对此考证："余曰：'叔平生专意研经，不甚留心于子、史，此二物，古书皆载之。女子乃飞天夜叉。《博异传》载：唐薛淙于卫州佛寺见老僧言'居延海上见天神追捕者'是也。褐色兽乃树精，《史记·秦本纪》二十七年，伐南山大梓，丰大特。注曰：'今武都故道，

① （清）纪昀：《纪晓岚文集》第2册，第53页。

有怒特祠，图大牛上生树本，有牛从木中出，复见于丰水之中。’《列异传》：秦文公时，梓树化为牛。以骑击之，骑不胜；或堕地，髻解被发，牛畏之入水。故秦因是置旄头骑。庾信《枯树赋》曰：‘白鹿贞松，青牛文梓。’柳宗元《祭周羽文》曰‘丰有大特，化为巨梓；秦人凭神，乃建旄头。’即用此事也。’”① 纪昀将小说叙述的事件当作真实的事件来对待，并对它进行了考证。正是将小说视为真实的事件，纪昀认为小说具有“资考证”“补史阙”的作用，他甚至用小说来补经史之不足。“世传推命始于李虚中，其法用年月日而不用时，盖据昌黎所作《虚中墓志》也。……余撰《四库全书总目》，亦谓虚中推命不用时，尚沿旧说。今附著于此，以志余过。”② 纪昀以严肃的态度对待小说，这说明，他已经把小说当作学问的一部分了。

2. 李汝珍的学问小说《镜花缘》

李汝珍少年时受业于凌廷堪，此后受汉学影响很大，学术的追求是其一生的职志所在，所著《李氏音鉴》是其学术著作。李汝珍的《镜花缘》是一部颇具特色的小说，这一小说不管是叙述的内容还是价值取向都与乾嘉学术密不可分。刘大杰就认为：“李汝珍的时代，正是清朝全盛时期，故《镜花缘》一书，深受此时期学术思想的影响。”③ 鲁迅评《镜花缘》：“论学说艺，数典谈经，连篇累牍而不能自已”④，这正道出了小说的特点。李汝珍是位学人，小说乃其游戏之作。他在小说的最后一回交代写作的原因：“恰喜欣逢圣世，喜戴尧天，官无催科之扰，家无徭役之劳，玉烛长调，金瓯永奠，读了些四库奇书，享了些半生清福、心有余闲，涉笔成趣。每于长夏余冬，灯前月夕，以文为戏，年复一年，编出这《镜花缘》一百回。”⑤ 站在学人的立场，《镜花缘》富于学人的审美趣味。

《镜花缘》虽以虚幻的手法进行叙写，但其中体现的价值观念与乾嘉朴学的价值观念是一致的。乾嘉朴学对理学空谈义理、不切实际深为不

① （清）纪昀：《纪晓岚文集》第2册，第318页。
② （清）纪昀：《纪晓岚文集》第2册，第304—305页。
③ 刘大杰：《中国文学发展史》，百花文艺出版社2007年版，第608页。
④ 鲁迅：《中国小说史略》，《鲁迅全集》第9卷，人民文学出版社2005年版，第257页。
⑤ （清）李汝珍：《镜花缘》，上海古籍出版社2005年版，第480页。

满，他们提倡“实学”。《镜花缘》大肆表彰女性的才学，如写唐敖兴修水利：“若论大概情形，当年治河的莫善于禹。吾闻禹疏九河，这个‘疏’字，却是治河主脑。疏通众水，使之各有所归，所谓来有来源，去有去路。根源既清，中无壅滞，自然不至为患了。”① 这样的才能，男子也叹为观止。作品中的人物多才多艺，精通医术、算术、茶道、棋艺等技能，均无理学的迂腐，这着实是对理学的一大讽刺。乾嘉汉学反对“以理杀人”，他们更多的是从人性的角度看待两性问题，在两性问题上颇为辩证，如汪中、钱大昕等人对女子改嫁就持肯定态度，这是对理学思想的修正。《镜花缘》两性平等的思想正是对这一价值观念的阐发，如在“女儿国”：“男子反穿衣裙，作为妇人，以治内事；女子反穿靴帽，作为男人，以治外事。”作者反其道而行之，“女子无才便是德”的观念在这里轰然倒下。

李汝珍笔下的海外异国多奇闻异事，而这些奇闻异事多数可以在典籍中找到，如第八回写“当康”怪兽：“只见远远山峰走出一个怪兽，其形如猪，身长六尺，高四尺，浑身青色。两只大耳，口中伸出四个长牙，如象牙一般拖在外面……因指道：‘请问九公，那个怪兽满嘴长牙，唤作甚名？’多九公道：‘此兽名叫当康，其鸣自叫。每逢盛世，始露其形。今忽出现，必主天下太平。’话未说完，此兽果然口呼‘当康’，鸣了几声，跳舞而去。”② “当康”在《山海经》中就有记载，李汝珍在小说中不过是重新衍化而已，作者于此炫学，乾嘉推崇博学的学术风气于此有所体现。《镜花缘》中多有论学问之处，这些学问主要就是考据学，作者于此津津不已。

> 汉儒所论象占，固不足尽《周易》之义；王弼扫弃旧闻，自标新解，惟重义理。孔子说“《易》有圣人之道四焉”，岂止“义理”二字？晋时韩康伯见王弼之书盛行，因缺《系辞》之注，于是本王弼之义，注《系辞》二卷，因而后人遂有王、韩之称。其书既欠精详，而又妄改古字，加以“向”为“乡”，以“驱”为“殴”之类，不能枚举。所以昔人云：“若使当年传汉《易》，王、韩俗字久无存。”当日

① （清）李汝珍：《镜花缘》，第160页。
② （清）李汝珍：《镜花缘》，第28页。

> 范宁说王弼的罪甚于桀、纣，岂是无因而发？今大贤说他注的为最，甚至此书一出，群书皆废，何至如此？可谓痴人说梦。总之，学问从实地上用功，议论自然确有根据；若浮光掠影，中无成见，自然随波逐流，无所适从。①

小说是反映社会生活广度最大的文体，新闻、医方、书信、诗歌等都可以被容纳其中，在小说中论学术也并非新奇之事。李汝珍在小说中反复铺列学问，这是时代学人的趣味所在。作品中还有不少辩论学问、辨析治学方法的叙述，论辩双方都是旁征博引，力图“实事求是”地论证问题：

> 唐敖道：“老夫记得郑康成注《礼记》，谓‘季秋鸿雁来宾’者，言其客至未去，有似宾客，故曰‘来宾’。而许慎注《淮南子》，谓先至为主，后至为宾。迨高诱注《吕氏春秋》，谓‘鸿雁来’为一句，‘宾爵入大水为蛤’为一句。盖以仲秋来的是其父母，其子羽翼稚弱，不能随从，故于九月方来。所谓‘宾爵’者，就是老雀常栖人堂宇，有似宾客，故谓之‘宾爵’……”紫衣女子即接着道：“按《论语》自遭秦火，到了汉时，或孔壁所得，或口授相传，遂有三本：一名《古论》，二名《齐论》，三名《鲁论》。今世所传，就是《鲁论》，向有今本、古本之别。”②

李汝珍不管是师学还是从游，都是汉学之士，小说中所考论的学问也并非泛泛之谈。晚年所成的《镜花缘》是其学术思想的体现，从某种程度上来说，还可以视为其学术研究的内容。纪昀将《阅微草堂笔记》当作著书来看待，李汝珍的《镜花缘》也未必就是纯粹娱乐之作。乾嘉汉学家在小说写作上为何另辟一径，不随从世俗小说呢？这或许跟他们对小说的认识有关。《汉书·艺文志》最早标示“小说”一门：“小说家者流，盖出于

① （清）李汝珍：《镜花缘》，第75—76页。
② （清）李汝珍：《镜花缘》，第71—72页。

稗官。”稗官为何种人？余嘉锡认为“稗官”是朝廷的小官。潘建国认为：“在周官中，它（指稗官）就是土训、诵训、训方氏，其职能专为王者诵说远古传闻之事和九州风俗地理、地慝；在汉代，它就是待诏臣、方士、侍郎一类人物，其诵说内容除古事、风俗之外，多为修仙养生之术。”① 可见，小说原初并非为了娱乐，而是国家政教系统中的组成部分。《隋书·经籍志》就有：“古者圣人在上，史为书，瞽为诗，工诵箴谏，大夫规诲，士传言而庶人谤。孟春，徇木铎以求歌谣，巡省观人诗，以知风俗。过则正之，失则改之，道听途说，靡不毕纪。《周官》诵训‘掌道方志以诏观事，道方慝以诏辟忌，以知地俗’；而训方氏‘掌道四方之政事，与其上下之志，诵四方之传道而观衣物’，是也。”② 乾嘉学人对小说的接受正是从政教功能这一角度来说明，因此，他们以严肃的态度对待小说的写作，这一写法也是对中国正统小说观念的继承。对于李汝珍在小说中大段炫学，后人褒贬不一。从现代小说观念来看，这一写法颇有问题，如果置身传统，从传统小说的观念来看，这一写法或许没有多少可以指责的理由。

本章小结

作为古文的对立面，骈文长期处于被打压的状态。乾嘉骈文复兴，骈文作家多为汉学家，他们一方面正本清源，从“文”的内涵及其流变的角度论证骈文的合法性；另一方面，他们提倡骈文“以意为主”，革除骈文长期以来偏重形式的弊端，解放了骈文。乾嘉的骈文理论既具有总结性又具有创新性，这种总结和创新与时代学术不无关系。乾嘉时期，通俗文学创作进入了历史高峰，作品体现出的价值观念具有明显的世俗性，这遭到了多数乾嘉学人的抵制。乾嘉学人对通俗文学的抵制与他们的身份紧密相关。乾嘉学术表面上与通俗文学势不两立，但在肯定人的情欲方面，两者是一致的。

---

① 潘建国：《“稗官”说》，《文学评论》1999 年第 2 期。

② （唐）魏征等：《隋书》，中华书局 1973 年版，第 1012 页。

结　语

前人在各类文体上都已有丰富、成熟的作品，清人没有创造出属于自己的“一代之文学”。清代中叶的乾嘉时期，各种文学的写作在数量上达到了历史的峰值，一度低落的骈文也在这时期出现了中兴，这一时期是中国文学史上集成、总结色彩最浓重的时期。宗经、载道是中国文学的传统，文学与经学若即若离，相辅相成。为构建强有力的统治秩序，清初最高统治阶层有意推重程朱理学，程朱理学兴盛一时，清初的文化与文学有浓重的理学烙印。到了清代中叶的乾嘉时期，四库馆开馆，朴学才取代理学成为主导性的学术。朴学取代理学是学术研究“范式”的转换，它不仅是学术话语的重构，也是思想观念的转变。作为文学的母体，经学的变化在一定程度上影响了文学的风貌。中国古代文学虽然没有完全摆脱经学的束缚，但一直朝着审美的方向发展，文学学科独立的意识不断强化。在考据学地位不断提升的历史语境下，乾嘉学人重新思辨义理、考据、辞章。乾嘉学人重考据轻义理和辞章，三者的严格划分为文学的独立提供了基础。从学术专精的角度，袁枚、姚鼐、章学诚等人在反思这一学术畛域划分时有意抬高了诗文的地位，学科独立的意识较前代更明显。袁枚的性灵说与翁方纲的肌理说，一对抗考据学，一拥抱考据学，两者旨趣迥异。在诗文与考据的关系上，袁枚认为两者势如水火，不相兼容。表面上看，考据学与自由抒写性情的诗歌不甚相干，但从两者追求的义理上看，性灵派与汉学家追求的义理却是一致的，两者貌离神合。以袁枚为主的性灵派能够在乾嘉风行一时，与乾嘉考据学的新义理追求不无关系。反观乾隆前期沈德潜的格调说，这或许更能说明问题。沈德潜的格调说既重诗歌的教化功用又重诗歌的审美性，是传统儒家诗论的总结。在乾隆帝的推重下，沈德潜的格调说名重一时，随着乾隆帝对沈德潜态度的转变，格调说迅速失去了市场，袁枚的性灵派悄然代之。从学术文化的角度看，格调说的衰落有其必然性。肌理派是考据学影响下的诗派，乾嘉学术是其形成的直接诱因。翁方纲以考据为诗，以学问为诗，他的诗是典型的学人之诗。肌理派是中国学问诗的最后总结，它在一定程度上走到了“非诗”的境地。姚鼐面临汉学家对理学和辞章的双重打压，他的抗争在当时没有太大的反响。在他身后，理学再度抬头，桐城派才蔚为大观，学术文化与古文的关系较诗歌更直接。朴学的博雅考证推动了乾嘉时期的骈文创作，乾嘉汉学家通过考证驳斥了古文的正宗地位，将骈文视为文章正宗。乾嘉时期的骈散之争是汉学与宋学之争的延伸。乾嘉考据学渗透到了通俗文学，通俗文学的本事、文体源变、叙事方式等都进入了考据学的视野，不少汉学家虽然排斥通俗文学，但通俗文学所追求的性情与新义理却是一致的。

雅斯贝尔斯将公元前 5 世纪前后的几百年视为人类文明的“轴心时代”，这一时期诞生了世界主要文明的精神导师，如古希腊的苏格拉底、柏拉图、亚里士多德，以色列的先知，古印度的释迦牟尼，中国的老子、孔子等，这些文化巨人奠定了各主要文明的基调。各文明古国无不将这些先哲的著述视为“经书”，这些“经书”具有文化弥漫的功能，渗透到学术文化的各个领域。经学是中国古代教育和考试的主要内容，是文人们绕不过去的门槛。经学是中国古代文人思想观念形成的基础，文学是文人思想观念和情趣的表现，与政治经济相比，经学与文人的关系更紧密、直接。受传统社会历史批评的影响，中国文学研究一直强调社会政治经济对文学的影响，文学与经学的关系没有得到足够的重视。经学有其内在的发展规律，文学也有其内在的发展规律，两者是如何产生关联的？经学通过思想观念影响文学，文学通过思想观念反作用于经学，思想观念是经学与文学发生联系的“中介”。乾嘉朴学是理学的反动，这一学术思潮深刻影响了人们的思想观念，这一思想观念在相当程度上影响了乾嘉文学的风貌。

主要参考文献

一　古籍类

（清）程晋芳：《勉行堂文集》，《清代诗文集汇编》第 343 册，上海古籍出版社 2010 年版。

（宋）程颢、程颐：《二程集》，中华书局 1981 年版。

（清）程瑶田：《程瑶田全集》，黄山书社 2008 年版。

（清）戴名世：《戴名世集》，中华书局 1986 年版。

（清）戴震：《戴震全集》，清华大学出版社 1991 年版。

（清）段玉裁：《经韵楼集》，上海古籍出版社 2008 年版。

（清）法式善：《存素堂诗文集》，《清代诗文集汇编》第 435 册，上海古籍出版社 2010 年版。

（清）方苞：《方苞集》，上海古籍出版社 1983 年版。

（清）顾炎武：《顾亭林诗文集》，中华书局 1983 年版。

（清）顾炎武：《日知录集释》，上海古籍出版社 2006 年版。

（清）管同：《因寄轩文二集》，《续修四库全书》第 1504 册，上海古籍出版社 2002 年版。

（清）韩梦周：《理堂文集》，《清代诗文集汇编》第 367 册，上海古籍出版社 2010 年版。

（清）杭世骏：《道古堂文集》，《清代诗文集汇编》第 282 册，上海古籍出版社 2010 年版。

（清）洪亮吉：《洪亮吉集》，中华书局 2001 年版。

（清）胡赓善：《新城伯子文集》，《清代诗文集汇编》第 357 册，上海古籍出版社 2010 年版。
（清）纪昀：《纪晓岚文集》，河北教育出版社 1991 年版。
（清）江藩：《国朝汉学师承记》，中华书局 1983 年版。
（清）焦循：《焦循诗文集》，广陵书社 2009 年版。
（清）金兆燕：《国子先生全集》，《清代诗文集汇编》第 344 册，上海古籍出版社 2010 年版。
（清）李斗：《扬州画舫录》，中华书局 1960 年版。
（清）李汝珍：《镜花缘》，上海古籍出版社 2005 年版。
（清）李元度：《国朝先正事略》，《续修四库全书》第 538 册，上海古籍出版社 2002 年版。
（清）李祖陶辑：《国朝文录》，《续修四库全书》第 1669—1670 册，上海古籍出版社 2002 年版。
（清）梁章钜：《制义丛话》，上海书店出版社 2001 年版。
（清）凌廷堪：《校礼堂文集》，中华书局 1998 年版。
（清）刘大櫆：《刘大櫆集》，上海古籍出版社 1990 年版。
（清）刘大櫆等：《〈论文偶记〉〈初月楼古文绪论〉〈春觉斋论文〉》，人民文学出版社 1959 年版。
（清）刘开：《孟涂文集》，《清代诗文集汇编》第 543 册，上海古籍出版社 2010 年版。
（南朝梁）刘勰著，戚良德辑校：《文心雕龙》，上海古籍出版社 2015 年版。
（清）鲁九皋：《鲁山木先生文集》，《清代诗文集汇编》第 378 册，上海古籍出版社 2010 年版。
（清）马其昶：《桐城耆旧传》，黄山书社 1990 年版。
（清）梅曾亮：《柏岘山房诗文集》，《续修四库全书》第 1513—1514 册，上海古籍出版社 2002 年版。
（清）钱大昕：《嘉定钱大昕全集》，江苏古籍出版社 1997 年版。
（清）钱维乔：《竹初文钞》，《清代诗文集汇编》第 396 册，上海古籍出版社 2010 年版。
（清）全祖望：《全祖望集汇校集注》，上海古籍出版社 2000 年版。
（清）阮元：《研经室集》，中华书局 1993 年版。

（清）沈大成：《学福斋集》，《清代诗文集汇编》第292册，上海古籍出版社2010年版。
（清）孙梅：《四六丛话》，人民文学出版社2010年版。
（清）孙星衍：《问字堂集 岱南阁集》，中华书局1996年版。
（清）汪中：《新编汪中集》，广陵书社2005年版。
（清）王昶：《春融堂集》，《清代诗文集汇编》第358册，上海古籍出版社2010年版。
（清）王昶：《湖海诗传》，《续修四库全书》第1625—1626册，上海古籍出版社2002年版。
（清）王鸣盛：《嘉定王鸣盛全集》，中华书局2010年版。
（清）王士禛：《王士禛全集》，齐鲁书社2007年版。
（清）翁方纲：《复初斋诗文集》，《清代诗文集汇编》第381—382册，上海古籍出版社2010年版。
（清）夏之蓉：《半舫斋古文》，《清代诗文集汇编》第217册，上海古籍出版社2010年版。
（清）徐珂：《清稗类钞》，中华书局2010年版。
（清）姚鼐：《惜抱先生尺牍》，《丛书集成续编》第130册，上海书店1994年版。
（清）姚鼐：《惜抱轩诗文集》，上海古籍出版社1992年版。
（清）姚鼐编：《古文辞类纂》，中国书店1986年版。
（清）姚莹：《姚莹集》，安徽教育出版社2014年版。
（清）永瑢、纪昀等：《四库全书总目》，中华书局1965年版。
（清）袁枚：《袁枚全集新编》，浙江古籍出版社2015年版。
（清）曾国藩：《曾国藩全集》，岳麓书社2011年版。
（清）章学诚著，仓修良编注：《文史通义新编新注》，浙江古籍出版社2005年版。
（清）赵尔巽：《清史稿》，中华书局1977年版。
（清）赵怀玉：《亦有生斋集》，《清代诗文集汇编》第419册，上海古籍出版社2010年版。
（清）赵翼：《瓯北集》，上海古籍出版社1997年版。

（清）朱筠：《笥河文集》，《清代诗文集汇编》第366册，上海古籍出版社2010年版。
（清）朱仕琇：《梅崖居士文集》，《清代诗文集汇编》第336册，上海古籍出版社2010年版。
（宋）朱熹：《朱子全书》，上海古籍出版社2002年版。
《中国古典戏曲论著集成》，中国戏剧出版社1959年版。

二 专著、译著

曹虹：《阳湖文派研究》，中华书局1996年版。
陈居渊：《清代朴学与中国文学》，百花洲文艺出版社2000年版。
陈平原：《中国现代学术之建立》，北京大学出版社2010年版。
戴逸：《乾隆帝及其时代》，中国人民大学出版社1992年版。
郭绍虞：《中国文学批评史》，百花文艺出版社1999年版。
胡适：《胡适文集》，北京大学出版社1998年版。
蒋寅：《清代诗学史》（第1卷），中国社会科学出版社2012年版。
蒋寅：《清代诗学史》（第2卷），中国社会科学出版社2019年版。
梁启超：《梁启超全集》，中国人民大学出版社2018年版。
林存阳：《乾嘉四大幕府研究》，中国社会科学出版社2016年版。
刘墨：《乾嘉学术十论》，生活·读书·新知三联书店2006年版。
刘熙载：《刘熙载集》，华东师范大学出版社1993年版。
鲁迅：《中国小说史略》，人民文学出版社2005年版。
马积高：《清代学术思想的变迁与文学》，湖南人民出版社2002年版。
漆永祥：《乾嘉考据学研究》，中国社会科学出版社1998年版。
钱基博：《钱基博集》，华中师范大学出版社2011年版。
钱穆：《钱宾四先生全集》，台湾联经出版事业股份有限公司1998年版。
钱锺书：《谈艺录》，生活·读书·新知三联书店2007年版。
商流鎏：《清代科举考试述录及有关著作》，百花文艺出版社2004年版。
王达敏：《姚鼐与乾嘉学派》，学苑出版社2007年版。
王利器编：《元明清三代禁毁小说戏曲史料》，上海古籍出版社1981年版。
王英志：《性灵派研究》，辽宁大学出版社1999年版。

吴孟复:《桐城文派述论》，安徽教育出版社 2001 年版。

严迪昌:《清诗史》，浙江古籍出版社 2002 年版。

余英时:《论戴震与章学诚——清代中期学术思想史研究》，生活 · 读书 · 新知三联书店 2005 年版。

张健:《清代诗学研究》，北京大学出版社 1999 年版。

章太炎:《章太炎全集》，上海人民出版社 1984 年版。

朱东润:《中国文学批评史大纲》，武汉大学出版社 2009 年版。

朱一玄编:《明清小说资料选编》，南开大学出版社 2006 年版。

［美］托马斯 · 库恩:《科学革命的结构》，金吾伦、胡新和译，北京大学出版社 2003 年版。